Tanja Heitmann
STONEHEAVEN

TANJA HEITMANN

STONE HEAVEN

ROMAN

Lesen was ich will!
www.lesen-was-ich-will.de

MIX
Papier aus verantwortungsvollen Quellen
FSC® C083411

Originalausgabe
ISBN 978-3-492-70528-8
2. Auflage 2019

Satz: Kösel Media GmbH, Krugzell
Gesetzt aus der Adobe Garamond
Druck und Bindung: CPI books GmbH, Leck
Printed in the EU

Überlasse dich sanft dem, was du wirklich liebst,
mit seinem seltsamen Sog.
Es wird dich nicht vom Weg abbringen.
Rumi

1

Die berühmte Zitadelle von Stoneheaven war nicht mehr als eine Steinnadel, die sich schräg in den sturmgrauen Himmel bohrte. Darunter lag die Steilklippe, ein endloses Grau in Grau. Wie es aussah, gab es keine Farbe im US-Bundesstaat Maine. Nur dort, wo der tosende Atlantik auf den Horizont traf, leuchtete es schneeweiß auf. Allein beim Anblick des schäumenden Meeres bekam man eine Gänsehaut – und das im Wonnemonat Mai.

Eigentlich sollte es um diese Jahreszeit nur so um die Wette grünen und blühen.

Das tat es zumindest in Mariellas Heimatstadt Barcelona, in der sie vor knapp vierundzwanzig Stunden ihren letzten Cortado getrunken hatte. Der letzte echte Kaffee auf unabsehbar lange Zeit. Die Plörre, die einem die Amis anboten, sorgte kein bisschen für das dringend benötigte »Hallo wach«-Gefühl, nach dem sie sich sehnte. Denn Mariella fühlte sich wie in Trance, obwohl sie fast den gesamten Transatlantikflug verschlafen hatte. Als die Maschine abgehoben und den spanischen Boden hinter sich gelassen hatte, war es ihr anfangs schwergefallen, sich zu entspannen. Die unterkühlte Verabschiedung von ihrer Mutter hing ihr nach, außerdem wurde im Bordkino der neuste *Thor*-Film gezeigt, und Mariella hatte eine Schwäche für blonde Nordlichter. Nur leider hatte ihr Aufpasser im Nachbarsitz nonstop versucht, ihr ein Gespräch aufzuzwingen. Inzwischen verfluchte sie ihre Mutter, die ihr diesen vierundzwanzigjährigen Emporkömmling für die Reise an die Seite gestellt hatte. Vermutlich wollte Mercedes ihre widerspenstige Tochter nicht nur überwachen, sondern sie mit Sandros schierer Gegenwart quälen.

»Du darfst Stoneheaven nicht als Strafe ansehen, sondern als Chance. Und wer braucht eine Chance dringender als du?«, hatte Sandro gesagt, während er eine Tüte Pistazienkerne leerte. Nicht einfach, indem er sich die Teile in den Mund steckte. Das wäre ja zu leicht gewesen. Ein Kerl wie er schmiss sie hoch und fing sie mit dem Mund. Wie ein gut trainierter Hund. Und genau das war Sandro: der abgerichtete Handlanger von Mariellas Mutter. Nicht einmal für den Job, Mercedes' nutzlose Tochter in Stoneheaven abzuliefern, war sich der Mallorquiner zu schade.

»Hör mal, Kleines.« Sandro ignorierte die Tatsache, dass Mariella ihre Kopfhörer seit der gemeinsamen Abreise aus dem altehrwürdigen Herrenhaus ihrer Familie nicht ein einziges Mal abgesetzt hatte. Seiner penetranten Stimme entkam eh niemand. »Mir ist klar, dass das hier eine schwierige Sache für dich ist«, heuchelte er. »Ich verstehe das, auch wenn ich natürlich noch nie in einer ähnlichen Situation gewesen bin.«

Ja, sicher, doch nicht der wunderbare Sandro! Dass ein Saubermann wie er überhaupt von der Besserungsanstalt in Stoneheaven wusste, grenzte an ein Wunder.

Sandro hatte genickt, als wüsste er genau, was Mariella durch den Kopf ging. »Du denkst, dass einer wie ich, der auf der Karriereleiter immer nur auf der Überholspur unterwegs ist, besser den Mund halten sollte. Aber Hand aufs Herz: Ich bin nicht nur einfach ein Rosalike, ein Familienmitglied, das tut, was deine Mutter ihm aufträgt. Ich will dir helfen, dein Freund sein. Deshalb begleite ich dich auch auf deinem schweren Weg. Wenn du in Stoneheaven allein und verzweifelt bist, dann erinnere dich daran, dass es mich gibt und meine Gedanken bei dir sind. Genau wie die deiner Mama, die dich übrigens sehr lieb hat. Trotz der Enttäuschungen, die du ihr bereitest.«

Das war der Moment gewesen, in dem Mariella beschlossen hatte, für den Rest des Flugs die Augen zu schließen, obwohl Thor gerade sein Wahnsinnslächeln in die Kamera hielt.

Ihre Totstellnummer hatte Sandro nicht davon abgehalten, weiterhin Weisheiten zu verkünden. Über echte Mutterliebe, den Mut, den man in der Einsamkeit fand, und ähnlichen Unsinn. Entweder entging ihm, dass Mariella lediglich körperlich anwesend war, oder er glaubte, man müsse nur eindringlich genug auf sie einreden, dann würde sie es schon begreifen. Dabei waren bereits ganz andere Kaliber daran gescheitert, Mariella zu bekehren. Ob das auch für Stoneheaven galt ... Nun, das würde sich bald herausstellen.

Auch jetzt stand Sandros Mund nicht still – und das nach einer mehrstündigen Autofahrt durch schroffes Niemandsland. »Wahnsinn, wie weit man hier gucken kann!«, jubelte er. »Wir sind noch ein ganzes Stück vom Meer entfernt, und trotzdem kann ich sein Blau schon sehen.«

Mariella spielte mit den pinken Katzenohren ihrer Handyhülle.

»Die Stille«, schrie Sandro gegen den Motorlärm ihres Jeeps an. »Nur Wind und Möwenkreischen. Und keine Menschenseele weit und breit. Das muss dich als Großstadtkind doch beeindrucken. In Barcelona gibt es schließlich nicht ein stilles Plätzchen, da sind ständig Leute unterwegs. Also mich haut das echt um.«

Leise vor sich hin summend reinigte Mariella ihre Fingernägel mit den spitzen Plastikkatzenohren.

»Und die Luft, einfach großartig! So richtig gehaltvoll, man schmeckt die Natur auf der Zunge. Atme mal ganz tief ein. Na los, mach schon.«

»Es riecht wie eine Schale Miesmuscheln, die zu lange rumsteht.«

Mariella schlug sich die Hand vor den Mund, doch es war zu spät. Bislang hatte sie Sandro höchstens mit einem Murmeln geantwortet, und selbst das war schon zu viel Aufmerksamkeit gewesen. Typen wie ihn konnte man nur durch komplettes Ausblenden auf Abstand halten, sonst dockten sie sofort an. So wie jetzt.

Sandros Miene drückte kummervolles Verständnis aus, als er Mariellas Knie tätschelte. »Ich verstehe ja deine Abwehrhaltung, Herzchen. Aber du musst dich frei machen von negativen Gefühlen wie Frust und Hoffnungslosigkeit. Sonst wird es in Stoneheaven für dich noch schwerer werden, als es eh schon ist.«

Mariella starrte auf Sandros Hand auf ihrem Oberschenkel. Scheinbar fühlte sie sich dort sehr wohl. Sie verdrehte die Augen, holte tief Luft und schrie: »Was zur Hölle ist das?« Dabei zeigte sie nicht auf die anhängliche Hand ihres Aufpassers, sondern direkt an seiner Nase vorbei.

Sofort ruckte Sandros Kopf herum, und er verriss das Lenkrad, sodass der Geländewagen auf der unbefestigten Straße einen Schlenker machte. »Verflucht!«, schrie er, dann hatte er den Wagen wieder unter Kontrolle. »Bist du blind? Das war doch bloß ein Reh.«

»Ein Reh? Ungelogen?« Mariella machte große Augen. »Und ich habe mich fast eingemacht, weil ich es für ein gehörntes Monster gehalten habe, ich Dummerchen. In Stoneheaven soll es ja angeblich nur so vor Verwandelten wimmeln.«

»Natürlich tut es das, wegen der Zitadelle. Aber dieses Pack lässt sich im offenen Gelände nicht blicken, vor allem wenn unsereins unterwegs ist. So verrückt sind nicht mal die Verwandelten.« Sandro entspannte sich. Mariella mit ihrer einfältigen Art war eine angenehme Abwechslung zu ihrer Mutter, nach deren Pfeife er sonst tanzte. Sein Gesichtsausdruck bekam glatt etwas Gönnerhaftes. »Du bist in Sicherheit, Engelchen«, sagte er, »du musst keine Angst haben, solange du bei mir bist.«

»Vielleicht ist es aber trotzdem besser, wenn du beide Hände am Lenkrad behältst«, schlug Mariella zuckersüß lächelnd vor.

Einen Moment lang sah es so aus, als würde Sandro ihr Spiel durchschauen und begreifen, dass er es keineswegs mit einer naiven Sechzehnjährigen zu tun hatte. Dann verschleierte sich sein Blick erneut, und sie war für ihn wieder die gute alte Guck-in-die-Luft-Mariella, die am JFK-Airport kurz auf das Gepäck aufpassen sollte und plötzlich verschwand, weil sie einfach nicht kapierte, was von ihr erwartet wurde. Oder auf dem Weg zur Autovermietung, wo Sandro sie in letzter Sekunde aus einem Fernbus zerren musste, weil sie das irgendwie missverstanden hatte, das verpeilte Gör. Oder beim Drive-in, wo sie anstelle eines Toilettenbesuchs bei einigen Teenagern auf dem Autorücksitz gelandet war und albernes Zeug über eine Partyeinladung erzählt hatte. Stoneheaven war wirklich der perfekte Ort für Mariella. In der Zitadelle, tief unter der Erde eingesperrt, konnte sie wenigstens nicht verloren gehen und ihre Mutter, das Oberhaupt der mächtigen Rosaliken, nicht länger in den Wahnsinn treiben.

»Hör mal«, sagte Sandro, obwohl Mariella vollauf damit beschäftigt war, ihr lockiges Haar zu einem Zopf zu binden. »Du solltest dich im Griff haben, bevor wir die Zitadelle erreichen. Nicht, dass ich dir Angst machen will. An den Horrorgeschichten, die man sich über diesen Ort erzählt, ist auf keinen Fall was dran. Stoneheaven ist zwar berüchtigt für seine Gefängnisebene, aber die ist ausschließlich für verurteilte Gefangene reserviert. Damit hast du nichts zu schaffen, du bist zusammen mit den anderen … Nun ja, wie soll ich es sagen?«

Mariella grinste. Zum ersten Mal seit ihrer Abreise gab Sandro etwas Interessantes von sich. »Mit den anderen Losern? Psychos? Dem Teenagerabfall, der dringend in irgendwelchen unterirdischen Tunneln entsorgt werden muss? Sprich dich ruhig aus, nur keine Hemmungen.«

Sandros Wangen leuchteten rot unter seiner Bräune. »Den Kids mit besonderen Bedürfnissen«, rettete er sich. »Wobei ›besonders‹ nicht schlecht bedeutet, nur eben speziell. Wir Tannin lassen keinen der Unseren im Stich. Deshalb ist es auch verkehrt, wenn es immer heißt, Stoneheaven sei ein unterirdischer Teenie-Knast.« Er lachte, allerdings nicht sehr überzeugend.

»Danke, jetzt fühle ich mich besser.« Mariella stellte die Musik auf ihrem Handy lauter, doch anstatt dass die Bassline ihr Trommelfell zum Platzen brachte, herrschte plötzlich Funkstille. »Mein Handy ist tot.«

»Das Teil kannst du einmotten, hier gibt es keinen Empfang. Nicht mal Radio kriegt man in diesem Landstrich rein.«

Entsetzt starrte Mariella ihr Handy an, ihre einzige Verbindung zur Außenwelt in dieser Einöde. »Du machst Witze.«

»Es ist eine Sicherheitsmaßnahme. In der Sperrzone rund um die Zitadelle wird nicht telefoniert, und es werden erst recht keine Selfies mit ihr im Hintergrund verschickt. Deshalb gibt es einen Störsender, der Fotodaten löscht. Hatte ich das nicht erwähnt?«

Sofort checkte Mariella ihr Archiv, doch es war leer. Sämtliche Fotos mit ihren Bekannten, Partyerinnerungen und Aufnahmen von Orten, die ihr am Herzen lagen, waren verschwunden. Man hatte sie innerhalb weniger Tage nicht nur aus ihrem alten Leben gerissen, sondern auch sämtliche Brücken dorthin gekappt. Fluchend warf sie das Handy in ihre Beuteltasche.

Sandro seufzte. »Sorry, ich hätte dich warnen sollen. Aber mal ehrlich: Hast du dich denn vorab nicht ein bisschen schlaugemacht über das Leben in Stoneheaven?«

»Irgendwie bin ich nicht davon ausgegangen, dass ich wirklich in dieser Ödnis lande.«

»Das ist ein Scherz, oder? Wohin hättest du denn sonst gehen sollen, nachdem der Kreis extra deinetwegen zusammengekommen ist und beschlossen hat, dich nach dieser gewissen Sache, die du angestellt hast, nach Stoneheaven zu schicken?«

»L. A. stand ganz oben auf meiner Wunschliste, dicht gefolgt von Bangkok und Sydney«, gab Mariella bereitwillig zu. »Städte, in denen das Leben boomt und wo es vor allem warm und sonnig ist. Also das genaue Gegenteil von Stoneheaven.«

Sandro schüttelte ungläubig den Kopf. »Was du dir so zurechtspinnst.« Für einen waschechten Tannin wie ihn war es unvorstellbar, dass Mariellas Wunschliste mehr als nur ein Tagtraum war, dass sie tatsächlich vorgehabt haben könnte, sich bei der erstbesten Gelegenheit abzusetzen. »Nun, in Stoneheaven werden sie dir schon beibringen, eine Tannin zu sein. Oder wenigstens so zu tun, als ob. Das ist deine letzte Chance, Mariella. Also nutze sie.«

2

Beim Näherkommen verwandelte sich die Felsnadel in einen Turm, der aus roh geschlagenen Steinquadern erbaut war. Seine Spitze sah aus, als habe der Wind sie in einer stürmischen Nacht abgebrochen, und niemand hatte sich die Mühe gemacht, sie wiederaufzubauen. Auch die Bauten, die sich um den Turm in den steinigen Grund duckten, machten einen verlassenen Eindruck. Falls es jemals Wanderer an die Steilklippe von Stoneheaven verschlug, kamen sie bestimmt nicht auf die Idee, hier ein Picknick zu veranstalten. Mariella hingegen wusste es besser. Auch wenn sie sich nicht groß über ihr künftiges Zuhause informiert hatte, war ihr wie allen Tannin bekannt, dass von der Zitadelle lediglich die Spitze aus der Steilküste herausragte. Die eigentliche Festung befand sich im Gestein verborgen – ein Hunderte Meter tiefer Termitenstock voller schwer bewaffneter Wächter, streng bewachter Gefangener und einem als Besserungsanstalt getarnten Loch, in das die Tannins ihren missratenen Nachwuchs warfen.

»Hast du deine Sachen?«, fragte Sandro.

Den Jeep hatten sie in einem Schuppen geparkt, dessen Tore zur Begrüßung offen gewesen waren. Nun stand ihr Wagen neben einer Reihe anderer Offroad-Fahrzeuge, die nur äußerlich nach Schrott aussahen, während Motor und Fahrwerk im Topzustand waren. Die Tannin verbargen nicht nur, wer sie waren, sondern auch, welche Mittel ihnen zur Verfügung standen. Eine Lektion, die Mariella bereits mit jungen Jahren gelernt hatte: Wer seit Generationen über Reichtum und Macht verfügte, konnte jedes noch so große Geheimnis vor der Welt verbergen.

»Erde an Mariella. Ich habe gefragt, ob du alles hast.« Sandro rieb sich demonstrativ die Schläfen. Er hatte ihre ewige Geistesabwesenheit satt, so viel stand fest.

Hastig überprüfte Mariella den Gurt ihrer Umhängetasche, in der sie ihre persönlichen Dinge verstaut hatte, dann tastete sie nach ihrem nutzlosen, aber trotzdem geliebten Handy. »Alles da.«

»Deinen Koffer brauchst du also nicht. Fein.«

»Meinen Koffer …« Mariella sah sich suchend um, dann entdeckte sie ihn direkt hinter sich.

Sandro schüttelte den Kopf. »Sie sollten dir eine Fußfessel verpassen, damit du im Höhlensystem der Zitadelle nicht verloren gehst.«

»Ich streue einfach Brosamen, wenn ich allein und verlassen durch die Dunkelheit wandle.«

»Oh, der erste geistreiche Kommentar von Fräulein Braindead. Nun ist es leider zu spät, um mit dem Small Talk anzufangen.«

»Und wieder eine verpasste Chance.« Mit theatralischem Seufzen hob Mariella ihren Koffer hoch, da er sich über den unebenen Boden nicht rollen ließ. Sie gab sich Mühe, ordentlich angestrengt auszusehen, damit Sandro ihr das Gepäck abnahm.

»Lass gut sein, ich nehme das Teil«, gab er wie erwartet nach. »Obwohl es mordspeinlich ist, dass nicht der kleinste Funke Astrallis durch deine Muskeln powert.«

Mariella zuckte die Schultern. »Was soll ich sagen? Wozu brauche ich künstlich aufgemotzte Muskeln, wo ich nachweislich eh nicht fürs Kämpfen gemacht bin.«

Dieses Geständnis ließ Sandro in sich zusammensinken. »Mädel, also echt …«

Nun musste Mariella gegen ihren Willen grinsen. »Glückwunsch. Soeben hast du aus eigener Kraft das Enttäuschungs-Niveau erklommen, zu dem ansonsten nur meine Mutter befähigt ist. Jetzt weißt du, wie es der großen Mercedes mit ihrem einzigen, leider völlig missratenen Spross ergeht. Kein Wunder, dass sie mich nach Stoneheaven abgeschoben hat.«

Mariella wendete sich ab, bevor Sandro sie umarmen und ihr versichern konnte, dass ihre Mama sie dessen ungeachtet super lieb habe. Trotz des schweren Koffers schloss er zu ihr auf, und sie musste ihren Schritt beschleunigen, damit er nicht genug Luft bekam, um auf sie einzureden.

Während die schräg in den Angeln hängende Doppeltür des Turms näher kam, überschlug Mariella ihre Chancen, einen unvermittelten Haken zu schlagen, zum Jeep zurückzulaufen und davonzubrausen. Der Autoschlüssel steckte jedenfalls schon in ihrer Manteltasche, sie hatte ihn Sandro geklaut, als er ihren Koffer übernommen hatte. Wenn aus ihrer großen Karriere bei den Tannin nichts werden sollte, konnte sie sich zumindest als Taschendiebin durchschlagen.

Ehe Mariella es auf einen Versuch ankommen lassen konnte, trat eine Frau mit raspelkurzen weißen Haaren ins Freie. Hinter ihr tauchte ein junger Mann auf, der sie trotz ihrer beachtlichen Größe überragte. Er trug eine Wollmütze, unter deren Rand dunkles Haar hervorlugte.

Obwohl beide verschlissene Wanderkleidung anhatten, war sofort klar, dass sie nicht einfach nur Naturliebhaber waren. Die begabteren unter den Tannin umgab eine hoheitliche Aura, die sich hinter abgetragenen Klamotten nicht verbergen ließ. Obwohl Mariella dank ihrer Mutter im Schein dieser Ausstrahlung aufgewachsen war, reagierte sie darauf nach wie vor mit einem Prickeln zwischen den Schulterblättern. Vermutlich, weil sie selbst nicht einmal den Hauch von Erhabenheit ausstrahlte.

Etwas, worauf sie persönlich besonders stolz war. Alles, was sie von den wehrhaften Tannin unterschied, war in ihren Augen ein Pluspunkt.

»Willkommen in Stoneheaven.« Die Frau mit den weißen Haaren ging ihnen entgegen. Ihre harten Gesichtszüge ähnelten denen eines Adlers. »Ich bin Eleonore aus dem Familienzweig der Provencalen und die Marschallin der Zitadelle«, sagte sie mit einem starken französischen Akzent in der gemeinsamen Sprache der Tannin, die deren Kinder noch vor ihrer jeweiligen Landessprache lernten.

»Herzlichen Dank für den Empfang.« Sandro war trotz Dauerlauf mit einem vollbepackten Koffer nur leicht außer Atem. »Ich bin Sandro Vincent Alonso aus dem Familienzweig der Rosaliken«, sagte er und hielt sich damit an die Regel, dass man sich in der Reihenfolge des gesellschaftlichen Status vorstellte. Das klappte erstaunlicherweise sogar dann, wenn man sich noch nie zuvor begegnet und entsprechend ahnungslos war, wen man vor sich hatte. Tannin hatten eben ein angeborenes Gefühl für Rangordnung.

Eleonore nickte salbungsvoll, dann deutete sie auf den jungen Mann neben sich, der sich bei näherer Betrachtung als Junge von etwa neunzehn Jahren herausstellte. Seine imposante Statur hatte über seine Jugend hinweggetäuscht. »Das ist Lyon, ein Sohn meiner Blutlinie.« Was bedeutete, dass sie blutsverwandt waren, vermutlich Tante und Neffe. Der bittere Zug um Eleonores Mund verriet, dass Lyon genau wie Mariella nicht freiwillig zu Besuch in Stoneheaven war. »Lyon wird unseren Neuzugang in der Zitadelle einführen und sie mit ihren Aufgaben und Pflichten vertraut machen. Ich habe Mercedes' Tochter seiner Einheit zugeteilt, damit ich einen besseren Blick darauf habe, wie sich das Mädchen entwickelt. Das bin ich meiner alten Kameradin Mercedes schuldig.«

»Zu großzügig.«

Sandro verbeugte sich vor der Marschallin. Dann stieß er

Mariella mit dem Ellbogen an, die gerade ihr nutzloses Handy checkte, um Lyons neugierigem Blick auszuweichen. Mariella legte den Kopf schief, als wisse sie nicht, was er von ihr erwartete. Notgedrungen richtete Sandro sich wieder auf und deutete mit dem Daumen in ihre Richtung.

»Wenn ich meine Begleitung vorstellen darf: In meiner Obhut befindet sich Maria-Aurora Mercedes Auguste Clementine aus dem Familienzweig der Rosaliken.«

Wie immer, wenn ihr voller Name ausgesprochen wurde, verzog Mariella das Gesicht. Dagegen konnte sie nichts tun. Lyon war da geschickter, er tat so, als lächelte er aus reiner Gastfreundschaft von einem Ohr bis zum anderen – und nicht etwa, weil er sich auf ihre Kosten bestens amüsierte.

Unterdessen küsste Eleonore den von der Marschallin merklich beeindruckten Sandro auf die Wangen, wie es sich für die offizielle und zugleich familiäre Begrüßung unter den Tannin gehörte. Dann war Mariella dran – bevor sie ausweichen konnte, landete die Marschallin zwei harte, gut platzierte Lippenhiebe auf beiden Seiten ihres Gesichts. Als Lyon sich zur Begrüßung runterbeugte, bog Mariella ihren Oberkörper so weit nach hinten, dass sie sich fast das Rückgrat brach.

»Ein kleiner Tipp«, flüsterte Lyon, während seine Lippen Mariellas Wange streiften. »Heb dir die Rebellion für später auf. Meine Tante hasst Formalitäten, aber noch mehr hasst sie es, störrischen Teenagern wegen so einem Mist die Leviten lesen zu müssen.«

Mariella widerstand dem Bedürfnis, ihre Wange zu betasten, wo eine kühle Spur von Lyons Lippen zurückgeblieben war. Er grinste sie an, sie grinste zurück. So leicht ließ sie sich nicht in die Ecke drängen, auch wenn ihr Magen sich nervös zusammenzog.

»Dann wollen wir mal.« Die Marschallin deutete auf die offen stehende Tür, die in die Zitadelle führte.

Das war Mariellas letzte Chance zur Flucht. »Mist! Das darf

doch nicht wahr sein!«, rief sie. »Ich habe meinen Siegelring verloren.«

Wie erwartet zuckten die drei Tannin unisono zusammen.

»Das ist unmöglich dein Ernst.« Sandro schnappte sich Mariellas linke Hand und starrte ungläubig auf ihren nackten Ringfinger. »Was hast du mit dem Siegelring unserer Familie angestellt, du Spatzenhirn?«

»Herumgespielt, denke ich.« Als Sandro vor Entsetzen der Mund aufklaffte, setzte Mariella ihre beste Unschuldsmiene auf. »Was soll ich sagen? Mir war während der endlosen Autofahrt langweilig.«

»Genug«, schaltete Eleonore sich ein. In ihrer Stimme schwang der Unglaube mit, dass jemand tatsächlich so idiotisch war, seinen Ring abzunehmen. Das tat man nur, um ihn von spezialisierten Goldschmieden weiten zu lassen – und selbst dann blieb sein Besitzer in unmittelbarer Nähe, als hielte der Juwelier seine Seele in den Händen. »Wann hast du den Ring abgenommen?«

»Vielleicht auf dem Weg vom Schuppen zur Zitadelle.«

Sofort begannen alle den steinigen Grund abzusuchen.

Nur Mariella setzte unauffällig einen Schritt zur Seite. »Oder ich habe ihn im Jeep vergessen. Ich schau mal schnell nach.« Sie schaffte es bis zum Scheunentor, dort holte Sandro sie ein.

»Warte, ich habe doch den Autoschlüssel.« Sandro klopfte seine Lederjacke ab. »Wo ist er denn bloß?«

Unglaublich. Der Kerl kam wirklich nicht eine Sekunde auf die Idee, dass Mariella ihn austricksen und abhauen könnte. Warum sollte Sandro so etwas auch denken? Ein Tannin würde sich niemals von seiner Familie abwenden und fliehen, nur weil sie ihn in ein unterirdisches Verlies sperrte. Man beugte sich den Entscheidungen der Familie, gleichgültig, was sie für einen bedeuteten. Dass Mariella so sehr aus der Spur schlug, war schlicht unmöglich.

Ergeben klimperte Mariella mit den Autoschlüsseln. »Die

hast du mir vordem in die Hand gedrückt, als du meinen Koffer genommen hast«, log sie. »Schon vergessen? Die weitere Suche können wir uns ohnehin sparen: Mein Siegelring steckt ebenfalls in meiner Tasche.«

Sandro musterte sie eindringlich. »Wenn ich es nicht besser wüsste, würde ich sagen, du versuchst mich übers Ohr zu hauen.«

»Ausgerechnet ich, das Lämmchen unter den Rosaliken?« Mariella legte eine Hand auf ihre Brust, als habe seine Verdächtigung ihr eine Wunde beigebracht.

Sofort tauchte der Nebel vor Sandros Blick wieder auf. »Stimmt, bescheuerte Idee. Wenn jemand keine Ahnung von nichts hat, dann du.«

Zu seinem Glück verzichtete er darauf, ihr liebevoll durchs Haar zu wuscheln. Mariella hätte der Marschallin nur ungern erklärt, warum sie ihrem Begleiter das Knie zwischen die Beine gerammt hatte. Die Frau sah nicht aus, als ob sie sich mit den üblichen Ausreden, die Mariella auf Lager hatte, abspeisen ließ. Allem Anschein nach war die Zeit, in der sie mit ihrer Masche durchgekommen war, nun vorbei.

3

Das Innere der Ruine unterschied sich nicht groß von ihrem Äußeren. Die oberirdische Spitze der Zitadelle bestand aus rohem Mauerwerk und vom Sturm blinden Fenstern. Falls sich allen Vorsichtsmaßnahmen zum Trotz ein Außenstehender in das windschiefe Gemäuer verirrte, würde er sich höchstens darüber wundern, warum sich überhaupt jemand in den kargen Räumen des Turms aufhielt.

Auch wenn Mariella es sich nicht anmerken ließ, so war sie doch enttäuscht. Hinter der schräg in den Angeln hängenden Eingangstür verbarg sich weder eine moderne Sicherheitsschleuse noch ein Hightech-Paradies, das eines James Bonds würdig gewesen wäre. Es nahmen sie keine schwer bewaffneten Elitesoldaten in Empfang, es gab keine Überwachungskameras, und es war auch kein in Stein eingelassenes Tastendisplay zu entdecken, wie sie daheim das Herrenhaus verschandelten. An einem Tisch saßen zwei Männer in Wanderkleidung über einer Landkarte und nickten Eleonore zu, als sie die Besucher in den Nachbarraum führte. Keine Fragen, kein Check.

Ein bisschen wenig Sicherheits-Schnickes für so ein berühmtes Gefängnis, befand Mariella. Schließlich waren auf der Gefangenenebene der Zitadelle nicht bloß die schwarzen Schafe der Tannin und durchgedrehte Verwandelte untergebracht, sondern auch »Die Unlichter«, die vermutlich schlimmste Sorte von Verbrechern. Nun ja, je weniger Sicherheit hier geboten wurde, desto schneller würde Mariella sich verabschieden können.

Die Marschallin ging mit Lyon auf einen Stapel halb verrotteter Kisten zu, von denen ein übler Gestank ausging, als sei mindestens ein Kadaver unter dem Lattenfriedhof begraben.

»Bereit, Stoneheaven zu betreten?«

»Solange wir dazu nicht durch Wände wandeln müssen«, sagte Mariella.

»Wir haben hier Leute, die dazu durchaus in der Lage sind.«

Mariella zuckte die Achseln. »Ich auch, wenn man mir einen Vorschlaghammer gibt.«

Die leicht reizbare Mercedes konnte man mit einer solchen Bemerkung zur Weißglut treiben, die Marschallin hingegen musterte Mariella bloß ausdruckslos. Mich haben schon ganz andere zu provozieren versucht, sagte ihr Blick. Mariella hielt ihm stand. Sie würde nicht lang genug in Stoneheaven sein, um sich mit der Marschallin gutstellen zu müssen.

»Ein Bunsenbrenner würde in diesem Fall eh besser passen«, sagte Lyon, als sich der Kistenstapel auf ein geheimes Zeichen hin dematerialisierte. Auch der widerliche Gestank war plötzlich verschwunden.

Mariella pfiff beeindruckt. Das war eine verdammt aufwendige Illusionierung, um neugierige Wanderer auf Abstand zu halten. Im Haus ihrer Mutter lebten drei Tannin mit der Begabung, Illusionen zu erschaffen, als Dauergäste, nachdem Mercedes sie mit viel Geschick von ihren Familien, Sippen und Clans weggelockt hatte. So machte man sich zwar keine Freunde unter den Tannin, aber laut Mercedes war die Illusion eins der wichtigsten Werkzeuge der Politik, da konnte man keine Rücksicht auf zarte Gefühle nehmen.

Eine Wand aus Edelstahl kam zum Vorschein, vollkommen blank, bis auf eine kaum sichtbare Fuge zu beiden Seiten. Die Marschallin streckte ihre flache Hand aus, und ein Rucken ging durch das Metall. Lautlos glitt es in zwei Teilen auseinander. Offensichtlich war man in Stoneheaven über so etwas Altbackenes wie Tastendisplays hinaus.

»Schick«, gab Mariella zu.

»Faszinierend«, setzte Sandro noch einen drauf.

Die Marschallin lächelte bloß.

Mariellas Begeisterung verflüchtigte sich schlagartig, als sie sah, was hinter der Metalltür zum Vorschein kam: ein geräumiger Lastenaufzug. Das war also der Zugang in die Zitadelle.

Obwohl der Aufzug gut und gerne Platz für zehn ausgewachsene Personen bot, verkrampfte sich ihre Brust. Noch standen ihre Füße auf felsigem Grund, der im Laufe der Jahrhunderte glatt gelaufen worden war. Fest und unnachgiebig, Teil der meilenlangen Steilküste, die dem Atlantik trotzte. Und dieser Blechkasten fuhr direkt in ihr steiniges Herz. Das war nichts anderes, als lebendig begraben zu werden. Abgeschnitten vom Tageslicht, von allem, was Freude, Farbe und Party bedeutete.

Lyon betrat den Lastenaufzug und deutete eine Verbeugung an. »Wenn ich bitten dürfte, Señorita?«

Mariella blieb wie angewurzelt stehen.

Mit einem Seufzen legte Sandro seine Hand auf ihren Rücken und schob, erst leicht, dann fester.

Mariella rührte sich keinen Zentimeter.

»Gibt es ein Problem?« Eleonores finsterer Blick sprach Bände.

»Selbstverständlich nicht«, sagte Sandro.

»Doch, durchaus«, sagte Mariella. »Ich werde dieses Ding nicht betreten.«

Eleonore kräuselte ihre Adlernase. »Und warum nicht, wenn ich fragen darf?«

»Platzangst. Ziemlich heftige sogar.« Mariella japste eindrucksvoll nach Luft, wobei sie sich nicht anstrengen musste. Es fühlte sich tatsächlich so an, als würde die Schwere der Klippe bereits auf ihrer Brust lasten.

»In deinem Dossier waren zwar zahlreiche Unzulänglichkeiten und Beschränkungen aufgelistet, aber an Klaustrophobie kann ich mich nicht erinnern«, sagte Eleonore.

»Sie haben ein Dossier über mich?« Mariella konnte es nicht glauben. Ihre eigene Familie hatte eine Akte über sie angelegt, darin fein säuberlich ihre Fehler aufgeschrieben und sie einer Fremden überreicht. Sie ausgeliefert und verraten. Es fühlte sich an, als stände sie plötzlich nackt vor der Marschallin. Wut stieg in Mariella auf, ein willkommenes Gefühl, weil es ihre Verstörtheit überlagerte. »Dann wissen Sie ja, dass ich quasi nur aus Mängeln bestehe. Ab heute zählt Hysterie bei Fahrstuhlfahrten direkt in die Hölle mit dazu.«

»Rein da«, sagte Eleonore ungeduldig.

»Auf keinen Fall.«

»Das ist ein Befehl.«

»Hörst du, *chica*? Befehl ist Befehl.« Sandro bohrte seine Fingerknöchel in Mariellas Rücken. Als sie trotzdem nicht reagierte, raunte er ihr ins Ohr: »Nun setz dich endlich in Bewegung. Du lässt uns mit dieser kindischen Trotznummer aussehen wie die letzten Idioten.«

Mariella funkelte Sandro über die Schulter an. »Du brauchst mich nicht, um wie ein Idiot rüberzukommen. Das schaffst du ganz allein.«

Empört sog Sandro die Luft durch die Zähne, dann holte er aus, um ihr einen Stoß zu verpassen, doch Mariella wich geschmeidig aus. Sandro stolperte gegen die Marschallin, die ihn brüsk von sich schob. Während die beiden noch damit beschäftigt waren, Abstand zwischen sich zu bringen, tänzelte Mariella rückwärts, den Hauptraum mit der schiefen Tür und damit die lockende Freiheit fest im Blick. Nur leider schob sich ein als Wanderer verkleideter Wächter zwischen sie und ihr Ziel. Mit einem Aufschrei strauchelte sie, schien ihr Gleichgewicht zu verlieren und tauchte im letzten Moment unter dem Arm des Mannes durch.

Nur noch ein paar Schritte!

Dort draußen wartete das Leben auf sie, rief sie, tönte lauter als Sandros Wutgeschrei und das Gefluche des Wachmanns, den sie ausgetrickst hatte.

Mariella streckte die Hand nach dem Türgriff aus, streifte mit den Fingerspitzen sein kühles Metall, bekam ihn aber nicht zu fassen. Denn sie wurde an der Schulter gepackt und zurückgerissen.

»Nein«, keuchte Mariella.

Sie wollte den Schwung nutzen, um sich um die eigene Achse zu drehen und dem Angreifer erneut zu entkommen. Schnell genug dafür war sie, außerdem kämpfte sie nicht nach den Regeln der Tannin-Schule, sondern hatte ihre Ausweichtechniken in den chronisch überfüllten Nachtklubs ihrer Heimatstadt gelernt. Ehe sie sich dem Griff jedoch entwinden konnte, knallte sie rücklings gegen einen muskulösen Körper, der sie deutlich an Höhe überragte. Arme schlangen sich um ihren Oberkörper, und sie unterdrückte mühsam den Wunsch zu schreien. Stattdessen trat sie ihrem Gegner auf den Fuß. Sie war vielleicht keine große Kämpferin, aber das bedeutete noch lange nicht, dass sie sich nicht zu wehren wusste. Ihre Stiefelhacke fand die Kappe eines Sneakers, und ein Japsen ertönte an ihrem Ohr.

»Verdammt«, stöhnte Lyon. »Du hast mir den großen Zeh zerquetscht.«

»Dann halt mich besser nicht fest, sonst kannst du dich auch von seinen Nachbarn verabschieden.«

Trotz seines Gestöhnes dachte Lyon nicht daran, sie freizugeben, obwohl sie heftig in seinem Griff zappelte.

»Was glaubst du denn, wie weit du mit deiner Flucht kommst, verdammt!«, schnaubte er. »Im Kerkertrakt der Zitadelle sitzt ein ganzer Haufen Ausbruchsspezialisten, und keinem einzigen von denen ist es bislang gelungen abzuhauen. Selbst wenn es jemand schaffen würde, ist die Bannmeile um die Zitadelle gespickt mit Wächtern und Sicherheitskontrollen. Dass du eben so weit gekommen bist, liegt ohnehin nur daran, dass Eleonore sehen will, wie du tickst. Und glaub mir, mit meiner Tante ist nicht zu spaßen.«

Die letzten Worte flüsterte Lyon. Etwas in seiner plötzlich heiseren Stimme zeigte Mariella, dass er die Wahrheit sagte. Die Marschallin ließ ihr lange Leine, damit sie sich verriet. Was sie mit ihrem Ausbruchsversuch gerade getan hatte. Nun prangte über ihrem Dossier in fetten Lettern »Fluchtgefahr«. Mariella hätte sich ohrfeigen können.

»Ich ertrage den Gedanken nicht, eingesperrt zu sein«, wisperte sie und gab ihre Gegenwehr auf.

Lyon lächelte schief. »Man gewöhnt sich dran. Und je eher man es tut, desto schneller kommt man wegen guter Führung wieder raus. Dieses Ziel vor Augen wird dich weiter bringen als jeder Fluchtversuch.«

»Okay, überzeugt. Das mit deinem Zeh tut mir übrigens leid«, sagte Mariella, als Lyon mit ihr zum Lastenaufzug zurückhumpelte.

Die Marschallin stand mit verschränkten Armen da und wirkte zufrieden. Im Gegensatz zu Sandro war ihr wohl von Anfang an klar gewesen, dass Mariella nicht vorhatte, beim Betreten der Zitadelle freiwillig Besserung zu geloben.

»So eine Schande, Mercedes hätte dich schon viel früher nach Stoneheaven schicken sollen«, schimpfte Sandro. All die Herzchen und Liebchen waren vergessen, stattdessen betrachtete er Mariella zum ersten Mal ohne seine übliche Weichspülerbrille. Und was er sah, schien ihm nicht sonderlich zu gefallen.

Mariella hatte keine Gelegenheit, darüber zu schmunzeln. Die Türen des Aufzugs schlossen sich, und die Kabine setzte sich geräuschlos in Bewegung. Sofort wurde die Luft merklich dünner, so dünn, dass sie kaum noch ihren Weg in Mariellas Lungen fand. Das Gefühl zu ersticken war jedoch nur halb so schlimm wie die panische Stimme, die durch ihren Kopf hallte und sie fast um den Verstand brachte. *Ich bin gefangen!*, schrie sie. *Gefangen! Gefangen! Endgültig gefangen!*

Das Lächeln der Marschallin, die neben Mariella stand, wurde breiter. »Du solltest dich freuen, mein Kind. Heute ist der erste Tag von deinem zukünftigen Leben als nützliches Mitglied der Tannin-Familie. Wenn wir mit dir fertig sind, wirst du keine Angst mehr vor engen Räumen verspüren. Weil du dann nämlich viel zu sehr damit beschäftigt sein wirst, mich nicht enttäuschen zu wollen. Dieser Anreiz hat bislang noch den größten Trotzkopf zu einem braven Soldaten gemacht.«

Es war Mariellas Stolz, der sie nicht in die Knie sinken ließ. Und Lyons Worte, dass sie eines Tages wieder frei sein würde. Der Strand, dachte sie. Der abendliche Strand von Barcelona, an den sanft die Wellen rollen. Die noch von der Sonne aufgewärmten Straßen der Stadt, auf denen das Leben tobt. Dorthin würde sie zurückkehren. In die Wärme. In das Licht. Sie würde ihren Weg finden, das schwor sie sich.

4

Zu sagen, die Zitadelle von Stoneheaven bestehe aus einem geschichteten Tunnelsystem im Inneren der Steilküste, traf es nicht wirklich. Die Zitadelle war eine im Fels verborgene Welt, deren Breite sich mit jedem Meter Tiefe verdoppelte. In den obersten Ebenen unter der Ruine lagen die Wohnräume sowie Krankenstationen und Verwaltungsbüros. Die Trainingsebenen für die Spezialeinheiten, die für die Gefängnisüberwachung zuständig waren, und deren vielfältige Ausrüstung nahmen bereits deutlich mehr Raum in Anspruch und waren deshalb etwas tiefer untergebracht. Dann kam die berühmte Asservatenkammer, in der sämtliche Waffen und gefährliches Eigentum der Insassen gelagert wurden, und die Ebene 17, in der die Jugendlichen ihre Strafen abbüßten. Die darunterliegende Gefängnisebene hatte schließlich nur noch wenig mit der realen Topografie der Steilküste zu tun. Das lag an den Grundsäulen der Zitadelle, die sich aus einer ungebändigten Quelle tief unter der Klippe speisten.

Eigentlich kannten sich die Tannin mit der Energie aus, die den Quellen entstieg. Der überirdische Lichtschein tanzte noch immer in ihren Augen, auch wenn die Jahrhunderte dieses Funkeln mehr und mehr hatten verblassen lassen. Doch noch war es stark genug, um die Tannin Dinge tun zu lassen, die sie von normalen Menschen unterschieden. Die Quelle unter der Zitadelle überstieg allerdings ihre Kräfte, ihre Energie war wilder und unberechenbarer. Es schien den Tannin unmöglich, sich der Quelle auch nur zu nähern. Den Schlussstrich unter die Bemühungen hatte eine völlig unerwartete Freisetzung von Energie vor knapp vier Jahrzehnten gesetzt. Damals war der Grundstock der Zitadelle mit Ex-Stellarum, einer hochgiftigen Substanz, verseucht worden und galt seitdem als Sperrgebiet, während die anderen Ebenen in ein Gefängnis umgewandelt worden waren. Niemand wusste, was sich in den Jahren auf den versiegelten Ebenen getan hatte, trotzdem gab es immer wieder Nachbeben und noch mehr Gerüchte. Manchmal entkäme etwas aus dem Sperrgebiet, das früher mal ein Tannin gewesen sein mochte, der sich nicht rechtzeitig in Sicherheit gebracht hatte. Außerdem würden oft Gefangene aus der Kerkerebene, die der Quelle am nächsten war, den Verstand verlieren, weil die Abdichtung im Lauf der Jahre porös geworden sei. Es gab wohl noch schlimmere Geschichten, die sich die Erwachsenen zuraunten.

Nach der Katastrophe war der ursprüngliche Grund für den Bau der Zitadelle, nämlich die Quelle zu beherbergen, hinfällig geworden. Niemand wagte sich mehr auch nur in die Nähe der Grundpfeiler. Irgendwann war jedoch jemand praktisch Veranlagtes unter den Tannin auf die Idee gekommen, dass sich die Zitadelle ja als Gefängnis nutzen ließe, wenn man ohnehin schon so viele Leute zur Bewachung des Geländes abstellen musste. Derjenige, der dafür verantwortlich war, dass in diesem bröckeligen Gemäuer die Jugendlichen der Tannin weggesperrt wurden, war jedoch eindeutig über das Ziel hinausgeschossen.

In Stoneheaven verbüßte man keine Strafe, sondern ging durch die Hölle.

Zumindest sah Mariella das so, als der Fall des Lastenaufzugs nach einer gefühlten Ewigkeit endlich stoppte. Die Marschallin und Sandro stiegen aus, beide zu sehr in ein Gespräch vertieft, um die zurückbleibenden Teenager zu beachten. Das begriff

Mariella allerdings erst, als sich die Türen des Aufzugs wieder schlossen – und zwar mit ihr in der Kabine! Sie wollte ihre Hand in den sich rasch schließenden Türspalt stecken, wurde jedoch von Lyon zurückgehalten.

»Pass auf, sonst zerquetschst du dir noch die Finger.«

Mariella starrte Lyon mit weit aufgerissenen Augen an. »Was soll denn das, warum lassen sie uns allein? Ich will auch aussteigen, verdammt. Ich will raus!«

Lyon hob beruhigend die Hände. »Entspann dich, okay? Die Marschallin und Sandro haben noch ein paar Dinge zu klären, bürokratischen Krams über deine Einlieferung. Eleonore meinte, ich soll dich schon mal ins Quartier bringen. Du würdest etwas …« Er machte ein Gesicht, als müsse er angestrengt nachdenken, um sich des genauen Wortlauts zu erinnern. »… neben der Spur liegen. Was so viel heißt wie, dass du ziemlich weggetreten gewirkt hast. Die Enge macht dir echt zu schaffen, was?«

Wie zum Beweis quiekte Mariella auf, als der Aufzug sich wieder in Bewegung setzte. Weiter hinab in die Tiefe der Zitadelle. »Es ist nicht der Aufzug, sondern die Vorstellung, unter Tonnen von Stein eingesperrt zu sein«, brachte sie qualvoll hervor.

»Aber das bist du doch gar nicht, die Zitadelle ist der reinste Schweizer Käse. Auf fast jeder Ebene gibt es Notausgänge und Wege, die auf gut verborgene Plateaus draußen an der Klippe der Steilküste führen. Nicht nur Landeplätze für Helikopter, sondern auch Aussichtsplattformen, von denen aus man einen großartigen Blick auf den Atlantik hat.«

»Das Meer …« Anstatt erneut in Angststarre zu verfallen, malte Mariella sich mit letzter Kraft das Wellenspiel unter einem gewaltigen Himmel aus.

»Und jede Menge Weite direkt vor deiner Nase, hier gibt es endlos viel Himmel.« Lyon wirkte fast so erleichtert wie Mariella, ein Mittel gegen ihre Platzangst gefunden zu haben. Mit einem hysterischen Mädchen in einem Aufzug eingesperrt zu sein, war offenbar mindestens genauso beängstigend, wie selbst unter Platzangst zu leiden. »Wir haben hier auch einen klasse Strand, allerdings etwas abseits von der Zitadelle«, legte er noch einen drauf.

Mariella atmete tief durch. »Ich schwimme für mein Leben gern. Nur Surfen mag ich noch lieber.«

»Wenn du so heftig auf Wasser stehst, wirst du dich freuen zu hören, dass es bei uns auch unterirdische Höhlen gibt, die bis raus ins Meer führen.« Als er das Aufblitzen in Mariellas Augen bemerkte, grinste Lyon. »Für den Tauchgang brauchst du allerdings eins unserer U-Boote oder zumindest eine professionelle Taucherausrüstung. Das ist dir schon klar, oder? Diese Wassertunnel sind nichts für Mädels, die in der Badewanne Luftanhalten üben, um sich auf diese Weise einen unbewilligten Freigang zu beschaffen.«

»Es gibt also Freigang.« Auf Mariellas Lippen klang das wie ein Zauberwort.

»Für diejenigen, die sich bewähren und wegen guter Führung auffallen. Meiner Tante nicht übermäßig auf den Keks gehen, wäre da ein Anfang.«

Mariella murmelte etwas Zustimmendes, während ihre Gedanken Karussell fuhren. Notausgänge, Höhlen, Freigang … ein ganzer Sack voll Möglichkeiten, Stoneheaven hinter sich zu lassen. Als sich die Türen des Aufzugs erneut öffneten, war ihre Platzangst vergessen.

Gemeinsam mit Lyon trat sie auf einen dämmrig beleuchteten Flur, nur um sofort von einer breitschultrigen Frau und einem noch kräftiger aussehenden Mann angehalten zu werden.

Wächter, begriff Mariella, noch bevor sie die vorgehaltenen Schusswaffen bemerkte, die auf Lyon und sie gerichtet waren.

Im Gegensatz zu den Pseudowanderern oben im Turm waren diese beiden wegen ihrer schwarzen Nylonoveralls sofort als hartgesottene Wächter zu erkennen. Allein der Gesichtsausdruck der Frau machte deutlich, dass sie, ohne mit der Wimper zu zucken, unbequem werden würde, wenn irgendetwas nicht nach ihrer Nase lief. Und ihr Kollege, der Mariellas freundliches Nicken ignorierte, stand ihr offenbar in nichts nach.

»Dein Zeichen«, forderte die Wächterin.

Sofort schob Lyon den Ärmel seiner Jacke ein Stück hoch und hielt seinen linken Arm vor. Über seinen Puls verlief ein leuchtend grünes Symbol, das die Form einer stilisierten Lilie hatte.

Die Wächterin nickte ihm zu. »Vortreten.« Dann wandte sie sich an Mariella und bedeutete ihr mit dem Kinn, ebenfalls ihr Handgelenk vorzuzeigen.

»Dieser Neuzugang ist gerade erst angekommen«, antwortete Lyon an Mariellas Stelle. »Die Marschallin hat mir eine Passiermünze für sie mitgegeben. Darf ich sie aus meiner Hosentasche rausholen?«

Die Wächterin ließ Mariella keine Sekunde aus den Augen, während ihr Partner sich vor Lyon stellte und sagte: »Aber schön langsam.«

Mariella schüttelte ungläubig den Kopf. Sie hatte mit schlecht gelaunten Aufpassern gerechnet, die auf Regeleinhaltung pochten und ansonsten versuchten, die Zeit bis zum Feierabend rumzukriegen, ohne sich allzu sehr zu verausgaben. Lustlose Betreuer, die eh nicht daran glaubten, dass aus ihren Schützlingen noch was werden konnte. Aber das hier waren richtige Wächter, darin ausgebildet, absolute Kontrolle über ihre Gefangenen auszuüben. Wächter, denen es nichts ausmachte, ihre Waffen zu benutzen, wenn sie einen Grund dazu fanden. »Sind wir versehentlich auf der Gefängnisebene ausgestiegen?«

»Die liegt direkt unter eurer Kindermüllkippe«, sagte die Wächterin. »Wenn du jetzt nicht sofort die Klappe hältst, kannst du sie persönlich kennenlernen.«

Mit einem Räuspern hielt Lyon eine neonblaue Scheibe hoch, offenbar die angekündigte Passiermünze. »Wie gesagt, sie ist ein Frischling und muss erst noch lernen, wie es bei uns abläuft.«

»Dann sollte deine Freundin sich besser beeilen, wenn sie nicht eine Etage tiefer ziehen will.«

Damit bewahrheiteten sich die Gerüchte über Stoneheaven: Es war ein Knast und keine Besserungsanstalt. »Was freue ich mich, hier zu sein«, murmelte Mariella, als Lyon sie am Arm hinter sich herzerrte.

»Sei still«, knurrte Lyon. »Oder möchtest du diese Art von Unterhaltung wirklich fortsetzen?«

Nachdem sie die Wächter hinter sich gelassen hatten, zog Lyon das Tempo weiter an. Nun liefen sie durch den Gang, wobei die Beleuchtung so eingerichtet war, dass sie immer nur die nächsten vor ihnen liegenden Meter anstrahlte, während der Rest in Dunkelheit lag.

»Hey, ginge es einen Tick langsamer? Ich möchte mich gern ein wenig umsehen.«

»Das verschieben wir auf ein anderes Mal«, sagte Lyon. »Wir müssen schleunigst vom Gang runter.«

»Warum?«

Anstelle einer Antwort beschleunigte er, und Mariella blieb nichts anderes übrig, als Schritt mit ihm zu halten, wenn sie nicht von ihm nachgeschleift werden wollte. Dann blieb er plötzlich stehen, und sie fluchte, weil sie gegen ihn lief.

»Ich hoffe, du hast die Vollbremsung wegen irgendeiner unsichtbaren Sicherheitsgrenze hingelegt. Von unfreiwilligem Körperkontakt mit dir habe ich nämlich erst mal genug.«

»Tut mir leid, aber wir haben nicht viel Zeit.« Lyon deutete auf den Boden, wo ein rotes Leuchtfeld zu blinken begann. »Da müssen wir drauf. Diese Position muss man erreichen, bevor das Blinken aufhört.«

Das Leuchtfeld blinkte immer schneller, und Mariellas Herz raste passend dazu. Obwohl ihr Verstand noch ratlos war, hatte ihr Instinkt längst begriffen, dass sie besser Gas gab. Gemeinsam mit Lyon hechtete sie ins Zielfeld, verlor beinahe das Gleichgewicht und war froh, als er sie festhielt. Sie wollte wirklich nicht außerhalb des Kreises stehen, wenn das Blinken erlosch. Tatsächlich hielt es mit einem einrastenden Geräusch an, wie eine Falle, die gesichert wurde.

Außer Puste rang Mariella nach Luft. »Was passiert eigentlich, wenn man zu langsam ist? Sprengen sie einen dann in die Luft?«

»Etwas in der Art.«

Mariella lachte, doch als Lyon nicht mit einstimmte, blieb ihr das Lachen in der Kehle stecken. Er meinte es ernst – und nicht nur er, sondern die gesamte Sicherheitsabteilung der Ebene 17. Das war ein waschechter Hochsicherheitstrakt.

»Warten wir jetzt in diesem Gang darauf, dass ein weiteres Wächtergespann uns filzt und angemessen zusammenstaucht?«

»Nein«, sagte Lyon. »Wir warten darauf.« Er deutete auf die glatte Steinwand, die sich im rötlichen Schein abzeichnete.

Mariella zuckte zusammen, als in der Dunkelheit vor ihnen ein gespenstisches Leuchten auftauchte. Die Umrisse eines Vierecks zeichneten sich in der Wand ab, eine luftdicht abschließende Tür, wie es aussah.

»Ein Tipp, bevor wir reingehen«, sagte Lyon. »Die Kids in unserer Einheit haben alle was auf dem Kerbholz. Die eine oder andere Geschichte wirst du vielleicht sogar kennen. Im Grunde sind sie okay, wenn man mit ihnen umzugehen weiß. Aber …« Die unheimlich leuchtende Tür vor ihnen sprang mit einem Zischen auf.

»Aber?«, hakte Mariella nach.

»Mit Aidan solltest du vorsichtig sein. Immer, wirklich immer. Von dem Kerl geht so eine gewisse Wirkung aus, ignorier die einfach. Und versuch auch keins von deinen Spielchen mit ihm.«

Mariella schnaufte empört. »Was denn für Spielchen bitte schön?«

»Ich meine es ernst. Bleib auf Abstand, teste Aidans Grenzen nicht mal an, dann geht alles gut. Es ist eh nur eine Frage der Zeit, bis sie ihn endlich auf die Kerkerebene verlegen, wo er auch hingehört.«

»Aidan …«, wiederholte Mariella nachdenklich. »Den Namen habe ich irgendwie schon mal gehört.« Nur in welchem Zusammenhang wollte ihr nicht einfallen, jetzt, da sich der Eingang zu ihrem neuen Zuhause auf unbestimmte Zeit öffnete. Begraben unter Tonnen von Gestein, überwacht von bis aufs Blut gereizten Wächtern und weggesperrt mit Leuten, die sogar einem handfesten Kerl wie Lyon Unbehagen bereiteten.

Zum ersten Mal stellte Mariella sich die Frage, ob das Leben im Herrenhaus ihrer Familie wirklich der schlimmste aller Albträume gewesen war.

5

Das Erste, was Mariella vom Quartier ihrer Einheit zu sehen bekam, war kaltes, blendendes Licht. Gnadenlos strahlte es von der Decke hinunter und ließ sie blinzeln, als sie durch die Tür trat. Vor ihr lag ein länglicher fensterloser Raum, in dessen Mitte ein Resopaltisch samt Stühlen stand. Die Wände waren von einem schmutzigen Gelb, der deprimierendsten Farbe überhaupt. Mehr Gegenprogramm zu ihrem Zuhause, wo die Sonne alles warm küsste und das Leben auf den Straßen, Dachterrassen, wenn nicht gar am Strand stattfand, ging nicht.

»Scheiße«, sagte Mariella.

»Das wird schon.«

»Ach ja, werden etwa Medikamente ausgegeben, die das möglich machen?«

»Ich sage das nicht nur so. Nach einer Weile fällt es einem gar nicht mehr auf, wie übel es hier aussieht.«

Aus einer Ecke erklang ein abfälliges Schnaufen. In einer Art Teeküche stand jemand, von dem Mariella nicht auf Anhieb sagen konnte, ob es sich um einen Jungen oder ein Mädchen handelte. Schwarzes, kurz geschorenes Haar und ein Körper, der unter Schlabbershirt und Latzhose verschwand. Ob schlank, pummelig oder durchtrainiert ließ sich nicht sagen.

»Mit diesem Grunzer will Skye Loholan von den Amur sagen, dass ihrer Meinung nach auch Drogen es nicht erträglicher machen würden. Was ihrer Ansicht nach übrigens nicht im Speziellen für Stoneheaven gilt, sondern für die Welt im Allgemeinen. Falls du darüber reden möchtest, was dir alles nicht gefällt oder dich unglücklich macht, ist Skye deine Ansprechpartnerin. Wenn du nur quatschen willst, eher nicht.«

Das vielleicht fünfzehnjährige Mädchen drehte in Zeitlupe ihren Kopf und warf Lyon einen Blick zu, in dem trotz seines schnippischen Kommentars pure Gleichgültigkeit lag. Nur in ihren dunklen Mandelaugen glomm ein Feuer, tief versteckt, aber Mariella bemerkte es trotzdem. Wenn Skye will, dann brennt sie, raunte ihr Instinkt ihr zu. Mariella winkte lediglich zur Begrüßung, denn Skye machte nicht den Eindruck, als würde sie Wert auf die obligatorischen Wangenküsse legen. »Hi, ich bin Mariella aus Barcelona.«

Lyon grinste. »Um genau zu sein ist sie Maria-Aurora Mercedes Auguste Clementine aus dem Familienzweig der Rosaliken.« Als Mariella ihm mit dem Zeigefinger drohte, zuckte er bloß die Schultern. »Was denn? Das bist du doch.«

»Ja, bist du das? Bist du Maria-Aurora Mercedes Auguste Clementine?« Skyes Stimme war samtig tief, und nichts deutete darauf hin, ob ihre Frage ernst gemeint oder bloß Verarsche war.

Das Mädchen war unlesbar, ein wandelndes Geheimnis. Mariella wusste nicht viel über die Amur, eigentlich wusste sie nicht einmal, wo genau dieser Familienzweig lebte, da es sich um Nomaden handelte. Allerdings hieß es, die Amur brächten jene Assassinen-Elite hervor, deren Dienste sich die Clan-Zusammenkunft, auch der Kreis genannt, in besonders schwierigen Fällen zunutze machte. Etwa wenn es Probleme außerhalb der Tannin-Welt gab, zum Beispiel mit Politikern, die bestimmte Sperrzonen aufheben und damit Tannin-überwachtes Gebiet der Öffentlichkeit zugänglich machen wollten und sich nicht auf andere Weise überzeugen ließen. Gelegentlich wurden die Assassinen der Amur angeblich auch beauftragt, um in Ungnade gefallene Mitglieder aus den Familienzweigen der Tannin zu eliminieren. Aber das mochte nur ein Gerücht sein. Jedenfalls war es ein Rätsel, warum ausgerechnet die Amur ein Kind aus ihren Reihen Stoneheaven überließen. Ein Kind, das ihre Geheimnisse kannte. Was hatte Skye getan, dass ihr Clan sich ihrer nicht selbst angenommen hatte?

Während Mariella von Skyes hypnotisierendem Blick gefesselt war, trommelte Lyon ungeduldig mit den Fingern auf seinem Unterarm. »Wo steckt denn der Rest von uns? Ihr wusstet doch Bescheid, dass wir heute ein neues Mitglied bekommen, das Usakos Platz einnimmt. Wir haben den Nachmittag extra freibekommen, um Mariella willkommen zu heißen.«

Skye fühlte sich anscheinend nicht angesprochen, denn sie stand einfach nur da, die Hände in den Taschen ihrer Latzhose versteckt.

»Hallo, aufwachen!« Lyon wedelte mit der Hand vor dem Gesicht des Mädchens herum. »Wo sind die anderen? Schalt nicht ständig auf Durchzug, das nervt.«

»Warum sollte ich wissen, wo wer steckt?«, sagte Skye. »Bin ich etwa der Gruppenleiter?«

»Nein, aber ich hatte dich darum gebeten, ein bisschen was vorzubereiten, den Tisch einzudecken und so. Ein nettes Willkommen eben.«

»Ich habe Tee gekocht.« Träge deutete Skye auf eine dampfende Kanne, die einsam auf dem Tresen stand.

»Was für Tee?«, wollte Lyon wissen. »Der Geruch ist nicht besonders vertrauenerweckend.«

»Ich hatte da noch so ein paar Spezialblätter von zu Hause.«

»Okay, vergessen wir das Gepansche. Möchtest du ein Glas Wasser, Mariella?«

Eigentlich war Mariella dem geheimnisvollen Tee der Amur nicht abgeneigt, aber bevor sie etwas sagen konnte, ging eine Tür im hinteren Teil des Raums auf. Ein auffallend schlankes Mädchen trat ein, nur um sofort mit vor der Brust verschränkten Armen stehen zu bleiben.

»Sieh an, Frischfleisch«, sagte sie.

Der Einschlag ihrer Stimme verriet irische Wurzeln. Noch mehr stach Mariella jedoch das rotblonde Haar ins Auge, das kunstvoll zu einem Messy-Bun hochgesteckt war. Das Mädchen in dem verwaschenen Blumenkleid hatte etwas von einer Porzellanpuppe: Sie war genauso schön und kühl.

Lyon lächelte so einnehmend, als sei die Herablassung des Mädchens an ihm abgeprallt. »Darf ich dir unseren Neuzugang vorstellen, Tessa? Das ist Maria-Aurora Mercedes Clementi-…«

»Kurz Mariella von den Rosaliken«, unterbrach ihn Mariella, die gerade keine Geduld übrig hatte für ihren Endlosnamen. »Und du gehörst wohl zur Sippe der Clairsearch aus Irland?«

»Hui«, machte das Mädchen. »Unsere kleine Spanierin ist ja eine ganz Schlaue. Hat deine Familie dich wegen Klugscheißerei nach Stoneheaven verbannt?«

»Unbedingt«, sagte Mariella.

»Mercedes …« Tessa sprach den Namen von Mariellas Mutter nachdenklich aus. »Heißt das, du bist die Tochter vom Familienoberhaupt der Rosaliken?«

Mariella seufzte ergeben. »Genau das bin ich. Und bevor du selbst drauf kommst: Ich bin Mercedes' Tochter, aber kein Klon von ihr. Was bedeutet, dass es für mich Wichtigeres gibt, als die Geschicke der Tannin zu lenken.«

Anstatt wie die meisten Leute mit einer gewissen Ehrfurcht zu reagieren, sobald von Mercedes von den Rosaliken die Rede war, zog Tessa lediglich die Nase kraus. »Großartig. Eine wie du hat in unserem illustren Kreis gerade noch gefehlt. Dann haben wir jetzt den französischen Edelmann, der in Ungnade gefallen ist, die geheimnisvolle Spezialagentin mit der Lizenz zum Töten und jetzt ganz exklusiv die spanische Infantin. Da komme ich mir als Mädchen von den Grünen Hügeln ja richtig langweilig vor.«

»Du hast den Krieger aus Alaska vergessen«, gab Skye zu bedenken. »Und außerdem noch …«

»Vielen Dank für die Erinnerung«, fauchte Tessa. »Aber der Zwerg zählt nicht. Und der Krieger, wie du ihn nennst, gehört wohl kaum zu eurem Kreis der Auserwählten, das kann dir unsere Rosalike bestimmt mit Inbrunst bestätigen. Schließlich schauen die stolzen Spanier schon seit Jahrzehnten auf den Clan der Beringer hinunter, weil die mit dem Verlust ihrer ursprünglichen Quelle in Island auch ihren Führungsanspruch im Kreis aufgeben mussten. Ganz zu schweigen davon, mit welcher Verachtung sie uns Clairsearch behandeln, weil angeblich das Blut von Verwandelten durch unsere Adern fließt.«

Mariella winkte ab. »Das sind doch Geschichten von gestern. Als vom Aussterben bedrohte Gattung sitzen wir Tannin schließlich alle im selben Boot. Es ist nur eine Frage der Zeit, bis keiner von uns mehr imstande ist, Astrallis aufzunehmen. Dann können wir uns wie der Rest der Menschheit die Quellen höchstens durch ein Fernglas anschauen.« Es war kaum zu glauben, dass ihr zur Begrüßung langweilige Sippenfehden entgegenschallten. Nicht alle Tannin waren einander grün – okay. Aber dafür war doch wohl nicht sie als harmlose Sechzehnjährige verantwortlich, die noch nicht einmal in die Nähe des Kreises kommen durfte.

»Lassen wir das Thema«, mischte Lyon sich ein. »Hier unten gelten eh andere Gesetze, da ist es bedeutungslos, aus welcher Familie man stammt.«

Tessa sah das offenbar anders. »Für jemanden wie dich«, sie zeigte mit dem Finger auf Mariella, »der mit einem goldenen Löffel im Mund aufgewachsen ist, mag das alles ja unwichtig sein, Hauptsache, deiner Familie geht es blendend. Aber für mich ist es keineswegs egal, dass unsere Sippe in der Tannin-Welt eine Randexistenz fristet, weil uns die Rosaliken nicht für würdig erachten, im Kreis auch nur in ihrer Nähe zu sitzen. Es ist deine Familie gewesen, die unter den Tannin ein Klassen-System eingeführt hat.«

»Genau, und außerdem opfern wir regelmäßig Babys und

pumpen heimlich sämtliche Quellen leer, um das Astrallis zum Beleuchten unseres Palastes zu verpulvern.« Mariella interessierte sich null für Politik, aber anpinkeln ließ sie sich auch nicht gern. Als Lyon erneut zum Schlichten ansetzte, ließ sie ihn deshalb gar nicht erst zu Wort kommen. »Du machst es dir ein bisschen leicht, wenn du behauptest, die Clairsearch seien Opfer und damit kein bisschen selbst verantwortlich für ihre Lage. Für so schwach halte ich deine Sippe nämlich keineswegs.«

In Tessas schönem Gesicht zuckte es. »Was weiß so ein verwöhntes Prinzesschen wie du schon über meine Leute?«

»Genau so viel wie du über meine Familie. Mal davon abgesehen, dass du diejenige bist, die ein Vorurteil nach dem nächsten abschießt.« Langsam war Mariella der Diskussion müde. »Ich bin die Tochter der großen Mercedes – und bin trotzdem in diesem Elendsloch gelandet. Das sagt doch echt alles.«

»Das war also Tessas herzliches Willkommen«, sagte Lyon. »Dann können wir das Schlimmste ja gleich hinter uns bringen und Aidan Hallo sagen. Wo steckt der Kerl überhaupt?«

Prompt machte Tessa einen Schmollmund.

»Du weißt es nicht?« Lyon grinste breit. »Dann hat Aidan dich also abgehängt. Respekt, das dürfte ihm nicht leichtgefallen sein, wo du doch quasi jeden seiner Atemzüge überwachst.«

»Du hast ja keine Ahnung«, fauchte Tessa. »Aidan braucht jemanden, der ihm zur Seite steht und ihn nicht wie einen Verbrecher behandelt.«

»Der er zweifelsohne ist.«

»Du bist so was von anmaßend, Lyon! Du weißt nichts über Aidan, über das, was er durchgemacht hat. Oder wie es ist, wenn einen die ganze Welt hasst.«

Während Skye teilnahmslos mit den Füßen scharrte, horchte Mariella bei Tessas dramatischem Ausfall auf. Entweder war »wenn einen die ganze Welt hasst« einfach nur dick aufgetragen, oder … Zwei Puzzleteile fügten sich zusammen: Der Junge namens Aidan, vor dem Lyon sie eindringlich gewarnt hatte, stammte aus dem Beringer-Clan. Aber konnte das wirklich sein?

»Wenn ihr von diesem ominösen Aidan redet, dann meint ihr nicht zufällig einen gewissen Beringer-Spross, der die Quelle in Alaska versiegelt hat?« Selbst laut ausgesprochen klangen Mariellas Worte in ihren Ohren völlig absurd. Dieser Junge konnte unmöglich in dem gleichen Auffangbecken gelandet sein wie sie, schließlich hatte er mutwillig die Lebensgrundlage seiner Familie zerstört, während sie bloß ein bisschen über die Stränge geschlagen hatte.

Lyon setzte eine Miene auf, als müsse er eine Trauernachricht überbringen. »Tut mir leid, aber so ist es. Aidan wurde für sein Vergehen in die Zitadelle geschickt.«

»Das ist ein Scherz.« Mariella war genauso baff, wie sie klang. »Ich bin ja davon ausgegangen, dass einen der Kreis für Verbrechen dieser Liga direkt unter die Erde bringt. Allerdings wortwörtlich – und nicht, indem sie einen in die Tiefen der Zitadelle verbannen.«

»Ein Kaliber wie Aidan zu exekutieren, wäre ein krass interessanter Job«, sagte Skye.

Mariella blinzelte. »Das war jetzt ironisch gemeint, richtig? Das mit dem Hinrichten war bloß ein schlechter Spruch von mir. Es würde völlig ausreichen, wenn sie diesen Irren für alle Zeiten sicher wegsperren würden.«

»Das haben sie doch auch«, sagte eine raue Stimme.

6

Unwillkürlich machte Mariella einen Schritt zurück, als ein blonder Junge durch die Tür trat.

Das musste Aidan sein. Er war weder so hochgewachsen noch so breitschultrig wie Lyon, trotzdem wirkte er imposanter … beeindruckender … ja, auch überwältigender. In jeder Hinsicht nach mehr. Seine Ausstrahlung traf Mariella wie eine Welle, die eisig-prickelnd über sie hinwegspülte und ein Kribbeln auf ihrer Haut hinterließ, sodass sich die Härchen auf ihren Unterarmen aufstellten. Ungläubig schob sie die Ärmel ihrer Jacke hoch und glaubte, einen goldenen Funkenflug zu bemerken, der sich ausbreitete und in ihre Haut einsank. Es war, als würde ein Licht in jede einzelne ihrer Zellen getragen werden.

»Mein herzliches Beileid, dass du in Stoneheaven gelandet bist«, sagte Aidan. »Und dazu auch noch in so schlechter Gesellschaft.«

Mariella starrte den vielleicht siebzehnjährigen Jungen an, unfähig, ein Wort hervorzubringen.

An diese Reaktion war Aidan offenbar gewohnt, denn er ließ es mit einer gewissen Gleichgültigkeit geschehen. Nur ein Anheben seiner Mundwinkel bewies, dass es ihn amüsierte, wenn seine schiere Anwesenheit Leute aus dem Takt brachte. Seine Augen erreichte das Lächeln allerdings nicht, sie blieben distanziert, als wäre er bloß ein Zuschauer, der zufällig in ein Spektakel geraten war und sich bereits langweilte. Trotzdem waren seine Augen das Spannendste an seinem Gesicht, sie waren von einem ungewöhnlichen Blau. Als würde sich Licht an tiefem Eis brechen, ganz pur und kühl.

»Ist das Gletscherblau?«, platzte es aus Mariella heraus.

Aidan zog die Brauen hoch. »Muss ich den Kommentar verstehen?«

»Das ist die Geheimparole dafür, dass unsere Neue ihre Spezialtabletten braucht, bevor sie völlig abdreht«, sagte Tessa.

Ein Teil von Mariella begriff, dass sie sich wie eine Gestörte aufführte, aber sie konnte nichts dagegen tun. Sie war schlichtweg gebannt. Ein vertrautes und gleichzeitig völlig neues Gefühl, wie sie verwirrt feststellte. Es fühlte sich an wie … Stopp, das konnte unmöglich sein! Kein Mensch war imstande, das auszulösen. Oder doch? Mariella versuchte, den Blick von Aidan zu nehmen, es gelang ihr jedoch nicht. Ihr Körper bestand darauf, ein Eigenleben zu führen. Fehlte bloß noch, dass sie die Hand ausstreckte, um zu überprüfen, ob er echt oder nur ein Traum war.

»Du weißt genau, was mit ihr los ist, Tessa«, knurrte Lyon irgendwo in Mariellas Nähe und doch meilenweit entfernt, wahrscheinlich sogar auf einem anderen Planeten. »Das ist uns schließlich allen schon in Beringers Nähe passiert, wenn auch nicht annähernd so heftig. Mit seinen Blockern scheint was nicht okay zu sein.«

Allmählich wurde Mariella klar, was mit ihr geschah: Sie war in den Bannkreis von Aidans übernatürlich aufgeladener Aura geraten. Obwohl sie mittendrin steckte, konnte sie es einfach nicht glauben. Der Junge hatte eine Quelle versiegelt, und anstatt sich als Strafe in seine einzelnen Atome aufzulösen, hatte er mehr Astrallis abbekommen, als ein Tannin der Meisterklasse je verkraftet hätte. Aber Aidan hatte nicht nur überlebt, sondern ein Nachhall der Quelle lebte in ihm fort, wie seine Strahlkraft verriet.

Es gab einen Namen für dieses Phänomen, man nannte es *Das Brennen*.

Wenn ein Tannin die Nähe einer Quelle aufsuchte und sich dem von ihr freigesetzten Astrallis aussetzte, überkam ihn *Das Brennen*. Damit wurde jener Moment beschrieben, wenn die Energie einer Quelle in die Aura eines Tannin eindrang und sich dort in Form von Astrallis festsetzte. Ein Prozess, dem nur die Tannin standhielten, ein normaler Mensch wurde von der schieren Energie ausgelöscht. Die meisten, die es schafften, den Sicherheitsgürtel der Tannin zu durchbrechen, waren auf Abenteuer aus oder hofften, die Quelle würde sie spirituell erleuchten. Falls diese Menschen der Quelle noch rechtzeitig entrissen werden konnten, war ihre Aura oftmals so stark beschädigt, dass Seele und Geist sich verdunkelten. Als hätten sich in das Strahlenfeld, das alles Lebende umgab, Brandlöcher hineingefressen und eine Rußschicht hinterlassen. Deshalb wurden diese Überlebenden Unlichter genannt und landeten auf kürzestem Weg in Stoneheaven. Denn wer die Strahlung überlebte, war anschließend nicht mehr als ein Schatten seiner selbst. Unmöglich zu sagen, ob die Unlichter eher verrückt oder mehr noch hasserfüllt waren auf alles, was im Gegensatz zu ihnen hell erstrahlte. Die Aura der Tannin hingegen vermochte das Astrallis nicht nur aufzunehmen, sondern stärkte sogar ihre Träger. Einige Begabte unter den Tannin vermochten, besondere Fähigkeiten herauszubilden, wobei dies bei einigen Familien nicht gern gesehen und in manchen sogar verboten war. »Zu außergewöhnliche und schwer einzuschätzende Begabungen widersprechen dem Korpsgeist der Tannin«, hatte Mercedes behauptet. Für Mariella klang das eher danach, dass da jemand mächtig die Hose voll hatte bei der Vorstellung, etwas nicht kontrollieren zu können. Selbstredend fand sie Begabungen großartig und bedauerte es, dass sich bei ihr nicht der Hauch davon zeigte.

Die meisten Tannin beschrieben *Das Brennen* als überwältigend und beängstigend, denn man lieferte sich dieser Macht auf

Gedeih und Verderb aus. Für Mariella fühlte es sich in Aidans Nähe jedoch so an, als öffne jemand eine bislang verborgene Tür in ihrem Inneren, durch die ein golden lockender Schein drang. Das war tausendfach unheimlicher!

Tessas Lachen holte Mariella in die Gegenwart zurück. »Wahnsinn, die Infantin hat ganz rote Wangen vor Verzückung. Wenn sie jetzt noch zart seufzt, hat Aidans Ausstrahlung einen neuen Rekordwert erreicht.«

»Es ist nicht meine Ausstrahlung, sondern die der Quelle«, sagte Aidan. »Und du hast ähnlich verstrahlt rumgestanden, als wir uns das erste Mal getroffen haben, Tess.« Er wendete sich an Mariella. »Mit der Zeit wird es besser, man gewöhnt sich dran.«

»Glaube ich dir total. Man gewöhnt sich ja auch an Tageslicht und an frei zur Verfügung stehenden Sauerstoff.« Mariella widerstand dem Bedürfnis, ihr glühendes Gesicht hinter den Händen zu verbergen. Nicht so sehr, weil ihre neuen Mitbewohner ihr live dabei hatten zusehen dürfen, wie sie einen wildfremden Typen anschmachtete. Nein, mit so etwas kam sie klar, da grinste sie höchstens drüber. Dass sie jedoch einen Teil ihrer selbst entblößt hatte, vollkommen unverfälscht – das hätte sie niemals freiwillig getan. Wenn man im Haus der machtversessenen Rosaliken eines lernte, dann, sein wahres Ich hinter unzähligen Schichten und Verkleidungen zu verstecken.

»Eigentlich sollte die Zerstörung einer Quelle einem das Karma ruinieren, anstatt einen in einen lebenden Flutscheinwerfer zu verwandeln«, murmelte Mariella verärgert.

»Zu viel Aufmerksamkeit ist auch eine Form von Strafe«, sagte Aidan.

»Du Armer.«

Mit tänzerischer Anmut glitt Tessa an Aidans Seite. »Wenn ich gewusst hätte, wo du steckst, hätte ich dich vorgewarnt, dass unsere Neue auch nur so eine Bitch ist.«

Mariella schlug sich die Hände vor die Brust. »Autsch, das

tut weh. Heißt das, wir werden jetzt keine besten Freundinnen mehr?«

»Mach dir nichts draus«, sagte Lyon, der neben Mariella Position bezog. »Für Tessa sind wir alle Bitches, weil wir Aidans Heiligenschein nicht sehen. Reg dich also nicht auf, falls sie dir gleich unterstellt, du würdest Aidan im Schlaf erwürgen wollen für das, was er uns Tannin im Allgemeinen und seiner Familie im Speziellen angetan hat.«

»Klingt verführerisch«, sagte Mariella. »Aber eigentlich wollte ich nicht gleich an meinem ersten Tag hier blutige Rache am Quellen-Quäler nehmen.«

»Quellen-Quäler? Muss ich mir merken.« Aidan nickte anerkennend. »Die meisten Leute bezeichnen mich als gemeingefährlichen Hurensohn, oder sie sagen hinter meinem Rücken, dass ich wenigstens auf der Knastebene von Stoneheaven verrotten sollte. Ist es nicht so, Lyon?«

Ertappt fuhr Lyon zusammen. »Ich maße es mir nicht an, mich zu deinem Richter aufzuschwingen. Aber unabhängig davon, ob deine Tat nur ein dummer Jungenstreich war oder ob du mit voller Absicht eine Quelle unzugänglich gemacht hast, dein Vergehen sollte auf jeden Fall hart bestraft werden.«

»Ganz ehrlich?«, sagte Aidan. »Ich finde es eine ziemlich harte Strafe, mit Typen wie dir in diesem Loch eingesperrt zu sein.«

»Lass den Scheiß, oder ich garantiere für nichts«, knurrte Lyon.

»Halt dich meinetwegen bloß nicht zurück.«

Mariella stand so unter Anspannung, dass sie zusammenfuhr, als ihr jemand auf die Schulter tippte. Es war jedoch nur Skye. »Hat dir schon jemand von den Kameras im Aufenthaltsraum erzählt?«, sagte die Amur.

»Wir werden überwacht?« Automatisch blickte Mariella sich um, konnte jedoch nichts entdecken. »Wenn das stimmt, solltet ihr Streithähne euch besser entspannen, bevor das Quartier gestürmt wird.«

»Eine Schlägerei kratzt keinen von den Wächtern«, sagte Aidan, ohne Lyon aus den Augen zu lassen. »Falls sie uns überhaupt beachten, schließen sie höchstens Wetten ab, wer gewinnt.«

»Du denkst wohl von jedem das Schlimmste«, sagte Lyon.

»So ist es, also enttäusch mich bitte nicht, indem du dich plötzlich ehrenhaft verhältst.«

»Wie du meinst.«

Als Lyon drohend auf Aidan zuschritt, hatte der bereits die Hände zu Fäusten geballt. Dabei fiel Mariella auf, dass an Aidans Ringfinger kein Siegelring steckte, was nichts anderes bedeutete, als dass er von seiner Familie verstoßen worden war. Seine engsten Verwandten mussten ihm den Ring abgenommen haben, denn freiwillig hatte er ihn auf keinen Fall abgelegt. Aidan war ein Ausgestoßener, das Schlimmste, was einem Tannin passieren konnte, noch vor dem Tod. Selbst wenn er die Zitadelle jemals wieder verlassen durfte, gab es keinen Ort, an den er gehen konnte, um unter seinesgleichen zu leben.

Tessa streckte eine Hand nach Aidan aus, wagte es aber nicht, ihn zu berühren. »Komm schon, vergiss den Heuchler.«

»Schwierig, schließlich erinnert mich seine Visage jeden Tag daran, dass sie uns einen Spitzel ins Nest gesetzt haben: Eleonores Liebling.«

»Pass auf, was du sagst.« Lyon lehnte sich gefährlich weit vor. »Sonst …«

»Sonst was?« Obwohl Aidan fast einen halben Kopf kleiner war als Lyon, wich er nicht zurück. »Trau dich ausnahmsweise mal was, anstatt immer nur leere Drohungen rauszuposaunen.«

»Handhabt man Streitereien bei euch auf diese Art?«, fragte Mariella, der die Auseinandersetzung eindeutig zu weit ging. »Weil, wenn das so ist, bin ich jetzt damit dran, Tessa an den Haaren zu ziehen, während sie versucht, mir auf den Fuß zu treten.«

»Du meinst wohl, in deinen Arsch. So breit, wie der ist,

kann man den nämlich unmöglich verfehlen.« Entgegen Tessas schnippischem Kommentar war ihr die Anspannung wegen der beiden Jungen im Gesicht abzulesen.

Mariella tippte Lyon gegen die Schulter. »Darf ich ihr für diese Frechheit das Gesicht zerkratzen?«

Lyon fluchte, dann ließ er die Fäuste sinken. »Schon gut, ich entspann mich ja. Aber nur, solange du die Schnauze hältst, Aidan. Wenn du noch mal was über meine Tante sagst, vergesse ich mich.«

Trotz der Drohung machte Aidan keinen sonderlich besorgten Eindruck. »Kein Problem. Wenn ich an die Marschallin denke, bekomme ich ohnehin nur dieses ätzende Würgegefühl.«

Hastig schob sich Mariella vor Lyon, bevor er endgültig die Beherrschung verlor – worauf Aidan es mit seiner provokanten Art geradezu anlegte. Eine ausgewachsene Schlägerei war zu ihrem Einstand allerdings nicht das Richtige, vor allem, weil die beiden Jungen den Eindruck machten, als würde der Streit schon länger schwelen. So wie die Luft zwischen ihnen knisterte, ging es um sehr viel mehr als um die Frage, wer hier der Leithengst war. In der Gruppe musste etwas vorgefallen sein, das einen tiefen Graben hinterlassen hatte. Tiefer als die Gräben, die es ohnehin schon zwischen den verschiedenen Tannin-Zweigen gab. Eine Prügelei zwischen Aidan und Lyon würde nicht bloß mit einem blauen Auge enden, so viel stand fest.

»Wenn das ein Wettkampf ist, wer besonders wild drauf ist, dann gewinne ganz klar ich«, sagte Mariella. »Habt ihr schon mal von der Fiesta Grande am Strand von Barcelona gehört? Bestimmt. Die Partys kennt inzwischen jeder, der irgendwie im feiertauglichen Alter ist. Es ist die perfekte Party, das Meer, in dem sich der Vollmond spiegelt, der noch vom Sonnenlicht erwärmte Strand und vor allem die Musik. Das sind die besten Nächte, die man sich überhaupt vorstellen kann. Da fehlt nur noch das Sahnehäubchen. Zum Beispiel ein Feuerwerk. So eins in Sternschnuppenform.«

Spätestens bei dem Wort Sternschnuppe hatte Mariella die allgemeine Aufmerksamkeit. Die beiden Kampfhähne vergaßen ihren Streit, und sogar die bislang apathisch herumstehende Skye zuckte zusammen.

Ja, manche Ereignisse drangen sogar bis ins einsam gelegene Stoneheaven vor.

Auch Tessa legte ihre verkniffene Miene ab. »Du sprichst doch nicht etwa von der letzten Vollmondnacht, in der es plötzlich und völlig unerklärlich zu einem Sternschnuppen-Overkill an der spanischen Küste gekommen ist? Die Zeitungen haben tagelang über das Phänomen berichtet. Es sei eine noch nie da gewesene Naturkatastrophe, ein sehr punktuell niedergegangener Meteoritenhagel, wie aus dem Nichts. Dieser Wahnsinn … das warst du?«

»Es sah richtig schick aus«, verteidigte sich Mariella. »Jedenfalls bis es zu den ersten Einschlägen kam. Ich dachte immer, Sternschnuppen seien bloß hübscher Glitzerkram am Sternenhimmel, der in der Atmosphäre verpufft.«

»Das tun Sternschnuppen ja auch, es sei denn, eine bedröhnte Tannin lenkt sie in Richtung Erde.« Aidan lachte als Einziger, während die anderen Mariella mit offenen Mündern anstarrten. »Dass die Rosaliken gern rauschende Feste schmeißen, ist ja allgemein bekannt. Aber Partygäste zur allgemeinen Unterhaltung mit brennenden Meteorbrocken zu erschlagen? Das ist eine echte Superlative der Unterhaltungskunst.«

»Niemand wurde getötet, höchstens erschreckt«, beeilte sich Mariella klarzustellen. »Okay, es gab auch ein paar Kratzer und vielleicht die ein oder andere Beule. Aber das ist kein allzu hoher Preis dafür, Zeuge eines einmaligen Naturereignisses zu werden.«

Endlich gelang es Lyon, seine Starre abzuwerfen. »Wie um Himmels willen hast du das angestellt? Von einer Begabung stand nichts in deiner Akte.«

»Weil ich auch nicht mal ansatzweise begabt bin«, stellte Mariella klar. »Allem Anschein nach war eine Fehlleitung von

Astrallis der Auslöser, eine Art Energiekanal, den die Meteoriten als Autobahn genutzt haben. Es klingt unheimlicher, als es ist. Ich schwöre!«

Trotz ihres Schwurs überraschte Mariella das allgemeine Zurückweichen nicht. Die Vorstellung, dass jemand Astrallis auf diese Weise zu kanalisieren verstand, war ziemlich erschreckend. Ein Großteil der Tannin benutzte ihr Astrallis dafür, um ihre körperlichen Fähigkeiten zu verstärken. Dass jemand Gegenstände bewegte oder Energie gezielt umleitete, wie es die Marschallin beim Öffnen des Aufzugs eindrucksvoll demonstriert hatte, kam eher selten vor. Es gab sogar Tannin, die Astrallis zum Übertragen von Gedanken nutzten oder mit der Schwerkraft herumspielten, aber das galt schon fast als Schwarze Magie. Astrallis sollte zum Schutz der Quellen eingesetzt werden, mehr nicht.

»Es war nur eine unglückliche Verquickung der Umstände«, sagte Mariella in der Hoffnung, nicht sofort als Freak abgestempelt zu werden. »Ich habe auf der Fiesta Grande mit ein paar Hippie-Kids abgehangen und was getrunken, wo vermutlich Acid drin war. Jedenfalls sagt das die Blutprobe, die sie mir später abgezapft haben.« Ja, ihre Familie war in diesem Punkt ausgesprochen gründlich gewesen. Mariella war von Kopf bis Fuß durchleuchtet worden. Ihre Mutter hatte sogar darauf bestanden, dass sie sich einer Hypnose unterzog, damit einwandfrei belegt werden konnte, dass ihre Tochter bei der Sternschnuppen-Orgie nicht Herrin ihrer Sinne gewesen war. An diesem Punkt hatte Mariella beschlossen, dass es an der Zeit war, ihrer paranoiden Familie den Rücken zuzukehren. Leider war Mercedes schneller gewesen und hatte sie nach Stoneheaven abgeschoben.

»Die Einnahme von LSD setzt kanalisiertes Astrallis in astronomischen Ausmaßen frei?« In Skyes' bislang ausdruckslose Augen schlich sich ein Funkeln. Zweifelsohne war das Mädchen in der Latzhose nicht so abgestumpft, wie sie sich gab.

»Woher soll ich das wissen?«, entgegnete Mariella. »Ich bin keine Spezialistin auf dem Gebiet, und ich bin auch kein großer Drogen-Fan. Das Einzige, woran ich mich erinnern kann, ist, wie schön das Meer aussah … und der Himmel … und die vielen, vielen zauberhaften Sternchen. Und dann wurden sie immer größer und leuchtender, prasselten regelrecht auf den Strand nieder wie ein überdimensionierter Goldregen.«

»Wow.« Aidan strich sein Haar zurück und legte dabei ein Ohr frei. Mariella bemerkte einen Kranz aus schwarzen Kristallen entlang der Innenseite seiner Helix, ein ungewöhnliches Schmuckstück. »Damit bist du offiziell die ungekrönte Königin unserer Einheit. Herzlich willkommen bei den Kellerkindern, Gebieterin über den tödlichen Goldregen aus dem All.«

»Du kannst mich auch Mariella nennen.«

»Oder summen. Gibt es nicht diesen gleichnamigen Song von Kate Nash?« Aidan stimmte das Lied an, während er zur Teeküche schlenderte. Da es zu keiner Schlägerei kam, hatte er das Interesse an ihrer Unterhaltung anscheinend verloren.

»Wie originell. Auf die Idee mit dem Song ist ja noch niemals jemand vor dir gekommen«, rief ihm Mariella nach.

Aidan schnupperte an der Teekanne. »Kann man das Zeug ohne Nebenwirkungen trinken?«

»Von wegen Mariella«, schnaubte Tess. »Wir nennen dich, wie es sich für deinen erlauchten Rang gehört: unsere Hoheitliche Infantin Maria-Aurora Mercedes Clementine. Der aufgerüschte Name passt zu unserer kleinen Wichtigtuerin.« Ohne eine Reaktion abzuwarten, folgte sie Aidan in die Teeküche.

»Du hättest mich vordem nicht unterbrechen sollen, als ich dich vorstellen wollte. Das hast du nun davon«, sagte Lyon, als Mariella die Augen verdrehte. »Tessa wird keine Gelegenheit ungenutzt verstreichen lassen, dir deinen verstümmelten Namen unter die Nase zu reiben.«

Mit einem Schlag fühlte Mariella sich bloß noch müde. »Wenn Tessas Kreativität hinsichtlich Gemeinheiten darin erschöpft ist, kann ich damit leben.« Sie deutete auf die offen stehende Tür, hinter der alles in Dunkelheit lag. »Gibt es da irgendwo ein Bett für mich? Ich brauche dringend eine Auszeit.«

Lyon kräuselte die Stirn. »Eigentlich wollte ich dich erst noch rumführen, dir alles zeigen. Aber gut. Deine Ankunft war bislang ja nicht gerade ein Spaziergang.«

7

Etwas weckte Mariella. Obwohl sie todmüde war, schlug sie die Augen auf – und schloss sie sofort wieder, als ein Blitz sie blendete.

»Aua!«

»Was aua?«

»Dieses verdammte Oberlicht ist zu grell, da wird man ja blind. Moment mal …« Mariella setzte sich ruckartig auf. »Wer zur Hölle bist du denn?«

Der schwarzhaarige Junge, der es sich auf ihrer Bettkante bequem gemacht hatte, blinzelte erschrocken. »Xiuhtezcatl von den Aztecatl aus Mexiko, kurz und knapp Xiu«, sagte er mit einer schrägen Tonlage, die schwer nach Stimmbruch klang. »Dein neuer Mitbewohner.«

»Mein *was*?«

Xiu deutete auf eine Schrankwand. »Da ist mein Klappbett drin. Hat Lyon dir denn nichts gesagt?«

Mariella rutschte mit dem Rücken gegen die Wand und zog die Knie unters Kinn. »Lyon hat eine Menge gesagt, aber ich war wohl zu erschlagen, um richtig zuzuhören. Ich kann mir allerdings beim besten Willen nicht vorstellen, wie wir zwei uns in diesen Verschlag reinpressen sollen.« Mit einer ausladenden Geste deutete sie auf den Schlafraum, eine Art Kammer, die kaum ausreichend Platz bot für eine Pritsche, einen Schrank und einen Miniaturtisch. Schon für eine Person war dieses Loch die reinste Zumutung.

»Das geht schon.« Lässig strich sich Xiu sein langes Haar hinter die Ohren. Offenbar machte ihm die Vorstellung einer Zimmergenossin nichts aus. »Außerdem ist es ja nur vorübergehend, bis Usakos altes Zimmer nicht länger unter Quarantäne steht.«

Usako … Das musste der Junge sein, der noch bis vor Kurzem in dieser Einheit gewesen war. »Will ich wissen, was es mit der Quarantäne auf sich hat?«

Xiu schüttelte den Kopf. »Eklige Geschichte. Nichts, was man hören will, wenn man eines Tages vielleicht das alte Zimmer von unserem Ex-Nerd beziehen muss. Meine Kammer ist jedenfalls die einzige Option, falls du nicht im Aufenthaltsraum schlafen willst. Alle anderen Zimmer sind belegt, Skye und Tessa teilen sich eins, und Aidan hat das Vergnügen, der Zimmergenosse von Lyon zu sein, obwohl dem als Gruppenleiter eigentlich ein Einzelzimmer zusteht. Aber da er ein Auge auf Aidan haben muss, habe ich die Kammer bekommen.«

»Lyon ist ja ein echter Glückspilz.«

»Ist wohl für beide Kacke, so dicht aufeinanderzuhocken, so supergut wie die sich verstehen. Hast du die Kerls schon mal zusammen erlebt?«

Mariella nickte, die beängstigende Situation, als die beiden Jungen aufeinander losgegangen waren, hatte sie noch lebhaft vor Augen. »Eine explosive Mischung. Was ich mich frage: Warum bringen sie eine wandelnde Bombe wie Aidan nicht in einem Einzelquartier unter?«

»Das haben sie zu Anfang versucht, hat aber nicht so toll geklappt.« Xiu verdrehte die Augen. »Welch Wunder, dass Aidan nach seiner Ankunft in Stoneheaven schlicht zu instabil für die Isolationshaft war. Zuvor hatte ihn ja auch nur sein Familienrat und anschließend der stinksaure Kreis durch den Fleischwolf gedreht.«

»Außerdem ist sein Siegelring weg«, sagte Mariella, obwohl sie sich dagegen wehrte, auch nur einen Hauch von Mitleid zu empfinden. »Den Ring muss seine Familie ihm abgenommen haben, wenn er nicht der erste Tannin in der Geschichte ist, der ihn aus eigenem Willen abgelegt hat. Angeblich gibt es nur eine Handvoll, die den Ring zerstört haben, um ein Hilfssignal auszuschicken. Alle anderen sind lieber gestorben, als ihren Ring zu verlieren.«

»So is' es«, stimmte Xiu zu. »Und genau deshalb kannst du drauf wetten, dass Aidan ihn nicht freiwillig rausgerückt hat. Das ist so voll nicht er. Bevor Lyon jedenfalls nach Stoneheaven gekommen ist, war Aidan erst noch bei der Arschloch-Einheit mit den ganz fiesen Leuten. Das hat aber noch weniger toll hingehauen als die Einzelhaft. Kannst du dir Aidan zwischen lauter durchgeknallten Egos, grenzwertigen Spinnern und den klassischen Aggros vorstellen?«

»Klingt, als würde man ein brennendes Streichholz in eine Kiste Dynamit werfen«, stimmte Mariella zu. Wenn sie sich nicht täuschte, war mit Aidan auch ohne seine bis zum Anschlag vollgepumpte Aura nicht gut Kirschen essen. Der Clan der Beringer war dafür berüchtigt, so etwas wie die Spartaner unter den Tannin zu sein, in der Schneewüste Alaskas war die einzige Ressource die eigene Kraft und der Überlebenswille. Mariellas Mutter griff in Notfällen auf Beringer-Leibwächter zurück und setzte ihre Elitetruppen ein – aber nur, wenn ihr nichts anderes übrig blieb. Die Beringer ließen sich trotz ihrer Armut nämlich nicht mit Geld bezahlen, sondern forderten ein größeres Mitspracherecht im Kreis. Eine Gunst, die die machtbewusste Mercedes dem nur schwer zu beeinflussenden Clan ungern gewährte. Ihrer Meinung nach sollten die Beringer bleiben, was sie seit ihrem Niedergang vor Generationen waren: Kriegermaterial, das je nach Lage von den einflussreichen Mitgliedern des Kreises eingesetzt und verschlissen werden konnte. Niemand hatte je behauptet, dass Mercedes nett war.

Als Mariella sich Xius abwartenden Blicks bewusst wurde, räusperte sie sich. »Mal abgesehen von der Sache mit der Quelle war der Kerl doch zweifelsohne vorher schon eine Nummer. Der ist total ein Profi darin, Leute bis aufs Blut zu reizen, ohne dass er sich Sorgen um die Konsequenzen macht. Der hat sich eiskalt mit einem Schwergewicht wie Lyon angelegt, das spricht ja wohl für sich. Die Beringer sind als Nahkampf-Spezialisten bekannt, und dann kommt noch die Sache mit Dem Brennen hinzu … Vielleicht wäre eine Strahlenkammer das Richtige für Aidan.«

Bei diesem Vorschlag verhärtete sich Xius Miene. »Du klingst wie meine Eltern, die machen sich auch ständig Sorgen wegen Aidan. Als wäre er der Hulk oder so. Die hatten die Marschallin schon fast so weit, dass ich in unser Wohnquartier in der Spitze der Zitadelle zurückziehen sollte.«

»Sekunde, ich komme nicht ganz mit«, unterbrach Mariella Xius Redefluss. »Wieso Wohnquartier?«

»Na, die Apartments auf den oberen Ebenen, wo das Personal der Zitadelle untergebracht ist. Im Inneren der Steilklippe wimmelt es nur so von Tannin, allein die Grundbesatzung liegt bei zweihundertsiebzig Personen. Sollen die mit ihren Familien etwa im mickrigen Whales' End wohnen? In dem Dorf gibt es höchstens ein Dutzend Häuser. Wäre ein bisschen auffällig, wenn mitten auf der Steilklippe plötzlich eine riesige Neubausiedlung entstehen würde, knallvoll mit Leuten, die nicht erklären können, womit sie in dieser Einöde ihren Lebensunterhalt verdienen. Ganz zu schweigen von der Frage nach den Einreisepapieren, weil kaum jemand aus den USA kommt.«

Mariella fuchtelte mit den Händen herum. »Schon gut, ich habe verstanden. Deine Eltern stehen im Dienst der Zitadelle – das erklärt aber nicht, warum du in einem solchen Loch in einer Einheit voller durchgeknallter Jugendlicher lebst.«

Das Thema gefiel Xiu anscheinend nicht sonderlich, denn er

kaute angespannt auf einer Haarsträhne herum. »Meine Eltern arbeiten im Außendienst von Stoneheaven«, rückte er schließlich raus. »Die haben keine Zeit, auf mich aufzupassen.«

»Dann parken sie dich in der Freak-Einheit zwischen, wenn sie unterwegs sind? Damit du nicht allein bist?«

»Genau. Ich darf nicht allein sein.«

Fast wäre Mariella auf Xius Ausweichtaktik reingefallen. »Du darfst nicht allein sein, weil es dir verboten ist. Was hast du ausgefressen?«

Mit einer Mischung aus Stolz und Verlegenheit streckte Xiu seine rechte Hand vor und zog den Ärmel seines Hoodies zurück. Um sein Handgelenk wand sich eine breite, mattschwarz schimmernde Manschette, als habe man unzählige Kristalle dicht aneinandergeklebt. Unwillkürlich dachte Mariella an den Helix-Schmuck an Aidans Ohr, der hatte aus denselben Kristallen bestanden.

»Was ist das?«

»Ein Blocker, den haben sie speziell für Stoneheaven entwickelt.«

Mariella pfiff beeindruckt. »Wahnsinn! Was hast du Krasses drauf, dass sie dir das Teil verpasst haben, um deine Begabung zu unterbinden?«

»Darf ich nicht sagen.«

»Na, dann flüstere es mir halt ins Ohr.«

Xiu schüttelte den Kopf. »Auf keinen Fall! Nicht nur, weil ich meinen Eltern hoch und heilig versprochen habe, den Mund zu halten. Es ist ein offenes Geheimnis, wie es Leuten ergeht, die mit ihrer Begabung rumprahlen. Früher oder später kommt das wie ein Bumerang zu ihnen zurück. In der Frettchen-Einheit hatten sie eine großmäulige Mentalistin, die haben sie kleingekriegt, indem sich alle Mitglieder geschlossen vorgestellt haben, wie sie ihr den Kopf unter Wasser drücken, bis ihr die Luft ausgeht. Die war anschließend ein Nervenwrack.«

»Das hast du dir eben ausgedacht, oder?« Als Xiu bloß stumm

dasaß, lief es Mariella kalt den Rücken runter. »Gibt es viele Begabte in Stoneheaven?«

»Keine Ahnung. Wer keinen sichtbaren Blocker trägt, behält es für sich, es sei denn, seine Begabung besteht darin, Gehirne in Glibbermatsch zu verwandeln, wenn ihm die Bullies zu nah auf den Leib rücken.«

»Darf ich mal?« Neugierig berührte Mariella die schwarze Manschette und zog die Hand sofort wieder zurück. Allerdings nicht schnell genug. Eine Energiewelle zuckte durch ihr Aurafeld und sorgte einen Sekundenbruchteil für einen Kurzschluss. Es fühlte sich an, als wäre man ein Fluss, der schockgefroren wurde. Als würde man von einem wichtigen Teil seiner selbst abgeschirmt … Schockiert pustete sie auf ihre prickelnden Fingerspitzen.

»Was ist passiert?« Xiu wirkte erschrocken.

»Alles gut, ich habe nur eine Ladung von deinem gruseligen Blocker abbekommen. Das Teil ist echt nichts für Kinder.«

»Was heißt hier Kinder?«, rief Xiu beleidigt. »Ich bin schon fast vierzehn, das sieht man doch!«

Mariella betrachtete sein schwarzblaues Haar, dessen letzter Schnitt gefühlt schon vor Jahren rausgewachsen war. Dann seine Knie, die spitz aus der zerrissenen Jeans rausstachen. Neben seinen Vans lag ein mitgenommen aussehendes Skateboard. »Alles klar, in Wirklichkeit haben sie dich wegen Falschskatens eingelocht.« Sie grinste breit, und Xiu nahm ihr Friedensangebot an, indem er eine Packung Kaugummi aus seiner Jeans kramte und ihr eins anbot.

Der Streifen Kaugummi war zerdetscht und körperwarm, trotzdem nahm Mariella ihn gern. Endlich etwas zwischen den Zähnen, sie konnte sich nicht erinnern, wann sie zum letzten Mal gegessen hatte. »Und? Meinst du, das klappt mit uns beiden?« Was sie nicht sagte, war: In meinem Koffer sind bunte BHs, Tampons und eine riesige Lipgloss-Sammlung.

»Voll, das passt doch super«, sagte Xiu, ohne eine Sekunde

nachzudenken. »Du wirkst locker. Außerdem sind wir beide auf Blau geschaltet.«

Als Mariella fragend die Brauen hochzog, hielt Xiu ihr sein Handgelenk hin. Dort prangte die gleiche farbige Markierung, die sie schon von Lyon kannte. Nur dass Xius blau war und die Form eines geschnörkelten Dreiecks hatte.

»Blau bedeutet, dass wir zur harmlosen Sorte gehören und den größten Bewegungsradius haben. Skye hingegen ist Schwarz, da geht so gut wie gar nichts. Das hängt mit dieser Spezialausbildung zusammen, die die Amurs ihrem Nachwuchs verpassen. Niemand weiß so richtig, was Skye an perversen Tricks draufhat. Und Aidan ist sogar Schwarz-Rot, der hängt echt in der Scheiße. Dem sein Leben spielt sich zwischen Sklavenarbeit und unserem Quartier ab. Er darf nicht mal mehr in die Kantine. O. P. übel.«

Bei Mariella wollte sich kein rechtes Mitleid auftun. »Ist echt hart, auf das Vergnügen von Kantinenbesuchen verzichten zu müssen, nur weil man eine Quelle auf dem Gewissen hat. Schließlich haben wir Tannin weltweit noch sensationelle sieben weitere zur Auswahl. Eine davon in Tibet, wo man ganz easypeasy hinkommt.«

Xiu ließ eine Kaugummiblase knallen. »Das ist nicht die Strafe für die Quellen-Kiste, sondern weil Aidan die Haare vom Gruppenführer der Arschloch-Einheit in Brand gesteckt hat. Der Blödmann hat sich immer über mich gestellt und seine Schuppen in mein Essen rieseln lassen. Das konnte ich dann wegschmeißen. Und irgendwann hat Aidan … Keine Ahnung, wie er das angestellt hat, jedenfalls hat er sich den Scheißtypen geschnappt, und plötzlich gab es eine Stichflamme. Danach meinte Aidan bloß trocken, dass sich das Schuppenproblem damit erledigt habe. Tessa bringt ihm jetzt immer was zu essen mit.«

»Für diesen Job ist Tessa dir doch bestimmt mächtig dankbar.«

»Tessa?« Xiu kräuselte die Stirn. »Die weiß gar nicht, wie Dankbarkeit geht, so eine harte Braut, wie die ist. Lass dich besser nicht von ihrem Elfengesicht täuschen, die Frau sitzt ein, weil sie Astrallis geschmuggelt hat. Superkrass!«

Ja, das ist echt krass, dachte Mariella, weigerte sich aber, auch nur einen Deut beeindruckt dreinzublicken. Astrallis wurde zwischen den verschiedenen Familien nicht gehandelt, sondern verschenkt. Wobei »verschenkt« in diesem Fall gleichzusetzen war mit der »huldvollen Gnade« solcher, deren Quellen genug hergaben, um den edlen Spender zu geben. Inoffiziell gingen diese Geschenke natürlich mit Abhängigkeit jener Familien einher, deren Quellen zu wenig Astrallis abstrahlten. Mercedes liebte es, Astrallis zu verschenken und dadurch ihre Macht zu sichern. Die Clairsearch bedachte sie mit solchen Gaben nie, schließlich hatte die Sippe im Kreis kein nennenswertes Mitspracherecht. Kein Wunder also, dass die Clairsearch gezwungen waren, sich solcher Methoden zu bedienen, obwohl auf den Schwarzhandel mit Astrallis hohe Strafen standen. »Bestimmt ist Tessa richtig stolz auf sich«, sagte Mariella, um ihre Unsicherheit zu überspielen.

Xiu krauste die Stirn. »Hör mal … Schiss vor Aidan haben, ist eine Sache. Vor Tessa solltest du dich aber definitiv in Acht nehmen. Sie ist fies, vor allem zu Mädchen.«

»Warum teilt sie sich dann ein Zimmer mit Skye?«

»Das ist was anderes. Skye spielt in ihrer eigenen Liga, der kannst du Aidan nackt vor den Bauch binden, das interessiert die nicht. Außerdem ist Skye, wie gesagt, Schwarz und du nur Blau. Ist nicht persönlich gemeint.«

»Knasthierarchien, super. Jetzt fühle ich mich noch wohler.« Mariella kämmte sich mit den Fingern durch ihre verhedderten Locken – mehr Frischmachen war momentan nicht drin. Der Hunger brachte sie fast um. »Sagtest du eben nicht was von einer Kantine?«

Mit einem Satz war Xiu auf den Beinen beziehungsweise auf

dem Skateboard. »Logisch, Abendessenszeit. Die anderen sind schon los, ich sollte dich holen. Darf ich dich in der Kantine als die Frau, mit der ich Bett und Tisch teile, vorstellen?«

»Nein, darfst du nicht.«

»Dann vielleicht als meine Freundin?«

Mariella lächelte frostig. »Honey, du denkst vielleicht, dass Blau wirklich für harmlos steht. Aber verlass dich besser nicht allzu sehr darauf.«

Xiu grinste. »Wir zwei werden uns super verstehen!«

8

Die Kantine sah aus wie ein uralter Laborraum, bei dem man sich nicht die Mühe gemacht hatte, die fleckigen Versuchstische gegen normale Esstische auszutauschen. Ein seltsamer Geruch hing in der Luft, stärker als der Fritteusenmief und das Teenie-Duftwasser-Gemisch zusammen. Wozu auch immer der Raum früher gedient haben mochte, es hatte einen beißenden Gestank hinterlassen.

Schlagartig verging Mariella der Appetit. Die vielen Augenpaare, die beim Eintreten auf sie gerichtet waren, machten es nicht besser.

»Wie viele von uns gibt es denn?«, fragte sie Xiu.

Dass Mariella sich an seine Seite drängte, brachte den Jungen zum Grinsen, obwohl auch er nervös war. »Wir sind normalerweise so um die achtzig Kids, auf zehn Einheiten von unterschiedlicher Größe verteilt. Die meisten sind okay, aber bei einigen muss man echt vorsichtig sein. Besonders wenn man neu ist.«

Unwillkürlich drehte Mariella sich um und starrte zu der Schleuse, durch die sie eben erst getreten waren. Der Wächter, der ihre Übergangsmarke kontrolliert hatte, stand noch in der Öffnung, und seine Lippen formten die Worte »Viel Spaß«, dann schloss er die Schleuse.

»Es gibt doch bestimmt Aufsichtspersonal«, versicherte sich Mariella.

Xiu spielte mit einer Haarsträhne. »Offiziell schon. Die machen nur immer Pause, solange wir essen. Ist denen wohl zu ungemütlich.« Dann packte er Mariella am Ellbogen, um sie zum Weitergehen zu drängen. Doch sie blieb stehen. »Nun komm schon, die sind wie wilde Tiere, die wittern Angst auf mehrere Meter Abstand.«

»Ich habe keine Angst, sondern echten Widerwillen. So kann man doch unmöglich essen.«

»Stell dir die brennenden Kandelaber und die Leinentischdecken einfach vor, ehrenwerte Rosalike.«

»Während ich etwas esse, das verdächtig nach frittierten Innereien stinkt? Ich glaube, ich schnappe mir ein Weißbrot und verzieh mich aufs Zimmer.«

»Auf keinen Fall!« Entschlossen schüttelte Xiu den Kopf. »Dann weiß die Meute endgültig, dass du leichte Beute bist. Und dann machen sie dir in den Kursen das Leben zur Hölle.«

»Wir müssen Kurse belegen? Shit, das wird ja immer besser.«

»Das ist eine gute Sache. In den Kursen kann man nämlich Marken sammeln für Vergünstigungen, Freigänge, Einzelzimmer und lauter andere nette Sachen. Schau mal, da drüben sitzt Tessa.« Xiu winkte dem rothaarigen Mädchen, das prompt seine Arme vor der Brust verschränkte. »Sie freut sich schon richtig auf uns.«

»In Tessas Gesellschaft komme ich wenigstens nicht dazu, mir über das Essen Sorgen zu machen, weil ich viel zu sehr damit beschäftigt bin aufzupassen, dass sie mir kein Gift ins Trinken kippt.«

»Erst mal musst du was Essbares ergattern und es dann noch unbeschadet zum Tisch bringen.«

Mariella folgte Xiu zu einer Schließfachwand, während sie über seine Worte nachdachte. Eine Sekunde später begriff sie auch so, was der Junge meinte, als ein Hüne von einem Kerl sie ohne Vorwarnung beiseiteschubste.

»Hey, was soll denn das!«, beschwerte sich Mariella, allerdings umsonst. Der Hüne war bereits mit einem der Schließfächer beschäftigt und beachtete sie nicht weiter.

Xiu winkte ab. »Das ist Lomax von der Möchtegern-Soldaten-Einheit. Der mag es nicht, wenn man ihm im Weg steht. Spring rechtzeitig beiseite, dann hast du kein Problem mit ihm.« Als wäre damit alles geklärt, hielt Xiu sein markiertes Handgelenk vor ein Display, das in einem der verschlossenen Fächer eingelassen war. Die Tür sprang auf, und er holte ein eingeschweißtes Tablett heraus.

»Und jetzt du.«

»Irgendein Fach?«

»Nein, deinem Rang entsprechend, du musst auf die Gravuren achten. Heute bist du noch als Gast eingeteilt, das bedeutet etwas Leckeres.« Xiu deutete auf eine Reihe größerer Fächer, auf denen eine geöffnete Hand zu sehen war. »Später läuft es dann über dein Zeichen.«

»Und was für ein Zeichen hat unsere Neue?« Ein Mädchen mit pinkem Zottelhaar legte den Arm um Mariella und schaute auf die Passiermünze, die sie gerade herausgeholt hatte. »Blau. Wie süß.« Sie legte ihren Kopf auf Mariellas Schulter.

Allmählich bekam Mariella eine Ahnung davon, wie es in der Kantine ablief. »Es geht doch nichts über eine herzliche Begrüßung«, sagte sie.

»Und so ein niedlicher Akzent.«

Mariella ließ ihr Schließfach aufspringen, was mit der anhänglichen Punkerin an ihrer Seite gar nicht so einfach war. Als sie sich mit ihrem Tablett in den Händen umdrehte, stand eine männliche Ausgabe mit pinken Dreads vor ihr. Er lächelte, während er ihr das Tablett abnahm und es jemandem hinter sich reichte. Dann trat er so dicht an Mariella heran, dass sie den schwarzen Kajalstrich um seine Augen bewundern konnte.

»Nicht nur ihr Akzent ist niedlich«, sagte der Zotteljunge.

Mariella versuchte zurückzuweichen, doch das Zottelmädchen verstärkte ihren Griff.

»Ihr seid ja echt extrem liebenswürdig«, sagte Mariella. »Schade, dass ich nicht in eurer Einheit gelandet bin.«

Der Zotteljunge nickte. »Das ist wirklich sehr bedauernswert. Wer will denn schon zur Einheit von Beringer gehören? Seine Leute haben immer Ärger, kriegen ständig was aufs Maul oder werden unsittlich betatscht.« Er streckte die Hand nach Mariella auf Brusthöhe aus, aber sie schlug sie weg, bevor er sie anfassen konnte.

»Aua«, sagte der Zotteljunge grinsend.

»Wie böse«, sagte das Zottelmädchen und grub ihre spitzen Fingernägel in Mariellas Schulter.

»Es geht noch böser«, sagte Mariella und trat nach dem Schienbein des Jungen. Ohne großen Erfolg, er wich ihrem Tritt geschickt aus, schnappte sich stattdessen ihren angehobenen Oberschenkel und presste sich an ihre Hüften wie beim Engtanz.

»Weißt du, was wir mit blauen Blümchen machen?«, fragte er.

Bevor Mariella eine passende Antwort fand, verzog der Zotteljunge schmerzerfüllt das Gesicht und ließ von ihr ab. Auch ihre Schulter wurde freigegeben. Als der Zotteljunge zur Seite taumelte, stand dort Skye mit gelangweiltem Blick.

»Ein Tritt gegen's Schienbein ist keine schlechte Idee, ein Griff in die Weichteile ist trotzdem besser«, erklärte Skye. Dann bedeutete sie einem rattengesichtigen Jungen, dessen Haare den Farbton von verdorbenen Pflaumen hatten, Mariella ihr Tablett wiederzugeben. Eine Sekunde später hielt sie es in den Händen.

Xiu tauchte auf und rieb sich sein gerötetes Handgelenk.

»Wo ist dein Essen?«, fragte Mariella.

»Ist als Wegzoll draufgegangen. Hör mal, einer von den Pappnasen hat mich festgehalten, sonst hätte ich dir natürlich mit diesen Perverslingen geholfen.«

»Weiß ich doch.«

Ungeduldig tippte Skye auf ihren Unterarm, als befände sich dort eine Uhr. »Die Kantine schließt in sieben Minuten.«

»Vielen Dank für die tolle Info«, sagte Mariella.

»Sieben Minuten sind schnell vorbei. Du willst doch essen, oder?«

Als sie sich zu Tessa an den Tisch setzten, lächelte das irische Mädchen abfällig. »Du bist wirklich gut darin, Freunde zu finden, werte Infantin. Die Rosa Erdbeeren sind normalerweise eine Flaschen-Einheit, die sich an niemanden rantraut, nicht mal an unser Nesthäkchen Xiu. Aber bei dir haben sie eine Ausnahme gemacht. Warum nur?«

Ein Streit war das Letzte, worauf Mariella jetzt Lust hatte. Nach wie vor spürte sie viel zu viele Blicke, die sie abcheckten. »Freut mich, dass dir das Schauspiel gefallen hat«, sagte sie deshalb lediglich.

»Von wegen.« Tessa spie die Worte regelrecht aus. »Dass du dich von der Clown-Truppe aufmischen lässt, stellt für unsere Einheit ein ernsthaftes Problem dar. Schließlich sind wir nur zu viert. Lyon isst nie mit uns, weil seine Tante ihn abends zum Verhör vorlädt, und Aidan hat Kantinenverbot. Wenn jetzt auch noch Skye eine Strafe aufgebrummt bekommt, weil sie dir den Arsch retten muss, war's das. Dann brauchen wir uns hier gar nicht mehr blicken zu lassen. Es sei denn, wir legen Wert drauf, dass diese Affen mit uns den Boden aufwischen.«

»Es ist nicht meine Schuld, dass diese Zottelköpfe zudringlich geworden sind.«

»Das sind sie, weil auf deiner Stirn in Leuchtbuchstaben ›Opfer‹ steht.«

»Du meinst direkt neben dem Wort ›Bitch‹?«

Tessa schob bloß wütend das Kinn vor, eine Geste, die beeindruckend genug war.

»Ich kann dir beibringen, wie man das Schienbein trifft, wenn man danach tritt«, bot Skye an. »Und noch ein paar andere Tricks.«

Es lag Mariella auf der Zunge zu erklären, dass bislang jeder Versuch, ihr Selbstverteidigung beizubringen, grandios gescheitert war. Was, wenn sie ehrlich war, in erster Linie an ihrer Haltung gelegen hatte. Im Kreis ihrer Familie mochte das als Rebellion gegen die Welt der Tannin durchgehen, in Stoneheaven aber würde ihr diese Verweigerung das Genick brechen.

Ergeben nickte Mariella. »Danke fürs Angebot.« Dann zog sie die Folie von ihrem Tablett. Suppe, Reisauflauf und eine braune Glibbermasse bildeten ein unappetitliches Gemenge. Während Mariella angeekelt das Gesicht verzog, strahlte Xiu.

»Geil, Schokopudding!«

Mariella schob ihm das Tablett hin. »Bedien dich.«

Den Löffel schon im Anschlag hielt der Junge inne und schaute zu Tessa. »Hast du genug für Aidan beisammen?«

Nun riss Mariella der Geduldsfaden. »Falls das so eine Art Schutzgeld sein soll, damit Aidan uns in Ruhe lässt, dann ist damit jetzt Schluss! Ich bin vielleicht ein blaues Blümchen, aber ich lasse mich nicht erpressen, nicht mal von unserer tickenden Zeitbombe. Bevor ich Aidan was von meinem …« Sie deutete unschlüssig auf das Durcheinander auf ihrem Tablett. »… von meinem Matschzeug abgebe, esse ich es lieber selbst auf.«

Xiu legte seinen Löffel beiseite. »Quatsch, es geht nicht um Schutzgeld, Aidan hat Hunger. Und seit Usako auf der Krankenstation liegt und sein Anteil wegfällt, haben wir alle Hunger, weil unsere Essensrationen nach dem Wegzoll hinten und vorne nicht reichen.«

Mariella blickte verständnislos in die Runde.

Skye fühlte sich nicht angesprochen, sie schüttete gerade etwas von ihrem Eintopf in einen Beutel, den Tessa unterm Tisch verborgen hielt und in dem offenbar Aidans Essensanteil gesammelt wurde.

Tessa hingegen hätte Mariella wohl das Gesicht zerkratzt, wenn ihre Hände abkömmlich gewesen wären. »Bist du taub?

Aidan hat Kantinenverbot«, brachte sie zwischen zusammengepressten Lippen hervor.

»Ja, und?«

»Wie soll er sein Essen abholen, wenn er nicht in die Kantine darf?«

»Jemand könnte ihm sein Tablett mitbringen, du Genie.«

»Und wie kommen wir da ran? Indem wir Aidan seinen Unterarm samt Zeichen abhacken, damit wir sein Fach öffnen können?«

Mariella biss die Zähne schmerzhaft fest aufeinander, als sie die Ausmaße von Aidans Kantinenverbot begriff. »Das muss ein Denkfehler sein, die Marschallin würde keinen von uns absichtlich hungern lassen.«

Alle drei Mitglieder ihrer Einheit schauten Mariella ausdruckslos an. Strafe ist Strafe, bedeutete das wohl. Dass sie diese drakonische Maßnahme ohne Murren hinnahmen, brachte Mariella noch mehr auf als die Herzlosigkeit der Marschallin.

»Das können die doch nicht mit uns machen! Wir sind doch bloß ein Haufen Kids, die Mist gebaut haben, und keine Verbrecher. Kann Lyon als unser Gruppenleiter denn keinen Einspruch einlegen?«

Während Xiu unglücklich mit seinem Löffel spielte, lachte Tessa bitter.

»Natürlich hat Lyon die Marschallin darauf angesprochen – was echt was heißen will. Das Wort seiner Tante ist ihm ja ansonsten Gesetz. Aber die Marschallin sagte nur: ›Dann sollte Aidan das nächste Mal sein Temperament im Zaum halten, bevor er jemandem die Haare in Brand steckt. Oder seine Einheit sollte ihn besser in den Griff kriegen.‹ Verstehst du? Mit dem Kantinenverbot ist nicht nur Aidan bestraft worden, sondern unsere ganze Einheit. Dafür, dass er sich für diesen kleinen Spacken hier eingesetzt hat.« Sie zeigte auf Xiu, der schuldbewusst den Kopf einzog.

»Das widerspricht sich doch total«, sagte Mariella. »Wir sollen aufeinander achtgeben und werden gleichzeitig dafür bestraft, wenn wir es tun.«

Ohne zu fragen, leerte Skye den Inhalt von Mariellas Tablett in den Beutel. »Wir sollen uns nicht gegenseitig unterstützen, sondern einander kontrollieren, ausspionieren und unterdrücken.« Falls die junge Amur diese Manipulation unanständig, wenn nicht sogar menschenverachtend fand, ließ sie es sich nicht anmerken.

Ein Alarmschrillen riss Mariella aus ihrem Entsetzen. Das Abendessen war vorbei, die Schleuse öffnete sich, und ein halbes Dutzend Wächter erschien, um die Kids rauszuscheuchen, ob die Tabletts vor ihnen leer gegessen waren oder nicht.

»Und? Bist du jetzt aufgewacht?«, fragte Tessa, während sie vom Tisch aufsprang, den Beutel unter ihrem Wallekleid verborgen. »Hast du endlich kapiert, wo du gelandet bist, Blümchen?«

Schweigend folgte Mariella den anderen zur Schleuse. Ja, sie hatte es verstanden.

9

Das erste morgendliche Erwachen in der Zitadelle war schlimm, kein bisschen Gedächtnislücke oder sanfte Verträumtheit. In der Sekunde, als das Oberlicht ansprang, öffnete Mariella die Augen und wusste sofort, wo sie war und wem sie dieses Desaster zu verdanken hatte. In riesigen Hollywood-Lettern stand in die Luft geschrieben, dass sie es selbst verbockt hatte. Und zwar gründlich. Anstatt ihrem Kindermädchen Sandro, kaum dass sie amerikanischen Boden betreten hatten, zum Abschied freundlich zuzuwinken und ihren eigenen Weg zu gehen, hatte sie zugelassen, dass man sie in dieses Rattenloch steckte. Mariella war so wütend auf sich, dass sie nicht einmal daran dachte, ihre Mutter und sämtliche Tannin mit ihren lächerlichen Regeln zu verfluchen.

»Dämlich, dämlich, dämlich. So unfassbar dämlich.« Und weil sich die Schimpferei befreiend anfühlte, schickte sie eine weitere Dämlich-Salve hinterher.

»Ist das dein übliches Morgengebet?«, fragte Xiu schlaftrunken. »Weil, wenn ja, würde ich mir nächste Nacht meine Haare in die Ohren stopfen.«

»Ich habe auch ›Wie kann man nur so blöd sein und sich freiwillig einsperren lassen?‹ im Angebot«, sagte Mariella, allerdings mit dem Herzen nicht bei der Sache. Denn obwohl sie sich gründlich in der Kammer umsah, entdeckte sie nicht, wonach sie suchte. »Bitte sag mir, dass du ein so liebreizender Mitbewohner bist, dass du meinen Koffer bereits ausgepackt und alles schön säuberlich verstaut hast.«

Seufzend setzte sich Xiu auf und strich sich das zerzauste Haar hinter die Ohren. »Deine Sachen sind wohl noch nicht durch die Sicherheitskontrolle. Aber kein Grund zur Sorge, das zieht sich immer ewig.«

»Was genau verstehst du unter ›ewig‹?«

»Dass du dir besser Klamotten zusammenleihst, falls du ein Problem damit haben solltest, von einem intensiven Eigengeruch umgeben zu sein. Nachdem du bereits die letzte Nacht in deinem Fummel verbracht hast, dürfte das nicht mehr allzu lange dauern.«

Falls Mariella geglaubt hatte, die denkbar schlimmste Demütigung bereits gestern in der Kantine erlebt zu haben, so hatte sie sich geirrt. Sie war nicht nur als abgeschottetes Einzelkind aufgewachsen, das niemanden zum Teilen gehabt hatte, sondern auch als jemand, dessen Kleidung zu einer Protestform geworden war. Als das Königsgeschlecht der Tannin pflegten die Rosaliken einen strengen stinkkonservativen Stil, selbst ihre Sommeroutfits sahen nach Uniform aus. Schwarz, Dunkelblau und nur zu Feiertagen einen Tupfer Magentarot, weil es die Farbe der Rosaliken war. Man war schließlich wichtig. Und erhaben. Und natürlich auch sehr mächtig. Da war es entscheidend, dass man es auch sah. Mercedes' Garderobe sah aus, als müsse sie jeden Tag auf eine Beerdigung. Irgendwo in den Annalen der Rosaliken musste es die Regel geben, dass eine Frau in einem zitronengelben Chiffonkleid sofort ihre Macht und Entscheidungsgewalt verlor. Nun, in diesem Fall war Mariella hoffnungslos verloren, denn ihre Kleidung bestand ausschließlich aus bunten Party- und Strandklamotten. Ihr Motto lautete: Tut die Farbe in den Augen nicht weh, dann ist es nicht meins. Es gab auch noch ein anderes Motto, das sie allerdings lieber verschwieg. Es hing damit zusammen, dass ihr die Vorstellung, in fremden Klamotten zu stecken, Magenflattern verursachte. Sie war ein Pingel, auch wenn sie das nur ungern zugab. Dieses Klemmige passte nicht recht zu ihrem Image des geistig abwesenden Guck-in-die-Luft.

Ergeben stand Mariella auf und strich ihre zerknitterten Sachen glatt. »Ich brauche eine Audienz bei der Marschallin. Und zwar sofort.«

Anstelle einer Antwort gähnte Xiu ausdauernd.

»Okay, Sweetie. Wie du willst.« Mariella zog dem Jungen mit einem Ruck die Bettdecke weg und brachte sie außer Reichweite, bevor er sie zurückerobern konnte.

»Hey, was soll das? Es ist schweinekalt.« Empört warf Xiu sich vor, um nach einem Deckenzipfel zu fassen, doch Mariella war schneller.

»Du kannst mit deiner Decke weiterkuscheln, sobald du mir erklärt hast, wie ich Eleonore kontaktieren kann.«

»Und damit ich deinem Befehl Folge leiste, bist du dir nicht mal für Folterung am frühen Morgen zu schade. Du bist keine Infantin, sondern eine Tyrannin. Wenn du so weitermachst, leihe ich dir kein Paar von meinen Smiley-Socken.«

Die Drohung bestärkte Mariella nur darin, schnellstmöglich ihren Koffer wieder in die Finger bekommen zu wollen. »Gibt es hier so was wie einen Alarmknopf oder wenigstens eine Telefonanlage, damit ich Eleonore meine Notlage klarmachen kann?«

Schmollend zog Xiu die Knie unters Kinn. »Unser heißer Draht zur Marschallin heißt Lyon, und bestimmt kann unser Gruppenleiter es kaum erwarten, dir wegen deines akuten Unterhosen-Mangels zu Diensten zu sein. Genau wie die Chefin der Zitadelle, die hat ja sonst nichts anderes zu tun, als sich die Beschwerdeliste der Infantin höchstpersönlich vortragen zu lassen. Noch vor ihrem café avec un petit croissant. Eleonore erwartet dich bestimmt schon, schließlich bist du ja als Staatsgast und nicht als Knasti in der Zitadelle.«

»Du bist ein echter Morgenmuffel, was?«

»Gegen Vormittag wird's langsam besser, aber vor dem Mittagessen garantiere ich für nichts.«

Mariella nickte ergeben, dann überließ sie den leise vor sich hin schimpfenden Xiu seiner schlechten Laune und stattete dem Gemeinschaftsbadezimmer einen Besuch ab. Allerdings erst nachdem sie eine Weile mit dem Ohr an der Tür dagestanden hatte, um zu überprüfen, ob bereits jemand drin war. Eine Socke über der Türklinke bedeutete Jungenzeit, hatte Xiu ihr erklärt. Aber morgens ginge das nicht, da wäre der Zeitdruck zu groß, um sich in zwei Gruppen aufzuteilen. Wer auch immer entschieden hatte, dass Teenager beim Duschen weder Privatsphäre noch eine geschlechtliche Trennung nötig hatten, dem würde sie bei erster Gelegenheit ordentlich die Meinung sagen. Zu ihrer Erleichterung stand an diesem Morgen bloß Skye selbstvergessen mit einer Zahnbürste im Mund vor einem angelaufenen Wandspiegel und kümmerte sich nicht um Mariellas Bemühungen, ihr Aussehen wenigstens ansatzweise wiederherzustellen. Glücklicherweise hatte Mariella vom Flug noch ihre Reisekosmetik dabei, ansonsten hätte sie den Tag wohl oder übel mit ungeputzten Zähnen verbringen müssen. Denn Skyes Angebot, ihre Zahnbürste zu benutzen, hatte sie einen Schauder unterdrückend abgelehnt.

Im Gemeinschaftsraum herrschte bereits Trubel. Ein völlig übernächtigt aussehender Aidan deckte mit Xiu, der sein Sweatshirt auf links trug, den Tisch ein, während Tessa sich in der Teeküche zu schaffen machte. Dabei sang die Clairsearch hell wie ein Vögelchen in einer Sprache, die Mariella für Gälisch hielt.

»Das klingt ja fast überirdisch«, sagte sie anerkennend.

Tessa warf ihr einen Blick über die Schulter zu, der nichts Freundliches verhieß. »Auch schon da?«

»Das Licht ist vor gerade mal zehn Minuten angegangen, und ich musste mich erst noch zurechtmachen.«

»Was dir zweifelsohne gelungen ist. Schick. Wie viele von diesen identischen Outfits hast du denn eingepackt?«

Womit dann feststand, dass, wenn Mariella tatsächlich gezwungen sein sollte, sich Kleidung auszuleihen, sie das auf keinen Fall bei Tessa tun würde. »Neben meinen Ballroben war nicht mehr allzu viel Platz im Koffer.«

Tessa lächelte, während sie zwei dampfende Kannen auf den Tisch stellte. »Und ich Dummerchen dachte, das sei die Ausgehuniform der Rosaliken. Wobei es mir schon verdächtig vorkam, dass sie so trashig aussieht. Und damit meine ich nicht die Knitterfalten.«

»Kann ich euch helfen?«, sagte Mariella in Richtung der Jungs.

»Clevere Frage, wo wir gerade mit der Arbeit fertig sind«, murmelte Aidan, ohne aufzusehen. Tiefe Schatten lagen unter seinen Augen, und seine Laune war offenbar noch mieser als Xius. Der blonde Junge ließ sich auf einen Stuhl sinken, als läge der Tag bereits hinter ihm.

Während Mariella sich noch fragte, ob auch sie sich demnächst jeden Morgen wie ein Zombie aufführen würde, ertönte ein ohrenbetäubendes Alarmsignal. Um die Eingangstür leuchtete in bedrohlichem Rot ein Halbkreis von gut zwei Metern Durchmesser auf. Xiu, der in der Nähe stand, machte einen Satz rückwärts und schrie auf.

Mariella lief zu dem Jungen rüber, doch Aidan war schneller. Er packte Xiu an den Oberarmen und blickte ihm prüfend ins Gesicht. »Alles klar bei dir, hat dich der Stromschlag hart erwischt?«

»Hab mir blosch auf die Schunge gebischen.«

»Blutet es stark?« Als Xiu den Kopf schüttelte, schnappte Aidan sich den linken Arm des Jungen und überprüfte den schwarzen Blocker an dessen Handgelenk. »Glück gehabt, das Drecksding ist noch intakt.«

Xiu stieß erleichtert die Luft aus. »Wenigschtens etwasch.

Hätte misch umgebracht, wenn isch ein Neuesch bekommen hätte. Die Anlegung des Blockers ist schlimmer als Kaschtraschion.«

Während Aidan verständnisvoll nickte, starrte Mariella auf sein Ohr, in dessen Helix ebenfalls Blocker saßen. So gut wie die Teile aussahen, so schmerzhaft war es anscheinend, wenn sie angelegt wurden. Kein Wunder, schließlich wurde der Energiestrom, der einen Tannin durchfloss, gewaltsam eingedämmt. Mariella biss sich auf die Unterlippe, als sie registrierte, dass Aidan ihren Blick bemerkte.

»Was hat es mit dem Signal denn auf sich?«, fragte sie.

»Es bedeutet, dass wir uns von der Tür fernhalten sollen, weil gleich jemand reinkommt. Damit niemand von uns durch die geöffnete Tür entwischt oder sogar etwas so Irres wie einen Angriff von der Seite plant.«

»So behandelt man vielleicht Schwerverbrecher, aber einen Haufen Kids?«

Mariella konnte es nicht fassen, aber Aidan zuckte nur mit den Schultern, bevor er Xiu durchs Haar wuschelte und an den Tisch zurückkehrte, wo Tessa ihn bereits mit einer dampfenden Tasse erwartete. Der Signalton steigerte sich zu einem Crescendo, bis er plötzlich abbrach und die Tür sich öffnete. Lyon trat mit einem Tablett voller Pappschachteln ein, gefolgt von einem Wächterduo, das sich, ohne eine Miene zu verziehen, neben der sich schließenden Tür postierte.

»Die üblichen zehn Minuten zum Frühstück-Fassen, dann geht es ab zum Appell«, verkündete Lyon. »Mariella und Tessa, ihr habt heute nur vier Minuten für euer Frühstück.«

»Hallo? Was soll der Scheiß?«, schimpfte Tessa.

Lyon beachtete sie nicht, sondern drückte Mariella eine der Schachteln in die Hand. »Das sind Haferflocken, einfach heißes Wasser aus der Kanne draufgießen und runterschlingen.«

Angeekelt beobachtete Mariella, wie sich die Flocken zu einem zähen grauen Schleim verbanden. Womit klar war, wie

Lyon das mit dem Runterschlingen gemeint hatte. »Damit kann man die Wände verputzen, aber zum Essen ist es ungeeignet.«

»Iss jetzt, die Wachen werden dich und Tessa in drei Minuten einkassieren.«

»Erklärst du uns vielleicht auch, wohin es gehen soll und warum?«, fragte Tessa, die ihre Haferflocken Xiu zugeschoben hatte, der sie roh aß.

Lyon rührte lustlos in seiner Schale. »Mariella hat nachher eine Einführung bei der Marschallin, und ich habe dich als Begleitung vorgeschlagen, weil ich heute leider nicht zur Verfügung stehe.«

Tessa stand so abrupt vom Tisch auf, dass die Wachen in Stellung gingen. »Ich weiß nicht, was ich irrer finde: Dass die Marschallin unserer erlauchten Infantin persönlich die Benimmregeln für dieses verrückte Scheißhaus erklärt, was sonst immer ein keifender Wachdienst macht. Oder dass du ausgerechnet mich für den Job ausgesucht hast.«

»Wen denn sonst? Seit dem kleinen Vorfall mit dem auseinandergenommenen Abort neulich halte ich es für besser, wenn die Marschallin Skye erst mal nicht sieht, bis Gras über die Sache gewachsen ist.«

»Was für ein Vorfall denn?«, erkundigte sich Mariella. Bei dem Wort Abort stellten sich ihr die Nackenhaare auf. Aber wenn sie die Toiletten im Quartier künftig benutzen wollte, musste sie sich den Tatsachen stellen.

Skye zuckte mit den Schultern. »Ich habe das Alarmsystem ein wenig in die Irre geführt, weil ich einen individuellen Fluchtweg auskundschaften wollte, nach dem Motto: Selbst ist die Frau. Im Notfall benutzt man nämlich besser nicht die vorgegebenen Wege, weil die meist überfüllt sind und sich oft als Sackgasse erweisen. Nun kann ich bestätigen, dass das Sicherheitssystem auf unserer Ebene wirklich top ist. Mit einem stillen Alarm in den Abwasserschächten habe ich nicht gerechnet.«

»Ja, für diese Aktion sind wir dir echt dankbar, Skye. Wer in dieser Einheit braucht schon zwei Klos, wenn man auch mit einem zurechtkommt?«, sagte Lyon. »Wie auch immer, Xiu ist zu jung für den Begleitjob, und ich habe die ehrenvolle Aufgabe, Aidan bei der Kontrolluntersuchung seiner Blocker abzuliefern.«

Aidan hob ruckartig den Kopf. »Warum zur Hölle das denn?«

»Sie wollen checken, warum Mariella gestern so stark auf *Das Brennen*, das von dir ausgeht, reagiert hat. Das sollen die Blocker eigentlich unterbinden.«

»Du hast den Vorfall also prompt gemeldet. Du bist echt eine Ratte«, knurrte Aidan.

»Gibt es Probleme?«, fragte ein Wächter.

»Nein, alles bestens«, sagte Lyon, ehe er sich wieder an Aidan wandte. »Sei froh, dass ich Bescheid gegeben habe. Wenn die Justierung der Blocker nicht stimmt, sprengt es dir irgendwann den Kopf von den Schultern. Davon mal abgesehen ist Stoneheaven ohnehin nicht der Ort, um mit seinem unrechtmäßigen Astrallis-Overload anzugeben.«

»Als ob ich das tun würde.« Aidan schmiss seinen Löffel auf den Tisch. »Mir ist der Appetit vergangen.«

Die beiden Wächter standen so unvermittelt am Tisch, dass Mariella sich an ihrem Tee verschluckte. »Beringer, richtig? Aufstehen«, wies einer Aidan an.

»Schon gut, wir unterhalten uns doch nur«, beeilte sich Lyon klarzustellen.

Die Wache kümmerte der Einwurf des Gruppenleiters nicht, er deutete mit einer Elektroimpulswaffe auf Aidan. »Aufstehen, zur Seite treten und mit dem Gesicht zur Wand stellen. Und zwar pronto.«

Nach einem kalten Blick auf Lyon stand Aidan auf und leistete dem Befehl Folge.

»Jetzt mal echt, Aidan hat doch nichts gemacht«, protestierte Mariella.

Das kümmerte den Wächter jedoch nicht, stattdessen nahm er Mariella ins Visier. »Bist du die neue Rosalike? Zeig mir deine Münze zur Bestätigung«, forderte er.

»Und wenn nicht, fuchtelst du mir dann auch mit deinem Elektroding vor der Nase rum?«

»Mariella«, raunte Lyon beschwörend.

»Ist doch wahr. Was ist denn das für ein unnötig krasser Umgangston?« Erst als Xiu ihr mit angstgeweiteten Augen bedeutete, sie solle nachgeben, holte Mariella die neonblaue Münze hervor. »Okay, meinetwegen. Aber fürs Protokoll: Ich finde das unmöglich.«

»Aufstehen und mitkommen. Das gilt auch für deine Begleitung.«

»Kommst du, Tessa?« Mariella war sich unsicher, ob das rothaarige Mädchen die Aufforderung überhaupt gehört hatte, so entsetzt wie sie wirkte.

Tatsächlich brauchte Tessa einen Moment, um sich von Aidans Anblick, wie der Wächter ihn gegen die Wand presste und anwies, die Beine zu spreizen, loszureißen. Als sie neben Mariella trat, zischte die Clairsearch: »Dieses Theater findet nur deinetwegen statt, Infantin. Dafür wirst du noch zahlen.«

»Schreib's auf meinen Deckel«, sagte Mariella. Insgeheim fühlte sie sich jedoch schuldig. Durch die Aufmerksamkeit, mit der sie wegen ihrer Familie bedacht wurde, rückten auch die anderen aus der Einheit ins Licht – was in der Zitadelle nichts als Ärger bedeutete.

10

»Guten Morgen, ich bin Rishi von den Bharata und der Assistent der ehrenwerten Marschallin der Zitadelle von Stoneheaven. Zu Diensten«, begrüßte ein junger Mann die beiden Mädchen, die von den Wachen in den sonnenlichtdurchfluteten Empfangsraum geschoben wurden.

Neben Mariella quiekte Tessa auf und hielt sich die Hände vor die Augen. Das brachte Mariella beinahe aus dem Gleichgewicht, sie war nach der Aufzugfahrt, die sie auf eine der höher gelegenen Ebenen gebracht hatte, noch angeschlagen. Während die Kabine nach oben fuhr, hatte sie sich in einem Panikanfall sogar an Tessa gekrallt und damit gegenüber der giftigen Clairsearch eine Schwäche gezeigt, was sie sich nicht so schnell verzeihen würde.

»Oh, Entschuldigung«, sagte Rishi zu der wimmernden Tessa. »Ich habe nicht daran gedacht, dass einige von uns die Sonne schon länger nicht mehr gesehen haben. Aber das haben wir gleich.«

Mit einem professionellen Lächeln, das völlig verbarg, was hinter seiner Stirn vorging, wischte Rishi durch die Luft, und die Scheiben tönten sich dunkel. Trotzdem war die Aussicht sensationell, wie Mariella zugeben musste. Ihre platzangstbedingte Übelkeit verflüchtigte sich, der Blick aus dem Fenster war die reinste Heilung. Nichts als endloser Himmel und das tosende Meer, das sich an einigen vorgelagerten Klippennadeln brach. Im morgendlichen Dunst, der über dem Wellenspiel lag, waren lediglich zwei Schatten zu erkennen, die Boote sein mochten. Normalerweise wäre ein solches Panoramafenster, wo eigentlich nur Steinmassiv sein sollte, für jeden Segelbegeisterten und jedes Ausflugsschiff sichtbar gewesen. Doch von außen würde dank der Illusionierung gewiss nichts als Steilklippe zu sehen sein.

»Die Zitadellen-Mannschaft muss ein paar richtig gute Illusionisten im Team haben, erst der Kistentrick oben in der Ruine und jetzt das hier. Beschlagnahmt die Marschallin jeden halbwegs Begabten, oder wie bringt sie die Familien dazu, ihren talentierten Nachwuchs an diesen unwichtigen Flecken im Nirgendwo zu schicken?« Mariella blinzelte Rishi zu. »Okay, ich hab's: Du bist ein Ex-Ebene-17-ner, der sich vor lauter Schande nicht nach Hause wagt. Wohl ein bisschen zu viel rumillusioniert, was?«

Rishi lächelte ungerührt weiter, nur ein kurzer Kontrollgriff an sein pechschwarzes, scharf gescheiteltes Haar verriet, wie wenig ihm Mariellas Vermutung gefiel. »Die Marschallin ist augenblicklich noch in der morgendlichen Stabssitzung, wenn ihr beiden also solange dort drüben auf dem Sofa Platz nehmen wollt?« Er deutete auf ein überdimensioniertes Ledersofa, von dem aus man die beste Sicht auf das Naturspektakel draußen hatte.

»Danke«, sagte Mariella. »Aber ich möchte dich vorher noch um einen Gefallen bitten, wo du doch etwas von ›zu Diensten‹ gesagt hast: Mein Koffer ist noch nicht in unsere Einheit gebracht worden. Könntest du das für mich klären?«

Rishi räusperte sich. »Falls die Marschallin mir einen solchen Auftrag gibt, werde ich ihm natürlich gern umgehend nachkommen. Ansonsten darfst du dich jetzt mit deiner Freundin auf das Sofa setzen.«

»Hier ist es doch auch ganz nett.« Mariella pflanzte sich mit einer halben Pobacke auf den penibel aufgeräumten Schreibtisch, was Rishi Schweißperlen auf die Stirn trieb. »Ich wette, wenn die Kollegen bei der Inspektion deine Durchwahl sehen, hören die doch sofort auf, meine Unterwäsche zu durchwühlen, und machen endlich ihren Job. Schließlich bist du nicht irgendwer, sondern der Assistent der Marschallin. Und nach allem, was ich von meiner Mutter über Eleonore gehört habe, würde sie sich nicht jemand ohne Durchsetzungsvermögen ins Vorzimmer holen. Aber natürlich kann ich Eleonore diese nervige Kleinigkeit auch direkt vortragen, das Thema interessiert sie bestimmt brennend. Viel brennender als alles, was gerade im Haus der Rosaliken los ist.«

»Von deiner ehrenwerten Mutter hängt ein Foto im Büro der Marschallin, das bei dem sagenumwobenen Großen Kongress aufgenommen wurde«, platzte es aus Rishi heraus. »Die beiden müssen damals eng befreundet gewesen sein, sie stehen nämlich direkt nebeneinander in der ersten Reihe, wenn auch ein wenig an der Seite, aber da waren sie ja noch jung. Was sie natürlich immer noch sind.« Seine Wangen verfärbten sich unter seiner Bräune dunkel.

Nun war es an Mariella, professionell zu lächeln. Sie hatte nämlich nicht die geringste Ahnung, wie es zwischen den beiden Frauen aussah. Sie wusste nur, dass ihre Mutter Freundinnen für überflüssigen Ballast hielt. Mercedes investierte ihre wertvolle Zeit nur in Begegnungen, die ihren Zielen dienlich waren. Und welchen Wert konnte eine enge Bindung zur Oberknastwächterin von Stoneheaven schon haben?

Rishi schien die Lage anders einzuschätzen, denn er knickte ein. »Ich werde schauen, was ich wegen deines Gepäcks tun kann. Aber nun setzt euch bitte.«

»Unbedingt«, sagte Mariella. »Ich hätte übrigens gern einen Kaffee, schwarz und mit Zucker. Und meine Begleitung …«

Tessa starrte sie lediglich an, wobei ihr die Verwirrung über das Gespräch mit Rishi ins Gesicht geschrieben stand.

»Sie nimmt einen Kamillentee für ihre schwachen Nerven«, entschied Mariella.

»Gern. Wenn du dann die Freundlichkeit hättest, dich von meinem Schreibtisch zu erheben?« Ein schärferer Protest war von einem so wohlerzogenen Mann wie Rishi offenbar nicht zu erwarten.

Einen Salut andeutend stand Mariella auf und zog Tessa am Ellbogen hinter sich her. Die Mädchen saßen noch nicht richtig in den Kissen, als Tessa zu ihrer alten Höchstform zurückfand. »So läuft das also in deinen Kreisen: Wenn man nicht bekommt, was man will, spielt man seine Beziehungen aus.«

»Normalerweise fände ich das auch shady, aber in diesem Fall profitieren wir alle: Ich bekomme meine Klamotten und muss dich deshalb nicht zwingen, mir eins deiner Walle-Walle-Kleider auszuleihen. Ist doch super.«

»Als ob ich mich von dir zwingen ließe. Mir sind deine Kontakte gleichgültig. Ich bin nur gespannt, wie Lyon es neben seiner Buckelei vor der Marschallin nun auch noch hinbekommen wird, vor dir zu Kreuze zu kriechen. Schließlich bist du ja die Stellvertreterin der großen Mercedes, bei deren Namen alle zitternd auf die Knie sinken.«

Mariella winkte ab. »Alle, bis auf die widerspenstige Tessa von den Clairsearch, schon klar. Aber mal unter uns: Dieses Lyon-Bashing finde ich daneben. Genau wie ich kann er nichts für seine Verwandtschaftsbeziehungen – und auch wenn ich mich hier noch nicht besonders gut auskenne, haben sie ihm offensichtlich nicht viel gebracht. Seine Tante hat ihn einer Loser-Einheit vorgestellt, die ohne ihn wie die verängstigten Vögelchen in der Kantine beisammensitzen und sich von ein paar degenerierten Pappnasen das Essen klauen lassen.«

Dieser Seitenhieb sorgte bei Tessa für einen verkniffenen Mund. »Um klarzukommen brauchen wir diesen Schleimer Lyon nicht.«

»Nein, natürlich nicht! Was wir brauchen, ist deinen Psycho-

Schwarm Aidan, der es noch nicht einmal schafft, im eigenen Quartier Haferflocken zu essen, ohne Ärger mit den Wächtern zu bekommen.«

»Dafür war nicht Aidan, sondern Lyon verantwortlich, weil er unbedingt petzen musste, dass die Wirkung von Aidans Blockern nachlässt.«

»Genau. Ein guter Gruppenleiter hätte gewartet, bis Aidans Hirnmasse wegen der falschen Einstellung gleichmäßig verteilt auf dem Fußboden liegt, und dann Meldung erstattet.«

»Bist du wirklich so naiv, dass du glaubst, Aidan hätte das Astrallis in seinem Aurafeld nicht unter Kontrolle?« Tessa schmiss ihre rotblonde Mähne zurück, mehr konnte sie in dieser eleganten Sofalandschaft nicht tun, um ihre Anspannung abzubauen. »Die Blocker sind ihm erst hier in der Zitadelle eingesetzt worden, ganze sechs Tage nachdem die Bannmeile um die versiegte Quelle aufgehoben wurde und seine Familie ihn dem Kreis übergeben konnte. Wenn er damals nicht draufgegangen ist, vollgepumpt mit Astrallis für eine ganze Armee, warum sollte er es dann jetzt tun?«

Betont entspannt ließ Mariella sich in die weichen Kissen sinken. Auch wenn sie es sich ungern eingestand, machte ihr dieser Schlagabtausch durchaus Spaß. »Nun ja, Aidan könnte feststellen, dass er die Zitadelle genauso sehr hasst wie die Quelle, von der seine Familie abhängig war. Schon mal drüber nachgedacht? Ich wette, wenn er das angesammelte Astrallis loslässt, kann er damit die halbe Klippe einäschern. Eigentlich sollten sie ihm so viele Blocker einsetzen, wie es an seinem Body dafür freie Stellen gibt.«

»Und meiner Meinung nach solltest du besser aufpassen, was du sagst«, fauchte Tessa.

»Sonst tust du mir selbst gemachtes Juckpulver unter die Steppdecke, oder was?«

»Nein, an einem Miststück wie dir mache ich mir nicht die Hände schmutzig. Ich überlasse meine Essensration einfach

Lomax.« Ein unheilvolles Grinsen schlich sich auf Tessas dafür viel zu schöne Lippen. »Du bist Lomax schon in der Kantine begegnet, der riesige Typ, dem du im Weg gestanden hast.«

»Der Bulldozer«, erinnerte sich Mariella.

»Vier Mittagessen und der Hinweis, dass du auf Aidan pisst – und du kannst dich von deiner hübschen geraden Nase und den bestimmt kostspielig korrigierten Frontzähnen verabschieden. Ich bin nämlich nicht die Einzige, die was auf Aidan hält.«

»Sag bloß, dieser Lomax hat genau wie du eine Schwäche für Bad Boys? Oder steht er mehr so generell auf blonde Nordlichter?«

Tessa sparte sich eine Antwort, denn trotz ihrer Sprüche konnte Mariella eine gewisse Beunruhigung wegen dieser Drohung nicht verbergen. Schließlich hatte dieses Mädchen nicht nur ihre eigenen Spielregeln, sondern sie kannte sich in der Zitadelle aus. Als Tessa die Teetasse nahm, die Rishi ihr in bester Butler-Manier servierte, wirkte sie wie eine zufriedene Katze, zumindest bis die Tür aufging und die Marschallin im Stechschritt reinmarschierte.

»Was soll das werden?«, herrschte Eleonore ihren Assistenten an. »Veranstaltest du ein Teekränzchen mit den beiden Delinquentinnen?«

»Mercedes' Tochter wünschte sich eine Tasse Kaffee und …«

»Verstehe, da muss man natürlich sofort springen.« Mehr Ironie ließ sich in einem Satz nicht unterbringen. Während Rishi den Rückzug antrat, musterte Eleonore Mariella, die ihren Kaffee in einem Zug runterstürzte, bevor er ihr weggenommen wurde. Sie war ernsthaft auf Koffeinentzug.

»Lieber Gott, bitte lass Mariella nicht schon wieder Unsinn angestellt haben«, erklang Sandros Stimme, bevor der elegante Mallorquiner den Vorraum betrat. Offenbar hatte die Marschallin ihn mit ihrem forschen Schritt abgehängt. Mit einer Sorgenfalte auf der Stirn deutete er auf Mariella. »Wir hätten dich inkognito herschicken sollen, damit du gar nicht erst dazu kommst, deiner Mutter Schande zu bereiten.«

»Ohne den Mama-Bonus wäre die Infantin allerdings aufgeschmissen«, gab Tessa zu bedenken.

»Keine Sorge«, sagte Eleonore. »Die Zitadelle ist der beste Ort, um zu lernen, wo der eigene Platz im Gefüge der Tannin ist. Ihren angestammten Platz in ihrer Familie wird Mariella sich erst wieder verdienen müssen, genau wie jeder andere Bewohner von Ebene 17 auch. Nicht wahr, Tessa Clairsearch? Ich vermute, euer Gruppenleiter Lyon hat dich als seinen Ersatz ausgewählt, weil niemand so gut wie du weiß, was es bedeutet, sich in der Zitadelle zu behaupten, wo doch von allen Familien auf die Sippe der Clairsearch hinabgesehen wird.«

Was immer Tessa durch den Kopf ging, während sie trotzig das Kinn vorschob, sie behielt es für sich. Wofür Mariella ihr äußerst dankbar war. Nicht nur, weil die Marschallin der Typ Gegner war, der sich bestens mit Fallen und Hinterhalten auskannte. Sondern auch, weil Mariella wenig Verlangen verspürte, einen weiteren Strich auf Tessas Shitlist zu bekommen. Denn egal, was passierte, für die Clairsearch stand fest, dass die Neue die Schuld daran trug. Daran war Mariella normalerweise gewöhnt, viel mehr noch: Sie arbeitete hart an ihrer Rolle als Taugenichts. Nur schien die Zitadelle ein Wespennest zu sein, in das man besser nicht zu oft reinstach.

Als die beiden Mädchen bloß schweigend dastanden, nickte Eleonore sichtlich zufrieden. »Wenn wir hier fertig sind, sollten wir in mein Büro gehen. Wir haben schon genug Zeit verschwendet – und Zeit ist etwas, woran es mir im Gegensatz zu euch mangelt.«

11

Im Unterschied zum schmucken Vorzimmer war das Büro der Marschallin ein schlichter, kastiger Raum, der von einem Schreibtisch mit Stahlbeinen und einer penibel aufgeräumten Marmorplatte bestimmt wurde. Die Wände waren zugestellt mit Regalen voller Aktenordner, bis auf eine Nische, in der ein Kamin stand – ein verloren wirkender Hauch von Gemütlichkeit in diesem Heim der blanken Effektivität. Unter anderen Umständen hätte Mariella sich gefragt, was dieser Raum über Eleonore aussagte, doch sie packte stattdessen Sandro am Arm. Sofort versuchte der junge Mann, ihren Griff abzuschütteln, während sein Blick an der Marschallin festklebte.

»Nur eine Sekunde, dann kannst du Eleonore weiter hinterherhecheln«, versprach Mariella. »Echt, Sandro, deine Vorliebe für Tyranninnen ist abstoßend.«

Sichtlich genervt blieb Sandro stehen. »Süße, wenn du willst, dass mein Bericht über deine Übergabe einigermaßen freundlich ausfällt und deine Mutter nicht noch mehr verärgert ist, dann solltest du endlich damit anfangen, dich entsprechend zu benehmen.«

»Das habe ich vor.« Mariella setzte den ernsthaftesten Gesichtsausdruck auf, zu dem sie fähig war. »Hier kommt der magische Satz, auf den Mercedes gewartet hat: Ich habe es begriffen. Ab jetzt ist es vorbei mit Partys am Strand, Abhängen mit Normalsterblichen und un-tanninhaftem Verhalten. Ich bin damit durch, gebongt. Vielleicht werde ich niemals eine Vorzeigetochter, aber zumindest kann ich eine sein, die man nicht in Stoneheaven vor dem Rest der Welt verstecken muss.«

Bei diesem Gelöbnis begann Sandro wie auf Knopfdruck zu strahlen. »Erstaunlich, wie schnell die Zitadelle Wirkung zeigt. Mercedes wird glücklich sein, von deiner Läuterung zu hören.«

»Am besten sofort, ruf sie gleich an und erzähl es ihr. Oder besser noch, lass mich mit ihr sprechen«, sagte Mariella. »Dann kannst du mich gleich wieder mit nach Hause nehmen. Schließlich gibt es keinen Grund, mich hierzulassen, nachdem ich die Lektion gelernt habe.«

»Wie bitte?«

»Nun stell dich nicht dumm, Sandro. Wir wissen beide, dass Mercedes mir mit Stoneheaven eine Lektion erteilen wollte, mehr nicht. Das Ganze soll mir vor Augen führen, wie es mir ergeht, wenn ich mich künftig nicht zusammenreiße. Das hat Mercedes mit ihrer alten Freundin Eleonore ausgeklüngelt, richtig?«

Sandro schüttelte ungläubig den Kopf. »Du hast ganze Lastwagenladungen Meteoriten auf einen Strand niederregnen lassen. Selbst wenn deine Mutter es wollte, könnte sie dich nicht aus Stoneheaven rausholen.«

Mariella starrte Sandro ungeduldig an, dann begriff sie, dass er nicht bluffte. Sie würde ihre Strafe, sich nicht wie die zukünftige Königin der Rosaliken aufgeführt zu haben, abbüßen müssen. Und nicht einmal ihr Familienname konnte sie davor retten.

»Gut, dann wollen wir mal«, sagte die Marschallin, nachdem alle vor ihrem Schreibtisch Platz genommen hatten. Falls es ihr auffiel, dass Tessa ihren Stuhl ziemlich weit abseits platziert hatte, kümmerte es sie nicht. Sie schien die Existenz der jungen Clairsearch ohnehin vergessen zu haben, was Tessa nach ihrer brüsken Zurechtweisung vermutlich ganz lieb war. Auch Mariella leckt stillschweigend ihre Wunden, während Sandro in Ehrfurcht versunken dasaß und Eleonore dabei beobachtete, wie sie in einer bereitgelegten Akte blätterte. Das war zweifelsohne das Dossier, das Mariellas Familie über sie angefertigt hatte.

Nach einer Weile blickte die Marschallin auf und sah Mariella direkt an. »Wie du ja schon mitbekommen hast, habe ich dich der Einheit zugeteilt, die von meinem Neffen Lyon geleitet wird. Ich dachte, eine kleine Einheit passt besser, weil du nicht an das Gemeinschaftsleben gewöhnt bist, auch wenn es zwei Problemfälle in der Gruppe gibt.«

»Moment bitte.« Sandro hielt die Hand hoch wie ein Schuljunge, der etwas sagen wollte. »Was denn für Problemfälle? Davon höre ich jetzt zum ersten Mal. Unser Mädchen kann unmöglich mit irgendwelchen schwierigen Typen zusammengesteckt werden, dafür lässt sie sich viel zu …« Er warf einen raschen Kontrollblick auf Mariella, die extra-naiv aus der Wäsche schaute, damit er ungeniert aussprechen konnte, was ihm durch den Kopf ging. Eine Einladung, die Sandro nur zu gern annahm. »Maria-Aurora ist gewiss charakterfest, aber es mangelt ihr an der Fähigkeit, Menschen und Situationen richtig einzuschätzen. Beispielsweise hatte ich einen harten Job damit, sie in einem Stück in Stoneheaven abzuliefern. Diese Problemfälle könnten so gesehen ein Umfeld schaffen, das nicht gerade ihre starken Seiten fördert, wenn du verstehst, was ich meine.«

Eleonore lächelte nachsichtig. »Im Prinzip sind alle Kinder, die zu uns kommen, Problemfälle. Das gilt auch für Maria-Aurora. Wenn man ihrem Dossier Glauben schenken kann, war der Vorfall am Strand nicht das erste Malheur, das auf ihre Kappe ging. Hinzu kommt ihre Neigung, sich ausgesprochen geschickt sämtlichen Regeln der Tannin zu entziehen und eine anständige Ausbildung zu sabotieren.«

Diese klare Ansage gefiel Mariella gar nicht, sie sorgte nämlich für eine gekrauste Stirn bei Sandro, was bedeutete, dass er ernsthaft mit Nachdenken beschäftigt war. »Einfaltspinsel können nicht taktisch denken und sich somit auch nicht entziehen, das würde ihre Möglichkeiten völlig übersteigen«, schlussfolgerte Mariella deshalb schnell für ihren Begleiter. »Von Sabotage mal ganz abgesehen, da weiß ich ja nicht mal, wie man das buchstabiert.«

»Ich vergaß zu erwähnen, dass Maria-Aurora darüber hinaus keine besonders gute Lügnerin ist«, fügte Eleonore ergänzend hinzu.

Unabhängig davon, was Sandro persönlich von Mariella hielt, es gefiel ihm als Rosalike wenig, dass seine Infantin als Mangelware dargestellt wurde. »Unser Mädchen mag so ihre Eigenarten haben«, sagte er unerwartet bestimmt. »Aber sie ist zumindest keine Verbrecherin.«

Die Marschallin deutete mit dem Zeigefinger auf die Akte. »In dem Bericht über den Meteoren-Vorfall steht was von mehreren Verletzten.«

»Leicht Verletzten«, warf Mariella ein.

Auch Sandro winkte ab. »Der Vorfall war ein unglückliches Versehen, das haben wir dem Kreis eindeutig beweisen können.«

»Ein Drogenrausch schützt vor Strafe nicht«, beharrte die Marschallin. »Wenn es dich und deine Familie jedoch beruhigt, Sandro, dann kann ich dir versichern, dass Maria-Aurora bei uns in besten Händen ist. Lyon ist ein hervorragender Gruppenleiter und genießt mein Vertrauen. Besser als bei ihm kann man in Stoneheaven gar nicht aufgehoben sein.« Sandro war an der Nase abzulesen, wie sehr es ihm gegen den Strich ging, sich der Marschallin zu widersetzen. Aber schon in ein paar Stunden würde er noch einem ganz anderen Kaliber als ihr Rede und Antwort stehen müssen. Der Gedanke, nicht alle Fragen von Mercedes mit gutem Gewissen beantworten zu können, spornte ihn merklich an. »Ich würde trotzdem gern erfahren, mit was für Problemfällen unsere Kleine sich abgeben muss.«

Eleonore gab ein Seufzen von sich, das wohl darauf hinweisen sollte, wie ungern sie auf dieses Thema einging. Doch Mariella bemerkte das Glitzern in den Augen der Marschallin, offenbar entwickelte sich das Gespräch durchaus nach ihrem Geschmack. Sie lässt Sandro denken, dass er das Gespräch leitet, aber in Wirklichkeit hält sie die Fäden in der Hand, erkannte Mariella. Bloß … Warum sagte die Marschallin nicht einfach, was ihr wichtig war? Weil Sandro auf diese Weise später in seinem Bericht melden würde, dass er alle kritischen Punkte abgeklopft hatte. Dabei kam er gar nicht dazu nachzuhaken, wie Mariella wirklich untergebracht war. Wenn das ihre Mutter allerdings ernsthaft interessieren würde, hätte sie wohl kaum ihren leicht zu manipulierenden Handtaschenträger als Begleitung mitgeschickt, oder?

»Gut, dann nenne ich dir eben ein paar Details über die Mitbewohner«, sagte die Marschallin. »In Maria-Auroras Einheit gibt es eine in Ungnade gefallene Amur und einen Begabten aus der Beringer-Familie. Wenn überhaupt mache ich mir Sorgen um die Amur. Sie scheint augenblicklich unter Stress zu stehen, was für diesen Familienzweig ausgesprochen untypisch ist.«

»Diese verkrachte Amur interessiert mich nicht, sondern der Beringer. Ausgerechnet jemanden aus diesem Familienzweig!« Sandro wirkte ernsthaft angesäuert, was angesichts seiner Begeisterung für die Marschallin Bände über das Verhältnis zwischen den Rosaliken und den Beringern sprach. »Es wird Mercedes sicherlich beunruhigen zu hören, dass ihre Tochter sich ein Quartier mit einem Beringer auf Strafvollzug teilen muss.«

»Sogar dieselbe Toilette, um genau zu sein«, sagte Mariella.

Sandro verzog so entsetzt das Gesicht, dass sie am liebsten noch einen draufgesetzt hätte, indem sie verriet, um welchen speziellen Beringer es sich handelte. Vermutlich hätte Sandro trotz seiner jungen vierundzwanzig Jahre einen Herzinfarkt erlitten. Allerdings war es der lauernde Blick der Marschallin, der sie davon abhielt. Es wirkte fast so, als habe Eleonore darauf abgezielt, dass Mariella mit der Aidan-Geschichte herausplatzte. Aber warum? Vielleicht hat es gar nichts mit mir zu tun, überlegte Mariella. Vielleicht geht es hierbei um die frühere Freundschaft zwischen Eleonore und Mercedes. Wer wusste schon, was nach all den Jahren der Machtkämpfe unter den Tannin davon übrig geblieben war? Zwei überaus machtbewusste Frauen, von denen eine sich zur ungekrönten Königin aufgeschwungen hatte, während die andere über einen Haufen Ausgestoßener in einem verseuchten Steinhaufen regierte. Zum ersten Mal bereute Mariella inständig, all die Jahre lang Ahnungslosigkeit in Tannin-Belangen als Leistungssport betrieben zu haben. Ihre Gleichgültigkeit war ein hervorragendes Mittel gewesen, um Mercedes auf die Palme zu bringen. Jetzt ließ es sie dumm dastehen.

So oder so war Sandro mit dem Thema noch nicht fertig. »Derartig angespannt, wie die Situation zwischen unserer Familie und den Beringern momentan ist, halte ich diese Zusammenlegung für ausgesprochen …« Er suchte nach einer Umschreibung, mit der er der Marschallin nicht allzu sehr auf die Füße trat. »… ausgesprochen riskant. Womit ich deinem Neffen natürlich in keinster Weise absprechen will, seine Einheit als Gruppenleiter anständig zu führen. Aber wir wissen ja, wie die Beringer sind.«

»Ja? Wie sind die denn so? Das würde mich echt mal interessieren«, sagte eine eiskalte Stimme.

Mariella hatte fast vergessen, dass Tessa auch noch da war. Jetzt saß das Mädchen auf der äußersten Kante ihres Stuhls, jeden Muskel in ihrem Tänzerinnenkörper angespannt, bereit, einen Jungen zu verteidigen, der auf der Hate-Skala der Tannin ganz weit oben stand. Mariella verspürte einen Stich. Tessa setzte sich für jemand aus ihrer Einheit ein, während sie vollauf damit beschäftigt war, sich im Spielchen der Marschallin zu bewähren. Und wer mitspielt, gehört bloß zu dem Haufen der uns Kids nach ihrer Pfeife tanzen lassen will, erkannte Mariella. Bevor sie Tessa jedoch zur Seite springen konnte, setzte bereits die Marschallin zu einer Antwort an.

»Schön, dass es etwas gibt, das deine Aufmerksamkeit weckt, Tessa. Ich befürchtete schon, du wärst vollkommen in deiner Innenwelt versunken, so desinteressiert, wie du in deiner Rolle als Begleitperson bis eben gewirkt hast. Du willst also wissen, was die Beringer für ein Schlag sind? Sie sind eine Horde von Sturköpfen, die Ehrgefühl mit Unbelehrbarkeit verwechseln. Leider sind sie unfähig, aus ihrer Vergangenheit zu lernen, und begehen deshalb immer wieder neue Fehler, die sie weiter ins Abseits drängen. Einer dieser Fehler, die sie zugelassen haben, teilt sich ja ein Quartier mit euch. Du kannst die Abwärtsspirale, auf der sich die Beringer seit Generationen aus eigener Schuld befinden, also aus nächster Nähe studieren. Auf meiner persönlichen Außenseiterskala rangieren sie direkt vor den Clairsearch mit ihren Beschwerden und ihrer ewigen Jammerei. Möchtest du auch meine Einschätzung der Clairsearch innerhalb der Tannin-Familie wissen?«

Tessas Unterlippe zitterte. »Nein, danke.«

Bei so viel offener Verachtung war es kein Wunder, dass die Clairsearch sich darüber beschwerten, wie mit ihnen umgesprungen wird, stellte Mariella fest, hielt aber den Mund, um Tessa weitere Demütigungen zu ersparen.

Als klar war, dass Tessa nicht länger für Unruhe sorgen würde, wendete sich die Marschallin Sandro zu. »Falls Mercedes über die Unterbringung ihrer Tochter unglücklich ist, richte ihr bitte von mir aus, dass es Maria-Aurora zweifelsohne guttun wird, sich mit anderen Zweigen der Tannin auseinanderzusetzen. Darin wird später ja einmal ihr Geschäft bestehen. Außerdem weiß sie nach dieser Erfahrung hoffentlich den herausragenden Platz, auf den sie geboren wurde, zu schätzen.«

»Das wäre in unser aller Interesse«, stimmte Sandro zu. »Trotzdem sollten wir Mercedes jetzt kontaktieren, wo wir alle beisammensitzen, und die Unterbringung unseres Mädchens mit einem Beringer-Sprössling gemeinsam besprechen. Wie siehst du das, Herzchen?«

Mariella überschlug ihre Möglichkeiten. Mercedes würde sie nicht aus Stoneheaven rausholen, das hatte Sandro eben erst deutlich gemacht. Sie sollte demütig ihre Strafe absitzen und geläutert in den Schoß der Familie zurückkehren, das war der Plan. Also würde ihre Mutter lediglich durchsetzen, dass sie in eine andere Einheit verlegt wurde. Und genau das wollte Mariella nicht, auch wenn vieles gegen ihre jetzige Einheit sprach. Andererseits mochte sie Lyon, obwohl er seinen Job eindeutig zu ernst nahm. Einen besseren Zimmergenossen als Xiu fand man bestimmt nicht so leicht, auch wenn er theoretisch das falsche Geschlecht hatte. Mit Skye war bestimmt einiges im Argen, und Tessa war die geborene Giftspritze – aber so jemanden gab es in jeder Gruppe. Und was Aidan anbelangte … der schien andere Probleme zu haben, als sich mit einer völlig ahnungslosen Rosalike über Familienfehden zu streiten. Nein, wenn sie in Stoneheaven bleiben musste, dann in dieser Gruppe. Nicht, dass sie am Ende noch bei den Rosa Erdbeeren landete. Pink stand ihr nicht.

»Ich denke, wir sollten dem Urteil der Marschallin als erfahrener Knastmanagerin vertrauen«, sagte Mariella. »Meine Mutter tut es offensichtlich, sonst wäre ich nicht hier, gleichgültig, was der Kreis entschieden hat. Und wir wissen alle, was Mercedes davon hält, wenn man ihre Entscheidungen infrage stellt.«

Bei der Aussicht, Mercedes könnte sich auf die Füße getreten fühlen, änderte Sandro schlagartig seine Haltung und hob ergeben die Hände. »Wie du meinst, dann belassen wir es erst einmal dabei.«

»Dann wäre auch das geklärt.« Eleonore strahlte so viel Begeisterung aus wie ein Eisberg. »Es besteht auch wirklich kein Grund zur Sorge, denn neben der vertrauenswürdigen Gruppenleitung arbeiten wir mit einem hervorragenden Sicherheitssystem. Die Kinder stehen unter durchgehender Überwachung, ob nun in ihrem Quartier, auf ihrer Ebene oder in der Kantine. Wie besprochen wird Maria-Aurora in jenen Bereichen trainiert und ausgebildet, die ihre Lehrer im Dossier mit ›mangelhaften Leistungen‹ markiert haben, unter anderem Politik, Geschichte der Tannin, quellenabhängige Geografie sowie Selbstverteidigung und Waffenkunde. Meiner Meinung nach sollten wir auch etwas für ihre Konzentrationsfähigkeit tun, die scheint mir unterentwickelt zu sein, ich kenne nämlich nicht viele Tannin, die ihren Siegelring verschusseln. Nach dem Unterricht sind die verpflichtenden Arbeitsdienste zu leisten, für sie bedeutet das Wäsche- und Ordnungsdienste. Die wenige Zeit, die ihr danach noch übrig bleibt, wird auf freiwillig zu belegende Kurse entfallen. In diesen Kursen werden einzelne Fähigkeiten ausgebildet, wie etwa Bouldern, Überlebenstraining oder Segeln.«

»Klingt großartig, unser Mädchen wird sie allesamt belegen«, sagte Sandro.

Mariella hingegen klappte die Kinnlade runter. »Hast du nicht zugehört? Die Kurse sind freiwillig. Bei meinem übervollen Terminkalender fallen die deshalb natürlich hintenüber, ich bin schließlich keine Akkordarbeiterin.«

»Selbstverständlich kannst du das Kurs-Angebot ignorieren«, sagte Eleonore. »Wenn du während deiner neun Monate Aufenthalt in Stoneheaven auf Vergünstigungen wie Schokolade oder Strandbesuche verzichten möchtest, nur zu. Für jeden Kurs gibt es nämlich Marken. Und Marken – das wird dir deine ansonsten wenig nütze Begleitung später sicherlich noch genau erklären – machen das Leben in der Zitadelle erst lebenswert.«

»Kurz gesagt werde ich also von herrgottsfrüh bis spätabends in einer Tour beschäftigt sein, bis ich tot ins Bett falle«, stellte Mariella fest.

Eleonore nickte. »So kommt man gar nicht erst auf dumme Gedanken. Damit wäre also auch der Rest geklärt. Wenn du dich jetzt von Sandro verabschieden würdest, dein erster Termin als Schützling von Stoneheaven wartet bereits auf dich.«

»Um was für einen Kurs handelt es sich denn?«, fragte Sandro voller Begeisterung. Wenn man ihn sich so ansah, konnte man meinen, dass es sich bei der Zitadelle um einen Vergnügungspark handelte. »Kondition und Gleichgewichtsempfinden sind bei Mariella dank ihrer Vorliebe für Surfbretter hervorragend ausgeprägt. Aber ein intensives Nahkampftraining hätte meiner Meinung nach Priorität.«

»Überlebenstraining wird hier während des Kantinenbesuchs absolviert«, sagte Mariella, die sich inzwischen nur noch wünschte, dass Sandro endlich einen Abgang hinlegte. Die Marschallin teilte ihre Meinung allem Anschein nach, denn sie komplimentierte den jungen Mann mit ein paar Gesten zur Tür. »Wir werden unser Bestes geben, um Maria-Aurora den Schliff zu verpassen, den sie bislang hat missen lassen. Und nun: Au revoir.«

»Au revoir oder adiós, wie man bei uns sagt.« Sandro heimste seine Wangenküsse von der Marschallin ein, während er sich bei Mariella mit einem schlappen Winken begnügen musste. Als er endlich die Tür hinter sich zuzog, wartete die Marschallin noch einen Augenblick, bevor sie sich umdrehte. Fast so, als wolle sie sichergehen, dass Sandro nicht doch noch einmal den Kopf zur Tür reinsteckte, um einige goldene letzte Worte loszuwerden. Als sich nichts tat – vermutlich hatte der brave Rishi ihn direkt in Empfang genommen –, drehte Eleonore sich um und stemmte die Hände in die Hüften.

»Uns bleibt noch eine Sache zu erledigen: die Prägung deines Zeichens.«

Mariella dachte an das Lilien-Zeichen, das sich über Lyons Puls erstreckte. Es sah zweifelsohne schön aus. Trotzdem wurde ihr bei der Vorstellung, ebenfalls auf diese Weise gezeichnet zu werden, übel. Viele Rosaliken trugen schwarze Rosenblüten als Zeichen ihrer Familienzugehörigkeit, aber davon hatte Mariella nie etwas wissen wollen. Sie wollte nichts auf ihrer Haut haben, egal, was es bedeutete. Sie gehörte sich selbst und damit Punkt. Doch mit ihrer Selbstbestimmtheit war es jetzt offenbar vorbei, so entschlossen, wie Eleonore wirkte.

»Das Zeichen enthält alle relevanten Informationen über dich und ist eine Art Passierschein«, erklärte die Marschallin. »Ein angenehmer Nebeneffekt ist, dass durch das Zeichen der Fluss des Astrallis unterbrochen wird, was das Zusammenleben auf Ebene 17 deutlich entspannter macht. Weniger Kraftprahlerei, weniger Tricks und unvorhersehbare Sicherheitsrisiken. Ich finde ja, dass die gezielte Freisetzung von Astrallis bei Jugendlichen eh unterbunden werden sollte. Es braucht eine ausgereifte Persönlichkeit, um mit so viel Macht umzugehen.«

Mariella dachte an den Moment, als sie Xius Blocker berührt und das unangenehme Störfeld in ihrer Aura wahrgenommen hatte. Das Zeichen schien zwar die kleine Ausgabe davon zu sein, aber die Vorstellung gefiel ihr trotzdem nicht. »Eine solche Sicherheitsmaßnahme ist bei mir ohnehin unnötig, ich kann Astrallis ebenso gut kanalisieren wie ein Frosch die Wasserströmung.«

Die Marschallin lächelte. »Davon habe ich gehört. Wie auch immer, sieh das Zeichen einfach als ein Tattoo. So etwas ist in den Kreisen von Barcelona, in denen du so gern verkehrst, bestimmt sehr beliebt.«

»Ehrlich gesagt ist nichts mehr vorbei als die Tattoo-Kiste.«

Die Marschallin hörte gar nicht zu. »Normalerweise übernimmt die Aufgabe, die Prägung des Zeichens zu überwachen, ein Wächter. Aber in deinem Fall wollte ich mich lieber persönlich darum kümmern. Schade, dass Lyon es heute nicht einrichten konnte, dich zu begleiten. Aber es wird auch so gehen. Wenn du bitte Platz nehmen würdest?«

Erst jetzt bemerkte Mariella in einer dunklen Ecke die Maschine. Sie bestand aus einem Stuhl mit einem Tablett davor – beides aus Metall. Es hätte als unheimlicher Unterrichtsstuhl durchgehen können, wenn da nicht der aufragende Roboterarm gewesen wäre.

»Und wenn ich mich weigere, mich markieren zu lassen?«

»Das wäre sehr betrüblich«, sagte die Marschallin, während

der verschmitzte Ausdruck in ihren Augen verriet, dass sie nichts dagegen hätte, Mariellas Widerstand auf die Probe zu stellen.

»Kann ich nicht einfach bei meiner Passiermünze bleiben? Ich verschussel sie auch nicht, versprochen.«

»So ist es sicherer«, sagte die Marschallin. »Wir wollen doch nicht, dass dir jemand deine Identität klaut, oder? Manche von unseren jungen Delinquenten kommen nämlich auf die verrücktesten Ideen, um ihre Zeit in der Zitadelle zu verkürzen. Und eine Rosalike, die gewisse Privilegien genießt, wäre da ein geeignetes Ziel. Oder möchtest du lieber das Risiko eingehen, zu einem Paket verschnürt und mit geschorenem Kopf im Abfallschacht aufzuwachen, während sich jemand anderes als Mariella verkleidet mit deiner Münze einen Freigang genehmigt?«

Ohne eine weitere Sekunde zu verschwenden, nahm Mariella auf dem harten Stuhl Platz und streckte ihren Arm aus.

12

Immer noch geschockt von dem Eingriff rieb Mariella über das wasserblaue Zeichen, das nun die Innenseite ihres linken Handgelenks bedeckte. Es handelte sich nicht wie erwartet um eine Rose, sondern um ein Oval, das mit stilisierten Wellen gefüllt war. Die Haut darum herum sah versengt aus, als habe sie sich stark verbrannt. Doch wie eine Verbrennung hatte es sich nicht angefühlt, als sich der Roboterarm, der in einem Stempel aus schwarzen Kristallen endete, auf ihren mit Metallschrauben fixierten Unterarm gesenkt hatte. Der ganze Vorgang war mechanisch durchgeführt worden und war vom Stechen eines klassischen Tattoos weit entfernt. So war auch kein Blut geflossen, als der Kristallstempel das Zeichen in Mariellas Haut gestanzt hatte. Trotzdem hatte es geschmerzt, weitaus schlimmer als alles, was eine Nadelspitze anrichten konnte. Es war nicht ihr Körper gewesen, der aufgeschrien hatte, sondern ihr Aurafeld. Das Zeichen markierte sie äußerlich als Insassin der Zitadelle, hatte ihr darüber hinaus aber auch noch eine Blockade in die Ebene eingeprägt, die für die Tannin wichtiger war als alles Physische: jenes unsichtbare Energiefeld um sie herum, in dem sie das Astrallis aufnehmen konnten und das sie von normalen Menschen unterschied. Mit einem solch brutalen Übergriff hatte Mariella nicht gerechnet und sofort versucht, ihren Arm zurückzuziehen, was wegen der Schrauben jedoch unmöglich gewesen war. Sie hatte sich bloß eine Zerrung in der Schulter eingehandelt, während die Marschallin ein genervtes Schnaufen von sich gegeben hatte. Nun, da die Wächter sie zurück auf die Ebene 17 brachten, war Mariella immer noch wackelig auf den Beinen.

»Clever von der Marschallin, mir das Zeichen erst zu verpassen, nachdem Sandro sich verabschiedet hatte. Anscheinend fährt er ja auf vorbildlich gealterte Ikonen ab, aber wenn er gewusst hätte, was die Marschallin mit mir vorhat, wäre er hundertprozentig ausgeflippt.«

»Wie schön, dass uns dieser Auftritt erspart geblieben ist«, sagte Tessa. »Noch einmal hätte ich die Drohung, gleich alles an die große Mercedes zu verpetzen, nämlich nicht ertragen.«

Mariella überhörte die Spitze. »Eine kleine Warnung von dir, was mich bei der Prägung erwartet, wäre übrigens nett gewesen.«

»Ich bin nicht davon ausgegangen, dass es dir etwas ausmacht«, behauptete Tessa. »Schließlich hast du ja groß damit angegeben, dass du unfähig bist, Astrallis zu kanalisieren. Da kann sich das höchstens wie ein Mückenstich angefühlt haben. Und dann auch noch ein blaues Zeichen – ich bitte dich, du kannst kaum etwas gespürt haben.«

»Wozu wurdest du eigentlich mitgeschickt? Doch wohl nicht dazu, mir ständig in den Rücken zu fallen.«

»Eigentlich eher um sauber zu machen, falls du vor Schock kotzen musst. Manche werden auch ohnmächtig oder pinkeln sich ein. Danke, dass du darauf verzichtet hast.« Trotz ihrer Kaltschnäuzigkeit war Tessa immer noch blass um die Nase. Während der Prägung des Zeichens hatte sie dicht hinter Mariella gestanden und sogar ihre Hände auf deren Schultern gelegt, als sie zu schreien angefangen hatte. Entweder weil Tessa sich selbst noch allzu gut daran erinnerte, wie sie ihr Zeichen bekommen hatte. Oder weil sie doch nicht ganz so hart war, wie sie tat.

Mitten im Gang blieben die Wachen unvermittelt stehen. »Da wären wir«, sagte einer.

»Das muss sich um einen Irrtum handeln«, sagte Tessa mit belegter Stimme. »Die Rosalike müsste jetzt in den Unterrichtsblock, und ich habe Arbeitsdienst auf der Pflanzfarm.«

Dass die sonst so selbstsichere Clairsearch ernsthaft verunsichert wirkte, ließ Mariella aufhorchen. Lag es daran, dass die Wachen auf Ebene 17 alles andere als vertrauenerweckend oder freundlich wirkten? In ihren Augen waren sie vermutlich gezwungen, auf ein paar Kids aufzupassen, die so viel Dreck am Stecken hatten, dass ihre Familien sie freiwillig abgeschoben oder sich der Entscheidung des Kreises gebeugt hatten. Lauter nervige Blagen, denen man bei Gelegenheit ruhig mal einen mitgeben konnte. Wenn die beiden Wächter sie jetzt einfach auf dem Gang zurückließen und dann den Alarm anschalteten … Bei den Stromschlägen, die das System austeilte, hatten sie und Tessa anschließend wahrscheinlich gar keine Erinnerung mehr daran, was genau auf dem Gang passiert war.

Das Wächtergespann genoss die Verunsicherung der Mädchen merklich, dann sagte einer: »Die Marschallin hat eine Planänderung vorgegeben: Der heutige Tag dient zur Gruppenbildung, der Rest eurer Einheit erwartet euch bereits. Über alles Weitere klärt euch euer Gruppenleiter auf.«

»Aber …«, setzte Tessa an.

»Keine Diskussionen. Und jetzt rein da.«

»Wo denn rein?« Mariella hatte langsam die Nase voll.

»Durch die Tür natürlich, du schlaues Kind.«

Als Mariella die Augen zu Schlitzen verengte, erkannte sie in der schartigen Steinwand eine rechteckige Fuge. Das musste eine Tür sein. Aber wo war die Klinke?

»Der Code zum Öffnen dürfte im Zeichen der Neuen eingegeben sein«, verkündete einer der Wächter, bevor sie zurücktraten. Sofort leuchtete unter Mariellas Füßen violettes Licht auf. »Ihr habt sechzig Sekunden Zeit einzutreten.«

Fluchend hielt Mariella ihr frisches Zeichen dort vor das Rechteck, wo bei einer Tür das Schloss sitzen würde. Tatsächlich spürte sie ein Energiefeld, das auf ihre Prägung reagierte. Auf diese Weise musste die Marschallin auch den Aufzug in die Ruine geöffnet haben, durch ihre gezeichnete Aura. Somit war niemand als ein entsprechend geprägter Tannin in der Lage, sich Zutritt zur Zitadelle zu verschaffen, während ein gewöhnlicher Mensch nicht einmal auf die Idee kommen würde, dass es in der verrotteten Ruine überhaupt einen Zugang gab.

Während Mariella dem Energiefluss ihres Zeichens nachspürte, nahm sie wahr, wie es im Inneren der Tür einen Kreis ausfüllte. Einen Kreis mit einer winzig kleinen Macke, einer Art Leerstelle, die die Energie nicht auffüllen konnte. Es war wie ein echtes Schloss, in dem sich etwas verkeilt hatte, sodass der Schlüssel nicht mehr passte.

»Das Schloss ist im Eimer«, verkündete Mariella.

»Nicht unser Problem«, sagte einer der Wächter.

»Heilige Scheiße«, jaulte Tessa, das Gesicht in hektisch flackerndes Violett gehüllt. »Mach was, die Zeit läuft ab.«

Okay, keine Panik, dachte Mariella. Energie findet immer einen Weg, es gibt keine wirklichen Hindernisse, sondern nur Umwege. Wie bei den Sternschnuppen am Strand. Da hat das Astrallis in meiner Aura auch die Form eines Tunnels angenommen, durch den die Meteoriten unbeschadet die Atmosphäre durchqueren konnten. Das hier ist das Gleiche, nur in Kleinformat. Bevor die Stimme der Vernunft ihr klarmachen konnte, dass sie zweifelsohne Wahnvorstellungen hatte, vergegenwärtigte sich Mariella den perfekten Moment am Strand, in dem alles im perfekten Fluss gewesen war. Ein Fluss, den sie lenken konnte, ganz geschmeidig, nicht mehr als ein sanftes Wünschen. Sie sah den Kreis mit der Kerbe vor ihrem geistigen Auge … und darüber legte sich sein perfektes Abbild. Dann griff sie nach dem gespeicherten Astrallis in ihrer Aura und leitete es zu diesem Bild.

Sie spürte den Widerstand der Kerbe, drückte und presste, was das Hindernis nur zu verstärken schien. Schließlich tat sie etwas, von dem sie hinterher nicht mehr recht sagen konnte, woher die Idee gekommen war. Der Einfall tauchte plötzlich auf, und Mariella griff nach ihm wie nach einem rettenden Strohhalm: Vielleicht ist es wie bei mir, je mehr ich mich bedrängt fühle, desto dichter mache ich. Also verwandelte sie ihren Astrallis-Fluss in ein sanftes Anklopfen – und wie von Zauberhand vervollständigte sich der energetische Kreis. Ein Klicken ertönte, und die Tür sprang auf.

Ohne eine weitere Sekunde zu verschwenden, schubste Mariella die schreiende Tessa in den dahinterliegenden Raum und sprang ihr nach. Hinter ihr zischte eine Stromladung ins Leere.

»Gelungener Auftritt, Ladys. Meinen Respekt. Nur das mit dem Hechtsprung würde ich an deiner Stelle noch üben, Mariella, das sah irgendwie unelegant aus.« Xiu saß in einer zerklüfteten Höhle auf einem Gesteinsbrocken. Die Beine hatte er zum Schneidersitz verschlungen, was ihn in dieser Umgebung wie einen ungewöhnlich jungen Eremiten aussehen ließ.

Mariella pustete sich die Locken aus dem Gesicht. »Hattet ihr auch Probleme mit der Tür?«

»Nope. Die stand offen, als sie Skye und mich nach dem Appell hierher verfrachtet haben. Die Wächter sind dann so lange bei uns geblieben, bis Lyon mit Aidan aufgeschlagen ist. Ich sollte euch in Empfang nehmen.«

»Wo sind wir hier überhaupt?« Nervös zupfte Tessa den verrutschten Ausschnitt ihres Kleides zurecht. Nicht, dass da noch etwas raushüpfte und Xiu von seinem Gesteinsthron kippen ließ.

»Das hier ist ein altes Quartier, das einem Beben aus der unteren Ebene zum Opfer gefallen ist. Wir sollen jedenfalls klar Schiff machen, da es demnächst neu belegt wird. Keine Überraschung, schließlich quillt nicht nur die Gefängnisebene über, sondern wir Ebene-17-Kids werden auch immer mehr. Was war denn mit der Tür los?«

»Hat geklemmt«, sagte Mariella. »Ich hab ein bisschen Astrallis als Schmieröl reingegossen.«

»Wie? Einfach so?« Xiu starrte sie ungläubig an.

»Blödsinn, die Rosalike macht sich nur wichtig.« Tessa hatte keine Minute gebraucht, um ihre alte Selbstsicherheit wiederzufinden. »Sie war zu dumm, die Tür zu öffnen, deshalb sind wir fast gegrillt worden. By the way, diese Energieschlösser knackt niemand. Usako hat es probiert und ist böse gescheitert, hat sich dank des angezapften Energiestroms eine ordentliche Verbrennung an den Händen zugezogen. Und wenn dieser Crack es nicht hinbekommen hat, bekommt es niemand hin, schon gar nicht die peilungslose Spanische Rose.«

»Ich habe das Schloss ja auch nicht geknackt«, sagte Mariella, die im Gegensatz zu Tessa keine Lust auf eine weitere Kabbelei hatte. »Ich habe es nur einen Tick repariert, was ehrlich gesagt keine besonders große Herausforderung war.«

»Sicher doch. Das nennt man wohl die hohe Kunst, aus der eigenen Dusseligkeit eine Heldengeschichte zu stricken.«

Mariella verdrehte die Augen. »Das nächste Mal lasse ich dich im Stromfeld verkokeln, dazu fällt mir dann bestimmt auch eine tolle Story ein.«

Mit entrüstetem Schnaufen wendete Tessa sich Xiu zu, der ihren Schlagabtausch mit einer Mischung aus Faszination und einem Hauch Panik beobachtet hatte. »Können wir jetzt endlich zu den anderen? Ich will wissen, wie es Aidan nach der Blocker-Justierung geht.«

»Saudreckig, ist doch klar«, sagte Xiu. »An deiner Stelle würde ich Aidan in Ruhe lassen, er wirkte ernsthaft angefressen, als er mit Lyon hier aufgetaucht ist.«

»Danke für den Tipp. Aber ich weiß selbst, wie ich mit Aidan umzugehen habe.« Mit diesen Worten stürmte Tessa durch eine Bruchstelle im Mauerwerk, die früher vermutlich eine Tür enthalten hatte.

»Warte, im Gang gibt es kein Licht, dafür aber jede Menge

Stolpersteine«, rief Xiu dem Mädchen hinterher. »Was meint die Schnepfe denn, warum ich hier rumsitze und mich zu Tode langweile, während die anderen in den Wohnräumen Pionierarbeit leisten?«

Mariella kratzte sich nachdenklich am Kinn. »Dass du in ihren Augen genauso unnütz bist wie ich vielleicht?«

Ein spitzer Schrei erklang aus dem Gang. »Mein Knöchel!«

Xiu schaltete eine Taschenlampe ein. »Von wegen unnütz, ich bin der Lichtbringer.«

13

Das ehemalige Quartier war in einem Höhlensystem untergebracht, in dem man mithilfe von eingezogenen Mauern und Stellwänden Räume erschaffen hatte. Nun war es jedenfalls ein einziges Trümmerfeld aus Schutt, Gestein und gesplitterten Holzlatten. Rohre ragten schräg aus dem Chaos, und von der Decke hingen lose Kabel. Flutscheinwerfer, die an einen Generator angeschlossen waren, beleuchteten Überreste von Bettgestellen und eingedrückte Metallspinde. Die Luft schmeckte nach Staub und altem Unheil.

»Ist ja kuschelig hier.« Mariella blieb beim Anblick des Durcheinanders so unvermittelt stehen, dass Tessa, die sich wegen ihres angeschlagenen Knöchels notgedrungen an ihr festhielt, aus dem Gleichgewicht geriet. Schimpfend humpelte die Clairsearch zu einem auf der Seite liegenden Kleiderschrank, um ihn als Sitzgelegenheit zu benutzen und ihren Fuß zu untersuchen.

Lyon, der einen komplett eingestaubten Overall trug, kam zu ihnen herüber. »Alles okay bei dir oder hast du dir den Knöchel verstaucht?«, fragte er Tessa.

»Leider nicht, obwohl ich mir nur zu gern eine Auszeit auf der Krankenstation nehmen würde. Ich habe mir im Gang nur übel einen Stein eingetreten. So ein Pech aber auch.«

»Ja, echt schade, dass du bleiben musst.« Den bösen Blick,

den Mariella sich für diesen Kommentar von Tessa einfing, erwiderte sie mit einem Unschuldslächeln. »Hey! Ich meine es nur gut mit dir. Ich würde einiges dafür geben, in einem frisch gestärkten Bett zu liegen, anstatt in dieser Schutthalde eine Staublunge zu bekommen. Oder mir Augenkrebs einzufangen.« Sie deutete mit dem Zeigefinger auf Lyon. »Wo hast du nur diesen hässlichen Overall her?«

Mit einem Schulterzucken zupfte Lyon an dem beigen Stoff, der über seiner Brust spannte. »Das Teil ist ausgesprochen nützlich, dort drüben liegen auch welche für euch bereit.« Er zeigte auf zwei Transportkisten, die das Zeichen der Zitadelle trugen.

»Keine Chance«, sagten Mariella und Tessa wie aus einem Mund.

»Es gibt auch Arbeitsstiefel – und ich würde euch dringend empfehlen, sie anzuziehen. Das Gröbste an Schutt ist bereits vor unserem Einsatz weggeräumt worden. Wir sollen jetzt die Feinarbeit erledigen, Material trennen und an die Seite schaffen, was noch brauchbar ist. Trotzdem ist das nicht ungefährlich, es gibt jede Menge Glasscherben, herausstechende Nägel und zersplittertes Holz.«

Tessa funkelte Mariella an. »Danke, dass wir deinetwegen auf diesem Abenteuerspielplatz der Apokalypse gelandet sind. Ohne diesen pädagogischen Quatsch der Gruppenzusammenführung, den sich die Marschallin dir zu Ehren ausgedacht hat, könnte ich jetzt beim Unkrautzupfen heimlich ein paar Pilze futtern.«

»Setz es einfach mit auf meine Liste.«

Elegant sprang Tessa auf die Füße, verzog kurz das Gesicht und ging dann zu den Plastikkisten. Sie tauschte ihre Sneakers gegen ein Paar schwere schwarze Stiefel, die zu ihrem Flatterkleid erstaunlich gut aussahen. Den eingeschweißten Overall klemmte sie sich lediglich unter den Arm.

»Ich habe mir folgende Arbeitsaufteilung überlegt«, sagte

Lyon. »Unser Nesthäkchen Xiu kümmert sich um den Schrottabtransport von Kleinteilen und kehrt ansonsten den Verbindungsflur zum Quartiereingang, damit sich nicht zu guter Letzt noch jemand den Knöchel bricht. Wir drei – also ihr beiden Ladys und meine Wenigkeit – bleiben im Hauptraum und sortieren den ganzen Mist, während Skye und Aidan sich im Badezimmer austoben. Da müssen erst mal die beschädigten Installationen demontiert werden. Mit so was kennt Aidan sich aus, in Alaska muss man anscheinend ein Allrounder sein, weil der nächste Klempner vier Stunden mit dem Schneemobil entfernt lebt.«

»Hinter welchen von den drei Felsspalten liegt das Badezimmer?«, fragte Tessa.

Lyon wollte bereits antworten, hielt sich aber im letzten Moment zurück. »Kann dir doch egal sein, du arbeitest schließlich mit uns im Hauptraum.«

Sofort stemmte Tessa die Hände in die Hüften. »Das kannst du vergessen, ich mach mich im Bad nützlich. Ansonsten musst du mir schon eine Kugel ans Bein ketten.«

»Die Arbeitseinteilung obliegt mir, Tessa, ich trage schließlich auch die Verantwortung. Aidan braucht ein paar Stunden Zeit, um runterzukommen, das ist nicht nur für ihn das Beste, sondern für uns alle.«

»Du meinst für dich. Wenn du dir Sorgen wegen Aidans Temperament machst, dann hättest du ihn besser nicht gegen dich aufbringen sollen. Was bist du denn für ein mieser Gruppenleiter, dass du deine Leute in die hintersten Winkel abschiebst, weil du ansonsten befürchten musst, dass sie dir einen Spaten über den Kopf ziehen?«

Genervt schüttelte Lyon den Kopf. »Ich habe keine Angst vor Aidan.«

»Na, dann ist doch alles bestens.« Ohne eine Reaktion abzuwarten, marschierte Tessa durch den Hauptraum.

Während Lyon der Clairsearch sichtlich um Beherrschung

ringend nachsah, krempelte Xiu die Hosenbeine seines Overalls um. »Ich wette meine nächste Frühstücksration, dass Tessa ihren Entschluss in spätestens zehn Minuten bereut und zurückkehrt, so mies, wie Aidan drauf ist. In diesem Zustand hält den bloß Skye aus. Möchte echt mal wissen, was die Amur mit ihrem Nachwuchs anstellen, dass die so abgebrüht sind. Also, wer hält dagegen?«

Mariella zuckte die Achseln. »Normalerweise würde ich sämtliche Frühstücksrationen Haferschleim dagegensetzen, allein schon, damit ich das eklige Zeug los bin. Aber du liegst mit hoher Wahrscheinlichkeit richtig. Aidans Aggro-Schwingungen sind bis hierher spürbar.«

»Ihr unterschätzt beide Tessas Leidensfähigkeit. Na bitte. Sag ich doch.«

Soeben schlenderte, Staubwolken aufwirbelnd, Skye in den Hauptraum. »Tessa sagt, ich soll jetzt bei euch weitermachen?«

Ergeben hob Lyon die Hände. »Was soll's, so herum geht es schließlich auch.« Dann wandte er sich an Mariella, die immer noch voller Abscheu den für sie vorgesehenen Overall anstarrte. »Tu mir den Gefallen, mach nicht auch noch einen Aufstand, okay?«

»Kann ich nicht die Krankenstation aufsuchen, weil ich beim Anblick dieses Durcheinanders eine akute Depression bekommen habe?«, schlug Mariella vor. »Oder Atembeklemmung vom Feinstaub? Und meine Haut juckt auch schon ganz komisch wegen dieser ganzen Ekepeke.«

Mit todernster Miene drückte Lyon Mariella den Overall in die Hände. »Du erinnerst dich doch sicher daran, warum wir alle diesen tollen Job aufs Auge gedrückt bekommen haben. Weil du als Ehrengast der Zitadelle besonders gründlich in deine Einheit eingeführt werden sollst. So gesehen solltest du dankbar sein, dass wir dich nicht an eine Holzlatte fesseln und abwechselnd mit Stromkabeln auspeitschen.«

»Ich kenne ein paar interessante Sachen, die man mit Nägeln

anstellen kann«, verkündete Skye. »Da drüben habe ich ein paar nur leicht verrostete Exemplare gesehen.«

»Na, so schlimm ist der Job jetzt auch wieder nicht, dass man gleich handgreiflich werden müsste«, sagte Mariella betont gelassen, schlüpfte jedoch schnell in den Overall. Bei den sichtlich abgetragenen Arbeitshandschuhen zögerte sie, bevor sie sie ebenfalls überzog. Egal, wer diese Handschuhe bereits getragen hatte, er konnte kaum dreckiger gewesen sein als der Schutt in der Halle.

»Ups«, sagte Xiu. »Mit deiner Angst vor einem Hautausschlag liegst du übrigens richtig. Dein Hals ist schon ganz puterrot … und jetzt auch dein Gesicht. Sieht kacke aus.«

»Vielen Dank für den Hinweis. Ein Gutes hat es ja, wenn ich wie eine rote Ampel glühe: Dann könnt ihr mich in der Staubwolke, in der ich gleich verschwinden werde, finden, falls ich ohnmächtig zusammenbreche.«

Mariella ruckelte an einigen Ziegelsteinen, die vor dem Erdbeben als Wand verbaut gewesen, nun aber nichts als ein Haufen Schutt waren. Die Ziegel hatten sich verkeilt, nach vier Stunden Aufräumarbeit im Hauptraum kannte sie sich damit allerdings aus. Man musste die richtige Mischung aus Hartnäckigkeit und Kraftaufwand an den Tag legen und im Zweifelsfall schnell zurückspringen, wenn der Ziegelhaufen plötzlich der Schwerkraft nachgab. So eklig sie die Arbeitskleidung anfangs auch gefunden hatte, inzwischen war sie froh über die Handschuhe und die klobigen Stiefel. Es war zwar ohne Frage eine Sauerei, dass man sie diese Drecksarbeit machen ließ, aber verrückterweise genoss Mariella es auch. Die körperliche Arbeit tat ihr gut und ließ sie vergessen, dass sie eigentlich schwer genervt war. Außerdem gefiel es ihr, in einer Gruppe zu arbeiten. Wenn einer von ihnen schimpfte, schimpften die anderen fleißig mit. Gut … Skye nicht, das war nicht ihr Stil. Aber sie grinste … ein bisschen zumindest. Wenn Lyon entgegen seiner sonst so beherrschten Art einen Wutanfall bekam, weil ein scharfkantiges Rohr ihm den Arbeitshandschuh aufgeschlitzt hatte, beruhigten sie ihn gemeinschaftlich. Und bei Xius hundertstem Niesanfall wegen des Staubs wünschten sie ihm zum hundertsten Mal im Chor Gesundheit. Als Mariella einen Worksong anstimmte, sang ihr kleiner Trupp inklusive Skye mit, was der absolute Höhepunkt des Vormittags war. Sie saßen alle im selben Boot, niemand konnte sich drücken oder wichtigmachen. Eine völlig neue Erfahrung für Mariella – und obwohl sie der Marschallin nur ungern etwas Gutes zuschrieb, so musste sie zugeben, dass diese Gruppenzusammenführungssache funktionierte, jedenfalls was ihre Vierergruppe im Hauptraum anbelangte. Von Aidan und Tessa hatte es bislang nämlich kein Lebenszeichen gegeben.

»Keine Frage, Tessa ist vollauf damit beschäftigt, Aidan beim Schuften zu bewundern«, vermutete Xiu bei einem Zwischenstopp mit dem Wägelchen. »Bestimmt ist sie im Reich der Glückseligen, weil ihr Sweetheart Aidan so ganz dreckig und verschwitzt ist. Falls er sogar sein Shirt auszieht, werden lang gehegte Träume wahr.«

Mariella stützte sich auf den Stiel des Spatens, mit dem sie den Wagen belud. »Oder die beiden sitzen in trauter Zweisamkeit schmollend in der Ecke und rühren keinen Finger, als Strafe dafür, dass wir so fies zu ihnen sind.«

Xiu winkte ab. »Rumsitzen ist nichts für Aidan, der Mann steht auf Action. Das liegt bestimmt an der Überdosis Astrallis, die ihn trotz Blocker unter Strom setzt. Ein paar Wochen lang hat die Marschallin ihn rund um die Uhr zu Hardcorejobs verdonnert, um ihn allezumachen. Aber dann ist ihr aufgegangen, dass er echt dankbar ist, wenn er sich austoben kann. Geht halt auch die Zeit schneller vorbei, und man kommt nicht zum Nachdenken. Das mit der Grübelei war ja auch der Grund, warum er in Isolationshaft ausgeflippt ist. Da gab es bloß die Mitbewohner namens Schlechtes Gewissen und Trübe Lebensaussicht. Aber ein Aidan, der nur ganz normal leidet, war der Marschallin anscheinend nicht genug, deshalb lässt sie ihn jetzt allein auf dem Quartier schmoren, während wir unseren durchgetakteten Alltag absolvieren. Kurz bevor er durchdreht, haben wir Feierabend und beglücken ihn mit unserer Anwesenheit.«

»Nicht zu vergessen, dass wir Aidan mit dem durchfüttern, was wir uns vom Mund absparen«, fügte Mariella mit knurrendem Magen hinzu.

»Ich mach das gern für Aidan.« Xiu sah sie mit seinem Erwachsenengesicht an, das er aufsetzte, wenn ihm etwas wichtig war.

»Manchmal klingst du, als könntest du direkt Tessas Fanclub beitreten.« Allerdings musste Mariella zugeben, dass ihr Aidan ebenfalls leidtat. Egal, was er Übles angestellt hatte, diese Zermürbungsstrategie der Marschallin stank – und zwar mächtig.

»Seid ihr beiden Hühner jetzt langsam mal fertig mit eurem Gegacker?«, rief Lyon. »Ich brauche Mariellas Hilfe.«

Ein Hühner-pock-pock von sich gebend ging Mariella zu dem hüfthoch im Schutt stehenden Lyon. »Was ist denn?«

»Ich bin auf einen kleinen Schrank gestoßen, der noch ganz ist. Aber der eingekrachte Stützbalken ist mir im Weg. Vielleicht kann ich den Balken mit der Brechstange ein Stück hochhebeln, und du siehst zu, ob du das Teil rausbekommst.«

»Und wenn der Balken bricht und der ganze Schrott auf mich niedergeht?«

Lyon fuhr sich mit der Hand durchs Haar und hinterließ einen grauen Schleier auf seinen dunklen Locken, sodass er wie eine viel zu früh gealterte Version seiner selbst aussah. »Shit, du hast recht, es ist das Risiko nicht wert. Ich räum einfach weiter, bis der Balken sich löst und den Schrank zerdetscht.«

»Wart mal.« Nachdenklich betrachtete Mariella das Schränkchen. »In den Spinden, die Skye zusammengekloppt hat, waren noch alte Klamotten drin. Vermutlich durften die Kids ihre Sachen nicht holen, nachdem das Erdbeben Kleinholz aus ihrem Quartier gemacht hatte. Das sieht aus wie ein Nachttisch, wenn du mich fragst. Vielleicht hatte ja jemand eine geheime Ration Schokoriegel darin gebunkert.«

»Selbst wenn das der Fall ist ... Was willst du mit halb versteinerten Schokoriegeln?«

Mariella konnte es selbst kaum fassen, als sie sagte: »Essen natürlich.« Wie zum Beweis knurrte ihr Magen laut und deutlich.

»Okay, wir machen Mittagspause, Haferflocken für alle«, rief Lyon so laut, dass es bis in den letzten Winkel der Höhle zu hören sein musste, um dann vor sich hin zu murmeln: »Bevor unsere Infantin vor lauter Kohldampf noch ihr Feingefühl vergisst und zur Kannibalin mutiert.«

»Das habe ich gehört, schäm dich.« Mariella hob majestätisch das Kinn an. »Davon abgesehen liegt mein Feingefühl unter einer dicken Schicht aus Dreck durchmischt mit Schweiß, Make-up-Resten und juckenden Hautpusteln verborgen. Ich will Schokolade – und zwar jetzt. Wenn du nicht den Balken hochhebelst, nage ich mich eben durch die Schrankrückseite.«

Lyon grinste erschöpft. »Was habe ich nur verbrochen, dass ich mit einer Einheit aus lauter Sturköpfen gestraft bin? Also gut, wir ziehen die Sache durch, allerdings hoch konzentriert. Sobald irgendwas knackt oder sich auch nur einen Hauch verschiebt, lassen wir es sein. Versprochen?«

Sofort stimmte Mariella zu. Was auch immer der Nachtschrank enthielt, sie wollte es unbedingt wissen. Nicht bloß aus schlichter Neugierde – obwohl sie tatsächlich neugierig war –, sondern weil ihr Instinkt angeschlagen hatte. Hinter dieser Tür lag etwas, so viel stand fest. Etwas, das ein Risiko wert war.

Mit angespanntem Gesicht schob Lyon das Brecheisen in Position und begann zu hebeln. Obwohl er behutsam vorging, jagte ein Knirschen durch den Balken. Lyon und Mariella tauschten einen Blick, als jedoch nichts passierte, verlagerte er noch mehr Gewicht auf das Brecheisen. Der Balken hob sich ein Stück. Schnell beugte Mariella sich vor und zog an dem Schränkchen, doch es rührte sich nicht.

»Lyon, nun heble mal richtig! Einen Millimeter, das ist alles, was ich brauche. Ich kann die Schokolade schon riechen.«

»Zu gefährlich«, ächzte Lyon, stemmte den Balken aber trotzdem ein weiteres Stück in die Höhe.

Im nächsten Moment ertönte ein trommelfellzerreißendes Geräusch, ein Paniksignal des berstenden Holzes.

Mariella spürte, wie der verkeilte Nachtschrank nachgab.

Sie setzte zu einem Siegesschrei an, dann brach jedoch der Balken und polterte mit Unmengen Schutt auf sie hinab.

14

Als der Balken herabkam, rutschte der Nachtschrank so urplötzlich nach vorn, dass Mariella das Gleichgewicht verlor und hintenüberkippte, während eine Wolke aus Staub, Mörtelklumpen und Holzsplitter auf sie niederging. Ein Getöse brach aus, in dem irgendwo Lyons Schrei ertönte. Etwas Schweres schlug gegen Mariellas Schulter, und etwas anderes landete, sanft wie ein Vogel, über ihren Beinen. Regungslos blieb sie auf dem Rücken liegen, eingehüllt in eine Staubwolke, vor Schreck einen Moment lang unfähig, sich zu rühren. Als dann langsam das Gefühl in ihre Gliedmaßen zurückkehrte, wischte sie sich als Erstes den Dreck aus den Augen, um zu ihrem Entsetzen festzustellen, dass es der Balken höchstpersönlich war, der direkt über ihren Oberschenkeln zum Halten gekommen war, verkantet über einem wackeligen Ziegelsteinhaufen. So schnell wie möglich zog Mariella die Beine an den Körper, dann tastete sie nach ihrer schmerzenden Schulter. Es tat weh, mehr nicht. Vermutlich hatte ein Stein sie getroffen, und sie würde mit einem Bluterguss davonkommen, abgesehen von unzähligen kleinen blauen Flecken, wo Gesteinsbröckchen sie beschossen hatten.

Lyon kam hustend und mit tränenden Augen auf Mariella zu, packte sie unterm Arm und zog sie auf die Beine. »Das war verdammt knapp. Ist dir irgendwas passiert?«

»Nichts Schlimmes, ich bin mit ein paar blauen Flecken und Kratzern davongekommen. Und wie sieht es bei dir aus?«

Lyon schüttelte den Kopf, woraufhin Putzkrümel und anderer Unrat durch die Luft flogen. »Nur einen Scheißschreck und den Mund voller Dreck.«

»Da haben wir ja noch mal Schwein gehabt.« Mariella beschloss, das Nervennachbeben auf später zu verschieben. »Jetzt machen wir endlich Beute!«

Während Lyon noch benommen herumstand, wühlte Mariella in dem staubigen Schutthaufen, ertastete das Schränkchen und zog es ins Freie. Die Tür war verkantet, und sie musste sich beherrschen, sie nicht gewaltsam aufzubrechen. Du hast die beschädigte Tür zum Quartier aufbekommen, dann kommst du ja wohl auch hiermit klar, spornte sie sich an. Eine Bewegung in ihrer Wirkung zu verstärken konnten fast alle Tannin, das würde sie also auch schaffen, zumal ihr blaues Zeichen nicht darauf angelegt war, ihren Astrallis-Fluss streng zu unterbinden. Also suchte sie entschlossen nach dem Astrallis in ihrem Feld, und als sie seine Wärme und Dichte wahrnahm, versuchte sie, seinen Strom zu der klemmenden Tür weiterzuleiten.

Es zischte, allerdings an Mariellas Fingerspitzen, und im nächsten Moment roch es nach verbranntem Horn.

»Autsch!« Jammernd pustete Mariella auf ihre widerlich stinkenden und nun sehr kurzen Fingernägel. Astrallis zu kanalisieren wollte eben doch gelernt sein.

»Wahnsinn«, ertönte Aidans raue Stimme. »Mariella ist ein Ein-Frau-Einäscherungsunternehmen.«

Lyons Gesicht war vor Schrecken blass unter der Schmutzschicht. »Das war krass. Die Nummer sollte in deiner Akte vermerkt werden, Mariella.«

»Dass ich mir die Fingernägel mit Astrallis maniküre?« Mariella schürzte die Lippen. »Da wird deine Tante bestimmt begeistert sein. Mensch, Lyon, ich bitte dich, das war doch bloß doof von mir.«

»Doof vielleicht, aber ziemlich wirkungsvoll.« Lyon deutete auf das Schränkchen. »Wahrscheinlich ist das blaue Zeichen doch nicht ganz deine Klasse. Es lässt dich eindeutig zu viel Astrallis kanalisieren, wenn auch auf eine ziemlich ungewöhnliche Art.«

Tatsächlich hatte sich die Holztür, die eben noch geklemmt hatte, in ein Häufchen Asche verwandelt.

Mariella schluckte. Offenbar führte jeder ihrer Astrallis-Einsätze zu einer Katastrophe.

»Unsere Infantin ist eben echt heiß. Außerdem riecht sie eklig nach verbranntem Horn. Dabei hatte ich eher mit Schwefelgestank gerechnet.« Tessa, die an Lyons Schulter vorbeilinste, wirkte beeindruckt, eine Tatsache, die Mariella noch mehr zu schaffen machte als die vom freigesetzten Astrallis verbrannte Tür.

Hastig kniete sich Mariella hin und langte in den Schrank. Mit immer noch schmerzenden Fingern ertastete sie ein Einweckglas. Darin lagen zwischen Steinen und längst vertrockneten Moosen die mumifizierten Überreste einer Eidechse. Auf einem Aufkleber stand sorgfältig in Handschrift »Scooby«. »Jetzt habe ich keinen Hunger mehr«, sagte sie.

Lyon verschränkte die Arme vor der Brust, als wappne er sich gegen den Anblick des toten Tieres. »Das muss das Haustier von einem der Bewohner gewesen sein, eine Höhleneidechse, wie es aussieht.«

Mariella wurde schlecht. »Jemand hatte den kleinen Kerl so gern, dass er ihm sogar einen Namen gegeben hat. Wie muss das wohl gewesen sein, als sein Frauchen oder Herrchen wusste, dass Scooby in seinem Glas in dem verschütteten Quartier auf seine Rückkehr wartet?«

»Falls Frauchen oder Herrchen überhaupt rechtzeitig aus dieser Höhle rausgekommen ist«, sagte Aidan. Als ihn alle anstarrten, zuckte er bloß mit den Schultern. »Nun kommt mal klar. Was hat das Aufräumkommando, das damals hier war, denn schon groß gemacht? Wege durch den Schutt freigelegt und ein bisschen im Chaos herumgestochert, von Aufräumen kann ja wohl kaum die Rede sein. Für mich sieht es so aus, als wären die bloß hier gewesen, um nach etwas oder jemandem zu suchen.«

»Super von dir, so eine Gruselgeschichte abzulassen.« Mariella deutete auf Xiu, dem es gelungen war, sich zwischen Lyon und Tessa durchzuquetschen.

»Entspann dich, Süße«, sagte Xiu. »Ich bin schließlich kein Kleinkind mehr.« Damit nahm er Mariella sichtlich fasziniert das Einweckglas aus der Hand. »Außerdem ist Aidans Geschichte zwar gruselig, aber da ist durchaus was dran. Oder glaubst du wirklich, dass ein Erdbeben auf Ebene 21 für die Zerstörung des Quartiers verantwortlich war?«

Mariella blinzelte. »Was denn sonst? Eine ausgeuferte Pyjamaparty wird es kaum gewesen sein.«

Mit einem Mal sah Xiu sehr viel reifer aus als seine dreizehn Jahre. Sein Blick bekam eine Zielgerichtetheit, die wenig mit dem Jungen zu tun hatte, der ungefragt vorführte, dass er mit der Zunge seine Nasenspitze berühren konnte. »Wenn ihr mich fragt, ist hier ein begabter Beweger ausgeflippt und hat ein bisschen mit der Gravitation gespielt. Ein Nachhall des freigesetzten Astrallis ist immer noch wahrzunehmen, und in den Gesteinswänden ist ein schiefergraues Vibrieren auszumachen. Außerdem ist hier jemand gestorben, die Luft schmeckt an einer Stelle nach Auslöschung. Das brizzelt übel auf der Zunge.« Ein Zucken ging durch Xius Körper, und er fasste sich mit schmerzverzerrtem Gesicht an sein rechtes Handgelenk, wo die schwarzen und sonst bloß matt schimmernden Kristalle aufblitzten.

»Solche Aktionen solltest du besser bleiben lassen«, wies Lyon den Jungen zurecht, während er ihm einen Arm um die Schultern legte. »Ich will nicht schon wieder bei einem meiner Leute den Blocker justieren lassen müssen und dafür einen Anpfiff kassieren. Ich habe immer noch Brandstellen, wo Aidans Blick mir bei der Prozedur Löcher reingekokelt hat.«

»Moment mal.« Ein Verdacht reifte hinter Mariellas Stirn, dann sah sie Xiu bewundernd an. »Das ist deine Begabung: Du kannst Auren sehen!«

»Stimmt.« Xius Gesichtsausdruck wechselte im Sekundentakt zwischen stolzem Rot und ängstlichem Grau. »Allerdings kann ich Auren nicht nur sehen und beurteilen, wer wie viel Astrallis gespeichert hat und was er damit anstellt, sondern ich nehme sie mit allen Sinnen wahr. Wobei es das reinste Chaos ist. Ich ertaste Gerüche, oder Farben haben einen bestimmten Ton. Ohne Blocker verwandelt sich meine Wahrnehmung in ein durchgedrehtes Kaleidoskop.« Er grinste mit einem Seitenblick auf Lyon, der nur ergeben mit den Schultern zuckte. »Womit mein gut gehütetes Geheimnis wohl endgültig gelüftet wäre.«

»Es war nie ein Geheimnis, jedenfalls nicht für Leute mit Augen im Kopf.« Offenbar hatte Skye doch nicht bloß geistesabwesend herumgestanden, sondern die Unterhaltung verfolgt.

»Nun behaupte nicht, dass du Bescheid gewusst hast, du alte Angeberin«, fauchte Tessa die Amur von der Seite an, doch die ließ den Angriff mit gewohnter Gelassenheit an sich abprallen.

»Ich bin nicht die Einzige, die Xius Begabung geknackt hat, obwohl er sich ordentlich ins Zeug gelegt hat, sie unter Verschluss zu halten. Aidan weiß es auch.«

Als sämtliche Blicke sich fragend auf Aidan richteten, steckte er die Hände in die Taschen seines Overalls. »Sagen wir, ich hatte eine Ahnung. Sein Blocker hat immer dann reagiert, wenn er diesen schrägen Blick bekam. Und das war meistens, wenn trotz des Verbots Astrallis freigesetzt wurde.«

»Besonders schlimm ist es bei Leuten, die ebenfalls Blocker tragen«, sagte Xiu. »Da kann ich machen, was ich will, bei denen ist die Luft durchsetzt mit ultravioletten Funken, die nach Zimt schmecken.«

»Wahnsinn«, hauchte Mariella. »Du bist ein waschechter Auren-Leser, Xiu! Du kannst Auren nicht nur sehen, sondern auch riechen, hören und schmecken.«

»Bloß dass Vanillecremeweiß nicht wie Vanillecremeweiß schmeckt, sondern seltsam melodisch klingt, während das Hohe C eine blendende Implosion ist. Das meiste von meiner Wahrnehmung schluckt der Blocker – und das ist auch ganz gut so, ansonsten wäre es manchmal einfach zu viel Input für meinen Kopf, wenn ihr wisst, was ich meine. Die normale Welt ist schon kompliziert genug.«

Tessa betrachtete Xiu, als wäre er ein exotisches Tier. »Ich dachte, Auren-Leser sind so selten, dass sie schon fast ein Märchen sind.«

Verlegen trat Xiu von einem Fuß auf den anderen. »Tatsächlich sind wir so selten, dass es aktuell keinen Lehrer gibt, der mich unterrichten könnte. Und meine Versuche, selbst etwas zustande zu bringen, haben mich geradewegs auf Ebene 17 befördert. Vermutlich hätte ich lieber darauf verzichten sollen, den Sicherheitscode für die Flughalle durch Aura-Rückstände auf dem Tastenfeld zu knacken, aber der Bodenbelag dort ist eben so geil zum Skaten.«

»Womit ihr nun auch wisst, warum in der Zitadelle überall neue Energieschlösser angebracht worden sind«, erklärte Lyon trocken. »Die Hoffnung besteht darin, dass Xiu noch ein paar Jährchen braucht, bis er auch die aufbekommt. Und nebenbei: Ich muss euch nicht sagen, dass seine Begabung streng geheim bleiben muss? Wenn sich das rumspricht, kommt irgendwer auf dumme Ideen und setzt Xiu unter Druck.«

»Wozu sollte das denn gut sein?«, fragte Tessa. »Es kann einem doch gleichgültig sein, ob irgendwessen Aura sich wie stachliges Purpur anfühlt oder nicht.«

»Die Begabungen sämtlicher Jugendlicher auf der 17. Ebene werden nicht ohne Grund blockiert und unter Verschluss gehalten«, sagte Lyon. »In den Machtkämpfen zwischen den Einheiten können sie schnell als Waffen eingesetzt werden. Die Blocker sind gut, aber sie müssen der Aura einen gewissen Freiraum lassen, sonst wäre der Träger nichts als ein Zombie.«

»Ein Zombie mit üblen Kopfschmerzen«, ergänzte Aidan.

»Genau.« Lyon nickte. »Es ist also immer noch eine Restbegabung da, wie Xiu eben gezeigt hat, als er die alten Spuren in diesen Räumen gedeutet hat.«

Zum ersten Mal an diesem Tag leuchteten Skyes Augen auf. »Xiu könnte über den Astrallis-Gehalt von jemand Speziellem in unserer Einheit auspacken. Interessant.«

Aidan trat instinktiv einen Schritt zurück, während die Farbe aus seinem Gesicht wich. »Das vergisst du ganz schnell mal wieder, bei mir wird nicht rumgeschnüffelt.«

Skye lächelte auf sphinxhafte Art.

»Skye!«, fuhr Lyon die Amur von der Seite an. »Noch so ein Kommentar, und du landest in Isolationshaft. Und das ist keine leere Drohung. Solche Spielchen dulde ich nicht innerhalb meiner Einheit.«

»Beruhige dich, Gruppenleiter«, sagte Skye. »Das war nur ein Scherz. Ich brauche keinen Auren-Leser, um zu erkennen, dass Aidan ein schlecht gesichertes Kraftwerk ist. Davon mal abgesehen, hätte ich unserem kleinen Freund schon längst sämtliche interessanten Infos abpressen können, wenn ich dazu Lust gehabt hätte.«

»Hättest du nicht!«, quiekte Xiu und drängte sich wie ein Schutz suchender Welpe an Aidans Seite.

»Eigentlich mag ich deinen schwarzen Humor, Skye«, sagte Aidan leise. »Aber die Nummer eben war daneben.«

Erst schien es, als pralle auch dieser Kommentar an Skye ab, doch dann legte sie den Kopf schief und sagte: »Sorry.«

Während die Einheit noch die Entschuldigung der Amur verdaute, hob Mariella verwirrt die Hände. »Den Schaden in diesen Räumen kann unmöglich ein jugendlicher Begabter angerichtet haben. Mal abgesehen davon, dass bei den Stoneheaven-Blockern wohl kaum eine solch massive Kanalisierung möglich sein dürfte, sonst wäre das Ganze schließlich sinnlos.«

»Nicht alle Begabungen werden frühzeitig erkannt, einige

sind echte Spätzünder. Und dann gibt es noch Leute, die nicht brav ihre Astrallis-Kanalisierungsübungen machen und ihre Fehlladungen auf unschuldige Nachtschränke loslassen.« Aidan deutete auf das Aschehäufchen.

»Du willst mich wohl unbedingt in die Pfanne hauen, Beringer«, murrte Mariella. »Hat Tessa dich angestiftet, mir wegen des Aufräumjobs das Leben schwer zu machen?«

Aidan zog fragend die Augenbrauen hoch, während Tessa nur mit der Zunge schnalzte.

»Was ist überhaupt los mit dir?« Lyon zeigte auf Aidan. »Du bist ja klatschnass.«

Erst jetzt bemerkte Mariella, dass Aidan sein welliges Haar zurückgestrichen hatte, nicht weil er plötzlich Wert auf seinen Look legte, sondern weil es nass war. Auch der Overall, dessen Oberteil er sich um die Hüften gebunden hatte, war dunkel vor Feuchtigkeit.

»Das Wasser im Bad war nicht, wie angekündigt, abgestellt«, sagte Aidan. »Wer auch immer dafür zuständig war, hat die verrostete Zugangsschraube abgebrochen und sich nicht die Mühe gemacht, sie zu ersetzen, sondern einfach das beschädigte Rohr abgeklemmt. Als ich das erste Rohr demontieren wollte, gab es eine kalte Dusche.«

Xiu lehnte sich zu Mariella rüber, um ihr ins Ohr zu flüstern: »Ein klitschnasser Aidan. Ich sagte doch, dass Tessa voll auf ihre Kosten kommt. Die hat längst vergessen, dass sie dich für den Aufräumjob hasst. Ich liebe dich sogar dafür, bei mir stand heute Klavierunterricht auf dem Plan.«

»Wir haben übrigens auch etwas gefunden«, verkündete Tessa extralaut. Offenbar war sie der Auffassung, dass es an der Zeit für eine Portion Aufmerksamkeit war. »Es war versteckt in einem Hohlraum hinter einer locker sitzenden Fliese.«

Skye lehnte sich vor. »Ein Geheimfach«, flüsterte sie, und in ihren Mandelaugen zuckten Blitze.

»Genauso ist es. Hinter der Fliese hat sich ein toter Briefkasten befunden. Aber ich muss dich leider enttäuschen, darin waren weder verbotene Elixiere noch Stichwaffen, sondern bloß das hier.« Tessa wedelte mit einem abgerissenen Papierschnipsel in der Luft herum. »Auf dem Zettel steht:

Jadestein! Als du heute beim Frühstück so gedankenverloren dasaßt, konnte ich mich kaum zurückhalten. Ich hätte alles dafür gegeben, für einen Moment eine Blase zu erschaffen, in der es nur uns beide gibt. Damit ich dir alles sagen kann. Damit ich dich berühren kann. Heute Nacht um 1 Uhr wie immer? Die einzigen lebenswerten Minuten des Tages. XXX Tigerauge

Wahnsinn, oder?«

Mariella nickte benommen, und auch die anderen wirkten leicht weggetreten, als habe ein Hauch aus der Vergangenheit sie gestreift. Einen Moment lang schien sich der Staub zu lichten und einen Blick auf das Quartier freizugeben, als alles noch an seinem Platz stand. Ein Esstisch voller zerkrümelter Haferflocken. Stühle, die nicht zurechtgerückt worden waren, Hausschuhe, die jemand abgestreift und vergessen hatte. Fast konnte man Stimmengewirr hören aus den Zimmern, die in die kleineren Höhlen eingelassen waren. Und noch etwas anderes, ganz fein … es war die Vorfreude zu spüren, mit der zwei Seelen auf 1 Uhr nachts warteten. Jenen Zeitpunkt, an dem die anderen aus ihrer Einheit tief und fest schlafen würden. Jenen Zeitpunkt, der nur ihnen beiden ganz allein gehörte. *Die einzigen lebenswerten Minuten des Tages*, hatte Tigerauge geschrieben … nur dann konnten sie zusammen sein. Die Sehnsucht, die von den wenigen Zeilen ausging, war auch nach all den Jahren greifbar.

»Warum die beiden sich wohl nur mitten in der Nacht treffen konnten?«, sagte Mariella, während hinter ihrer Stirn eine Vielzahl von Bildern vorbeiflackerte. Zwei Schatten, verschmolzen mit der Dunkelheit, geflüsterte Worte …

Es war Aidan, der den Zauber der Vergangenheit als Erster abstreifte. Darunter kam ein kühler Ausdruck zum Vorschein, der sich mit dem Gletscherblau seiner Augen deckte. »Etwas anderes als dieses Versteckspiel blieb Jadestein und Tigerauge kaum übrig, wenn sie nicht auseinandergerissen werden wollten. Das Regelwerk der Zitadelle sieht nämlich keinen romantischen Unsinn vor, wie den einzigen lebenswerten Moment, wenn man jemand anderen sieht. Falls du mehr über diesen absurden Scheiß wissen willst, frag Lyon, der ist Spezialist auf dem Gebiet.«

Lyons Kiefer knackten. »Fängst du schon wieder mit der alten Geschichte an?«

»Um was geht es denn?«, fragte Mariella, doch niemand achtete auf sie, außer Xiu, der allerdings den Kopf einzog und auf seine Stiefel starrte. Um was auch immer es ging, es schien ordentlich Sprengkraft zu haben.

»Als Mitglied unserer Einheit sollte Mariella Bescheid wissen, welche Regeln es gibt – und wie streng sie dank unseres Gruppenleiters eingehalten werden. Ist nur fair.« Skye leierte den Satz runter, schon nicht mehr ganz bei der Sache. Dann schlurfte sie davon. »Ich mach mich mal wieder an die Arbeit. Sagt Bescheid, wenn wir tatsächlich eine Pause machen und nicht nur darüber reden.«

»So zugeknöpft, wie Lyon sich bei diesem Thema gibt, kann das noch dauern«, sagte Aidan. »Dabei ist er doch der Held mit der sauberen Weste, an dem jede Versuchung abprallt.«

»Es macht dir richtig Spaß, mich in die Ecke zu drängen, was?«, sagte Lyon.

Aidan lächelte ohne einen Funken Schadenfreude. »Das hast du dir selbst zuzuschreiben. Also, wie sieht es aus? Klärst du Mariella auf – oder soll ich es tun?«

»Vielen Dank, aber das mache ich schon selbst.« Als Lyon sich Mariella zudrehte, war allerdings nicht zu übersehen, dass er einen heftigen Widerwillen hegte. Vermutlich war es überhaupt nur sein Pflichtbewusstsein, das ihn dazu brachte, den Mund aufzumachen. »Beziehungen sind auf Ebene 17 strikt verboten, das gilt ganz besonders für Beziehungen innerhalb einer Einheit. Rein körperliche Kontakte sind zwar ebenfalls verpönt, werden aber geduldet, wenn es die Eintracht innerhalb der Einheit nicht schädigt.«

Mariella starrte Lyon empört an. »Verstehe ich das richtig? Rumvögeln: ja, sich verlieben: nein?«

»Im Prinzip ist es das«, sagte Lyon.

»Und in der Praxis ist es so, dass Lyon jeden, der irgendwelche amourösen Neigungen zeigt, ohne zu zögern meldet, sogar wenn er selbst betroffen ist.« Tessa blickte beifallheischend zu Aidan, der jedoch gerade Xiu davon abhielt, das Einweckglas mit der Scooby-Aufschrift zu öffnen.

»Es ist meine Pflicht als Gruppenleiter, über solche Entwicklungen Bericht zu erstatten. Was ich persönlich davon halte, ist nachrangig.« Es klang, als habe Lyon diese Worte auswendig gelernt, so wenig Leben steckte darin. »Wenn jeder seine eigenen Interessen über die der Gruppe stellt, dann ist alles zum Scheitern verurteilt. Ich habe das begriffen, nachdem ich den Fehler begangen habe, der mich nach Stoneheaven gebracht hat. Jetzt weiß ich, dass der Einzelne nicht so wichtig ist wie das Ganze. Und was das Ganze zusammenhält, sind nun einmal die Regeln.«

»Regeln?« Aidan verzog den Mund. »Was ist denn das für eine Regel, gegen die du mit Samira verstoßen hast mit eurem bisschen Zu-tief-in-die-Augen-schauen? Da ist doch sonst nichts gelaufen. Und es wäre auch nicht zu mehr gekommen, weil Samira viel zu schüchtern ist und du ein zu großes Arschloch bist.«

»Woher will einer wie du wissen, was es bedeutet, Gefühle für jemanden zu entwickeln, Beringer? Das hat wenig damit zu tun, ob man sich körperlich näherkommt oder nicht. Es hängt nicht einmal davon ab, ob man auch nur ein einziges Mal miteinander spricht. Samira wusste das nur allzu gut.« Die Traurigkeit spülte die Wut aus Lyons Stimme und verriet, wie viel ihm dieses Mädchen bedeutet hatte.

Samira. Mariella versuchte, sich ein Mädchen mit diesem Namen vorzustellen, und sah ebenholzdunkle Augen, in denen man ertrinken konnte. Geschwungene Lippen und schwarzes Wellenhaar. Eine Schönheit, wie die meisten Frauen aus der Familie der Aufgehenden Sonne, jener Familie, aus der mehr Dichter als berühmte Krieger, Quellen-Wächter oder Diplomaten zusammen stammten. Wenn das Mädchen auch nur einen Hauch der romantischen Veranlagung ihrer Familie geerbt hatte, hätte Lyon vermutlich gar nicht früh genug die Notbremse ziehen können. Wobei nicht nachvollziehbar war, warum er das überhaupt getan hatte, wenn bei ihm ebenfalls Gefühle mit im Spiel gewesen waren. Als Gruppenleiter hätte er nur schweigen müssen …

»Ihr hättet mit eurer Romanze doch abwarten können, bis ihr aus Stoneheaven raus seid«, sagte Mariella. »Schließlich gibt es für uns alle eine Zeit nach der Zitadelle, und dann sind wir frei zu lieben, wen wir wollen.« Solange es ein Tannin ist und er oder sie zur richtigen Familie gehört, fügte sie in Gedanken hinzu.

»Ich habe es gemeldet, weil es eindeutig ein Regelverstoß war«, beharrte Lyon. Es klang, als müsse er sich selbst daran erinnern, warum er es getan hatte. »Aber vor allem habe ich dadurch Samira geschützt. Das zwischen uns … das war zum Scheitern verurteilt. Nicht ihretwegen, sondern wegen mir. So konnte ich Samira wenigstens vor noch größerem Schmerz bewahren.«

»Ja, du hast dich so richtig edelmütig verhalten. Der Erweiterter-Radius-Bonus, den du für deinen Verrat als Belohnung eingeheimst hast, kam sicherlich völlig überraschend«, höhnte Aidan. »Samira hingegen hat die Kursleitung für die Mentalisten-Gruppe verloren, weil sich das angeblich nicht mit den

Abläufen ihrer neuen Einheit vereinbaren ließ. Und sie war es auch, die aus dem gemeinsamen Boulder-Kurs aussteigen musste, obwohl sie an der Steilwand deutlich mehr draufhatte als du. Mal abgesehen davon, dass Samira kurz nach deiner Selbstaufopferung einen neuen Blocker verpasst bekommen hat, weil ihre mentale Begabung angeblich zu stark geworden sei. Als Mentalistin muss sich das für sie angefühlt haben, als lebe sie unter einer Bleikuppel. Ein kleines Dankeschön deiner Tante dafür, dass Samira dich mit ihren zarten Gefühlen in Versuchung geführt hat.«

»Das war wirklich unglücklich, und ich wünschte, es wäre anders gelaufen, aber darauf hatte ich keinen Einfluss. Auch wenn ich alles Erdenkliche versucht habe. Letztendlich bin ich auch nur ein Insasse von Ebene 17. Meine persönliche Meinung ist unwichtig, und im Gegensatz zu dir, Aidan, kenne ich meinen Platz.«

»Und der befindet sich zweifelsohne auf dem Schoß der Marschallin.« Trotz seiner schlagfertigen Art konnte Aidan nicht verbergen, dass ihm die Geschichte nah ging. Wie auch immer er früher einmal zu Lyon gestanden hatte, jetzt war da nur Unverständnis und Verachtung. »Nun, wahrscheinlich durftest du, als Samira letzte Woche entlassen wurde, deiner Tante zur Feier des Tages als Fußschemel dienen.«

Lyons Gesichtszüge erstarrten vor unterdrücktem Zorn. »Das reicht jetzt.«

»Sehe ich genauso. Klären wir die Sache doch ein für alle Mal«, schlug Aidan vor. »In diesem Loch gibt es keine Kameras, und kaputtgehen kann auch nichts. Außer dir natürlich.«

»Du großmäuliger Bastard, wenn du denkst, dass ich es nicht darauf ankommen lasse, dann hast du dich geirrt.«

Als Lyon demonstrativ seine Ärmel aufzukrempeln begann, schob sich Mariella zwischen ihn und Aidan. »Jungs, nun macht euch mal locker. Das ist doch lächerlich. Nicht wahr, Tessa? Du findest dieses Gockelgehabe doch auch überflüssig.«

»Überhaupt nicht«, sagte Tessa. »Lyon hat mit seinem Verrat doch regelrecht um Schläge gebettelt. Außerdem legt er so einen großen Wert darauf, seinen Platz zu kennen. Soll Aidan ihm ruhig zeigen, wo der ist: mit dem Gesicht auf dem dreckigen Boden.«

»Darf ich mitmachen?«, fragte Xiu. »Ich steh auf Gruppenbalgerei.«

Mariella warf die Hände in die Luft. »Seid ihr alle bescheuert? Hier wird sich nicht geprügelt.«

»Wenn du ein Problem damit hast, dann verzieh dich, Rosalike.« Tessas grüne Augen funkelten. Vermutlich hoffte sie darauf, dass Lyon nach einer Abreibung nie wieder eine Romanze melden würde. Dann hatte sie endlich freie Fahrt bei ihrem angriffslustigen Traummann.

Mariella wendete sich an Aidan. »Du hast mit dem Mist angefangen, und du beendest ihn auch wieder. Los, Beringer, bring das in Ordnung.«

»Das glaube ich nicht.« Aidan lockerte seine Schultern wie ein Ringer vorm Kampf.

»Na, das klappt ja super mit dem Zusammenhalt in der Gruppe«, stöhnte Mariella. »Noch ein weiterer Tag als Aufräumkommando, und wir können einen Stacheldrahtzaun durch unser Quartier ziehen.«

»Der ist da doch schon, mach einfach die Augen auf, dann siehst du ihn«, sagte Aidan. »Er verläuft zwischen Gruppenleiter und Einheit, zwischen dunklen und hellen Zeichen, zwischen den Familien, Sippen und Clans. Schön, dass du endlich aus deinem Prinzessinnentraum aufwachst.«

»Mit dem Prinzessinnenquatsch ist jetzt endgültig Schluss«, sagte Mariella, doch Aidans Blick suchte bereits nach Lyon, der Kampfhaltung eingenommen hatte. »Hörst du, was ich gesagt habe?«, beharrte sie. »Es hat sich ausprinzessint.«

»Wie du meinst.« Es war offensichtlich, dass Aidan auf Durchzug geschaltet hatte. »Aber jetzt gehst du mal aus dem Weg, okay?«

»Ich rühr mich keinen Millimeter, bis du es zurückgenommen hast.«

Mit einer nachlässigen Geste, als wäre Mariella lediglich eine Pappfigur, schob Aidan sie beiseite. Das war der Moment, in dem Mariellas Geduldsfaden riss. Bevor sie begriff, was sie tat, traf ihre flache Hand bereits Aidans Wange. Der Schlag war härter, als sie beabsichtigt hatte. Sein Kopf flog zur Seite, dann starrte er Mariella verblüfft an.

»Die Klatsche saß!«, verkündete Xiu begeistert.

»Will noch jemand eine Ohrfeige für schlechtes Betragen, oder sind wir jetzt durch mit dem Thema?« Mariella ignorierte das Zittern in ihrer Stimme genau wie ihre brennende Hand. Sie hatte noch nie jemanden geschlagen – und dass ihr erstes Mal nun ausgerechnet mit Aidan Beringer war, in dem wahrscheinlich genug Astrallis steckte, um damit die gesamte Ebene 17 in Staub zu verwandeln, machte es nicht unbedingt besser. Trotzdem erwiderte sie seinen Blick. »Tut mir leid, aber die Ohrfeige hast du dir verdient. Ist es schlimm?«

»Wenn ich sage, dass du wie eine Infantin zuschlägst, regst du dich dann noch mehr auf?«, fragte Aidan.

»Worauf du dich verlassen kannst.«

»In dem Fall würde ich sagen, meine Wange schmerzt höllisch.«

Ehe Mariella zu dieser Unverfrorenheit etwas einfiel, durchdrang ein spitzer Schreckensschrei die Halle. Er kam von Skye, die ihre Aufräumarbeiten fortgesetzt hatte. Nun hielt sie eine Schachtel in den Händen, die sie voller Unglauben anstarrte.

Lyon war als Erster bei der Amur und nahm ihr das Päckchen aus den Händen. Skye ließ es geschehen, sichtlich unter Schock.

»Das ist doch nur eine Proviantschachtel«, sagte Lyon. »Kekse, abgepackte Sachen und Instantsuppe. Das wird einer der früheren Bewohner als geheimen Snack für zwischendurch versteckt haben.«

»Das glaube ich nicht«, sagte Tessa, die mit spitzen Fingern in der Schachtel kramte. »Das hier sind Bounty-Pops. Die sind auf den Markt gekommen, kurz bevor ich in der Zitadelle gelandet bin.«

»Dann hat sich hier unten also jemand herumgetrieben und ein Fresspaket, an das er irgendwie gelangt ist, versteckt. Na und? Das ist doch nicht so schlimm, Skye«, sagte Aidan, der sich mit dem Handrücken seine lädierte Wange massierte.

Skye antwortete etwas in der Sprache ihrer Familie, das für Mariellas Ohren stark nach »Die Welt wird JETZT sofort untergehen!« klang, während ihr Gesicht seltsam starr wurde, als würde sie neben sich treten. Die Energie begann sich zu verdichten, ein sicherer Beweis dafür, dass Skye trotz ihres Zeichens anfing, Astrallis zu kanalisieren.

»Okay, Süße«, sagte Lyon. »Was immer dich an dieser Proviantbox so fuchsig macht, du atmest nun erst mal tief durch.« Als Skye nicht reagierte, streckte Lyon die Hand nach ihr aus, entweder um sie beruhigend zu tätscheln oder ihr einen Aufwach-Stups zu verpassen. Seinem zusammengekniffenen Mund nach, wusste er selbst nicht so recht, wie er mit der aufgebrachten Amur umgehen sollte. Er hätte es besser bleiben lassen sollen, denn kaum durchkreuzte er Skyes Aura, flog er einen halben Meter zurück und knallte gegen Aidan, der ihn fluchend auffing. Skye hingegen taumelte rückwärts und setzte sich schließlich auf den Boden. Sie wirkte, als habe sie gerade einen neuen Rekord im Marathon aufgestellt.

Der Rest der Einheit stand ratlos da.

Unwillkürlich musste Mariella daran denken, was die Marschallin über die junge Amur gesagt hatte: Sie sei angeschlagen, stünde unter Stress. Schon möglich, dass Skye deshalb wegen einer Proviantschachtel die Nerven verlor. Nur glauben tat es Mariella nicht. Wenn ein harter Knochen wie Skye ausflippte, dann hatte sie dafür einen guten Grund.

15

Mariella blickte auf den schwarzen Wasserspiegel zu ihren Füßen. Kein Kräuseln auf der Oberfläche, es herrschte geradezu unheimliche Ruhe. »Auf keinen Fall«, flüsterte sie. »In diesen Tümpel halte ich nicht mal meinen großen Zeh rein.«

Frustriert ließ Lyon die Schwimmflosse, die er sich gerade hatte überziehen wollen, auf den schmalen Kiesstrand sinken.

Ich mache mich wohl gerade unbeliebt, gestand Mariella sich ein. Seit der Aufräumaktion in dem verwüsteten Quartier war der gute Draht zwischen Lyon und ihr stärker geworden. Besonders nachdem sie ihm geholfen hatte zu vertuschen, dass Skye sich nach ihrem Ausflipper wegen des gefundenen Proviantpakets unerlaubt hatte absetzen wollen. Skye hatte Lyon für seinen Versuch, sie von der unter Strom stehenden Eingangstür wegzuzerren, ein Veilchen verpasst. Es war Mariellas Idee gewesen, den Wächtern zu versichern, dass es ein Arbeitsunfall gewesen sei. Wenn es um Liebesverbote ging, mochte er als Gruppenleiter unerbittlich sein, aber ansonsten war er Mariellas Meinung nach ein smarter Kerl. Genau aus diesem Grund hatte Lyon auch behauptet, Skye habe die Sicherheitstür aus Gedankenlosigkeit aufgerissen – und nicht etwa, weil sie wegen des gefundenen Proviants ausgeflippt war. Eine Lüge. Aber wer konnte schon sagen, was Skye ansonsten erwartet hätte, da sie eh den Ruf weg hatte, ein Nervenwrack zu sein.

»Natürlich wirst du ins Wasser gehen«, sagte Lyon in einem Ton, der klarmachte, dass er die Tauchen-ja-nein-Diskussion über hatte. »Du wirst reingehen, und zwar bis du mit dem Kopf unter Wasser bist.«

»Das mache ich nicht mal dann, wenn der Strand plötzlich anfängt, lichterloh zu brennen.«

»Darf ich dich daran erinnern, dass du es warst, die unbedingt auf Nachttauchen als erste Marke bestanden hat? Ich sagte: ›Lern erst mal vernünftig mit einer Schusswaffe umzugehen, auch wenn's dafür nur halbe Achtelmarken gibt. Oder mach den Grundkurs in Krav Maga, den die meisten von uns bereits mit zwölf Jahren absolviert haben.‹ Aber du wolltest ja unbedingt Nachttauchen, einen der härtesten Kurse überhaupt.«

»Tagtauchen stand leider nicht zur Auswahl.«

Lyon rieb sich entnervt das Gesicht. »Denk bitte dran, dass ich mich nicht nur für deine Teilnahme eingesetzt habe, sondern den Tauchgang noch mal mitmachen werde. Und das, obwohl ich die Marke längst habe.«

Mit klimpernden Wimpern blickte Mariella ihn an. »Das weiß ich doch. Und natürlich bin ich dir für dieses Übermaß an Großzügigkeit äußerst dankbar«, flötete sie, um dann schlagartig ernst zu werden. »Trotzdem bekommen mich keine zehn Pferde in diese Brühe. Das ist mir zu unheimlich, am Grund des Sees wohnt mindestens ein Monsterkrake.«

Mariella wusste selbst, dass ihr Gejammer kindisch war. Aber was sollte sie machen? Beim Anblick des pechschwarzen Wassers, das den Grund der Höhle beinahe vollständig ausfüllte, stolperte ihr Herz, anstatt gleichmäßig zu schlagen. Die Anwesenheit der anderen Kids – sie waren insgesamt sieben Teilnehmer –, die genau wie sie bereits in Neoprenanzügen steckten und nun mit Flossen, Tauchermasken und Sauerstoffflaschen rumhantierten, tat ihr Übriges. Niemand hatte Mariella eines Blicks gewürdigt, als Offizierin Venestra, die Übungsleiterin, sie der Handvoll Jugendlicher vorgestellt hatte. Das blaue Zeichen, das ihr Handgelenk zierte, kennzeichnete sie als uninteressant, denn es stand für die niedrigste Sicherheitsstufe und war somit die offizielle Abstempelung als Loser. Oder, sobald keine Übungsleiterin anwesend war, als leichtes Opfer für die Meute.

Wie versprochen hatte Skye nach ihrer Wiederkehr von der Krankenstation versucht, Mariella ein paar schmutzige Tricks beizubringen, mit denen sie ungewollte Annäherungen abwehren konnte. Mit den Basics der Selbstverteidigung anzufangen, hatte wenig Sinn gehabt, weil die vom Tannin-Nachwuchs durch die Bank gut beherrscht wurden. Skye hatte schnell klargemacht, dass Mariella ihrer Meinung nach mit Beißen, Kratzen oder Wegrennen am weitesten kommen würde. Anders ausgedrückt musste Mariella zusehen, dass sie möglichst schnell aus Stoneheaven rauskam, wenn ihr etwas an ihrem Seelenheil lag. Dazu musste sie an Marken rankommen – und das Nachttauchen stand vom Schwierigkeitsgrad her nun mal ganz oben auf der Liste.

Da Mariella weiterhin keine Anstalten machte, ihre Tauchsachen anzulegen, versuchte Lyon es mit einer anderen Strategie. »Du hast mir doch erzählt, dass du nachts schon oft getaucht bist.«

»Im offenen Meer, und die Technik nennt sich Kopf-unter-Wasser«, gab Mariella zu. »Außerdem ist es in Barcelona selbst bei bedecktem Nachthimmel niemals so dunkel wie in dieser gruseligen Grotte.«

»Eine ganze Marke kriegt man eben nicht geschenkt.«

»Das ganze Marken-System ist total daneben, genau wie dieses Gewese um unsere Kampfkünste, obwohl das meiste heutzutage doch von der Technik vercheckt wird«, schimpfte Mariella gerade so laut, dass nur Lyon sie hören konnte. »Als wäre ich eine bessere Tannin, nur weil ich jemanden mit einem Dessertlöffel umbringen kann.«

»Wenn dir unsere kämpferische Seite nicht liegt, dann kannst du dir auch Marken verdienen, indem du Mentale Verständigung trainierst. Wer Meteoriten anlocken kann, schafft ganz bestimmt auch, Gedankenbahnen umzulenken.«

Mariella zog eine Grimasse. »Dazu müsste sich ein Hauch von Begabung bei mir bemerkbar machen, nicht wahr? Ohne einen Trip sitze ich sonst nur blöd im Mentalisten-Kurs rum, während alle anderen sich per Gedankenfunk über mich lustig machen.«

Inzwischen hatte Lyon seine Tauchausrüstung bis auf die Maske angelegt und stellte sich vor Mariella, um ihr mit der Sauerstoffflasche zu helfen. »Es bringt doch nichts, dass du dich mit Händen und Füßen gegen das wehrst, was uns Tannin ausmacht.«

»Dass du komplett darauf abfährst, ist ja jedenfalls klar. Du siehst selbst mit Flossen aus wie der Parade-Typus eines wehrhaften Tannin. Streck mal die Brust raus, das kommt extragut in Neopren.«

Lyon unterdrückte ein Lachen. »Und du siehst aus wie Catwoman, der ein Regenschirm vom Pinguin im Hintern quersteckt.«

Sofort prustete Mariella los, bis Offizierin Venestra einen scharfen Blick in ihre Richtung warf. Diese Frau leitete den Tauchkurs nicht, weil sie es pädagogisch wertvoll draufhatte, sondern weil es ihr allein durch ihre Grabesmiene gelang, einen Haufen aufmüpfiger Jugendlicher nach ihrer Pfeife tanzen zu lassen. Es wäre wohl kaum bei einem strafenden Blick geblieben, wenn die Übungsleiterin nicht gerade beschäftigt gewesen wäre, einem Mädchen mit rotem Zeichen eine Kanüle in die Vene einzuführen. Was ihrem verkniffenen Mund nach gerade nicht zufriedenstellend verlief.

Das zierliche Mädchen, das ins Leere starrte, während Offizierin Venestra zu fluchen begann, dürfte knapp achtzehn Jahre alt sein und hieß Nihoin. Mariella wusste sogar, dass sie zum japanischen Familienzweig der Tsuya, der Totenwache, gehörte.

Als sie vordem in die Neoprenanzüge geschlüpft waren, hatte sie auf Nihoins Schulter das kaum sichtbare Tattoo einer weißen Sonne erspäht. Obwohl Japan ein verhältnismäßig kleines Territorium war, gab es dort noch einen zweiten Familienzweig, die Chrysanthemen. Nicht alle Tannin-Familien waren sich grün, auch wenn man nur ungern drüber sprach. Aber die beiden japanischen Zweige waren offen miteinander verfeindet – und sämtliche andere Tannin nahmen sich vor ihnen in Acht.

Verstört sah Mariella, dass eine stumpfe Kanüle aus Nihoins bleichem Unterarm herausragte, während Offizierin Venestra sich mit ihrem Adjutanten besprach.

»Was machen die denn da? Vorbereitungen für eine Unterwasser-Folter treffen?«

»Venestra will der Japanerin einen Peilsender injizieren, was offenbar nicht funktioniert«, sagte Lyon, als würde ihn der Anblick nicht im Geringsten verstören. »Sobald Nihoin auf ihrem Tauchgang einen bestimmten Radius verlässt, bricht eine Kapsel, die dem Sender beigefügt ist, auf und setzt ein Lähmungsmittel frei.« Als er Mariellas weit aufgerissene Augen bemerkte, zuckte er bloß mit den Schultern. »Klingt schlimmer, als es ist.«

Mariella ließ den Kopf in den Nacken sinken und schickte eine stumme Klage gen Himmel. »Warum bin ich nicht das Kind ganz normaler Eltern? Dann würde ich mich jetzt nett in meinem Reihenhauskinderzimmer langweilen, demnächst eine Ausbildung bei einem Glühbirnenhersteller meiner Wahl machen, und meine größte Sorge wäre mein Schokoladenvorrat.«

Lyons Lippen zuckten nicht einmal, selbst als Mariella beim Überziehen der Flossen ein schmatzendes Geräusch verursachte. »Anstelle eines solchen Lebens würde ich den Tod-durch-Dessertlöffel vorziehen«, sagte er entschieden. »Außerdem nehme ich dir nicht eine Sekunde ab, dass du scharf auf ein Normalo-Dasein bist. In Wirklichkeit weißt du bloß nicht, was für ein Leben du willst, sondern nur, dass es nicht der Tannin-Stil sein soll.«

»Wow, du hast wohl eine Extra-Marke in Hausfrauenpsychologie bekommen.«

Während Mariella noch sprach, bekam Lyon einen panischen Ausdruck und räusperte sich. Doch es war zu spät, Offizierin Venestra stand bereits neben ihnen.

»Schön, dass dir zum Lachen zumute ist, blaue Rosalike.« Die Offizierin stierte Mariella mit der Unnachgiebigkeit eines Reptils an. »Ich hatte zwischenzeitlich schon Bedenken, ob du vor Schiss nicht einen Rückzieher machen würdest. Aber nun bist du ja bester Stimmung.«

»Lachen hilft bekanntlich gegen Angst.«

»Dann denk einfach an was Lustiges, wenn du gleich als Gruppenerste in den See abtauchst.« Widerwillig nahm Mariella die Taucherlampe entgegen, die ihr die Offizierin hinhielt. »Und zwar allein.«

»Moment mal, ich sollte doch mit Lyon zusammen …«

»Planänderung«, erklärte die Offizierin. »Der Peilsender der roten Tsuya funktioniert nicht, deshalb muss Lyon sie auf ihrem Tauchgang begleiten. Du bekommst das schon allein hin, schließlich kennst du dich mit Nachttauchgängen bereits aus.«

Mariella traute ihren Ohren nicht. »Aber nicht in solchen pechschwarzen Gewässern.«

»Was machst du dir Sorgen? Im Notfall gibst du das Alarmsignal ab, und wir holen dich. Und falls dir bloß dein Hasenherz zu laut klopft, lenkst du dich mit einem Witz ab. Für eine Ulknudel wie dich ist das doch eine leichte Übung.«

»Mariella hat recht, sie ist für einen solchen Sologang nicht ausreichend vorbereitet«, mischte Lyon sich ein.

Die Art, wie die Offizierin den Kopf schief legte, verriet, dass sie bei Lyon nicht mit Widerworten gerechnet hatte. »Wenn das so ist, muss die Rosalike heute eben auf eine Marke verzichten.«

»Auf keinen Fall!«, sagte Mariella. Lyon wollte nach ihrem Arm greifen, doch sie wich ihm aus und watete in den See, dessen Grund erschreckend schnell abfiel. »Ich hole diesen verfluchten Kelch, und dann bekomme ich meine Marke«, rief sie über die Schulter.

Offizierin Venestra nickte. »Du hast fünfundvierzig Minuten, danach bist du besser wieder oben. Bei unserer heutigen Starbesetzung habe ich nämlich keine Zeit, dich aus dem Wasser zu fischen.«

16

Die Schwärze des Wassers war undurchdringlich.

Mariella schwamm einige Züge durch die Finsternis, wobei der Druck auf ihren Brustkorb mit jedem Meter zunahm. Überraschenderweise half ihr die Dunkelheit, sich zu sammeln und daran zu erinnern, dass sie das Element Wasser eigentlich liebte, dass es sie auf sanften Händen trug und nicht, wie eine panische Stimme in ihrem Inneren behauptete, sie wie eine Gefangene umschlossen hielt. Nein, sie konnte dem Wasser vertrauen, es wollte nicht ihren Tod – obwohl es genau darauf hinauslaufen würde, wenn ihr vorzeitig der Sauerstoff ausging. Offizierin Venestra hatte ihrer Meinung nach ja Besseres zu tun, als sie zu retten.

Es war die alte Wut, die Mariella immer tiefer in die Schwärze hinabtauchen ließ. Wut auf die Empörung, die ihr seit Kindesbeinen entgegenschlug, weil sie sich nicht wie eine gewöhnliche Tannin verhielt. Auf die Herablassung, wenn sie die in sie gesetzten Erwartungen nicht erfüllte, ohne dass auch nur ein einziges Mal nachgefragt worden wäre, welche Vorstellungen sie eigentlich hatte. Und dann die ewige Ablehnung, die ihr entgegenkam wie eine Eiswand, sobald sie ihren eigenen Interessen nachging. Offenbar passte es auf keinen Fall zusammen, eine Tannin und gleichzeitig Mariella zu sein. Wie auch immer, sie würde dieser aufgeblasenen Offizierin schon zeigen, dass auch

Angsthasen und Ulknudeln einen Tauchgang in erdrückender Dunkelheit absolvieren konnten.

Mariella schaltete die Tauchlampe erst an, als sie die Talsohle des Sees erreicht hatte. Der Druck lastete schwer auf ihr, und die Eiseskälte des Wassers biss sogar durchs Neopren, aber das kümmerte sie nicht. Irgendwo in dieser Finsternis, die selbst der Lichtkegel ihrer Lampe nur ein paar Schritte weit durchdrang, musste sich ein Eingang oder eine Nische mit dem Kelchsymbol befinden. Jeder der sieben Tauchteilnehmer hatte den Auftrag, ein Artefakt zu holen – je nach Schwierigkeitsgrad tauchten sie solo oder als Duo. Dass Mariella nun allein losgeschickt worden war, bedeutete hoffentlich, dass Lyon eh nur als Aufsichtsperson vorgesehen gewesen und die Aufgabe für eine Einzelperson angelegt worden war.

Nach einer Weile fand Mariellas Lampenschein eine senkrechte Spalte im Felskessel, doch zu ihrer Enttäuschung war sie mit einem roten Kreuz markiert. Sie schwamm noch unschlüssig auf der Stelle, als sie eine Bewegung im Wasser bemerkte. Jemand oder etwas war hinter ihr. Gerade wollte sie sich um die eigene Achse drehen, da verpasste ihr ein größerer Taucher einen Bodycheck. Trudelnd prallte sie mit der Schulter gegen die Felswand. Als das dumpfe Pochen nachließ, leuchtete sie den Taucher an, der ihr prompt den Mittelfinger zeigte.

Es war Lomax.

Shit, wollte dieser Hüne sie nun wirklich jedes Mal, wenn sie aufeinandertrafen, beiseitewalzen?

Eigentlich war es höchste Zeit, sich abzusetzen, hier gab es schließlich nichts zu holen. Trotzdem verharrte Mariella. Sie war kein Punchingball, den Lomax nach Lust und Laune rumschubsen konnte. Als sie die Taucherlampe erneut auf den Spalt richtete, zu dem sie Lomax im Weg gewesen war, hatte der Koloss ihn noch nicht durchquert. Oder genauer gesagt: Er hatte ihn exakt zur Hälfte passiert, und nun steckte sein riesiger Body der Länge nach im Spalt fest. Nur seinen Kopf konnte er frei bewegen, was jedoch keinen Vorteil brachte. Ein zappelnder Käfer in der Falle.

Vorsichtig näherte sich Mariella, wobei sie ausreichend Abstand hielt, damit Lomax' wild zuckendes Bein oder sein herumrudernder Arm sie nicht erwischten. Allem Anschein nach war ihm seine Sauerstoffflasche zum Verhängnis geworden, die sich an einem Felszacken verkeilt hatte. Nun halfen dem Jungen auch seine Muskelberge nicht, denn wenn er sich mit Gewalt losriss, war es das mit seiner Atemluft. Bis er sich befreit hatte und zur Wasseroberfläche aufgestiegen war, würde es eine Weile dauern. Vermutlich zu lange, falls er nicht im Freitauchen trainiert war.

Die Panik in Lomax' Gesicht bewies, dass er tatsächlich in Schwierigkeiten steckte. Nicht einmal an seinen Alarmknopf, der auf einer Schiene an seinem linken Unterarm angebracht war, konnte er gelangen, weil sich sein rechter Arm auf der anderen Seite des Spalts befand.

Vielleicht war es keine schlechte Idee, Lomax im wahrsten Sinne des Wortes hängen zu lassen. Mariella konnte seine missliche Lage ja später noch melden, wenn sie ihren Tauchgang beendet hatte. Quasi als Wiedergutmachung dafür, dass er seinen aufgemotzten Körper bevorzugt als Rammbock einsetzte.

Eine Zeit lang schaute Mariella Lomax dabei zu, wie er sich freizustrampeln versuchte. Sie machte ein Daumen-hoch-Zeichen und noch einige andere Faxen, während er ihr – erst drohend, dann zunehmend verzweifelter – den Alarmknopf hinhielt, bis er letztendlich aufgab. Das war der Punkt, an dem Mariella entschied, dass es nun reichte mit ihrer Rache. Sie schwamm zu Lomax, drückte seinen Alarmschalter und wich dann schnell zurück. Schließlich hatte Offizierin Venestra extra darauf hingewiesen, dass dem Alarm eine nicht zu unterschätzende Sprengkraft innewohnte, vor der der Träger durch die Armschiene geschützt war.

Violette Leuchtpunkte zischten an Mariella vorbei und stiegen zur Wasseroberfläche hoch. Einige Sekunden später leuchteten zur Antwort die Flutscheinwerfer auf, die an Gestellen über dem See angebracht waren. Ihr grelles Licht drang bis zur Felsspalte vor und beleuchtete den schlapp hängenden Lomax.

Mariella wartete nicht ab, ob Offizierin Venestra diesen Taucher für wert befand, gerettet zu werden, sondern glitt an der Kesselwand weiter. Laut Taucheruhr blieben ihr noch sechsunddreißig Minuten, bis ihr Sauerstoffvorrat zur Neige ging. Als sie, eine Kesselumrundung später, erneut an der Felsspalte mit dem roten Kreuz vorbeikam, war von Lomax nichts mehr zu sehen. Dafür waren die ersten zwanzig Minuten ihres Tauchgangs vorbei, und von dem Kelch-Symbol fehlte nach wie vor jede Spur. Unterwegs war sie auf Lyon mit Nihoin im Schlepptau getroffen, die einen Tunnel entdeckt hatten. Bevor Lyon in dem dunklen Loch verschwand, hatte er Mariella noch das »Alles okay?«-Zeichen mit der Lampe zugeblinkt. Da sie den Leucht-Code für »Ich werde hier unten einsam und elend sterben« nicht kannte, hatte sie ein schlichtes »Ja« zurückgeblinkt. Wem half es, wenn Lyon sich ihretwegen Sorgen machte?

Nun blieb ihr nichts anderes übrig, als die Mitte des Sees abzusuchen. Was bedeutete, dass sie das Ufer, das in dieser Finsternis wenigstens etwas Orientierung versprach, hinter sich lassen musste. Das Herz pochte ihr dumpf in den Ohren, während sie dicht über den Boden schwimmend den steinigen Grund nach einem Eingang absuchte. Winzige silbrige Fische stoben im Lichtschein auseinander, ansonsten gab es nur Steine und Algen, die den Eindruck erweckten, als würde der See vor sich hin schimmeln.

Hier ist nichts, absolut und rein gar nichts, stellte Mariella fest. Höchste Zeit aufzugeben.

Sie stieß sich vom Grund ab, um zur Wasseroberfläche aufzusteigen, als sie plötzlich von einer unsichtbaren Monsterhand gepackt und mitgerissen wurde. Ein Wasserstrudel!, begriff sie, aber da war es schon zu spät. In rasantem Tempo wurde sie von der Strömung herumgewirbelt, bis sie nicht mehr wusste, wo oben und unten war. Der irre kreiselnde Strahl ihrer Taucherlampe, festgebunden an ihrem Handgelenk, machte alles nur schlimmer und raubte ihr jede Orientierung. Der Strudel war ein tobender Kessel, der ihre Bemühungen, sich freizustrampeln, im Keim erstickte. Dann – genauso plötzlich, wie sie in diesen Unterwasser-Dauerlooping hineingeraten war – spuckte der Strudel sie wieder aus. Benommen eierte Mariella durchs dunkle Wasser. Alles in ihrem Kopf drehte sich, und rote Sterne tanzten vor ihren Augen.

Nein, die Sterne schossen wie ein Funkensprühregen an ihr vorbei! Einer streifte sogar ihre ausgestreckte Hand und verbrannte mit seinem Feuerschweif ihre Haut.

Vor Überraschung stieß Mariella einen Schrei aus und verlor ihr Mundstück, aus dem sofort ein Schwall Sauerstoff drang. Hastig steckte sie es wieder zwischen ihre Lippen, schon nicht mehr richtig bei der Sache. Denn etwas anderes beschäftigte sie viel mehr: Es war erneut ein Alarm ausgelöst worden. Damit war ein weiterer Taucher aus dem Spiel. Oder sogar ein Duo. Möglicherweise war es Nihoins Alarm gewesen, in roter Farbe entsprechend ihrem Zeichen. Dann war Lyon womöglich in Gefahr … Angst stieg in Mariella auf, als die Flutscheinwerfer über dem See auf den Hilferuf nicht sofort reagierten.

Mariella versuchte, sich zu erinnern, aus welcher Richtung der rote Alarm gekommen war, doch sie wusste es nicht. Als sie die Taucherlampe einsetzte, verschleierte ein Schwarm umhertanzender Luftbläschen ihr die Sicht. Also schwamm sie aufs Geratewohl los – und landete prompt erneut in dem Wasserstrudel, der gierig nach ihr griff. Als sie den Übelkeit erregenden Waschgang hinter sich ließ, leuchteten schon längst die Flutscheinwerfer. Wer auch immer Hilfe brauchte, würde sie nun bekommen – hoffentlich nicht zu spät.

Das war's, dieser Albtraum ist keine Marke wert!, entschied Mariella, während sie gegen einen Würgereiz ankämpfte. Sobald sie ihren Magen unter Kontrolle hatte, würde sie auftauchen, dorthin, wo es Licht und Luft gab, und herausfinden, wer das rote Licht gezündet hatte. Was die Offizierin oder die anderen Kids dazu sagen würden, war ihr egal. Die hielten sie ohnehin für eine Verliererin. Als das Flutlicht ausging, blieb nur der Schein ihrer Taucherlampe, der über den steinigen Grund glitt. Mariella betrachtete ihn, während ihre Atmung sich allmählich wieder beruhigte. Dabei stieß der Lichtschein auf etwas, das mit einem kleinen Blitz antwortete. Eine Reflexion. Vielleicht von einem silbrigen Kelch.

Ausgerechnet jetzt.

Unschlüssig sah Mariella den Luftbläschen nach, die genau in die andere Richtung aufstiegen. Hinauf zum Wasserspiegel. Dann tauchte sie in die entgegengesetzte Richtung ab.

Am Grund lag ein Findling, auf dessen Oberseite in Silberfarbe ein Kelch gemalt war. Nur war nirgends ein Tunnel oder Spalt zu entdecken, und Mariellas Versuche, den Stein zu bewegen, scheiterten. Der Brocken war viel zu schwer, den hätte nicht einmal Lyon gestemmt bekommen. Unschlüssig betastete sie den aufgemalten Kelch, eine Art Trinkpokal, dessen Bauch sich über einem breiten Fuß öffnete. Im Schein der Lampe sah es aus, als sei er mit einer roten Flüssigkeit gefüllt. Obwohl es kindisch war, tunkte Mariella einen Finger ins Rot hinein – nur um festzustellen, dass es sich in Wirklichkeit um eine Vertiefung im Stein handelte. Hastig langte sie hinein, und was sie zu fassen bekam, fühlte sich wie ein Griff an. Als sie zog, folgte der Findling ihrer Bewegung, und in der Talsohle des Sees tat sich ein Schacht auf.

Okay. Nun hatte sie ihren Eingang doch noch gefunden.

Mariella starrte auf den schwarzen Schlund, der gerade groß genug war, dass sie hineinschlüpfen konnte. Irgendwo dort unten wartete ein Kelch darauf, an Land gegen eine Marke eingetauscht zu werden. Eine Marke, die sie einem Freigang deutlich näher bringen würde. Trotzdem zögerte sie. In einen pechschwarzen See einzutauchen war schon gruselig. Aber auch noch unter dessen Seeplatte vorzudringen, und das ganz allein?

In diesem Augenblick flackerte in den Tiefen des Sees grünes Sternenlicht auf. Ein weiterer Taucher hatte sein Notsignal gezündet.

Kurz darauf brannten die Flutscheinwerfer auf und beleuchteten das vor Mariella klaffende Loch, wodurch es keineswegs einladender aussah. Trotzdem nutzte sie das helle Licht nicht zum Auftauchen. Drei Duos und mit ihr noch ein Einzeltaucher waren in den See gestiegen, und es waren drei Warnsignale abgegeben worden. Neben ihr war also kaum noch jemand unterwegs, und egal, wer es war, ihren Zeichen nach waren sie alle härtere Hunde als Mariella. Für eine Blaue war sie ordentlich weit gekommen. Jetzt aufzugeben würde sie um das Vergnügen bringen, mit ihrer Marke in der Hand an Lomax und den anderen pseudokrassen Nüssen vorbeizuspazieren.

Angespornt tauchte Mariella in den Abgrund.

Das Licht ihrer Lampe verriet ihr, dass es sich um einen Kriechtunnel handelte, der sich wie Wurmfraß durch das Gestein schlängelte. An einigen Stellen wurde es so eng, dass sie kaum hindurchpasste.

Kein Wunder, dass Lyon und sie als Team hätten arbeiten sollen. Der kräftige Gruppenleiter wäre für den Findling zuständig gewesen, an dem er sich vermutlich körperlich verausgabt hätte, bis ihm aufgegangen wäre, dass es nur eines Handgriffs bedurfte, um den Steinbrocken zu bewegen. Und ihre Herausforderung bestand im Kriechtunnel. Ein Riesenkerl wie Lyon hätte viel zu lange gebraucht, um sich da durchzuaalen. Nein, dieses Kunststück war für sie vorgesehen, nachdem die Marschallin nach ihrer gemeinsamen Fahrstuhlfahrt bestimmt ein fettes »Rosalike leidet unter Platzangst« in ihren Unterlagen notiert hatte.

Doch Mariella hatte keine Angst vor Enge, sie hatte Angst vorm Eingesperrtsein. Und genau deshalb würde sie sich diesen verdammten Kelch holen!

Glücklicherweise verbreiterte sich der Tunnel nach einer besonders engen Biegung zu einer Aushöhlung von höchstens zwei Körperlängen. Es sah aus wie eine Blase, dann verengte es sich wieder zu einem schmalen Gang.

Nachdenklich ließ Mariella den Lampenschein durchs ruhige Wasser tanzen, obwohl ihr von Adrenalin durchströmter Körper ihr riet, schnell weiterzumachen. Voran, voran! »Hirn aus und dem Gang folgen« war eine einfache Parole, nur legte Offizierin Venestra es offenbar nicht darauf an, es einem einfach zu machen. Bei diesem Kurs war Köpfchen gefragt, wenn man vorankommen wollte. Sonst hing man fest wie Lomax und konnte nur noch zappeln.

Genauso verhielt es sich auch mit dieser Höhle, da war sich Mariella sicher. Es gab einen Haken, einen Trick, um weiterzukommen, Tauchen allein reichte nicht aus. Das Geheimnis wollte sich ihr jedoch nicht offenbaren, sie sah bloß kargen Grund, Felswände und jede Menge Wasser. Genervt ließ sie den Lampenschein ein weiteres Mal durch die Höhle wandern, dann noch einmal. Gerade als sie sich ihren Fehler eingestehen und weiterschwimmen wollte, begriff sie, worin der Unterschied lag: Der Tunnel war zwar vollständig mit Wasser geflutet, die Höhle jedoch nicht. Das Licht ihrer Lampe traf nämlich nicht auf eine Felsdecke, sondern wurde gebrochen zurückgeworfen, was nichts anderes bedeutete, als dass der Wasserstand niedriger war als die Höhlendecke. Was für ein simpler Trick! Nach dem endlosen Trip durch den Tunnel kam man gar nicht mehr auf die Idee aufzutauchen, sondern schwamm stur weiter.

Mit pochendem Herzen tauchte Mariella auf.

Tatsächlich reichte der Abstand zwischen Höhlendecke und Wasserspiegel gerade mal aus, um den Kopf rauszustrecken. Das langte allerdings schon: In einer Wandnische stand der Kelch, ein handtellergroßes, silbern schimmerndes Ding, das sich gut an ihrem Gürtel befestigen ließ.

Es gelang Mariella trotz des Atemreglers in ihrem Mund, breit zu grinsen. Sie hatte sich ihre erste Marke erkämpft, ganz allein.

Mariella wollte schon den Rückweg antreten, doch etwas an dem Tunnel zog sie an. »Manche der unterirdischen Höhlen führen nach draußen«, hörte sie Lyon in ihrer Erinnerung sagen. Es war also durchaus möglich, dass der Kelch so easy abzugreifen gewesen war, damit sie vor lauter Erleichterung gleich den Rückweg antrat und keinen Gedanken daran verschwendete, ob ihre Freiheit möglicherweise zum Greifen nah war.

Ein prüfender Blick auf ihre Sauerstoffvorräte, dann glitt Mariella in den vor ihr liegenden Tunnel. Sie gab sich fünf Minuten für ihre Erkundungstour, dann würde sie umdrehen.

Es dauerte allerdings nicht lange, bis ein eingelassenes Gitter sie zum Halten zwang, kurz bevor der Tunnel in eine weitere Höhle oder in ein Becken mündete, in das helles Licht einfiel. Im Idealfall handelte es sich um Tageslicht, das am Fuß der Klippe auf das Tunnelende schien. Treffer, entschied Mariella.

Eine rasche Inspektion ergab, dass das Gitter nicht nur rostig, sondern auch eingedellt war. Als habe jemand mit voller Kraft dagegengetreten, und zwar unzählige Male. An einigen Stellen war sogar die Verankerung der Gitterenden freigelegt worden, vermutlich in nervenzehrender Feinarbeit mit einem Brecheisen oder Ähnlichem. Wer immer sich hier zu schaffen gemacht hatte, war allerdings von der anderen Seite ans Gitter gelangt. Wahrscheinlich hatte jemand nach einem Eingang in die Zitadelle gesucht und bislang noch keinen durchbrechenden Erfolg gehabt. Dabei sah seine oder ihre Vorarbeit ordentlich fortgeschritten aus, es brauchte nur noch einen gewissen Bums, um die entstandenen Schwachstellen des Gitters zum Bersten zu bringen.

Mariella fistelte ihr Alarmarmband ab. Über viel Sprengkraft verfügte die Ladung nicht, aber möglicherweise würde es reichen. Alles, was sie brauchte, war eine Lücke, durch die sie schlüpfen konnte. Die Sauerstoffflasche konnte sie notfalls abnehmen. Hastig band sie den Alarm am entscheidenden Gitterstab fest und drückte den Auslöser.

Mit einer Druckwelle lösten sich blaue Sterne von dem Armband und zischten davon, gefolgt von einem roten Funkenregen, der sich in Mariellas Neoprenanzug bohrte und an einigen Stellen bis zu ihrer Haut durchkokelte. Es schmerzte nicht so sehr wie die Brandstelle an ihrer Hand, trotzdem brauchte sie einen Moment, um wieder klarzukommen. Dann war der Schmerz endgültig vergessen, denn zu ihrer Erleichterung hatte die Explosion gute Arbeit geleistet. Der Mörtel, in dem die Stange gesteckt hatte, war abgeplatzt und die Stange verbogen. Da es noch nicht ausreichte, um sich durch die Öffnung zu zwängen, zog Mariella an ihr. Doch ihre Kraft reichte nicht aus, um das Metall weit genug aufzubiegen. Ein Uhrencheck zeigte außerdem, dass es höchste Zeit war umzukehren. Denn wenn ihr auf dem Rückweg der Sauerstoff ausging, konnte sie nicht einmal mehr Alarm auslösen. Die blauen Funken waren nämlich auf der hellen Seite des Gitters aufgestiegen und zauberten nun wahrscheinlich am menschenleeren Strand ein Feuerwerk.

Während hinter Mariellas Stirn der Countdown zu ticken begann, hielt sie weiterhin das Gitter umfangen. Und wenn sie die ihr verbleibende Zeit darauf verwendete, das Gitter aufzubrechen? Dazu brauchte es doch nicht mehr viel. Dem Licht zufolge konnte sie die kurze Strecke bis zur Wasseroberfläche auch ohne Sauerstoffzufuhr überbrücken. Ihr Ziel, Stoneheaven hinter sich zu lassen, war zum Greifen nah. Sie musste das Risiko einfach eingehen!

Die Entscheidung wurde Mariella abgenommen, als plötzlich Bewegung ins helle Wasser kam und ein Schemen in den Tunnel eintauchte.

Instinktiv richtete Mariella den Strahl ihrer Lampe auf ihn, sah helles Haar, das vom Wasser aufgewirbelt wurde, dann zeichnete sich auch schon ein bekanntes Gesicht ab.

Aidan Beringer war ihrem Alarmsignal gefolgt.

17

Aidan verzog das Gesicht und drehte es zur Seite weg. Dann ruderte er zurück, wobei sein weißes T-Shirt sich um seinen Oberkörper wickelte.

Nein, wollte Mariella schreien, lass mich hier nicht allein! Dann erst begriff sie, dass Aidan keine spontane Abneigung gegen sie entwickelt hatte, sondern dass sie ihn mit der Taucherlampe blendete.

Schnell richtete Mariella den Strahl auf ihr eigenes Gesicht, damit er sehen konnte, wem er zu Hilfe geeilt war. Vor Verblüffung stiegen Luftblasen aus Aidans Mund auf, als er verstand, wer sich da an das halb aufgebogene Gitter krallte. Dann suchte er mit den Händen nach Halt an den schroffen Felswänden, um mit den Füßen gegen den verbogenen Eisenstab zu treten. Diese Reaktion passte schon eher zu dem Jungen, der die Haare des Kantinen-Bullys in Brand steckte, um jemandem aus seiner Einheit zu helfen.

Mariella packte die Stäbe von der anderen Seite und verlangte ihren vor Erschöpfung brennenden Muskeln einen letzten Kraftakt ab.

Das Gitter bewegte sich, aber nicht genug.

Im Halbdunkeln tauschten Aidan und Mariella einen Blick aus, den man mehr spürte als wirklich sah. Dann stieß Aidan sich ab und schwamm davon.

Genau das, was Mariella definitiv auch tun sollte, wenn sie aus diesem Tunnel lebend rauskommen wollte. Zumal hinter dem Gitter nicht der Strand lag, wie sie jetzt wusste. Wenn jemand unter keinen Umständen einen Freigang bewilligt bekam, dann Aidan Beringer. Dieser unterirdische Tunnel war eine verfluchte Sackgasse. Trotzdem blieb Mariella, als ginge von dem sanft schimmernden Wasser auf der anderen Seite ein Sog aus, tausendfach stärker als die Strömung, in die sie im See geraten war.

Erneut geriet Bewegung ins Wasser, und Aidan erschien. Dieses Mal mit Stiefeln an den Füßen.

Als Mariella ihre Position hinter dem Gitter einnehmen wollte, bedeutete er ihr, auf Abstand zu gehen.

Mariella tippte sich mit dem Zeigefinger gegen die Stirn, aber das kümmerte ihn nicht weiter. Er suchte an den Felswänden nach Halt, schloss die Augen … Und dann spürte Mariella es: Das in seiner Aura gefangene Astrallis verdichtete sich um ihn herum, das Knistern erreichte sie selbst durch das eisige Wasser. *Das Brennen* breitete sich trotz der Kälte auf ihrer Haut aus. Wäre der Atemregler in ihrem Mund nicht gewesen, hätte sie laut geflucht. Oder gelacht. Oder Aidans Namen gerufen. Stattdessen legte sie den Rückwärtsgang ein, fast zu spät, denn im nächsten Moment erreichte sie auch schon eine Druckwelle aus reiner Energie, gefolgt von dem aufgebrochenen Gitter, das durchs Wasser trudelte und mit voller Wucht gegen ihre Hüfte krachte.

Der Schmerz raubte ihr den Atem.

Luftblasen stiegen auf, wirbelten umher.

Dann wurde es dunkel.

Als Mariella erneut nach Luft schnappte, fiel es ihr erstaunlich leicht. Kühle Luft strömte ungehindert in ihre Lungen und hinterließ eine Spur von Salz auf ihren Lippen. Ungläubig berührte sie ihren Mund und stellte fest, dass der Atemregler weg war.

Lichtpunkte tanzten auf ihren geschlossenen Augenlidern, und der Schmerz, der eben noch in ihrer geprellten Hüfte getobt hatte, war einem dumpfen Pochen gewichen.

»Ich bin tot und im Himmel«, raunte sie mit heiserer Stimme.

»Ersteres verschieben wir auf ein anderes Mal. Und was die Sache mit dem Himmel anbelangt, stimmt es ja irgendwie, auch wenn das steinig in Stoneheaven deutlich überwiegt.«

Unter Stöhnen setzte Mariella sich auf, wobei sie eine Hand fest auf den Hüftknochen pressen musste. Das würde einen ordentlichen Bluterguss geben, von dem Kater nach der Überdosis Astrallis mal ganz abgesehen.

Aidan hockte neben ihr auf einem Felsvorsprung, auf den er sie gezogen haben musste. Das nasse T-Shirt klebte an seinen Schultern, und seine Unterarme waren mit Gänsehaut überzogen, aber er schien die Kälte nicht zu bemerken. Das Glimmen in seinen ungewöhnlich blauen Augen verriet, dass er dafür viel zu aufgekratzt war.

»Erstaunlich, dass deine Ohren noch am Kopf sind, so viel Astrallis, wie du eben kanalisiert hast. Haben deine Blocker die Gittersprengung etwa verpennt?«

Mit einem raschen Kontrollgriff fasste Aidan an den schwarzen Helixschmuck. »Mit den Blockern ist alles in Ordnung«, versicherte er.

»Das kann ich mir nach der Nummer grad kaum vorstellen.«

Ein Zögern flackerte über Aidans Gesicht. »Wenn ich dir verraten würde, dass ich die Blocker bis zu einem gewissen Grad austricksen kann, würdest du dann gleich zu deinem Busenfreund Lyon rennen und es ihm auf die Nase binden?«

Mariella setzte ein Pokerface auf, während sie innerlich beeindruckt pfiff und sich vornahm, Aidan künftig niemals zu unterschätzen. Und zwar in jeder Hinsicht. »Klar, Leute ans Messer liefern, die mir gerade geholfen haben, ist eins meiner liebsten Hobbys. Jetzt mal im Ernst, mir reicht mein Ruf als verwöhntes Prinzesschen, da kann ich auf den Ehrentitel Petze gut verzichten. Aber wenn du die Blocker im Griff hast, warum war dann die Neujustierung nötig?«

»Weil es viel Aufmerksamkeit kostet, das Astrallis zu dimmen. Als du dann bei uns im Quartier aufgetaucht bist, hat es mich für einen Augenblick verlassen gehabt. Pech für mich, gut für unseren Wachhund Lyon.«

»Und ein unvergesslicher Empfang für mich, weil ich dank des von dir ausgelösten Brennens zum Einstand gleich einen Auftritt als hysterisches Fan-Girl hingelegt habe.« Mariella zupfte an ihrem Neoprenanzug. Hatte Mr. Unnahbar eben eingestanden, dass sie ihn bei ihrem Kennenlernen ebenfalls aus dem Konzept gebracht hatte? Ein Gedanke, dem sie lieber allein im stillen Kämmerlein nachhing als direkt neben Aidan, der gerade perlende Wassertropfen von seinen Unterarmen strich.

»Dann wissen die Wächter also gar nicht, wie viel Astrallis du in Wirklichkeit kanalisieren kannst?«

»Mal davon abgesehen, dass ich bis eben selbst nicht wusste, dass ich trotz Blocker zu einer solchen Entladung fähig bin, war es so wild nun auch wieder nicht. Da haben Kids aus anderen Einheiten deutlich mehr drauf.«

Mariella schnaufte, was sich nach ihrem missglückten Tauchgang anfühlte, als würde sie sich Sekt in die Nase ziehen. »Und was wäre, wenn die Blocker eben angesprungen wären?«

»Dann dürftest du mir jetzt höchstpersönlich vorführen, wie gut du im Erste-Hilfe-Kurs beim Wiederbeleben-Teil aufgepasst hast, falls ich dafür noch genug Kopf gehabt hätte«, sagte Aidan erstaunlich unbekümmert.

»Danke übrigens fürs Heldenspielen«, sagte Mariella. »War sicherlich lustig, ein bewusstloses Mädchen aus dem Wasser zu ziehen.«

Grinsend fuhr Aidan sich durchs Haar, das trotz der Nässe in den Spitzen bereits hell schimmerte. »Schon okay, damit sind wir quitt.«

»Ich wusste gar nicht, dass du mir was geschuldet hast.«

»Na ja, dank dir habe ich herausgefunden, was es mit diesem Wasserloch auf sich hat. Ist nicht uninteressant zu wissen, dass es einen unterirdischen Tunnel gibt, der aus unserem Quartier rausführt.«

Mit einem Stöhnen ließ Mariella sich auf den Rücken sinken. Noch nie in ihrem Leben war sie schon einmal derartig erschöpft gewesen. »Den ganzen Aufwand nur, um in unserem Quartier zu landen. Das ist so unfair!«

»Worauf hast du denn stattdessen gehofft? Auf die Kleiderkammer, damit du dich nicht länger bei Xius Hoodie-Sammlung bedienen musst?«

»Ehrlich gesagt habe ich mindestens ein breit offen stehendes Tor erwartet, darüber ein Schild mit der Aufschrift ›Ausgang. Besuchen Sie uns nie wieder!‹.«

»Diesen Ausgang gibt es oben in der Spitze der Zitadelle, aber den bekommst du erst zu sehen, wenn die Marschallin der Meinung ist, dass du wieder auf deine Familie losgelassen werden kannst.« Aidan tippte mit der Fingerspitze die Tropfen an, die sich am Saum seiner nassen Jeans sammelten. »Indem du dir mit solchen Aktionen deine Aussicht auf Marken verdirbst, rückt der Tag allerdings in ziemlich weite Ferne. Oder bist du etwa mit dem Auftrag auf Tauchgang geschickt worden, Absperrgitter auszuhebeln?«

»Hallo? Du hast mir dabei geholfen. Das finden die garantiert auch nicht so prickelnd.«

»Ist ja nicht so, als hätte ich viel zu verlieren.«

Mariella schaute sich in der Felsgrotte um. Viel zu sehen gab es nicht, nur den Vorsprung, auf dem sie saßen, und das sich unter ihnen ausbreitende Wasserbecken von höchstens drei Metern Durchmesser. Es sah aus wie ein aufgerissener Monsterrachen. Unvorstellbar, dass das Wasser dieses Bassins vom Grund aus hell und lockend gewirkt hatte. Und viel mehr noch, dass Aidan in dieses schwarze Loch getaucht war. Seine Reaktion verlieh seinen Worten mehr Nachdruck, als ihm vermutlich lieb war.

»Hierher setzt du dich also immer ab. Führt in die Grotte ein Geheimgang? Außer dir scheint ja niemand von ihr zu wissen.«

Aidan erwiderte nur aufmerksam ihren Blick, er war ein echt harter Brocken.

»Ach, komm schon. Ich bin eben fast dabei draufgegangen, in die Grotte zu gelangen. Da habe ich doch wohl das Recht zu erfahren, wie man sie trockenen Fußes betritt.«

»Meinetwegen. Sie liegt hinter dem unter Quarantäne stehenden Zimmer, in dem Usako sein Unwesen getrieben hat. Man muss die versiegelte Tür aufbekommen, ohne Spuren zu hinterlassen, und dann ist da noch das Zimmer, das nicht ohne Grund versperrt ist.«

»Xiu erwähnte etwas über ein ekliges misslungenes Experiment«, sagte Mariella. »Ich glaube, mehr muss ich nicht wissen, dann nehme ich doch lieber den Wasserweg. Jedenfalls ist das eine erstaunliche Ausrüstung, wo wir ansonsten nicht mal aus anständigen Gläsern trinken dürfen.« Sie deutete auf den Standstrahler, in dessen Lichtschein sie saßen.

»Den Strahler habe nicht ich aufgestellt, der stammt wohl noch von Usako. Wahrscheinlich wollte er rausfinden, aus welchen Quellen sich das Wasserloch speist.« Womit zumindest die Frage geklärt war, wer an dem Gitter bereits Vorarbeit geleistet hatte: Mariellas ominöser Vorgänger im Quartier. »Es war übrigens auch Usako, der den Weg in die Grotte gefunden hat. Unser namibischer Mitbewohner war noch neugieriger als du.«

Mariella beschloss, die Anspielung zu überhören. »Du siehst mir allerdings nicht wie ein kleiner Naturforscher aus. Was treibst du also in diesem nasskalten Loch?«

Aidan zuckte mit den Schultern. »Zeit totschlagen. Im Gegensatz zu euch bin ich ja vom Marken-Programm ausgeschlossen und darf unser Quartier nur für die Scheißjobs verlassen, die mir die Marschallin gelegentlich aufs Auge drückt. Außerdem werde ich nicht gern überwacht.«

»Du meinst die Kamera im Gemeinschaftsraum? Dann verzieh dich doch einfach ins Schlafzimmer, bei euch gibt es doch wegen deines Astrallis-Overkills keine Wärmebildkamera.«

»Das würde ich, wenn dein neuer bester Freund Lyon unser Schlafzimmer tagsüber nicht verschlossen halten würde. In seinem Nachtschrank lagern zweifelsohne hochgeheime Gruppenleiter-Unterlagen.«

»Was auch immer zwischen euch beiden Streithähnen los ist … ich mag Lyon, okay?«

»Klar, ihr passt ja auch wunderbar zusammen: ein Sprössling aus dem hohen Haus der Provencalen und die Infantin der Rosaliken höchstpersönlich. Kein Wunder, dass sie dich in unsere Einheit gesteckt haben, vermutlich planen eure Familien schon die Verlobungsfeier.«

Mariella schnappte empört nach Luft. »Wenn ich in Stoneheaven gelandet wäre, um verkuppelt zu werden, hätte man mich wohl kaum mit dir in eine Einheit gesteckt. Noch weiter entfernt als du kann man vom Traumschwiegersohn meiner Mutter gar nicht sein: ein abtrünniger Beringer, der auf das Versiegeln von Quellen spezialisiert ist. Allein bei dem Gedanken würde sie zu Stein erstarren und in Tausende von fiesen Splittern zerspringen.«

»Vielen Dank fürs Kompliment«, sagte Aidan. »Wirst du nicht langsam irgendwo zurückerwartet?«

»Auf jeden Fall.« Mariella nickte bekräftigend. »Aber vorher will ich noch wissen, warum du in Wahrheit in diesem deprimierenden Loch rumhängst. Was treibst du, bei dem du nicht beobachtet werden willst?«

Aidan zupfte an seinem sofort wieder anpappenden T-Shirt. »Falls du dafür keine Antennen haben solltest: Das Ausmaß deiner Neugierde erreicht langsam ein grenzwertiges Niveau. Dagegen war Usako ja der reinste Anfänger.«

Mariella konnte selbst nicht sagen, ob sie Aidan ihre Neugierde nur vorspielte, um ihn von ihren wahren Beweggründen für den Tauchgang abzulenken, oder ob sie wirklich auf eine Antwort brannte. »Mach es mir leicht, dann bin ich gleich weg.«

»Ein verlockendes Angebot.«

»Aber nicht verlockend genug, um dich zum Reden zu bringen?«

Aidan grinste lediglich.

»Also gut, dann härtere Geschütze. Falls du mich nicht einweihst, könnte ich auf den Gedanken kommen, dass du deinen nächsten Weltuntergangs-Coup planst.«

Das war es mit Aidans guter Laune. »Bislang habe ich gedacht, dass du die untypischste Rosalike bist, die man sich überhaupt vorstellen kann«, sagte er. »Da habe ich mich wohl getäuscht, in Wahrheit hast du das Machtgehabe und die Manipulationsversuche deiner Familie hervorragend drauf.«

Die Anschuldigung traf Mariella unerwartet hart. Eigentlich sollte ihr gleichgültig sein, was dieser Kerl von ihr hielt. Wer war er schon? Ein Zerstörer der Extraklasse, den sogar seine eigene Familie verstoßen hatte. Dummerweise sah sie den Jungen, der neben ihr saß, überhaupt nicht so. Sie konnte das, was der Quellen-Versiegler-Aidan getan hatte, nicht mit dem Aidan aus ihrer Einheit übereinbringen, alles in ihr sträubte sich dagegen. »Hast du vielleicht einen bösen Zwillingsbruder?«, fragte sie unvermittelt.

»Ist das jetzt die ›Wenn du sie nicht überzeugen kannst, dann verwirre sie‹-Strategie?«

»Vergiss es, war nur so eine Idee. Außerdem will ich dich gar nicht in die Ecke drängen. An mir nagt bloß die Frage, ob du dich in diesem Loch vor Tessa versteckst.« Kaum war der Satz ausgesprochen, begriff Mariella, dass er kein Ablenkungsmanöver war. Sie wollte wirklich wissen, was zwischen Tessa und Aidan lief. Nur: Das hätte sie niemals freiwillig zugegeben, schließlich ließ es sie wie eine eifersüchtige Ziege wirken. Nun war es jedoch zu spät.

Aidan schüttelte den Kopf. »Du hast beim Tauchgang eindeutig zu wenig Sauerstoff abbekommen.«

»Und du wirst ganz rot im Gesicht. Da habe ich mit meiner Vermutung wohl einen Treffer gelandet.«

»Das redest du dir ein.«

»Rot wie eine Tomate. Gibst du dich so uninteressiert, damit Lyon nicht auf die Idee kommt, die Anti-Beziehungsregel auf euch zwei anzuwenden?«

»Wenn unser Tugendwächter auch nur den leisesten Anlass entdecken würde, dass zwischen mir und Tess was läuft, hätte er längst seiner Tante Bericht erstattet. Schon mal drüber nachgedacht?«

»Schon mal drüber nachgedacht, dass Lyon als Typ für so was vielleicht nicht die besten Sensoren hat? Ihr Kerle braucht ja manchmal etwas länger, bis ihr durchblickt.«

Aidan wendete sich ab und langte nach dem Sauerstoffbehälter. Höchste Zeit für deinen Abflug, Schätzchen, hieß das wohl.

Obwohl Mariella sich über ihre eigene Sturheit ärgerte, konnte sie unmöglich nachgeben, dafür hatte sie sich bereits zu weit aus dem Fenster gelehnt. »Das bekomme ich nicht zusammen: Tessa will nichts lieber, als dein Schatten zu sein. Und du sitzt allein in dieser Höhle, obwohl du dich einsam fühlst.«

»Ich habe mit keinem Wort gesagt, dass ich einsam bin.«

»Ich dachte, du magst Tessa.«

»Das tue ich auch.«

»Warum ziehst du dich dann zurück?«

Aidan hielt ihr weiterhin den Rücken zugedreht. »Meinst du, die schicken einen Suchtrupp los, wenn du zu lange weg bist?«

»Bestimmt.« Mariella warf einen Blick auf die Taucheruhr an ihrem Handgelenk. »Eigentlich sollte ich spätestens jetzt im See auftauchen, mein Sauerstoff ist exakt auf den vorgesehenen Tauchgang zugeschnitten.«

»Dann tauch ihnen wenigstens entgegen.«

»Gleich. Erst möchte ich eine Antwort auf meine Frage.«

»Du bist echt hartnäckig, was?«

Mariella nickte. »Vor allem will ich aber gern wissen, woran ich bei dir bin. Ich bin zwar erst ein paar Tage in der Zitadelle, aber die haben mir gezeigt, dass wir als Einheit zusammenhalten müssen, um unsere Zeit in Stoneheaven ohne große Blessuren zu überstehen. Und du bist für mich ein absolutes Fragezeichen.«

»Dann kann ich dir einen Tipp geben: Ihr steht als Einheit ohne mich besser da.«

»Du hast ganz schön was auf dem Kasten. Das hast du eben gezeigt, als du das Gitter eingedrückt hast.«

»Das spielt keine Rolle, weil mich die Marschallin kaltgestellt hat. Ich sitze fest, verstehst du? Besser, wenn die anderen Einheiten vergessen, euch mit mir in Verbindung zu bringen. Das gibt nur Ärger.«

Aidan hielt Mariella ihren Sauerstofftank so hin, dass sie in die Riemen schlüpfen konnte. Dazu hätte sie ihm jedoch den Rücken zudrehen müssen, aber sein Gesichtsausdruck war gerade viel zu interessant. Aidan tat sich nicht selbst leid, obwohl viele Tannin ihn hassten. Er litt darunter, diejenigen nicht verteidigen zu können, die seinetwegen in Bedrängnis gerieten.

Während Mariella noch darüber nachdachte, kontrollierte er ihre Sauerstoffvorräte. »Hier ist tatsächlich kaum noch was drin. Wie lange brauchst du für den Rückweg?«

»Es gibt auf dem Weg eine Höhle, die Luftblase dort dürfte für ein paar Minuten reichen. Der Suchtrupp hat bestimmt Ersatzsauerstoff dabei.« Mariella bemühte sich, nicht daran zu denken, dass Offizierin Venestra nach drei Notsignalen eventuell so viel zu tun hatte, dass sie das Mädchen mit dem blauen Zeichen am Handgelenk glatt vergessen haben könnte.

Aidan sprach aus, was sie befürchtete: »Das ist viel zu riskant.«

»Ach, was. Das klappt schon.«

»Du bleibst hier«, entschied Aidan. »Wenn sie dich suchen, werden sie früher oder später in der Grotte auftauchen. Das gibt dann nur einen Anschiss, weil du dich nicht an die Regeln gehalten hast.«

»Dann werden sie aber den Zugang verschließen, und zwar richtig.«

Aidans Miene blieb ausdruckslos. »Dann ist das eben so.«

Als Mariella nach ihrer Sauerstoffflasche greifen wollte, zog Aidan sie zurück.

»Hör mal, du Held, das ist meine Entscheidung.«

»Es ist zu gefährlich.« Unter Aidans T-Shirt zeichnete sich sein kräftiger Bizeps ab, als er ihn anspannte. Er hatte nicht vor nachzugeben, notfalls würde er sie mit Gewalt vom Tauchgang abhalten. Und wenn es um Körperkraft ging, hatte sie ihm wenig entgegenzusetzen.

Mariella seufzte und hob ergeben die Hände. »Wie du meinst.«

Aidan musterte sie scharf, offenbar nicht sonderlich überzeugt von ihrem Einlenken. Zu Recht. Denn Mariella holte bereits tief Luft und sprang mit dem Kopf voran in das tiefe Wasser.

Das Wasser und ich sind Freunde, wiederholte sie immer wieder, während sie mit kräftigen Zügen in den engen Tunnel glitt, sich ihren Weg suchte, was ohne die Sauerstoffflaschen auf ihrem Rücken leichter gelang. Trotzdem begannen ihre Lungen nach einer Weile bedrohlich zu brennen, während der Lampenschein noch keinen Eingang zur Höhle zeigte. Egal, wie sehr sie sich auch abmühte, sie wurde langsamer.

Es ist zu gefährlich, hatte Aidan gesagt.

Wie es aussah, hatte er damit richtiggelegen.

Mariella überlegte, ob es an der Zeit war herauszufinden, ob ihrem Siegelring wirklich die Fähigkeit innewohnte, ein Hilfssignal auszusenden, das unmöglich zu ignorieren war. Doch ihr fehlte die Kraft, überhaupt nach dem Ring zu langen. Zu allem Überfluss blieb auch noch ihre Flosse an einem Widerstand hängen. Doch als sie dorthin leuchtete, traf der Lampenschein keinen Felsvorsprung, sondern Aidans Hand, mit der er sie festhielt. Mit der anderen Hand holte er den Atemregler aus seinem Mund und ließ die Sauerstoffflaschen auf den Grund sinken. Dann warf er Mariella einen letzten Blick zu – wütend, aber da war noch etwas anderes … vielleicht Respekt. Dann drehte er ab und schwamm zur Grotte zurück.

Mit dem Rest Sauerstoff in den Flaschen schaffte Mariella es gerade noch rechtzeitig bis zur Höhle, wo sich bereits die ersten Lichtkegel anderer Taucherlampen abzeichneten. Offizierin Venestra hatte sie nicht vergessen. Ob das nun gut oder schlecht war, würde sich noch zeigen.

18

Lyon blickte als Erster auf, als Mariella das Quartier betrat. Er saß zusammen mit den anderen Mitgliedern ihrer Einheit am Tisch des Gemeinschaftsraums.

»Da bist du ja endlich. Was zum Henker ist auf deinem Tauchgang passiert?«

»Genau dasselbe wollte ich dich gerade fragen.« Mariella deutete auf den bandagierten Arm, den Lyon in einem Tuch vor die Brust gebunden trug.

»Lenk nicht ab. Im Gegensatz zu dir bin ich seit drei Stunden von der Krankenstation zurück.«

Mariella spürte einen Windhauch, als sich die Tür in ihrem Rücken automatisch schloss. Interessanterweise machte es ihr nichts aus, jetzt, da sie wusste, dass es noch einen anderen Ausgang aus dem Quartier gab. »Ist alles halb so wild«, beruhigte sie den aufgebrachten Lyon, der auf sie zugestürmt war und sie nun von Kopf bis Fuß musterte. Zum Beweis, dass alles bestens war, setzte sie ein Lächeln auf. Es klappte nicht besonders gut.

Lyon runzelte die Stirn, dann packte er Mariella unter dem Arm.

»Hey, was soll denn das?«

»Du schaukelst wie ein besoffener Teddybär. Setz dich erst mal hin.«

Leicht benommen ließ Mariella sich zum Tisch führen, wo Xiu auf den freien Platz neben sich klopfte.

»Gute Nachrichten«, flüsterte ihr Zimmerkamerad, nachdem Mariella wie ein Sandsack auf den Stuhl geplumpst war. »Vordem hat jemand deinen Koffer vorbeigebracht. Jetzt brauchst du dir keine Sorgen mehr zu machen, dass du für den Rest deines Aufenthalts wie ein Abziehbild von mir rumlaufen musst. Obwohl dir mein Look natürlich hervorragend gestanden hätte.«

»Ich freu mich dann mal später, okay?« Eine Grimasse ziehend rieb Mariella ihre schmerzende Hüfte, der unfreiwillig lange Tauchgang hatte ihr ordentlich zugesetzt. Allem Anschein nach sah sie entsprechend elend aus, denn sogar Tessa verkniff sich einen Kommentar, und Skye schob ihr die eigene dampfende Teetasse zu. Dankend nahm Mariella sie an, obwohl der Kräutergeruch in ihrer lädierten Nase brannte. Nach einigen Schlucken von dem seltsam rauchig schmeckenden Gebräu wurde ihr zwar nicht wärmer, aber sie entspannte sich ein wenig, was ihre verhärteten Muskeln ihr dankten.

Durch den aufsteigenden Dampf hindurch warf Mariella einen verstohlenen Blick zu Aidan hin, dessen blondes Haar inzwischen trocken, aber zerzaust aussah. Allem Anschein nach hatte er keinen Gedanken daran verschwendet, es nach seinem unfreiwilligen Bad in Ordnung zu bringen. Seine nassen Sachen hingegen hatte er gegen eine arg zerschlissene Jeans und einen Hoodie ausgetauscht. Das dunkelblaue Kapuzenteil musste früher einem Riesen gehört haben, denn obwohl Aidan breite Schultern hatte und alles andere als ein Zwerg war, ertrank er fast in dem Stoffzelt. Der jetzige Stil passte interessanterweise kaum zu den Hipster-Klamotten, die er vorhin in der Grotte getragen hatte. Über seinen Stil ließ sich eben nur sagen, dass er bunt zusammengewürfelt war, wie bei den meisten Bewohnern der Ebene 17, die ihre Koffer oft erst beim Auschecken wiedersahen. Oder, begriff Mariella in diesem Moment, Aidan hat nichts Eigenes mitgebracht, schließlich hatte seine Familie ihm sogar seinen Siegelring abgenommen. Ohne seinen Ring hatten sie ihn eh so gut wie nackt nach Stoneheaven geschickt, dachte sie mit einer gewissen Bitterkeit. Tannische Familie waren zum Kotzen.

Aidan erwiderte Mariellas Blick, ohne eine Miene zu verziehen. Was auch immer er über ihr Zusammentreffen in der Grotte dachte, es blieb sein Geheimnis. »Alles klar?«, fragte er lediglich.

Mariella nickte, mehr brachte sie nicht zustande.

Offenbar hatte Aidan niemandem in ihrer Einheit von ihrer gemeinsamen Unterwasseraktion erzählt, sonst würden sie jetzt nicht alle mucksmäuschenstill dasitzen und auf ihre Geschichte warten. Wenn sie Bescheid wüssten, hätte Lyon sie, kaum dass sie den Kopf zur Tür reingesteckt hatte, sofort wegen ihrer Aktion zusammengestaucht. Also würde sie bei der Geschichte bleiben, die sie Offizierin Venestra, den vier Sicherheitsbeauftragten und später der Marschallin erzählt hatte. Dass Eleonore persönlich auf der Krankenstation erschienen war, verriet, unter welchem Druck sie stand, weil die Tochter ihrer alten Kameradin Mercedes fast das Zeitliche gesegnet hatte – und das in ihrer ersten Woche unter Eleonores Obhut.

»Herrgott, hat die Marschallin etwa deine Zunge beschlagnahmt, oder was ist los?«, fuhr Tessa sie gereizt an. »Einige von uns haben noch was Besseres zu tun, als sich den Hintern plattzusitzen, während du Löcher in die Luft starrst.«

»Was hast du denn schon Großartiges vor?«, mischte Xiu sich ein. »Etwa Aidans Zottelhaar mit sanften Kammstrichen in eine Flut schimmernden Goldes verwandeln?«

Tessa richtete sich so kerzengerade auf, als habe Xius Stichelei sie in den Allerwertesten gepiekst. »Du kleine Mistkröte«, zischte sie. »Ich werde dir dein freches Maul mit deinem verdammten Skateboard stopfen, ich werde …« Ihrem Gesichtsausdruck nach wollte Tessa erst so richtig mit ihrer Schimpftirade starten, doch als Aidan ihr eine Hand auf die Schulter legte, verstummte sie schlagartig.

»Nimm's mir nicht übel, Tess«, sagte Aidan. »Aber ich würde jetzt gern hören, was bei Mariella los gewesen ist. Die ständigen Streitereien zwischen Xiu und dir sind nicht gerade ein abendfüllendes Unterhaltungsprogramm.«

»Sehe ich genauso.« Lyon rieb sich das Gesicht, als könne er dadurch die Anspannung, unter der er stand, abwischen. »Bringen wir es hinter uns. Mariella, erzähl, was bei deinem Tauchgang passiert ist, bevor ich hier am Tisch einpenne. Das war heute ein ätzender Tag.«

»Okay, meine Geschichte ist schnell erzählt«, sagte Mariella. »Ich hatte mir in dem Tunnel, durch den ich tauchen musste, bei einem Wendemanöver die Hüfte angeschlagen und war danach eine Zeit lang bewusstlos. Jedenfalls war dann mein Sauerstoff alle, und mein Alarm ist verpufft. Ich habe in einer Höhle ausgeharrt, bis mich der Suchtrupp gefunden hat. Eine Prellung und eine nicht besonders schlimme Unterkühlung – mehr war's nicht.«

Lyon schüttelte ungläubig den Kopf. »Venestra hätte dich den Tauchgang niemals allein machen lassen dürfen, das war eine grobe Fehlentscheidung.«

»Nicht ihre einzige, so ramponiert, wie du aussiehst.« Mariella deutete auf Lyons verbundenen Arm. »Die Idee, dich als Nihoins Überwacher loszuschicken, ist wohl gründlich schiefgegangen.«

»Nur ein glatter Durchbruch, der dürfte schon bald verheilt sein. Zu meinem Glück hatte heute ein Heilbegabter Dienst auf der Krankenstation.«

»Bist du etwa auch irgendwo gegengeknallt?«

»Ja.« Lyons Mund wurde eine harte Linie. »Gegen Nihoins karategestählte Handkante.«

Mariella pfiff vor Erstaunen. Die Japanerin hatte trotz ihrer zierlichen Figur zwar ziemlich tough gewirkt, aber keinesfalls aggressiv. Als Offizierin Venestra ihr mit der Kanüle den Unterarm zerstochen hatte, hätte Nihoin nicht gleichgültiger wirken können.

»Eigentlich lief der Tauchgang ganz gut«, erzählte Lyon. »Nihoin und ich hatten unser Artefakt just in time, obwohl wir in ein Labyrinth geschickt worden waren. Zu zweit war es eben ein Kinderspiel. Nachdem wir unser Teil einkassiert hatten, wollte ich nur raus aus dem Gängewirrwarr. Dadurch habe ich zu spät bemerkt, dass Nihoin hinter mir zurückblieb. Ich habe sie dann gerade noch rechtzeitig dabei erwischt, wie sie ihre Sauerstoffflasche ablegte. Es war nicht leicht, sie dazu zu bewegen, den Atemregler wieder in den Mund zu nehmen. Diese Tsuya sind bemerkenswerte Nahkämpfer, selbst wenn ihnen langsam die Luft ausgeht.«

»Ich kapier die Geschichte nicht«, sagte Xiu, der Mariella seine Kapuzenjacke um die Schultern gelegt hatte, weil sie immer stärker zitterte. »Warum sollte Nihoin so etwas Verrücktes machen?«

»Vor Kurzem war der Goldschmied da«, sagte Skye, die bislang so reglos dagesessen hatte, dass Mariella schon vermutet hatte, das Mädchen würde mit offenen Augen schlafen. »Er hat im Auftrag von Nihoins Familie ihr Siegel geschwärzt. Allem Anschein nach hat sie ihre Ehre in Stoneheaven nicht schnell genug wiederhergestellt. Die Tsuya sind eine stolze Familie, und Nihoin ist ihre stolze Tochter.«

Das Entsetzen am Tisch war fast greifbar.

»Fuck«, sagte Aidan und brachte damit zum Ausdruck, was allen durch den Kopf ging.

Der Siegelring war für die Tannin mehr als nur ein Symbol ihrer Familienzugehörigkeit, er war ein Teil ihrer Identität. Sogar Mariella, die ansonsten viel Wert darauf legte, sich von allem Tannin-haften abzuheben, trug ihren Ring mit einem gewissen Stolz. Sie mochte mit ihrer Familie über Kreuz liegen und genervt sein von deren Erwartungen und Traditionen. Das änderte jedoch nichts daran, dass der Siegelring ein Teil ihrer Persönlichkeit war. Ihn abzunehmen, um jemanden zu täuschen oder zu provozieren, ging gerade noch so. Aber ertragen, dass sein Symbol geschwärzt wurde, oder ihn gar abzulegen? Unvorstellbar. Nicht einmal, wenn es ihr endlich gelingen würde, den Tannin den Rücken zu kehren, würde sie den Ring aufgeben, gestand Mariella sich ein. Möglicherweise würde sie ihn in einem Notfall zerstören, damit er das sagenumwobene Hilfssignal aussendete, obwohl sie sich nicht einmal in einem solchen Fall sicher war. Höchstwahrscheinlich war der Ring sogar der wahre Grund, warum sie in Stoneheaven gelandet war, anstatt Sandro abzuhängen und das neue Leben anzufangen, von dem sie so viel geträumt hatte: Sie wäre nur mit halbem Herzen dabei gewesen, solange sie nicht imstande war, den Siegelring aufzugeben. Deshalb hatte sie ihre Strafe in der Zitadelle angetreten – und auch jetzt wanderten ihre Finger zu ihrem Ring mit der stilisierten Rose.

Unwillkürlich sah Mariella zu Aidan, der ein Bein vor der Brust angewinkelt hatte. Auf dem Knie lag locker seine Linke, jene Hand, die dem Herzen am nächsten war und an der die Tannin ihren Siegelring trugen. An Aidans Finger gab es nicht einmal mehr die feine Kerbe in der Haut, die entsteht, wenn man einen Ring so lange trägt, dass er zu einem Teil des Körpers wird. Aidan bemerkte ihren Blick und zog den Kopf leicht in den Nacken, als wolle er sagen: »Es geht mir völlig ab, was du wegen des fehlenden Rings über mich denkst«.

»Das mit dem geschwärzten Siegelring muss Offizierin Venestra doch mitbekommen haben.« Tessas Puppengesicht war noch blasser als sonst.

»Fehler passieren, wichtige Informationen gehen verloren, so ist das eben.« Allerdings schien Lyon nicht sehr überzeugt von seinen eigenen Worten.

»Oder es war Venestra schlicht scheißegal«, sagte Tessa. »Für die meisten Offiziere sind wir doch nur Abfall, mit dem sie sich herumschlagen müssen. Eine Delle in ihrem Lebenslauf, während sie darauf warten, von ihren Familien zu größeren Aufgaben abberufen zu werden. Außerdem halten sie es für die reinste Zeitverschwendung, irgendwas in uns zu investieren, weil aus uns doch eh nichts mehr wird. Dieses ganze Gerede über Kurse und Schulungen ist bloß Augenwischerei, damit unsere Familien kein schlechtes Gewissen bekommen.«

Lyon streckte den Rücken, plötzlich ganz der Gruppenleiter, der eine solche Aussage nicht unwidersprochen stehen lassen durfte. Als würde seine Tante ihm im Nacken sitzen. »Das ist Unsinn, das weißt du genau. Sie haben einfach zu wenig Personal in der Zitadelle, um sich eingehender mit uns zu beschäftigen. Die Gefangenen-Ebene quillt fast über, während immer weniger Tannin zu ihrer Bewachung zur Verfügung stehen. Davon abgesehen haben unsere Familien, Sippen und Clans jede Menge anderer Probleme.«

Tessa kniff ihre Augen zu Schlitzen zusammen. »Dann sollten sie sich besser um uns kümmern, anstatt uns kaputt zu machen in diesem elenden Drecksloch. Sie halten uns hier wie Kellerasseln in der Hoffnung, dass wir uns gegenseitig zerstören. Wenn wir aus diesem Zwinger rauskommen, taugen wir doch nichts mehr.«

»Wir waren schon kaputt, bevor wir nach Stoneheaven gekommen sind«, sagte Lyon leise. »Wir alle.«

Mariella konnte die Resignation in seiner Stimme kaum ertragen. Lyon gab sich so viel Mühe, seiner Einheit gerecht zu werden und seine Tante nicht zu enttäuschen. Glaubte er etwa in seinem Inneren, dass er trotzdem nichts wert war und es auch nie wieder sein würde?

»Ein Gutes hat die Sache jedenfalls«, sagte Mariella. »Ich habe für den Nachttauchgang nicht nur meine erste Marke bekommen, sondern als Bonus, weil ich beinahe den Löffel abgegeben habe, auch eine Carte blanche. Was bedeutet, dass ich bei der Marschallin einen Wunsch frei habe.« Dass sie die Carte blanche für eine Lügengeschichte bekommen hatte, war für Mariella vollauf okay, nachdem Offizierin Venestra sie als »zu dämlich zum Geradeausschwimmen« beschimpft hatte. Sie sah es einfach als Schmerzensgeld.

»Nicht schlecht«, rief Xiu, der sich von seinem Schock über Nihoins Selbstmordversuch erholt hatte. »Was hast du dir gewünscht? Doch wohl nicht etwa ein Einzelzimmer!«

Mariella schüttelte den Kopf, was ein dumpfes Pochen hinter ihrer Stirn verursachte. Ob vom Tauchgang, der Erschütterung durch Aidans Astrallis-Freisetzung oder schlicht vor Stress, ließ sich nicht sagen. »Ich habe meine Karte dafür ausgespielt, dass Aidans Kantinenverbot aufgehoben wird.«

»Das ist nicht wahr.« In Aidans Augen spiegelte sich Unglauben.

»Boah, du Schleimerin!«, krakeelte Tessa.

»Nun mach mal halblang.« Mariella schnipste Teekrumen nach dem rothaarigen Mädchen. »Schließlich warst du diejenige, die mir auf den Kopf zugesagt hat, dass unsere Einheit so gut wie Hundefutter ist, weil uns schlicht jemand fehlt, der die Arschgeigen auf Abstand hält.« Als Aidan eine Augenbraue hochzog, hob Mariella die Hände. »Außerdem dachte ich, du langweilst dich vielleicht so ganz allein in unserem Quartier. Und wer weiß, auf was für blöde Ideen du da kommst.«

»Hat es denn geklappt?«, fragte Aidan.

»Halbwegs«, gab Mariella zu. »Kantinenbesuche sind im Augenblick für dich tabu, der Typ mit der unfreiwilligen Glatze ist der Sohn von einem hohen Tier der Betula-Familie und allem Anschein nach einer von der nachtragenden Sorte. Aber du bist dem Aufräumdienst nach den Essenspausen zugeteilt.«

»Großartig, ich darf klebriges Besteck, das vorher sonst wo dringesteckt hat, und abgenagte Knochen vom Boden aufklauben. Vielen Dank auch.« Aidans Gesichtsausdruck nach zu urteilen, hatte er nicht schlecht Lust, Mariellas Inneres nach außen zu stülpen.

»Du musst das Gute an dem Job sehen«, beeilte sie sich klarzustellen. »Du kannst endlich wieder an dein Essensschließfach. Dann laufen wir anderen auch nicht länger Gefahr, beim Futterschmuggeln erwischt zu werden und ebenfalls einen Kantinenverweis zu erhalten.«

Widerstrebend nickte Aidan. »Da ist was dran. Trotzdem ist das ziemlich großzügig von der Marschallin, auch wenn die Kantinenschrubberei gleich nach dem Toilettendienst der ekligste Job auf Ebene 17 ist. Und Eleonore ist nicht großzügig.«

Lyon schnaufte, hielt sich aber mit einem Kommentar zurück, während Mariella konzentriert eine Haarsträhne um ihren Finger wickelte.

»An der Sache gibt es einen Haken, richtig?«, bohrte Aidan nach.

Mariellas Fingerspitze wurde weiß, so fest wand sie die Haarsträhne um ihren Finger.

Aidan fragte nicht weiter.

Das musste er auch nicht, weil Mariella seinen Blick geradezu körperlich spürte. Allein, dass seine gesamte Aufmerksamkeit auf sie gerichtet war, verursachte ein Kribbeln unter ihrer Haut, als wären dort mehrere Armeisenstämme gleichzeitig auf Wanderschaft. Der Kerl war wirklich begabt darin, einem auf die Nerven zu gehen. Nach einer Weile gab Mariella auf. Sie ließ die Haarsträhne los und sah Aidan direkt in die Augen, was eine Herausforderung der besonderen Art war. Denn er kam nicht auf die Idee, ihrem Blick auszuweichen, um die Spannung zu verringern. Im Gegenteil, er erhöhte sie noch.

Betont ruhig lehnte Mariella sich im Stuhl zurück. »Mal locker lassen ist bei unserem Krieger aus dem ewigen Eis wohl nicht vorgesehen, was?«

Aidan grinste. »Da haben wir beide ja tatsächlich was gemeinsam.«

Normalerweise war Mariella eine passable Lügnerin, aber etwas an Aidans Art brachte sie aus der Fassung. »Gut, wenn du es unbedingt wissen willst: Ich habe jetzt auch Kantinendienst. Darauf hat die Marschallin im Gegenzug bestanden.«

»Örghh«, machte Xiu. »Du wirst unter chronischem Herpes und einer Sonderform von Dauerkotzeritis leiden. Alter, du wirst doch schon grün um die Nase, wenn auf deinem Tablett nicht alles picobello an Ort und Stelle liegt.«

»Niemand außer dir poliert sein Essbesteck, bis es glänzt«, sagte Skye. »Dabei ist es aus Plastik.«

Tessa spitzte die Lippen. »Auf dich wirkt das Kantinenessen wie eine Zwangsdiät. Ein paar Tage Stoneheaven-Küche, und dein Hinterteil sprengt dein Höschen nur noch beinahe. Na ja, bis zum Hungertod wird es bei dir dank deiner üppigen Reserven wohl noch ein paar Monate dauern.«

Mariella begnügte sich damit, Tessa eine Grimasse zu zeigen, weil der Gongschlag ankündigte, dass in zehn Minuten das Licht in ihrem Quartier gelöscht werden würde.

Schlafenszeit.

Während die anderen schnellstmöglich auf ihre Zimmer verschwanden, um sich nicht in völliger Dunkelheit bettfertig machen zu müssen, stand Mariella wegen ihrer geprellten Hüfte im Zeitlupentempo auf und ging zur Spüle. Als sie ihre gereinigte Teetasse ins Regal hochstellen wollte, machte ihr ein Stich im Hüftknochen einen Strich durch die Rechnung.

»Lass mich das machen.«

Mariella zuckte zusammen, als Aidan an ihr vorbeilangte, um ihr die Arbeit abzunehmen. Wie auf Befehl schlug ihr Herz schneller, jedoch nicht aus Furcht. Es hing viel mehr mit dem aufgeregten Kribbeln zusammen, das sich über ihre Haut ausbreitete, als sie seine Nähe wahrnahm. *Das Brennen* … deshalb reagiere ich so stark auf seine Nähe, sagte sie sich. Aber das war es nicht.

»Solltest du nicht längst auf deinem Zimmer sein?«, fragte Mariella. »Nicht, dass du in der Dunkelheit aus Versehen zu Lyon ins Bett steigst.«

»Keine Sorge, ich hasse mein Leben zwar, aber ich bin nicht todessüchtig. Außerdem wollte ich noch kurz mit dir reden, ohne dass der halbe Verein um uns rumsteht und seine Meinung absondert.«

»Wenn Tessa spitzkriegt, dass du den Ritter für mich spielst, wird sie mich nicht nur killen, sondern auch sämtliche meiner Reinkarnationen zur Strecke bringen.«

»Erstens solltest du dir nicht so viele Gedanken wegen Tessa machen. Und zweitens lege ich mich nicht auf romantische Weise für dich ins Zeug. Glaub mir, das würde anders aussehen.«

»Möchte ich das mit deiner romantischen Ader genauer wissen?«

Da war er wieder, Aidans herausfordernder Blick. Unglaublich, wie viel Spaß es ihm machte, sie zum Schwitzen zu bringen.

Mariella wendete das Gesicht ab. »Das bedeutet dann wohl ›lieber nicht‹. Und dabei war ich schon so gespannt darauf zu erfahren, was unser Eiskrieger unter romantischem Werben versteht.«

»Möchtest du etwa, dass ich es an dir demonstriere?«

»Vielleicht ein anderes Mal, wenn ich nicht gerade mit den Folgewirkungen einer Unterkühlung zu kämpfen habe. Aber hey, das passt ja. Eiskrieger … starrender Blick … Unterkühlung. Wahrscheinlich kann ich mir auch so vorstellen, wie es sich anfühlt, von dir umworben zu werden.«

Aidan lachte so leise, dass es Mariella fast entging. »Was hat es mit diesem Eiskrieger-Gerede eigentlich auf sich? Ist das eine Anspielung darauf, dass meine Familie in Alaska lebt?«

»Schon, aber vor allem wegen deiner Augen.« Unwillkürlich musste Mariella ihn schon wieder ansehen. »Dieses Blau … So stelle ich mir in vielen Schichten gefrorenes Wasser vor, von frostklar bis hin zu tiefblaues Meer.«

Zum ersten Mal erlebte Mariella, wie Aidans sonst so kontrollierten Gesichtszüge entgleisten und er ihren Blick mit offener Verblüffung erwiderte. Instinktiv schien er zu begreifen, dass Mariella die Wahrheit ausgesprochen hatte. In seinen Augen funkelte etwas auf, das wenig mit dunklem Eis zu tun hatte. Dann schloss sich der Vorhang, und was auch immer er dachte, blieb verborgen.

Aidan räusperte sich. »Eigentlich wollte ich dir nur sagen, dass die Sache mit dem Kantinendienst echt großzügig von dir ist, aber nicht nötig gewesen wäre.«

»Es war das einzig Vernünftige, was ich mit meiner Carte blanche anstellen konnte. Und es kommt ja unserer gesamten Einheit zugute und nicht bloß dir.« Was nicht ganz stimmte, denn natürlich waren ihr jede Menge anderer Gefälligkeiten eingefallen, die sie von der Marschallin hätte einfordern können. Und alle hatten sie mit ihrem fest anvisierten Freigang zu tun, der in ihrer Flucht enden würde. Aber sie hatte Aidan etwas geschuldet. »Vielen Dank übrigens, dass du mir mit der Sauerstoffflasche nachgeschwommen bist. Ohne deine Hilfe hätte ich es wohl nicht bis zur Höhle geschafft.«

Zuerst sah es aus, als würde Aidan darauf nichts erwidern. Vielleicht, weil ohnehin schon zu viele Dinge zwischen ihnen gesagt worden waren, die sie nicht mehr zurücknehmen konnten. Dann zuckte es jedoch in seinen Mundwinkeln. »Ein echter Krieger lässt niemanden im Stich.«

»O Macho«, flötete Mariella.

Aidan grinste. »Das gilt dann wohl auch für dich.« Er salutierte und durchquerte mit langen Schritten den Gemeinschaftsraum. An der Tür blieb er noch einmal stehen. »Sieh zu, dass du morgen sofort mit dem Mittagessen beginnst. Je mehr dein Magen verdaut hat, bevor wir mit der Arbeit anfangen, desto besser.« Er zögerte. »Schlaf gut.« Bei diesen Worten ging wie auf ein geheimes Zeichen hin das Licht aus.

Seufzend ertastete Mariella sich den Weg zu ihrer Kammer, in dem Wissen, dass sie in dieser Nacht kein Auge zubekommen würde.

19

»Ich kann das nicht.«

»Natürlich kannst du das.«

Mariella schüttelte den Kopf, was gar nicht so leicht war, da sie rücklings auf dem Boden lag. »Nein, auf keinen Fall. Wenn ich das noch mal mache, kotze ich.«

»Dann kotzt du eben. Hauptsache, du ziehst die Sache durch.«

»So jung und schon ein ausgemachter Sadist.«

»Ich bin eben ein knallharter Bursche.« Xiu strahlte übers ganze Gesicht. Das tat er sogar dann noch, als er Mariella in die Rippen zwickte, damit sie den nächsten Sit-up machte. Keuchend hob sie den Oberkörper und brachte ihre Nase in Richtung ihrer aufgestellten Knie. Das Pochen in ihrer mit Blutergüssen übersäten Hüfte brachte sie fast um.

»Das war Nummer neun«, verkündete Xiu. »Jetzt nur noch einundzwanzig.«

Mariella krachte auf den Rücken. »Mein Körper ist für diese Quälerei nicht vorgesehen, er gehört eben zur Kategorie weich und kuschelig.«

»Du willst die Achtelmarke für Grundfitness? Dann hoch mit dir, egal, was deine nicht vorhandenen Bauchmuskeln dazu sagen.« Plötzlich wurde Xius Stimme zu einem Flüstern. »Jetzt legt mal einen Zahn zu, sonst überlegt Trainer Brarox es sich noch anders mit unserer Sonderbehandlung und lässt uns mit dem Rest der Gruppe trainieren. Und glaub mir: Die sind allesamt tausendfach fitter als wir, sogar die Tussi mit dem Inhalator.«

Die Aussicht, in derselben Reihe mit Kids zu stehen, die ihre Achtelmarke im Vorbeigehen mitnahmen, während sie ein paar Kniebeugen machten, motivierte Mariella. Unter Schimpfen und Fluchen absolvierte sie die Bauchübung sowie alle anderen, die der morgendliche Trainingsplan vorsah. Dabei schlug sie sich viel besser, als sie sich selbst eingestehen wollte. Zu Hause hatte sie sich zwar schon lange geweigert, an den allgemeinen Übungseinheiten teilzunehmen. Die vielen Streifzüge durch die Clubs und die Strandbesuche, die wegen der Wärme meistens im Meer endeten, hatte jedoch Spuren hinterlassen. Ihre Bauchmuskeln waren vielleicht ein Witz, aber der Rest machte sich ganz ordentlich, solange man sie nicht am Tannin-Durchschnittslevel maß. Aber das war für den Erhalt der Achtelmarke leider ausschlaggebend.

Während Mariella versuchte, ihre Arme zu einem Klimmzug zu überreden, beobachtete Xiu sie mit gerunzelter Stirn.

»Könntest du das bitte bleiben lassen?«

»Ich überleg nur, wie wir dich auf Vordermann bringen, bevor Trainer Brarox dich aus dem Kurs schmeißt.«

»Hey, du sahst bei dieser Klimmzugnummer auch aus wie ein Hängeäffchen!«

»Ja, aber ich bin dreizehn und leide unter Wachstumsschmerzen.«

»Versteh mich nicht falsch, aber irgendwie beneide ich dich.«

Xiu grinste, dann wurde er wieder ernst. »Mal von der Achtelmarke abgesehen musst du echt ein bisschen Tannin-mäßiger werden, wenn du lebend aus Stoneheaven rauskommen willst.«

»Wenn es nur das wäre.« Mariella gab die Stange frei und schüttelte ihre schmerzenden Arme aus. »Muskeln allein helfen einem nicht dabei, sich zu wehren. Dazu muss man auch sämtliche Hemmungen zuzuschlagen ablegen. Und dann muss man immer noch wissen, wie man es richtig anstellt. Moment mal, vielleicht sollte ich Tessa um Hilfe bitten. Sie ist spargeldünn, und trotzdem legt sich niemand mit ihr an.«

»Du meinst außer dir.«

»Ich habe mich nicht mit Tessa angelegt.«

»Du flirtest mit Aidan.«

Glücklicherweise war Mariellas Gesicht bereits krebsrot. »Ich kann mir nicht mal vorstellen, wie es aussehen soll, mit einem Eisblock wie Aidan zu flirten.«

»Die Sache mit der Kantine«, gab Xiu zu bedenken.

»War ein Dienst an unserer Einheit.«

Ganz nebenbei checkte Xiu seine Fingernägel, nicht etwa, weil er Mariellas Blick ausweichen wollte. »Und wie du von seiner Augenfarbe schwärmst.«

»Gletscherblau kann man unmöglich ignorieren. Ich wette, das hat sogar Skye bemerkt.«

»Mag ja alles stimmen. Trotzdem hast du nach ein paar Tagen in Stoneheaven mehr Kontakt zu Aidan als wir alle zusammen nach gemeinsam durchlittenen Monaten. Turnt es dich an, dass er der böse Junge in unserer Truppe ist?« Als Trainer Brarox' Trillerpfeife erklang, zuckte Xiu zusammen, dann hängte er sich schuldbewusst an die Klimmzugstange – und rührte sich nicht mehr.

»Solltest du nicht wenigstens deinen Bizeps zucken lassen?«

»Ich weiß nicht mal sicher, ob der in meiner Muskulatur angelegt ist.« Xiu schwang ein wenig hin und her, um zumindest den Anschein von Aktivität zu erwecken. »Also: Egal, ob du nun echt auf Aidan stehst oder dir bloß die Zeit mit ihm vertreibst, Tessa wird dadurch zu deiner Todfeindin. Sie wird dir bestimmt bei der ersten Gelegenheit das Genick brechen oder dir wenigstens deine Haare ausreißen. Bitte doch Lyon um Hilfestellung, was Selbstverteidigung anbelangt, er mag dich.«

»Unterstellst du mir etwa, dass ich auch Lyon anmache?«

»Nullüberhauptnix«, brachte Xiu zwischen aufeinandergebissenen Zähnen heraus, während ihm Schweiß auf der Stirn ausbrach. »Käme ich nie drauf. Lyon ist immer noch wegen Samira durch den Wind, für dich würde er das einfach aus Freundschaft machen.«

Mariella dachte über seinen Vorschlag nach. »An und für sich eine gute Idee, aber bei Lyon ist doch schon jede Minute verplant. Entweder muss er Arbeitsdienst leisten, seine Zusatzjobs als Gruppenleiter wahrnehmen oder wird von seiner Tante rumkommandiert, während er gleichzeitig versucht, den besten aller Tannin aus sich zu machen. Dem kann ich unmöglich noch meine Schlappheit aufs Auge drücken.«

»Hatte Skye nicht angeboten, dir ein paar Tricks beizubringen?«

Allein bei der Erinnerung wurde Mariella blass. »Nicht nur angeboten. Ich weiß jetzt, wie ich mein Essenstablett einsetzen kann, um einen Angreifer zu kastrieren. Falls es sich um eine Angreiferin handelt, bin ich imstande, ihr den Kehlkopf zu zertrümmern. Und nachdem gestern bei unserer Eingangstür falscher Alarm ausgelöst worden ist, weiß ich dank Skyes Vorführung nun auch, wie man senkrecht Wände hochrennt, um sich mit einer Teekanne als Waffe in Angriffsposition zu bringen. Nach der Sache in dem zerstörten Quartier weiß ich ja, dass Skye zwar enorm cool wirkt, innerlich aber nonstop auf Attacke geschaltet ist und offenbar überall Feinde wittert. Aber wegen eines Fehlalarms so dermaßen abzugehen?«

Der Erinnerung an das Ereignis haftete immer noch etwas Unwirkliches an. Vermutlich hätte Mariella nicht einmal kapiert, um was es überhaupt ging, wenn Skye nicht urplötzlich vom Gemeinschaftstisch aufgestanden wäre, sodass sogar ihr Stuhl hintenübergekippt war. »Da ist jemand an der Tür«, hatte sie gewispert. Mariella hatte den Kopf geschüttelt, da das übliche Alarmgedudel, bevor jemand das Quartier betrat, nicht losgegangen war. »Hörst du dieses Surren nicht? Da versucht jemand, die Fugen der Tür aufzufräsen.« Bevor Mariella jedoch etwas hören konnte, war die Sirene angegangen, und eine Sekunde später hatte Skye auf dem Schrank gehockt, die Panik ins Gesicht geschrieben. Angeblich war es bloß ein Fehlalarm gewesen, weil es im Ansaugsystem der Verfugung einen Kabelbrand gegeben hatte. Für Mariella hatte die Erklärung logisch geklungen, Skye hatte hingegen nur verächtlich geschnaubt.

»Skye hat gestern wirklich Glück gehabt, dass kein Wächter zur Tür reinspaziert ist, um nach dem Rechten zu schauen«, sagte Mariella. »Wer weiß, in welchem seiner Körperteile die Teekanne anschließend gesteckt hätte. Die Marschallin hat sie wegen ihrer Ausflipper eh schon auf der Schwarzen Liste.«

»Die gute alte Skye, immer wieder für eine Überraschung zu haben«, hauchte Xiu, dann plumpste er wie eine überreife Frucht auf den Boden. »Wenn dir eine Ausbildung zur Assassinin zu krass ist, bleibt nur noch dein Lieblingsgletscher Aidan.«

»Aidan darf keinen der Kurse besuchen, geschweige denn einen Trainingsraum für freiwillige Exercises aufsuchen.«

»Und trotzdem ist er knallhart gestählt, wie man jeden Tag unter der Dusche beobachten darf. Woher kommen die Muckis wohl? Weil er bei uns im Quartier trainiert, mit dem eigenen Körpergewicht oder so. Du brauchst dich quasi nur an ihn dranzuhängen, wortwörtlich.«

Murrend schob Mariella Xiu mit dem Fuß beiseite und langte nach der Stange über ihrem Kopf. Sie atmete tief ein, spannte ihre schmerzenden Muskeln an – und zog sich hoch.

Die Trillerpfeife erklang. Dieses Mal allerdings nicht, um sie anzutreiben, sondern als Anerkennung für ihre Leistung. Aus dem Raum erscholl tatsächlich Applaus und Gejohle. Mariella sprang auf die Füße und machte eine Verbeugung, den Schmerz in ihren Armen ignorierend.

Xiu stand der Mund vor Bewunderung offen. »Wahnsinn, das war ein echter Klimmzug. Sieht so aus, als müsstest du nur an Aidan denken – und schon mutierst du zu Superwoman.«

»Was für eine Erleichterung. Dann bleibt es mir ja erspart, beim Liegestütz auf unserem ekligen Quartierboden Aidans Fuß im Nacken zu haben, während Tessa im Hintergrund bereits ihre Messer schärft.«

»Denk aber wenigstens mal drüber nach, ihn nach ein paar Trainingsstunden zu fragen. Die Abende bei uns im Quartier sind so ätzend langweilig, seit Usako die alte Playstation mit einem Kurzschluss erledigt hat. Dabei zuzuschauen, wie du von Mr. Sexy gequält wirst, wäre ein unterhaltsamer Ersatz.«

»Okay«, sagte Mariella. »Jetzt kümmern wir uns erst einmal um *dein* Training. Du läufst – und ich setze dir nach. Ein Tipp: Lauf, so schnell du kannst, denn wenn ich dich Früchtchen in die Finger kriege …«

Xiu quiekte, dann legte er einen Kaltstart hin. Mariella gab ihm einen Vorsprung, aber nur einen kleinen. Mehr hatte der Frechdachs nicht verdient.

20

»Wow«, sagte Aidan, kaum dass er die Schleuse zur Kantine durchquert hatte und Mariella entdeckte. »Du siehst ja jetzt schon fertig aus. Solltest du damit nicht warten, bis wir die erste Kotzstelle entdeckt haben?«

»Hör bloß auf.« Mariella bedeutete ihm, ihr zu einem gut gesicherten Einbauschrank zu folgen, in dem sich die Reinigungsutensilien befanden. Zwei Jungen, die ebenfalls zum Saubermachen verdonnert worden waren, warteten bereits auf sie.

Aidan steckte gut gelaunt seine Hände in die Taschen seiner Jeans. »Echt, du bist weiß wie eine Wand.«

»Aus gutem Grund. Heute hat sich während des Essens ein Typ namens Fonsi neben mich gesetzt.« Mariella hoffte, dass damit das Thema erledigt war. Kantinenbesuche glichen zwar generell einem Affenhausbesuch, aber heute hatte das widerliche Benehmen ihres Tischnachbarn es auf die Spitze getrieben. Allein bei der Erinnerung fuhr ihr Magen Karussell.

Leider zuckte Aidan nur verständnislos mit den Schultern. »Fonsi? Sagt mir nichts.«

»Ach, komm schon. Du musst Fonsi kennen, jeder kennt ihn! Er ist eine Berühmtheit wegen seines hochekligen Stils, sich sein Essen einzuverleiben. Da gewinnt die Redensart ›fressen wie ein Schwein‹ eine ganz neue Dimension. Und die Geräusche, die er dabei macht …« Mariella deutete mit einer schwachen Handgeste an, dass sie unmöglich weitersprechen konnte.

Während Aidan einen Ärmel seines Flanellhemds hochkrempelte, breitete sich ein Grinsen auf seinem Gesicht aus. »Und ich dachte, das Morgentraining hätte dich gekillt.«

Augenblicklich versteifte sich Mariella.

Aidan warf ihr aus den Augenwinkeln einen belustigten Blick zu. »Herzlichen Glückwunsch zum ersten Klimmzug übrigens. Und keine Sorge, wenn deine Arm- und Schultermuskeln dich deshalb umbringen. Es ist wie in dem Song, du weißt schon … ›Beim ersten Mal tut es noch weh …‹«

»Xiu, diese elende Petze. Das nächste Mal drohe ich nicht nur damit, ihm einen Knoten in die Zunge zu machen.«

»Seid ihr Süßen jetzt fertig mit eurem Gequatsche?«, fragte der hagere Junge, der eine neongelbe Marke aus seiner Overalltasche geholt hatte und damit gerade den Putzschrank öffnete. »Ich bin Genrich aus dem Familienzweig der Betula und habe die Aufsicht über die Reinigungsaktion. Wir haben eine Stunde Zeit, den Saustall tipptopp aufzuräumen, was hinten und vorn nicht reicht. Wenn hier im Anschluss nicht alles manierlich aussieht, lassen uns die Wächter nicht raus. Was nichts anderes bedeutet, als dass wir nicht zu unseren Kursen oder – noch schlimmer – nicht zum nächsten Arbeitsdienst auftauchen können, wofür es eine ganze Marke Abzug gibt. Deshalb schlage ich vor, dass ihr beiden Mäuschen richtig ranklotzt.«

»Hat die russische Birke uns eben Mäuschen genannt?«, fragte Mariella.

Aidan murrte zustimmend und rollte seinen anderen Ärmel hoch, wobei seine angespannte Unterarmmuskulatur sichtbar wurde.

»Du«, Genrich zeigte ungerührt mit dem Finger auf Mariella und drückte ihr Kehrblech, Feger und Putzlappen in die Hand. »Du wischst die Tische und reinigst den Boden, nachdem du«, nun wanderte sein Zeigefinger zu Aidan, »die Reste von den Tabletts und was sonst noch so rumfliegt eingesammelt hast. Verstehst du? Alles irgendwie nach Essensrest Aussehende klaubst du auf und packst es hier rein.« Er knallte Aidan einen Bottich vor die Brust, den er aus dem Schrank hervorgeholt hatte. »Munibert«, er deutete auf den untersetzten Jungen neben sich, dessen kalte Augen unentwegt auf Aidan ruhten, »sammelt die grob gereinigten Tabletts ein, die könnt ihr zwei Hübschen anschließend drüben in der Spüle abwaschen und fein säuberlich auf den dafür vorgesehenen Wagen stapeln.«

»Und was machst du währenddessen?«, fragte Aidan gefährlich ruhig.

»Aufpassen, dass du keinen Mist baust, Beringer. Brauchst gar nicht so zu starren, ich weiß, wer du bist. Oder soll ich dich lieber Feuerteufel nennen?« Genrich beugte sich angriffslustig vor. »Und ich weiß auch, dass du nichts zu verlieren hast, weil sie dir keine einzige Vergünstigung zukommen lassen und du das Tageslicht erst dann wiedersehen wirst, wenn sie dich mit einundzwanzig nach Wat Plai Laem verfrachten.«

Mariella traute ihren Ohren nicht. »Geht's noch? Das war ja wohl komplett unter der Gürtellinie.«

In der indischen Tempelanlage Wat Plai Laem verbarg sich der Zugang zur berühmt-berüchtigten Psychiatrie der Tannin. Dort wurden in erster Linie Familienmitglieder untergebracht, deren Begabung sie in den Wahnsinn getrieben hatte. Inoffiziell landeten dort auch Tannin, die sich weigerten, nach den Regeln zu spielen. Die Standardbehandlung der Patienten bestand darin, ihnen sämtliches Astrallis, das sie jemals durch die Quellen aufgenommen hatten, zu entziehen. Wer die Prozedur überstand, war anschließend ein gebrochenes Geschöpf. Tannin wuchsen im Schein der Quellen auf, sodass das Astrallis mit ihrer Aura verschmelzen konnte. Ohne Astrallis im Aurafeld war man kein Tannin, aber auch kein normaler Mensch. Man war zersplittert, in Seele, Geist und Körper. Das war tausendfach schlimmer, als auf der Gefängnisebene von Stoneheaven zu verrotten.

Im Gegensatz zu Mariella nahm Aidan Genrichs Verbalattacke gelassen. »Wat Plai Laem? Respekt, da ist bislang noch keiner draufgekommen. Die meisten anderen Arschlöcher mit Profilierungsdrang faseln immer nur was von einer Todeszelle, in der sie mich gern persönlich abliefern würden.«

»Ich bin in deinen Augen also ein wichtigtuerisches Arschloch.« Genrich verschränkte in gespielter Empörung die Arme vor der Brust.

»Wir sollten dem Kerl vielleicht zuerst mal beibringen, was Respekt ist, indem wir die Tische mit seiner Visage sauber machen«, schlug Munibert vor. Seine Stimme verriet, wie gut ihm die Vorstellung gefiel, auch wenn sein rundes Gesicht ausdruckslos blieb.

»Diese Unterhaltung setzen wir morgen fort, wenn ihr einverstanden seid«, mischte Mariella sich ein. »Vielleicht hängt ihr Birkenzweiglein ja nicht an eurer Markensammlung, aber ich tue es. Wir machen uns jetzt ans Aufräumen – und zwar wir alle.« Sie packte Aidan am Arm, als er sich angriffslustig vorbeugte. »Das gilt auch für dich, Kollege. Also setz dich in Bewegung.« Sie wollte Aidan hinter sich herziehen, aber er blieb wie festgewachsen stehen.

»Fang schon mal an, Mariella«, sagte Aidan. »Am besten in der gegenüberliegenden Ecke, damit die Wächter später nicht denken, dass du hiermit was zu tun hattest.«

»Genau, verpiss dich«, stimmte Genrich grinsend zu. »Wenn wir mit dem Wichser fertig sind, bleibt immer noch genug Zeit, um herauszufinden, was es mit dem angeblichen Temperament der Spanierinnen so auf sich hat.«

Mariella ließ Aidans Arm los. »Du bist ja nicht nur ein wichtigtuerisches, sondern auch ein sexistisches Arschloch.« Bevor Genrich reagieren konnte, holte sie mit dem Kehrblech aus und donnerte es ihm mit aller Kraft gegen den Hals, genau so, wie Skye es ihr beigebracht hatte.

Genrichs Augen drohten, aus den Höhlen zu treten, während

sein Mund aufklaffte und nach Luft schnappte. Mit beiden Händen griff er sich an die Kehle, als könnte er dadurch den Atemweg vom Druck befreien. Vergebens. Röchelnd sank er auf die Knie.

»Du Miststück hast ihm den Kehlkopf eingedrückt!«, klagte Munibert, allerdings ohne seinem Kameraden zu Hilfe zu eilen. »Er bekommt kaum Luft.«

»Das wird gleich wieder«, sagte Mariella. »Dein Kumpel kann froh sein, dass ich keine saubere Kastration mit dem Tablett durchgeführt habe. Das hebe ich mir für dich auf, wenn du nicht sofort mit der Arbeit anfängst. Ich will pünktlich aus dem Laden raus sein. Na los, Abmarsch.«

Munibert glotzte sie noch eine Sekunde an, dann machte er auf der Stelle kehrt und rannte zu den mit verdreckten Tabletts beladenen Tischen, wo er wie ein Wirbelwind aufzuräumen begann.

Mit einem Schlag verpuffte die Energie, die Mariella ihre Wut verliehen hatte. Bleiern schwere Erschöpfung breitete sich aus, durchmischt von der Erkenntnis, dass sie einen Menschen willentlich verletzt hatte. Ihn sogar hätte töten können. Bislang hatte sie nicht einmal als Kind Kopfnüsse verteilt. Und nun kniete ein Junge vor ihr, dem sie um ein Haar den Kehlkopf zerschmettert hätte. Was geschah an diesem Ort nur mit ihr?

Mit zitternder Hand langte Mariella nach dem Kehrblech am Boden, doch Aidan kam ihr zuvor. Noch immer lag Erstaunen über ihre Reaktion in seinen Augen. »Das nenne ich mal einen eiskalt durchgezogenen Überraschungsangriff«, sagte er.

War da eine Spur von Respekt in seiner Stimme?

»Ich bin eben eine ganz Knallharte. Immer dran denken.«

Mariella registrierte, dass sie nuschelte. Ihre Stimmbänder waren auf einmal wie aus Gummi. Genau wie ihre Knie. Das Kehrblech fiel erneut zu Boden. Als Aidan ihr einen Arm um die Taille schlang, wollte sie ihn zurückweisen, brachte aber nicht die Kraft auf und ließ es geschehen. Die Welt verlor ihre

Konturen, es war, als würde sie schweben. Alles war so leicht, jede Sorge und jeder Gedanke wie weggewischt.

»Kannst du noch so lange knallhart sein, bis ich dich auf eine Bank gesetzt habe?«, drang Aidans Stimme durch einen Nebel zu ihr durch.

»Sicher«, sagte Mariella. Aber vielleicht sagte sie es auch nicht, ihre Beine gaben nämlich gerade nach, und sie sackte nach unten, anstatt in die Höhe zu fliegen.

Aidan zog sie gerade noch rechtzeitig an sich, ging leicht in die Hocke mit ihrer Last, bis er einen Arm unter ihre Kniekehlen geschoben hatte, dann richtete er sich mit ihr auf den Armen auf.

Falscher Film, dachte Mariella – und der Gedanke kitzelte wie Luftbläschen hinter ihrer Stirn. Hach, wie schön.

Ihr Kopf fiel auf seine Schulter, ihre Nasenspitze streifte die Haut an seinem Hals.

Du riechst gut. Verdammt gut sogar.

Dann hörte sie ein Lachen, leise und verhalten – und sie stimmte mit ein, ehe ihr Gesicht auf einer kühlen glatten Fläche zum Liegen kam und weiche Schwärze sie umgab.

Noch etwas wacklig setzte Mariella sich auf. Ihr schwerer Kopf wollte sofort wieder zurücksinken auf den Tisch, auf dem er bis eben gelegen hatte. Doch dann bemerkte sie die platt gedrückten Nudelreste. Dort, wo eben noch ihr Kopf geruht hatte. Unwillkürlich betastete sie ihre Wange und bekam prompt eine Nudel zu fassen. Der einsetzende Würgereflex verscheuchte die Benommenheit, und sie ließ Bank und Tisch hinter sich.

Aidan und Munibert hatten bereits einen stattlichen Anteil der Arbeit erledigt. Sogar Genrich war wieder auf den Beinen und schleppte sich zur Spüle, um die Tabletts für den Abtransport vorzubereiten. Obwohl schwarze Funken vor ihren Augen tanzten, schnappte Mariella sich einen Putzlappen und begann, einen verdreckten Tisch zu reinigen. Jede Menge Schmierflecken, Krümel und halb angetrocknete Essensreste. Aber es gab auch gallertartige Flecken, die sie nicht zuordnen konnte und die säuerlich rochen. Ein Tisch war übersät mit bräunlichen Sprenkeln, die verdächtig nach Blutspritzern aussahen.

Mühsam unterdrückte Mariella das schlimmer werdende Würgen. Sie musste den Job durchziehen, genau wie die anderen. Fürs Wundenlecken blieb jetzt keine Zeit, sie hatte eine Arbeit zu erledigen.

Unwillkürlich schob sich das Bild ihrer Mutter vor Mariellas inneres Auge. Sie sah Mercedes' stolzes Gesicht, das sich angewidert verzog, während sie auf ihre Tochter mit dem schmierigen Putzlappen in der Hand herabsah. Schau dir an, was du aus lauter Trotz aus dir gemacht hast, schien ihr Ausdruck zu sagen. Anstatt deinen Platz an meiner Seite einzunehmen, wo dir Achtung entgegengebracht werden würde und du sinnvollen Aufgaben nachgehen könntest, wischst du den Dreck von einem Haufen schäbiger Verlierer auf. Statt die Gesellschaft deiner Familie und wichtiger Tannin-Mitglieder zu genießen, buhlst du um die Zuneigung von Abfall wie Aidan Beringer. Ist das alles den Machtkampf mit mir wirklich wert, mein Kind?

Mariella kniff die Lippen so fest zusammen, dass es schmerzte. Unter den Augen ihrer Mutter gab es keine Gnade, das wusste sie nur allzu gut. Selbst wenn sie sich ihr Leben lang angestrengt hätte, Mercedes wäre niemals mit ihr zufrieden gewesen. Wozu sich dann überhaupt erst anstrengen? Da sie eh zum Scheitern verurteilt war, hatte Mariella es vorgezogen, es auf ihre Art zu tun. Dadurch hatte die ach so großartige Mercedes wenigstens auch ein paar Dreckspritzer abbekommen. Es war sicherlich die reinste Qual für ihre Mutter, bei jedem gesellschaftlichen Anlass die Abwesenheit ihrer Alleinerbin zu erklären. Einzugestehen, dass ihr Nachwuchs eine einzige Enttäuschung und sie, Mercedes, keineswegs perfekt war.

Die Genugtuung ließ Mariella grinsen, während sie einen Haufen höchst verdächtiger Bröckchen aufs Kehrblech fegte.

»Die Arbeit scheint dir ja richtig Spaß zu machen, du strahlst übers ganze Gesicht«, sagte Aidan, der ihr den Bottich hinhielt, damit sie das Kehrblech drüber entleeren konnte.

»Ähm …« Mariellas Gehirn arbeitete auf Hochtouren auf der Suche nach einer Erklärung, die nichts mit ihrer Mutter zu tun hatte. »Ich genieße immer noch meinen Sieg über Genrich.« Sie blinzelte. »Jetzt, wo ich wieder aufrecht stehe«, fügte sie an. »Es wird langsam zur Gewohnheit, dass ich mich bei dir bedanken muss.«

»In dem Fall ist es absolut unnötig. Wenn ich Genrich einen solchen Schlag verpasst hätte, säße ich jetzt vor der Marschallin und bekäme als Strafe vermutlich das Atmen verboten. Dann hättest du deine Carte blanche für nichts verspielt. So gesehen muss ich mich entschuldigen, dass ich so ein Idiot bin. Offenbar verwildere ich hier unten langsam. Früher hätte ich mich auf keinen Fall von Pfeifen wie Genrich provozieren lassen.«

Entschlossen schüttelte Mariella den Kopf. »Der hätte auf keinen Fall lockergelassen, bis die Fronten geklärt sind.«

»Vermutlich hast du recht.«

Aidan fuhr sich mit der Hand über den Nacken, als wolle er noch etwas sagen, wisse aber nicht recht, wie. Etwas zwischen ihnen hatte sich verändert, als wären die unsichtbaren Bänder, die zwischen manchen Menschen gespannt waren, bei ihnen plötzlich sehr viel enger gezogen worden. Er war ihr näher, egal wie weit er von ihr entfernt stand. Und es fühlte sich gut an, möglicherweise sogar mehr als das. Zum ersten Mal ließ Mariella den Gedanken zu, dass Xiu richtiggelegen hatte: Sie flirtete mit Aidan – und er stand ihr in nichts nach.

Überfordert mit dieser neuen Situation sah Mariella sich in der Kantine um. Sie waren tatsächlich rechtzeitig mit dem Aufräumen fertig geworden. Sie schnappte sich ihre Arbeitsutensilien und brachte sie zur Spüle, um sie zu reinigen. Genrich zuckte zusammen, als sie neben ihn trat. An seinem Hals zeichnete sich ein dunkles Mal ab, wo die Kante des Kehrblechs ihn getroffen hatte.

»Aidan und ich sind fertig. Wie geht es jetzt weiter?«

Genrich deutete auf die zwei Rollwagen mit den Tabletts und dem Bottich voller Essensreste. Dann zeigte er mit dem Daumen nach unten.

»Was meinst du damit?«

»Muss runter«, krächzte Genrich.

»Etwas genauer, wenn's geht«, sagte Aidan, der sich neben Mariella aufgebaut hatte.

Gequält gab Genrich ein weiteres Krächzen von sich und schüttelte dann hilflos den Kopf. Offenbar waren seine Stimmbänder von dem Schlag in Mitleidenschaft gezogen worden.

»Die Wagen müssen runter zur Gefängnisebene, dort werden die Tabletts gereinigt und wieder mit Essen befüllt«, rief Munibert aus sicherer Entfernung.

»Unser Essen stammt von der Gefängnisebene und nicht aus der Wächterkantine?« Mariella unterdrückte ein Wimmern.

Munibert traute sich ein paar Schritte näher. »Immerhin bekommen wir nicht die Essensreste aus dem Bottich serviert, die sind für die Gefängnisinsassen reserviert.«

Mariella schlug sich die Hand vor den Mund.

»Die Sachen auf der Gefängnisebene abzuliefern, ist doch sicherlich euer Job«, sagte Aidan.

Anstelle einer Antwort hielt Genrich ihm die neongelbe Marke hin. Aidan weigerte sich, sie anzunehmen.

»Die Wächter werden nach einer Erklärung fragen, wenn sie sehen, in welchem Zustand Genrich ist«, gab Munibert zu bedenken. Allem Anschein nach fühlte er sich von Sekunde zu Sekunde wohler. »Ich sähe mich genötigt, ihnen zu erklären, was sich hier abgespielt hat. Das wäre doch für keinen von uns vorteilhaft, oder?«

Aidan rührte sich nicht. »Was kann Mariella dafür, wenn der Schwachmat vor ihr Kehrblech läuft?«

»Außerdem gibt es eine Achtelmarke, wenn ihr das heute übernehmt«, setzte Munibert nach.

»Schnapp dir die Passiermünze«, kam es aus Mariella wie aus der Pistole geschossen. »Wir können jede Achtelmarke gebrauchen.«

Aidan legte die Stirn in Falten, dann nahm er die Münze. Erst da erinnerte Mariella sich daran, dass Aidan keine Marken sammeln konnte und den Gang auf die berüchtigte Gefängnisebene völlig umsonst unternahm, aber da war es schon zu spät. Sie hatten den Auftrag übernommen.

21

»Ihr macht den Ausflug in die Kloake heute zum ersten Mal, richtig?« Der rothaarige Wächter musterte die beiden Neulinge, die mit ihren Rollwagen auf den Aufzug warteten. »Na, komm schon, das ist doch deine Jungfernfahrt auf die Gefängnisebene, Mädchen.«

Mariella nickte lediglich. Mehr war nicht drin, denn in ihrer Kehle steckte ein dicker Kloß. Der Aufzug, den sie gleich betreten musste, rumpelte hörbar auf dem Weg zu ihnen. Der Fahrstuhlschacht stank selbst durch die noch verschlossenen Türen nach Moder und laut ihrer Nase auch nach Angstschweiß. Dabei war die Fahrt in dem auf Hochglanz polierten Aufzug an ihrem ersten Tag schon übel genug gewesen.

»Du hast Schiss, stimmt's?«, fragte der Wächter. Er war einen Schritt auf Mariella zugetreten, zuckte jedoch zurück, als Aidan plötzlich den Kopf hob.

»Klingt fast so, als würde dir das gefallen,« sagte der Junge.

Der Wächter griff wie nebenbei zu dem Schlagstock, der an seiner Hüfte hing. »Mal schön locker bleiben, ich frag schließlich nur.«

»Gibt es Probleme?« Sein Kollege, der bislang unbeteiligt dabeigestanden hatte, trat vor. Er war deutlich älter und hatte wohl schon zu viele Reinigungsdienste passieren lassen, als dass er ihnen unnötig Aufmerksamkeit geschenkt hätte.

»Nein«, flüsterte Mariella. »Ich habe tatsächlich Angst, aber ich packe das schon.«

Der rothaarige Wächter schnaufte rechthaberisch, ließ seinen Schlagstock aber wieder los.

»Wenn ich euch einen Tipp geben soll«, sagte sein älterer Kollege. »Liefert euren Kram schnellstmöglich ab und schaut dabei weder nach links noch nach rechts. Einfach Scheuklappenblick aufsetzen, dann übersteht ihr das vielleicht unbeschadet. Ehrlich gesagt, wirkt ihr beide viel zu jung für diesen Job, normalerweise schicken sie keinen unter 18 Jahren nach unten.«

Stumm hielt Aidan die neongelbe Marke hoch, als wären damit alle Fragen geklärt.

Doch so leicht ließ sich der ältere Wächter nicht abspeisen. Mit der schwarz behandschuhten Hand deutete er auf Mariella. »Du hast doch nur ein blaues Zeichen – und die ungefährlichen Zeichen bekommen solche Jobs sonst nie aufgebrummt.«

Langsam ging Mariella die Gleichsetzung von blauem Zeichen mit Harmlosigkeit auf die Nerven. »Mein Kollege hier«, sie deutete auf Aidan, »ist etwas hitzköpfig, wie ihr eben ja mitbekommen habt. Deshalb soll ich ein Auge auf ihn haben.«

»Sieht mir eher so aus, als ob der Bursche ein Auge auf dich geworfen hat, so eifersüchtig, wie er sich aufführt.« Der rothaarige Wächter lachte über seinen eigenen Scherz.

Aidans Hände schlossen sich so fest um den Griff des Wagens, dass seine Knöchel weiß hervortraten. Aber er sagte nichts. Als sich die Türen des Aufzugs öffneten, schob er seinen Wagen als Erster mit Karacho in die Kabine und blieb dann wie festgenagelt stehen. Mariella musste erst rumrangieren, bis sie samt ihrem Wagen ebenfalls in der Kabine war. Dann trat der ältere Wächter vor und fuhr mit der Hand über eine Leiste am Kabineneingang. Auf ein geheimes Zeichen hin öffnete sich diese, und ein Gitter schob sich vor den Kabinenausgang.

Doppelt eingesperrt, schrie die panische Stimme in Mariellas Inneren.

»Haben Sie Sorge, wir könnten unterwegs aussteigen?«

»Nein, das ist zu eurem Schutz. Schließlich weiß man nie, was einen auf der Gefängnisebene erwartet. Nicht, dass ein Knasti ausgebrochen ist und gerade vor dem Aufzug herumlungert, wenn ihr ankommt. Heute hat es schon genug Ärger unter den Insassen gegeben.«

Mariellas Mund war schlagartig staubtrocken. »Das ist ein klassischer Wächterscherz, damit die Neulinge sich in die Hose machen, oder?«

»Ich wünschte, es wäre so. Haltet auf jeden Fall Abstand zum Gitter, es wird durch ein Energiefeld geschützt. Nicht lebensgefährlich, aber die Berührung zwiebelt ganz schön. Wie gesagt: alles zu eurer Sicherheit.«

Bevor sich die Türen schlossen, glaubte Mariella zu sehen, wie der ältere Wächter sie mitleidig ansah. Kalte Angst breitete sich zwischen ihren Schulterblättern aus, als die Kabine ruckelnd ihren Weg in die Tiefe antrat.

»Kannst du bitte mit mir reden?«, sagte sie zu Aidans Rücken. »Ich hasse Aufzüge nämlich, und jetzt habe ich auch noch Panik wegen der Gefängnisebene. Ich brauche dringend Ablenkung, also erzähl mir was. Irgendwas. Sonst flippe ich aus.«

Aidan machte sich nicht die Mühe, sich ihr zuzuwenden, als er sagte: »Dann hättest du nicht so laut ›hier‹ schreien sollen, als Genrich uns seinen Job aufgehalst hat.« Alles an ihm wirkte kalt und unnahbar.

»Tut mir leid, wenn dir das stinkt, aber niemand hat dich gezwungen mitzugehen.«

»Genau. Du und Munibert – ihr beiden hättet das bestimmt super hinbekommen. Das geborene Dream-Team, bis er dich dem erstbesten Arschloch in der Spülküche überlässt. Die Knastbrüder haben bestimmt noch weniger Respekt vor einer Blauen als die Leute auf unserer Ebene.«

Dieser Kommentar setzte dem ganzen Gepricke die Krone auf. »Richtig, du bist ja mein großer Held, ohne dessen Hilfe ich komplett aufgeschmissen bin. Das ist echt so mega großzügig von dir. Aber Aidan von den Beringern ist ja so herausragend, dass er nicht mal einen Siegelring braucht.« Auch ohne das Zusammenzucken von Aidans Schultern wäre Mariella klar gewesen, dass sie eine Grenze überschritten hatte. Aber sein Verhalten reizte sie bis aufs Blut, so sehr, dass die ruckelnde Abwärtsfahrt des Aufzugs nebensächlich war. »Nur fürs Protokoll: Ich weiß mich sehr gut zu wehren, falls du das bereits wieder vergessen haben solltest.«

»Habe ich nicht.« Aidans Stimme war nicht mehr als ein Knurren. »Genauso wenig wie ich vergessen habe, dass du nach deiner Attacke zusammengeklappt bist.«

»Nun übertreib bitte nicht, mir war bloß ein bisschen schummerig.«

»Du wärst der Länge nach auf den Boden geknallt, wenn ich dich nicht gehalten hätte.«

»Dafür habe mich bereits bedankt, aber gut – das war wirklich sehr ritterlich und edel von dir, danke, danke. Wenn dir mal blümerant wird, fange ich dich im Gegenzug auch auf.«

Endlich drehte Aidan sich zu Mariella um. Als sie seine tiefblauen Augen auf sich spürte, wurde ihr schlagartig bewusst, dass sie es tatsächlich nur schwer ertrug, von ihm ignoriert zu werden.

»Du fängst mich auf, wenn ich falle?«, fragte er.

Sie zögerte keine Sekunde. »Versprochen.«

Verwirrenderweise begann Aidan zu grinsen. »Und darf ich dir dabei dann ebenfalls Anzüglichkeiten ins Ohr flüstern?«

»Wie bitte?«

Aidan legte mit einer dramatischen Geste seine Hand aufs Herz. »Du willst doch nicht etwa leugnen, dass du dich an mich geschmiegt und mir sexy Sachen zugeraunt hast.«

Der Aufzug hielt ruckelnd an, doch das interessierte Mariella nicht. Sie war viel zu sehr damit beschäftigt, ihre Fassung wiederzufinden. »Ich habe *was*?«

»Mir ins Ohr gewispert.«

»Niemals.«

»O doch.« Aidans Grinsen wurde breiter. »Du hast gesagt, ich würde gut riechen. Verdammt gut sogar.«

Mariella schlug sich die Hand vor den Mund, als könnte sie das Gesagte dadurch zurücknehmen. In ihrem Rücken bewegten sich die Türen des Aufzugs mit einem Seufzen auseinander.

Einen Moment lang genoss Aidan noch ihre Schockstarre, dann lehnte er sich rüber und tätschelte ihr die Schulter. »War das jetzt genug Ablenkung für eine Fahrt im Aufzug, liebe Kollegin?«

Mariella brachte lediglich ein Nicken zustande, dann drehte sie sich um und schob ihren Rollwagen in Position, damit sie den Aufzug schnellstmöglich verlassen konnte. Daran, dass sie gleich die Gefängnisebene der Zitadelle betreten würde, verschwendete sie keinen Gedanken.

22

Die Wächter, die sie auf der Gefängnisebene in Empfang nahmen, waren anders. Keine kampfbereiten Tannin, durchtrainierte Frauen und Männer, sondern schwarze Gestalten, die einander ähnelten wie Schatten. Das lag nicht allein an den Kevlarwesten, die sie über ihren Overalls trugen, und den Schutzhelmen mit blickdichtem Visier. Etwas an ihnen fehlte, etwas, das weit über ihre unter der Rüstung verborgene Individualität hinausging.

Ich kann ihr Leuchten nicht spüren, begriff Mariella. Die einzigartige Signatur, die jeder Tannin von Geburt an in sich trug und die ihn erst zu einem Familienmitglied machte, war nicht wahrzunehmen. Es war so unheimlich, als stände man Geistern gegenüber.

Als ein Wächter Aidan aufforderte, ans Gitter zu treten, damit er die Passierscheibe überprüfen konnte, erklang eine Roboterstimme. Zuerst dachte Mariella, sie hätten es tatsächlich mit einem Roboter zu tun. Es war jedoch nur ein Stimmverzerrer. Dieser Einheitslook, das gedämpfte Leuchten und die verfremdeten Stimmen – vermutlich waren das alles Sicherheitsmaßnahmen, damit die Wächter auf der Gefängnisebene anonym blieben. Aus gutem Grund, schließlich waren einige der Insassen verurteilte Tannin, wodurch das Risiko hoch war, dass zwischen Wächter und Gefangenem Familienbande bestanden.

Wenn ein Gefangener seine Strafe abgesessen hatte und aus der Zitadelle entlassen wurde, war es besser, nicht zu wissen, ob es ein Mitglied der eigenen Familie gewesen war, das einen in die Isolationszelle gestoßen hatte. Oder ob jemand aus einem befreundeten Clan darüber hinweggesehen hatte, dass man tagelang fiebernd auf seiner Pritsche lag. Die Familienliebe der Tannin galt es zu schützen – selbst wenn sie nicht mehr als ein großer Bluff war.

»Jetzt das Zeichen«, schnarrte die verzerrte Stimme des Wächters, nachdem Aidan die Passierscheibe vorgezeigt hatte.

Aidan drehte sein Handgelenk so, dass man die schwarzroten Linien, die in kreisrunder Form seinen Puls bedeckten, sehen konnte. Verstohlen warf Mariella ein Blick auf das Zeichen, das Aidan nach Möglichkeit verbarg, als wäre es ein Schandmal. Mariella hingegen fand es erstaunlich schön, die Miniatur eines Labyrinths, in dessen Gängen Flammen züngelten. Ihr eigenes Zeichen hingegen war oval und erinnerte an ein stilisiertes Wellenspiel – verblüffenderweise passte es zu ihr, unter anderen Umständen hätte sie sich das Motiv sogar als Tattoo ausgesucht. Trotzdem hoffte sie, dass das Zeichen außerhalb Stoneheavens mit der Zeit verblassen würde, genau wie die Veränderungen, die dieser Ort bereits bei ihr hervorgerufen hatte.

Auch der Wächter, der Aidans Zeichen checkte, wirkte beeindruckt. »Interessant, das möchte ich mir genauer ansehen. Steck den Arm durchs Gitter.«

»Ist das wirklich nötig?« Aidans Schultern verspannten sich.

»Bei Schwarz-Rot unbedingt. Wir möchten wissen, mit wem wir es zu tun haben. Also streck den Arm aus.«

Mariella trat neben Aidan. »Das Gitter ist von einem Energiefeld umgeben. Darauf haben uns die Wächter auf unserer Ebene extra hingewiesen.«

Durch das schwarze Visier war keine Regung zu erkennen, aber etwas an der Haltung des Wächters verriet, dass es ihn nicht kümmerte. »Die Wirkung ist bloß schmerzhaft. Kritisch wird es erst, wenn man die Stäbe berührt oder versucht, sie gewaltsam zu öffnen. Jetzt das Zeichen.«

»Dann machen Sie das Gitter vor der Überprüfung halt auf«, beharrte Mariella. »Was können wir beide schon Gefährliches anstellen mit unseren Rollwagen?«

Der Wächter ignorierte Mariella, während Aidan ihr mit einem Kopfnicken bedeutete, es gut sein zu lassen. Doch das konnte Mariella nicht. Die ganze Aktion war unnötig und sadistisch. Deshalb drückte sie Aidans Arm runter, kaum dass er ihn wie befohlen anheben wollte.

»Dann stecke ich meinen Arm zuerst durch«, sagte sie. »Und kommen Sie mir jetzt nicht damit, bei einem blauen Zeichen sei das nicht nötig.«

Der Wächter zeigte auf eine Düse, die inseitig im Fahrstuhlschacht angebracht war. »Wir können euch auch beide betäuben und dann in Ruhe eure Identität überprüfen, inklusive einer gründlichen Leibesvisitation.« Ein Zittern ging durch den Helm, als würde sein Träger hinter dem Visier versteckt lachen. »So, wie dein Freund gerade das Gesicht verzieht, hat er damit bereits persönlich Erfahrung gemacht. Nun, die Untersuchung eurer Körperöffnungen dürfte in diesem Fall allerdings euer geringstes Problem sein. Was euch hart treffen würde, wäre euer durcheinandergebrachter Zeitplan. Die meisten widerspenstigen Putzkommandos kotzen sich nämlich die Seele aus dem Leib, sobald sie wieder zu sich kommen, und brauchen dann eine Weile, um den Aufzug sauber zu machen. Wer allerdings sein Aufenthaltslimit auf dieser Ebene überschreitet, wird über Nacht im Gefängnistrakt behalten, damit überprüft werden kann, ob eine bestimmte Absicht hinter der Verzögerung steckt. Und wer möchte schon eine Nacht in einer Arrestzelle in Gesellschaft unserer Spezialfälle verbringen?«

»Danke für die Aufklärung«, sagte Aidan tonlos.

Mariella stemmte die Hände in die Hüften. »Von wegen Dankeschön, das ist eine verdammte Erpressung!«

»Ist schon okay, Mariella.« Aidan schob sich vor sie.

Alles, was Mariella jetzt noch sah, war sein breiter Rücken. Sie boxte ihn gegen sein Schulterblatt, kräftig genug, dass er ihre Wut über die Bevormunderei zu spüren bekam. Kaum berührten ihre Fingerknöchel jedoch seinen Rücken, bekam sie einen elektrischen Schlag, der sie einen Satz zurück machen ließ.

»Himmel«, stieß Mariella keuchend hervor.

Offenbar hatte sie Aidan in dem Moment berührt, in dem er seinen Arm durch das Energiefeld geschoben hatte. Fluchend schüttelte sie die Hand aus, um das Brennen in den Fingerspitzen loszuwerden. Als sie wieder aufblickte, nickte der Wächter Aidan bereits zu. Ohne einen Laut von sich zu geben zog Aidan den Arm zurück, nur das Beben seiner Schultern wies darauf hin, dass er ebenfalls das schmerzhafte Brennen abbekommen hatte.

»Aidan Beringer vom Drachen-Clan aus Alaska«, schnarrte die verfremdete Stimme des Wächters. »Und du bist dir sicher, dass sie dich bloß mit den Essensresten runtergeschickt haben, und nicht, damit wir dich in eine Zelle sperren und den Schlüssel wegwerfen?«

Wortlos drehte Aidan sich um und langte nach seinem Wagen. An seinem Unterarm zeichnete sich ein rotes Band ab, als sei die Haut dort vom Energiefeld verbrannt worden. Mariella erhaschte einen Blick auf sein Gesicht, es war schweißbedeckt, aber ausdruckslos. Auch der Blick, den er ihr zuwarf, war leer, weder Schmerz noch Wut waren darin zu erkennen.

Okay, dachte Mariella. Dann bleibe ich jetzt ebenfalls cool, anstatt den Mistkerlen meine Meinung zu sagen.

Wobei cool bleiben leichter gesagt als getan war. Als das Gitter aufsurrte und Mariella den Aufzug verließ, widerstand sie nur knapp der Versuchung, ihren Wagen über den Fuß des Wachmanns zu schieben. Es hätte eh nichts gebracht, die schweren Kampfstiefel hielten vermutlich sogar einer explodierenden Bodenmine stand. Also ging sie schweigend an dem vier Personen starken Wächtertrupp vorbei, der sich zu beiden Seiten aufgestellt hatte, und folgte dem violetten Irrlicht, das ihnen den Weg vorgab. Der Gang war nicht wie auf ihrer Ebene in den puren Stein geschlagen, sondern mit ehemals weißen, jetzt jedoch vergilbten Platten ausgelegt. Sie sonderten ein blasses Schimmern ab und gaben unter den Schuhsohlen nach wie Kautschuk. Nein, die Platten gaben nicht nach, sondern unter ihnen vibrierte es. Als käme aus der Tiefe unter der Gefängnisebene ein Hall, den die Platten abdämmen sollten, was ihnen offensichtlich nicht gelang.

»Spürst du das auch?«, fragte Mariella nach einer Weile.

Aidan antwortete nicht. Erst als Mariella stehen blieb und ihm den Weg versperrte, warf er ihr einen genervten Blick zu. »Ich will den Job schleunigst hinter mich bringen, geht dir das in deinen sturen Kopf rein?«

»Natürlich. Ich will nur wissen, ob ich mir diese seltsame Schwingung bloß einbilde. Das muss die Strahlung aus der Verseuchten Ebene sein, die durch den Boden aufsteigt. Dort sollen nach der Erschütterung der Quelle ganze Berge von Ex-Stellarum lagern.«

Trotz des violetten Flackerns ihres Irrlichts wirkte Aidans Gesicht kreidebleich. »Es fühlt sich an, als würde es sämtliches Astrallis, das man in seiner Aura trägt, ins Gegenteil verkehren. Es zieht die pulsierende Wärme, die durch einen fließt, und überhaupt alles Lebendige ab, bis sich ein schwarzes Loch in einem auftut. Es fühlt sich richtig krank an.«

Mariella nickte erleichtert. Mit dieser unheimlichen Empfindung wäre sie nur ungern allein dagestanden. »Deshalb tragen die Wächter diese massiven Schutzanzüge, dadurch sind sie der Strahlung nicht ausgesetzt.«

»Während wir die volle Breitseite abbekommen. Vielen Dank auch an die Marschallin und Co. Aber wer sind wir schon, um uns zu beschweren? Bloß der Ausschuss vom Tannin-Nachwuchs.«

Mariella wartete auf eine Regung, die bewies, dass Aidan keineswegs so kaltschnäuzig war, wie er sich gab. Doch da war nichts, nur grimmige Kälte. »Ich habe zwar nicht damit gerechnet, dass wir in Stoneheaven mit Samthandschuhen angefasst werden«, gab sie zu. »Aber dass es so krass ist … Wir sind denen ernsthaft egal, solange wir keine Schwierigkeiten machen.«

»Gratulation, endlich hast du es kapiert. Und nun setz dich in Bewegung, Mariella. Unser Irrlicht verschwindet schon um die nächste Kurve.«

Ganz Profi im Auf-Durchzug-Schalten ignorierte Mariella Aidans Drängen. »Für dich fühlt es sich bestimmt doppelt schlimm an, so viel Astrallis, wie du in dir trägst.«

Unter Aidans Wangenknochen gruben sich tiefe Schatten, so fest biss er seinen Kiefer aufeinander.

Mariella nahm seine Reaktion als ein Ja, er musste hier dringend weg. »Okay, machen wir Tempo.« Sie beschleunigte, so weit es ihr beladener Wagen zuließ. Von dem violetten Irrlicht war nur noch ein fernes Flackern zu sehen. Das Auf und Ab ihrer Schuhsohlen auf dem steinernen Boden warf ein schwaches Echo. »Merkwürdig ruhig«, rief sie über die Schulter, obwohl sie von der Lauferei aus der Puste war.

»Nimm es als Zeichen, ebenfalls den Mund zu halten.«

»Mal im Ernst: Wo sind die denn alle? Die Wächter haben doch was von Ärger unter den Insassen gesagt. Nicht dass wir hier auf einer Geisterebene mit lauter gemeuchelten Gefangenen gelandet sind.«

»Dieser Gang wird vermutlich nur von Arbeitskräften genutzt, die von anderen Ebenen kommen. Dadurch können sie die Küche, Wäschekammern und was-weiß-ich erreichen, ohne einen Spießrutenlauf entlang der Gefängniszellen durchstehen zu müssen. Befriedigt die Antwort deine Neugier?«

»Klingt einleuchtend, trotzdem …«

»Stopp! Kein trotzdem«, unterbrach Aidan sie. »Du treibst mich mit deiner Hartnäckigkeit echt in den Wahnsinn.«

»Ich meine ja nur …«

»Babe, du meinst ständig irgendwas – das ist es ja. Unter anderen Umständen ist das durchaus charmant, aber jetzt krieg ich langsam einen Zustand.«

»Ist dir eben echt das Wort ›Babe‹ über die Lippen gekommen?«

Aidan fluchte so laut, dass es von den Wänden widerhallte.

»Ich nehme das mal als Zeichen, dass unsere Unterhaltung hiermit beendet ist«, sagte Mariella, vorsichtshalber ganz leise.

Während das Irrlicht sie immer weiter den Gang entlangführte, kaute Mariella auf ihrer Unterlippe. Vermutlich hatte Aidan recht mit der Annahme, dass sie auf einem extra für Mitarbeiter angelegten Gang unterwegs waren. Das änderte jedoch nichts daran, dass eine seltsame Stimmung in der Luft lag. Es war zu ruhig. Als würden alle den Atem anhalten und auf den großen Knall warten. Außerdem wurde es immer wärmer, je länger sie den Gang entlangliefen. Mariella begann in dem Sweater, den sie sich für die Reinemachaktion von Xiu geliehen hatte, allmählich zu kochen. Auch auf Aidans Stirn war ein Schweißfilm zu entdecken, aber ihn darauf anzusprechen, war seinem angespannten Gesicht nach zu urteilen eher keine gute Idee. Als Mariella sich wieder dem Gang zuwendete, war das violette Irrlicht verschwunden. Dummerweise genau an einer Weggabelung.

Auch das noch, dachte Mariella. Aidan bringt mich um, wenn ich beichte, dass ich den Weg nicht kenne, weil ich rumgegrübelt habe, anstatt das Irrlicht im Auge zu behalten.

Seinem genervten Murren nach, weil sie schon wieder langsamer wurden, stand er eh kurz vor einer Explosion. Also traf Mariella eine Entscheidung und folgte – auf ihr Bauchgefühl hörend – dem einladender aussehenden Gang. Bereits ein paar Minuten später tauchte Aidan neben ihr auf und stoppte ihren Wagen. Er packte die Lenkstange so fest, dass die Muskeln an seinem Unterarm hervortraten und Mariella froh war, dass er nicht ihr Handgelenk gepackt hatte.

»Was zur Hölle wird das?«, knurrte Aidan. »Dieser Schleichweg kann unmöglich zur Küche der gesamten Gefängnisebene führen, das ist doch bestenfalls eine Sackgasse.«

»Das Irrlicht ist weg«, gestand Mariella. »Das blöde Ding hat sich einfach aus dem Staub gemacht.«

Aidan kniff die Augen zusammen, als würde ihr Geständnis ihm einen Stich versetzen. »Und das verrätst du mir erst jetzt?«

Mariella schob trotzig das Kinn vor. »So wie du den gestressten Mann raushängen lässt, kannst du froh sein, dass ich überhaupt noch mit dir rede. Außerdem bin mir sicher, dass das der richtige Weg ist, bei so was habe ich einen untrüglichen Instinkt.«

»Deshalb bist du wohl auch in Stoneheaven gelandet.«

»Alles nur Taktik. Ich dachte mir, wir Rosaliken werden euch lästige Beringer am ehesten los, wenn wir euch einzeln ins Verderben locken.«

Der Spruch brachte Aidan nicht mal zum Schmunzeln. »Dir ist schon klar, dass uns die Zeit davonläuft, während du deine Spielchen mit mir spielst? Wenn wir nicht rechtzeitig den nächsten Wachposten erreichen, dürfen wir die Nacht in einer Untersuchungszelle verbringen.«

Mariella winkte ab. »Das war bestimmt nur eine Drohung. Die Wachen springen zwar wirklich hart mit uns um, aber nicht einmal die würden so weit gehen, uns in eine echte Gefängniszelle zu stecken.« Sie verstummte, als Aidan hart mit der Hand auf die Lenkstange schlug.

»Begreifst du überhaupt, wo wir hier sind? Das ist keine Tauchstunde, wo ein Sicherheitsteam nur darauf wartet, dich aus dem Wasser zu fischen, sobald dir die Luft ausgeht. Das hier ist die Gefängnisebene von Stoneheaven, der letzte Ort auf dieser Welt, an dem man sein sollte.« Sein Zorn ging auf sie nieder wie versengende Hitze.

Fast rechnete Mariella damit, dass Aidan sie packen und durchschütteln würde. Aber das Gefühl, die richtige Entscheidung getroffen zu haben, war stärker als ihre Vernunft und die Angst vor dem gut einen Kopf größeren und sichtlich schwer aufgebrachten Jungen. Trotzdem blieb sie dabei: Sie fand Wege – das war ihr Talent. »Ich habe dich nicht in die Irre geführt«, beharrte sie.

Aidan beugte sich runter, bis sein Gesicht nur einen Hauch von ihrem entfernt war. Er sah ihr so fest in die Augen, als wolle er mit Gewalt in ihre Gedanken eindringen, um herauszufinden, ob sie ihn anlog. Instinktiv presste Mariella ihre Hand gegen seine Brust, schob ihn aber nicht weg. Unter ihrer Handfläche spürte sie seinen Herzschlag. Er ging genau so rasch wie ihr eigener.

»Es ist dir ernst«, sagte Aidan.

»Ja, das ist es. Das ist wahrscheinlich nicht der Weg zur Küche, okay. Aber irgendetwas sagt mir, dass wir besser hier als sonst wo sein sollten.« Während Mariella sprach, wagte sie nicht einzuatmen vor lauter Furcht, anschließend keinen klaren Gedanken mehr fassen zu können. Ein Teil von ihr erinnerte sich nämlich nur zu gut daran, was für ein anziehender Duft von Aidan ausging. Und so nah, wie er jetzt vor ihr stand …

»Hoffen wir mal, dass die Wache sich ebenfalls von deinem Charme bezirzen lässt, wenn sie uns abseits der Großküche abfängt«, entschied Aidan.

Mariella zögerte. »Müsstest du mich nicht beschimpfen und gewaltsam zurückzerren?«

»Wenn du Spaß daran hast, hole ich das gleich nach. Aber jetzt gebe ich mich erst mal geschlagen. Du hast gewonnen.«

Verblüfft starrte Mariella ihn an, zu mehr war sie nicht in der Lage.

Aidan verdrehte die Augen. »Ist es nicht offensichtlich? Da ich dir nachlaufe, egal wohin du gehst, macht es wenig Sinn, mich aufzuregen.«

So wie Aidan sie ansah, war Mariella sich nicht sicher, wovon er sprach: von dem Weg, der vor ihnen lag, oder von der Frage, was zwischen ihnen beiden am Laufen war. Sie horchte in sich hinein, hoffte auf ein Zeichen. Doch das Einzige, was sie wahrnahm, war Aidans Herzschlag unter ihrer immer noch auf seiner Brust liegenden Hand. Unter ihrer Berührung verlangsamte sich das Pochen, aber es wurde dadurch nicht etwa ruhiger. Gleichmäßig und kraftvoll schlug sein Herz gegen ihre Hand, beinahe wie eine Liebkosung. Wärme breitete sich zwischen ihren Fingern und entlang der Einbuchtung ihres Handtellers aus. Aidans Wärme. Sie spürte seine Kraft, hell und impulsiv wie die Sonne, nur gehalten von seinem Willen. Zum Fürchten schön.

»Aidan …«, flüsterte sie, als spräche sie nicht seinen Namen, sondern ein Geheimnis laut aus.

Schweigend sah er sie an und wartete darauf, wohin dieser Moment führen sollte. Es war ihre Entscheidung, er würde folgen. Überallhin. Das hatte er gesagt. Mit schmerzlicher Klarheit wurde ihr bewusst, was sie tun musste, wenn ihr etwas an diesem Jungen lag. Für das, was sie sich wünschte, war jetzt keine Zeit. Er hatte recht, jede Sekunde auf der Gefängnisebene vergrößerte die Gefahr, in der sie beide schwebten – und für Aidan war das Risiko noch viel größer als für sie, wie sie eben erst am Aufzug erlebt hatte. Behutsam zog sie ihre Hand zurück, nicht nur, damit er sich nicht allzu sehr zurückgestoßen fühlte, sondern auch weil es sie schmerzte, die Verbindung zwischen ihnen zu lösen. In Aidans Augen konnte sie einen Nachhall dieses seltsam süßen Schmerzes erkennen. Es wird andere Gelegenheiten geben, versprach sie sich, obwohl da der Verdacht war, dass eine solche Nähe auf dem Quartier unmöglich sein würde. Schon gar nicht unter Lyons Obhut, der bekannt dafür war, dass er das Beziehungsverbot strikt durchsetzte.

»Wir gehen zurück zur Weggablung, jetzt sofort«, sagte Mariella. »Wenn wir die Wächter noch länger warten lassen, werden sie dich das büßen lassen. Es wäre die perfekte Entschuldigung für sie, um dich fertigzumachen. Bringen wir diesen Job hinter uns, dann sehen wir weiter.«

Aidan nickte, verharrte aber. Ein Lächeln zeichnete sich auf seinen sonst so harten Gesichtszügen ab. Zustimmung, aber auch so etwas wie Zärtlichkeit. »Das mit dem Weitersehen klingt gut.«

In diesem Moment begriff Mariella etwas über Aidan, was er ansonsten sorgfältig verbarg: Im Gegensatz zu ihr war er kein Pokertyp. Wenn er sich für etwas entschied, dann tat er es aus ganzem Herzen und ohne sich eine Hintertür offen zu halten. Ob es die Versieglung einer Quelle war oder wenn er sich für seine Einheit einsetzte, unabhängig der Konsequenzen. Gut möglich, dass sie flirtete, weil sie ihn aufregend fand und er die Art verbotener Frucht war, der man unmöglich widerstehen konnte. Sein Einsatz hingegen fiel sehr viel höher aus. Wenn sie nicht aufpasste, würde dieser Junge sich in einen Sturm verwandeln, von dem sie nicht sicher sein konnte, ob sie ihm gewachsen war. Nicht, weil sie es nicht wollte, sondern weil sie von solchen Gefühlstiefen keine Ahnung hatte. Nicht sie, die Meisterin im Ausweichen und Enttäuschen.

»Du hast eh schon genug Probleme«, sagte Mariella. »Ich will dich in nichts reinziehen.«

Das Blau in Aidans Augen flackerte auf. »Das hast du doch schon längst«, sagte er.

23

Um die Kampfstiefeln des Wachpostens flackerte das violette Licht, um dann bei Mariella und Aidans Erscheinen zu erlöschen. Hinter ihm ragte eine schwer gesicherte Schleuse auf. »Ihr seid spät dran«, schimpfte der Wächter, der vor der Küchenschleuse Position bezogen hatte.

»Meiner Kollegin bekommt die Strahlung von der Verseuchten Ebene nicht«, log Aidan. »Aber keine Sorge, sie hat nicht auf den Gang, sondern in den Bottich mit den Essensresten gekotzt.«

Die Wache musterte Mariella, die sich an ihrem Wagen festkrallte, als liefe sie Gefahr, sonst das Gleichgewicht zu verlieren. Was durchaus stimmte. Nach dem Zwiegespräch mit Aidan kämpfte sie nach wie vor um ihre Fassung.

»Du siehst tatsächlich mitgenommen aus«, sagte die Wache. »Die Dämmplatten im Lieferantengang sind undicht, und wenn man da ein bisschen empfindlich ist … Nun gut, liefert die Wagen beim Chief ab und seht zu, dass ihr zum Aufzug zurückkehrt. Es hat heute Vormittag ein paar Probleme in zwei Gefängnisabteilungen gegeben, deshalb sind alle etwas gereizt. Also erwähnt die Sache mit dem Bottich besser nicht, die Verwandelten unter den Insassen fressen eh alles, was man ihnen vorsetzt.«

Mariella unterdrückte ein Schaudern. »Ich hätte nie gedacht, dass wir Tannin so verächtlich mit unseren Gefangenen umgehen«, murmelte sie, während sie mit Aidan die Schleuse betrat.

»Genau, wo die eigenen Leute uns Jugendliche doch mit Samthandschuhen anfassen.«

»Schon klar, aber findest du das alles normal?«

»Nein, aber es überrascht mich auch nicht. Du weißt doch aus eigener Erfahrung, wie schnell einen die Familie fallen lässt, wenn man ihre Erwartungen nicht erfüllt.«

Es lag Mariella auf der Zunge zu sagen, dass die mutwillige Zerstörung einer Quelle ja wohl kaum als dummer Schnitzer bezeichnet werden konnte. Und auch ihre Geschichte mit dem herabstürzenden Weltraumgestein war, nüchtern betrachtet, nicht ohne. Trotzdem waren sie Kids und hatten ein Recht darauf, dass ihre Familien hinter ihnen standen. Gerade in solchen Situationen. Stattdessen wurden sie nach Stoneheaven abgeschoben, einem gefährlichen Ort voller Gewalt, Übergriffen und Demütigungen.

»Hasst du deine Familie?«, fragte Mariella.

»Nein, ganz im Gegenteil. Wobei sie ja nicht einmal mehr meine Familie sein will. Und du?«

»Ich hasse meine auch nicht.« Das Geständnis überraschte Mariella selbst.

Aidan grinste. »Aber du wirst sie dafür büßen lassen, dass du in Stoneheaven gelandet bist.«

»Worauf du deinen niedlichen Hintern verwetten kannst.«

Als sich die Schleuse öffnete, lachte Aidan noch über ihren Kommentar, doch die gute Laune verging ihm schlagartig, als sie den Versorgungstrakt der Großküche betraten. Hitze und ohrenbetäubender Lärm von Maschinen, prasselnden Öfen und durcheinanderbrüllenden Stimmen schlug ihnen entgegen. Besonders der Gestank traf sie wie ein Schlag ins Gesicht, eine Mischung aus verdorbenen Essensresten, Verkohltem, Müll und ranzigem Fett, das erhitzt wurde. Am schlimmsten waren jedoch die Ausdünstungen eines monströsen Verwandelten, der sie auf dem Plateau vor der Schleuse erwartete.

Es hieß, die Verwandelten seien vor Urzeiten von der Magie der Quellen angelockt worden. Woher sie kamen? Darüber gab es viele Mythen. Manche erzählten von einer Welt unter der Erdoberfläche, manche stellten sie als Naturgeister dar, und wieder andere behaupteten, die Verwandelten hätten die Quellen wie Tore benutzt, um auf die Erde zu gelangen, wo sie sich nur notdürftig angepasst hatten. Den Tor-Mythos hielt Mariella für abwegig. Zwar kannte sie bislang nur Zeichnungen von Verwandelten, aber auf denen zeigten sie meist menschliche Züge. Deshalb tippte sie darauf, dass es sich bei den Verwandelten vor vielen Generationen um gewöhnliche Menschen gehandelt hatte, die den damals noch nicht geschützten Quellen zu nah gekommen waren, ohne sich allzu schwer zu verbrennen. Die Idee, dass die Verwandelten dem Menschengeschlecht entsprangen, schätzten die Tannin allerdings nicht besonders. Wer wollte schon in dem Ruf stehen, seine Verwandtschaft in streng überwachte Reservate zu sperren, nur weil sie aus der Art schlug?

Nun, da Mariella ihrem ersten realen Verwandelten gegenüberstand, schien es ihr ein Ding der Unmöglichkeit, dass in diesem Wesen irgendetwas Menschliches steckte. Es ähnelte mehr einem geschmolzenen Wachsklumpen von der Größe eines Kleiderschranks, nur dass Wachsklumpen normalerweise nicht derartig übel rochen, dass es einem die Nasenschleimhäute wegätzte. Als der Verwandelte, lediglich mit einer Hose und einer Kochschürze bekleidet, auf sie zu walzte, gab Mariella ein schwaches Wimmern von sich. Seine Haut hing in bleichen Fladen an ihm herab, zwischen deren Falten sich uralter Schweiß abgesetzt haben musste, so wie er stank. Und sein Kopf, der tief zwischen den hoch aufragenden Schultern saß, war lediglich ein Klops aus fleischfarbener Knetmasse. Hätte es die schwarzen Murmelaugen unter den schweren Lidern und das Edelstahlhalsband unter seinem Schwabbelkinn nicht gegeben, hätte man das Gesicht kaum als solches erkannt.

»Wo ist Genrich?«, fragte der Verwandelte mit einem kaum verständlichen Dialekt.

Im Gegensatz zu Mariella wich Aidan nicht zurück. »Krank. Wir bringen heute die Kantinenreste.«

»Mhhh, riecht gut.« Zwischen den Hautlappen unterhalb der Augen schoss ein grüner pockiger Lappen hervor.

Das ist unmöglich eine Zunge, beschloss Mariella und schlug sich eine Hand vor den Mund, weil ihr Magen einen Hüpfer machte.

Aidan warf ihr aus den Augenwinkeln einen fragenden Blick zu, dann wandte er sich wieder an den Verwandelten. »Wir sollen uns beim Chief melden. Bist du das?«

Die Kreatur gab ein Glucksen von sich. »Ich? Sehe ich etwa so aus? Nee, ganz bestimmt nicht. Der Chief ist der Kerl da drüben, mit der Schutzweste und dem Taser in der Hand. Sein Lieblingsspielzeug.« Der Verwandelte deutete auf die sich knapp einen Meter unter ihnen erstreckende Halle. Durch den Rauch konnte man den Umriss eines hageren Mannes ausmachen, der neben einem gemauerten Ofen stand und Anweisungen schrie. »Der Chief ist heute schwer beschäftigt, es wurde nämlich mal wieder ein Gefangenenaufstand niedergeschlagen. Deshalb ist er schon seit Stunden drüben beim Krematorium. Riecht man ja auch. Verbranntes Fleisch und Fett, der Geruch der Niederlage.«

Mariella war froh, dass sie ihre Hand bereits vor dem Mund hatte, ansonsten hätte sie für nichts garantieren können.

Und auch Aidans Gesicht nahm einen fahlen Ton an. »Kannst du dem Chief das Zeug bringen?«

»Kann ich machen, wenn du lieb bitte sagst, aber dann kommt ihr zwei hier nicht wieder raus. Der Chief hat nämlich die Passierscheibe, die ihr für die Schleuse braucht.«

»War ja klar.« Aidan legte den Kopf in den Nacken, so, wie er es häufig tat, wenn er die Geduld verlor. Dann packte er entschlossen die Lenkstange. »Okay, bringen wir es hinter uns.« Mit einem energischen Stoß setzte er seinen Wagen in Bewegung, um sofort wieder stehen zu bleiben. Allerdings nicht freiwillig. Der Verwandelte hatte seine quallenartige Hand auf seine Schulter gelegt. Mit einer geschmeidigen Bewegung tauchte Aidan unter dem Griff weg, wirbelte herum und nahm so schnell Angriffshaltung ein, dass Mariella nicht einmal Zeit zum Blinzeln blieb. »Vorsicht, wo du deine Pfoten hinpackst!«, drohte er.

Langsam ließ der Verwandelte seine Pranke sinken. »Das hast du falsch verstanden. Meine Aufgabe besteht darin, euch heil zum Chief zu bringen. Aber wenn ihr lieber allein gehen wollt … Nur zu. Was von euch übrig bleibt, landet dann eben im Krematorium oder im Kochtopf, wenn's ganz kleinteilig wird.«

»Du bist unser Bodyguard?«, fragte Mariella.

»Hä?«

Mariella nahm die Hand vom Mund, damit man sie verstehen konnte. »Du sollst auf uns aufpassen?«

Durch den Leib des Verwandelten ging eine Bewegung, als habe man einen Wackelpudding angestoßen. Was wohl ein zustimmendes Nicken sein sollte. »Smerge ist schon seit Langem ein verantwortungsvoller Helfer auf der Verarbeitungsstation. Auf mich kann man sich verlassen. Habe mich sehr angestrengt, um diesen Posten zu bekommen, dafür gab es einen Sack voll Neider extra dazu. Jetzt sind es nur noch eine Handvoll Tage, und ich kann die Zitadelle verlassen.«

»Smerge … schicker Name. Passt irgendwie zum Geruch.« Aidan hatte anscheinend beschlossen, die Annäherung des Verwandelten zu vergessen, für ein freundliches Lächeln reichte es allerdings nicht. »Aber wozu die Sicherheitsmaßnahme? Sieht für mich aus, als würde hier alles am Schnürchen laufen. Alle sind fleißig am Arbeiten – und falls jemand Ärger macht, sind die Kollegen da oben doch auch noch da.« Er deutete auf eine massiv gesicherte Kanzel oberhalb der Stirnseite der Halle, hinter deren vergitterten Fenstern Wächter Stellung bezogen hatten.

»Du meinst, es kümmert die Wächter, wenn ihr im Gedränge ausrutscht und sich lauter besorgte Häftlinge rührend um euch kümmern, während ihr am Boden liegt?« Die Ironie troff aus jedem von Smerges Worten. »Die kleinen Helferlein aus dem Kinderknast rutschen bei uns nämlich ständig aus und bekommen von sehr vielen Händen Hilfe. Solange eure Köpfe irgendwann wieder auftauchen, ist denen da oben alles egal. Ja-ha, was mit euch angestellt worden ist, während ihr unten im Dreck lagt, interessiert niemanden. Das könnt ihr mir glauben.«

Mariella stemmte sich auf die Zehenspitzen, um den vor ihr liegenden Weg zu überblicken. Die Halle war gefüllt mit langen Arbeitstischen, in die Spülbecken, Schneideflächen und Kochstellen eingelassen waren. Dicht an dicht standen Verwandelte und Menschen, die ihrer verdüsterten Aura nach zu urteilen viel zu nah an die Quellen geraten und verbrannt worden waren. Die meisten trugen unter ihren Küchenschürzen farblose Overalls und breite Metallbänder um die Hälse. Allem Anschein nach war jeder Einzelne in seine Aufgabe vertieft, während das Aufsichtspersonal in roten Overalls – offenkundig handelte es sich ebenfalls um Insassen – zwischen den Tischen auf und ab ging, lauthals Anweisungen brüllte und die Schlagstöcke schwang. Gelegentlich wurde ein verstohlener Blick auf sie und Aidan gerichtet, abwägend gierig und mit einer Gehässigkeit, die ihr eine Gänsehaut verursachte. Trotzdem streckte Mariella den Rücken durch und setzte eine entschlossene Miene auf. Sie würden sich mit ihren Wagen durch eine dieser Reihen quetschen müssen – unangenehm, aber machbar, wenn sie sich an den Tipp des Wächters hielt und den Scheuklappenblick aufsetzte.

Dann bemerkte Mariella einen feingliedrigen Verwandelten, dessen viel zu schmaler Kopf von einem durchsichtigen Haarflaum gekrönt war. Zwei goldene Fangzähne lugten unter seiner Oberlippe hervor. Während Mariella ihn noch fasziniert betrachtete, zeichnete sich plötzlich Erstaunen auf seinem Gesicht ab, dann war er auch schon verschwunden, abgetaucht unter dem Tisch. Allerdings nicht freiwillig, jemand hatte ihn runtergerissen. Die Arbeiter, die eben noch zu seinen Seiten gestanden hatten, schlossen die Lücke, als sei nichts passiert. Ein Aufseher, der vorbeiging, schaute angestrengt in die andere Richtung. Ein abgekartetes Spiel.

»Habt ihr das auch gesehen?« Mariellas Stimme überschlug sich.

Smerge zuckte nur. »Für euch Milchgesichter ist es besser, nicht zu wissen, was sich unter den Tischen abspielt. Was auf dem Gang passiert, ist schon schlimm genug.«

Auch Aidan starrte zu der Stelle, wo eben noch der Verwandelte mit den goldenen Fangzähnen gestanden hatte. Dann breitete sich ein entschlossener Ausdruck auf seinem Gesicht aus, als er sich Smerge zuwendete. »Und du bringst uns da sicher durch?«

»Auch wieder zurück, falls ihr mir die Mühe mit einer der beiden Achtelmarken, die ihr als Lohn bekommt, vergütet.«

»Du bekommst beide Achtelmarken, wenn du mit Mariella hier stehen bleibst und auf sie aufpasst, während ich die Sachen zum Chief bringe.«

Mariella schüttelte ungläubig den Kopf. »Wie bitte? Natürlich gehen wir beide!«

»Lass gut sein, Mariella.« Aidan schaute demonstrativ an ihr vorbei. »Du als waschechte Infantin kommst doch schon nicht klar, wenn sich in der Kantine einer vordrängelt oder dich mit Schmatzgeräuschen provoziert. Was denkst du, wie es zwischen den Tischreihen abgeht? «

»Aber an dir gleitet alles ab. Du bist Superman, oder was?«

»Mich fasst jedenfalls keiner so schnell an.«

»Ach, nee? Bist du dir da sicher?« Mariella verpasste Aidan

einen Stoß gegen den Oberarm. Das heißt, sie wollte es tun, nur war sein Oberarm nicht mehr da, wo er eine Sekunde zuvor noch gewesen war. »Du schummelst«, beschwerte sie sich.

Obwohl Aidan vor Anspannung geradezu vibrierte, grinste er. »Wenn du jahrelanges Training unter erschwerten Umständen als Schummeln bezeichnen willst – meinetwegen.«

»Du bist kräftig, echtes Kriegerblut«, bestätigte Smerge. »Es ist aber was anderes, was die Verwandelten auf Abstand halten wird: Du leuchtest.«

»Aidan, unser Sonnenschein«, knurrte Mariella. Zwei gegen einen. Ihr blieb nichts anderes übrig, als zu akzeptieren, dass sie auf verlorenem Posten stand. »Wenn dich ein paar perverse Quellen-Opfer zu Boden reißen und sich dort mit dir amüsieren, darfst du dich später nicht beschweren.«

Aidan strich sich das Haar aus der Stirn. Ganz lässig. »Tue ich nicht, Ehrenwort.«

»Dann machen wir es also so, wie du gesagt hast«, meinte Smerge, der sich ihren Zwist ungerührt angesehen hatte. »Hand drauf?« Der Verwandelte streckte seine Pranke aus.

»Hand drauf.« Aidan schlug ein, dann wuchtete er seinen Bottich auf Mariellas Wagen, der ins Schwanken geriet, dem zusätzlichen Gewicht jedoch standhielt. Vorsichtig schob er ihn die Rampe runter und drehte sich an ihrem Fuß noch einmal um. »Auch wenn es dich noch so sehr kribbelt: keine Sternschnuppennummer«, sagte er zu Mariella. »Während ich weg bin, folgst du auch nicht deinem Instinkt und gibst erst recht keiner deiner Spezialeingebungen nach, die alles immer nur schlimmer machen. Versprochen?«

Mariella schob ihr Kinn vor. »Ich habe keine Ahnung, wovon du sprichst.«

Doch Aidan wendete sich Smerge zu, als sei bereits alles geklärt. »Falls unser Dickkopf irgendwas Dummes machen will – und das steht bei ihr früher oder später auf jeden Fall an –, dann halt sie fest. Und zwar richtig, Mariella ist nämlich eine Meisterin darin, sich aus sämtlichen Situationen rauszuwinden.«

Während Mariella empört nach Luft schnappte und diesen tiefen Atemzug im schwärenden Gestank der Verarbeitungshalle sofort bereute, gab Smerge ein zustimmendes Grunzen von sich. Das reichte Aidan offenbar, denn er schob den schwer beladenen Wagen weiter und manövrierte ihn zwischen die erstbeste Reihe von Tischen. Selbst aus der Entfernung spürte Mariella, wie er die Eindämmung des Astrallis, das ihn wie eine sonnenhell strahlende Aura umgab, lockerte. Genug, damit die Verwandelten sich zurückhielten, aber nicht so stark, dass sich die von den Quellen versengten Menschen auf ihre unberechenbare Art von ihm angezogen fühlten. Entsprechend weigerten sich einige, ihm auch nur einen Millimeter Platz zu machen. Sie waren jedoch in der Minderzahl, denn im Verhältnis zu den Verwandelten gab es nur wenige Menschen, da sie den Kontakt zu den Quellen nur selten überlebten und Tannin, die sich etwas Schweres zuschulden kommen ließen, eher umgebracht als eingesperrt wurden. Deshalb wichen die meisten zurück, als Aidan sich an ihnen vorbeischob. Smerge hatte richtiggelegen: Aidans Übermaß an Astrallis wirkte in diesen Hallen wie ein Schutzschild.

Gerade als Mariella sich entspannte, zog sich der Verwandelte mit dem schimmernden Haarflaum, der gewaltsam zu Boden gerissen worden war, an der Tischkante hoch. Seine Augen waren immer noch vor Entsetzen geweitet, während sein Mund ein einziger roter Fleck war. Mit zitternder Hand betastete er seine Oberlippe, doch seine goldenen Fangzähne waren verschwunden. Er stieß ein hohes Jaulen aus, das sogar Mariella durch den Lärm hörte. Einer der Aufseher wurde auf die bebende Gestalt aufmerksam und brüllte auf sie ein. Doch der Verwandelte, dem das Blut übers Kinn lief, gab lediglich seinen trommelfellzerfetzenden Klagelaut von sich. Am Anfang des Tisches krochen zwei Arbeiter hervor, rückten ihre Kleidung zurecht und nahmen ihre Plätze in der Reihe ein, als wären sie nie fort gewesen.

»Neuer Deal«, sagte Mariella. »Wir beide folgen jetzt sofort Aidan, oder ich brülle den ganzen Laden zusammen und behaupte, du hättest mich als Geisel genommen. Dann kannst du dich von deiner frühzeitigen Entlassung verabschieden, Smerge.«

Die Zerflossener-Wachs-Stirn geriet in Bewegung, was wohl ein nachdenkliches Stirnrunzeln darstellen sollte. »Das würdest du tun? Mich armen alten Smerge in die Pfanne hauen?«

Mariella sah Aidan nach, der den spitzen Schrei des Verwundeten ebenfalls gehört hatte und sich streckte, um herauszufinden, von wem er stammte. Dabei bemerkte er den Gefangenen mit dem geschorenen Schädel nicht, der ihn mit hasserfülltem Interesse musterte. Ein verurteilter Tannin … einer, der Aidan möglicherweise erkannte.

»Tut mir leid«, sagte Mariella zu dem Verwandelten. »Wenn ich mich zwischen dir und Aidan entscheiden muss, gibt es nicht viel zu überdenken. Entweder kommst du mit mir, oder ich gehe allein. Aber ich gehe, so viel steht fest.«

Smerge seufzte ergeben, dann riss er Mariella gegen seinen aufgedunsenen Bauch und legte ihr eine Pranke über den Mund. »Früher oder später machst du was Dummes, hat dein Freund gesagt. Konntest es wohl gar nicht abwarten, es zu tun, was?«, maulte er, während sie ziemlich sinnlos gegen seinen Griff ankämpfte. Smerge mochte zwar weich bis wabbelig aussehen, doch unter seinen unzähligen Hautlappen verbargen sich spürbar astdicke Muskelstränge.

Hätte Mariella nicht den Mund voll talgig schmeckender Smerge-Pranke gehabt, hätte sie vor Frust geschrien. So blieb ihr nichts anderes übrig, als tatenlos zuzusehen, wie der Gefangene mit dem geschorenen Kopf sich an den abgelenkten Aidan anpirschte, das Gesicht eine Maske puren Hasses.

24

Aidan blickte, genau wie die meisten anderen Gefangenen auch, auf den misshandelten Verwandelten. Der Ton, den der Verwundete ausstieß, wurde immer schriller, sodass sich die ersten bereits die Ohren zuhielten. Andere wurden unruhig und begannen zu brüllen. Wieder andere verließen ihre Arbeitsplätze, um rauszubekommen, was vor sich ging. In dem ausbrechenden Chaos achtete niemand auf den Glatzkopf, der sich wie ein drohender Schatten hinter Aidan aufbaute. Mariella begriff als Einzige, dass der Mann nichts Gutes im Schilde führte. Allerdings hatte sie gerade ganz andere Probleme: Smerge hielt sie nicht nur im Schwitzkasten, sondern zog sie in seinen schwammigen Leib, als sei er ein hautfarbener Wackelpudding und sie ein Löffelchen, das in ihn getunkt wurde. Sein wächsernes Fleisch quoll über ihre Schultern, wölbte sich über ihre Körperseiten und verschluckte ihre Haare, sodass sie ihren Kopf kaum bewegen konnte. Kurzum, Smerge verleibte sie sich im wahrsten Sinne des Wortes ein.

Noch immer hallte der markerschütternde Schrei des Verletzten durch die Halle, inzwischen in einer so hohen Tonlage, dass man ihn kaum noch hörte, dafür aber umso mehr mit jeder Körperfaser spürte. Wie ein gläsernes Skalpell durchdrang der Ton einen und durchtrennte dabei feine Nervenstränge. Und er erklang nicht mehr allein, weitere Verwandelte stimmten in den

Klagelaut ein, während andere unkontrolliert zu zucken begannen.

Der Aufpasser in dem roten Overall, der sich drohend vor dem blutenden Verwandelten aufgebaut hatte, verlor die Nerven und schlug mit dem Schlagstock zu. Er hörte auch dann nicht auf, als sein Opfer bewusstlos zu Boden ging.

Ein Beben ging durch den Ring aus Schaulustigen, die inzwischen dicht an dicht standen und einen Kreis gebildet hatten. Dann griff ein grünes armartiges Etwas vor und entriss dem Aufseher den Schlagstock. Sofort wirbelte der Aufseher um die eigene Achse, doch bevor er seinen Angreifer ausmachen konnte, traf ihn bereits seine eigene Waffe an der Schläfe. Der Aufseher verdrehte die Augen, bis nur noch Weißes zu sehen war.

Zwei Aufseher, die ihrem Kollegen gerade hatten zu Hilfe eilen wollen, blieben abrupt stehen und zündeten ein rotes Lichtsignal. Augenblicklich setzten sich die restlichen Aufseher, die bislang abwartend herumgestanden hatten, in Bewegung, schwangen Schlagstöcke, ohne darauf zu achten, was und wen sie trafen, und brüllten Befehle, denen nur vereinzelte Gefangene Folge leisteten. Die anderen griffen nach den Arbeitutensilien auf den Tischen: Ausbeinmesser, gusseiserne Pfannen und Holzscheite zum Befeuern der Öfen. Ihre Gesichter verrieten, dass sie jede Sekunde ausnutzen würden. Wie auf einen geheimen Befehl hin griffen die Gefangenen die Aufseher an.

Ruckartig fuhr Aidans Kopf herum, allerdings nicht, weil er den Mann in seinem Rücken bemerkt hatte, der gerade die Arme anhob, um einen hauchfeiner Draht auf die Höhe von Aidans Hals zu bringen. Nein, der Idiot sah zu Mariella, die ihm wild fuchtelnd bedeutete, dass er endlich über die Schulter blicken sollte, dorthin, wo die hasserfüllten Augen seines Angreifers aufleuchteten. Aidans Augen weiteten sich, als er begriff, in welcher Lage Mariella sich am Rand der Halle befand. Von ihr schauten inzwischen lediglich die obere Hälfte ihres Gesichts, ein Bein sowie ein halbes und der linke Arm hervor. Der Rest war bereits unter Smerges Hautlappen begraben.

Mariella sah hilflos zu, wie Aidans Körper sich anspannte, bereit, loszusprinten. Und sie sah, wie sich der Draht um seinen Hals legte.

Der Mund des Angreifers öffnete sich, er schrie Aidan etwas ins Ohr. Dann zog er den Draht zu.

Gleich, dachte Mariella, gleich ist es vorbei.

Doch es sprudelte keine blutrote Fontäne aus Aidans Kehle hervor, stattdessen kreuzte ein Mörser mit der Wucht eines Fluggeschosses ihr Blickfeld und traf Aidan an der Schulter. Der Junge wurde zurückgeschleudert, stieß gegen seinen Angreifer und brachte den Mann aus dem Gleichgewicht.

»Habe ich doch gesagt, dein Freund trägt echtes Kriegerblut in sich. Dem ist so leicht nicht beizukommen«, grölte Smerge gegen den Kampflärm an, während Mariella verblüfft feststellte, dass sie ihre eigene Lage vor Aufregung vergessen hatte. Es änderte ohnehin nichts, selbst wenn sie selbst eine Portion Kriegerblut in den Adern gehabt hätte: Smerges Körperkokon, in dem sie feststeckte wie in einem perversen Kängurubeutel, war nicht zu entkommen. Es war eh viel entscheidender, was sich drüben an den Tischen abspielte, denn im Gegensatz zu ihr kämpfte Aidan um sein Leben.

Der Glatzkopf brauchte eine Sekunde, um sich zu fangen. Der Moment reichte Aidan allerdings aus, um eine Hand unter den Draht zu schieben, ehe die Schlinge wieder zugezogen wurde. Eine hauchdünne rote Linie tat sich dort auf, wo der Draht in seine Finger schnitt, und Blut lief ihm übers Handgelenk, doch Aidan schien die Verletzung nicht zu bemerken. Das Astrallis in seiner Aura verdichtete sich, und Mariella dachte mit Grauen an die Blocker. Aidan hatte zwar behauptet, sie abschirmen zu können, aber war eben nicht ein Blitzen zu erkennen gewesen? Bevor Mariella innerlich zusammenbrach, beugte Aidan sich unvermittelt vor und zwang seinen Angreifer dadurch, seiner Bewegung zu folgen, wenn er die Spannung auf dem Draht nicht aufgeben wollte. Dann richtete Aidan sich abrupt auf und schlug seinen Hinterkopf mitten ins Gesicht seines Angreifers. Obwohl die beiden viel zu weit entfernt waren, glaubte Mariella ein Knacken zu hören. Im Augenblick des Schmerzes lockerte der Mann den Draht weit genug, damit Aidan sich entwinden konnte. Nach Luft schnappend stand er da, die blutende Hand vor die Brust haltend, doch in seinen Augen begann es gefährlich zu glimmen.

O nein, bitte nicht, schoss es Mariella durch den Kopf. Sie kannte diesen Blick! Wenn Aidan erst mal auf diesem Trip war, gab er einen Dreck auf die Konsequenzen, sondern ging komplett zum Angriff über.

Ungläubig betastete der Glatzkopf seine schief stehende Nase, aus der Blut hervorströmte. Dann bemerkte er Aidans Blick und vergaß sein Wehwehchen. Als Aidan herausfordernd mit dem Finger auf ihn zeigte, ballte der Glatzkopf demonstrativ seine in schweren Lederhandschuhen steckenden Hände zu Fäusten, spuckte dem Jungen vor die Füße und schlug mit aller Kraft zu. Aidan wich dem Schlag geschickt aus und nutzte die offene Flanke des Mannes, um ihm einen Fausthieb in die Seite zu verpassen. Er setzte sofort nach, bis der Mann in sich zusammensackte. Dann erst schien er sich zu erinnern, dass er eigentlich Mariella hatte zu Hilfe kommen wollen, doch als er sich in Bewegung setzte, geriet er ein Knäuel aus ineinander verkeilten Aufpassern und Gefangenen.

Ein Tumult war ausgebrochen, in dem jeder gegen jeden kämpfte. Es herrschte ein wildes Durcheinander aus gehobenen Fäusten, Blutspritzern und wutverzerrten Gesichtern, in dem Gefangene und Aufseher nicht länger zu unterscheiden waren, dafür gab es inzwischen zu viel Rot. Entweder schlug man wie von Sinnen um sich oder ging in dem Gedränge der Leiber unter. Nur ein Trupp Gefangener hatte sich erfolgreich aus dem Chaos abgesetzt und rottete sich unter der Kanzel mit den

Wächtern zusammen. Wie von langer Hand geplant stapelten sie Tische aufeinander, bis ein monströser Verwandelter auf ihnen wie auf einer Treppe hinaufklettern konnte. Auf dem obersten Tisch angekommen streckte sich der Koloss, bis seine Pranke einen der Gitterstäbe, von denen die Kanzel umgeben war, erreichte. Mariella musste die Augen zu Schlitzen verengen, um zu erkennen, dass der Stab unter der Berührung des Verwandelten zu Rost zerbröselte.

»Das ist Genorolid«, sagte Smerge anerkennend. »Diese Gabe hat er zwölf Jahre lang vor den Wächtern verborgen gehalten. Ob das jetzt wirklich der richtige Moment ist, um sie zu offenbaren?«

Als der Eisen-in-Rost-Verwandler nach dem nächsten Gitterstab langte, wurde die gesamte Großküche plötzlich in grelles Licht getaucht und bis in den letzten Winkel ausgeleuchtet.

»Gesamte Belegschaft sofort Aufstellung nehmen«, schallte eine verfremdete Wächterstimme aus verborgenen Lautsprechern. »Entweder wird der Befehl augenblicklich ausgeführt, oder wir setzen Betäubungsgas ein und stürmen den Raum. In 90-89-88…«

Nicht auch noch das, jammerte Mariella innerlich. Sie bezweifelte, dass die Wächter Rücksicht auf minderjährige Lieferanten von Ebene 17 nehmen würden, wenn sie eine Horde entfesselter Gefangener niederknüppelten. Sie und Aidan mussten raus aus dem Tumult und sich in Sicherheit bringen, was jedoch leichter gesagt als getan war. Smerge nahm seinen Aufpasserjob nach wie vor sehr ernst, und Aidan …

»…86-85…«, dröhnte es durch die Lautsprecher.

Aidan schien die Lage, in der sie steckten, inzwischen auch begriffen zu haben und bedeutete Mariella – oder vielmehr Smerge –, sich in den toten Winkel neben der Schleuse abzusetzen. Er selbst drängte sich zu den Tischen durch. Offenbar wollte er die erhöhte Lage nutzen, um möglichst schnell durch die Massenprügelei zu kommen, schaffte es aber nicht weit.

Eine massige Frau, in deren Stirn ein Beil steckte, stürzte und riss ihn beinahe mit sich. Sichtlich vor sich hin fluchend rappelte sich Aidan auf, um gleich erneut zurückgehalten zu werden. Hinter ihm stand der Glatzkopf, ein wenig schief, aber aufrecht genug, um einen ernst zu nehmenden Gegner abzugeben. Aidan wirbelte herum. Die Lippen des Glatzkopfs formten Worte, bei denen Aidans Schultern hochzuckten, als habe er einen Schlag hinnehmen müssen. Als der Glatzkopf nach ihm langte, reagierte Aidan jedoch sofort: Er packte das Handgelenk des Mannes und verdrehte es, bis der Glatzkopf es brüllend zurückriss. Der Mann tauchte im Gedränge ab, um kurz darauf wieder zu erscheinen. Dabei hielt er das blutverschmierte Beil, das eben noch in der Stirn der Frau gesteckt hatte, siegessicher in die Höhe.

»…79-78-77…«, zählte unterdessen die Wächterstimme weiter, während der Tumult unbeeindruckt tobte und Genorolid sich an die nächste Stange machte, obwohl ihn inzwischen einige Wächter mit Elektrostäben attackierten.

»Nicht gut, nein, gar nicht gut«, brachte Smerge Mariellas Gedanken zum Ausdruck.

Auch Aidans Gesichtsausdruck verriet, dass ihm die neue Lage nicht gefiel, während der beilschwingende Glatzkopf auf ihn zuhielt. Mehr bekam Mariella von dem unfairen Kampf allerdings nicht zu sehen, denn Smerge, aus dem mittlerweile nur noch ihr Kopf und ein Fuß rausschauten, drehte sich schwerfällig zur Seite. Eine unnatürlich magere Verwandelte, in deren Augen ein orangefarbenes Feuer loderte, hatte sich angeschlichen. In der knochigen Hand hielt sie eine Säge.

»Lusek«, sagte Smerge. »Was soll denn das werden?«

Die Verwandelte namens Lusek lächelte nur, während sie sich mit den gleitenden Bewegungen eines Reptils näherte.

»Du hast doch keine Chance gegen mich, du dummes Ding.«

»Vielleicht ja doch«, krächzte Lusek gegen das Tosen in der Halle an. »In diesem Zustand bist du so langsam wie eine trächtige Sau. Und ich werde dich auch genau wie eine Sau ausweiden. Ich weiß, wie das geht. Ich tue seit Monaten nichts anderes. Deinetwegen, du Missgeburt. Du hast mir den Posten als Kindermädchen für die Plagen von Ebene 17 weggeschnappt.«

Smerge setzte unerwartet einen Schritt vor und verpasste der dürren Lusek einen Stoß mit seinem vorstehenden Bauch. Mariella, die nur von einer vielleicht handbreiten Wachs-Hautschicht geschützt war, spürte den Zusammenstoß bis in den kleinsten Knochen. Lusek fiel kreischend auf den Rücken, rappelte sich aber sofort wieder auf, noch ehe Smerge seinen Stampffuß auf ihr Gesicht setzen konnte.

»Daneben, Lahmarsch«, krähte Lusek, deren einer Arm in einem unnatürlichen Winkel abstand.

Mit einem Grunzen nahm Smerge seine Pranke von Mariellas Mund, wobei ihre Lippen einige schmerzvolle Sekunden an seinem Handteller hängen blieben, als wären sie miteinander verschmolzen.

»Lass mich ganz los, Smerge, dann kann ich dir helfen«, brüllte Mariella, kaum dass ihr Mund frei war, ohne auf ihre wie Feuer brennenden Lippen zu achten.

»Ein Momentchen.« Smerge griff in die Hautfalten an seinem Bauch und riss sie mit einem ekelerregenden Schmatzen auseinander. »Gleich bin ich nicht mehr langsam«, sagte er zu der sich zusammenkauernden Lusek.

»...61-60-59...« Keine ganze Minute mehr bis zum Einsatz des Betäubungsgases.

Lusek grinste wieder ihr unheilvolles Grinsen.

Aus den Augenwinkeln bemerkte Mariella eine Bewegung, während Smerge, der ihre Arme aus seinem Leib zerrte, auf seine zähnebleckende Gegnerin zu wankte.

»Vorsicht, da ist noch jemand!«, rief Mariella. »Sie haben dich in die Zange genommen.«

Grunzend fuhr Smerge herum, doch in diesem Moment traf ihn auch schon etwas so heftig, dass er taumelte.

Wenn dieser Berg von einem Verwandelten fällt, begriff Mariella, dann fällt er auf mich und zerquetscht mich zu Mus. Angetrieben von blankem Entsetzen gelang es ihr, ihren Kopf mit einem Ruck zu befreien. Haarsträhnen, die noch in Smerges Wachshaut verfangen waren, rissen wie zu straff gespannte Seile. Fuck, nicht meine Haare!, jaulte Mariellas Stolz auf, den sie jedoch in der nächsten Sekunde wieder vergaß. Sie entdeckte nämlich eine Stahlstange, die tief in Smerges Seite eingedrungen war und nun dort feststeckte. Smerge und sie hatten eindeutig größere Probleme als ihre gerupfte Lockenpracht.

Stöhnend griff Smerge nach der Stange und hebelte sie in einem Gewaltakt frei. Aus der klaffenden Wunde quoll talgartiges Blut hervor. Mariella fasste unfreiwillig hinein, als sie ihren Oberkörper befreite und vornüberklappte. Als sie den Kopf zur Seite drehte, entdeckte sie den zweiten Angreifer, einen kräftigen Verwandelten, der mit seinen hufartigen Füßen, die unter dem Hosensaum hervorschauten, an den Hirtengott Pan erinnerte. Er blinzelte sie aus seinen vertikalen Ziegenpupillen an, merklich fasziniert von ihrem Anblick. Dann deutete er mit der zweiten Eisenstange, die er noch in den Händen hielt, auf Smerge.

»Wenn du uns das Mädchen gibst, schlage ich dich lediglich in zwei Stücke. Dann kannst du in ein paar Monaten wieder zusammenwachsen. Ansonsten, das schwöre ich dir, landen deine Einzelteile im Schmelzofen.«

Smerge grunzte. »Was willst du mit dem Mädchen? Sie ist eine Tannin, das musst du doch sehen.«

»Ja, das ist sie. Und darüber hinaus sogar eine Rosalike.« Der Ziegenmann leckte sich mit einer langen spitzen Zunge über die Lippen. »Wenn sie gleich die Schleuse öffnen, um die Wachen reinzulassen, ist sie unser Ticket nach draußen.«

»Du hast wohl zu viel von den giftigen Dämpfen beim Schmelzofen eingeatmet.« Smerge schleuderte mit einem wütenden Schrei die Stange auf den Ziegenmann. Dem Wurf mangelte es jedoch an Kraft, und so verfehlte er seinen Gegner. Die Stange schlitterte auf dem Plateau in Richtung Schleuse davon.

Keuchend stemmte Mariella einen Arm auf den Boden und griff mit dem zweiten nach ihrem festhängenden Bein. Sie bekam den Stoff ihrer Jeans nur schwer zu fassen, weil ihre Hand glitschig war von Smerges Wachsblut.

Der Ziegenmann schwang seine verbliebene Stange hoch über dem Kopf, während er näher kam.

Von der anderen Seite pirschte sich Lusek heran, die Knochensäge im Anschlag.

Unablässig zählte der Countdown in Richtung Null runter. Ihnen blieben nur noch knappe dreißig Sekunden, bevor sie allesamt ausgeknockt und von einem Trupp hereinstürmender Wächter über den Haufen gerannt wurden.

Mariellas Arm, auf dem sie sich aufstützte, rutschte zur Seite weg, als Smerge sich drehte. Im nächsten Moment packte er sie mit seiner Pranke im Nacken und verpasste ihr einen so heftigen Stoß, dass ihr Bein sich schlagartig von seinem Leib löste und sie vorwärtsstolperte.

»Bring dich in Sicherheit, Mädchen«, raunte Smerge ihr zu. »Seitlich der Schleuse. Geh!«

Mariella schlug hart auf die Knie auf. Schwarze Punkte tanzten vor ihren Augen – und trotzdem fand ihr Blick Aidan, der blutverschmiert, aber anscheinend ohne größere Verletzungen über sich am Boden wälzende Kämpfende hinwegsprang. Sein Angreifer wollte ihm nachsetzen, doch Aidan wirbelte herum und verpasste ihm einen Tritt vor die Brust. Dann sah er zu Mariella, nur einen Sekundenbruchteil, ehe er sich bückte, das Beil aufhob und damit zuschlug. Wohin, konnte Mariella glücklicherweise nicht sehen. Doch als Aidan sich aufrichtete, verriet ihr der Ausdruck auf seinem Gesicht, dass der Glatzkopf ihm nicht mehr nachsetzen würde.

»...15-14...«

Hinter Mariella ertönte Smerges Schmerzensschrei.

Widerwillig riss sie den Blick von Aidan los, der geschickt allen Hindernissen auf dem Weg zu ihr auswich.

Der Ziegenmann hatte seine Stange mit solcher Wucht auf Smerge niedergehen lassen, dass der massige Schädel des Verwandelten der Länge nach gespalten war. Smerge war zusammengebrochen, und der Ziegenmann stemmte seinen Huf auf seine Schulter, um die Stange herauszuziehen. Auf der Brust des Gefallenen hockte Lusek und sägte an seinem Arm. Smerge blutete so stark, dass es aussah, als würde er schmelzen.

Mariella huschte an dem Bild des Schreckens vorbei. Dann griff sie nach der Eisenstange, die direkt vor die Schleuse gerollt war. Hinter dem Panzerglas waren Schemen zu entdecken – Wächter, die sich für ihren Einsatz bereithielten. Aber noch war es nicht so weit. Die Eisenstange war schwerer als erwartet, und Mariella verlor beinahe das Gleichgewicht, als sie sich mit ihr aufrichtete. Etwas Kaltes berührte sie im Nacken.

»Was wird denn das?«, fragte die keckernde Stimme des Ziegenmanns, der seine blutbeschmierte Stange wie ein Schwert hielt.

Langsam drehte Mariella sich um und hob die Hände mit der Stange.

»Weg damit«, knurrte der Ziegenmann.

»Meinetwegen«, sagte Mariella – und schleuderte ihm die Stange ins Gesicht. Es gab ein hässliches Geräusch von brechenden Knochen.

Der Ziegenmann schaute Mariella überrascht an, eine grüne Fontäne brach aus seiner Nase hervor, dann kippte er hintenüber.

Mit einem Knacken verabschiedete sich die Stimme im Lautsprecher, und stattdessen übernahm ein schrilles Sirenengeläut, während sich in der Decke verborgene Düsen öffneten.

Mariella verschwendete keine Zeit damit, dem Betäubungsgas beim Austreten zuzuschauen, und überprüfte auch nicht, ob sie den Ziegenmann tatsächlich ausgeknockt hatte. Stattdessen stürmte sie auf Lusek zu, die sich gerade Smerges zweitem Arm widmete.

»Runter von ihm, du widerliche Spinne.« Wie Mariella es eben bei Aidan gesehen hatte, trat sie nach ihrer Gegnerin, nur dass sie keine schweren Lederboots trug, sondern Espadrilles, die nicht mehr ausrichteten, als dass Lusek ihre verklebte Säge fallen ließ. Zu Mariellas Entsetzen fing die Strohsohle ihres Schuhs bei der Berührung mit der Verwandelten Feuer. Panisch versuchte sie, die Flammen auszutreten, doch Smerges Blut brannte wie Talg.

»Komm schon«, lockte sie Lusek, die sich langsam aufrichtete. Der Flammenschein spiegelte sich in ihren Schlitzaugen. »Willst du ein Kämpfchen mit mir wagen? Was meinst du, was mit deinen hübschen Fingern passiert, wenn du mich anfasst?«

»Sie würde sich verbrennen«, sagte Aidan, der genau in diesem Augenblick auf dem Plateau auftauchte. »Ich aber nicht.« Das Astrallis in seiner Aura bündelte sich und leuchtete blendend hell auf.

Lusek stieß ein Fauchen aus und griff an.

Aidan packte die dürre Gestalt und brach ihr das Genick. Einfach so, erschreckend routiniert. Ein Krieger, hatte Smerge ihn genannt. Genau das war Aidan.

Inzwischen war fast das gesamte Plateau von Flammen überzogen, und sie fraßen sich in Smerges Richtung vor, während sich von der Mitte des Raums weißer Nebel absenkte und die ersten Gefangenen zusammenbrechen ließ.

»Hilf mir«, sagte Mariella zu Aidan. »Wir müssen Smerge vom Plateau stoßen, bevor er zu brennen anfängt.«

Aidan schüttelte den Kopf. »Sieh dir seinen zerschmetterten Schädel an, er ist hinüber – und wir sind es auch gleich, wenn wir nicht abhauen.«

»Smerge ist nicht tot«, protestierte Mariella. »In seinen

Augen ist noch Leben. Wenn wir ihm helfen, kann er wieder zusammenwachsen.«

»Wie schön für ihn«, sagte Aidan angewidert. Dann hockte er sich neben Mariella und half ihr, Smerges mächtigen Leib über die Plateaukante zu schieben. Nebel kroch langsam auf sie zu, während Smerge mit einem dumpfen Dröhnen auf dem Boden aufschlug.

Unterdessen öffnete sich die Schleuse, und Wächter drangen mit gezückten Waffen ein.

»Was zur Hölle macht ihr beiden Kids da?« Ein Wächter, der mit einem Flammenlöscher hantierte, stieß Mariella an.

»Wir helfen Smerge, er ist verletzt.« Mariella schwirrte der Kopf von dem sich verteilenden Gas.

»Seid ihr verrückt? Die Gefangenenebene ist gerade dabei, sich in eine Kriegszone zu verwandeln. Ihr beiden Halbwüchsigen habt hier nichts verloren.« Der Wächter warf Mariella eine Passiermünze zu, die Aidan für sie auffing, weil sie bereits zu benommen war. »Und jetzt raus mit euch auf den Lieferantengang, und zwar schnell. Das Gas knockt nicht alle Verwandelten aus, manche von denen brauchen einen halben Tag lang nicht zu atmen. Und ratet mal, was die, so völlig außer Kontrolle, in der Zwischenzeit anstellen?«

Ohne ein Wort zu verlieren, packte Aidan Mariella und lief mit ihr durch die Schleuse.

25

Kaum stolperten sie ins Freie, stürmte ein schwer bewaffneter Wächtertrupp auf sie zu. In der letzten Sekunde drängte Aidan die vom Gas benommene Mariella gegen die Wand und stellte sich schützend vor sie, ansonsten wäre sie vermutlich über den Haufen gerannt worden. Dann verschwand der Trupp auch schon im sich rasch ausbreitenden Gas, das wie Nebel auf den Gang hinausdrang.

»Wir müssen hier weg«, sagte Aidan. »Da drin geht es gleich mächtig ab.«

»Warte!« Mariella zog ihren Ärmel über die Hand und schlug Aidan dann hart auf sein Schlüsselbein. Als sie erneut zuschlagen wollte, fing Aidan ihre Hand geschickt ab.

»Du kannst dich später bei mir bedanken«, sagte er. »Und dann auch gern etwas liebevoller.«

Mariella blinzelte Tränen aus ihren gereizten Augen. »Schwachsinn, dein Hemd hat Feuer gefangen. Deine Schuhe übrigens auch.«

Fluchend riss Aidan sich das Flanellhemd vom Körper und lösche damit das schwelende Leder seiner Boots. Dann wies er Mariella an, sich für einen Flammen-Check im Kreis zu drehen. »Du hast nur ein paar Brandlöcher am Rücken deines Sweaters, mehr nicht.«

Ein wildes Tosen erklang hinter der Schleuse, die inzwischen völlig im Nebel verschwunden war. Milchiges Gas breitete sich mit suchenden Fangarmen im Gang aus. Als ein blutüberströmter Unlichter aus dem Nebel wankte und sofort Aidan ins Visier nahm, als sei der Junge eine Wasserquelle und er ein Verdurstender, kam Mariella richtig zu sich. Sie packte Aidan bei der Hand, und gemeinsam liefen sie los. Erst als sie an die Wegkreuzung kamen, wo der Lärm aus der Halle immer noch ohrenbetäubend laut war, hielten sie an.

»Zum Aufzug?«, fragte Mariella. »Dafür ist die Passiermünze schließlich da.«

Aidan zuckte die Schultern. »Du bist die Spezialistin im Wegefinden. Was meinst du?«

Mariella schloss ihre vom Gas brennenden Augen. »Die Gefängnisebene ist gerade dabei, sich in ein Schlachthaus zu verwandeln. Wir nehmen den Gang, in den ich uns vorhin schon geführt habe, dort sind wir bestimmt in Sicherheit. Vor den Insassen – aber auch vor den Wächtern.«

Der Gang lag im Dunkeln. Weder reagierten die Sensoren, die ansonsten die Wegbeleuchtung aktivierten, noch wies ein Irrlicht ihnen mit seinem sanften Leuchten den Weg. Trotzdem hatte Mariella keine Probleme, sich zurechtzufinden. Während sie den dunklen Gang entlangeilten, gaben die Bodenplatten unter ihren Füßen nach, dann endete der Belag plötzlich und sie liefen auf porösem, unregelmäßigem Steingrund. Mit einem Schlag verdoppelte sich die Strahlung aus den Tiefen der Zitadelle und griff nach ihrer Aura wie ein gieriger Vampir.

Aidan stöhnte gequält auf, beschwerte sich aber nicht.

Und Mariella? Die verspürte trotz ihrer Lage so etwas wie ein Glücksgefühl. Ja, es war stockfinster, sodass sie keine Ahnung hatten, wohin sie ihren nächsten Fuß setzten, was auf der Gefängnisebene von Stoneheaven ein nicht zu unterschätzendes Risiko darstellte. Von Bodenfallen über mechanische Schießvorrichtungen oder schlicht bodenlosen Kratern mitten im

Gang war alles möglich. Als ob das nicht reichte, nahm gerade eine Gefängnisrevolte ihren Anfang, deren Ausmaß von den Wächtern völlig unterschätzt worden war. Vielleicht war es nur noch eine Frage von Minuten, bis vom Gas halb verrückte Insassen die Gänge stürmten und jeden niederwalzten, der ihnen im Weg war. Oder sie waren so geistesgegenwärtig wie der Ziegenmann und erkannten den Wert von zwei Kids als Geiseln. Das änderte jedoch nichts daran, dass Mariella happy war. Es lag gewiss an Aidan, der dicht an ihrer Seite ging und so viel Vertrauen aufbrachte, dass er ihr – ausgerechnet ihr! – die Führung überließ. Aber es hing auch mit der Selbstsicherheit zusammen, die sich ausgerechnet in dieser Ausnahmesituation in ihr aufgetan hatte. Sie, Maria-Aurora Mercedes Auguste Clementine, berühmt für ihre Nutzlosigkeit, wusste genau, wohin sie ihren Fuß setzen musste, als habe sie einen inneren Kompass entdeckt.

»Hier ist es«, wisperte sie.

»Was denn? Ein Loch im Boden, in das wir uns stürzen können? Lange halte ich die Strahlung nämlich nicht mehr aus, mir platzt gleich der Schädel.« Wenn Aidan sich beklagte, war es ernst.

Nun beschlichen Mariella doch Zweifel. Was, wenn sie bloß high vom Gas war und sich deshalb plötzlich für eine große Anführerin hielt? Dann würde sie dem angeschlagenen Aidan den Rest geben. Doch das Ziehen und Drängen in ihrem Inneren ließ sich von dieser Logik nicht beeindrucken. Vertrau mir, du bist am Ziel, sagte es.

»Gib mir eine Sekunde«, bat Mariella.

»Lass dir Zeit. Und wenn du was poltern hörst, dann bin das nur ich, weil ich meinen Kopf gegen die Wand schlage.«

Mariella schnappte sich einen Zipfel von Aidans T-Shirt, damit er ihr in seiner Verfassung nicht abhaute. Dann streckte sie die freie Hand blind aus. Es fühlte sich an, als würde sich die Luft vor ihrer vorgestreckten Handfläche verdichten und ausbreiten. Fast glaubte sie, ein Echo zu bemerken – und tatsächlich fand ihre Hand wie von einem unsichtbaren Pfad geleitet eine kreisrunde Vertiefung in der nackten Steinwand.

»Ich glaube, hier gibt es eine Tür oder so. Ich habe jedenfalls ein Schloss ertastet.«

»Super, dann müssen wir ja nur noch den Schlüssel finden. Oder eher den Wächter, an dem er dranhängt.« Aidans Stimme klang so gepresst, als brächte er nur notdürftig die Kraft zum Sprechen auf.

»Das ist kein klassisches Schloss, sondern eins, wo man Astrallis durchfließen lassen muss, wie bei der Tür zum verschütteten Quartier. Erinnerst du dich?«

Aidan sparte sich eine Antwort. Stattdessen ertönten hinter ihnen im Gang Grunzen und verrotztes Schnuppern. Die ersten Verwandelten erkundeten den Gang, angezogen von der Strahlung der Verseuchten Ebene.

Mariellas Herz sackte eine Etage tiefer. »Ich bekomme die Tür schon auf, so schwierig kann das doch nicht sein.«

»Absolut«, sagte Aidan.

»Ich schwöre, ich kann das. Du brauchst also nicht die lebende Abwehrmauer gegen die Verwandelten zu geben.«

»Was du so alles denkst.«

Doch Mariella hörte viel lauter, was Aidan nicht sagte: Spiel du mal schön weiter mit der Wand, ich kümmere mich derweil um unseren Besuch. Und tatsächlich schlüpfte bereits im nächsten Moment der T-Shirt-Zipfel aus Mariellas Hand. Aidan wollte sich absetzen, um der Erste zu sein, dem die heranschleichenden Verwandelten begegnen würden.

Entschlossen packte Mariella das Erstbeste, was sie von Aidan zu fassen bekam. Es erwies sich als sein Ledergürtel, und sie krallte sich daran fest. »Du bleibst schön bei mir, keine Alleingänge mehr.«

Aidan machte ein Pssst-Geräusch, dann entwand er sich sanft, aber bestimmt ihrem Griff.

Irgendwo im Flur erklang der Hall huschender Füße. Dort war definitiv mehr als ein Verwandelter unterwegs.

Mariella musste sich entscheiden, ob sie Aidan festhalten oder die verborgene Tür öffnen wollte. Nur, was brachte ihr eine Fluchtmöglichkeit, wenn sie die allein antreten musste, weil Aidan aus der Dunkelheit des Ganges nicht zurückkehrte?

»Dann greifen wir eben gemeinsam an«, sagte sie entschlossen.

Ein Stück von ihr entfernt stieß Aidan ein schwer entnervtes Seufzen aus. »Echt jetzt, ein Erpressungsversuch?«

»Genau so ist es, entweder gehen wir beide oder keiner von uns.«

»Schon gut, ich bleibe. Für einen Ninja-Angriff habe ich ohnehin zu starke Kopfschmerzen.«

Mariella stieß ein Dankesgebet aus, dann konzentrierte sie sich auf das Schloss. Die Passiermünze, die ihr der Wächter zugeworfen hatte, wurde durch einen Magnetismus angezogen und vibrierte leicht. Während Mariella ihre Hand in die richtige Position zu bringen versuchte, breitete sich plötzlich eine kribbelnde Wärme in ihr aus. Aidan hielt sein Versprechen und kehrte zu ihr zurück, ihre persönliche Sonne in der klammen Dunkelheit.

»Hallo, wer da?«, sang eine Stimme im Flüsterton. »Kommt her, ihr kleinen Vögelchen, kommt her, kommt her zum Spielen.«

Von weiter her erklang ein unterdrücktes Kichern.

Der Geruch von nassem, halb verrottetem Laub breitete sich aus. Es roch nach abgestandenen Tümpeln, nach etwas, das aus ihnen herausgekrochen und den Gestank nie losgeworden war.

»Ich hab's gleich«, beteuerte Mariella, obwohl sie in Wirklichkeit kein Stück weiter war mit dem Schloss. Die Passiermünze traf einfach nicht auf den richtigen Widerstand, wahrscheinlich war das Schloss schon zu lange nicht mehr benutzt worden. Das war eine Scheißidee hierherzukommen, dachte sie verzweifelt. Ich bin eine Zündkerze, die nicht zündet.

»Entspann dich«, sagte Aidan. »Alles ist gut.«

»Ja, alles ist ganz wunderbar fein«, sagte die Flüsterstimme in ihrer unmittelbaren Nähe, nun nicht mehr lockend, die Mühe machte sie sich nicht mehr.

Anstatt den Angreifer in der Dunkelheit zu stellen, bevor er sie erreichte, legte Aidan seine Hände auf Mariellas Schultern. Ehe sie auch nur über diese Geste nachdenken konnte, jagte eine heiße Flutwelle durch ihren Körper. Die Welle raste durch ihren ausgestreckten Arm, fand einen Ausgang in ihrem Handteller und schoss in die Passiermünze.

Das Echo des sich öffnenden Türschlosses schleuderte Mariella zurück, und sie stieß hart gegen Aidans Oberkörper. Sie wollte schreien, doch alles, was über ihre Lippen kam, war ein atemloses Stöhnen. Im Gegensatz zu dem hohen Aufschrei, der direkt neben ihr erklang. Was auch immer für eine Kreatur sich an sie angeschlichen hatte, die Freisetzung von Astrallis war ihr nicht gut bekommen. Leider hatte die Wirkung wohl nur einen begrenzten Radius, denn ein erbostes Gezische erklang, gefolgt von einem Geräusch, das eindeutig nach zu vielen Füßen auf einmal klang.

Leider war die Wand vor ihnen weiterhin massiv, nirgendwo zeichnete sich die typische Umrahmung von Licht ab, bevor eine Tür aufsprang.

»Es hat nicht geklappt«, stellte Aidan nüchtern fest.

Die Wahrheit schnitt Mariella schmerzhaft in die Brust. »Tut mir leid, ich hätte schwören können, dass wir hier in Sicherheit sind. Kannst du auf dem Weg zum Aufzug noch mehr Astrallis freisetzen, um die Verwandelten zu verscheuchen?«

»Siebzehnjährige sind zwar für ihre Ausdauer bekannt, aber in diesem Fall brauche ich einen Moment, bis es wieder klappt. Ich habe noch nie zuvor Astrallis an jemanden abgegeben … Und ich bin mir gerade unsicher, ob ich es jemals wieder tun werde. Das hat sich krass angefühlt, als würde ich mit dir verschmelzen, um dann plötzlich völlig abgetrennt zu sein.«

»Eine Art kleiner Tod, was?« Mariella stieß ein Lachen aus,

für das das Wort Galgenhumor erfunden worden war. Es blieb ihr prompt im Hals stecken, als ein aus lauter spitzen Knochen bestehender Körper gegen sie prallte. Noch immer in Aidans Umarmung fiel sie nach vorn und rechnete fest damit, gegen die Wand zu prallen. Doch unter ihrer Berührung wich die Steinwand zurück, und sie fiel der Länge nach hin.

Schwaches Licht leuchtete auf. Allem Anschein nach hatten sie bei ihrem Sturz den Bewegungsmelder in einer Kammer aktiviert.

Aidan rappelte sich als Erster wieder auf, gefolgt von einem Verwandelten, der einem mit blasser Haut überzogenen Skelett mit zu vielen Armen und Beinen glich. Mariella brauchte etwas länger, um hochzukommen, sie versuchte nämlich noch zu begreifen, was eben genau geschehen war. Sie hatte die Tür geöffnet! Und es hatte nur noch einen Schubser gebraucht, um sie aufgleiten zu lassen. Nun stand die Tür weit offen, und das Mutanten-Skelett nahm das als Einladung einzutreten.

»Ihr kleinen Vögelchen«, wisperte es, und ein gieriges Funkeln flackerte in seinen Augenhöhlen auf. »Singt für mich.«

»Wie wär's mit ›Helter Skelter‹ von den Beatles?« Aidan verpasste dem Skelett einen Tritt, der das Wesen zurücktorkeln, aber nicht umkippen ließ. Dafür verlagerte es sein Gewicht viel zu schnell auf ein anderes Paar Beine, während an seinen Seiten Armpaare hervorschossen, die nach Aidan boxten und langten. Knochig spitze Finger streiften seine Wange, und Blut schoss hervor.

»Mach die verdammte Tür zu, Mariella!«, schrie Aidan, ehe er sich mit voller Wucht gegen den Verwandelten warf, um ihn zurückzudrängen.

Endlich brach Mariellas Bann, und sie hechtete zu der angrenzenden Wand, in der der inseitige Schließmechanismus angebracht war. Sie wollte bereits die Passiermünze auflegen, als Aidan samt der Kreatur auf den Gang stürzte. Sie steckte den Kopf durch den Türrahmen und entdeckte in der Dunkelheit auf dem Gang prompt mehrere rot leuchtende Augen. Noch mehr Verwandelte. Wenn sie sich nicht sofort in die Kammer zurückzogen, würden sie von Verwandelten überrannt werden.

Aidan steckte in einem Wirrwarr aus Knochenarmen und -beinen fest. In ihrer Verzweiflung packte Mariella blindlings zu, bekam einen Unterarm des Monsters zu fassen und zog mit aller Kraft, nur um das Gleichgewicht zu verlieren, weil das Teil sofort nachgab. Offenbar hatte Aidan zuvor ganze Arbeit geleistet.

Der Knochenmann brüllte deutlich lauter, als Mariella angewidert schrie.

Dann schleuderte sie den Unterarm nach den rot leuchtenden Augen, die bereits so nah waren, dass sich ein entstelltes Gesicht erahnen ließ, das plötzlich vorschnellte und nach dem Knochen schnappte. Im Gang brach ein wildes Heulen aus, als sich eine Meute an Mariella vorbei auf den Knochenmann stürzte, der inzwischen von Aidan abgelassen hatte, um die Flucht zu ergreifen. Mariella half Aidan auf die Beine, und sie schleppten sich wie zwei Schwerverletzte in die Kammer. Nachdem die Tür bereits mit einem kaum hörbaren Plopp hinter ihnen zugegangen war, brauchte es noch eine Weile, bevor Mariella es wagte auszuatmen. Sie waren in Sicherheit.

26

»Unfassbar, was für ein Rodeoritt«, raunte Aidan, als spräche er mit sich selbst. Wahrscheinlich tat er das auch, wie er so flach ausgestreckt auf dem Rücken dalag und an die Decke starrte.

Mariella kauerte neben ihm, die Knie unters Kinn gezogen und die Arme um die Unterschenkel geschlungen. Ihr Sweater klebte verschwitzt zwischen ihren Schulterblättern, von der Aufregung, aber auch weil es in der Kammer brutkastenwarm war. »Wenn ich das nächste Mal auf die Schnapsidee komme, dir einen Gefallen zu tun, erinnere mich bitte dran, dass ich mir sofort eine Kugel in den Kopf jage. Das vereinfacht die Angelegenheit.« Sie rieb ihre vom Gas juckende Nase an den Knien. »Kann es irgendwie sein, dass du Schwierigkeiten magisch anziehst?«

Aidan murrte zustimmend. Er hatte sich noch nicht ein einziges Mal geregt, seit er sich auf dem Boden ausgestreckt hatte.

»Alles okay bei dir?«, erkundigte sich Mariella.

»Keine Ahnung, es tut alles gleich schlimm weh. Und bei dir?«

»Drei meiner Fingernägel sind eingerissen.«

Es dauerte, bis Aidan sich zu einem Lachen durchrang – und er ließ es auch sofort wieder bleiben, weil es offensichtlich zu schmerzhaft war. Nach einer Weile entspannten sich seine Gesichtszüge, und er schloss die Augen. In der trüben Beleuchtung sah er aus wie ein Toter, die Wangen unnatürlich blass, und von seinem sonst so hell leuchtenden Aurenschein war lediglich ein schwacher Nachhall wahrzunehmen. Dabei schien die Kammer gegen die Strahlung isoliert zu sein, denn die unangenehme Energieströmung, die Mariella zuvor wahrgenommen hatte, war hier kaum vorhanden. Und wenn ihm was anderes zu schaffen macht?, dachte sie. Das Blut auf seinem Shirt … Luseks gebrochenes Genick … das Gas …

Als Mariella sich vorneigte, hörte sie Aidans Atem nicht. Nur ein schwaches Heben und Senken seiner Brust hielt sie davon ab, es panisch mit einer Wiederbelebung zu versuchen.

»Könntest du die Augen bitte wieder aufmachen?«, fragte sie.

Keine Reaktion.

Mariella stupste Aidan mit der Spitze ihres angekokelten Espadrille an. »Aidan? Könntest du …«

»Nein, kann ich nicht, und zwar völlig egal, was du willst. Könntest du stattdessen bitte mal Ruhe geben? Wenigstens für fünf Minuten?«

»Ich mache mir wirklich Sorgen um dich.«

Mehr als ein Stöhnen kam nicht von Aidan.

Dann eben nicht, dachte Mariella.

Versuchshalber schloss sie selbst die Augen, doch es tauchten sofort Bilder auf, in denen die spinnenhafte Lusek auf dem ausgelieferten Smerge hockte und ihn mit dem Messer traktierte. Smerge hatte genauso dagelegen wie Aidan jetzt, niedergestreckt und dem Schicksal ergeben. Ein mutiger Kämpfer, der außerstande war, länger für sich selbst einzustehen – während sie bloß daneben saß, nutzlos und ohne Plan. Bis Aidan aufgetaucht war und mit der Knochensägen-Frau kurzen Prozess gemacht hatte.

»Ich könnte mal nachschauen, ob du bloß blaue Flecken hast oder was Schlimmeres«, schlug Mariella vor.

Als Aidan nicht reagierte, streckte sie die Hand vor und ließ sie über seinem Oberkörper schweben. Sein Flanellhemd, mit dem er die Flammen an seinen Sachen ausgeschlagen hatte, war im Gang zurückgeblieben. Das graue T-Shirt, das er noch trug, sah ramponiert aus, und der Halsausschnitt war zerrissen, sodass sein Schlüsselbein blank lag. Dort war eine Rötung zu entdecken, wo ihre Hand zugeschlagen hatte. Der Stoff des Shirts war stark verdreckt, wies Rußspuren und verschiedenartige Flecken auf, einige davon von frischem Rot. Ja, das war eindeutig Blut. Entschlossen zog Mariella den T-Shirt-Saum hoch, um die Quelle für die Blutung zu finden. Doch kaum streiften ihre Finger Aidans Haut, richtete er sich auf und sah sie an, als wäre er aus einem Traum hochgeschreckt.

»Was soll das?«

»Du blutest.«

Verwirrt blickte Aidan an sich hinab. Über seinen unteren Rippenbogen erstreckten sich mehrere gezackte Wunden. »Das sind nur Kratzspuren vom Knochenmann.« Damit zerrte er den Saum wieder nach unten.

»Und dann wären da noch die Verletzungen von dem Draht, der dir in die Finger geschnitten hat.«

»Das war nicht schlimm, die Wunden haben sich schon so gut wie geschlossen.«

»Und was ist mit deinem Oberarm? Da pappt ganz viel ekliges Wachssekret von Smerge dran und auch irgendwas Dunkles.«

Tatsächlich klebte der Ärmel regelrecht an Aidans Oberarm fest. Anscheinend hatte er etwas von Smerges Blut an der Schulter abbekommen, als sie den Verwandelten vom Plateau geschoben hatten. Aidan zog an dem Ärmel – es klang, als würde er ein Pflaster abreißen. Der Stoff klaffte längs auseinander, und eine tiefe Schnittwunde kam zum Vorschein. Ein Blutrinnsal lief seinen Arm hinab.

»Wenn ich nicht so erledigt wäre, würde ich mich jetzt übergeben«, sagte Mariella.

»An der Stelle muss mich das Beil von diesem irren Arschloch gestreift haben. Habe ich im Kampf gar nicht bemerkt.«

»Adrenalinrausch. In Ausnahmesituationen rennen sogar normale Menschen auf gebrochenen Beinen. Was wollte der Glatzenmann überhaupt von dir?« Die Frage, was Aidan mit dem Mann gemacht hatte, dass er nicht wieder aufgestanden war, stellte sie lieber nicht, würde sie vielleicht niemals stellen.

Auch so verriet Aidans Gesichtsausdruck genug: Aus seinen eh schon blassen Wangen wich der letzte Rest von Farbe, dann tauchte eine Entschlossenheit auf, wie man sie sonst nur bei Menschen sah, die wissend in ein Feuer liefen. »Meine Familie erfreut sich bei manchen Leuten keiner großen Beliebtheit, seitdem deine Mutter unsere Elitesoldaten immer öfter als ihre Bluthunde einsetzt. Offenbar hat Mercedes einen Weg gefunden, wie wir Beringer uns selbst an den Rand der Tannin-Welt drängen.«

»Das wusste ich nicht«, gab Mariella zu.

»Der Kerl mit dem Beil war jedenfalls der Auffassung, dass nur ein toter Beringer ein guter Beringer ist.«

Das immer breiter werdende Blutrinnsal an Aidans Arm übte eine hypnotisierende Wirkung auf Mariella aus. »Wir sollten den Schnitt schleunigst verbinden, die Wunde verschließt sich nämlich nicht von allein.«

»Und womit sollen wir das machen, etwa mit jeder Menge gutem Willen? Wenn wir nämlich unsere versifften Klamotten als Verbandszeug nehmen, bekomme ich sofort Wundbrand. Dann lieber bluten.«

Mariella sah sich in der Kammer um. Bislang hatte sie nur Augen für die massive Sicherheitstür gehabt, die sie von dem Chaos draußen auf dem Gang trennte. Es gab allerdings noch einen Tisch samt Stühlen und ein längliches Stahlding an der Wand, das sich bei genauerer Betrachtung als Pritsche herausstellte, die man aufklappen konnte. Obwohl Mariella sich gemächlich drehte, um den Rest des Raums in Augenschein zu nehmen, schmerzte jeder Muskel in ihrem Körper. Zu ihrer Freude entdeckte sie ein Waschbecken an der Wand und daneben einen Spind.

»Das muss früher ein Aufenthaltsraum gewesen sein.«

»Oder ein Safetyraum für die Wächter, falls mal was schiefläuft, so wie heute«, sagte Aidan, allerdings nicht richtig bei der Sache. Im nächsten Moment begriff Mariella, was ihn ablenkte, denn sie spürte ein zaghaftes Streicheln an ihrem Hinterkopf. Als sie sich rührte, zog Aidan seine Hand schnell zurück. »Deine Haare ...« Er verstummte.

Mariella zuckte die Achseln. »Ist schon gut, ich brauchte eh einen neuen Look.« Überraschenderweise kümmerte es sie tatsächlich nicht, dass ihr Mähne unter Smerges Einverleibungsnummer gelitten hatte. Das seltsame Erlebnis lag gefühlte hundert Jahre zurück. Die Gegenwart hingegen schien nur aus der Art zu bestehen, wie sich Aidans flüchtige Berührung angefühlt hatte. Ehe sie jedoch auch nur erahnte, was ihre Reaktion bedeutete, ließ ein Knall sie zusammenfahren.

Jemand hatte sich mit aller Gewalt von draußen gegen die Tür geworfen. Jemand erschreckend Großes.

Dann krachte es erneut.

Staub und Gesteinsbrocken rieselten von der Decke, aber die Tür hielt, auch wenn in ihrem Metallkorpus eine Delle zurückgeblieben war.

»Definitiv ein Safetyraum«, sagte Aidan. »Niemand würde sich die Mühe machen, einen gewöhnlichen Pausenraum mit einer solch massiven Sicherheitstür auszustatten.«

Dass Aidan nicht aufsprang und seine übliche Kampfhaltung einnahm, ließ Mariella den auf dem Gang tobenden Verwandelten vergessen. Ihr wahres Problem kauerte auf dem nackten Boden und rührte sich vor Erschöpfung nicht mehr.

Als Erstes öffnete Mariella die Pritsche. Dann brauchte es mehrere Anläufe, um Aidan dazu zu bewegen, sich auf die Bettstatt zu legen. Teils, weil ihm jede Bewegung Schmerzen bereitete, teils weil er ein waschechter Sturkopf war. Nachdem das vollbracht war, inspizierte sie den Spind, der zu ihrer Freude nicht nur eingeschweißte Kekse, sondern auch einen Erste-

Hilfe-Kasten enthielt. Leider war bei beidem das Ablaufdatum schon lange überschritten, weshalb die Kekse im Mülleimer landeten. Den Verbandssachen, die Mariella an sich nahm, würde ihr Alter schon nichts angetan haben.

Aidan saß auf der Pritsche und begutachtete seine Armverletzung. Ohne mit der Wimper zu zucken, reinigte er die gut fünf Zentimeter lange Schnittwunde mit Mullverband. An ihm ist wirklich ein Spartaner verloren gegangen, dachte Mariella, dankbar dafür, dass der Kelch der Wundversorgung ihr vorbeiging. Ihr war allein vom Zuschauen schon schummerig.

»Ist da was zum Klammern von Wunden in dem Kasten?«, fragte Aidan. »Ein Verband wird die Blutung nicht stoppen, dafür ist die Wunde zu tief.« Offensichtlich kannte er sich mit so etwas aus.

»Es gibt ein Päckchen Wundnahtstreifen. Die sind zwar schon eine Weile abgelaufen, aber das ist ja egal. Soll ich dir beim Verarzten der Wunde helfen?«

Aidan musterte sie, dann grinste er. »Schon okay, das bekomme ich allein hin, auch wenn der Schnitt ziemlich hoch an der Schulter sitzt. Du könntest mir in der Zwischenzeit ein Glas Wasser von der Spüle holen.«

Das war ganz klar Beschäftigungstherapie fürs Nervenwrack, aber ehrlicherweise übernahm Mariella den Job nur allzu gern. Der Wasserhahn gurgelte erst vor sich hin, ehe er einen Schwall trüben Wassers ausspuckte. Irgendwann wurde das Wasser klarer, und sie kehrte mit einem randvollen Glas zur Pritsche zurück.

Aidan begrüßte sie mit gerunzelter Stirn. »Die Wundnahtstreifen kleben nicht mehr. Das mit dem Ablaufdatum war, so wie es aussieht, doch nicht egal.«

Hastig durchsuchte Mariella den Erste-Hilfe-Koffer. »Ansonsten gibt es nur noch ein Nähset«, brachte sie mit schwacher Stimme hervor.

»Steht im Spind eine Flasche Schnaps?«

»Zum Wundendesinfizieren?«

»Ich dachte eher daran, dass du dir Mut antrinken solltest, bevor du mit Nadel und Faden loslegst.«

»Um dir dann versehentlich deinen Arm an die Seite anzunähen, weil ich vor Besoffenheit schiele?« Mariella gab ein Lachen von sich, das mehr wie ein trockenes Husten klang.

»Tut mir leid, ich würde es ja selber machen, aber als Rechtshänder mit links nähen … das wird nicht klappen.«

»Ich weiß«, sagte Mariella ergeben, setzte sich auf die Pritschenkante und holte eine Schere aus dem Koffer.

»Könntest du dein Haarproblem eventuell später lösen?«

»Sehr witzig.«

Als Mariella nach seinem T-Shirt langte, zuckte Aidan zusammen. »Muss das sein?«

»Sag bloß, du bist schüchtern.«

»Eigentlich nicht.«

»Na dann.«

Trotzdem wich Aidan erneut zurück, als Mariella die Schere ansetzte. Sie zog fragend eine Braue hoch.

»Ich würde das Shirt lieber anbehalten«, sagte er.

Mariella atmete ein und zählte bis fünf. Als Aidan immer noch zur Salzsäule erstarrt dasaß, legte sie die Schere beiseite. »Ich verstehe ja, dass du nicht gern halb nackt in dieser Kammer rumsitzen willst. Aber an deinem Shirt haften so viele Blutflecken, Schmutzpartikel und Bakterienstämme, dass es vermutlich schon ein Eigenleben führt. Der Fetzen hat in der Nähe von frischen Wunden nichts zu suchen.«

Aidans Mund wurde eine harte Linie.

»Wenn die Wunde versorgt ist, leihe ich dir meinen Sweater. Oder das Top, das ich drunter trage, falls dir das lieber ist. Du magst doch den Stilmix aus unmöglichen Klamotten.«

Leider war Aidan viel zu angespannt für Neckereien. »Du gibst mir deinen Sweater?«

Mariella hob zwei Finger zum Schwur.

»Wie romantisch. Aber einverstanden, Deal«, gab Aidan endlich nach.

Während Mariella das vor Dreck und Blut starrende T-Shirt der Länge nach von unten nach oben aufschnitt, konnte sie Aidans Anspannung geradezu körperlich spüren. Anstatt eine hochironische Striptease-Nummer durchzuziehen, wie sie es eigentlich bei ihm erwartet hätte, führte er sich auf, als zöge sie ihm die Haut ab. Seltsam, vor allem wenn man bedachte, dass sie ein Gemeinschaftsbad hatten. Da gab man sein Schamgefühl bald auf, besonders wenn man wegen des ewigen Zeitdrucks nur wenige Augenblicke zum Duschen und Zähneputzen hatte. Anderseits konnte sie sich nicht daran erinnern, dass Aidan jemals an ihr vorbeigeflitzt war wie Xiu, um sich bei der Dusche vorzudrängeln. Oder mit soldatischer Disziplin sein Programm durchgezogen hatte wie Lyon. Wenn sie zufälligerweise einmal mit Aidan im Bad gewesen war, hatten sie sich beide stets abgewendet. Aus Höflichkeit, so viel war klar. Aber aus Mariellas Sicht auch, weil die Versuchung, sich diesen Jungen genauer anzuschauen, zu verlockend gewesen wäre. Allein bei der Vorstellung brach in ihr das reinste Chaos aus.

Ganz die Konzentration in Person befreite Mariella Aidans verletzten Arm vom Stoff, dann streifte sie den zerfetzten Rest über seine linke Schulter. Noch während sie an dem zerschnittenen T-Shirt zog, fiel ihr ein faustgroßer Fleck auf seiner Brust auf, ein Stück über dem Herzen. Noch eine Verletzung, dachte sie. Dann wurde ihr jedoch klar, dass diese Verletzung schon lange nicht mehr geblutet hatte. Ihr Wundgeflecht war ausgeheilt, und die zurückgebliebenen Linien schimmerten so weiß, als hätten sich unzählige Eiskristalle in den Narben festgesetzt.

»Ist das ein Frostverletzung, die man sich nur in Alaska wegholen kann?«

»So was in der Art.« Aidan mied Mariellas Blick. »Weißt du, was ein Brandzeichen ist?«

Mariella nickte stumm. Man musste kein Geschichtscrack

sein, um zu wissen, dass früher zur Bestrafung und Erniedrigung Schandmale eingebrannt worden waren. Gegen ihren Willen starrte sie das Zeichen auf Aidans Brust an und erkannte plötzlich, was es in stilisierter Form darstellte: einen Drachen, das Symbol des Beringer-Clans. Nur dass dieser Drache enthauptet worden war. Etwas in ihr gefror.

»Was auch immer an Liebe von meiner Familie zu mir geflossen ist, damit ist es jetzt vorbei. Das Zeichen wirkt wie ein Bann«, sagte Aidan leise. »Das Energiefeld, das mein Clan erschafft, um sich zu stärken und zu schützen, erreicht mich nicht mehr. Nie mehr. Selbst dann nicht, wenn meine Familie mich wiederaufnehmen würde. Das hat jedenfalls mein Großvater behauptet, bevor er mir das Zeichen mit seinem Eisfeuer eingebrannt hat.« Aidans Stimme war vollkommen ausdruckslos. »Einen Siegelring kann man sich zurückholen und seinen Platz im Clan erkämpfen, aber die Liebe seiner Familie bekommt man nicht zurück, wenn sie erst einmal erloschen ist.«

Tausend Gedanken schossen Mariella durch den Kopf, doch kein einziger Laut fand seinen Weg über ihre Lippen. Stattdessen bedeutete sie Aidan, sich auf die Seite zu legen. Dann griff sie nach dem sterilen Nadelset und machte sich unter seinen Anweisungen daran, die Schnittwunde zu verschließen. Nachdem sie es bis vor ein paar Minuten noch für unmöglich gehalten hatte, dass sie eine Wunde nähte, ohne durchzudrehen, führte sie die Arbeit nun schnell und sauber durch. Hinter ihrer Stirn breitete sich mit jedem Stich mehr Stille aus, eine Stille wie vor dem Sturm.

27

Mariella wachte auf, weil ihr der Nacken wehtat. Genau wie ihr Rücken und die Hälfte ihres Gesichts, was daran lag, dass ihr Kopf anstatt auf einem Kissen auf der harten Tischplatte ruhte.

Benommen richtete sie sich auf, bevor Aidan sie beim Schlafen erwischte. Schließlich hatte sie mit viel Tamtam darauf bestanden, die erste Wache zu übernehmen, damit er sich erst einmal ausruhen konnte. Nachdem seine Wunde vernäht gewesen war, hatte er vor Erschöpfung nämlich wie ein Zombie ausgesehen, während sie vor lauter Adrenalin die Wände hätte hochlaufen können. Aidan hatte zwar protestiert, aber sie hatte sich mit verschränkten Armen an den Tisch gesetzt und die Tür angestarrt, hinter der es gelegentlich laut rumste. Irgendwann hatte der Lärm nachgelassen, während Aidans Atem gleichmäßig und schwer geworden war … und allem Anschein nach hatte ihr geschundener Körper das als Zeichen genommen, ebenfalls einzudösen.

Falls es den Verwandelten gelingt, die Tür aufzubrechen, sitzen wir eh in der Patsche – ob ich nun Wache halte oder nicht, legte Mariella sich eine Ausrede zurecht. Unnötigerweise, denn Aidan lag zusammengerollt und tief schlafend auf der Pritsche. Durch den Verband an seiner Schulter war Blut gedrungen, das inzwischen dunkel geworden war. Offenbar hatte sie ganze Arbeit geleistet.

Obwohl es in Mariella kribbelte, widerstand sie dem Bedürfnis, zu Aidan rüberzuhuschen. Zu gern hätte sie seine Ponyfransen aus der Stirn gewischt, natürlich nur, um zu überprüfen, ob er fieberte. Kalt war ihm jedenfalls nicht, wie der leichte Schweißfilm auf seinen Wangen zeigte. Auch Mariella war ordentlich heiß, die Luft in der Kammer war warm und stickig. Als sie ihren Sweater über den Kopf zog, schmerzte jeder Muskel, trotzdem lächelte sie. Sie hatte sich erfolgreich zur Wehr gesetzt. Und nicht nur das, sie hatte auch anderen geholfen, sie, das blaue Taugenichts-Blümchen.

Nachdem Mariella sich an der Spüle frisch gemacht und mehrere Gläser Wasser getrunken hatte, näherte sie sich vorsichtig der Tür. Die metallene Front wies Eindellungen auf, Spuren des ungewöhnlich großen Verwandelten, der sich wie ein Rammbock dagegen geworfen hatte. Mariella lobpreiste die Konstrukteure der Tür, ohne die sie inzwischen entweder halb tote Geiseln oder frisch Verdautes in einem Verwandelten-Magen wären. Anscheinend fiel ihr Dankesgebet zu laut aus, denn Aidans Atem stockte, und dann raschelte es auch schon auf der Pritsche. Obwohl er sich langsam aufsetzte, war klar, dass es ihm nach dem Schlaf schon deutlich besser ging. Sein Leuchten war zurückgekehrt, genau wie die Farbe in seinem Gesicht. Sogar die Kratzwunden an seiner Wange waren fast verheilt. Selbst für einen Tannin erholte er sich verblüffend schnell.

»Bin ich lang weg gewesen?«

»Keine Sorge, du hast nichts verpasst. Draußen gab es noch eine Weile Lärm, aber inzwischen ist es ruhig.«

»Du hättest mich zur Ablöse wecken können, du siehst komplett fertig aus.«

Mariella zog eine Schnute, obwohl sie in Wirklichkeit froh war, dass man ihr das Nickerchen nicht ansah. »Vielen Dank fürs Kompliment. Oder wie man in unseren höheren Kreisen zu sagen pflegt: ›Touché‹.«

»Oh, die Infantin ist zurück.« Aidan deutete eine Verbeugung an. »Tut mir leid, Hoheit, ich wollte keineswegs Eure zarten Gefühle verletzen. Selbstverständlich seht Ihr sogar nach einem Kampf auf Leben und Tod entzückend und frisch wie eine Blumenwiese aus.«

»So ist es schon besser. Als Belohnung bekommst du dafür auch ein Glas Wasser.«

Als Mariella mit dem Wasser zur Pritsche zurückkehrte, testete Aidan gerade die Beweglichkeit seines bandagierten Arms. Besonders groß war der Radius nicht, dafür drang helles Blut durch den Verband.

»Würdest du das bitte bleiben lassen? Ich habe nicht die Grenzen meines angeborenen Etepetete-Gefühls überwunden und deine Wunde genäht, damit du jetzt wieder alles kaputt machst.«

»Tut mir leid, aber ich muss wissen, inwieweit mein Arm noch zu gebrauchen ist.«

»Wozu? Wir sind in Sicherheit.«

»Das können wir erst sagen, nachdem wir die Tür geöffnet haben und der Gang leer ist.«

»Was wir auf keinen Fall tun werden, wir sind ja nicht bescheuert! Wir zwei Hübschen warten brav in dieser Kammer, bis uns die Wache findet.«

»Ich bezweifle, dass wir so lange warten können.«

Genervt verdrehte Mariella die Augen. »Falls du dringend pinkeln musst, benutz das Spülbecken. Ich verrate es auch keinem, Indianerehrenwort.«

Aidan grinste, allerdings nur ganz kurz, dann wurde sein Ausdruck ernst. »Ich wünschte, das wäre gerade unser größtes Problem. Wesentlich schlimmer ist die miserable Luft hier drinnen.«

»Das ist nicht allein meine Schuld«, verteidigte sich Mariella.

»Darum geht es nicht.« Aidan zupfte nachdenklich an dem Verband an seinem Oberarm, ließ es jedoch bleiben, als der rote Fleck größer wurde. Dann deutete er auf ein verkleidetes Rechteck unterhalb der Decke. »Das muss der Lüftungszugang sein, der für die Sauerstoffzufuhr in der Kammer zuständig ist. Das braucht es, weil die Tür nahtlos schließt. Eine Sicherheitsmaßnahme, die dafür sorgt, dass das Gas hier nicht eindringen kann. Wenn die Luft jetzt merklich schlechter wird, bedeutet das, die Lüftung wurde entweder schon vor längerer Zeit abgeschaltet, weil die Kammer ohnehin nicht mehr benutzt wird. Oder etwas versperrt den Schacht, was auch keine Überraschung wäre. Die Klippe ist der reinste Schweizer Käse, da kracht immer wieder mal was zusammen. Wenn wir nicht ersticken wollen, müssen wir früher oder später raus aus der Kammer.«

»Dann machen wir eben die Tür auf.«

»Und wenn draußen ein Verwandelter lauert?«

»Dann verpasse ich ihm einen von den Todes-Kicks, die Skye mir beigebracht hat.«

»Skyes Technik in allen Ehren, aber die Abdrücke in der Tür sind beeindruckend. Die stammen zweifelsohne von einem Riesen. Und ich bin im Moment keine große Hilfe, auch wenn es mir schon besser geht.«

»Das sind ja super Aussichten.«

Es war nett von Aidan, so zu tun, als ob Mariella es zumindest mit ein paar kleineren Verwandelten hätte aufnehmen können. Dabei wusste sie selbst, dass sie einem frontalen Angriff ohne Tricks und Überraschungsmoment nicht gewachsen war. Allerdings war langsames Ersticken auch nicht gerade eine Alternative, eingesperrt in einem scheinbar sekündlich kleiner werdenden Raum. Panik stieg in ihr auf. Hier drin war es ja genauso schlimm wie im Aufzug, nein, noch schlimmer! Die Aufzugtüren gingen nach einigen Minuten von allein auf, und es gab ausreichend Luft. In der Kammer hingegen nahm der Sauerstoffgehalt mit jedem Atemzug ab. Unwillkürlich erinnerte sich Mariella an das Gefühl, unter Wasser gefangen zu sein, während ihr die Luft ausging. Sie hatte den verfluchten Tauchgang nicht überlebt, um jetzt in einer Kammer zu ersticken!

Bevor Aidan sie zurückhalten konnte, lief Mariella zu der Tür und hielt die Passiermünze über die Vertiefung. Doch anstatt dass ihre Energie durch die Münze ins Schloss floss, um es zu öffnen, verpuffte sie bloß.

Sie versuchte es noch einmal, während Aidan neben sie humpelte.

Und dann noch einmal.

Nichts rührte sich.

»Hör auf damit, Mariella.« Überraschenderweise klang Aidan kein bisschen wütend über ihren kopflosen Alleingang.

»Die Tür muss doch aufgehen!« Mariella versuchte es erneut, während die Angst wie ein aufgeregter Bienenschwarm hinter ihrer Stirn surrte.

»Mariella … Hör auf, okay?« Aidan stand nun so dicht, dass sie seine Körperwärme spürte.

Widerwillig ließ Mariella die Hand sinken. »Das Schloss ist hinüber. Vermutlich, als der Koloss sich dagegen geworfen hat. Selbst wenn die Wache auf die Idee kommt, dass wir hier drin feststecken, wird es bestimmt ewig dauern, bis sie die Sicherheitstür aufbekommen.« Anstelle eines Fluchs kam ein Schluchzen über ihre Lippen. Dabei hatte sie fest damit gerechnet, dass ihnen jetzt nur noch ihre Rettung bevorstand und im Anschluss ein Bett auf der Krankenstation, eine Schale Kekse und lobende Worte von der Marschallin, weil sie so unsagbar tapfer gewesen waren. Einer weiteren Herausforderung fühlte sie sich schlicht nicht gewachsen.

Aidan legte seinen heilen Arm um Mariella und zog sie an seine Brust.

Zuerst wollte sie ihn abwehren, zu wütend auf die verdammte Situation und ihre eigene alberne Mimosenhaftigkeit, um Mitleid anzunehmen. Doch seine Umarmung tat zu gut, sie konnte darauf nicht verzichten. Außerdem brauchte vielleicht auch Aidan, der furchtlose Krieger aus dem Eis, ein bisschen Wärme und Trost.

Mit diesem Gedanken schmiegte Mariella sich fester an ihn und schlang ihre Arme um seine Taille. Sie kümmerte sich auch nicht weiter darum, als ihr Tränen über die Wangen liefen und in der Einbuchtung zwischen seinem Hals und seiner Schulter, in die sie ihr Gesicht vergraben hatte, sammelten. So standen sie eine Weile schweigend zusammen, bis Mariella die Kraft fand, sich zu lösen. Mit dem Handrücken verwischte sie notdürftig ihre Tränenspuren, ohne große Hoffnung, dass an ihrem Gesicht noch irgendwas zu retten war. Ihre Haut reagierte allergisch auf salzige Tränen und fühlte sich bereits aufgequollen an.

»Ich habe vordem behauptet, dass ich meine Familie nicht dafür hasse, dass sie mich nach Stoneheaven abgeschoben hat. Das nehme ich hiermit hochoffiziell zurück: Ich hasse sie, und zwar mit jeder Faser meines Herzens.«

Aidan blinzelte ihr zu. »Normalerweise würde ich jetzt so etwas Aufbauendes sagen wie, dass du süß aussiehst, wenn du wütend bist. Aber im Moment weist du eine starke Ähnlichkeit mit einer Tomate kurz vorm Platzen auf.«

Genau das, was ein Mädchen hören wollte. »Im rauen Alaska hält man die Kunst, Komplimente zu machen, wohl für überflüssig.«

»Grizzlys lassen sich nicht durch schöne Worte vertreiben.«

»Und weiblich riechende Wesen werden an den Haaren in die nächste Blockhütte gezerrt.«

»Was bei dir jetzt schon mal nicht mehr klappen dürfte, deine Locken sind zu kurz, um sie sich um die Faust zu schlingen.«

Mariella wollte bereits zu einer Retourkutsche ansetzen, die sich gewaschen hatte, als ihr klar wurde, dass ihr deutlich leichter ums Herz war. Sich mit Aidan zu zanken, war fast so schön, wie von ihm im Arm gehalten zu werden. »Deine Mariella-vom-Ausflippen-ablenken-Manöver werden immer subtiler«, sagte sie durchaus anerkennend.

Ein Grinsen breitete sich auf Aidans Gesicht aus, eins von der unverschämten Sorte. »Übrigens: Ich mag überreife Tomaten, selbst in Gesichtsform«, sagte er mit absichtlich samtig dunkler Stimme.

»Wie schmeichelnd.«

»Und wirr abstehende Locken finde ich absolut umwerfend.«

»Okay«, knurrte Mariella. »Egal wie, ich werde jetzt diese Tür öffnen und dich dem erstbesten Verwandelten zum Fraß vorwerfen.«

Aidan deutete auf seinen mit verschorften Wunden und Blutergüssen übersäten Oberkörper. »Ich bezweifle, dass ich appetitlich genug aussehe.«

Nun war es an Mariella zu grinsen, während sie Aidan von seinen zerzausten Haaren bis zu seinen mit Brandblasen übersäten Füßen abscannte. Schließlich blieb ihr Blick an seinem durchtrainierten Bauch hängen. »Solange du dein Shirt auslässt, siehst du unbedingt lecker aus. Wenn auch etwas angeknabbert.«

»In dem Fall sollte ich mir dringend etwas überziehen. Gab es da nicht dieses Sweatshirt, das du mir leihen wolltest?«

Den Sweater hatte Xiu Mariella für den Küchendienst geborgt, weil ihre Garderobe überwiegend aus sommerlicher Loungewear und Partytauglichem bestand. Schließlich hatte sie in Barcelona keine Zeit gehabt, sich für einen Höllentrip bei Dauerkälte im Inneren eines Klippenlabyrinths einzukleiden. Und selbst wenn ihr vom Kreis eine Shoppingtour zugestanden worden wäre, hätte sie nicht gewusst, was es zu kaufen galt. Ein Leben an einem Ort wie der Zitadelle war schlicht unvorstellbar gewesen. Nun machte der einstmals blaue Sweater, auf dessen Vorderseite der Feuerteufel des Skateboard-Labels Spitfire grinste, einen ziemlich ramponierten Eindruck: Das Rückenteil war nach Smerges Einverleibungsnummer zersetzt, dazu gesellten sich Brandlöcher, und eine wachsartige Substanz hielt den Rest zusammen. Es gab auch ein paar grüne Spritzer, die Aidan als das Blut des Verwandelten identifizierte, dem Mariella einen mit der Eisenstange mitgegeben hatte. Zu allem Überfluss stank der Sweater nach Lagerfeuer. Als Aidan das Teil vor sich hielt, hätte Mariella es ihm am liebsten entrissen und in die hinterste Ecke der Kammer verbannt.

»Das Ding ist Schrott«, sagte sie.

»Viel entscheidender ist, dass es zu schmal ist. In die Ärmel komme ich mit dem bandagierten Arm nicht rein.«

»Dann lass es bleiben, hier drin ist es doch ohnehin kochend heiß.«

Aidan schüttelte entschieden den Kopf. »Auf keinen Fall. Es ist schon übel genug, dass du das Brandzeichen gesehen hast. Lieber quetsche ich mich in das Ding, als von den Wächtern beglotzt zu werden und mir irgendwelche ätzenden Kommentare anhören zu müssen. Davon habe ich langsam genug.«

Das konnte Mariella durchaus nachvollziehen, nachdem sie gerade erst mitbekommen hatte, wie die Wächter Aidan allein schon wegen seines schwarz-roten Zeichens angingen. Wenn sie dann noch begriffen, dass seine Familie ihm nicht nur den Clan-Status entzogen, sondern ihn regelrecht gebannt hatte, würden sie vermutlich die letzten Reste an Zurückhaltung aufgeben. Entschlossen schnappte sie sich den Sweater und ging damit zur Pritsche, wo die Verbandsschere lag. Sofort begann sie, den Stoff zu bearbeiten.

»Was hast du vor?« Aidan stellte sich neben sie, seinen verletzten Arm vor die Körpermitte haltend.

»Ich trenne die Ärmel ab. Das Mittelstück wird zwar etwas eng sitzen, aber es müsste lang genug sein für dich, schließlich sah der Sweater an mir wie ein Zelt aus.«

Es klappte tatsächlich, auch wenn Aidan sich merklich unwohl fühlte. »Die Achtziger waren modemäßig das Letzte. Jetzt fehlt nur noch ein Frottee-Stirnband.«

Mariella verkniff sich einen Kommentar, sondern holte lieber das Stoffdreieck aus dem Notfall-Kasten, um damit Aidans Arm ruhigzustellen. »Und nun überlegen wir uns, wie wir hier rauskommen, bevor uns der Sauerstoff ausgeht«, sagte sie.

28

Sie schoben den Tisch unter das verkleidete Rechteck, von dem Aidan vermutete, dahinter verberge sich der Lüftungsschacht. Ausgerüstet mit einem Messer aus dem Essbesteckfach und einer Taschenlampe, kletterte Mariella auf die Tischplatte. Dann brachte sie den Stuhl, den Aidan ihr reichte, in Position und stieg darauf.

»Und?«, fragte Aidan.

»Der Stuhl wackelt.«

»Das sehe ich.«

»Außerdem muss ich mich auf die Fußspitzen stellen, um überhaupt irgendwie in den Schacht linsen zu können.«

»Na, dann mach das doch mal.«

»Dann wackelt der Stuhl aber noch mehr, als er es eh schon tut.« Mariella hasste ihren jammrigen Ton, aber ihr Bedürfnis nach einer Runde Mitleid war stärker. Genau wie ein diffuses Verlangen nach Nähe … Sie wollte lieber unten neben Aidan stehen und vergessen, dass ihnen langsam, aber sicher der Sauerstoff ausging. Sie wollte sich gegen ihn lehnen, vielleicht sogar ankuscheln, und sämtliches Gewicht an ihn abgeben, anstatt hier in luftiger Höhe die Heldin spielen zu müssen.

Allem Anschein nach entging Aidan ihr Trostbedürfnis nicht, denn er sagte: »Warte, ich komm rauf und leiste Hilfestellung.«

»Du und dein bandagierter Arm, ihr bleibt schön unten«,

entschied Mariella. »Halt einfach den Stuhl fest, dann wird es schon gehen.« Resolut stemmte sie sich in die Höhe, bevor er eine Diskussion eröffnen konnte, und betrachtete die Abdeckung. »Die gute Nachricht lautet: Ja, das Ding ist mit winzigen Löchern gespickt. Sieht aus, als liegst du mit deiner Lüftungsschacht-Theorie richtig. Und nun die schlechten News: Nein, es weht nicht der leiseste Windhauch durch. Wir sitzen in der Patsche.«

Aidan zuckte mit den Schultern. »Viel wichtiger ist, was dir dein Bauchgefühl sagt. Ist das unser Weg?«

»Woher soll ich das denn wissen? Es tanzt kein Irrlicht ein fröhliches ›Hier geht's lang!‹ in die Luft.«

»Du hast die Kammer gefunden, also hast du einen hervorragenden Instinkt für solche Dinge.«

»Bei so viel Vertrauen in meine Fähigkeiten wird mir ganz schwindelig. Etwas, das ich gerade gar nicht gebrauchen kann.«

»Entspann dich, Mariella. Lass dich einfach drauf ein, dann wird's schon.«

Das war natürlich hübsch gesagt – und auch nicht ganz verkehrt. Denn tatsächlich spürte Mariella eine leichte Anziehungskraft. Doch da war noch etwas anderes, eine gewisse Unsicherheit, ob sie diesen Weg wirklich nehmen sollten. Wer konnte schon sagen, ob ihnen gefiel, was sie an seinem Ende erwartete? Da war nämlich auch ein Schatten, etwas, das ihr Angst machte. »Der Schacht ist wohl eine Möglichkeit«, sagte sie ausweichend.

»Dann hebel die Abdeckung auf und sieh nach, was dahinter liegt.«

Murrend machte Mariella sich an die Arbeit, wobei der Stuhl bei jeder Bewegung umzustürzen drohte. Schweiß lief ihr über den Rücken, während ihre Brust sich hob und senkte, weil ihre Lungen deutlich mehr arbeiten mussten, um an ausreichend Sauerstoff zu gelangen. Dann sprang die Abdeckung endlich ab.

»Was siehst du?« Aidan war seine Ungeduld deutlich anzumerken. Wäre die Sache mit seinem Arm nicht gewesen, hätte er Mariella sicher schon längst vom Stuhl geholt, um selbst nachzusehen.

»Es ist ein Schacht, könnte von der unregelmäßigen Form her natürlichen Ursprungs sein. Wohin er führt, ist nicht zu sehen, so weit reicht das Lampenlicht nicht.«

»Was ist mit seinem Durchmesser, ist er groß genug für einen Menschen?«

Mariella stöhnte. »Ich ahne schon die nächste Anweisung: Vergiss deine Platzangst, Sweetheart, klettere da rein und hol Hilfe.«

»Nein«, sagte Aidan und schwang sich auf den Tisch. »Wir klettern da beide rein.«

»Vergiss es, bei solchen Akrobatiknummern bricht die Wunde an deinem Arm sofort wieder auf.«

»Was hilft mir eine vorbildlich vernähte Schnittwunde, wenn ich elend ersticke?«

Entgegen jeder Vernunft zögerte Mariella. »Bei unserem Glück bleiben wir auf der Hälfte des Schachts stecken, während die Wachen die Tür aufbrechen, in die Kammer schauen und mit den Schultern zucken, weil niemand da ist.«

»Das Risiko gehe ich ein.« Vorsichtig zog Aidan sich am Stuhl hoch, sodass Mariella nur leicht schwankte. »Aber wenn du möchtest, kannst du warten, bis ich herausgefunden habe, wohin der Schacht führt.« Er hielt ihr die Hand hin, um ihr vom Stuhl zu helfen.

»Von wegen«, zischte Mariella. »Hilf mir lieber, anstatt mit deinem unsinnigen Geplappere wertvollen Sauerstoff zu verschwenden.« Ohne Aidans Reaktion abzuwarten, umfasste sie die Außenkante des Schachts und zog sich hoch. Nach den unzähligen Klimmzügen im Basistraining gelang es ihr sogar, sich ein Stück emporzuhieven. Bevor sie absackte, umfasste Aidan ihre Hüfte und schob. Mit beiden Händen, wie sie frustriert feststellte. Vor ihrem geistigen Auge drang frisches Blut durch seinen Verband.

Zu Mariellas Erleichterung war der Schacht breit und hoch genug, um geduckt durchzukrabbeln. Er war nur im Eingangsbereich rechteckig und an den Wänden glattgeschlagen, dahinter wurde er immer unregelmäßiger. Leider endete er nicht schon nach wenigen Metern in einem Verteilerraum, sondern schlängelte sich immer weiter durchs Klippenmassiv. Erst als Aidan ihren Namen rief, machte Mariella eine Kehrtwende. Als sie den Kopf zur Öffnung rausstreckte und auf Aidan hinabblickte, der unter ihr auf dem Tisch stand, tat sich bei ihr innerlich ein Sog auf. Etwas in ihr wollte nicht denken, abwägen und zaudern, sondern nur die Hand ausstrecken und diesen Jungen an sich ziehen. Es lag nicht an seiner überwältigenden Ausstrahlung, an seinem spröden Charme und auch nicht an seiner Schönheit, die durch Schmutz, Verletzungen und Erschöpfung durchstrahlte. Es ging tiefer und entzog sich ihrem Verstand, obwohl es lichterloh in ihr brannte. Sie sagen einem nicht, dass es wehtut, erkannte sie. Und dass es ernst gemeint ist, wenn es heißt: Es raubt dir den Atem. Vielleicht musste man dieses Gefühl auch selbst erlebt haben, um zu wissen, wie es sich anfühlte.

»So schlimm?«, fragte Aidan.

»Es bringt mich fast um«, gestand Mariella, wobei ihr klar war, dass sie nicht über das Gleiche sprachen.

»Ich kann dich im Gang ablenken, wenn deine Platzangst zu groß wird«, schlug Aidan vor. »Eine meiner leichtesten Übungen.«

Du lenkst mich schon genug ab, wenn ich bloß weiß, dass du direkt hinter mir bist, dachte Mariella, während sie Aidan eine helfende Hand entgegenhielt. Zuerst reichte er ihr eine mit Wasser gefüllte Feldflasche aus dem Spind, die sie an ihrem Gürtel befestigte, und dann noch die abgelaufenen Kekse aus dem Mülleimer. Mittlerweile machten sie keinen ganz so ekelhaften Eindruck mehr, weshalb Mariella die Packung einsteckte. Dann packte sie Aidans Hand und zog auf sein Kommando nach Leibeskräften. Trotzdem gelang es ihnen erst beim vierten Anlauf, ihn durch die Schachtöffnung zu befördern. Einmal schaffte Mariella es nicht, schnell genug zurückzuweichen, damit Aidan ausreichend Platz im Schacht hatte, ein anderes Mal glitten ihre verschwitzten Hände im entscheidenden Moment auseinander. Schließlich kauerten sie beide nach Luft ringend nebeneinander.

»Können wir los?«, fragte Mariella, obwohl sie erschöpft genug für ein Nickerchen war. Die verbrauchte Luft machte sie ganz benommen.

»Sekunde, du musst mir meinen Arm mit dem Stofftuch vor die Brust binden. Ich kann ihn eh zu nichts mehr gebrauchen.«

Als Mariella ihm den Wunsch erfüllte, versuchte sie, das warme klebrige Blut, das sie dabei an die Finger bekam, zu ignorieren. Und es gelang ihr tatsächlich. Kein Ekel, kein Widerwille. Das ist Aidan, sagte eine Stimme in ihr. Nichts an ihm stößt mich ab. Das war verrückterweise von Anfang an so gewesen, selbst als sie erfahren hatte, wer er war: ein Beringer, der ein schweres Verbrechen begangen hatte und dafür von seinem Clan verbannt worden war. Nein, das war nicht ihre Definition von Aidan. Ihr Bild von ihm hatte schon lange nichts mehr mit einem undurchsichtigen Outlaw zu tun. Aidan – das war der Junge, dessen Nähe ein heißes Prickeln auslöste, dessen Stimme etwas tief in ihrer Brust zum Tanzen brachte, und dessen Blick ihr das Gefühl gab, zum ersten Mal eine Ahnung davon zu haben, wer sie wirklich war. Bislang war sie viel zu sehr damit beschäftigt gewesen, den Leuten zu beweisen, wer sie nicht war und – viel mehr noch – auf keinen Fall sein wollte. So gesehen war Aidan Beringer ein Wegweiser mit zerzausten Haaren und den so ziemlich großartigsten Augen, aus denen er sie gerade forschend anblickte.

»Warum hast du die Quelle versiegelt?«, fragte Mariella.

Aidans Atem stockte hörbar. »Willst du das wirklich wissen?«

»Ja, das will ich. Aber ich frage nicht, weil ich neugierig bin, sondern weil ich mir mit jeder Sekunde, die ich mit dir verbringe, weniger vorstellen kann, dass du so etwas Schreckliches wirklich getan hast.«

»Die Quelle ist aber versiegelt«, flüsterte Aidan, sodass sich der Ton in seiner Stimme nicht deuten ließ. Er saß zusammengekauert da, ein wenig wie eine Katze, die in die Ecke gedrängt worden war und nun zwischen Rückzug und Angriff schwankte.

Mariella leckte ihre trockenen Lippen. »Gut, aber in dem Fall hattest du doch bestimmt einen triftigen Grund, es zu tun, oder?«

»Ich muss dich enttäuschen, dahinter verbirgt sich keine Heldengeschichte.«

»Dann war es ein verrücktes Unglück.«

»Nein, war es nicht.«

»Oder jemand hat dich dazu gezwungen.«

»Was ich getan habe, war allein meine Entscheidung.«

»Das glaube ich nicht.«

Aidan lächelte traurig. »Weil du es nicht glauben willst. Ich kann nichts Furchtbares getan haben, weil du mich magst und mir vertrauen möchtest.«

Bei diesen Worten zuckte Mariella zusammen, nicht nur, weil Aidan sich zu verteidigen weigerte, sondern weil er offensichtlich begriffen hatte, wie sie für ihn empfand. »Mache ich denn einen Fehler?«

»Das fragst du ausgerechnet den Fachmann. Bei mir ist es egal, wie sehr ich mich darum bemühe, das Richtige zu tun, irgendwie verkehrt es sich immer ins Gegenteil.« Aidan rieb sich verlegen den Hals, und Mariella widerstand dem Bedürfnis, die Stelle zu berühren, wo seine Finger eine staubige Spur hinterließen.

»Es ist also eine Strafe für dich, mit mir zusammen zu sein.«

»Ganz im Gegenteil«, sagte Aidan. »Abgesehen von ein paar

lästigen Unlichtern, die es auf uns abgesehen haben, durchgedrehten Verwandelten und sadistischen Wächtern hatte ich heute die beste Zeit meines Lebens. Aber jemand wie du muss sich doch wie im falschen Film vorkommen.«

»Weil ich so ein schrecklich verwöhntes Gör aus dem Haus der Rosaliken bin.«

»Niemand, der einen stinkenden, halb geschmolzenen Wachsklumpen wie Smerge rettet und trotz heftiger Ekelgefühle eine Wunde vernäht, ist ein verwöhntes Gör.« Aidans Finger tippten auf ihr Knie. »Was aber das Problem mit mir ist, hast du eben selbst angesprochen: Ich bin nicht gerade der ideale Umgang für dich, nicht, weil du eine Rosalike, sondern weil du Mariella bist. Du solltest irgendwo oben im Sonnenschein herumtanzen, am besten in der Begleitung von jemandem, der weiß, wie man das Leben von der leichten Seite nimmt. Quasi genau dem Gegenteil von mir.«

Mariellas Herz pochte wild und flüsterte etwas von »Vorsicht, pass auf!«. Nur war Zurückhaltung so gar nicht ihr Stil. »Den Sonnenschein in allen Ehren. Trotzdem wüsste ich nicht, mit wem ich lieber verschwitzt und nach Luft japsend in einem Schacht feststecken würde.«

Da war es wieder, dieses wunderschöne und zugleich traurige Lächeln, das sie jedes Mal in einen Ausnahmezustand versetzte. »Für eine Infantin bist du ganz schön nachsichtig, was deinen Umgang anbelangt. Daran solltest du dringend arbeiten.«

»Das liegt nur daran, dass ich mich unbedingt von meiner Übermutti distanzieren muss. Und was wirkt da besser, als wenn man *den* bösen Jungen schlechthin mit nach Hause bringt?«

»So gesehen machst du alles richtig, sehr clever von dir.«

Es wäre leicht gewesen, über den Kommentar zu lachen oder besser noch, etwas ähnlich Geistreiches zu erwidern. Aber das schaffte Mariella nicht, nicht jetzt, nachdem sie so überdeutlich ihr Interesse signalisiert hatte und Aidan, wenn auch vorsichtiger als sie, auf das Spiel eingestiegen war. Was trotzdem zwischen ihnen stand, war der Grund, warum Aidan überhaupt in der Zitadelle gelandet war. Denn trotz all den Erfahrungen, die Mariella bislang mit ihm gemacht hatte, würde sie erst wissen, wer Aidan wirklich war, wenn sie den Grund kannte, warum er die Quelle versiegelt hatte. Sie musste es erfahren, doch noch viel mehr wünschte sie sich, die Wahrheit von ihm zu hören.

»Wenn du es tatsächlich getan hast, willst du mir dann nicht sagen, warum?«

Aidan zögerte. »Ich habe es aus Liebe getan«, sagte er schließlich.

Von allen Antworten hatte Mariella mit dieser am wenigsten gerechnet. Sie warf unzählige weitere Fragen auf, und gleichzeitig erkannte Mariella, dass es der echte Grund war. Was Aidan sich und seiner Familie angetan hatte, war aus Liebe geschehen. Aus Liebe … Da war nichts, was es dazu noch zu sagen gab.

Mit tauben Gliedern begann Mariella, den Schacht entlangzukriechen, die Taschenlampe zwischen den Zähnen, gefolgt von Aidans schwer gehendem Atem.

29

Mariella hielt an und legte die Taschenlampe so auf den Boden, dass sie den hinter ihr liegenden Gang anstrahlte. Es dauerte eine Weile, bis Aidan zu ihr aufschloss. Im Krebsgang nur einen Arm zur Verfügung zu haben, machte ihn nicht nur langsam, sondern kostete ihn offensichtlich auch viel Kraft. Vielleicht war es aber auch die Wunde an seiner Schulter, die ihm zusetzte, oder die Strahlung, die in dem unisolierten Gang spürbar war. Mariella wusste es nicht, weil Aidan jede Nachfrage mit einem »Alles super« abwiegelte. Auch jetzt machte er eine Miene, als würde er sich innerlich auf eine weitere Runde »Wie geht es dir? Bestens« vorbereiten. Als Mariella jedoch nur zusammengekauert an der Wand lehnte, trat eine Sorgenfalte auf seine Stirn.

»Soll ich raten?«, sagte Aidan. »Wir stecken in der Scheiße.«

»Schlimmer, in einer Sackgasse.«

Mariella war zu erledigt, um ihrem Frust angemessen Ausdruck zu verleihen. Ihre Knie schmerzten, ihre Handballen waren zerkratzt, und ihr Rücken stand kurz davor, in einen Streik zu treten. Das war jedoch alles ein Klacks im Vergleich zu der Benommenheit, die sich wie zäher Sirup hinter ihrer Stirn ausbreitete. Wenn der Sauerstoffgehalt der Luft langsam aber stetig absank, merkte man dann, dass man am Ersticken war, oder schlief man irgendwann sanft ein?

Aidan nahm die auf dem Boden liegende Taschenlampe, aber

anstatt den vor ihnen endenden Schacht zu beleuchten, richtete er den Schein auf Mariellas Gesicht. Als sie es abwendete, umfasste er sanft ihr Kinn, und sie gab nach, allerdings ohne ihm in die Augen zu schauen, dafür brachte sie nicht die Kraft auf.

»Hey«, sagte er, und seine Daumen streichelten über ihre Wange. Die Berührung fühlte sich rau an, weil seine Finger genauso zerschrammt waren wie ihre. Trotzdem war sie noch nie zärtlicher berührt worden. »Wir sind so weit gekommen, wir kommen auch noch weiter.«

»Aber der Gang endet hier. Ich habe uns in eine Sackgasse geführt.«

»Wenn überhaupt haben wir es gemeinsam verbockt.«

»Mir ginge es deutlich besser, wenn du mich anschnauzen würdest«, beharrte Mariella. »Gib mir einen Grund, mich total aufzuregen. Oder besser noch: Gib mir einen Grund, dich durch diesen Gang zurück in die Kammer zu jagen. Ohne eine solche Motivation kann ich mich nämlich keinen Millimeter mehr rühren.«

Aidan musterte sie eindringlich. »Ich lass mir was Besseres einfallen, okay?«

Das Licht der Taschenlampe wanderte von ihrem Gesicht zum Ende des Tunnels, wo bloß eine Wand aus Geröll zu sehen war. »Der Gang muss bei einem Beben auf der Verseuchten Ebene eingestürzt sein«, sagte Aidan.

»Ein verklemmter Schachtdeckel wäre ja auch zu schön gewesen.«

Aidan murrte zustimmend. Nach einer Weile sagte er: »Ein Stück hinter uns war eine Biegung, zu der kehrst du jetzt zurück, bis ich dir ein Zeichen gebe.«

»Und dann komme ich wieder, oder was?«, fragte Mariella verwirrt. Ihre Gedanken stoben davon wie ein Schwarm Fliegen.

»Wenn ich dich rufe, ja. Wenn es nur kracht, musst du improvisieren.«

Allmählich begriff Mariella, was Aidan vorhatte. »Vergiss es, das ist doch kein Gitter, das du mit deinem Astrallis-Overload eindrücken kannst. Das ist eine verdammte Gesteinswand!«

Aidan grinste unbekümmert. »Stimmt, das Gitter unten in der Grotte war easy. Bei dem Steinhaufen braucht es vermutlich etwas mehr, aber das bekomme ich schon hin.«

»Du hast wohl deinen hübschen Ohrschmuck vergessen«, erinnerte ihn Mariella. »Selbst wenn du genug Astrallis kanalisieren kannst, um diesen Schutthaufen zu sprengen, klatscht eine Sekunde später deine Gehirnmasse gegen die Wand.«

»Dann solltest du nachher beim Durchkrabbeln besser achtgeben, wo du deine Hände hinsetzt.«

»Das ist kein Witz, Aidan. Das ist Selbstmord! Ich werde nicht zulassen, dass du so etwas tust.«

Schlagartig verschwand Aidans gespielte Lockerheit. »In dem Fall hättest du dir von Skye beibringen lassen sollen, wie man jemanden mit einem Griff ausknockt. Ich für meinen Teil weiß jedenfalls, wie man das anstellt. Im Nacken gibt es einen Punkt, wo die wichtigsten Energiebahnen zusammentreffen – wenn der blockiert ist, klappst du zusammen, als sei dir der Strom abgestellt worden, während du voll bei Bewusstsein bist.«

»Wow, ich bin echt beeindruckt, du hast ja noch tollere Sachen drauf als Skye.«

Aidan lächelte schief. »Das ist keine Angeberei, wir Beringer brauchen diesen Griff für unsere Bodyguardjobs: Wenn es einen Angriff gibt, ist es manchmal notwendig, die Person, auf die man aufpasst, sofort aus der Schusslinie zu bringen, bevor sie in ihrer Panik durchdreht oder womöglich den Helden spielen will. Es gibt sogar extra eine Silbernadel, um den Punkt zu fixieren, wobei etwas Druck für ein paar Minuten Reglosigkeit ausreicht. Wie sieht es aus? Soll ich den Griff an dir demonstrieren, oder trittst du den Rückzug freiwillig an?«

»Das ist ein Bluff, das würdest du mir niemals antun.«

Das Gletscherblau in Aidans Augen war Antwort genug.

»Du erpresst mich«, stellte Mariella fest.

»Ich lasse dir bloß die Wahl, auf welche Weise du hinter die Biegung gelangen willst: auf allen vieren oder bewusstlos dorthin geschafft. Ersteres wäre mir lieber, meine Schulter bringt mich nämlich um, von der Strahlung mal ganz abgesehen. So betrachtet wäre es gar nicht schlimm, wenn mir die Blocker den Schädel wegsprengen, dann hätte ich das Elend wenigstens hinter mir.«

Mariella konnte nicht entscheiden, ob sie nun mehr wütend oder verzweifelt war. Nur dass sie müde war, stand zweifelsohne fest. »Du willst das wirklich gegen meinen Willen durchziehen?«

»Jep. Und nimm die Taschenlampe ruhig mit, bei mir wird es ohnehin gleich mächtig hell.« Aidan rutschte zur Seite, damit sie an ihm vorbeikrabbeln konnte.

Mariella entschied sich für einen letzten Versuch. »Was hältst du von dem Vorschlag, gemeinsam zurückzukrabbeln und auszuprobieren, ob wir zu zweit auf die Pritsche passen?«

Ein Funkeln trat in Aidans Augen, dann schüttelte er den Kopf. »Danke fürs Angebot. Ich würde sofort Ja sagen, wenn ich nicht wüsste, dass der Sauerstoff kaum ausreichen wird, um die Kammer überhaupt zu erreichen. Aber du kannst das Angebot ja stehen lassen, für den Fall, dass ich anschließend noch aus einem Stück bestehe.«

Mariella schnaufte. »Wenn wir das überleben, habe ich etwas anderes auf Lager: Ich werde dir so lange in den Hintern treten, bis deine Halsstarrigkeit vorn rausfällt.«

»Klingt auch verlockend«, sagte Aidan.

»Seine goldenen letzten Worte.« Mariella setzte sich in Bewegung, nur um sofort wieder anzuhalten. »Das geht so nicht, ich bleibe bei dir.«

Aidan sank ein Stück in sich zusammen. »Ich weiß die Geste wirklich zu schätzen, Mariella. Aber du hilfst mir damit nicht, ganz im Gegenteil. Ich kann das hier nur bringen, wenn ich dich in Sicherheit weiß.«

»Aber ich kann dich jetzt unmöglich allein lassen, es gibt doch noch so viel zu sagen …«

»Später«, sagte Aidan.

»Und wenn es kein Später gibt?«

»Dann ist es irgendwie doch längst gesagt worden, nicht wahr?«

Mariella nickte, dann setzte sie sich schwerfällig in Bewegung. Sie schaffte es gerade bis zur Biegung, dort ließ sie sich auf den Boden sinken. Ohne Aidan in ihrer Nähe gaben Geist und Körper auf. Sie lag da und zählte die Sekunden, dann die Atemzüge, die immer zäher über ihre Lippen kamen. Offenbar war Ersticken tatsächlich wie Einschlafen. Und genau das wünschte sie sich: einschlafen … und träumen, von einem sicheren Ort, wo sie sich mit Aidan wiederfand, ineinandergeschlungen und geborgen.

Es war kein Geräusch und auch kein Ruf, der Mariella aus ihrer Benommenheit hochschrecken ließ, sondern eine enorme Druckwelle von freigesetztem Astrallis, die durch sie hindurchfuhr und bis in die kleinste Zelle hineinspülte. Sie kannte das Gefühl. Früher hätte sie es *Das Brennen* genannt, nun gehörte es zu dem Jungen, der sie weggeschickt hatte. Als der Druck verebbte, spürte sie nach, suchte nach einem Echo. Doch bevor sie die Quelle der ausgesandten Energie und somit Aidan entdecken konnte, jagte ein tagheller Blitz durch den Gang, gefolgt von einem ohrenbetäubenden Tosen samt einer enormen Staubwolke. Die wenige verbliebene Luft wurde aufgezehrt, und Mariellas Lungen krampften schmerzhaft. Ihr Körper schrie panisch auf, doch ihre Gedanken waren woanders, tasteten, suchten nach etwas, das sich wie Aidans Anwesenheit anfühlte. Es erreichte sie jedoch etwas anderes: frische Luft. Der Durchgang war offen, Aidan hatte es geschafft.

Einen Moment brauchte es noch, bis Mariella die Kraft fand, ihren unwilligen Körper davon zu überzeugen, sich in Bewegung zu setzen, doch irgendwie gelang es ihr. Sie fand Aidan leblos am Boden liegend, begraben unter eine dicken Staubschicht. Er hatte sich auf der Seite zusammengerollt, als würde er schlafen, die Arme angewinkelt an den Kopf gepresst. Doch die staubige Luft vor seinem Mund bewegte sich nicht. Genau wie seine Aura völlig erstarrt war. Oder besser gesagt das, was von ihr übrig war.

Die Blocker, begriff Mariella und schob Aidans Arm beiseite.

Tatsächlich hatten sich die sonst mattschwarzen Kristalle entlang seiner Ohrmuschel in klar weiß strahlende Diamanten verwandelt, von denen eine hochfrequente Energie ausging. Der Blitz, der den Gang erhellt hatte, musste von den aktivierten Blockern gekommen sein. Solange sie nicht abgeschaltet wurden, würde nichts, wirklich gar nichts an Aidan sich mehr rühren.

Obwohl es Mariella davor grauste, streckte sie die Hand nach den schillernden Blockern aus. Ihr seid auch nur Energie, dachte sie, und Energie kann ich leiten, wenn ich erst mal einen Zugang finde. Tatsächlich gelang es ihr, die Frequenz der Blocker zu erspüren. Nur dass sie sich sofort mit ihrer Aura verbinden wollten, um das Astrallis in ihr zu blockieren. Mariella schrie leise auf, und ihre Hand wollte instinktiv zurückzucken. Stattdessen ließ sie es geschehen, machte sich weich und durchlässig. Komm, lockte sie mental, taste mich ab. Denn – so viel hatte sie inzwischen begriffen – Berührungen fanden immer auf beiden Seiten statt. Wenn die Blocker in ihr Aurafeld eindrangen, dann war sie auch in ihrem. Es dauerte eine kaum erträgliche Weile, bis sich im Energiefeld der Blocker endlich etwas offenbarte, eine Art Schwachstelle oder ein Hebel. Mariella wartete, ließ zu, dass dieser Teil des Feldes sich verdichtete, dann berührte sie es ganz sanft, beinahe absichtslos.

Eine Sekunde später stellten die Blocker sich ab, die Kristalle wurden matt, verfärbten sich schwarz – und Aidan begann zu atmen. Nein, vielmehr zu keuchen, während er gierig nach Luft schnappte und sich auf den Rücken fallen ließ. Sofort suchten seine Augen nach Mariella.

»Ich …«, brachte er heiser hervor. »Ich … ich habe dich doch noch gar nicht gerufen.«

»Dann habe ich mich wohl verhört.« Mariella griff nach der Wasserflasche und reichte sie ihm.

Aidan murmelte etwas Unverständliches, dann richtete er sich mit ihrer Hilfe auf und trank. Sie blieben schweigend sitzen, bis die Flasche leer und sogar die steinharten Kekse aufgegessen waren. Dann erst setzten sie sich in Bewegung. Als sich der Schacht zu einem natürlichen Höhlengang im Inneren der Klippe wandelte, sparte sich Mariella jeden Kommentar, auch als die Luft um sie herum an Frische zunahm und der Gang immer steiler bergauf führte. Andere Öffnungen tauchten an den Seitenwänden auf, und sie beratschlagte sich nicht mit Aidan, ob sie einen davon ausprobieren wollten, sondern ging immer weiter. Und das obwohl aus einem der benachbarten Schächte Stimmen und Gelächter klangen. Nur als Aidans Atmung trotz der frischen Luft immer schwerer wurde, warf sie einen fragenden Blick über die Schulter, doch er schüttelte nur den Kopf.

Irgendwann während ihres beschwerlichen Aufstiegs verwandelte der Luftzug sich in eine Brise und schließlich in einen Windzug, der Mariella die verschwitzten Locken aus der Stirn wehte. Gerüche und Geräusche drangen zu ihr vor, zugetragen von den anderen Schächten, doch erst einem salzigen Duft gelang es, ihre Selbstversunkenheit zu beenden.

»Riechst du das? Das ist das Meer«, sagte Mariella. Dann bemerkte sie auch schon feines Licht, das den Höhlenschacht ein Stück weiter voraus erfüllte. »Das ist Tageslicht!« Sie wandte den Kopf und blickte in Aidans leere Augen. »Aidan?«

Es dauerte erschreckend lange, bis er reagierte. »Was?«

»Wir haben das Ende des Schachts erreicht.«

»Und ich dachte schon, ich wäre in einer Horror-Endlosschleife gefangen, in der ich wie ein gefangenes Insekt durch eine Röhre krabble, die in Wirklichkeit ein in sich geschlossener

Ring ist.« Aidan schüttelte sein sichtlich angeschwollenes Handgelenk aus und verzog nicht einmal mehr das Gesicht vor Schmerz, so erschöpft war er.

»Nur noch ein paar Meter«, versprach Mariella, während sie im Stillen darum betete, dass der Schacht nicht mit einem Gitter verschlossen war.

Der Schacht breitete sich immer mehr aus, dafür wurde der Boden so uneben, dass sie mehr kletterten als gingen. Es war das helle Licht, das sie lockte und ihre schmerzenden Glieder vergessen ließ. Als es so hell wurde, dass Mariella dem Licht mit zu Schlitzen verengten Augen entgegenstolperte, wäre sie beinahe ins Leere gestürzt – der Boden endete plötzlich unter ihren Füßen. Aidan prallte gegen sie, und sie klammerten sich aneinander fest, bis ihre Augen sich an die Helligkeit gewöhnt hatten. Währenddessen war Mariella sich nicht sicher, ob sie nicht doch vorhin im Schacht ohnmächtig geworden war und jetzt von Möwengeschrei und Meeresrauschen träumte. Doch Aidans warmer Körper so dicht an ihrer Seite fühlte sich viel zu real an, genau wie ihre Reaktion darauf. Dann begriff sie endlich, dass, was sie sah, nicht blendendes Licht war, sondern der von einer zart durchscheinenden Wolkendecke verhangene Himmel. Ein Stück unter ihnen brandete das Meer gegen einen schmalen Sandstrand.

Das muss die abseits gelegene Bucht sein, von der Lyon erzählt hat, dachte Mariella. Ein vor der Welt verstecktes Paradies.

30

»Wir haben es geschafft, wir sind raus aus der Zitadelle!« Mariella konnte es kaum glauben.

Tatsächlich hatten sie nicht nur die sagenumwobene Gefängnisebene von Stoneheaven, eine abgeriegelte Sicherheitskammer und einen versperrten Luftschacht hinter sich gelassen, sondern die ganze furchtbare Zitadelle. Den Ort, von dem noch nie zuvor jemand entkommen war.

Aidan stand mit halb geschlossenen Augen neben ihr, und ein Lächeln lag auf seinen Lippen. »Das habe ich vermisst.« Es brauchte einen Moment, bis Mariella begriff, wie sehr er das Tageslicht auf seiner Haut genoss. Seit wie vielen Tagen, Wochen, Monaten war er wohl schon unter der Erde weggesperrt?

»Du meinst das Sonnenlicht?«, vergewisserte sich Mariella.

»Das auch. Vor allem aber habe ich es vermisst, neben jemandem zu stehen – und es fühlt sich richtig und echt an.«

Er sagte es klar heraus, ohne die leiseste Spur von Ironie. Seine Worte trafen Mariella mitten in die Brust, heller als jeder Lichtstrahl. Es war einer jener wundersamen Momente, die sich wie eine Offenbarung anfühlen, ein Geschenk vollgepackt mit Wahrhaftigkeit. Wie wenn man am Meer stand und plötzlich begriff, was »Meer« in seiner Ganzheit bedeutete. Dann tat sich ein Universum auf, viel zu groß, um es in Worte zu fassen. Man konnte es nur erfahren, spüren … Und genau das tat Mariella jetzt: Sie nahm Aidan wahr, das Wesen, das er hinter seinem erschöpften Gesicht, dem Dreck und den zerschlissenen Klamotten war. Unwillkürlich brandete in ihr das Verlangen auf, ihn an sich zu reißen und mit ihm zu tanzen, einfach so, weil sie so unendlich glücklich darüber war, mit ihm zusammen zu sein, hier, im milden Licht eines Frühsommertags. Stattdessen nahm sie seine Hand und hielt ihr Gesicht genau wie er der Sonne entgegen, die als blasse Scheibe noch niedrig am Himmel stand.

Irgendwann rührte sich Aidan, und als Mariella ihn anblinzelte, lächelte er. »Was hältst du davon, wenn wir zum Strand runtergehen? Du bist doch eine Badenixe, zumindest hast du bei jeder Gelegenheit davon geredet, wie sehr dir das Meer fehlt. Da drüben gibt es einen Pfad runter in die Bucht.«

Mariella nickte, unfähig, etwas zu sagen.

Als Aidan den Weg vor ihr herging, wurde ihr bewusst, dass sie zum ersten Mal sein blondes Haar im Tageslicht sah. Wintersonnenhaar, dachte sie. Er ist ein strahlendes Nordlicht. Dann musste sie schmunzeln, über sich selbst und was ihr plötzlich an Dingen durch den Kopf ging. War das tatsächlich sie, das Mädchen, das sonst immer alles extra leichtnahm, besonders in der Liebe? Und nun schwebte sie verzaubert hinter einem Jungen her, von dem man nicht gerade behaupten konnte, dass er ein Märchenprinz war.

Vielleicht sollte ich bei Gelegenheit mal erkunden, ob Aidan nun Frosch oder Prinz ist, überlegte sie. Die Idee gefiel ihr.

Der Strand lag verlassen da, nicht mehr als ein schmales Band aus Sand. Dunkle Wellen brachen sich in der Brandung und schäumten weiß auf. Der Wind war frisch und roch nach dem weiten Atlantik, während der Himmel wie mit perlgrauer Seide bezogen war. Aidan deutete auf einen verwitterten Baumstamm, den ein Sturm von der Steilküste gerissen haben musste. Nun war das Holz ausgeblichen und von Salzkristallen bedeckt. Als sie sich setzten, bemerkte Mariella die Gänsehaut auf Aidans nackten Armen. Auch die Härchen an ihren Unterarmen hatten sich aufgerichtet, allerdings nicht wegen der Kälte. In ihr breitete sich eine Energie aus, die ihren ganzen Körper zum Kribbeln brachte. Wenn sie nicht bald etwas sagte oder tat, würde sie implodieren.

»In Maine scheint selbst der Sommer grau und kühl zu sein.« Etwas Besseres fiel Mariella nicht ein.

Aidan zuckte mit den Achseln. »Für jemanden, der sein Leben in Alaska verbracht hat, ist es paradiesisch.«

»Wenn du das hier schon für die Superlative hältst, dann musst du unbedingt mal nach Spanien kommen, dort wurde der Sommer nämlich erfunden.«

»Ist das etwa eine Einladung?«

Aidans Grinsen kitzelte Mariella, bis es fast unerträglich war. »Bislang bist du mir eigentlich nicht wie der Typ vorgekommen, der für alles eine Extraeinladung braucht. Ich meine: Ist das nicht der perfekte Moment, um das Mädchen in den Arm zu nehmen und zu küssen?«

Amüsiert sah Aidan sie an. »Ja, vermutlich. Nur leider ist das besagte Mädchen die Infantin der Rosaliken. Da darf sich ein Beringer wie ich nichts erlauben, da muss die Etikette gewahrt bleiben.«

Mariella verdrehte die Augen. »Das ist nicht dein Ernst.«

»Nein«, sagte Aidan, »das ist es nicht.« Dann beugte er sich vor und küsste sie. Nur ganz fein, nicht mehr als ein Streifen seiner Lippen. Ein Friedensangebot der besonderen Art.

Und Mariella nahm es an.

Es begann ein vorsichtiges Spiel, obwohl das wilde Pochen in ihrer Brust sie zur Eile antrieb. Mehr, mehr, forderte es. Es wollte alles, was Aidan zu bieten hatte, es wollte es sich nehmen, über ihn kommen, ihn erobern. Jetzt! Doch das kümmerte Mariella nicht, schließlich hatte sie vor, Aidan noch eine ganze Weile zu küssen, und seine Behutsamkeit war überraschend und schön zugleich. Nein, um ans Aufhören zu denken, fühlten sich seine Lippen viel zu gut an, sanft wie Schmetterlingsflügel und auch ein wenig rau. Außerdem gefiel ihr sein schnell gehender Atem, der verriet, wie sehr er sich zurückhielt. Genau wie sein Blick aus den halb geschlossenen Augen, deren Ausdruck bewies, dass er sich mit jeder Sekunde mehr fallen ließ. Oder war doch sie es, die sich verlor, während ihre Lippen sich einladend öffneten, nur um festzustellen, dass er eh nicht vorgehabt hatte, länger zu warten? Sie schmeckte Salz und Wärme, glühend, geschmeidig. Seine Hand in ihrem Nacken, ihre Hände an seiner Hüfte, an seiner Taille und dann unter seinem Shirt, auf seiner Haut, die warm und trotzdem von einer Gänsehaut überzogen war. Sie spürte Rippenbogen und Muskeln, sie spürte mit jeder Faser die Nähe seines Körpers, seine Kraft und Energie, ein Brennen, das nichts mit Magie zu tun hatte.

Als Mariella auf seinen Schoß gleiten wollte, um noch näher bei ihm zu sein, löste sich Aidan von ihrem Mund. »Nicht«, sagte er leise.

Obwohl Mariella das Bedauern in seiner Stimme hörte, verspürte sie einen Stich. »Willst du nicht mehr?« Eigentlich wollte sie sagen: »Willst du mich nicht mehr?«, das schaffte sie jedoch nicht.

Aidan fuhr mit seiner Fingerspitze über den Amorbogen ihrer Oberlippe. »Natürlich will ich. Aber nicht hier, nicht in Sichtweite der Zitadelle. Früher oder später werden sie auftauchen und uns mitnehmen. Da ist es besser, wenn sie nicht allzu viel von dem mitbekommen, was zwischen uns ist.«

Erleichterung breitete sich in Mariella aus und zeigte ihr, dass sie vor Schreck sämtliche Muskeln angespannt hatte, als würde sie sich gegen einen Schlag wappnen. Was sagte das über ihre Gefühle aus, wenn Aidan sie so leicht aus dem Takt brachte? Zum ersten Mal ließ sie die Frage zu, wohin das Spiel zwischen ihnen eigentlich führen sollte … und die erste Antwort, die ihr kam, war, dass das hier schon lange kein Spiel mehr war. Sie hatte Aidan an sich herangelassen, viel näher, als ein Kuss es vermochte. Die Angst meldete sich, denn wie würde es sich anfühlen, wenn er sich zurückzog? Damit hatte sie keine Erfahrung. Freiwillig allein zu sein, war schließlich etwas ganz anderes, als zurückgelassen zu werden. Der Aidan, den sie kennengelernt hatte, war niemand, der aus- oder gar zurückwich, versuchte sie sich zu beruhigen. Trotzdem war da auf einmal diese Furcht, die sie zuvor nicht gekannt hatte.

»Niemand sieht uns, der Strand liegt abseits der Zitadelle«, sagte Mariella. »Oder glaubst du etwa, dass es hier versteckte Kameras gibt?«

»Das gesamte Gelände um die Zitadelle ist gesichert, Mariella. Der Marschallin und ihren Leuten entgeht nichts von dem, was auf ihrem Gebiet geschieht, auch ohne läppische Kameraüberwachung.«

»Dann sollten wir machen, dass wir wegkommen.«

»Und wohin?«

»Wie wäre es mit Ganz-weit-weg? Dahin wollte ich immer schon mal.«

Aidan grinste – und Mariella nutzte die Gelegenheit, ihm einen Kuss zu stehlen. Als er sich erneut zurückzog, gab sie ein enttäuschtes Grollen von sich. »Mir fällt es doch auch nicht leicht«, sagte er.

Mariella setzte ihr Pokerface auf. »Schon gut, wir müssen eh los.«

»Wir könnten ihnen entgegengehen, indem wir in Richtung Zitadelle losmarschieren.« Aidan stand auf und strich seine arg ramponierte Jeans glatt.

»Oder wir gehen genau in die entgegengesetzte Richtung.«

»Das meinst du nicht wirklich.«

»Nun schau mich nicht so fassungslos an. Ich bin hier diejenige, die entgeistert sein müsste. Ich kann es nämlich beim besten Willen nicht glauben, dass du diesen Kinderquälern freiwillig entgegengehen willst!« Es brauchte eine Sekunde, bis Mariella begriff, dass sie aufgesprungen war und schrie. Tatsächlich stand sie kurz davor, in Panik auszubrechen. »Ich will nicht zurück in die Zitadelle, und noch weniger will ich, dass du dorthin zurückkehrst. Die machen dich kaputt, zerstören, wer du bist. Das halte ich nicht aus.« Wenn sie nicht aufpasste, fing sie noch an zu heulen.

»Und was ist mit dir?« Aidan legte einen Arm um ihre Taille und zog sie so nah an sich heran, dass nur noch eine Handbreit Luft zwischen ihnen war. Doch der Spalt reichte aus, um das Durcheinander in Mariella zu verstärken. Sie wollte ihn gleichzeitig an sich reißen und fortstoßen, bevor er es mit ihr tat. »Du hast doch bestimmt nur noch ein paar Wochen vor dir«, sagte er. »Und nach allem, was heute passiert ist, könnte ich mir vorstellen, dass sie dir deine Strafe komplett erlassen. Dich nach Stoneheaven zu schicken, war doch bloß eine drastische Erziehungsmaßnahme deiner Mutter, oder? Damit du dich endlich zusammenreißt und deinen Platz in deiner Familie einnimmst.«

Zuzutrauen war Mercedes das durchaus, nur interessierte sich Mariella im Augenblick null für die Schachzüge ihrer Mutter. »Was bringt es mir, wenn ich früher entlassen werde, während du in Stoneheaven festsitzt?«

Auf Aidans Gesicht breitete sich eine Traurigkeit aus, die noch schwerer zu ertragen war als ihre Angst. »Darauf läuft es doch eh hinaus. Egal, was ich tue, ich bleibe in der Zitadelle, während auf dich bereits die Rückkehr in dein altes Leben wartet.«

»Deshalb sage ich ja auch, dass wir weggehen sollten. Jetzt.« Mariella griff nach Aidans Hand und zog ihn hinter sich her, runter zum Strand, wo man auf dem nassen Streifen Sand besser laufen konnte. Aidan ließ sich von ihr ziehen, widerwillig, als würde er einem trotzigen Kind nachgeben, bevor er es zur Räson rief. Und genau so kam es.

»Wir wissen doch beide, dass sie mich nicht gehen lassen«, sagte er gegen den Wind. »Ich bin nicht einfach ein Kid, das Mist gebaut hat. Ich bin wegen eines der größten Verbrechen, die Tannin verüben können, in der Zitadelle gelandet. Wenn ich mich nach unserem Ausbruch nicht stelle, werden sie mich jagen. Und danach wird es nicht der Gemeinschaftsraum der Zitadelle sein, wohin sie mich bringen werden.«

»Dann ist das jetzt deine einzige Chance, ihnen zu entkommen«, beharrte Mariella. »Die Wächter auf der Gefängnisebene sind mit dem Aufstand beschäftigt und haben vermutlich noch keinen Gedanken an uns verschwendet. Sie sind darauf fixiert, dass kein Gefangener der Zitadelle entkommt. Die werden die Suche nach uns erst aufnehmen, wenn sich der Staub gelegt hat. Und selbst dann glauben sie vielleicht, dass wir von ein paar durchgedrehten Verwandelten aufgefressen wurden. Es ist perfekt, Aidan. Du kannst frei sein, wenn du willst.«

»Das kann ich nicht«, sagte Aidan und hielt sein Handgelenk so, dass Mariella sein schwarz-rotes Zeichen sehen konnte. »Ich wette drauf, dass sie dadurch nicht nur wissen, dass wir leben, sondern uns auch orten können.«

»Dann müssen wir die Zeichen eben ausschalten, so wie ich vordem deinen Blocker ruhiggestellt habe.« Als Aidan sie fragend ansah, winkte Mariella ab. Dafür hatte sie jetzt keine Zeit. »Vielleicht lassen sie sich auch wie ein Schloss knacken.«

»Oder die Zeichen knacken dich, weil du dieser Art von Energie nicht gewachsen bist.«

»Das Risiko gehe ich ein.«

»Ich aber nicht«, sagte Aidan sanft, aber bestimmt, während er einen Schritt zurücksetzte.

»Als wir vorhin auf der Gefängnisebene angekommen sind, hast du noch behauptet, dass du mir immerzu nachlaufen würdest, egal, wohin ich gehe. Das war dann wohl gelogen.«

»Ich würde dir tatsächlich überallhin folgen, Mariella. Aber ich treffe gerade keine Entscheidung für mich allein, sondern auch für meine Familie, sie hat schon genug mitgemacht.«

»Sie haben dich gebrandmarkt und verstoßen.«

»Was blieb ihnen anderes übrig, nach dem, was passiert ist?«

Mariella packte Aidan am Halsausschnitt seines Shirts, weil

sie ansonsten Gefahr lief, ihm einen Schlag zu verpassen. Er ließ es geschehen, so, wie er wahrscheinlich auch einen Angriff von ihr hingenommen hätte. »Du lügst, über deine Beweggründe, über deine Familie … In Wirklichkeit willst du gar nicht mit mir fortgehen«, sprach sie aus, was ihr am meisten Schmerz bereitete.

Aidan nickte. »Das stimmt. Ich weiß nämlich, was es für dich bedeutet, in meiner Gesellschaft auf der Flucht aufgegriffen zu werden. Dann können wir von Glück sagen, wenn sie uns die Ausrede abnehmen, dass ich dich gezwungen habe, mich zu begleiten. Ansonsten wirst du die Marschallin nämlich von ihrer harten Seite kennenlernen. Und glaub mir, das möchtest du nicht.« Behutsam löste er ihre Finger von seinem Shirt. »Was willst du außerdem da draußen? Eine Flucht verbaut dir jede Möglichkeit, zu deiner Familie zurückzukehren.«

Mariella entriss ihm ihre Hand. »Wer sagt denn, dass ich überhaupt zu denen zurück will?«

»Okay, dann gehst du halt nicht zu den Rosaliken, in unserer Welt gibt es genug andere Möglichkeiten für dich.«

»Du verstehst mich nicht, ich will keine Tannin mehr sein. Nach allem, was ich in der Zitadelle erlebt habe, noch weniger als zuvor. Das ist doch alles der reinste Irrsinn.«

»Sag so etwas nicht.« Aidan wirkte ernsthaft geschockt.

Mariella ging so weit auf die Brandung zu, bis die Ausläufer der Wellen ihre Füße umspülten. Das Wasser war kalt, doch das merkte sie kaum. Innerlich herrschte bei ihr ohnehin Eiszeit. »Ist dir noch nicht aufgefallen, dass ich das lebende Gegenstück zu einer klassischen Tannin bin und erst recht zu den machtgierigen ehrgeizigen Rosaliken?«, rief sie über die Schulter, nur um festzustellen, dass Aidan dicht hinter ihr stand.

»Du siehst dich vollkommen falsch. Du bist eine starke Persönlichkeit, die sich von ihrer Mutter und deren Hofchargen nicht herumschubsen lässt. Du willst deinen eigenen Weg gehen, darum geht es bei deinen Anti-Aktionen.«

»Nein, es geht darum, alles hinter mir zu lassen, was irgendwie mit den Tannin zu tun hat.«

»Wirklich? Weil … ich bin ein Tannin«, sagte Aidan nüchtern und brachte Mariella damit aus dem Konzept. Nachdenklich musterte er sie, dann schlich sich ein Lächeln in sein Gesicht, nur ganz schwach, aber immerhin. »Wenn du für einen Moment deinen Trotz vergisst, wirst du zugeben müssen, dass du im Herzen ganz und gar zu uns gehörst. Du bist stark, Mariella. Eindrucksvoll und begabt. Allein, dass du dir innerhalb kurzer Zeit selbst beigebracht hast, wie man Astrallis kanalisiert – und zwar auf einem Niveau, bei dem deine Familie blass werden dürfte.«

»Vielen Dank für die Rosen. In Wirklichkeit willst du mich nicht mal dein Zeichen ausschalten lassen.« Sie klang wirklich wie ein Trotzkopf.

»Einigen wir uns darauf: In spätestens ein paar Wochen entlassen sie dich aus der Zitadelle, und dann kannst du frei entscheiden, welche Art von Leben du führen willst. Das ist mehr, als für mich jemals infrage kommen wird. Also nimm das Geschenk an, okay? Was willst du tun?«

Mariella kämpfte gegen die drängenden Tränen an. »Ich will dir zeigen, was ein echter Sommer ist.«

Obwohl Aidan immer noch lächelte, flackerte Schmerz in seinen Augen auf. »Im nächsten Leben, versprochen.«

Seine Antwort brachte Mariella fast um. »Das reicht mir nicht. Bitte! Was hältst du davon, allein zu gehen? Und ich bleibe brav hier, lasse mich in die Zitadelle zurückbringen. Dann treffen wir uns in ein paar Wochen in Freiheit wieder?«

»Das ist ein verdammt verführerisches Angebot, aber ich kann es leider nicht annehmen.«

»Warum denn nicht? Nur weil sie dich vielleicht fangen? Wir sind schon seit bestimmt einer Stunde hier draußen, und niemand ist aufgetaucht.«

»Ich kann trotzdem nicht gehen, Mariella.«

»Was erwartet dich denn in der Zitadelle? Die Marschallin hat dich kaltgestellt und lässt dich nur aus unserem Quartier, wenn es Dreckjobs zu erledigen gibt. Die will gar nicht, dass du auf einen grünen Zweig kommst. Die Wächter demütigen dich bei jeder Gelegenheit, und die meisten Kids auf unserer Ebene lassen dich nur in Ruhe, weil sie zu viel Schiss vor dir haben. Außerdem sitzt du nicht bloß eine Strafe ab, die lassen dich hier doch nie wieder raus! Du bist bis zu den Haarspitzen vollgepumpt mit Astrallis. Du hast dich innerhalb von ein paar Stunden von Kampfverletzungen erholt, für die andere Wochen gebraucht hätten. Du bist zu stark und zu unberechenbar für die Tannin, um deine Kraft für ihre Zwecke einzusetzen, geschweige denn, um dich frei rumlaufen zu lassen. Sie können dich nur wegsperren.«

»Glaubst du vielleicht, das weiß ich nicht?« Aidans Gesicht wurde so blass, als hätte jedes ihrer Worte das Leben aus ihm herausfließen lassen. »Die Marschallin wartet nur auf den Tag, an dem ich achtzehn werde und mein Sonderstatus als Jugendlicher erlischt. Dann lande ich sofort auf der Sonderebene, die es in der Zitadelle offiziell gar nicht gibt, dort, wo die inoffiziellen Versuche mit der Energie von der Verseuchten Ebene und den Gefangenen durchgeführt werden. Deshalb bin ich in Lyons Gruppe gelandet, statt in einer Einzelzelle Schluss mit allem machen zu können: Die Marschallin will mich lebend.«

»So etwas Schreckliches werden sie dir auf keinen Fall antun«, brachte Mariella schwach hervor.

»Und warum nicht? Ich bin vogelfrei und – wie du sagst – ein wandelndes Astrallis-Reservat. Als mich meine Familie damals dem Kreis ausgeliefert hat, wurde ich nur deshalb nicht sofort umgebracht, weil sie wissen wollen, warum ich imstande bin, diese Kraft in mir zu tragen. Wahrscheinlich interessiert sie noch mehr die Frage, ob man mich nicht als Waffe einsetzen kann. Dazu bräuchten sie nur meinen Willen zu brechen – und das ist eine Spezialität der Marschallin.«

»Wenn du davon überzeugt bist, dass sie so etwas mit dir machen werden, dann begreife ich noch weniger, warum du nicht weggehen willst.« Nun liefen die Tränen doch über Mariellas Wangen, und sie wischte sie trotzig weg. Sie wollte nicht weinen, sie wollte rumschreien, ihre Wut und ihren Frust rauslassen. Stattdessen liefen bloß weitere Tränen über ihr Gesicht.

Aidan blickte sie an, als würde es ihm mehr zusetzen, sie derartig aufgewühlt zu sehen, als der Gedanke an seine eigene Zukunft. »Ich bin ein Tannin«, sagte er. »Das ist es, was ich bin. Wenn einem alles genommen wird, ist es wichtig zu begreifen, dass man in seinem Innersten trotzdem unantastbar ist. Dieses Wissen ist das Einzige, was mich am Leben hält. Solange ich daran festhalte, ist das, was ich wegen der Quelle auf mich genommen habe, nicht umsonst geschehen. Wenn ich weglaufe, war mein Opfer nichts wert. Verstehst du? Dann bin ich nichts wert.«

Am liebsten hätte Mariella sich die Ohren zugehalten. »Dinge ändern sich, deine Situation hat sich geändert – du weißt jetzt, wie die Tannin in Wahrheit sind, wie hartherzig sie miteinander umgehen, was sie ihrem Nachwuchs antun, wenn der nicht nach ihren Regeln spielt. Du brauchst dich für diese Leute und die Idee, wie wir sein sollen, die sie uns in die Köpfe gepflanzt haben, nicht opfern. Das haben sie nicht verdient.« Mariella wollte ihre eigenen Worte unbedingt glauben, damit auch Aidan ihre Wahrheit spürte. Doch einerlei, was sie sagte, im Vergleich zu seiner felsenfesten Überzeugung klang es schal.

Aidan strich über ihre Wange. »Ich tue es nicht für eine Idee, die mir aufgezwungen wurde. Ich tue es für mich … und für meine Familie.«

»Die dich so sehr verachtet, dass sie dich aus ihrem Herz verbannt hat.«

Inzwischen weinte Mariella richtig, ohne etwas dagegen tun zu können. Als Aidan sie bloß schweigend ansah, verpasste sie ihm einen Schlag gegen die Brust, genau auf die Stelle, wo das

Brandmal prangte. Obwohl sie sich danach kein Stück besser fühlte, tat sie es gleich noch einmal, allein deshalb, weil er sich nicht wehrte, was sie rasend machte. Sie schlug zu, spürte den warmen Widerstand unter ihren geballten Händen, schlug zu, in der Hoffnung, irgendwie zu ihm durchzudringen, den Panzer zu sprengen, den Aidan sich übergestreift hatte. Sie wollte ihn spüren, irgendwie, doch mit jeder Sekunde entfernten sie sich mehr voneinander. Es war, als würde das Brandzeichen auf seiner Brust auch ihr Herz erfrieren lassen.

Irgendwann ließ Mariella die Fäuste sinken, sie wurden zu schwer, ihr ganzer Körper war ein einziges Totgewicht, taub bis in die Glieder und müde, unerträglich müde. Sogar der Tränenfluss versiegte. Von der verliebten Meerjungfrau, die beim Küssen überschäumte, war nichts geblieben. Mariella starrte ins Leere, obwohl doch nur eine Armlänge von ihr entfernt die Wellen dem Ufer entgegenrollten. Es kümmerte sie nicht. Es kümmerte sie auch nicht, als der Wind laute Stimmen und Motorenlärm mit sich brachte, Rufe ertönten, Stiefelgetrampel erklang.

»Es tut mir leid«, sagte Aidan.

Mariella klaubte ihre letzten Funken Kraft zusammen, dann sagte sie: »Zur Hölle mit dir.«

31

»Und?«, fragte die Marschallin. »Wie gefällt dir dein Krankenzimmer?«

Es dauerte eine Weile, bis Mariella sich zu einer Antwort durchringen konnte. Obwohl sie vier Tage dösend auf einem Einzelzimmer der Krankenstation verbracht hatte, nahm sie die Welt noch immer wie durch Nebel wahr. »Großartig«, murmelte sie schließlich. »Besonders die gestapelten Sitzmöbel drüben in der Ecke verleihen dem Raum Gemütlichkeit. Außerdem lässt mich das Pflegepersonal kaum spüren, dass sie meinetwegen gerade keinen Pausenraum haben.«

Falls die Marschallin den Sarkasmus bemerkte, kümmerte es sie nicht. Sie rückte den Stuhl, den sie neben Mariellas Bett gestellt hatte, zurecht und setzte sich. »Ich dachte mir, nach der ganzen Aufregung tut dir ein wenig Ruhe gut. Und das hier war der einzige Raum, den es auf der Station abseits des Trubels gab.«

»Dann habe ich also nicht nur einen Wächter vor der Tür stehen, sondern bin auch räumlich von den anderen Jugendlichen isoliert worden.« Vor allem vermutlich von einem speziellen Exemplar, das mit seiner schweren Schulterverletzung und unzähligen anderen Blessuren ebenfalls auf der Krankenstation liegen musste.

»Das klingt ja so, als hätten wir dich in verschärfte Einzelhaft gesteckt.« Eleonore winkte mit ihrer erstaunlich schmalen Hand ab. »Aber nicht doch. Ich will nur sichergehen, dass du dich nach den Ereignissen auf der Gefängnisebene gut erholst. Uns steht nach dem Aufstand kaum Pflegepersonal zur Verfügung, und auch der Wachposten ist für die ganze Station mit Patienten von Ebene 17 verantwortlich. Ich habe ihn darum gebeten, ein besonderes Auge auf dich zu haben, weil niemand von den Ärzten weiß, warum du dich nur so schleppend erholst. Sobald du dazu imstande bist, kannst du dich gern umschauen und der Teeküche einen Besuch abstatten. Ein Privileg, das dir dank deines neuen Zeichens zusteht. Das Weiß ist die einfachste Sicherheitsstufe, eigentlich ist man damit schon fast so etwas wie ein Gast der Zitadelle. Haben sie dir das nicht gesagt, als sie dein Zeichen geweißt haben?«

»Vielleicht habe ich nicht richtig zugehört«, gab Mariella zu. Als man sie an die Apparatur gesetzt hatte, mit der die Zeichen in die Haut geprägt wurden, hatte sie es kaum wahrgenommen. Ein anderer Schmerz war viel größer gewesen.

»Wenn ich dir einen Rat geben darf: Genieß deine Zeit auf der Krankenstation, sieh es als Auszeit«, schlug die Marschallin vor.

Mit so viel Fürsorge hatte Mariella niemals gerechnet. Mit brutalen Verhören, Isolationshaft und Drohungen – ja. Aber Samthandschuhe? Nicht bei der Marschallin. Die Lethargie, die sie überkommen hatte, nachdem Aidan und sie am Strand von einem Wächtertrupp aufgegriffen wurden, wich nun einer Wachsamkeit, als wäre sie mit einem gefährlich sanften Raubtier zusammen eingesperrt. Und nichts anderes war Eleonore mit ihrem Habichtsgesicht.

Während Mariella sich auf die unerwartete Situation einstellte, studierte die Marschallin ihre Krankenakte. »Wie gut, dass du keinen allzu großen Schaden genommen hast«, sagte sie, nachdem sie die Akte gründlich durchgelesen hatte. Zweimal, um genau zu sein. Dabei stand dort nur drin, dass der Gas-

Einsatz Mariellas Vitalfunktionen kaum beeinträchtigt hatte (wofür wohl Aidans großzügiges Astrallis-Geschenk beim Öffnen des Sicherheitsraums verantwortlich war – aber diese Vermutung behielt Mariella lieber für sich). Darüber hinaus litt sie lediglich unter Prellungen, Abschürfungen und einem Hautausschlag, den sie wahrscheinlich Smerges Umarmung zu verdanken hatte. Die Taubheit und Schwere, die sie nach Aidans Entscheidung zu bleiben befallen hatte, stand nicht in ihrer Akte, machte ihr aber am meisten zu schaffen.

»Bekomme ich diese Sonderbehandlung, weil du dir Sorgen machst, was meine Mutter zu meinem Stoneheaven-Abenteuer der Extraklasse sagen könnte? Offen gestanden, bin ich auch neugierig, wie Mercedes darauf reagieren wird, wenn sie erfährt, dass du ihr Töchterchen mitten in einen Gefängnisaufstand reingeschickt hast«, testete Mariella die Lage aus.

Die Marschallin checkte sie mit ihrem üblichen Röntgenblick. »Dass du die Gefängnisebene kennengelernt hast, dürfte ehrlich gesagt tatsächlich in Mercedes' Sinne sein. Schließlich hat sie dich hierhergeschickt, damit du endlich begreifst, wie die Welt für uns Tannin wirklich ist.«

Womit sich der Verdacht, dass Mariellas Aufenthalt in der Zitadelle nicht nur als Strafe, sondern auch als Erziehungsmaßnahme gedacht war, endgültig erhärtete. Interessanterweise kümmerte es Mariella jedoch nicht länger. Ihr Machtkampf mit Mercedes gehörte inzwischen einer fernen Vergangenheit an und verblasste zusehends. Sogar die natürliche Autorität, die von der Marschallin ausging, büßte ihre übliche Wirkung ein. »Wenn aus deiner Sicht alles glänzend läuft, verstehe ich nicht, warum du so angespannt wirkst, Eleonore.«

Angesichts dieser unangemessenen Ansprache bildete sich eine steile Falte auf Eleonores Stirn. »Die Sache mit Aidan Beringer …«, sagte sie. »Es wäre gut, wenn dieser Name im Zusammenhang mit deinem … nun ja … Freigang nicht fallen würde. Weder in der Zitadelle noch gegenüber deiner Familie.«

Da lag also der Hase begraben. Aidan. Zum ersten Mal, seit die Wachen sie direkt vom Strand auf die Krankenstation gebracht hatten, spürte Mariella wieder etwas. Allerdings hätte sie gern darauf verzichtet, denn es war ein Stich in der Brust, als stieße ihr jemand ein Messer hinein und ließ es dort stecken.

»Ich deute dein Schweigen so, dass du verstehst, worauf ich hinauswill«, sagte die Marschallin. »Deine Mutter wäre gewiss unnötig besorgt, wenn sie erfahren würde, wer deine Begleitung bei dieser Unternehmung gewesen ist. Das könnte für uns beide unangenehm werden.«

»Ich bin es gewohnt, dass meine Mutter von mir enttäuscht ist. So gesehen hast nur du ein Problem.«

»Mag sein. Jedenfalls habe ich einen Vorschlag für dich: Was hältst du davon, wenn du dich noch ein paar Tage ausruhst und wir dich dann wegen ausgezeichneter Führung entlassen?«

Das Angebot klang verlockend: Endlich raus aus der Zitadelle, dem Ort, an dem sie sich Verletzungen eingefangen hatte, von denen sie zuvor nicht einmal gewusst hatte, dass es sie überhaupt gab. Zu Hause würde sie dann ihrer Mutter klarmachen, dass sie miteinander fertig waren und sie ab jetzt ihren eigenen Weg gehen würde, weit abseits der Tannin-Pfade. Beides Dinge, von denen Mariella vor Kurzem noch geträumt hatte, echte Lebensziele. Jetzt hinterließ die Aussicht lediglich einen faden Beigeschmack.

»Wo ist Aidan überhaupt, durfte er schon wieder aufs Quartier zurückkehren?«

»Noch nicht.«

Mariella bemerkte ein Zucken im Kiefer der Marschallin, eine kleine Unsicherheit, doch das reichte ihr. »Aber du schickst ihn doch zurück in unsere Einheit, sobald er sich auskuriert hat, richtig? Schließlich hat Aidan genau wie ich nichts Falsches getan. Ganz im Gegenteil, dass ich hier so schön kuschelig im Bett liege, anstatt von Amok laufenden Verwandelten plattgemacht worden zu sein, ist allein ihm zu verdanken. Das habe ich bei den Verhören der letzten Tage doch glasklar zu Protokoll gegeben.«

»Versteh mich bitte nicht falsch, aber genau das ist der Grund, warum ich eurer Einheit nicht länger zumuten kann, mit Aidan zusammenzuleben: Er ist kein gewöhnlicher Delinquent. Bislang habe ich darauf vertraut, dass Lyon ihn in Schach hält, sodass ihm die Isolationshaft erspart bleibt. Aber nun wissen wir, dass Aidans Fähigkeiten weitaus unkontrollierbarer sind als befürchtet. Selbst mit den neuen, empfindlicheren Blockern bleibt ein Restrisiko. Die haben einige Nebenwirkungen wie Übelkeit und Kopfschmerzen, durch die er sehr unleidlich wird.«

Mariella war fassungslos. »Aidan hat das Astrallis doch nur eingesetzt, um mich zu beschützen! Es hätte ihn umbringen können, und er hat es trotzdem getan. Und dafür bestraft ihr ihn jetzt?«

»Nein, ich gebe ihm nur nicht die Chance, einen von meinen Schützlingen zu gefährden, wenn ihm plötzlich der Sinn danach steht.« Eine selbst für die Marschallin ungewöhnliche Härte zeichnete sich auf ihren Zügen ab. »Für dich mag Aidan Beringer nur ein siebzehnjähriger Junge mit strahlend blauen Augen und einer düsteren Vergangenheit sein, die ihn besonders anziehend und interessant wirken lässt. Aber ich weiß, wozu er imstande ist. Ich war in Alaska, als die Bannmeile aufgehoben wurde und wir das ganze Ausmaß des Schadens, den dieser Junge angerichtet hatte, in Augenschein nehmen konnten. Hast du überhaupt eine Ahnung davon, wie quälend es für uns Tannin ist, vor einer versiegelten Quelle zu stehen, ihre Macht zu spüren und sie doch nicht aufnehmen zu können? Es war die beängstigendste und schmerzlichste Erfahrung meines Lebens. Und nun habe ich diesen Jungen, der so viel Schreckliches getan hat, in meiner Obhut und muss feststellen, dass wir seine Kräfte nicht ausreichend kontrollieren können.«

»Das ist doch die komplette Übertreibung«, platzte es aus

Mariella heraus. »Aidan hat Astrallis eingesetzt, weil wir sonst nicht durch den Lüftungsschacht hätten entkommen können. Dabei ist er ein hohes Risiko eingegangen, wofür ich ihm sehr dankbar bin. Ich wäre nämlich nur ungern in einem vernachlässigten Lüftungsrohr verendet. Alles andere hat Aidan dadurch geregelt, dass er von seiner Familie zu einem verdammt guten Nahkämpfer ausgebildet wurde. Er brauchte kein Astrallis, um sich gegen die durchgedrehten Insassen der Gefängnisebene durchzusetzen, was wirklich was heißen will. Oder wird ihm auch angelastet, dass er sich nicht hat umbringen lassen?«

»Alles, was es gebraucht hat, um die Zitadelle zu verlassen, waren also ein wehrhafter Beringer, eine Rosalike, die ihrem Familieninstinkt folgend den Weg aus dem größten Chaos rausfindet, und eine Prise Astrallis als Bulldozer, um einen verschütteten Gang freizusprengen.« Die Marschallin wirkte nicht sonderlich überzeugt.

»Was es in erster Linie gebraucht hat, war eine Extraportion Glück«, sagte Mariella.

»Tatsächlich? Und wie erklärt es sich dann, dass ihr die Sicherheitstür zum Safetyraum aufbekommen habt? Im Protokoll steht, du könntest dich nicht erinnern, weil das Gas dir zugesetzt hat. Aidan behauptet übrigens dasselbe. Was dann wohl so viel bedeutet, als dass er diese Sicherheitstür geöffnet hat.«

»Wenn Sie es genau wissen wollen: Das war ich.«

»Bitte, Mariella. Wir wissen doch beide, wie es um deine Fähigkeiten bestellt ist. Von Aidan hingegen ist bekannt, dass er in Alaska ein komplettes Sicherheitssystem außer Kraft gesetzt hat. Oder glaubst du ernsthaft, er ist einfach unbemerkt bis zur Quelle seiner Familie durchspaziert?«

Es war klar, dass die Marschallin erst dann von ihrer Theorie abrücken würde, wenn Mariella ihre Astrallis-Künste vorführte. Wofür sie Aidans Unterstützung brauchte … Keine gute Idee, so wie die Dinge standen. »Wenn ich das richtig verstehe, hast du vor, Aidan für die Zeit bis zu seinem achtzehnten Geburtstag in irgendeine Hochsicherheitszelle wegzusperren.«

Die Marschallin nickte. »Das ist für alle Beteiligten das Beste.«

So würdevoll wie möglich richtete Mariella sich in den Kissen auf. »Gegenvorschlag: Aidan kehrt in unser Quartier zurück, genau wie ich, bis ich meine Strafe offiziell abgesessen habe und entlassen werde. Damit verhindern wir, dass Mercedes mir Fragen stellt, die ich auf lange Sicht unmöglich mit Lügen beantworten könnte. Du kennst meine Mutter ja, sie ist wie ein Terrier, wenn sie erst einmal eine Fährte aufgenommen hat, lässt sie nicht mehr los. Und ich bezweifle, dass du dich plötzlich als ihre Beute wiederfinden möchtest.«

»Gut gepokert«, gab Eleonore zu. »Es ist erstaunlich, wie hervorragend du dich während deines Aufenthalts bei uns herausgemacht hast. Die Rosalike in dir ist nicht länger zu übersehen. Mercedes wird über deine Entwicklung bestimmt so begeistert sein, dass sie die paar Unannehmlichkeiten, die du für deine Entwicklung hinnehmen musstest, geflissentlich übersehen wird.«

Mariella sank zurück und betrachtete die Marschallin aus zu Schlitzen verengten Augen. »Du willst also nicht mit mir verhandeln?«

»Verhandeln bedeutet, dass man etwas zum Anbieten hat. Leider hast du deine Karten bereits ausgespielt.« Die Marschallin lächelte. »Siehst du? Und schon wieder was gelernt.«

»Vielleicht habe ich ja noch einen Trumpf.«

»Wie spannend. Melde dich bei mir, sobald er dir einfällt. In der Zwischenzeit habe ich allerdings noch ein paar andere Aufgaben zu erledigen, wie du dir sicherlich vorstellen kannst.« Die Marschallin stand auf und strich ihre Uniform glatt. »Bis dieser ominöse Trumpf auftaucht, halten wir uns an meinen Vorschlag: Du ruhst dich noch ein paar Tage aus, und dann kehrst du mit einem Schreiben von mir, in dem ich meine Begeisterung über deinen Entwicklungsschub kundtue, zu deiner Familie zurück. Vergiss Stoneheaven, zumindest so lange, bis du in der Position bist, die Geschicke der Zitadelle ernsthaft zu beeinflussen. Allerdings gehe ich davon aus, dass du bis dahin den Wert der Zitadelle für die Tannin erkannt hast und deine Entscheidungen auch nicht länger von romantischen Gefühlen bestimmen lässt.«

»Wie wäre es, wenn ich als geläuterte Tochter nach Hause zurückkehre, die begierig darauf ist, den Platz an der Seite ihrer Mutter einzunehmen? Allerdings unter einer Bedingung?« Mariella legte eine Kunstpause ein und zeigte auf den leeren Stuhl.

Nach kurzem Zögern setzte sich die Marschallin wieder hin. »Ich höre.«

»Meine Familie sitzt den wichtigsten Gremien vor, sicher auch dem Ausschuss, der für die Zitadelle zuständig ist. Ich würde meine Mutter bitten, mich dort vorsprechen zu lassen, zum Thema Sicherheit auf der Gefängnisebene. Mein persönlicher Erfahrungsbericht würde bestimmt einige interessante Fragen aufwerfen, oder was meinst du?«

Das Gesicht der Marschallin war versteinert, lediglich unter ihrem linken Auge zuckte es. »Ihr beiden seid nur entkommen, weil Aidan Beringer eben Aidan Beringer ist. Mit unserem Sicherheitssystem hatte das nicht das Geringste zu tun.«

»Umso mehr wird sich das Gremium dafür interessieren, wo genau sich diese äußerst gefährliche Person zu diesem Zeitpunkt aufhält und was für ihre künftige Verwahrung geplant ist. Ich könnte eine unangemeldete Überprüfung anregen, besonders nachdem Aidan seinen achtzehnten Geburtstag gefeiert hat. Schließlich weiß ich nun aus erster Hand, welche Kräfte in ihm schlummern, eine Information, für die Mercedes mir bestimmt sehr dankbar wäre. Meine Mutter hat gewiss eine Verwendung für einen Jungen wie Aidan.«

»Was Mercedes' Interesse an Aidan betrifft, so wäre ich an

deiner Stelle vorsichtig, Mariella. Du solltest den Erfindungsreichtum deiner Mutter, wenn es um den Ausbau ihrer Macht geht, niemals unterschätzen. Und dieser Junge, das ist uns ja wohl beiden klar, könnte in den richtigen Händen zu einer mächtigen Waffe werden. Was hältst du also davon, mir dein Stillschweigen zu garantieren, wenn ich Aidan im Gegenzug erneut eurer Einheit zuteile?«

Mariella nickte. »Einverstanden. Du kannst dich allerdings darauf verlassen, dass ich meinen Familienrang dafür benutzen werde, dir auf die Finger zu schauen, so lange Aidan in Stoneheaven einsitzt.«

Die Starre löste sich aus dem Gesicht der Marschallin, und ein Lächeln kam zum Vorschein. Allerdings kein freundliches. »Es ist interessant zu wissen, dass du so viel für Aidan Beringer zu tun bereit bist. Deine Mutter hat leider versäumt, dir die wichtigste Regel für eine Rosalike beizubringen. Die Regel, an die sich die große Mercedes immer, wirklich immer gehalten hat: Verliere niemals dein Herz, denn es macht dich verwundbar. Für diese Lektion ist es bei dir nun leider zu spät.«

32

Die Tür von Mariellas Krankenzimmer ging auf, ohne dass zuvor angeklopft worden war. Eigentlich keine große Sache, denn obwohl Mariella eine Sonderbehandlung genoss, ging es nicht so weit, dass man auf ihre Privatsphäre geachtet hätte. Diese Erfahrung hatte sie machen müssen, als ein Sicherheitscheck durchgeführt wurde, während sie gerade im Krankenhaushemdchen dastand, um Wundsalbe auf ihren Hautausschlag zu schmieren. Obwohl der Morgenmantel griffbereit auf ihrem Bett lag, ließen die Sicherheitsleute sie geschlagene zehn Minuten vor dem Handwaschbecken strammstehen, bis sie mit ihrer Durchsuchung fertig waren. Mariella war kurz davor gewesen, ihnen vor lauter Wut ihren von Pusteln überzogenen Hintern hinzuhalten.

Auch dieses Mal trat jemand vom Sicherheitsdienst ein und musterte Mariella prüfend. Vermutlich zu seiner Enttäuschung lag sie angezogen auf dem Bett und starrte an die Decke. Ihre aktuelle Lieblingsbeschäftigung.

»Du hast Besuch«, verkündete der Wächter.

Sofort saß Mariella kerzengerade, während ihr Herz versuchte, sich mit einem kühnen Sprung durch ihre Kehle zu manövrieren.

Aidan, es musste Aidan sein.

Obwohl Mariella jeden Gedanken daran zu verdrängen versucht hatte, war ihr doch öfter durch den Kopf gegangen, wie es sein könnte, wenn Aidan plötzlich in ihrem Zimmer stände. Sie würde sich abwenden und ihm dadurch klarmachen, dass sie ihn nicht sehen wollte. Denn es stand fest, dass sie kein Wort über die Lippen bringen würde. Was sollte sie auch sagen? Ich hasse dich? Ich verachte dich für deine Entscheidung? Ich ertrage es nicht, dich als Gefangenen der Zitadelle zu sehen? Ich halte es nicht aus, dass es vorbei ist? Nein, sie würde schweigen, weil sie ansonsten zu viel sagen würde, Dinge, die sich später nicht zurücknehmen ließen. Und dafür fehlte ihr die Kraft. Trotzdem würde sie ihm einen Blick zuwerfen, einfach um zu sehen, wie es ihm ging. Ob auch er im Spiegel ein Gesicht sah, das seltsam leer wirkte, völlig ausgebrannt. Als habe jemand das durchscheinende Licht, jenen sanften Schimmer der Seele, der einen Menschen erst schön machte, gelöscht. Zurück blieb eine Maske, die nicht verdecken konnte, dass darunter nur ein lebloses Heim war. Es würde Mariella leichter fallen, diese Leere zu ertragen, wenn Aidan ebenfalls darunter litt. Dann wäre da wenigstens noch etwas, das sie miteinander verband.

Während Mariella um ihre Haltung kämpfte, öffnete die Tür sich einen Spalt weit, und Xiu schlüpfte an dem Wächter vorbei. Sein langes schwarzes Haar wehte in Bahnen hinter ihm her. Er stürmte auf Mariellas Bett zu, als befürchte er, der Sicherheitsmann könnte ihn zu guter Letzt doch noch am Kragen packen und rausschmeißen.

»Ich habe Klamotten für dich dabei, du wildes Ding«, rief der Junge und schwenkte Mariellas Weekender.

»Wie süß von dir«, sagte Mariella, während ihr Gehirn damit beschäftigt war, die Lage zu kapieren.

»Nun sei mal nicht so schüchtern, wir haben nur ein paar Minuten Zeit für unseren üblichen Frühsport. Habe dem Herrn Wächter von unserem persönlichen Entspannungsprogramm erzählt. Wenn wir schnell machen, hat er kein Problem damit.« Xiu sprang zu ihr aufs Bett und drückte ihr einen dicken

Schmatzer auf den Mund. »Spiel mit«, flüsterte er gegen ihre Lippen, dann presste er sich fest an sie. »Ich habe unseren Austausch von Körperflüssigkeiten so dermaßen krass vermisst! Und soll ich dir was sagen, Perle, du fühlst dich echt gut an unter diesem Krankenhausfummel. Trotzdem, das Ding muss runter!«

Mariella nickte, unsicher, was das Ganze eigentlich sollte.

»Fein«, sagte Xiu. »Schauen wir mal nach, was wir hier so Hübsches für mein kleines Hoppelhäschen haben, okay?« Er öffnete den Weekender, holte einen pinken Spitzen-Bra heraus und wedelte damit herum. »Den mag ich besonders gern.«

»Ich warte dann mal draußen«, sagte der Wächter. »Ihr beiden Sexoholics habt fünf Minuten. Nur damit das auch klar ist: Ich stehe direkt hinter der Tür.«

Die Tür war noch nicht ganz zu, da sank Xiu auch schon in sich zusammen wie ein Luftballon, dem die Luft abgelassen wurde. »Ich dachte schon, der Typ zieht nie Leine.«

»Und ich kann es nicht glauben, dass er dir die Don Juan-Nummer abgenommen hat.« Als Xiu einen beleidigten Flunsch zog, winkte Mariella ab. »Versteh mich nicht falsch, du bist bestimmt ein angehender Sexgott. Aber zwischen siebzehn und dreizehn liegen Welten.«

»Naturtalent hat nichts mit dem Alter zu tun«, verkündete Xiu, um dann ernst zu werden. »Wir müssen reden.«

»Klar«, sagte Mariella und legte sich im Geist schnell die Geschichte zurecht, auf die sie sich mit der Marschallin geeinigt hatte. »Aidan und ich sind fast in eine Gefängnisrevolte reingeraten«, setzte sie an, um sofort von Xiu unterbrochen zu werden.

»Weiß ich alles längst, Lyon wurde als Gruppenleiter über die Ereignisse informiert. Und weil sich niemand die Mühe gemacht hat, ihm Stillschweigen einzubläuen, hat er uns alles brühwarm erzählt. Die Sache mit dem Betäubungsgas stimmt doch, oder?« Als Mariella nickte, grinste er. »Und was den

Hautausschlag anbelangt, muss ich ja gar nicht erst fragen. Du siehst vielleicht nach Pubertätsopfer aus. Übel.«

»Wenn du frech wirst, kuschle ich mich an dich. Möglicherweise ist diese Seuche hochansteckend.«

Zuerst schreckte Xiu so heftig zurück, dass er fast vom Bett fiel, dann grinste er. »Ich hab dich echt vermisst. Unser Zimmer ist die letzte Abstellkammer, wenn man allein drin hockt.«

Zum ersten Mal seit Tagen verspürte Mariella ein warmes Prickeln in der Brust. »Ich komme bald wieder, versprochen.«

»Das will ich hoffen, es ist nämlich ganz schön einsam auf unserem Quartier. Du musst wissen, dass Skye auch gerade auf der Krankenstation ist, sie sitzt nach einem missglückten Job in der Asservatenkammer in Quarantäne.«

Die Nachricht überrumpelte Mariella. »Geht es ihr gut?«

»Ist wohl halb so wild. Skye ist bei der Archivarbeit irgendwie in einem falschen Gang gelandet und hat anschließend Spuren von Ex-Stellarum auf der Haut gehabt. Die Wächter haben das arme Mädchen von Kopf bis Fuß in Speziallauge getunkt, aber sie zur Sicherheit erst mal weggesperrt. Das behauptet Lyon jedenfalls – und wenn es um Ex-Stellarum geht, würde es mich nicht überraschen, wenn sie Skye erst in ein paar Jahren wieder rauslassen. «

Ex-Stellarum war ein Stoff, der entstand, wenn Tannin in die Nähe einer Quelle kamen und ihre Energie in Astrallis umwandelten. Während dieses Vorgangs rieselte eine Art Kristallstaub hinab. Ex-Stellarum war zwar hübsch anzusehen, aber das war auch schon das einzige Gute, was darüber zu sagen war. Angereichert im Körper eines Tannin sorgte der Stoff für ein paar unangenehme Begleiterscheinungen, was jedoch nichts war im Vergleich zu den Folgen, wenn es dem Ex-Stellarum gelang, sich mit dem gespeicherten Astrallis zu verbinden. Das Ergebnis nannte man Dunkles Astrallis, und es führte zwangsläufig Mutationen herbei. Die mutierten Tannin waren so gefährlich, dass nicht einmal der Gefängnistrakt der Zitadelle ausreichte, um sie sicher zu verwahren. Offiziell waren die wenigen, die eine Kontamination ihrer Aura mit Ex-Stellarum überlebt hatten, in einem Unterwasser-Gefängnis irgendwo im Schwarzen Meer untergebracht. Dass Ex-Stellarum in der Asservatenkammer lagerte, war wiederum kein Wunder, schließlich war es eine der für die Tannin gefährlichsten Substanzen, abstruserweise von ihnen selbst erzeugt. Es hieß, rebellische Verwandelte würden immer wieder Waffen aus Ex-Stellarum herstellen. Angeblich war die Verseuchte Ebene voll davon, sodass sie vermutlich aussah wie ein glitzernder Eispalast, einer, von dem eine gefährliche Strahlung ausging, die den Insassen der Gefängnisebene das Leben zur Hölle machte. Dass man die Zellen für die gefährlichen Kriminellen nicht mit mehr Abstand zur Verseuchten Ebene angelegt hatte, war vermutlich pure Absicht, denn die Tannin und die Unlichter unter ihnen würden von der Strahlung in Schach gehalten werden – ein günstiger Nebeneffekt, wenn man so wollte.

Mariella kaute auf ihrer Unterlippe, während sie Xiu den Rücken zuwandte und sich einen Sport-Bra und ein Tanktop, das er ebenfalls eingepackt hatte, überzog. »Irgendwas stimmt an der Geschichte nicht«, dachte sie laut nach. »Skye wäre niemals so blöd oder zu bedröhnt, um sich in der Asservatenkammer zu verlaufen, sie ist schließlich eine ausgebildete Amur. Vermutlich könnte sie sogar aus der Zitadelle rausspazieren, wenn sie Lust dazu hätte, eine Spur grausam zugerichteter Wächter-Leichen hinter sich lassend.«

»Das hat Aidan auch gesagt.« Mariellas Kopf flog so heftig herum, dass Xiu abwehrend die Hände hob. »Hoho, ganz ruhig. Sie haben Aidan gestern Abend zurück aufs Quartier geschickt, obwohl sich die Schnittwunde an seinem Oberarm fies entzündet hat.« Xiu nickte Mariella zu, als sie bei der Erinnerung an die Wunde, die sie versorgt hatte, zusammenzuckte. »Der sieht noch beschissener aus als du, wie durch den Wolf gedreht, und dann noch der Dauerkopfschmerz wegen der neuen Blocker.

Ach ja, und zwei Veilchen von dem Mega-Bums, als er mit dem Hinterkopf aufgeschlagen ist. Der muss echt unglücklich gefallen sein, als er vom Gas ohnmächtig wurde, der ist doch sonst so wendig wie eine Katze.«

»Aidan hat sich am Hinterkopf verletzt? Davon weiß ich nichts.« Eine Kopfverletzung wäre ihr auf keinen Fall entgangen, sie erinnerte sich noch genau, wie ihre Finger durch Aidans Haar gestrichen hatten. Wintersonnenhaar, flüsterte die Erinnerung, und Mariella krümmte sich zusammen, so weh tat es.

»Alles klar?«, fragte Xiu beunruhigt.

»Schon gut, erzähl weiter. Sieht so aus, als würde ich mich nicht richtig erinnern.«

»Du warst ja bestimmt auch ziemlich weggetreten von dem Gas, wenn du allergisch drauf reagiert hast.« In Xius Zartbitteraugen blitzte Sorge auf, die er als cooler Typ sofort hinter einem Grinsen zu verstecken versuchte.

Doch Mariella wusste Bescheid. Xiu hatte Angst – um sie, um Aidan und um Skye. Sie waren eine Einheit. Aber sie waren auch eine Familie, wenn Familie bedeutete, dass man füreinander einstand und sich umeinander kümmerte. Das hatte nicht nur ein dreizehnjähriger Spring-ins-Grün wie Xiu kapiert, sondern auch Mariella, wie sie sich eingestand. Sie wollte wissen, wie es Skye ging. Sogar Aidan war mehr als der Junge, der ein Leben unter der Herrschaft der Marschallin einer gemeinsamen Flucht vorgezogen hatte. Er gehörte zu dem kleinen Kreis, der ihr ans Herz gewachsen war. Eine völlig neue Erfahrung für sie. Wenn er mit frischen Verletzungen ins Quartier zurückgekehrt war, dann interessierte sich die verletzte Romantikerin in ihr möglicherweise nicht dafür, aber für das Mitglied der Einheit war es wichtig. »Hat Aidan noch mehr Verletzungen?«

»Ein paar. Seine Schulter war ausgerenkt und seine Lippe aufgeplatzt. Ich tippe mal darauf, dass die Wächter nicht gerade zimperlich mit ihm umgesprungen sind. Aber Mariella … Wir haben nicht viel Zeit.«

»Kein Problem, ich besorge uns einen Aufschub«, sagte Mariella, um dann laut loszuzwitschern: »O Baby. Sollen wir das wirklich tun? Das ist so …« Sie schloss die Augen, dachte fest an ein Schoko-Lava-Törtchen und gab ein sehnsuchtsvolles Stöhnen von sich. Draußen vor der Tür ließ der Wächter ein empörtes Grunzen ab.

Als Mariella die Augen wieder öffnete, sah Xiu sie mit einer Mischung aus Faszination und Panik an. »Wow«, hauchte er. »Das war sexy. Bitte mach das nicht noch mal, sonst garantiere ich für nichts.«

Mariella räusperte sich. »Wir waren bei Aidan stehen geblieben.«

Xiu blinzelte, als erwache er aus einem süßen Traum. »Richtig. Jedenfalls war es Aidans Idee, dass ich dir Bericht erstatte.«

»Was hat Aidan denn genau gesagt?«

»Du meinst wortwörtlich?«

»Nun mach schon, Xiu«, trieb Mariella den Jungen an.

»Okay, hier Zitat Aidan: ›Bullshit. Skye ist nie im Leben versehentlich mit Ex-Stellarum in Berührung gekommen. Entweder hatte sie einen guten Grund für die Kontaminierung, oder sie hat etwas Bestimmtes in diesem Gang gewollt. Gib Mariella Bescheid, sie ist doch auch noch auf der Krankenstation.‹ Zitat Ende.«

»Und weiter?«

»Nichts und weiter.«

»Ich meine, was hat Aidan außer der Skye-Sache noch gesagt?« Mariella brachte es nicht über sich zu fragen, ob er ihr etwas ausrichten ließ oder ob er sich wenigstens nach ihr erkundigt hatte.

»Rein gar nichts. Mehr als diese eine Sache war aus ihm nicht rauszukriegen. Aidan war ja noch nie der große Redenschwinger, aber im Augenblick ist er total unheimlich, unser Einheits-Zombie, als hätte er einen Teil seiner Persönlichkeit auf der Gefängnisebene zurückgelassen. Sogar Tessa jammert rum, dass sie ihn nicht wiedererkennt.« Xiu ruckelte nervös mit dem Hintern. »Was wirst du jetzt wegen Skye unternehmen?«

Offenbar kam dem Jungen gar nicht in den Sinn, dass Mariella sich entschließen könnte, nichts zu tun. Als ein leises Knacken verriet, dass die Tür geöffnet wurde, riss Mariella Xiu an sich und flüsterte ihm ins Ohr: »Ich werde unserer geheimnisvollen Amur einen Besuch abstatten und die Sache notfalls geradebiegen, damit sie wieder aus der Quarantäne entlassen wird.«

Als der Wächter, sichtlich enttäuscht von dem drögen Szenario Xiu ohne weitere Umstände packte und mit sich schleifte, machte der Junge noch ein Daumen-hoch-Zeichen. Zurück blieb eine kreidebleiche Mariella, die keine Ahnung hatte, wie sie ihr Versprechen einlösen sollte. Ein Besuch auf der Quarantänestation klang nicht gerade nach einem Spaziergang.

33

Nachdenklich betrachtete Mariella ihr geweißtes Zeichen. Wobei es nicht ganz weiß war, die Wellen in dem Oval sahen eher aus, als trügen sie schneeweiße Gischt. Wenn sie es richtig verstanden hatte, dann war sie dank dieser Veränderung nur noch so etwas wie ein Gast, der ein paar Auflagen zu erfüllen hatte. Sie durfte sich die Beine auf der Krankenstation vertreten, ohne dass ein Wachmann sie sofort zu Boden schmiss und in den Sicherheitsgriff nahm. Das galt jedoch bestimmt nicht, wenn sie sich der Quarantänestation näherte. Nun ärgerte sie sich darüber, die letzten Tage damit verbracht zu haben, im Bett zu liegen und die Wunden von Aidans Zurückweisung zu beweinen. Sie hatte wertvolle Zeit mit Liebeskummer verschwendet, anstatt die Lage auszuspähen. Der Einzige aus ihrer Einheit, der sich genauso brav verhalten hätte, war Lyon. Nein, das stimmte nicht. Als guter Soldat hätte er alle verfügbaren Informationen gesammelt. Nur die Prinzessin schmollte unter der Bettdecke.

Die Wut in ihrem Bauch war zwar nur ein schwaches Feuer, aber Mariella war dankbar dafür, zur Abwechslung etwas anderes zu fühlen als Kummer. Für Aidan gab es Wichtigeres, als mit ihr händchenhaltend durch den Sonnenuntergang zu wandeln – und auch für sie war es höchste Zeit, wieder zu ihrer alten Unbeschwertheit zurückzukehren. Diese Trauerkiste war nichts für sie, sie machte aus ihr ein Mädchen, das sie nicht kannte und auch nicht näher kennenlernen wollte. Skye einen Besuch abzustatten war nicht nur eine kameradschaftliche Geste, sondern auch die perfekte Ablenkung.

Ich ziehe das nur durch, weil ich ein Mitglied der Einheit bin, sagte sich Mariella. Es hat nicht das Geringste damit zu tun, dass Aidan meinte, ich würde mich schon um Skye kümmern. Das hier ist meine freie Entscheidung.

Bevor ihre Motivation wie ein Kartenhaus in sich zusammenbrach, weil sie zu grübeln anfing, was genau hinter Aidans Worten steckte, betrachtete Mariella sich zum ersten Mal, seit sie auf die Krankenstation gebracht worden war, freiwillig im Spiegel. Ihr Anblick verpasste ihr einen Schock. Von dem Beachgirl, dessen Haut selbst im Winter einen Bronzeschimmer aufwies und dessen dunkle Locken über die Schultern fielen, war nicht viel übrig geblieben. Ihre Wangenknochen stachen spitz hervor, die sonst so lebendigen Augen verschwanden in Schatten und selbst von den Rundungen, die nicht nur Tessa als zu kurvig bezeichnete, war kaum noch etwas zu sehen. Mariella wirkte, als habe jemand ihre Lebenskraft zur Ader gelassen, und nun war sie bloß noch ein schwacher Abklatsch ihres früheren Ichs. Ehe sie den Blick abwendete, bemerkte sie jedoch einen wachen Ausdruck in ihren Augen. Der war neu – und er hatte wenig gemein mit ihrer früheren Gerissenheit. Es war der Ausdruck von jemandem, der innerhalb kurzer Zeit sehr viel übers Überleben gelernt hatte und gestärkt aus diesem Prozess hervorgegangen war. Die Zeit der Rumtricksereien war vorbei, Mariella würde sich nicht mehr damit zufriedengeben, das Schäfchen zu spielen, um sämtliche Erwartungen an sie zu unterlaufen. Passend dazu entdeckte sie an ihren Armen Muskeln, die ihr nicht einmal Schwimmen, Surfen und durchtanzte Nächte beschert hatten. Offenbar hatte ihr Körper beschlossen, dass zum Überleben in der Zitadelle ein Bizeps und ein paar Ecken und Kanten notwendig waren. Nicht schlecht, dachte Mariella, während sie in ihre Sneakers schlüpfte. Dann zog sie den himbeerfarbenen Cardigan über, den Xiu in ihren Weekender gestopft hatte, und verließ pfeifend das Zimmer.

Fast wäre Mariella rückwärts wieder zurückgestolpert, denn eine Krankenschwester lief direkt vor ihrer Nase vorbei.

»Sieh an, unser Ehrengast. Kann ich etwas für dich tun?«, rief die junge Frau in dem hellblauen Einheitslook der Pflegekräfte.

»Nein, danke. Ich will mir nur eine Kleinigkeit zu knabbern besorgen, mein Appetit ist plötzlich wieder da«, sagte Mariella als geübte Lügnerin. »Wo liegt denn die Teeküche?«

»Zweimal um die Ecke den Flur hoch, dann siehst du sie auch schon. Eine Tür weiter liegt gleich der Aufenthaltsraum für Gäste, wo ein paar Bücher und Zeitschriften rumfliegen. Den darfst du ja ebenfalls aufsuchen. Ich kann dir aber auch etwas bringen, wenn du möchtest. Bei uns ist zwar ordentlich was los, aber die Marschallin hat extra darauf hingewiesen, dass du dich ausruhen sollst.«

»Da kann es nur gut sein, wenn ich mir mal die Beine vertrete«, sagte Mariella.

Pfeifend setzte sie sich in Bewegung, bevor die Krankenschwester sie aus lauter Fürsorge doch noch zurück aufs Zimmer schickte. Leider wurde sie bereits hinter der nächsten Kurve von einem Wächtergespann angehalten, das allem Anschein nach den hinter ihnen liegenden Flur bewachte. Allerdings nicht allzu aufmerksam, denn die Frau des Duos reinigte ihre Fingernägel mit der Ecke einer Karte, die zu einem Schlüsselset gehörte. Als sie Mariella bemerkte, ließ sie die Plastikkarten jedoch sofort in einer Tasche an ihrem Gürtel verschwinden und nahm Haltung an.

Unaufgefordert hielt Mariella ihr frisch bearbeitetes Zeichen hoch und sagte: »Ich hol mir bloß einen Kaffee. Ich darf mich ja auf der Station frei bewegen, richtig?«

»Kein Problem, wir sind von der Marschallin persönlich über deinen Bewegungsradius informiert worden«, sagte die Wächterin, die höchstens ein paar Jahre älter war als Mariella. Ihr braunes Haar, zu einem Pferdeschwanz zusammengebunden, wippte.

Ihr Partner wendete sein Gesicht ab, als würde Mariella dank ihres weißen Zeichens nicht auf seinem inneren Radar erscheinen. Wer nicht bewacht werden musste, existierte für ihn nicht. Dann bemerkte Mariella einen Bluterguss an seiner Wange. Ob er beim Gefängnisaufstand dabei gewesen war? Die Marschallin hatte angedeutet, dass die Wächterbestände ziemlich gelitten hatten. Andererseits hatten die Wächter auf der Gefängnisebene Helme getragen … Vielleicht war er auch bloß einem sehr schlecht gelaunten Aidan begegnet.

Mariella trat näher, obwohl ihr Herz verräterisch laut pochte. Da half auch ihr neuer Status nichts. Leute in Overalls, die in der Mitte von einem Waffengürtel zusammengehalten wurden, hatten sich ihr nicht als Freunde und Helfer, sondern als unberechenbare Arschlöcher mit der Lizenz zum Quälen eingebrannt. »Kann ich euch was mitbringen?«, fragte sie trotzdem freundlich. »Hier rumzustehen und kranke Kids zu bewachen, muss auf die Dauer ganz schön einschläfernd sein.«

Die Wächterin lächelte. Tatsächlich. Ein echtes Lächeln. War Wächtern so was überhaupt erlaubt? Mariella musste aufpassen, dass ihr nicht die Kinnlade runterklappte. »Gern, ich könnte einen Kaffee gebrauchen. Hier ist es zurzeit wirklich öde.«

»Würde es denn nicht reichen, einfach eine Schleuse vor dem Sicherheitstrakt der Krankenstation einzurichten, anstatt eure Lebenszeit mit Rumstehen zu verschwenden?«, fragte Mariella so, als wisse sie ganz genau Bescheid, was sich auf dem bewachten Flur befand.

»Das Pflegepersonal muss sich in Notfällen frei bewegen können«, sagte die Wächterin achselzuckend. »Außerdem ist es eine gute Übung darin, die Aufmerksamkeit über längere Zeit hinweg aufrechtzuerhalten, bevor man auf den tieferen Ebenen mit höheren Sicherheitsstandards eingesetzt wird.«

Daher kam also die Unbekümmertheit: Die beiden waren

Anfänger. Trotz ihrer Erleichterung durfte Mariella nicht vergessen, wer diese Leute waren. Die Wächter in der Zitadelle waren gut ausgebildet und dazu angehalten, im Zweifelsfall gnadenlos vorzugehen. Mariella zwang sich ein argloses Lächeln auf die Lippen. »Ist die Quarantänestation im Augenblick etwa belegt?«

Die Blicke der beiden Wächter flogen für einen Sekundenbruchteil zu einer der Sicherheitstüren, die vom Flur hinter ihnen abgingen. Treffer, dachte Mariella.

»Was weißt denn du überhaupt von der Quarantänestation?«, fragte der Wächter scharf.

»Nicht viel, nur halt, was ich bei den Schwestern aufgeschnappt habe. Den Job mit den Schutzanzügen möchte ich nicht machen müssen.« Es war ein Wurf ins Blaue, aber weil ihr keiner der Wächter widersprach, redete sie hastig weiter: »Und immer diese Angst, sich trotzdem etwas einzufangen und selbst in Quarantäne zu landen.«

»Das Pflegepersonal redet in deiner Gegenwart über solche internen Dinge?«

Mist, falsche Abbiegung genommen, dachte Mariella. »Das habe ich mir so gedacht. Wenn man ewig im Bett rumliegt, kommt man eben auf Ideen. Zucker in den Kaffee?«

Die Wächterin schüttelte den Kopf, das Lächeln nun abgeschaltet.

Mariella zwang sich, den Flur entlangzuschlendern und nicht auf den Schweißausbruch zwischen ihren Schulterblättern zu achten. Als sie nach einer weiteren Biegung die Teeküche erreichte, stürzte sie erst einmal ein Glas Wasser hinunter und atmete tief durch. Das wäre fast schiefgegangen. Schon kurz darauf trat sie mit zwei Kaffeebechern in der Hand auf den Flur und sah sich um. Die Türen der Krankenzimmer hatten – im Gegensatz zu dem Aufenthaltsraum, in dem sie behelfsweise untergebracht war – eine eingelassene Sichtscheibe, damit Wächter und Pflegepersonal mit einem Blick feststellen konnten, ob bei den Patienten alles in Ordnung war. Die Privatsphäre der jugendlichen Insassen wurde in Stoneheaven ohnehin nicht großgeschrieben. Aidan musste jeden Tag auf der Krankenstation gehasst haben.

Das erste Zimmer, in das Mariella blickte, war mit acht Betten so eng belegt, dass die Bewohner akrobatische Fähigkeiten brauchten, um zur Toilette zu kommen. Was nicht nötig war, denn die grüngesichtigen Kids hatten jeder einen Eimer in Griffweite stehen, der außen anhängenden Krankenakte nach litten sie allesamt an einer ausgewachsenen Lebensmittelvergiftung. Mariella erkannte die Anführerin der Rosa Erdbeeren, die sie an ihrem ersten Tag in die Mangel genommen hatte. Es prickelte ihr in den Fingern, die Tür aufzureißen und dem Miststück fröhliches Kotzen zu wünschen, aber für kleinliche Racheakte fehlte ihr die Zeit.

Im zweiten und dritten Zimmer sah es nicht besser aus, lauter von Übelkeit gezeichnete Kids. Dann kam ein Dreierzimmer, dessen Insassen allem Anschein nach in eine wilde Schlägerei geraten waren und nun vor allem aus Bandagen bestanden. Im nächsten Zimmer lag eine einzelne, zierliche Person mit dem Rücken zur Tür unter der Bettdecke, sodass bloß ihr langes weißblondes Haar zu sehen war, eine Haarfarbe, die Mariella niemandem aus der Kantine zuordnen konnte. In der draußen neben der Tür steckenden Krankenakte stand was von Nervenzusammenbruch, wahrscheinlich hatte sie deshalb trotz des Platzmangels ein Zimmer für sich allein. Bestimmt ein Neuzugang, dem gleich am ersten Tag klargemacht worden war, dass es unter den Kids in der Zitadelle eine knallharte Rangordnung gab. Beim letzten Zimmer handelte es sich ebenfalls um eine Einzelbelegung, obwohl noch zwei weitere Betten im Raum standen. Durch das Sichtfenster blickte Mariella in ein ihr wohlbekanntes Gesicht. Auf der Bettkante saß Lomax, der Riese mit der dummen Angewohnheit, sie immer aus dem Weg zu rammen, als wäre sie bloß ein lästiges Hindernis.

Lomax erwiderte Mariellas Blick. Sein ohnehin grobschlächtiges Gesicht war von Blutergüssen und frisch geklammerten Platzwunden übersät, sodass sich eine Überprüfung seiner Krankenakte erübrigte. Offenbar hatte dieses Mal jemand ordentlich zurückgeschubst, möglicherweise die drei Verbandsmumien im Nachbarzimmer. Zu Mariellas Entsetzen breitete sich ein Grinsen auf Lomax' Lippen aus, während er ihr mit dem Zeigefinger bedeutete einzutreten.

Mariella schluckte. Das letzte Mal hatte sie auf dem Nachttauchgang mit ihm zu tun gehabt, genauer gesagt, als er der Länge nach in einer Felsspalte festgesteckt hatte und sie ihn ordentlich zappeln ließ, bevor sie Hilfe holte. Aber Angst war nichts, was einem in der Zitadelle weiterhalf, das hatte Mariella gelernt. Also riss sie sich zusammen, öffnete mit dem Ellbogen die Tür und schlüpfte in das Krankenzimmer.

»Hi, Lomax. Willst du einen Kaffee?«

»Ein Schlüssel wäre mir lieber.« Lomax hob seinen Arm in die Höhe, und Mariella erkannte, dass er mit einer Handgelenkfessel samt Kette ans festgeschraubte Bett gefesselt war. »Aber ich nehme auch einen Kaffee.«

Mariella reichte ihm den Becher, der eigentlich für die Wächterin vorgesehen war, dann nahm sie selbst einen Schluck. Das Zeug schmeckte widerlich, aber sie trank den halben Becher leer, weil sie nicht recht wusste, worüber sie mit Lomax reden sollte.

Der Riese musterte sie über den Becherrand hinweg. »Wie war es so auf der Gefängnisebene?«, fragte er nach einer Weile.

Mariella zog fragend die Augenbrauen hoch.

»Na, komm schon. Die Vögel zwitschern es von den Bäumen, dass du mit Beringer auf der Gefängnisebene unterwegs gewesen bist, als dort die Revolte des Jahres losgegangen ist. Es heißt sogar, Beringer persönlich habe den Scheiß mit einer Schlägerei angezettelt, weil er sich in dem Tumult absetzen wollte. Ich hätte es ihm gegönnt, er ist ein harter Knochen.«

Klang da wirklich Respekt durch? Mariella konnte es kaum glauben. »Tut mir leid, dich enttäuschen zu müssen, aber Aidan und ich waren einfach nur zur falschen Zeit am falschen Ort.«

»Dafür seid ihr aber erstaunlich heil davongekommen. Wenn die Gerüchte stimmen, dann hat der Aufstand drei Tage lang angedauert und fast ein Viertel der Gefangenen ist dabei draufgegangen. Die meisten sind angeblich verschüttet worden, weil die Wächter einen Tunnel zur Verseuchten Ebene gesprengt haben, damit die Verwandelten sich nicht dorthin absetzen konnten. Als sie mich hier eingeliefert haben, bin ich Aidan jedenfalls begegnet. Er war etwas angeschlagen, aber vor allem scheißwütend. Machte nicht den Eindruck von jemandem, der nur zufällig den größten Gefangenenaufstand der Geschichte miterlebt hat.«

Mariella nahm die Infos über den Aufstand zur Kenntnis, doch ihr Geist beschäftigte sich mit einer ganz anderen Frage: »Warum war Aidan denn wütend?«

»Lag wohl an der Abschlussuntersuchung, er sollte gerade entlassen werden. Ich wurde auf der Trage ins Zimmer geschoben, als sie sich ihn vorgenommen haben, wollten ihn noch mal von Kopf bis Fuß abchecken – und dann ging auch schon die Post ab.« Lomax' Grinsen nach zu urteilen, gefiel ihm die Erinnerung. »Beringer mag es anscheinend nicht besonders, wenn er sich vor anderen ausziehen muss. Oder hast du da andere Erfahrungen gemacht, Prinzessin?«

Während Mariella ihren Mittelfinger antworten ließ, leuchtete Aidans Brandmal vor ihrem geistigen Auge auf. Nein, er mochte es wirklich nicht, wenn man ihn anstarrte. Das hatte er nur ihr erlaubt, aber das war nun wirklich kein Thema, das sie mit Lomax, dem menschlichen Rammbock, besprechen wollte.

»Aidan hat also den Aufstand geprobt, weil er nicht untersucht werden wollte?«

Lomax nickte bedächtig. »Er war eh schon mächtig angefressen, weil er sich ausziehen musste. Aber als die Weißkittel dann angefangen haben, über die Sache auf seiner Brust rumzuschwafeln und daran herumzufummeln, hat es ihm wohl gereicht. War klasse, als er dem Stationsarzt plötzlich sein Knie in die Weichteile gerammt hat und nur trocken ›'tschuldigung, ist ein Reflex, wenn ich angetatscht werde‹ genuschelt hat. Der Assistent wollte die Wächter holen, da ist er zufällig über Aidan ›gestolpert‹«, der monströse Lomax machte tatsächlich Gänsefüßchen mit den Zeigefingern, »und hat sich dabei leider, leider am Bettpfosten ein paar Zähne ausgeschlagen. Danach hat der letzte noch stehende Weißkittel jedenfalls keine klugscheißerischen Bemerkungen mehr über Beringers Körperschmuck abgesondert, sondern ist ziemlich unsortiert geflohen. Ich war richtig traurig, dass ich ans Bett gefesselt war, sonst hätte ich liebend gern mitgemischt. Aber mit den ersten beiden Wächtern, die reingestürmt sind, ist Beringer eh gut allein fertiggeworden. Am Ende hatten sie ihn allerdings am Boden, die Blutlache, wo er mit dem Kopf aufgeschlagen ist, kann man noch sehen. Diese Tante mit dem Pferdeschwanz hat ihn erwischt. Der Einsatz von Elektroschockern im Nahkampf müsste verboten sein, das ist unfaire Vorteilsnahme.«

»Auf jeden Fall«, stimmte Mariella zu, während ihr Magen sich krampfartig zusammenzog. Warum zur Hölle leistete sich Aidan so eine Kamikazenummer? Allein an den Kommentaren zu seinem Brandmal konnte es nicht gelegen haben, dafür war er zu beherrscht. Wollte er es sich mit der Marschallin verderben, nachdem sie sich gerade erst für ihn eingesetzt hatte? Vielleicht war es jedoch so, kam Mariella der Gedanke, dass es Aidan nicht passte, auf ihr gemeinsames Quartier zurückkehren … Vielleicht wäre ihm eine Einzelzelle lieber gewesen, bis sie ihre Strafe abgesessen hatte und die Zitadelle verließ. Weil er ihr nichts schulden und sie noch weniger wiedersehen wollte. Sie schluckte den Gedanken runter, was den Schmerz in ihrer Brust verschlimmerte.

»Hättest du jetzt Lust auf ein bisschen Stress, Lomax? Ein

Mädchen aus meiner Einheit sitzt in Quarantäne fest, und ich möchte ihr einen Besuch abstatten.«

»Auftrag von Beringer, was?« Der Hüne wirkte begeistert. »Der Mann sorgt für seine Einheit.«

Mariella schaute Lomax nur an. In diesem Fall zu lügen, gefiel ihr nicht. Obwohl es streng genommen ja tatsächlich auch eine Art Job war, den Aidan ihr aufgetragen hatte. Nur machte es das nicht unbedingt besser. »Also, wie sieht es aus? Der Pferdeschwanz und ein Kerl mit einem Veilchen, das Aidans Unterschrift trägt, sind gerade auf Wachposten.«

»Wäre durchaus interessiert, außerdem schulde ich dir noch etwas für die Sache im See. Ohne dich wäre ich abgesoffen. War eine nette Geste, meinen Alarm auszulösen, hätten sich nicht viele getraut.«

»Gern geschehen.« Allem Anschein nach nahm Lomax ein solches Kräftemessen sportlich.

Lomax hob seine Hand mit der Fessel. »Nur leider hänge ich hier im Augenblick fest. Nach der Prügelei mit so ein paar kleinen Pissern, die sich in der Kantine vordrängeln wollten und die nächsten Wochen deshalb nur Flüssignahrung zu sich nehmen können, werde ich wohl noch eine Weile an der Kette bleiben. Allerdings habe ich mit den Wächtern eine Rechnung offen, weil die mich einfach hinterrücks niedergeprügelt haben, diese feigen Säue.«

»Möglicherweise kann ich Abhilfe schaffen«, sagte Mariella.

34

»Das tut mir aber leid! Sonst bin ich nie so ein Tollpatsch.«

Mariella wischte mit dem Ärmel eifrig über die Kaffeeflecken auf dem Overall der Pferdeschwanz-Trägerin, obwohl der Stoff zweifelsohne wasserabweisend war. In der nächsten Sekunde packte die Wächterin sie auch schon mit schmerzhaft festem Griff an der Schulter und schob sie von sich. Zwischen ihnen breitete sich eine schwarze Kaffeelache aus.

»Es ist nichts passiert«, knurrte die Wächterin.

»Ich hol einen frischen Kaffee als Wiedergutmachung, okay?«

»Schluss mit dem Blödsinn«, mischte sich der Wächter mit dem Veilchen ein. »Geh gefälligst auf dein Zimmer und leg dich hin, anstatt hier rumzunerven. Falls nicht, dann …«

Mariella konnte nicht anders, als dem Wächter ins Gesicht zu blicken, jetzt, da seine Verletzung eine neue Bedeutung bekommen hatte. Das war Aidan gewesen – und dafür hatte der Wächter ihm noch ordentlich welche mitgegeben, als er bereits am Boden lag. Kein Wunder, dass Lomax Rachegelüste verspürte. »Was dann?«, fragte sie herausfordernd. »Wird mir dann der Arm auf den Rücken gedreht, und ich werde abgeführt, weil ich netterweise einen Kaffee vorbeigebracht habe?«

»Natürlich nicht«, beeilte sich der Pferdeschwanz klarzustellen. »Aber du bist noch angeschlagen, deshalb wäre es schon gut, wenn du dich ausruhen würdest. Du weißt genauso gut wie wir, dass deine Gesundung der Marschallin sehr am Herzen liegt.«

»Zuerst räum ich noch die Sauerei auf dem Boden auf. Nicht dass noch jemand auf der Krankenstation ausrutscht und sich ein Bein bricht. Das wäre doch zu krass.«

Bevor einer der beiden Wächter etwas erwidern konnte, sauste Mariella um die Ecke in Richtung Teeküche davon. Da im Flur hinter ihr keine Schritte von schweren Kampfstiefeln erklangen, flitzte sie direkt in Lomax' Zimmer und zeigte mit dem Finger auf ihn.

»Sorgst du dafür, dass die beiden Wächter mindestens die nächsten fünfzehn Minuten beschäftigt sind, wenn ich dich von deiner Fessel befreie?«

»Darauf gebe ich dir eine Garantie, Prinzessin.«

Mariella holte das Kartenset hervor, das sie der Wächterin beim Trockentupfen ihres Overalls abgenommen hatte. Keine vierzig Sekunden später öffnete sich die Handschelle an Lomax' Handgelenk, dessen rote Druckstelle er mit einem grimmigen Grinsen massierte.

»Wie willst du vorgehen?«, fragte Mariella, unsicher, ob sie es wirklich so genau wissen wollte.

»Hier müssen irgendwo ein paar von meinen Leuten mit einer Lebensmittelvergiftung rumliegen. Man darf den Fleischgerichten in der Kantine eben nicht über den Weg trauen. Die lasse ich das Pflegepersonal aufmischen: fliegende Kotzeimer, Gebrüll und Geheule, Zusammenbruch auf dem Flur, die ganze Show. Und wenn der Bienenkorb ordentlich am Schwirren ist, löse ich mitten im Chaos den Alarm aus, damit unsere speziellen Freunde in Wächteruniform angelaufen kommen. Für die plane ich einen netten kleinen Hinterhalt, die werden gar nicht wissen, wer da über sie kommt. Es gibt noch einen Posten am Eingang zur Krankenstation, aber die müssen Anweisung haben, die Stellung nur im Notfall aufzugeben. Sonst wären sie bei Beringer schon viel früher aufgetaucht. Bis die antanzen, liege ich bereits wieder hübsch mit meiner Handfessel im Bett. Wie klingt das?«

»Verdammt clever«, gab Mariella zu.

»Dann bring dich mal außer Schussweite, Prinzessin, ich kann es nämlich kaum erwarten. Die Alarmsirene ist dein Signal.«

Mariella machte noch ein Daumen-hoch-Zeichen, dann trat sie den Rückzug an.

»Wolltest du die Pfütze nicht aufwischen?«, fragte die Wächterin mit dem Pferdeschwanz, als Mariella an ihr und ihrem sauertöpfisch dreinblickenden Kollegen vorbeisauste.

»Einfach bücken und selber machen«, sagte Mariella und positionierte sich hinter der Ecke.

Zuerst hörte sie nur das Geschimpfe vom Pferdeschwanz, dass sie die Sauerei ganz bestimmt nicht beseitigen werde, während ihr Partner sie anschnauzte, dann solle sie sich halt nicht mit den Plagen von der Resterampe anfreunden. Kurz darauf gesellte sich ein hoher wimmernder Schrei hinzu, gefolgt von Würgegeräuschen, wiederum gefolgt von Gebrüll und Türenschlagen.

»Was ist denn das für ein widerlicher Gestank?«, hörte Mariella den Pferdeschwanz sagen, dann bemerkte sie das Fußgetrampel hinter sich und drehte sich gerade noch rechtzeitig um, ehe das heraneilende Pflegeteam bemerkte, dass sie auf der Lauer stand.

»Du, Rosalike«, rief die Krankenschwester, die ihr vordem den Weg zur Teeküche erklärt hatte. »Geh auf dein Zimmer und bleib da.«

»Das hatte ich ohnehin vor«, sagte Mariella. »Auf dem Flur stinkt es ätzend. Ich glaube, ein paar von euren Patienten lösen sich vor lauter Reiherei in ihre Bestandteile auf.«

Das Pflegeteam beschleunigte sein Tempo, keinen Gedanken mehr an Mariella verschwendend. Die schlenderte zurück zu ihrem Warteposten an der Ecke und zählte in Gedanken die Sekunden, während der Lärm auf dem Flur immer lauter wurde, bis ihn schließlich die Alarmsirene übertönte. Mein Einsatz, dachte Mariella. Das Blut raste durch ihre Adern, als sie sich an den Flur ranpirschte. Wie erwartet hatten die Wachen ihren Posten verlassen, sodass der Weg zur Quarantäne-Station frei war. Leider konnte man durch die Schleusentüren der Station nicht in die dahinterliegenden Zimmer schauen, und es gab auch keine draußen angebrachten Krankenakten. Notgedrungen probierte sie das Kartenset an der ersten Schleuse aus.

Das Licht auf dem Quarantänezimmer war gedimmt. Unter einem dünnen Laken lag eine zusammengerollte Gestalt und stöhnte.

»Skye?«, fragte Mariella.

Als Antwort ertönte nur ein Röcheln.

Die Luft in dem Zimmer roch seltsam … süßlich verrottet und irgendwie würzig, kein Geruch, den man auf einer Krankenstation erwartete.

Zögernd trat Mariella näher an das Bett. Der Hinterkopf der Gestalt schimmerte gräulich, genau wie Skyes Kopf, wenn sie ihr dunkles Haar frisch geschoren hatte. Mariella wollte schon erleichtert auflachen, dann bemerkte sie die gelblichen Flecken, die das Laken an den Stellen durchtränkten, wo es sich eng an den Körper schmiegte. Darunter zeichnete sich ein Feld aus ungleichmäßigen Huckeln ab, als würde die Gestalt einen Ganzkörperanzug tragen, unter den sie Golfbälle gestopft hatte. In dem Moment begriff Mariella, dass der Kopf nicht geschoren, sondern das Haar ausgefallen war, weil, wer auch immer hier lag, sich eine üble Krankheit eingefangen hatte.

Eine ansteckende Krankheit!, schrie es in Mariella, während sie rückwärts zur Tür stolperte.

Draußen auf dem Flur war der Gestank von Erbrochenem und Exkrementen kaum auszuhalten, doch es roch fast lieblich im Vergleich zu dem Zersetzungsgestank, der in Mariellas Nase hing. Halb betäubt von Übelkeit torkelte sie zu der nächsten Schleusentür, wo sie unsicher stehen blieb. Was in Gottes Namen machte sie hier eigentlich? Sie richtete auf der Krankenstation das reinste Chaos an und ließ einen Schläger auf zwei ahnungslose Wächter los, nur um ein krankes Mädchen aus ihrer Einheit zu fragen, ob mit ihr alles okay sei. Vermutlich hätte sie auch einen Besuchertermin bewilligt bekommen, wenn sie die Marschallin nett darum gebeten hätte. Nur hätte dann ein Wächter mit im Zimmer gestanden, und genau wie Aidan glaubte auch sie, dass hinter Skyes Aufenthalt auf der Quarantänestation mehr steckte.

Notgedrungen öffnete Mariella die nächste Schleuse – und blickte in ein leeres Zimmer.

Halt! Die Bettdecke war zerknautscht, als hätte jemand sie nur rasch zurechtgezogen.

Bevor Mariella sich versah, hatte sie das Zimmer bereits betreten und spürte einen Lufthauch im Nacken. Ihr Instinkt riet ihr, ganz still dazustehen, wenn sie nicht mit einem gebrochenen Genick enden wollte.

»Hallo, Skye«, sagte Mariella so locker wie möglich. »Eigentlich wollte ich dir einen Kaffee vorbeibringen, aber daraus ist nichts geworden.«

»Schade, für einen Kaffee würde ich tatsächlich töten«, erklang die samtige Stimme der Amur.

»In dem Fall habe ich ja noch mal Glück gehabt.«

»Ja, das hast du«, sagte Skye, dann trat sie neben Mariella. Die junge Amur wirkte erschöpft, mit tiefen Augenringen und spröden Lippen. Doch unter ihrem Krankenhaushemd zeichnete sich ein überraschend weiblicher Körper ab, ein Umstand, den sie normalerweise mit ihren Schlabbershirts und Latzhosen sehr gut zu verbergen wusste.

»Bist du ansteckend?«, fragte Mariella.

»Solange du mich nicht ableckst, eigentlich nicht. Warum fragst du?«

»Ich war zuerst in einem anderen Quarantänezimmer, und da hat jemand gelegen, der … auf dem ist irgendwas gewachsen, so kleine Huckel.«

»Das muss Usako sein. Er hat auf seinem Zimmer Pilze gezüchtet, deren Sporen er nah der Verseuchten Ebene gefunden hat.«

Usako, personifizierte Neugierde und Tüftler-Nerd, wenn man den Geschichten ihrer Einheit Glauben schenken konnte. »Was ist der Typ eigentlich: ein Idiot oder ein Genie?«

Skye kaute nachdenklich auf ihrer Unterlippe. »Beides, würde ich sagen. Jedenfalls ist Usako sein Zuchtversuch nicht bekommen, Pilze können nämlich fiese kleine Besetzer sein. Er hätte nur mich fragen müssen. Die Amur arbeiten gern mit Funghi, wenn es ums Vergiften geht oder indem wir Sporen aussetzen, die niemand sieht, aber jeder in einem bestimmten Umfeld einatmet. Dann wächst der Tod ganz langsam unter deinem Bett, während du nicht die geringste Ahnung hast, wessen Brut dir die Lungenflügel verstopft. Die Pilze von der Verseuchten Ebene betrachten Usakos Körper offenbar als hervorragenden Wirtsplatz – und wohl auch den von jedem anderen, der mit ihnen in Berührung kommt. Deshalb steht sein Quartierzimmer unter Verschluss, obwohl es bereits dreimal ausgeräuchert wurde. Sehr anhängliche Gesellen, diese Pilze.« Skye musterte Mariella prüfend, als erwarte sie, dass jeden Augenblick auf Mariellas Stirn ein Pilz aufploppte.

»Ich habe Usako nicht berührt, Ehrenwort! Ich habe überhaupt nichts in seinem Zimmer berührt.«

»Nicht mal den Boden?«

Quiekend strampelte Mariella ihre Sneakers von den Füßen. Im Geiste breiteten sich bereits eitrig gelbe Pilzschirmchen über ihre Fußnägel aus.

»Danke, dass du mein Zimmer kontaminiert hast«, sagte Skye trocken. Sie warf ihre Bettdecke über die Schuhe und schmiss das Paket in einen Wäscheschacht.

»Nicht! Damit verseuchen wir vielleicht die gesamte Zitadelle, wenn sich die Pilze über die Waschküche ausbreiten.«

»Der Schacht führt in keine Waschküche, sondern direkt in die Verbrennungsanlage.«

»Woher willst du das wissen? Der Schacht ist viel zu klein, um reinzuschauen.«

»Nur die Klappe ist klein, wenn man die erst einmal ausgebaut hat ...« Skye schaute Mariella nur abwartend an, während die sich vorstellte, dass Skye es über sich gebracht hatte, in einen zweifelsohne beengten Schacht zu klettern und dann auch wieder zurückzukehren, als ihr glühende Hitze entgegengeschlagen war. Diese Amur war wirklich ein toughes Mädchen.

»Hör zu, Skye. Ich muss gleich wieder los, das Ablenkungsmanöver hält nicht mehr lange vor.«

»Dann hast du den Aufstand angezettelt? Respekt.«

»Wenn die mich hier allerdings erwischen, war alles für die Katz, dann stecken die mich in die nächste Quarantänezelle bis zum Sankt-Nimmerleins-Tag. Also: War das ein blöder Zufall, dass du mit Ex-Stellarum in Kontakt gekommen bist?«

Aus Skyes Augen wurden zwei misstrauische Schlitze. »Was willst du denn machen, falls es kein Zufall war?«

»In dem Fall musst du mir sagen, wie ich dir helfen kann. Und zwar so schnell wie möglich, wenn du keinen Wert darauf legst, dass ein paar ziemlich angefressene Wächter unser kleines Tête-à-Tête unterbrechen.«

»Du willst mir ernsthaft helfen?« Skye wirkte baff, etwas, das so gar nicht zu ihr passte. »Warum würdest du das tun?«

»Mal davon abgesehen, dass du mir auch schon geholfen hast, als ich ein paar neue Freunde in der Kantine kennengelernt habe, ist unsere Einheit so was wie die Musketiere der Zitadelle, einer für alle und alle für einen.«

»Du bist eine Infantin und kein Musketier.«

»Du glaubst doch nicht wirklich, dass eine Infantin persönlich auf eine gruselige Quarantänestation gegangen wäre. Sie hätte höchstens einen Handlanger geschickt, falls sie sich überhaupt zu einer Freundschaftsgeste herabgelassen hätte.«

»Die Rosaliken sind berühmt dafür, es im Gefühl zu haben, wo es etwas Wertvolles zu holen gibt.«

»In diesem Fall wohl Fußpilz.«

»Okay, ich hab's kapiert.« Ein Lächeln schlich sich auf Skyes Lippen, dann sagte sie: »Du solltest dich besser wegdrehen, das hier ist nichts für Sensibelchen.«

»Von wegen. Ich war auf der Gefängnisebene und habe Verwandelte gesehen, die sich wie ein warmer Wachsklumpen um einen wickeln konnten.« Weiter kam Mariella nicht. »Igitt, was machst du denn da?«

Ohne sich um Mariellas Entsetzen zu kümmern, kratzte Skye mit dem Fingernagel an ihrem schwarzen Zeichen, das die Form eines Halbmondes hatte. Eine gerade erst verschorfte Wunde öffnete sich, Blut quoll hervor, doch Skye kümmerte sich nicht darum, sondern begann ein Stück unterhalb der Armbeuge ihren Daumen ins Fleisch zu drücken, als suche sie in dem empfindlichen Gewebe etwas. Tatsächlich flüsterte sie: »Hab dich.« Dann schob sie etwas durch die offene Wunde, einen metallisch schimmernden, fast handlangen und höchstens zwei Millimeter breiten Stab.

»Was ist das?«

»Ein Sesamum, ein Werkzeug meiner Familie, das in der Asservatenkammer gelandet ist, ohne dass jemand sein Geheimnis gelüftet hat. Ansonsten wäre es wohl kaum so leicht zugänglich gelagert worden.«

»Was kann es denn, außer im Arm junger Mädchen zu stecken?«

Ohne großes Interesse betupfte Skye die blutende Wunde an ihrem Unterarm. »Das Sesamum kann jedes beliebige Schloss öffnen, das auf Energiecodes basiert. So wie das Schloss zu unserem Quartier.«

»Okay, klasse. Was ihr Amurs so alles auf Lager habt, ist ja ein

Ding. Mein Schlafzimmer daheim wird künftig ein klassisches Schloss bekommen, und davor lege ich eine altmodische Bärenfalle. Aber warum hast du das Teil nicht einfach in deine Hosentasche gesteckt?«

In Skyes Augen flackerte Belustigung auf. »Sonst hätte ich es kaum aus der Asservatenkammer rausbekommen, die scannen einen vorm Verlassen nämlich auf Ex-Stellarum ab, und ein wesentlicher Bestandteil des Sesamums ist nun einmal genau dieses Teufelszeug.«

Mariella wusste nicht, wovor sie sich mehr gruseln sollte: davor, dass Skye freiwillig etwas an sich genommen hatte, das sie mit Ex-Stellarum verseuchte, oder dass sie sich das Teil eigenhändig unter die Haut geschoben hatte. »Du willst dich also absetzen.«

»So schnell wie möglich«, sagte Skye. »Ich muss raus aus der Zitadelle, hier bin ich nicht mehr sicher.«

»In der Zitadelle ist niemand sicher.«

»Du bist keine Amur, du verstehst das nicht. Stoneheaven war meine einzige Möglichkeit, der Rache meiner Familie zu entkommen, nachdem ich meine Abschlussprüfung mit meinem ersten Real-Kill mit Pauken und Trompeten habe scheitern lassen. Das Liquidationsobjekt zu verschonen – so etwas macht man in meiner Familie nicht, zumindest nicht ungesühnt. Mein Rückzieher wirft ein schlechtes Licht auf alle, die mir nahestanden: meine Eltern und Geschwister, aber auch meine Ausbilder. Wer vertraut seinen begabten Nachwuchs schon einem Assassinenmeister an, dessen Prima-Schülerin vor den Augen der Amur-Oberhäupter kläglich versagt?«

»Du warst die beste Schülerin deines Jahrgangs im Auftragskiller-Camp?« Irrsinnigerweise war Mariella beeindruckt.

»Angeblich die beste meiner Generation, um genau zu sein. Es gab nur eine Person, die mir annähernd das Wasser reichen konnte. Wie auch immer, als ich mich entschlossen habe, die Prüfung sausen zu lassen, war das nichts anderes als mein Todesurteil. Deshalb habe ich mich vor dem Kreis selbst des Astrallis-Missbrauchs beschuldigt und in die Zitadelle abschieben lassen. Für mich ist mein Aufenthalt in Stoneheaven eine Schutzhaft, denn in die Zitadelle kommt niemand Uneingeladenes rein. Und selbst wenn jemand einen Weg hineinfindet, so kommt er nicht wieder raus, das ist die Devise dieses Ortes. Die Marschallin hat gute Gründe dafür, ganz Stoneheaven nach allen Regeln der Kunst abzuriegeln, nicht nur, damit die Gefangenen nicht ausbrechen.«

»Du meinst die Ebene, auf der sie inoffiziell weiter an der Energie von der Verseuchten Ebene arbeiten.«

Skye wurde unter ihrer eh schon blassen Haut noch einen Tick bleicher. »Es ist besser, nicht zu viel darüber zu wissen. Ich habe davon nur gehört, weil meine Familie schon seit Langem versucht, einen Weg in die Zitadelle zu finden. Das angebliche Forschungslabor und was dort vor sich geht, ist nur ein Grund für ihren Eifer. Wir Amurs haben auch einen Ruf zu wahren, schließlich sind wir berühmt dafür, dass es kein Zimmer, kein Haus und keinen Palast gibt, in die wir nicht eindringen können. Nun scheint meine Familie sogar einen Weg in die angeblich uneinnehmbare Zitadelle gefunden zu haben. Sie haben jemanden auf mich angesetzt. Es gab bereits mehrere Anzeichen, etwa die Proviantkiste, die ich beim Aufräumen in dem verwüsteten Quartier gefunden habe. Dort hatte sich jemand eingenistet, der nur auf eine Gelegenheit wartet, mich umzubringen.«

»Hast du dich deshalb eben, als ich das Zimmer betreten habe, von hinten angepirscht?«

Skye blinzelte nicht einmal, so stark war die Anspannung in ihr. »Alles, was ich mitbekommen habe, war, dass jemand innerhalb weniger Minuten die Krankenstation ins Chaos gestürzt hat. Ich hätte es genauso gemacht, um mich unbemerkt an mein isoliertes Opfer heranzupirschen. Du hast Glück, dass dein Parfüm so penetrant nach Mango duftet, sonst hätte ich mich für meinen Irrtum bei jemandem ohne funktionierendes Stammhirn entschuldigen müssen.«

Es fiel Mariella leicht, Skye keinen Verfolgungswahn zu unterstellen. Tannin-Familien waren zu mehr fähig, als man sich sogar als fantasiebegabter Mensch ausdenken konnte. Entschlossen streckte Mariella die Hand aus, jeden Gedanken verdrängend, wo das Sesamum eben noch gesteckt hatte. Skye gab es ihr.

»Ich vertraue dir, Infantin. Enttäusch mich lieber nicht.«

»Wir sehen uns im Quartier«, sagte Mariella, dann trat sie den Rückweg an.

35

Schon seit einer gefühlten Ewigkeit saß Mariella in der Dunkelheit ihrer Schlafkammer und lauschte Xius gleichmäßigen Atemzügen. Der Junge schlief tief und fest, nachdem er Mariella, kaum dass sie am Abend von der Krankenstation aufs Quartier verlegt worden war, belagert und mit Fragen bombardiert hatte. Angesichts des Chaos, in dem die Krankenstation nach dem Aufstand à la Lomax versunken war, hatte man Mariella kurzfristig entlassen und sie ohne Umschweife auf ihr Quartier begleitet. Keine Abschlussuntersuchung, kein Scan. Den mit Ex-Stellarum versetzten Stab in ihrer Tasche hatte deshalb niemand bemerkt, obwohl Mariella sich sicher gewesen war, dass er ihr jeden Augenblick ein Loch in die Hosentasche brennen würde. Auch jetzt, da er unter ihrer Matratze versteckt lag, glaubte sie, eine Strahlung wahrzunehmen. Und selbst wenn sie sich das nur einbildete, dann trieb sie halt der Gedanke in den Wahnsinn, diesem Giftzeugs ausgesetzt zu sein. Wobei … nicht sie allein, sondern auch der selig schlummernde Xiu, dem sie von dem Sesamum nichts verraten hatte. Was eine harte Herausforderung gewesen war, denn der Junge hatte Ausdauer im Nerven. Nun verpestete sie ihn ohne sein Wissen.

Verzweifelt fuhr Mariella durch ihre Lockenmähne, die sich seit ihrer unfreiwilligen Kürzung stärker curlte, was sie – gelinde gesagt – wahnsinnig machte. Jetzt verfingen sich ihre Finger nicht bloß in dem Wust, sondern sie zogen sogar Haare heraus. Zu viele Haare, das stand mal fest. Möglicherweise sogar büschelweise, wer konnte das schon genau sagen in der Dunkelheit. Dieses verdammte Sesamum musste weg, und zwar sofort, wenn sie am Morgen nicht mit einer Glatze aufwachen wollte. Nur wohin damit? Skyes Zimmer wäre die logische Konsequenz gewesen, doch dort schlief Tessa. Obwohl Mariella der Clairsearch durchaus einen radikalen Lookwechsel gönnte, brachte sie es nicht über sich. Auch der Gemeinschaftsraum mit der Kamera und Lyons Schlafzimmer, das er sich mit Aidan teilte, fielen flach. Allein die Vorstellung, bei Aidan zu sein, während er schlief, war zu viel für sie. Als Mariella am Abend vor dem Quartier gestanden hatte, war ihr vor Aufregung so schlecht gewesen, dass sie beinah in die Schleuse gebrochen hätte. »War wohl eine üble Sache auf der Krankenstation. Ein Kollege hat mir erzählt, der Gestank hätte einen fast umgehauen«, hatte der Wächter erzählt, der Mariella begleitete und ihr blasses Gesicht bemerkt hatte. Sie hatte ihn nicht darüber aufgeklärt, dass es nicht die Erinnerung an den Gestank war, der ihr zusetzte, sondern die Frage, wie sie einem Jungen gegenübertreten sollte, der ihr das Herz gebrochen hatte. Als sich die Schleuse geöffnet hatte, wusste sie es immer noch nicht, aber es war eh egal, denn Aidan war zu ihrer Begrüßung nicht da gewesen. Angeblich war er mit seiner Arbeit in der Kantine nicht rechtzeitig fertig geworden, aber Mariella wurde den Verdacht nicht los, dass er absichtlich gebummelt hatte, um ihr nicht zu begegnen. Der Mann macht es richtig, entschied sie. Sie würde ihm ebenfalls aus dem Weg gehen, bis auch ihr verrücktspielender Puls verstanden hatte, dass die Geschichte zwischen ihnen vorbei war.

Somit fiel Lyons Zimmer gleich aus zwei Gründen flach. Blieb nur noch das versiegelte Zimmer, in dem der arme Usako seine Pilzzucht betrieben hatte. Ex-Stellarum und Pilzsporen, was für eine Mischung. Mariella schluckte. Dann erinnerte sie sich daran, dass Usakos Zimmer bereits mehrfach ausgeräuchert worden war und Aidan es als Durchschlupf benutzte, um in die dahinter verborgen liegende Grotte zu gelangen. Während ihrer gemeinsamen Zeit im Safetyraum, als Aidan bloß mit einer Jeans bekleidet gewesen war, hatte sie ihn sich ziemlich genau angesehen. Und da waren auf keinen Fall irgendwelche Pilze an ihm gewesen. Seine Haut hatte leicht golden geschimmert, obwohl sie schon lange keinem Tageslicht mehr ausgesetzt gewesen war. Ebenmäßig war sie gewesen, abgesehen von den Stellen, wo sich Narben, frische Verletzungen und das Brandmal auftaten. Als Strandkind hatte Mariella viele Jungen in Shorts oder noch weniger am Leib gesehen, aber das war alles kein Vergleich zu Aidan, sein Anblick hatte sie nicht einfach angemacht oder ihre Neugierde geweckt. Was sie gespürt hatte, war tiefes Verlangen gewesen, nicht nur danach, seine Haut zu spüren, sondern etwas tief in ihm zu berühren, so, wie er sie berührt hatte. Bevor er sie abserviert hatte.

Um nicht länger über Aidan nachzudenken, stand Mariella von ihrer Pritsche auf und tastete sich zu Xius Bettstatt vor. Irgendwo unter seinem Kissen versteckte der Junge eine Taschenlampe, die er bei der Quartiersäuberung hatte mitgehen lassen. Vorsichtig hob Mariella das Kissen an und steckte ihre Hand darunter.

Xiu grunzte, dann schreckte er plötzlich hoch.

»Ratten! Hier sind überall Ratten!«

»Nicht doch, das bin nur ich«, flüsterte Mariella, während sie sich insgeheim für ihre Tollpatschigkeit verfluchte. Nun würde sie ihrem Mitbewohner doch noch erzählen müssen, mit welcher unheilvollen Fracht sie von Skye zurückgekehrt war.

»Rattenscheiße im Essen«, murmelte Xiu, als habe er sie gar nicht gehört. »Abdrücke von Rattenpfoten auf der Kloschüssel …« Seine Stimme klang immer verwaschener. »Rattennester unter meinem Kopfkissen.« Er sank wieder ins Kissen zurück, während er etwas von Rattenschwänzen in seiner Unterhose murmelte.

Mariellas Finger umfassten bereits die Taschenlampe, und sie zog sie im Zeitlupentempo hervor, damit der Junge zu guter Letzt nicht doch noch aufwachte. Dann ertastete sie den Weg zur Tür, wo sie stehen blieb und sich erst einmal sammelte. In dem Moment, in dem sie das Zimmer verließ, hatte sie genau fünfzehn Minuten Zeit, bevor der Wärmesensor in ihrer Kammer Lyon weckte. Zuerst würde der Gruppenleiter nachsehen, warum sie nicht wieder in ihre Kammer zurückgekehrt war. Und wenn er nicht innerhalb einer streng vorgegebenen Zeit Bericht erstattete, würden sämtliche Lichter angehen und Wächter ihr Quartier stürmen. Mariella hatte das einmal erlebt, als Tessa sich auf dem Klo eingeschlossen und mit Lyon eine Diskussion durch die abgesperrte Tür geführt hatte, anstatt ihm zu sagen, dass sie unter Unterleibskrämpfen litt und sich deshalb nicht rühren konnte. Die Wächter waren ziemlich sauer gewesen, als sie die Klotür aufgebrochen hatten und dafür von Tessa mit Toilettenpapier beworfen worden waren.

Mariella zählte innerlich bis zehn, dann trat sie hinaus auf den Flur, von dem die Zimmer ihrer Mitbewohner abgingen. Ein schwaches Licht leuchtete auf, hier brauchte sie die Taschenlampe noch nicht. Gegen ihren Willen wanderte ihr Blick zu der Tür, hinter der Lyon und Aidan schliefen.

Eigentlich hätte sie direkt nach ihrer Entlassung von der Krankenstation zu Aidan gehen müssen, zumal ihr innerer Kompass sie ganz eindeutig in diese Richtung zog. Plus, dass sie mit Skye und dem Sesamum, das sie aus der Quarantänestation geschmuggelt hatte, auch das perfekte Thema gehabt hätte. Doch sie schaffte es nur bis in ihre Schlafkammer, um dort völlig überfordert auf ihr Bett zu fallen. Dabei konnte Mariella nicht einmal sagen, was genau sie zurückhielt. Die Wut, die sie am Strand überkommen hatte, weil Aidan sich weigerte, mit ihr zu fliehen, war längst kraftlos geworden. Sie wären nicht weit gekommen, das hatte das Aufgebot an hochgerüsteten Wächtern, das sie am Strand eingekreist hatte, bewiesen, angelockt von den Zeichen in ihrer Haut … Nun war Mariellas Zeichen die Farbe Weiß hinzugefügt worden. Wenn Blau für harmlos stand, dann bedeutete Weiß so viel wie »Ist eigentlich ein Geist«. Ihr Essen konnte sie seitdem im Aufenthaltsraum einnehmen, worauf sie jedoch verzichtete. Dann wäre sie nämlich mit Aidan allein auf dem Quartier gewesen, da sein Kantinenverbot nicht aufgehoben worden war und er weiterhin beim Saubermachen zusehen musste, dass er sich was in den Mund steckte.

Er hat es ja so gewollt, hielt Mariella sich vor Augen und riss den Blick von der Schlafzimmertür los, hinter der Aidan schlief.

Auf Usakos Zimmertür prangte ein grellgelber Aufkleber mit der Aufschrift »Betreten verboten«. Während Mariella die Türklinke runterdrückte, versuchte sie, nicht an Pilze zu denken. Bestimmt war eh abgeschlossen. Sie würde das Sesamum benutzen müssen, um sich Zutritt zu verschaffen. Allein die Vorstellung hätte ihr eine Gänsehaut gezaubert, wenn sie wegen der Kälte nicht längst eine gehabt hätte. Sie trug lediglich ein flatteriges Nachthemd, weil sie ihren Kimono in der Dunkelheit nicht gefunden hatte. Zu ihrer Überraschung ließ sich die Klinke nicht nur runterdrücken, sondern das Schloss sprang mit einem kaum wahrnehmbaren Klacken auf.

Ungläubig öffnete Mariella die Tür einen Spalt und leuchtete mit der Taschenlampe in das dahinterliegende Zimmer. Ihr zeigte sich eine Kammer, die bis auf die feststehenden Möbel wie Kleiderschrank und Bettrahmen völlig leer geräumt war. Ein Geruch nach vergorenem Essig hing in der abgestandenen Luft. Von dem süßlich-würzigen Gestank, den sie in Usakos Quarantäneraum wahrgenommen hatte, war nichts auszumachen. Offenbar hatte die Ausräucheraktion zu guter Letzt doch Erfolg gehabt. Deshalb hatte man die Tür vermutlich gleich offen gelassen. Trotzdem brauchte es einen Moment, bis Mariella sich traute, das Zimmer zu betreten. Wenn die Uhr in ihrem Kopf nicht so schnell gerattert hätte, wäre sie mit pochendem Herzen stehen geblieben, so aber trat sie ein und zwang sich, den Lichtkegel auf der Suche nach einem geeigneten Versteck kreisen zu lassen. Womit es nicht gut aussah, es sei denn, es gelang ihr, die Verankerung des Kleiderschranks zu lösen und ihn ohne ein Geräusch von der Wand abzurücken, um das Sesamum hinter die Rückseite zu klemmen. Leider sah das Teil recht massiv aus, und Leisesein war nicht gerade ihre Spezialität.

Auf Zehenspitzen huschte Mariella zum Bettgestell, um nachzuschauen, ob sich das Sesamum dort verstecken ließ. Als sie sich gerade vorbeugen wollte, legte sich plötzlich eine Hand über ihren Mund. Dummerweise war Mariellas erste Reaktion zu schreien, was wegen der Hand nichts brachte, dann erst kam sie auf die Idee seitlich auszubrechen. Ehe sie sich jedoch rühren konnte, umschlang sie ein Arm und sie wurde an einen kräftigen Oberkörper gerissen. Vor Schreck ließ sie die Taschenlampe fallen.

Man hatte sie im verbotenen Zimmer erwischt – mit dem aus der Asservatenkammer gestohlenen Sesamum in der Hand! Sie ließ das Unglücksteil fallen. Dann stand sie da wie ein gefangenes, vor Angst erstarrtes Tier.

Mariella spürte den schnell gehenden Atem des Angreifers auf ihrem Haar. »Ich dachte, Skye hätte dir ein paar Tricks beigebracht, wie man Übergriffe abwehrt«, knurrte er. »Das war ja eine ganz maue Leistung.«

Mariella versuchte, etwas zu sagen, doch die Finger lagen noch über ihren Lippen, dann wurde die Hand zurückgezogen.

»Aidan?«

»Nein, ein perverses Arschloch, das jetzt mit dir machen könnte, wonach ihm der Sinn steht. Selbstverteidigungstechnisch muss bei dir langsam echt was passieren.«

In diesem Augenblick war Mariella froh, dass Aidan sie fest gegen seine Brust gepresst hielt, ihre Beine gaben nämlich nach. »Ich habe deine Anwesenheit gar nicht wahrgenommen«, brachte sie schwach hervor.

»Bedank dich bei meinen neuen Blockern, derentwegen weiß

ich selbst kaum, ob ich noch da bin oder mich bereits in Auflösung befinde.«

Zu Mariellas großer Erleichterung brauste die gute alte Wut auf Aidan auf und wischte die seltsame Mischung aus Sehnsucht, Herzhüpfen und Verwirrung fort. »Als braver Tannin, der du ja durch und durch bist, wirst du dich wohl kaum über diese Sicherheitsmaßnahme beschweren wollen.« Er zuckte zusammen, sagte aber nichts, was ihr prompt ein schlechtes Gewissen machte. Sie ins komplette emotionale Chaos zu stürzen, war eindeutig Aidans große Begabung. Wenn sie sich nicht schleunigst zusammenriss, würde sie sich noch an ihn schmiegen und tröstende Worte hauchen. Stattdessen fragte sie: »Was machst du hier überhaupt?«

»Dasselbe wie immer, Zeit totschlagen. Und du?«

»Meinen Job für Skye zu Ende bringen. Übrigens: Sehr nett von dir, mich da mit reinzuziehen. Aber bevor ich dir dazu so richtig meine Meinung sage, wäre da noch was anderes.«

Die Muskeln in Aidans Arm, mit dem er sie umschlungen hielt, spannten sich an, als erwarte er einen Schlag. Gleichzeitig zog er sie noch dichter an seinen Körper, so dicht, dass sie seinen Herzschlag spüren konnte. »Und was wäre das?«, fragte er.

»Könntest du bitte deine Hände von mir nehmen? Das fühlt sich nämlich langsam wie eine Engtanznummer an, bei der allerdings nur einer auf seine Kosten kommt.«

Aidan gab Mariella so schnell frei, als sei sie nicht länger ein Mädchen, das er umfangen hielt, sondern ein zuckendes Stromkabel. Dann beugte er sich vor und reichte ihr die Taschenlampe, ehe er das Sesamum aufhob. Nachdenklich betrachtete er den metallisch glänzenden Stab, während Mariella nicht anders konnte, als ihn zu mustern. Xius Behauptung, Aidan sähe schlimm aus, konnte Mariella nicht unterschreiben. Gut, er wirkte übernächtigt und ausgezehrt und strahlte auch nicht ansatzweise seine alte Energie aus, aber von den Blutergüssen in seinem Gesicht waren nur ein paar dunkle Spuren geblieben, und er machte einen erstaunlich lebendigen Eindruck – im Gegensatz zu ihr. Offenbar war es ihm leichtgefallen, sich von ihrem Zerwürfnis zu erholen, während sie sich ungebrochen roh und wund fühlte. Das nahm sie ihm übel, sehr sogar.

Unterdessen beschäftigte sich Aidan immer noch mit dem Sesamum. »Was ist das für ein Ding?«

»Ein Sesamum, sozusagen ein energetischer Dietrich. Für dich also das nutzloseste Ding auf der Welt, weil du ja darauf bestehst, dein Leben der Zitadelle zu schenken.«

Aidan ignorierte den Seitenhieb. »Es wurde mit Ex-Stellarum hergestellt, kein Wunder, dass Skyes Werte nicht runtergegangen sind, solange sie das Teil gebunkert hat.«

»Und meine dürften jetzt auch nicht mehr die besten sein, ich fühle mich komplett verseucht. Wenn ich mich nicht irre, habe ich fast die Hälfte meiner Haare verloren. Nachdem ich bereits die andere Hälfte meiner Mähne in einem Verwandelten zurückgelassen habe, der in deinem Auftrag auf mich aufgepasst hat, wird es langsam eng.«

Nun warf Aidan ihr durch seine Wimpern, die Schatten auf seine Wangen warfen, einen Blick zu. »Bist du jetzt fertig damit, mir unter die Nase zu reiben, was ich dir alles angetan habe? Zumindest was Skye anbelangt, dachte ich, dass sie dir ebenfalls wichtig ist.«

»Das ist mir diese verrückte Amur auch, sonst hätte ich das niemals getan«, beeilte sich Mariella richtigzustellen. »Es ist nur …« Sie stockte. Es schien ihr unmöglich, sich die Wahrheit einzugestehen. Nämlich, dass sie so enttäuscht von ihm war, dass es ihr die Brust zerschnitt. Dass er sie so tief verletzt hatte wie noch kein Mensch zuvor. Und dass sie immer noch hoffte, er würde sich umentscheiden und sich zu ihr bekennen anstatt zu einer abstrakten Idee vom Tannin-Sein. Nein, so weit würde sie sich nicht erniedrigen, deshalb sagte sie: »Ich habe keine Zeit für diesen Quatsch. Wenn ich nicht in fünf Minuten wieder auf meinem Zimmer bin, wird Lyon unsere Diskussionsrunde mit seiner Anwesenheit beehren. Darauf kann ich gern verzichten.«

»Okay, dann verrat mir doch einfach, was du mit deinem nächtlichen Streifzug vorhattest.«

»Was wohl? Natürlich dieses ekelhafte Sesamum verstecken.«

Aidan nickte, wobei er völlig auf den glänzenden Stab konzentriert war, als stände Mariella nicht so dicht vor ihm, dass er nur den Arm anheben musste, um sie zu berühren. »Ich könnte es in die Grotte bringen, für den Fall, dass sie Usakos Zimmer noch einmal filzen, bevor sie es neu vergeben. Man muss nur die Verankerung des Schranks lösen und das Teil verrücken. In der Wand dahinter sind einige lockere Mauersteine, die sich rauslösen lassen.« Er war geradezu unerträglich sachlich. Ihr nächtliches Zusammentreffen schien ihm im Gegensatz zu ihr nichts auszumachen. Sie regelten ganz erwachsen ein paar Einheits-Angelegenheiten – mehr nicht.

»Dafür haben wir jetzt keine Zeit«, blaffte Mariella. »Dann nehme ich dieses Giftteil wohl notgedrungen mit zurück aufs Zimmer.«

»Ich habe mehr als genug Zeit«, sagte Aidan. »Der Wärmesensor ist wegen meines Astrallis-Gehalts bei uns weiterhin ausgeschaltet, und Lyon schläft wie ein Toter. Du kannst zurück ins Bett gehen, ich erledige das.«

Mariella verschränkte die Arme unter der Brust, was wegen der Taschenlampe in ihrer Hand nicht ganz leicht war.

Einen Moment lang spielte Aidan noch mit dem Sesamum, dann seufzte er. »Du willst nicht gehen.«

»Nein.«

Erschöpft rieb Aidan sich über die Augen. »Und warum nicht, wenn ich fragen darf?«

»Gegenfrage, okay? Wie wäre es damit, dass du mich anschaust, wenn du mit mir redest, damit ich mich nicht wie ein Gegenstand fühle, den du möglichst schnell aus dem Weg haben willst? Das wäre schon mal ein Anfang.«

Mit sichtlichem Unbehagen erwiderte Aidan ihren Blick. »Du willst, dass ich dich anschaue? Meinetwegen. Nur eine Sache vorweg: Dein Nachthemd ist nicht wirklich blickdicht.«

Sofort ließ Mariella ihre verschränkten Arme über ihre Brust rutschen, während sie Xiu verfluchte, der diesen Umstand mit keiner Silbe erwähnt hatte. »Herzlichen Dank für den Hinweis, sehr gentlemanlike von dir.«

»Hör mal, Mariella.« Aidan klang abgekämpft, als koste ihn jedes Wort an sie unendlich viel Kraft. »Du bist wütend auf mich, wahrscheinlich ist wütend sogar ein viel zu schwaches Wort. Du hältst mich wegen meiner Entscheidung für einen Dreckskerl. Das ist für dich die einzige Erklärung für mein Verhalten – und ich akzeptiere das. Wenn du das Bedürfnis hast, es mir heimzuzahlen, weil ich erst auf dich zugegangen bin und dann einen Rückzieher gemacht habe, dann mach das. Du brauchst deshalb kein schlechtes Gewissen zu haben. Vielleicht wäre es für uns beide sogar ganz heilsam, dann gäbe es einen endgültigen Schlussstrich. Ich scheine den jedenfalls zu brauchen.«

Mariella hörte den flehenden Klang in seiner Stimme, für den es nur eine Erklärung geben konnte. »Du bittest mich darum, dich aus Rache fertigzumachen? Hast du vergessen, wer hier wen abserviert hat?«

»Ich habe dich nicht abgewiesen, das weißt du ganz genau.«

»Natürlich hast du das! Und jetzt willst du auch noch, dass ich dich wie ein Stück Dreck behandle.«

»Das wäre mir lieber, als weiter deinen vorwurfsvollen Blick zu ertragen.«

Die Hitze, die sich während ihres Streits in Mariella aufgetan hatte, verwandelte sich in Eiseskälte. »Du bist doch mit Herz und Seele ein Tannin. Also gewöhn dich besser dran, dass ich auf dich herabsehe.«

Aidan fasste sich an die Brust, als habe sie ihm einen Stoß versetzt. Augenblicklich überkam Mariella das Verlangen, das

Gesagte zurückzunehmen – doch die Worte standen zwischen ihnen wie eine unsichtbare Mauer.

»Dann ist es nicht einmal mehr Hass, sondern nur noch Verachtung, die übrig geblieben ist. Das macht es natürlich noch einfacher«, sagte Aidan, dann wandte er sich ab.

Mariella wagte kaum zu atmen. »Es tut mir leid«, sagte sie, allerdings so leise, dass er sie nicht zu hören schien. Denn er drehte sich nicht um, keine Regung an seinem Körper verriet, dass er ihre Gegenwart überhaupt noch wahrnahm.

Ergeben legte Mariella die Taschenlampe auf den Boden und ging.

36

Eine Strickmütze flog dicht an Mariellas Gesicht vorbei, traf die Wand und fiel auf ihr Bett. Eine Aufforderung, endlich aufzustehen. Es hatte schon andere Aufforderungen gegeben, zuerst freundlich und einfühlsam. Nachdem sie nicht reagiert hatte, waren sie deutlich schärfer geworden. Beim nächsten Mal musste sie vermutlich mit einem Eimer Wasser über den Kopf rechnen. Trotzdem regte sie sich nicht.

»Hallo? Lebst du noch?« Xiu kniff ihr in den großen Zeh, doch Mariella murmelte lediglich etwas in ihr Kissen. »Mann, echt jetzt! Was muss man tun, um dich wach zu kriegen? Wenn du es auf einen Kuss abgesehen hast – kein Problem, meine Küsse sind berühmt dafür, jedes Dornröschen aus den Federn zu holen.«

»Ist ja schon gut.« Mariella schmiss die Mütze nach Xiu, der sie lässig auffing. »Ich glaube dir auch so, dass deine Küsse bei jeder Frau heftige Fluchtinstinkte wecken. Also hör endlich auf mit der Nerverei.«

»Gern, sobald du dich aus dem Bett gehievt und fertig angezogen hast.«

Brav streckte Mariella sich, was ihre Rückenmuskeln ihr mit einem unangenehmen Ziepen dankten. Ihr Körper tat so, als wäre er ihr zu klein geworden, von ihrer sonstigen Geschmeidigkeit war nichts zu spüren. Die Erkenntnis war so deprimierend, dass sie alle viere von sich streckte. »Wir haben doch noch massenhaft Zeit«, behauptete sie, als sich Xius Finger erneut ihren Zehen näherten.

»Die hatten wir, bevor du in dein An-die-Decke-Starren verfallen bist. Seitdem hat Lyon zweimal angeklopft, was dir anscheinend komplett entgangen ist. Wenn er uns noch mal ermahnen muss, wird er mindestens stinksauer sein. Und ich hab keinen Bock auf einen angefressenen Gruppenleiter, wenn die Chance auf fun in the sun besteht.« Die Mütze klatschte erneut an die Wand. »Deshalb stehst du jetzt verdammt noch mal auf!«

»Entspann dich, ich hab ja verstanden.« Mariella setzte sich auf die Bettkante und stieg in die schweren Wanderstiefel, die Lyon gemeinsam mit anderen Outdoor-Klamotten reingereicht hatte.

»Tempo, das mit den Schnürsenkeln geht definitiv fixer«, drängelte Xiu. »Außerdem wolltest du mir noch die Haare flechten.«

»Hör auf zu quengeln, Prinzessin.«

Xiu pustete beleidigt die Backen auf. »Wer von uns beiden ist denn hier das Prinzesschen? Ich würde ja sagen, das ist Miss Tagträumerin.«

Anstatt auf Xius Geplänkel einzusteigen, machte Mariella eine extraschöne Schleife in die Schuhbänder. Als sie aufblickte, stand Xiu vor ihr und musterte sie eindringlich.

»Sind die Docs sich wirklich sicher, dass du vom Betäubungsgas keinen Langzeitschaden davongetragen hast?«, fragte er. »Seit du von der Krankenstation zurückgekommen bist, führst du dich auf wie eine Hirntote. Dabei dachte ich schon, Aidan hat es krass erwischt mit seiner zombiesken Art. Ist da nicht doch etwas Übleres passiert, als dass ihr kurz nach eurer Ankunft auf der Gefangenenstation vom Gas ausgeknockt wurdet? Mir kannst du es doch verraten.«

Wie alle anderen kannte Xiu nur die offizielle Version von Mariellas und Aidans missglücktem Abstecher auf die Gefangenenebene. Auf der Krankenstation seien sie nur deshalb tagelang gewesen, weil Mariella das Gas angeblich nicht vertragen und Aidan sich beim Sturz eine Gehirnerschütterung zugezogen hatte. Eine schlichte Geschichte, gut zu merken, besonders da Mariella sich immer mehr Geschichten zu merken hatte, angefangen bei ihrem Tauchgang, der sie fast das Leben gekostet hatte, bis hin zu ihrer Entscheidung, nicht zu fliehen, obwohl sie mit Aidan allein am Strand gewesen war und die beste aller Gelegenheiten dazu gehabt hatte.

Aidan … Wenn Mariella diesen Namen hörte, fühlte es sich immer noch so an, als würde eine kaum verheilte Wunde berührt werden. Nun befand sich Aidan bloß ein paar Türen von ihr entfernt, und eine Stimme in ihr flüsterte unentwegt, dass es ein Leichtes wäre, zu ihm zu gehen, mit ihm zu reden, seine Wärme zu spüren. Nichts wollte Mariella weniger als das. Und nichts brauchte sie mehr. Seit ihrem nächtlichen Zusammentreffen war es unmöglich, auch nur an ihn zu denken, so sehr schmerzte es. Als er sich von ihr abgewendet hatte, war es gewesen, als hätte er das Band zwischen ihnen ein zweites Mal durchschnitten. Gut, sie hatte etwas Verletzendes gesagt – aber er hätte sich dagegen auflehnen oder besser noch zurückschimpfen können. Wut und das Bedürfnis, den anderen zu verletzen, schufen zumindest eine Verbindung, öffneten ein Tor, über das man einander erreichen konnte. Als Aidan sich jedoch abgewandt hatte, war es gewesen, als könne sie ihn nicht einmal mehr mit der übelsten Beschimpfung erreichen. Verrückterweise machte das alles nur noch schlimmer, nichts in ihr konnte sich daran gewöhnen, kein Teil mehr von Aidans Leben zu sein – und das, obwohl sie es nicht einmal vierundzwanzig Stunden lang auf diese intensive Art, die sie verändert hatte, gewesen war.

Auch jetzt hätte Mariella sich am liebsten zusammengerollt und alles um sich herum vergessen. Was ich brauche, ist eine Ablenkung – und zwar dringend, gestand sie sich widerwillig ein. Der Freigang war dafür perfekt. Eigentlich hatte sie müde abgewunken, als Lyon ihr davon erzählt hatte. Aber Xiu, der aus der Schusswaffenkunde mit einem Freischein herausgekommen war, hatte sie überredet mitzukommen. Und seitdem war er vollauf damit beschäftigt, Mariella anzustupsen und zu triezen, damit sie sich startklar machte.

»Braves Mädchen. Jetzt noch die Windjacke, einfach reinschlüpfen. Warte, ich halte sie dir hin«, sagte Xiu mit dem vergnügten Ton einer Gouvernante, die ein bockiges Kind bei Laune zu halten versuchte. Mariella kannte diesen Ton nur allzu gut, schließlich war ihre Kindheit von Gouvernanten begleitet worden. Mehreren, um genau zu sein. Gouvernanten hatten sich im Herrenhaus ihrer Familie die Türklinke in die Hand gegeben.

»Ja, schön warm verpacken, an der Küste von Maine gibt es kein Bikini-Wetter«, wies Xiu sie gerade an, als die Tür einen Spalt geöffnet wurde.

»Jetzt geht es los, egal, ob Mariella noch ihren Pyjama anhat oder nicht«, erklang Lyons Stimme.

Xiu strich ein paar imaginäre Fusseln von Mariellas Schultern. »Alles zu Ihrer Zufriedenheit gelöst, Chef. Unsere Señorita ist ausgehfein.«

Lyon steckte seinen Lockenkopf durch den Türspalt. »Und sie hat tatsächlich die Wanderklamotten angezogen, obwohl die – Zitat Mariella – ›scheißhässlich‹ sind?« Über die Schulter rief er: »Tessa! Ich habe die Wette gewonnen, Mariella wird nicht im Cocktailkleid auf Wanderung gehen. Du übernimmst morgen meinen Toilettendienst.«

Eine Sekunde später drängte sich Tessa in den Raum und blitzte Mariella aus ihren Katzenaugen an. »Das Zeug sieht an ihr wirklich scheißhässlich aus.«

»Vielen Dank für das Kompliment«, sagte Mariella. Ein schlapper Kommentar, das konnte sie normalerweise besser. »Wenn du scharf auf mein Cocktailkleid bist, kann ich dir das ja fürs Kloschrubben ausleihen.«

»Uhhh!« Xiu riss die Arme hoch. »Ein erstes Lebenszeichen. Mariella gehört doch noch nicht in die Kategorie der Walking Dead.«

Mariella winkte ab. »Was mich aufrecht hält, ist die Aussicht auf ein Bier, selbst wenn ich es nur in einem lausigen Dorf-Pub trinke. Schade, dass du nicht dabei bist, Tessa, aber ich kann ja eins für dich mittrinken. Wie stößt man bei euch in Irland an, mit sláinte oder so?«

»Wenn du für mich ein Bier mittrinken willst, kipp es dir einfach über den Kopf«, schlug Tessa vor. »Falls ihr mich jetzt entschuldigen würdet? Ich habe Aidan versprochen, ihm Gesellschaft zu leisten, bevor ihm die Decke auf den Kopf fällt. Die alte Hexe von einer Marschallin lässt ihn ja keinen Schritt mehr vors Quartier setzen. Was vielleicht auch gut ist, solche Kopfschmerzen, wie er wegen der Blocker hat. Ich wünsche euch viel Spaß – und nur so nebenbei erwähnt: Falls jemand unsere Infantin dazu ermuntert, sich gaaaanz weit über den Rand der Steilklippe zu beugen, hat er bei mir einen gut.«

Während die Clairsearch aus der Kammer verschwand, stieß Xiu einen Pfiff aus. »Das war eine neue Rekordmarke im Giftverspritzen.«

Lyon schüttelte den Kopf. »Mit ihrem Karma passt Tessa perfekt zu Aidan. Seit er von der Krankenstation entlassen wurde, kommt es mir vor, als würde ich in der Nähe eines schwarzen Lochs schlafen.« Hätte Lyon in diesem Moment nicht seine Uhr gecheckt, wäre ihm das unglückliche Aufflackern in Mariellas Augen nicht entgangen. Aber so deutete er lediglich zur Tür. »Ich erzähle Tessa ein anderes Mal, was ich davon halte, wenn sie meine Tante in meiner Gegenwart beleidigt. Jetzt los, sonst kommen wir noch zu spät.«

Während sie auf den Aufzug warteten, der sie hoch zur Ruine bringen sollte, ließ Lyon seine Schultern kreisen. Dann legte er den Kopf nach hinten und dehnte anschließend seinen Nacken.

Als er damit fertig war, begann er, sich in seinen Wanderstiefeln vor und zurück zu wiegen, und warf den Wächtern, die sich ein Stück abwärts hielten, ein freundliches Lächeln zu. Es fehlte nur noch, dass er ein Liedchen zu trällern begann. Stattdessen sagte er leise zu Mariella: »So eine Wanderung entlang der Klippen ist die Gelegenheit, in Ruhe miteinander zu reden.

In Mariellas Ohren klangen seine Worte trotz ihres lockeren Tons wie eine Drohung. Xiu, der vor ihr hockte, damit sie sein Haar zu einem Bauernzopf flocht, schaute neugierig hoch. Meine Kameraden glauben die offizielle Version nicht, begriff sie, um sich dann über ihre Naivität zu wundern. Ja klar, Aidan und sie verhielten sich seit ihrer Rückkehr viel zu seltsam, um bloß ein bisschen Betäubungsgas abbekommen zu haben. Trotzdem würde sie an der Geschichte festhalten müssen, auch wenn es ihr zuwider war, die beiden anzulügen.

»Falls du meinen Ausflug auf die Gefängnisebene meinst …«, setzte Mariella stockend an. »Hat deine Tante dir nicht alles brühwarm erzählt? Wobei es ja kaum was zu berichten gibt, ich habe ja nicht mal eine Gefängniszelle oder so gesehen.«

Lyon murmelte nur etwas, während Xiu das Endstück seines Zopfes begutachtete.

»Echt, ihr könnt mir glauben. Es war völlig unspektakulär.«

»Das ist so mies gelogen, dass ich mir jetzt richtig Sorgen um dich mache«, sagte Lyon. »Und den Ausnahmezustand auf der Krankenstation, bei dem ein Wächtergespann erst Stunden später in einer besetzten Quarantänezelle entdeckt worden ist, lässt du mal eben unter den Tisch fallen.«

Von der Sache mit den Wächtern hatte Mariella noch nichts gehört, damit mussten Pferdeschwanz und Veilchen gemeint sein. Nun, vielleicht hätte sie auf dem Rückweg auf ihr Zimmer doch nicht Lomax das Kartenset überlassen sollen. Was hatte Skye noch mal gesagt? Pilze können fies ansteckend sein. »Von dem ganzen Chaos habe ich nichts mitbekommen, schließlich hatten die mich in ein Extrazimmer gesteckt.«

»Eine komplette Krankenstation wird verwüstet, und du bekommst davon nichts mit?«

Zum ersten Mal verspürte Mariella Erleichterung, als sich die Aufzugtüren in der Zitadelle öffneten und sie die Kabine betraten.

Während der Fahrt herrschte Schweigen. Normalerweise hätte Mariella nicht mit einem schlechten Gewissen gekämpft, Flunkereien waren schließlich ihr täglich Brot, eine Notwendigkeit, wenn man sich nicht in die Karten gucken lassen wollte. Nur war es offenbar ein Unterschied, ob man die Mitglieder seiner übergriffigen bis kontrollsüchtigen Familie ins Leere laufen ließ oder Leute belog, mit denen man auf derselben Seite stand.

Seit Mariella auf die Gefängnisebene gelangt war, hatte sie einiges über die Tannin gelernt. Wahrscheinlich, überlegte sie, weiß ich inzwischen mehr als Lyon über das, was die Familien, Sippen und Clans zusammenhält: jede Menge Lügen, Brutalität und Verachtung für den Einzelnen. Gerade Lyon, der sich fast zerriss, um wieder als wertvolles Mitglied der Tannin zu gelten, musste erfahren, woran er wirklich war. Er sah sich – wie die meisten Tannin – als Soldat, der für das Gute kämpfte. Ursprünglich mochte es ja auch darum gegangen sein, als die Tannin sich zusammengeschlossen hatten, um die Quellen zu beschützen. Doch im Laufe der Zeit war zweifelsohne einiges aus den Fugen geraten. Das Motto, dass alle Tannin gleich waren, konnte kaum noch gelten. Ansonsten würde man die eigenen Kids nicht runtermachen und ausgelieferte Gefangene wie Sklaven behandeln. Wenn man das wusste, überlegte man sich doppelt, ob man diesem ach so exklusiven Club angehören wollte.

»Wir sind da«, schreckte Lyons Stimme Mariella auf. Tatsächlich surrten die Türen des Aufzugs bereits auf. »Du hast deinen Nervenzusammenbruch verpasst.«

»Den hebe ich mir für später auf, wenn wir ins Fegefeuer zurückgestoßen werden.«

»Es gibt schlimmere Orte als unsere Ebene«, gab Xiu würdevoll zu Protokoll.

Mariella wollte dem Jungen einen Vogel zeigen, aber eine Wächterin mit kurzen Dreadlocks trat vor den Aufzug. Unter ihrem verwaschenen T-Shirt mit der Aufschrift »Hike or die« zeichnete sich eine Kugelweste ab. Nachdem sie die Zeichen überprüft hatte, wendete sie sich an Lyon.

»Ich soll dir von der Marschallin ausrichten, dass du während der Wanderung die Verantwortung für deine Truppe trägst. Ihr seid heute nämlich nicht die Einzigen auf Freigang. Eins will ich aber klarstellen: Beim geringsten Anzeichen von Ungehorsam erstattest du mir umgehend Meldung. Verstanden, Soldat?«

Lyon nickte knapp. »Habe verstanden, Lieutenant Shari.«

»Gut, dann kannst du mit deinem Trupp jetzt auf den Vorhof raustreten.«

»Unser braver Soldat Lyon«, feixte Mariella auf dem Weg durch die Ruine. »Also echt, das klingt so lächerlich.«

»Und das ausgerechnet von einer Infantin.«

»Ich trage keinen offiziellen Titel.«

»Du bringst dich aber auch nicht gerade vor Empörung um, wenn wir dich so nennen«, gab Lyon zu bedenken.

»Spart euch das Gezanke für später«, rief Xiu, kaum dass sie die bewachte Eingangstür hinter sich gelassen hatten. Er sprintete los und sprang mit einem Satz auf einen Holztisch. Dort drehte er sich so wild um die eigene Achse, dass Mariella fest mit seinem Sturz rechnete – falls er vorher nicht in die Luft abhob, so leicht wirkte alles an dem Jungen. »Hier kommt die Sonne, dabbendudei!« Xiu breitete die Arme aus, und sein Lachen erfüllte den Vorhof.

»Willst du diesen Ungehorsam nicht sofort melden, Soldat Lyon?«

Doch Lyon, der neben Mariella herging, atmete bereits tief ein und dann merklich entspannt aus. Als er ihren abcheckenden Blick bemerkte, grinste er. »Hier draußen zu sein ist der Hammer, wenn man wochenlang im Bauch der Zitadelle festgesessen hat. Das muss doch sogar bei dir wirken, du Schlaftablette.«

»Ich hatte in meinem Leben bereits eine Überdosis Sonnenschein«, flunkerte Mariella. Tatsächlich stand sie kurz davor, in Tränen auszubrechen, so sehr riss an ihr die Erinnerung, wann sie das letzte Mal die Sonne gespürt hatte: Damals hatte Aidan ihre Hand gehalten, und die Welt war ein wundervoller Ort gewesen. Bevor er alles aufgegeben hatte.

Als könne Lyon Mariella ihr Unglück vom Gesicht ablesen, legte er einen Arm um ihre Schultern. »Nun komm schon, schenk mir dein schönstes Prinzessinnenlächeln, die gesamte Palette deiner zahnpastaweißen Beißerchen.«

»Ich hätte im Bett bleiben sollen«, knurrte Mariella.

»Unsinn, das wird ein toller Ausflug. Vergiss einfach, was dir über die Leber gekrochen ist, jetzt sind wir draußen und sollten jede Sekunde auskosten. Die Wanderung entlang der Klippe ist unvergleichlich, du wirst schon sehen. Nimm dir ein Beispiel an Xiu, der weiß das Leben zu genießen.«

Dummerweise erlosch genau in diesem Moment das Strahlen auf Xius Gesicht. »Wir bekommen Gesellschaft – und zwar eine, die es in sich hat.«

Tatsächlich trat gerade das Wächter-Team, das sie auf der Wanderung begleiten sollte, mit dem anderen Freigang aus der Ruine. Unwillkürlich fasste Lyon sich an seinen erst vor Kurzem verheilten Unterarm. Mariella musste zweimal hinsehen, um seine Reaktion zu verstehen. Die Freigängerin war Nihoin aus dem japanischen Familienzweig der Tsuya, die auch am Nachttauchen-Kurs teilgenommen hatte – und aus dem dunklen Wasser nicht mehr aufgetaucht wäre, wenn Lyon sie nicht dazu gezwungen hätte. Seitdem war die Japanerin wie vom Erdboden verschluckt gewesen, und jetzt erkannte Mariella das Mädchen kaum wieder. Nihoin war noch zierlicher als beim Tauchgang, fast schon erschreckend zerbrechlich, und ihre schwarzen Augen stachen unnatürlich groß aus ihrem schneeweißen Gesicht hervor. Selbst ihre Haare schimmerten nicht länger schwarz wie Rabenfedern, sondern waren weiß wie Asche.

Mariella war schockiert. »Nihoin sieht aus, als sei sämtliche Farbe aus ihr rausgeflossen.«

»Das reinste Gespenst«, stimmte Xiu zu. Er zog die Ärmel seines Hoodies über die Hände, als sei ihm plötzlich kalt geworden.

»Nach dem Tauchgang hatte Nihoins Story nicht gerade einen Aufwärtstrend«, sagte Lyon, der als Gruppenleiter über deutlich mehr Informationen verfügte. »Soviel ich gehört habe, ist sie kaum von der Idee abzubringen, dass ein Leben mit einem geschwärzten Siegelring nichts wert sei. Dabei findet sie mit ihrer hervorragenden Ausbildung überall ein neues Zuhause, falls ihre Familie sich nicht umentscheidet und ihr Siegel wiederherstellt.«

Gebannt starrte Mariella auf das ausgeblichene Haar der Japanerin, dann stieg auch schon die Erinnerung auf, woher sie diesen weißen Haarschopf kannte. »Ich habe Nihoin auf der Krankenstation gesehen. Sie lag auf einem Einzelzimmer, obwohl die Station völlig überbelegt war. Hat sie wieder versucht, sich etwas anzutun?«

»So weit ist es gar nicht erst gekommen«, sagte Lyon. »Seit dem letzten Zwischenfall haben sie Nihoin stets abgeschirmt gehalten, damit sie keinen weiteren Schaden anrichten kann – an sich oder anderen.«

»Das bedeutet im Klartext: Einzelhaft mit Dauerüberwachung. Das ist doch keine Hilfe für eine psychisch schwer angeschlagene Siebzehnjährige.« Mariellas Wangen brannten vor Zorn. »Absolut typisch für unseren Haufen: Wer strauchelt, wird nicht etwa aufgefangen, sondern kaltgestellt.«

»Deiner Meinung nach wäre es also besser, jemand Durchgeknalltes wie Nihoin auf andere Kids loszulassen, damit sie nicht so einsam ist?« Lyons Stirn legte sich in Falten. »Hast du vielleicht vergessen, was sie mir in ihrem Wahnsinn angetan hat?«

»Natürlich nicht. Ich finde es auch unmöglich, dass du verletzt worden bist. Aber das war nicht Nihoins Schuld, sondern die von Offizierin Venestra und all den anderen Arschlöchern, die ihre einzige Verantwortung für uns darin sehen, uns diese dämlichen Marken sammeln zu lassen, damit wir brauchbares Tannin-Material werden.«

»Wenn meine Tante nicht so nachsichtig wäre, hätte man Nihoin längst in die Psychiatrie nach Wat Plai Laem abgeschoben. Stattdessen gönnt sie ihr einen Freigang.«

»Nihoin ist nicht verrückt, sondern bloß verzweifelt, weil sich ihre Familie von ihr abgewendet hat. Sie ist einsam, und der Marschallin fällt nichts Besseres ein, als sie noch einsamer zu machen.« So wütend, wie Lyon sie inzwischen anfunkelte, verzichtete Mariella auf den Hinweis, dass die Marschallin bestimmt einen guten Grund hatte, um Nihoin in der Zitadelle zu lassen. Befehlsgewalt über ein Mitglied der arroganten und einflussreichen Tsuya-Familie zu haben, war sicherlich vorteilhaft. Denn genau so dachte Eleonore. Ihr ging es einzig und allein darum, ihre Stellung zu sichern und auszubauen. Doch Mariella hielt zu viel von Lyon, um ihn wegen seiner Tante anzugehen, auch wenn es sie nervte, dass er dieser Frau einen Heiligenschein verlieh, obwohl zwei spitze Hörner auf der Stirn deutlich passender gewesen wären.

Im Gegensatz zu Mariella schien Lyon mit dem Thema noch nicht durch zu sein, obwohl die Wächter mit der leblos wirkenden Nihoin in ihrer Mitte nur noch ein paar Schritte von ihnen entfernt waren. »Wenn Familien sich abwenden«, sagte er, »dann tun sie das aus gutem Grund. Niemand landet in Stoneheaven, weil es ihm an Verständnis mangelte, sondern weil man schlicht und ergreifend Scheiße gebaut hat. Das gilt für Nihoin genauso wie für dich und mich. Stoneheaven ist die Chance, es wiedergutzumachen. Ich dachte eigentlich, das hättest du langsam begriffen.«

Mariella hielt seinem Blick stand. »Du hast recht«, sagte sie. »In Stoneheaven lernt man wirklich viel über die Herzen der Tannin, sehr viel mehr, als es der Marschallin und unseren Familien vermutlich recht ist.«

37

Entgegen dem miesen Image, das der Sommer an der Küste Maines hatte, gab es nur ein paar Wolkenschlieren am Himmel, ansonsten schien die Sonne. Möwen drehten tollkühne Schleifen am Himmel, und Wildkräuterduft erfüllte die Luft, während Meeresrauschen zur sanften Hintergrundmelodie für die Wanderung wurde.

Am Anfang bekam Mariella jedoch kaum etwas von ihrem Gang entlang des Steilgrats mit, ihre Gedanken waren gefangen in ihrem Streit mit Lyon und der Frage, was von einem Ort wie Stoneheaven zu halten war. Natürlich saßen die Jugendlichen zur Strafe in der Zitadelle ein, jeder von ihnen hatte was verbockt, ansonsten hätten ihre Familien ihren Ausrutscher selbst geregelt. An und für sich war es auch eine gute Idee, die Kids während ihrer Auszeit in Stoneheaven auf Vordermann zu bringen, anstatt sie bloß wegzusperren. Nur wenn dabei gebrochene Mädchen wie Nihoin herauskamen, dann stimmte etwas nicht. Dasselbe galt auch für jemanden wie Lyon, der alles zu tun bereit war, um seiner Familie gegenüber nicht länger ein schlechtes Gewissen zu haben – was von der Marschallin und ihren Leuten bis aufs Blut ausgenutzt wurde. Dabei gehörten Fehler zum Dasein als Jugendlicher dazu, gerade als heranwachsender Tannin war diese Zeit nicht gerade ein Spaziergang. Ständig wurde einem gesagt, welche Erwartungen an einen gestellt wurden und wie man sich dafür doch bitte schön den Hintern aufzureißen hatte. Und wenn man das nicht tat oder sogar stolperte? Tja, dann wurde nachgetreten, so oft und hart, bis man entweder zerbrach oder bereit war, alles zu tun, Hauptsache, die Familie war mit einem zufrieden. Alles, was die Tannin wollten, waren gehorsame Gefolgsleute, die gar nicht erst auf die Idee kamen, aus der Reihe zu tanzen.

Nach einer Weile verflüchtigten sich Mariellas trübe Gedanken, dafür machte die Wanderung zu viel Spaß. Mit jedem Schritt breitete sich mehr Wärme in ihrem Körper aus, die Natur betankte ihn regelrecht mit Leben. Ihre Augen bekamen nicht genug von den milden Farben der Küstenlandschaft, und irgendwann erwischte sie sich dabei, wie sie in eins von Xius Wanderliedern einstimmte. Die Passagen, an die sie sich nicht mehr erinnerten, füllten sie kurzerhand mit einem inbrünstig geschmetterten »lalala«. Als auch Lyon mitsummte, fiel Mariella ein Stein vom Herzen.

Sie stritt sich nicht gern mit Lyon, wirklich nicht.

Und sie mochte es auch nicht, wenn Xiu verunsichert war, denn in Glücklich war er der niedlichste Junge der Welt.

So gesehen war Stoneheaven kein völliger Reinfall. Hier bekam Mariella zum ersten Mal einen Eindruck davon, was es bedeutete, Freunde zu haben. Allzu viel Erfahrung hatte sie auf diesem Gebiet nicht, weil die Kids in ihrem Familienzweig in ihr immer nur die Tochter der großen Mercedes sahen, etwas, worauf sie dankend verzichten konnte. Und was Strandbekanntschaften und Feier-Cliquen außerhalb der Tannin-Welt anbelangte, so sorgte Mariella vorsichtshalber dafür, dass sie oberflächlich blieben. Egal, wie sehr sie alles Tanninhafte ablehnte und es regelrecht darauf anlegte, wie eine gewöhnliche Sterbliche rüberzukommen, engere Freundschaften hatte sie nie geschlossen. Das Geheimnis, wer sie wirklich war, hatte immer wie eine unüberwindbare Mauer dagestanden. Mariella flunkerte und schummelte gern, aber echte Lügen … das war nicht ihre Sache. Außerdem hatte sie instinktiv gespürt, dass ihre Mutter eine echte Bindung zu jemandem außerhalb der Tannin-Welt schnell unterbunden hätte, allein schon weil das gegen das ungeschriebene Gesetz verstieß, die Welten getrennt zu halten, um nicht alles noch komplizierter zu machen, als es ohnehin schon war. Als Tannin überschritt man nicht ungestraft Grenzen, und für die Infantin der Rosaliken galt das ganz besonders.

»Du hast deinen Lalala-Einsatz verpasst.« Xius Ermahnung riss Mariella aus ihren Gedanken. »Macht nichts, wir legen jetzt eh eine Pause ein.« Er deutete auf einen Platz mit einem Holzstand zum Unterstellen, falls es regnete, und einer Feuerstelle, um die mehrere Steinbrocken verstreut lagen, vermutlich dienten sie als Sitzgelegenheiten. An Stoneheavens Küste wurde es einem wirklich nicht zu gemütlich gemacht.

»Wird auch Zeit, ich habe einen tierischen Hunger.« Lyons Gesicht nahm bereits eine gesunde Bräune an, und er wischte sich die Locken aus der verschwitzten Stirn.

»Hoffentlich müssen wir unser Essen nicht selbst jagen«, sagte Mariella.

Lyon grinste. »Du weißt doch, wie es im bösen Stoneheaven abläuft: Wir kämpfen gegeneinander, und wer als Erster zu Boden geht, *ist* das Mittagessen.«

»Dann sollte sich Xiu freiwillig melden, ich bin nämlich zartes Fleisch gewöhnt.«

Auch Xiu grinste gut gelaunt. »Nachdem ich zwölf Jahre bei meinen völlig talentfreien Eltern Sachen gegessen habe, gegen die der Kantinenfraß der reinste Gourmetschmaus ist, schmecke ich bestimmt nach Fischmehl.«

»Klingt doch lecker«, sagte eine fremde Flüsterstimme.

Alle drei fuhren herum.

Nihoin hatte sich zu ihnen gesellt, mit einer Sonnenbrille auf der Nase und einem Pflaster in der Armbeuge. Der Wächter, der während der Wanderung immer einen Schritt hinter ihr hergegangen war, tat so, als krame er ausgiebig in seinem Rucksack mit den Essensvorräten. In Wirklichkeit ließ er seinen Schützling auch jetzt keine Sekunde lang aus den Augen.

»Hat die Peilsender-Aktion funktioniert? Dieses Mal siehst du ja nur ein bisschen ramponiert aus.« Mariella deutete auf das Pflaster auf Nihoins weißer Haut.

Gleichgültig zuckte die Japanerin mit den Schultern. »Wer weiß, ob die Dinger wirklich funktionieren. Wenn ihr wollt, könnten wir es herausfinden, indem ich auf den Klippenrand zulaufe.« Als sie allseits entsetzte Blicke erntete, winkte sie ab. »Entspannt euch, ich habe nicht vor, die Wanderung mit einer meiner üblichen Aktionen zu sprengen. Auch das verbissenste Seppuku-Girl braucht mal 'ne Pause.«

»Wie beruhigend.« Lyon rieb sich erneut die Stelle an seinem Arm, wo Nihoins Handkantenschlag ihn während ihres gemeinsamen Tauchgangs getroffen hatte, als er sie vor dem Ertrinken hatte bewahren wollen.

Nihoin senkte den Blick. »Ich habe eine harte Zeit hinter mir, wobei ich mich nur teilweise an Details erinnern kann, rückblickend liegt vieles im Nebel. Falls ich jemandem wehgetan haben sollte, entschuldige ich mich hiermit. Das habe ich nie, wirklich nie gewollt.«

Ein solches Geständnis von der so unnahbar wirkenden Nihoin kochte sogar Lyon weich. »Schon gut, wenn der Druck zu groß wird, kann man nicht mehr klar denken. Ist mir auch schon passiert.«

Xiu riss die Augen weit auf. »Echt wahr? Lyon, auch bekannt als Mr. Perfect, hatte mal einen Aussetzer wie andere Sterbliche auch? Und ich hab mich schon gewundert, warum so ein Musterknabe in Stoneheaven gelandet ist.«

Sofort verhärteten sich Lyons Gesichtszüge. »Ich bin ganz bestimmt nicht perfekt, nicht mal ansatzweise. Niemand weiß das besser als ich selbst.«

Mariella verpasste Xiu einen Knock mit den Fingerknöcheln.

»Du lässt kein Fettnäpfchen aus, was? Beiß das nächste Mal lieber in dein Skateboard, bevor du deiner frechen Zunge einen Freischein ausstellst.«

»Nun mach mal halblang, in Stoneheaven gehört es schließlich zum guten Ton, auf seine Verfehlungen stolz zu sein.« Xiu versuchte, den Knock zurückzugeben, verfehlte Mariella jedoch, was ihm sichtlich peinlich war.

»Worauf willst du denn bitte schön stolz sein?«, fragte Mariella. »Dass deine Eltern damit überfordert sind, dich im Auge zu behalten?«

»Immer noch besser, als in Stoneheaven zu landen, weil man zugedröhnt so lange in die Sterne guckt, bis die sich angesprochen fühlen und sich auf den Weg zu einem machen.« Verbissen holte Xiu erneut zu einem Boxhieb aus, allerdings so ungeschickt, dass er Mariella lediglich streifte und seine abgelenkte Faust Nihoin traf.

Ruckartig hob Nihoin ihren Arm, anscheinend eine im jahrelangen Kampfsport-Training einstudierte Reaktion.

Alle drei vergaßen augenblicklich ihren Streit und wichen zurück, während der Wächter seinen Rucksack fallen ließ und auf die Füße sprang. Doch Nihoin hielt sich bloß die Hand vor den Mund, um ihr Lachen zu verbergen. Ein erstaunlich glockenheller Laut.

»Dürfen Japanerinnen ihr Lachen nicht zeigen, oder warum hältst du die Hand vor den Mund?«, fragte Xiu prompt.

»Halt endlich die Klappe«, herrschten Mariella und Lyon den Jungen gleichzeitig an, was nur dazu führte, dass Nihoin noch lauter lachte. Es klang befreit und etwas over the top, als wäre sie selbst verblüfft über das Geräusch, das über ihre Lippen kam. Als es nach einer Weile versiegte, ertappte Mariella sich dabei, wie sie das Mädchen anstierte. Als wäre Nihoin eine zum Leben erwachte Statue.

Nihoin betastete ihre Lippen, offenbar um nach der ungewohnten Mimik zu überprüfen, ob noch alles an Ort und Stelle war, dann räusperte sie sich. »Wenn ich euch bei der Ehre meiner Ahnen verspreche, dass ich mich für die Dauer des Ausflugs zusammenreiße und keine schrägen Sachen abziehe, kann ich mich dann während des Essens zu euch setzen?«

»Gern«, sagte Lyon, ganz der Vollblut-Gruppenleiter. »Falls es dir nichts ausmacht, dass Xiu frisst wie ein Schwein und Mariella an allem etwas rumzunörgeln hat.«

Nihoin deutete eine Verbeugung an. »Danke, das klingt absolut verlockend.«

Zum Essen gab es Stockbrot, in der Glut runzelig gewordene Kartoffeln und verdächtig aussehende Würstchen, um die Mariella einen Bogen machte. Trotzdem war es das beste Essen seit Langem, nicht nur wegen des blauen Himmels über ihren Köpfen, sondern auch wegen der Gesellschaft. Die Wächter hatten sich zurückgezogen und hockten auf den Findlingen, während die Kids sich ins Gras gesetzt hatten. Der aufmerksame Blick ihrer Aufpasser war zwar durchweg spürbar, das änderte jedoch nichts an dem sich ausbreitenden Freiheitsgefühl. Sogar Nihoin, die vor ein paar Tagen noch auf der Krankenstation zusammengerollt unter der Decke gelegen hatte, hielt sich immer wieder die Hand vor den Mund, um ihr Lachen zu verbergen. Rückblickend konnte Mariella nicht sagen, worüber sie als Vierblatt geredet hatten oder ob überhaupt viel geredet worden war, aber in ihrer Erinnerung blieb dieser Moment einer der wohligsten überhaupt. Sogar ihr Kummer wegen Aidan trat in den Hintergrund, während die Sonne ihren Zenit überschritt und das Meeresrauschen besänftigt zu sein schien.

Irgendwann streckte Xiu sich auf dem Rücken aus und beobachtete mit einem Grashalm zwischen den Zähnen die Möwen, die ihre Kreise am Himmel zogen. Lyon spielte mit einem Stock in der Glut, wobei Nihoin ihm mit entspannter Miene zusah. Normalerweise hätte Mariella einen Kommentar darüber gemacht, dass nur Lyon es schaffte, hübsche Mädchen allein durch seine Gegenwart in Trance zu versetzen. Doch sie gönnte Nihoin jede Sekunde. Je lockerer das Mädchen sich machte, desto mehr kehrte das Leben einem Leuchten gleich zurück und legte sich schimmernd auf ihre papierne Haut. Obwohl es Mariella gegen den Strich ging, musste sie zugeben, dass die Marschallin mit der Wanderung endlich einmal eine richtige Entscheidung getroffen hatte. Was auch immer es war – die Natur, die Helligkeit oder die Gesellschaft –, es hatte den Lebensfunken in Nihoins Augen zurückgebracht. Vielleicht würde er schon bald nach der Rückkehr in die Zitadelle erneut erlöschen, vielleicht würde es aber auch der Funke sein, der ihr Leben wieder ins richtige Licht rückte.

»Isst du das Stockbrot noch?«

»Was?« Mariella schreckte auf.

Xiu verdrehte die Augen. »Ob ich dein Stockbrot haben kann. Die Möwen da oben finden uns deutlich interessanter als das Meer, die kreisen schon die ganze Zeit über uns. Mal sehen, ob ich sie mit Brotkrumen anlocken kann.«

»Auf keinen Fall! Da, wo ich herkomme, passt du am Strand besser auf, dass dir keiner von diesen Luftpiraten das Eis aus der Hand stibitzt. Und als Dank kacken sie dir ins Haar. Die bleiben schön da, wo sie sind.«

»Spielverderberin.«

»Aber eine ohne weiße Flecken in der Frisur, die nach verdauten Miesmuscheln riechen.«

»Worüber kabbelt ihr zwei euch schon wieder?« Lyon klang nicht ernsthaft interessiert, und auch Nihoin blinzelte bloß träge.

»Alles gut«, versicherte Mariella, dann bedeutete sie Xiu mit der Hand, Ruhe zu geben. Völlig unnötig, wie sich zeigte, denn Xiu hatte sich bereits zurück ins Gras gelegt und begann schon bald zu dösen. Mariella kitzelte ihn sicherheitshalber, doch als er nicht reagierte, legte sie sich neben ihn, nachdem sie jeden Gedanken an Krabbeltiere im Gras beiseitegeschoben hatte. »In meinem nächsten Leben werde ich Camper«, verkündete sie im Brustton der Überzeugung.

»Warum erst im nächsten?«, fragte Lyon, der den verkohlten Zweig beiseitelegte.

»Das aktuelle ist bereits für die Großstadt reserviert. Mir schweben ganze Straßenzüge voller Cafés, Restaurants und Clubs vor, und ich mag die Vorstellung, in der Stadt jedes Bedürfnis sofort ausleben zu können, ob es sich nun um Sushi rund um die Uhr, Abtanzen oder anonymes Herumstreifen handelt. Eintauchen ins pralle Leben und abtauchen, wenn ich meine Ruhe haben will, so stelle ich mir meine Zukunft vor.«

»Dafür wirst du als Oberhaupt der Rosaliken allerdings wenig Zeit haben«, gab Nihoin zu bedenken.

Unwillkürlich verzog Mariella das Gesicht. »Eine Ehre, auf die ich dankend verzichte, weshalb ich schon vor Jahren ins innere Exil gegangen bin. Nur landet potenzielles Anführer-Material nicht unbedingt in Stoneheaven, sondern wird höchstens zu einer befreundeten Familie geschickt, damit die einem den Kopf geraderücken. Ich nehme meine Abschiebung in die Zitadelle deswegen als inoffizielles Kündigungsschreiben der Rosaliken.«

Nihoin starrte Mariella groß an. Dass jemand mit der Zurückweisung seiner Familie so unbeschwert umging, schien für die Japanerin eine Revolution zu sein.

»Ein Aufenthalt in der Zitadelle ist ein Schandmal – das stimmt«, sagte Lyon. »Aber eins, das man ausmerzen kann, indem man beweist, was in einem steckt. Familien bestrafen einen manchmal, aber irgendwo halten sie einem immer eine Tür auf, durch die man zurückkehren kann, man muss sie nur finden.«

»Und spätestens an diesem Punkt sollte man sich fragen, ob man sie echt durchschreiten will. Oder man fragt sich schon früher, was der ganze Heckmeck überhaupt soll und wann man bitte schön jemals mit Blut unterschrieben hat, ein Tannin sein zu wollen, mit allen Konsequenzen, die dazugehören wie etwa absoluter Gehorsam und Hirnausschalterei.«

»Meinst du das ernst?« Nihoin blinzelte, als sei sie unsicher, ob Mariella nicht wieder einen von ihren Witzen machte.

»Natürlich nicht«, behauptete Lyon, bevor Mariella den Mund öffnen konnte. »Unsere Infantin ist bloß stinksauer auf ihre Familie. Sie ist eben eine stolze Spanierin, die vor niemandem den Kopf senkt. Vermutlich war ihre Mutter genauso unbeugsam und fordernd, als sie jung war, deshalb hat sie Mariella so viel Freiraum gegeben. Nur dass damit jetzt Schluss ist – und als heißblütige Rosalike will Mariella das nicht einsehen.«

»Es ist, als würden unsere Familien mit Stoneheaven unsere innere Stärke und Loyalität auf die Probe stellen«, sagte Nihoin mit unsicherer Stimme.

Mariella spürte, wie sie wütend wurde. »Das ist ja mal eine interessante Perspektive auf diesen perversen Kinderknast. Lämmer, die freiwillig zur Schlachtbank gehen und auch noch Danke sagen.«

»Du übertreibst maßlos«, sagte Lyon.

»Glaubst du wirklich?« Es brannte Mariella auf der Zunge, Lyon zu fragen, ob er es in der Tiefe seines Herzens wirklich richtig gefunden hatte, seine Liebe Samira zu verraten. Oder ob es seinem Naturell entsprach hinzunehmen, dass Aidan vom Kantinenbesuch ausgeschlossen wurde und die gesamte Einheit darunter zu leiden hatte. Und wie stand es mit Offizierin Venestras Entschluss, Lyon einfach als Nihoins Begleitung mit auf den Tauchgang zu schicken, der für beide fast tödlich geendet hätte? Nein, Lyon wusste genauso gut wie sie, dass bei den Tannin etwas aus den Fugen geraten war, aber sein schlechtes Gewissen seiner Familie gegenüber war stärker. So war er erzogen worden, so waren auch Nihoin, Skye und Aidan erzogen worden: Die Familie war alles, man selbst nur ein Rädchen im Getriebe.

Aber warum hat dann ausgerechnet die perfekte Mercedes bei ihrer Tochter versagt?, fragte Mariella sich.

38

Das Gasthaus, in dem ihre Wanderung endete, trug den Namen »Whales' End Inn« und lag am Rand des winzigen Küstenortes, der offiziell von alteingesessenen Fischerfamilien bewohnt wurde, inoffiziell jedoch fest in der Hand der Tannin war, die dafür sorgten, dass möglichst wenige Wanderer einen Fuß in diesen unwirtlichen Landstrich setzten. An diesem frühen Abend waren im Gasthaus mit seiner weiß angestrichenen Holzlattenfassade nur Mitglieder der Tannin auf ein Bier vorbeigekommen, entweder solche, die in Whales' End lebten, oder Angehörige der Zitadelle, die ihre freien Stunden nicht im Bauch einer Klippe verbringen wollten, wenn draußen die Sommerluft lockte. Jetzt gegen Abend zog ein frischer Wind vom Meer auf, riss an den Haaren und pfiff selbst durch die Windjacken, sodass fast jeder Stuhl und jede Bank im gemütlichen Pub besetzt waren. Ihre Wächter führten die Kids in eine Nische, die verblüffenderweise freigelassen worden war.

»Ist das die Aussätzigen-Ecke?«, fragte Mariella. »Hier gibt es ja nicht mal ein Fenster zum Rausschauen.«

Lieutenant Shari zuckte lediglich mit den Schultern. »Einen Platz an der Bar kannst du dir ja das nächste Mal suchen, wenn du als freie Tannin auf Urlaub in Whales' End vorbeischaust.«

Nachdem Shari ihnen eingebläut hatte, den Gastraum nicht

ohne ihre Erlaubnis zu verlassen – »Selbst zum Pinkeln wird sich ordnungsgemäß bei mir abgemeldet!« –, setzte sich die Gruppe um den Holztisch, froh, nach dem Marsch endlich die Beine ausstrecken zu können. Mariella wagte es sogar, ihre Stiefel abzustreifen, obwohl Xiu sich lautstark über den Gestank ihrer Socken beschwerte, um es ihr dann sofort nachzumachen. Die folgende Diskussion hielt an, bis die Kellnerin ihnen das Essen brachte.

Xiu saugte sämtliche Eindrücke so intensiv in sich auf, dass seine Maine Lobster Roll vergessen vor ihm lag. Lauter erwachsene Tannin mit guter Laune – das war zu viel für den Jungen. Lyon verschlang seinen Burger so schnell, dass man meinen konnte, ein Offizier mit einer Stoppuhr würde hinter ihm stehen, während Nihoin damit beschäftigt war, ihren Salat nach seinen einzelnen Bestandteilen zu sortieren, die sie dann der Reihe nach ohne Dressing aufaß. Mariella hingegen bereute bereits nach der Hälfte ihrer Mac'n'Cheese, jemals eine Gabel in das fettige Nudelgericht gesteckt zu haben. Sie traute sich jedoch nicht, etwas zurückgehen zu lassen, weil sie dann nur wieder zu hören bekommen würde, was für eine komplizierte Esserin sie war. Doch es half nichts, ihr Bauch fühlte sich an, als habe sie eine Kanonenkugel verschluckt, die sie früher oder später durch die Sitzbank krachen lassen würde.

»Ich muss mal kurz frische Luft schnappen«, verkündete Mariella.

Lyon sah sie prüfend an. »Soll ich dich begleiten?«

»Schon gut, ich melde mich bei Lieutenant Shari ab, das müsste dank meines upgegradeten Zeichens reichen. Iss du inzwischen ruhig meinen Auflauf auf, du wirkst nämlich trotz des riesigen Fleischklops, den du verschlungen hast, wie kurz vorm Hungertod.«

Lyon zuckte verlegen mit den Schultern. »Das macht die Frischluft.«

»Oder eher deine Muskelberge, die gefüttert werden wollen«,

warf Xiu ein. »Bizeps & Co sind die reinsten Verbrennungsanlagen.«

»Unser Experte. Was weißt du Hänfling schon von Muskeln?«

Während die beiden Jungen einander aufzogen, fing Mariella einen Blick von Nihoin auf. Die Japanerin lächelte schüchtern. Konnte es wirklich sein, dass Nihoin auf der einen Seite so knallhart bis rücksichtslos war und auf der anderen erschreckend verletzlich? Mariella kannte sich mit gleichaltrigen Mädchen nicht gut aus, für sie hatte es bislang nur solche gegeben, mit denen man unkompliziert Spaß hatte, oder solche wie Tessa, vor deren Giftattacken man besser auf der Hut war. Allmählich kam ihr der Verdacht, dass sie eindeutig zu lange damit beschäftigt gewesen war, ihrer Mutter vorzuführen, wie unbrauchbar sie war. Irgendwie war dabei die Entwicklung, ihre Mitmenschen ernsthaft wahrzunehmen, an ihr vorbeigegangen. Nun holte sie das allem Anschein nach im Rekordtempo nach. Genauso vorsichtig wie Nihoin lächelte Mariella zurück. Es war höchstens ein Zucken der Mundwinkel, doch es erreichte ihre Brust und setzte dort ein wärmendes Feuer in Gang.

Als Mariella vom Tisch aufstehen wollte, hielt Lyon sie am Handgelenk fest. »Willst du wirklich allein sein?«

»Und wenn schon, was ist daran so schlimm?«, fragte Mariella verwundert.

»Es ist nur …« Lyon lehnte sich vor, damit die anderen nicht hörten, was er sagen wollte. Eigentlich unnötig bei dem Geräuschpegel, der im Pub herrschte. Tannin in Feierabendstimmung konnten verdammt laut werden. »Du warst in den letzten Tagen ziemlich in dich gekehrt, wir haben es heute ja kaum geschafft, dich zur Wanderung zu überreden. In Gesellschaft bist du zwar gut drauf, aber allein? Ich weiß ja nicht, was dir und Aidan auf der Gefängnisebene Schlimmes passiert ist, aber man muss kein Genie sein, um zu kapieren, dass dich etwas übelst verstört hat. Deshalb ist Alleinsein vielleicht gerade nicht richtig für dich.«

Mariella wusste vor Rührung nicht, was sie sagen sollte, deshalb drückte sie Lyons Hand, dann schob sie ihm den Teller mit den Käsemakkaroni zu. »Ich bin bald wieder da«, versprach sie.

Einen Moment lang wirkte Lyon noch unentschlossen, dann nickte er und begann, die Nudeln zu verschlingen.

Der Wind rauschte gegen Mariellas erhitzte Wangen, als sie ins Freie trat. Dunst hatte sich ausgebreitet und dämmte die letzten Lichtboten der untergehenden Sonne. Die Luft schmeckte nach Salz und Tang, aber auch nach etwas Wildem, Unzähmbarem. Als wäre die Energie des mit der einbrechenden Dämmerung aufbrausenden Meeres bis oben auf dem Steilhang spürbar. Die Härchen an Mariellas Unterarmen richteten sich auf, als wären sie elektrisiert.

Mit dem Zuschlagen der Pub-Tür wurde auch das Stimmengewirr des Whales' End Inns abgeschnitten. Irgendwo in der Ferne ertönte Motorenlärm, möglicherweise der Transporter, der sie zurück zur Zitadelle bringen sollte. Mariella beschloss, das Beste aus den letzten Minuten in Freiheit herauszuholen. Die Arme eng um ihren Oberkörper geschlungen, verließ sie den Vorhof und ging durch das kniehohe Gras, angezogen von einem mannshohen Findling, der steil emporragte. Von Steinen oder auch alten Bäumen ging manchmal eine Kraft aus, der Mariella sich nicht entziehen konnte. Allerdings bemerkte sie es dieses Mal kaum, dafür war sie viel zu sehr von dem abgelenkt, was Lyon angedeutet hatte: Dass seit ihrer Wiederkehr aufs Quartier nicht nur sie angeschlagen war, sondern auch Aidan – und zwar, wenn sie das richtig verstanden hatte, deutlich über seine körperliche Verfassung hinaus. Automatisch ging sie im Kopf ihre Begegnung mit Aidan im gesperrten Zimmer durch, etwas, das sie sich eigentlich strikt verboten hatte. Ein Verbot, gegen das sie allerdings jedes Mal verstoßen hatte, wenn sie zusammengerollt auf ihrem Bett lag, zu erschöpft, um zu weinen.

Sie empfinde nur noch Verachtung für ihn, hatte Aidan gesagt.

Nein, nicht nur gesagt.

Er war so fest davon überzeugt gewesen, als er sich von ihr abgewendet hatte, dass sie ihn nicht einmal durch Schreien mehr erreicht hätte.

In diesem Moment hatte Aidan sich von ihr zurückgezogen, anders als am Strand, als er nur auf seine Entscheidung gegen eine Flucht bestanden hatte. Dieser Moment in Usakos altem Zimmer … sie hatte mit jeder Faser gespürt, wie Aidan das Fadenwerk, das so fein und fest zugleich zwischen ihnen gesponnen war, mit einem Schlag durchschnitten hatte. Seitdem verspürte sie diesen Schmerz – und der Schmerz bewies, dass sie vieles für ihn empfand, vielleicht sogar Verachtung, aber eben noch sehr viel mehr. Was auch immer es jedoch war, sie konnte ihre Gefühle nicht mehr erreichen, da war nur dieser Phantomschmerz, der ihr fast den Atem raubte. Was war nur mit ihr passiert? Auf der Krankenstation hatte die Wut in ihrem Bauch die Trennung erträglich gemacht. Sie war mächtig sauer auf Aidan gewesen, aber unter der Wut hatte bereits die Hoffnung auf ein Wiedersehen gewartet. Seine Weigerung, die Zitadelle zu verlassen, hatte eine Zwangspause zwischen ihnen verhängt. Ohne es sich einzugestehen, war Mariella davon ausgegangen, dass Aidan ihr früher oder später durch seine spöttische Art klarmachen würde, dass es nun einmal gut war mit ihrem Beleidigtsein. Stattdessen hatte er einen Schlussstrich gezogen, wodurch sie noch mehr verletzt worden war als durch seine Entscheidung am Strand. Und trotzdem wollte sie ihren Kummer über die Trennung von Aidan nicht aufgeben, wollte nicht einmal, dass er schwächer wurde, denn dann würde sie ihn endgültig verloren haben.

Wenn ich gewusst hätte, was mich mit Aidan erwartet, hätte ich mich trotzdem auf ihn eingelassen?, grübelte Mariella. Als sie den Blick hob, stellte sie fest, dass sie genau vor dem Findling stehen geblieben war, als sei er eine unüberwindbare Mauer. Vielleicht hätte ich Lyons Angebot, mich zu begleiten, doch nicht so leichtfertig ausschlagen sollen, gestand sie sich ein. Dann würde ich mich jetzt amüsieren, anstatt einen Findling anzuheulen.

Mariella wischte sich halbherzig die Tränen aus den Augen, und als ihr Blick wieder klar wurde, machte sie vor Schreck einen Satz zurück. Neben ihr stand ein Mädchen, ungefähr in ihrem Alter, aber damit endeten die Parallelen bereits.

»Der ganze verfluchte Pub ist voller Tannin, von denen die meisten bereits ein Ale zu viel intus haben. Was bist du: schwachsinnig oder selbstmörderisch unterwegs, um ausgerechnet hier aufzutauchen, Verwandelte?«, keuchte Mariella.

»Weder noch«, flötete das Mädchen mit einer klaren Singstimme, die es ihr offensichtlich unmöglich machte, Worte einfach nur auszusprechen. Sogar im Dämmerlicht leuchtete ihre Haut in einem sanften Perlmuttton, während ihr langes Haar unverkennbar grün wie Seetang war. Das nass an ihren Rundungen klebende Kleid hätte es gar nicht gebraucht, um zu verraten, dass sie erst vor Kurzem ein Bad im Meer beendet hatte. »Ich weiß nur allzu gut, welche Strafen mein Volk erwartet, wenn wir außerhalb unseres Reservats aufgegriffen werden. Deine Leute lassen keine Gelegenheit ungenutzt, uns daran zu erinnern.«

»Du hast nicht nur dein Reservat verlassen, sondern allem Anschein nach sogar den dazugehörigen Kontinent, wenn ich deinen Akzent richtig deute. Du kommst aus Frankreich, oder?«

Die Verwandelte senkte den Kopf, nur um ihn sofort wieder zu heben. Ihr Stolz war stärker als ihre Furcht vor den Tannin, etwas, das Mariella Respekt abnötigte. »Ich hatte einen guten Grund für meine Reise, ich suche nämlich jemanden.«

»Einen Freund oder Verwandten, der in der Zitadelle arbeitet?«

Als das Mädchen langsam den Kopf schüttelte, während ihre

silbrigen Augen fest auf Mariella gerichtet waren, überkam die ein mulmiges Gefühl.

»Hör mal …«, setzte Mariella an.

»Courant, ich heiße Courant. Meine Familie stammt aus Côte Sauvage, einem wunderschönen Ort an der bretonischen Küste.«

»Ja, ist bestimmt hübsch dort«, unterbrach Mariella den Redefluss der Verwandelten. »Also hör mal, Courant. Du hast sicher einen triftigen Grund, dich an diesem Findling rumzutreiben, während ein ganzer Haufen Tannin einiges für ein bisschen fetzige Abendunterhaltung geben würde, wie etwa die Jagd auf grünhaarige Verwandelte. Aber ich gehe jetzt zurück in den Pub – nicht, um dich zu verpetzen, sondern weil ich für diese Nummer zu k.o. bin.«

Courant sah sie eindringlich aus ihren Wasseraugen an. »Du hast geweint, obwohl du auf der Wanderung die ganze Zeit über gelacht und gesungen hast.«

»Woher willst du das denn wissen?«

Mit einem sanften Neigen des Kopfes deutete Courant in den Abendhimmel. Inzwischen hatten mit der anbrechenden Dunkelheit Schwalben die Möwen beim Flugdienst abgelöst. »Die Vögel haben es mir erzählt.«

»Du hast uns also den ganzen Tag über beobachtet … Halt, stopp, ich will kein Wort mehr hören.« Mariella schlug sich die Hände vors Gesicht und stöhnte. Eine französische Meerjungfrau, die ihre kleine Gruppe verfolgte und den Mut aufbrachte, sich dem Whales' End Inn zu nähern – es war nicht schwer, sich auszumalen, für wen sie ein solches Risiko auf sich nahm.

Ein leises Rascheln von Stoff verriet, dass Courant einen Schritt auf Mariella zugetreten war. Offenbar trocknete die Meerjungfrau an Land ausgesprochen schnell. »Du leidest unter Kummer, nicht wahr?«

»Wie kommst du denn darauf?«, murmelte Mariella in ihr Handvisier.

»Was man in sich trägt, erkennt man auch in seinem Gegenüber.«

»Ich muss jetzt wirklich gehen.« Mariella wandte sich abrupt ab.

»Bitte nicht! Du bist doch eine Freundin von Lyon, du musst mir helfen!«

Es lag so viel Verzweiflung in Courants singender Stimme, dass Mariella es nicht über sich brachte, sie stehen zu lassen. Genervt von ihrer eigenen Schwäche zeigte sie mit dem Finger auf die Wasserfrau, deren Perlmuttwangen ihr Schimmern verloren hatten. Vielleicht vor Anspannung, vielleicht aber auch, weil ihr die Entfernung zum Wasser nicht bekam. »Jetzt mal Klartext: Lyon weigert sich zu erzählen, warum er in der Zitadelle gelandet ist. Er wird wissen, warum. Falls es also irgendetwas damit zu tun hat, dass du den Atlantik durchquert hast, dann behalt es gefälligst für dich.«

»Ich will nichts erzählen, ich möchte dich nur bitten, ihm etwas von mir zu geben.«

Mariella verschränkte demonstrativ die Arme. »Wer garantiert mir denn, dass es sich nicht um eine Falle handelt, weil du noch eine Rechnung mit Lyon offen hast? Ich habe ganz bestimmt nicht vor, mich zu deiner Komplizin machen zu lassen.«

Courant lächelte gequält. »Alles, was ich will, ist, Lyon meinen Dank auszurichten für das, was er an der Côte Sauvage für mich und meine Familie getan hat. Dazu habe ich nämlich nach unserer unverhofften Flucht keine Gelegenheit mehr gehabt. Und ich möchte mich im Namen meiner Familie entschuldigen für die Unannehmlichkeiten, die wir ihm trotz seiner uneigennützigen Unterstützung bereitet haben. Würdest du ihm also das hier von mir geben?«

Argwöhnisch betrachtete Mariella die Wasserpfütze in Courants blasser Hand. Die Finger der Wasserfrau waren blauschwarz verfärbt und wirkten nun seltsam unbelebt, aber vielleicht lag es auch nur an der Flüssigkeit. »Ist das schlichtes Meerwasser oder irgendwas Intimes?«

Trotz ihrer sichtlichen Erschöpfung lächelte Courant, ihre Lippen waren farblos und rissig. Während sie zusammenstanden, war ihr Haar getrocknet und hing nun wie ausgedorrte Algenflechten über ihre Schultern. Offensichtlich bekam der Spaziergang an Land ihr nicht. »Es besteht tatsächlich aus Meerwasser, aber es ist versetzt mit der Magie meiner Familie. Einer der Gründe, warum die Tannin uns wie eine Melkherde gehalten haben. Wir nennen es Aer.«

Das Aer interessierte Mariella nicht halb so sehr wie die Behauptung der Verwandelten, von Tannin ausgebeutet worden zu sein. »Niemand tut euch etwas an, solange ihr eure Reservate nicht verlasst und nach den Regeln spielt.«

»Ist das so?« Courants Miene war ausdruckslos. »Vielleicht solltest du Lyon fragen, was genau er mit seiner Einheit an der Côte Sauvage zu suchen hatte. Die Sommerfrische ganz bestimmt nicht.«

In Mariellas Kehle bildete sich ein Kloß. Als sie nur schweigend dastand, atmete Courant merklich erleichtert aus, offenbar froh, das Thema nicht weiterverfolgen zu müssen.

»Wenn Lyon das Aer in den Mund nimmt und den Kopf unter Wasser taucht, dann kann er meine Stimme hören«, erklärte die Verwandelte. »Bitte, es ist sehr wichtig, für Lyon – aber auch für mich. Solange ich ihm nicht meine Entschuldigung ausrichten konnte, werde ich nicht zu meiner Familie zurückkehren.«

»Dann schwimmst du wohl schon länger vor Stoneheavens Küste herum, vermutlich seit Lyon hierhergebracht wurde.« Nun war klar, warum Courant Mariellas Verzweiflung und Einsamkeit sofort erkannt hatte: Ein monatelanges Ausharren allein in einer Gegend, die fremd und voller Gefahren war … Mariella konnte nicht anders, als Mitgefühl zu empfinden. Zögerlich streckte sie die Hand aus, und Courant ließ das Aer in ihre Handmulde gleiten. Es fühlte sich warm und zugleich federleicht an.

»Bitte sag Lyon auch, dass er Geduld mit meinem Lied haben und es sich ganz anhören soll. Denn wenn es erst einmal erklungen ist, erlischt es für immer.«

»Aber was ist, wenn Lyon zum Luftschnappen auftauchen muss? Vielleicht hast du es vergessen, aber wir Tannin haben ein paar Probleme damit, unter Wasser zu atmen.«

Die Verwandelte schüttelte den Kopf, wobei sich ein paar grüne Strähnen lösten und vom Nachtwind wie Staub verweht wurden. Ihre eben noch schimmernde Haut begann spröde zu werden, als lege sich eine Kruste aus Sand darüber. »Das Aer lässt Lyon unter Wasser atmen, das ist seine eigentliche Aufgabe, das macht es so wertvoll für euch Tannin. Aber auch so kennt Lyon sich damit aus, wir haben es für unsere geheimen Treffen benutzt.«

Unschlüssig stand Mariella da.

»Bitte, hilf mir. Das ist meine einzige Chance, mit Lyon ins Reine zu kommen. Ich bin schon viel zu lange vom Meer getrennt, vielleicht werde ich es nie mehr verlassen können, wenn ich es nach diesem Landgang überhaupt noch erreichen sollte.« Während Courant sprach, floss die blaue Farbe aus ihren Augen wie Tränen und ließ nichts als Weiß zurück.

Hinter Mariellas Stirn breitete sich ein Bild von einer nächtlichen Küstenlandschaft aus, die Côte Sauvage, die sie nur von Bildern kannte: zerklüftetes Gestein, an das sich ein feiner Sandstrand schmiegte, das Wasser im Mondlicht glasblau, wo die Wellen sich auftürmten. Noch warm vom Tag schwappte es über die nackten Füße, eine Einladung, näher zu kommen, einzutauchen, sich treiben zu lassen. Und dann schließen sich auch schon die Wellen über einem, die Strömung zerrt, der Halt unter den Füßen geht verloren, Dunkelheit breitet sich aus, allerdings von der samtigen Art. Denn dort wartet jemand, umarmt einen mit weißen schlanken Armen und vertreibt die

Kälte der tieferen Wasserschichten. Ein schwereloser Tanz im Meer. Eine Erfahrung, die alles veränderte und den Wunsch hervorrief, zu retten, zu helfen – um welchen Preis auch immer.

Lyon hatte für die Familie der Wasserfrau etwas für einen Tannin Ungehöriges getan, so viel war klar. Und auch, dass er die Rechnung dafür in Stoneheaven beglich. Ein Dankeschön von Courant würde ihm sein Leben vielleicht leichter machen, dachte Mariella, als sie mit dem Aer in der Hand den Rückweg in den Pub antrat, während die Meerjungfrau wie ein Schatten zur Steilklippe hinüberglitt, um kurz darauf über ihren Rand zu treten. Mariella glaubte, ein leises Platschen zu hören, aber vermutlich hoffte sie vor allem darauf.

39

Seit der Wanderung an der Steilklippe waren bereits drei Tage vergangen. Drei lange Tage, an denen Mariella unentwegt ihre Fühler ausgestreckt hatte, um einen günstigen Moment für ein Gespräch mit Lyon unter vier Augen abzupassen. Bislang hatte eine Enttäuschung die nächste gejagt, denn im Gemeinschaftsraum ihres Quartiers herrschte ständiger Trubel. Sicherheitsleute gaben sich die Klinke in die Hand, entweder, um Messungen in Usakos Zimmer durchzuführen, oder unter fadenscheinigen Ausreden, die den Eindruck verstärkten, unter strengster Überwachung zu leben. Selbst im Baderaum hatte sich keine Gelegenheit ergeben, da Xiu wegen der Wachleute nervös war und kaum noch von Mariellas Seite wich. Was ein Gespräch mit Skye anbelangte, die am Vortag von der Quarantänestation entlassen worden war, sah es noch schlechter aus. Tessa hatte nämlich den Auftrag bekommen, ein Auge auf die mitgenommene Amur zu haben. Leider versetzte Tessa die in Aussicht gestellte halbe Marke fürs Gesellschafterin-Spielen keineswegs in gute Stimmung, sodass Skye entgegen ihrer sonstigen Art ständig im Gemeinschaftsraum abhing, um mit ihrer Aufpasserin nicht allzu viel traute Zweisamkeit verbringen zu müssen.

Mit Skyes Rückkehr verstärkte sich der Druck auf Mariella, schließlich hatte sie jetzt nicht nur Lyon gegenüber einen Job zu erledigen, sondern musste der Amur verraten, wo sie ihr Sesamum versteckt hatte. Die Zeit drängte ohnehin, bestimmt würde Usakos Zimmer bald wieder vergeben werden, und dann würde man vielleicht nicht mehr so leicht unbemerkt in die Grotte gelangen können. Aus lauter Verzweiflung entschloss Mariella sich deshalb zu einem weiteren nächtlichen Ausflug. Zuerst sollte es in Lyons Schlafzimmer gehen, denn sie setzte darauf, dass Aidan die Nacht wie sonst auch in der Grotte verbringen würde. Und wenn nicht … Allein die Vorstellung verursachte ihr Schnappatmung. Aber falls Aidan da war, konnte er ja das Sesamum holen gehen, dann hätte sie zwei Fliegen mit einer Klappe geschlagen. Zumindest redete sie sich das ein. Als Mariella nun, drei lange zermürbende Tage später, mitten in der Nacht vor Lyons Zimmer stand, war von ihrer Entschlossenheit allerdings nicht mehr viel übrig. Während sie das Ohr gegen die Tür presste, fragte sie sich, ob es nicht klüger gewesen wäre, einen Abstecher in Usakos Zimmer zu unternehmen, nur um kurz zu checken, ob Aidan tatsächlich dort war. Aber … wenn er dort war und sie plötzlich wieder voreinander standen, ganz allein, was sollte sie dann sagen?

Getrieben von einem Adrenalinstoß öffnete Mariella die Tür zum Schlafzimmer – und wusste sofort, dass sie einen Fehler begangen hatte.

Durch den Spalt drang Licht.

Doch es war zu spät, um umzudrehen, Aidan hatte sie bereits bemerkt.

Er saß auf seiner Pritsche und las in einem zerfledderten Buch, dank Xius Taschenlampe, die sie ihm bei ihrem letzten Treffen überlassen hatte. Im Zwielicht schimmerte sein Haar dunkel wie angelaufenes Messing. Falls es ihn überraschte, sie mitten in der Nacht zu sehen, ließ er es sich nicht anmerken. »Du willst bestimmt Lyon sprechen«, sagte er ohne jede Färbung in der Stimme.

Ein Blick auf Lyon zeigte, dass er sich gerade im absoluten

Tiefschlaf befand. Ansonsten hätte er wohl kaum halb aus dem Bett gehangen und trotz der unbequemen Lage gleichmäßig geatmet. Dabei hätte er als der Soldat, zu dem er erzogen worden war, beim leisesten Geräusch aufspringen und Haltung annehmen müssen.

Mariella wog ihre Möglichkeiten ab. Natürlich war das der perfekte Moment, um zu nicken und dann, wenn Aidan sich in Usakos Zimmer oder sonst wohin verzogen hatte, Lyon von ihrem unvermuteten Zusammentreffen mit der Meerjungfrau zu erzählen. Deshalb war sie schließlich hier. Außerdem war Aidan bereits aufgestanden und machte Anstalten, sich an ihr vorbei zur Tür zu schlängeln.

Im Nachhinein redete Mariella sich ein, dass sie zögerte, weil Lyon es nach seinen langen und gnadenlos mit Arbeit vollgepackten Tagen verdiente, nicht aus dem Tiefschlaf gerissen zu werden. Oder dass die Zeit zu knapp war, um ihn so weit wach zu bekommen, dass er Courants Geschichte auch verstand, anstatt Mariella für ein Traumbild zu halten. In Wirklichkeit reagierte Mariella jedoch rein instinktiv, als Aidan eine Handbreit entfernt an ihr vorbeizukommen versuchte. Sie wollte, dass er blieb, wo er gerade war. So nah, dass sie nicht nur die Wirkung seiner Aura zu spüren bekam, sondern auch seine Körperwärme, die in diesem Augenblick noch viel stärker zu strahlen schien. Wenn sie jetzt ihre Hand ausstreckte, würde sie die Hitze aushalten können?

»Geh noch nicht«, sagte sie.

»Dann willst du zu mir?« Aidan deutete tatsächlich mit dem Daumen auf sich. Mehr Unglauben ging nicht.

Mariella bekam kein Wort heraus, sie stand einfach nur da, wie bei ihrem ersten Treffen, als sie wie gebannt gewesen war. Doch jetzt war es nicht *Das Brennen*, das sie überwältigte. Es war Aidan mit seinen in den Schatten liegenden Augen, Aidan, an dem im schwachen Flurlicht alles hart und kantig wirkte, obwohl sie wusste, wie gut es sich unter ihren Händen anfühlte.

»Falls es wegen des Sesamums ist …«, setzte Aidan an. »Ich kann es sofort aus der Grotte holen, falls du es jetzt brauchst.«

»Nein, darum geht es nicht.«

»Okay … Worum dann?«

Darum, dass du einfach stehen bleibst und mich ansiehst, dachte Mariella. Darum, dass ich dich anschauen und spüren kann. Mehr wollte sie nicht, zumindest hoffte sie das. Unwillkürlich ging ihr die Frage durch den Kopf, wie viel Zeit ihr noch in der Zitadelle blieb, bevor die Marschallin sie endgültig vor die Tür setzte. Wie viele Gelegenheiten würde es bis dahin noch geben, Aidans Herzschlag zu hören und den Geruch seiner Haut einzuatmen? Nicht mehr lange bis zu dem Cut, der ihr Leben in die Zeit mit Aidan und die Zeit ohne Aidan zerschneiden würde. So wie in Courants Geschichte, irgendwann gab es nur noch das Danach und keinen Weg zurück, selbst wenn man den halben Ozean durchschwamm. Irgendwann war es vorbei, und wenn man Glück hatte, konnte man sich noch Lebewohl sagen. Vielleicht war das jetzt die einzige Chance, die sie mit Aidan bekommen würde.

Entschlossen packte Mariella Aidan vorn am T-Shirt. Seine Augenbrauen rutschten in die Höhe, als er begriff, dass sie ihn zu sich runterzog. Zuerst hielt er dagegen, dann änderte sich etwas in der Art, wie er sie ansah. Sein Blick wurde weicher, obwohl ihm anzumerken war, wie wenig ihm das schmeckte. Er würde ihr folgen, weil er ihr genauso wenig widerstehen konnte wie sie ihm.

»Worüber willst du mit mir reden? Es war doch eigentlich alles gesagt.«

Mariella streckte sich ihm entgegen, und endlich neigte er ihr seinen Kopf zu, damit sie ihm ins Ohr flüstern konnte. »Ich werde Skye das Sesamum nur unter einer Bedingung zurückgeben«, sagte sie leise, wobei seine Haarspitzen ihre Lippen streiften. »Wenn sie die Zitadelle verlässt, muss sie dich mitnehmen.«

Aidan legte den Kopf in den Nacken und musterte sie. Doch

er wich nicht zurück, es wirkte beinahe so, als wäre seinem Körper gleichgültig, dass sein Besitzer auf Distanz gehen wollte. »Sorry, aber das nehme ich dir nicht ab. Das wäre eine ziemlich üble Erpressung, so gar nicht dein Stil.«

»Weil es keine Erpressung wäre, sondern ein fairer Handel«, beharrte Mariella. »Schließlich wäre Skye ohne meine Hilfe niemals mit dem Sesamum aus der Quarantänestation rausgekommen. Sie hätte es zurücklassen müssen oder wäre dort mit ihm verschimmelt.«

Ein weicher Glanz spiegelte sich in Aidans Augen, nur um sofort zu gefrieren. »In dem Fall werde ich das Teil holen und Skye geben, womit das Thema vom Tisch wäre.«

»So einfach kannst du dich nicht aus der Affäre ziehen. Und weißt du, warum? Skye mag dich, sie wird meinem Plan auch ohne Druckmittel zustimmen und dich mitnehmen. Du musst nur mitgehen.«

Nun war es raus. Trotz aller Wut, der bösen Worte und ihrer stillen Verzweiflung hatte sie die Hoffnung nicht aufgegeben, doch nicht mit einem gebrochenen Herzen aus der Geschichte herauszugehen. Auch wenn die Chancen schlecht standen, würde sich die Zitadelle demnächst ein zweites Mal für Aidan öffnen. Die größte Herausforderung bestand darin, ihn dazu zu bewegen, den Ausgang auch zu nehmen. Möglicherweise hatte sie dazu bereits eine Idee, wenn auch eine, die ihm nicht gefallen würde.

Mariella zählte innerlich bis fünf, mehr schaffte sie nicht, dann ließ sie sein T-Shirt los. Zu ihrer Erleichterung wich Aidan nicht sofort zurück, deshalb legte sie vorsichtig ihre Hand auf seine Brust. Da war er, sein Herzschlag, vertraut und überwältigend zugleich. Und er ließ es zu. »Du wirst die Zitadelle verlassen, bevor sie dich zerbricht.«

»Tut mir leid, dich enttäuschen zu müssen, aber an meinem Entschluss, nicht zu fliehen, hat sich nichts geändert.«

»Das habe ich mir schon gedacht«, hauchte Mariella und

stemmte sich auf die Zehenspitzen, um den Höhenunterschied zwischen ihnen endgültig auszugleichen. Das träume ich doch, wisperte eine Stimme, die schwer nach dem Mädchen klang, das am Strand auf seinen ersten Kuss wartete. Ein Teil von ihr würde wohl für immer dort zurückbleiben. »Als ausgebildete Amur kennt Skye bestimmt einen Trick, um dich trotzdem zum Mitgehen zu bewegen. Hypnose etwa oder irgendwelche Drogen, die dich gefügig machen. Die Amur brauchen so etwas nämlich, wenn ein Auftrag nach Selbstmord aussehen soll, obwohl bekannt ist, dass das Opfer niemals ein nächtliches Bad im See genommen hätte.«

»Du willst dich also über meine Entscheidung, meine Strafe in der Zitadelle abzusitzen, hinwegsetzen?« Obwohl Aidans Stimme an Schärfe gewann, legten sich seine Hände sanft auf ihre Hüften, fast, als würden sie tanzen und nicht miteinander ringen.

»Es ist keine echte Entscheidung, weil es keine Strafe ist, die irgendwann einmal enden wird – das hast du mir selbst erklärt. Du denkst, du musst dich opfern.«

»Ich denke es nicht – ich weiß, dass es nicht anders geht. Und wenn dir irgendwas an mir liegt, Mariella …« Behutsam suchte seine Hand einen Weg zu seiner Brust, wo er ihre Hand fand und sie von seinem Herzen zog. »… dann akzeptierst du das.«

»Das kann ich aber nicht, es ist falsch.«

»Nur weil du nicht weißt, warum ich mich so verhalte.« Trotz seiner harten Worte leuchteten Aidans Augen sanft. Ihr Versuch, ihn umzustimmen, versetzte ihn nicht in Wut. Ganz im Gegenteil. Wie konnte er ihr nur so zugewandt sein und trotzdem alles daransetzen, dass sie getrennt wurden?

»Es ist trotzdem falsch«, beharrte Mariella.

»Geht es dir ums Rechthaben? Gut, dann bin ich eben ein Idiot. Zufrieden?«

»Nein, das bin ich erst, wenn du Stoneheaven hinter dir gelassen hast«, sagte Mariella. Dann küsste sie ihn.

Solange er ihre Liebkosung nicht erwiderte, glaubte sie zu fallen, voll des Wissens, dass sie den Aufschlag kaum überstehen würde. Er atmete ein, sie konnte es spüren. Was auch immer er dabei wahrnahm, es ließ seine Lippen weicher, einladender werden, während er still dastand, eine Statue, die sie ins Leben zu küssen versuchte. Es war ein vorsichtiges Spiel, fast wie bei ihrem ersten Kuss – und doch vollkommen anders. Die Spannung, die sich zwischen ihnen ausbreitete, besaß die Kraft, Mariella zu zerreißen. Aidan besaß diese Macht, er konnte ihr mehr wehtun als irgendein anderer Mensch zuvor. Was sich am Strand ereignet hatte, war nur eine Kostprobe gewesen, ein ernst zu nehmender Warnschuss. Wenn sie sich jetzt noch einmal auf ihn einließ, würde der nächste Schuss sie treffen. Anfangs mochte ihre Beziehung noch als Flirt durchgegangen sein, hochgepeitscht von dem Glücksrausch, der Zitadelle lebend entkommen zu sein. Aber jetzt? Jetzt war sie dabei, sich zu einem Jungen zu bekennen, der Wichtigeres im Kopf hatte als sie. Seine Familienehre, seinen Stolz oder was auch immer ihn so verdammt stur sein ließ.

Während diese düsteren Gedanken durch Mariellas Kopf spukten, löste Aidan seine Lippen einen Hauch von ihren. »Du weißt, dass du mir sehr wichtig bist, nicht wahr? Unter anderen Umständen wärst du alles, was für mich zählt. Du brauchst dir also nichts zu beweisen.«

»Darüber bin ich längst hinaus«, wisperte Mariella. »Ich leiste gerade einen Offenbarungseid, das Eingeständnis, dass ich keinen Funken Stolz in meinem Leib habe. Ich bin einfach nicht Rosalike genug, um dich mit der Verachtung zu strafen, die du verdient hast, du Mistkerl.«

Aidans Mundwinkel zuckten. »Wie schmeichelhaft.«

»Mehr als diese Liebeserklärung bekommst du nicht, egal, wie sehr du bettelst.« Mariella versuchte streng dreinzuschauen, doch es misslang ihr, solange seine Wärme sie umhüllte und alles in ihr zum Fließen brachte.

»Da habe ich ja noch mal Glück gehabt«, sagte Aidan. »Im Betteln bin ich nämlich richtig schlecht.«

Mariella verdrehte die Augen.

Dann küsste sie ihn erneut, nun jedoch ohne vorsichtige Annäherung, denn sein Mund kam ihr bereits ungeduldig entgegen. Sämtliche Ängste und Skrupel waren weggewischt, sie waren jetzt hier, das war alles, was zählte. Suchende Lippen, tastende Hände, zwei Körper, die sich aneinanderschmiegten, erfüllt von dem Wunsch, sämtliche Grenzen, die sie trennten, aufzuheben. Alles geschah von allein, kein vorsichtiges Herantasten, Zurückhaltung und Vorsicht waren außer Kraft gesetzt. Jede Berührung, jeder Kuss stand unter dem Banner, dass es die letzte Liebkosung sein konnte. Was sie einander jetzt nicht gaben, würden sie sich vielleicht niemals geben. Der Raum um sie herum löste sich auf, genau wie der Keil, den Aidans Entscheidungen zwischen sie getrieben hatte. Mariella dachte nicht länger, sondern spürte nur noch – wodurch sie ihre Empfindungen in einer fast schmerzhaften Klarheit wahrnahm. Es war so richtig, Aidan zu küssen, ihn zu wollen, egal, wie ihrer beider Leben aussahen. Sie würde an ihm festhalten, selbst wenn er fiel. Und so, wie er ihre stürmische Hingabe erwiderte, erging es ihm nicht anders.

Gerade als Aidan seinen Arm um ihre Taille gleiten ließ, um sie noch enger an sich zu ziehen, erstarrte er mitten in der Bewegung. Dann hörte auch Mariella, was ihn ablenkte: das Quietschen von Bettfedern.

Bittebittebitte lass Lyon sich bloß im Schlaf umdrehen!, dachte sie.

Ihre Hoffnung zerschlug sich eine Sekunde später.

»Scheiße, was zur Hölle macht ihr beiden Irren da?«, grollte Lyon schlaftrunken.

40

Mit hochgezogenen Schultern drehte Mariella sich um.

Allem Anschein nach beherrschte Lyon die soldatenmäßige Kunst, innerhalb eines Sekundenbruchteils knallwach zu werden. Zumindest war er bereits auf den Beinen, während sie und Aidan noch ihre Hände sortierten. Lyons Locken standen wirr zu Berge, und er hielt sich den rechten Oberarm, dort, wo Mariella im Baderaum ein schwarzes kreisförmiges Tattoo bemerkt hatte. Nun erkannte sie, dass es ein Implantat war, das einen Schmerzimpuls ausgelöst haben musste.

Auf Lyons Stirn zeichnete sich eine Zornesfalte ab. »Los, raus mit der Sprache: Was soll das mit euch werden?«

»Wonach sieht es denn aus?«, sagte Aidan.

»Ganz ehrlich? Nach einem Unglücksjunkie auf der Suche nach dem nächsten Kick und einer Prinzessin, die offenbar noch mal was Wildes erleben will, bevor es ab nach Hause geht.«

Mariella schnappte getroffen nach Luft. »Noch mehr danebenliegen könntest du gar nicht!«

»Irgendwie gar nicht so verkehrt, die Analyse«, erwiderte Aidan. Nur seine feucht glänzenden Lippen verrieten noch, dass er gerade mit Leib und Seele in einem Kuss versunken gewesen war.

»Das ist doch wohl ein Witz, das kannst du unmöglich ernst meinen.« Doch Aidan erwiderte Mariellas aufgebrachten Blick gelassen. »Ich warne dich, Aidan. Für solche Spielchen habe ich jetzt echt keine Nerven.«

»Aber mitten in der Nacht im verkehrten Schlafzimmer rumstehen, dafür reicht's noch, was?«, knurrte Lyon. »Ihr habt den verfickten Alarm ausgelöst, das Teil grillt mir noch den Bizeps.«

Lyons Einwurf prallte an Mariella ab, sie war viel zu sehr damit beschäftigt, in Aidans Gesicht zu lesen – was ihr nicht gelang. Niemand konnte so dicht machen wie Aidan. Nur? Warum machte er das?

»Hallo?« Lyon wedelte mit der Hand zwischen ihnen herum. »Ich rede mit euch. Wäre schön, wenn ihr mich mal beachten würdet.«

»Stell den Alarm halt ab, wenn er dich nervt«, schlug Mariella vor, allerdings ohne ihm die gewünschte Aufmerksamkeit zu schenken. Sie war zu sehr in ihren stummen Machtkampf mit Aidan verstrickt.

»Das habe ich bereits, du Genie. Das Implantat sendet Stromstöße aus, weil ich umgehend Report erstatten soll. Aber ich bin mir unsicher, wie ich dem Wachpersonal erklären soll, dass Eure Hoheit sich in unserem Schlafzimmer rumtreibt. Irgendwelche Vorschläge außer eurem spontanen Bedürfnis nach einem Austausch von Körperflüssigkeiten?«

Mariella lag bereits ein Spruch auf der Zunge, was sie von dieser Umschreibung ihrer Zärtlichkeiten mit Aidan hielt. Als Lyon sich erneut mit schmerzverzerrtem Gesicht an den Arm fasste, wo das Implantat inzwischen rot aufblitzte, entschied sie sich jedoch anders. Sie hatten Lyon wirklich in eine heikle Situation gebracht. »Sag ihnen, dass ich wegen der Gefängnisrevolte einen schlimmen Albtraum hatte und mich bei dir als meinem Gruppenleiter ausgeheult habe.«

Lyon nickte. »Das wird gehen, du stehst schließlich offiziell unter Eleonores Schutz. Aber ich lüge nur unter der Bedingung, dass ihr mir im Anschluss erklärt, was wirklich los ist.«

»Sicher machen wir das«, sagte Aidan. »Damit du direkt zur

Marschallin rennst, sobald du alle Informationen sauber geordnet beisammenhast.«

»Wenn du mich so einschätzt, dann kann ich der Wache auch erklären, was sich in Wirklichkeit abgespielt hat.«

Aidan zuckte mit den Schultern. »Nichts anderes erwarte ich von dir.«

»Bei der Sache habe ich auch ein Wörtchen mitzureden.« Mariella drängte sich vor Aidan, dessen schiere Anwesenheit Lyon alle guten Vorsätze vergessen lassen konnte. »Und ich vertraue dir, Lyon. Du wirst uns zuhören und dann fair entscheiden, wie es weitergehen soll.«

»Das weiß ich zu schätzen, Mariella. Aber dein Spielkamerad muss mitziehen, sonst klappt das nicht.« Lyon presste seine Hand auf seinen Arm, doch das rote Leuchten strahlte inzwischen so stark, dass es durch die Spalten zwischen seinen Fingern drang.

Mariella wendete sich Aidan zu, der jene Entschlossenheit ausstrahlte, mit der sie bereits bestens vertraut war. Freiwillig würde er keinen Zentimeter nachgeben, so viel stand fest. Also nahm sie seine Hand und sagte: »Wenn du dich schon nicht auf Lyon verlassen willst, dann vertrau doch bitte mir.«

»Das tue ich«, sagte Aidan, ohne zu zögern. »Aber überleg mal. Lyon mag dein Freund sein, aber er wird nicht zögern, seine Freundschaft zu opfern, wenn sie seinem Pflichtgefühl widerspricht. So war es bei Samira – und in die war er Hals über Kopf verliebt.«

»Ich weiß, trotzdem wird es dieses Mal anders sein.«

Aidan presste seine Kiefer so fest aufeinander, dass sich Schatten abzeichneten, aber letztendlich nickte er zustimmend.

Seine Entscheidung fiel keine Sekunde zu früh. Mit gepresster Stimme begann Lyon seinen Rapport mit der Zusicherung, dass es nicht nötig wäre, die Wachen das Quartier stürmen zu lassen, er habe nur einen Moment gebraucht, um zu antworten. Während Lyon sich in eine Ecke des Zimmers zurückzog, breitete sich zwischen Mariella und Aidan eine merkwürdige Energie aus. Das Bedürfnis, die Hand nach dem anderen auszustrecken, war fast übermächtig. Nicht jetzt, ermahnte sie sich. Nicht solange Lyon damit beschäftigt ist, alles geradezubiegen.

»Was sollen wir deinem Busenfreund sagen?«, sprach Aidan ihre Gedanken laut aus.

»Die Wahrheit natürlich.«

»Und wie sieht die noch mal aus? Er kennt die wahre Geschichte über unseren Gefängnisaufenthalt nicht. Auch wenn du ihm vertraust, wäre es ein unnötiges Risiko, ihm davon zu erzählen, falls er anschließend doch petzen sollte. Dass du deine Erlebnisse in Stoneheaven für dich behältst, ist doch bestimmt Teil deines Deals mit der Marschallin.«

Mariella machte extragroße Augen. »Welcher Deal?«

»Verkauf mich nicht für dumm, ich bin durchaus in der Lage, eins und eins zusammenzuzählen. Dass wir beide aufs Quartier zurückgekehrt sind, war nach allem, was auf der Gefängnisebene passiert ist, ja wohl kaum in Eleonores Interesse. Eigentlich sollte ich jetzt in Isolationshaft sitzen und du in einem Flieger nach Barcelona.«

»Also gut, Eleonore hat ihr Entgegenkommen davon abhängig gemacht, dass ich den Mund halte – nicht nur unserer Einheit gegenüber. Auch meiner Familie soll ich verschweigen, was in Stoneheaven so abgeht.« Dass sie mit ihrem Schweigen vor allem Aidans Rückkehr in die Einheit erkauft hatte, wollte sie ihm lieber nicht auf die Nase binden. »Wenn die Wahrheit wegfällt, was sagen wir dann?«

»Bleiben wir bei Lyons Analyse«, schlug Aidan vor. »An der ist schließlich was Wahres dran.«

»Bullshit, das war der pure Nonsens! Laut Lyon wollte ich bloß ein Abenteuer erleben, während du nicht anders kannst, als dich von einer Katastrophe in die nächste zu stürzen.«

»Sag ich doch: Es ist was Wahres dran. Ich bin ein Meister darin, nicht nur mich selbst, sondern auch alles um mich herum zu verbrennen. Und dass ich mich bei dir nicht zurückhalten kann, ist eindeutig der Höhepunkt in der Reihe von hausgemachten Katastrophen.« In Aidans Stimme lag jener schwarze Humor, der einen in aussichtslosen Situationen überkam. Fast hatte Mariella den Eindruck, als warte er nur darauf, dass das Schicksal ihn endlich zermalmte. Eine eisige Wut stieg in ihr auf, und erst als er abwehrend die Hände hob, wurde ihr bewusst, dass sie Angriffshaltung eingenommen hatte.

»Setzt du deine Gefühle für mich mit einer Katastrophe gleich?«, fragte Mariella gefährlich leise. »Wenn ja, solltest du dir schleunigst ein Loch suchen, hineinkriechen und nie wieder rauskommen.«

»Wäre vielleicht wirklich das Beste für uns alle.«

Dass Aidan an seiner verqueren Sichtweise festhielt, anstatt endlich eine Kehrtwende einzuleiten, ließ Mariella ein Grollen ausstoßen. Ein Geräusch, von dem sie niemals auch nur vermutet hätte, dass sie dazu in der Lage war. Andererseits war sie bislang auch nie so aufgebracht gewesen. Offenbar gebührte Aidan Beringer nicht nur die Ehre, ihr das Herz zu stehlen, sondern sie auch dazu zu bringen, sich wie eine Tobsüchtige aufzuführen. Eine Erkenntnis, die bei Mariella nicht gerade für Entspannung sorgte. Ganz im Gegenteil. Bevor sie Aidan jedoch den Kopf zurechtrücken konnte, kehrte Lyon zurück.

»Ich habe einen Aufschub erwirken können, um den von Albträumen heimgesuchten Ehrengast dieser Einheit zu beruhigen. Wir haben also ausreichend Zeit, um die Sache zu klären. Um das vorweg klarzustellen: Wenn ich eine Knutscherei verschweige, ist das eine Sache. Aber eine Prügelei muss ich auf jeden Fall melden.« Lyon lehnte sich merklich mitgenommen gegen die Zimmerwand, obwohl das Implantat an seinem Oberarm wieder seine schwarze Farbe angenommen hatte. »Also raus mit der Sprache: Was ist das jetzt Schräges mit euch beiden?«

Sofort setzte Aidan sein Pokerface auf. »Reines Spiel und Spaß mit Anfassen. Was soll man hier sonst auch machen? Seit die Playstation hin ist, ziehen sich die Abende auf dem Quartier wie Kaugummi.«

»Ist das so?« Lyon sah Mariella scharf an.

»Sie könnten uns wenigstens einen Fernseher geben«, sagte sie. »Gelangweilte Teenager sind der Anfang allen Übels.«

»Du weichst mir aus, und zwar ziemlich offensichtlich.«

Mariella senkte den Kopf, aus irgendeinem Grund musste sich ihre innere Lügenkönigin ausgerechnet jetzt verabschieden.

»Okay«, sagte Lyon. »Bitte korrigier mich, wenn ich falschliege. Aber bei euch läuft eindeutig mehr als nur Rummachen gegen die Langeweile. So heftig, wie du Aidan eben angeschnauzt hast, reagiert man nicht auf jemanden, der eigentlich nur ein Zeitvertreib ist.«

Aidan schnaufte. »Sind wir jetzt auf dem Kummerkastentanten-Niveau unterwegs?«

»Dann lieg ich wohl richtig.« Lyon wirkte nicht, als ob er viel Freude an seinem Treffer hatte. »Bloß so nebenbei: Den Verdacht, dass es zwischen euch gefunkt hat, hatte ich schon länger. Ich dachte allerdings, ihr seid schlau genug, es sein zu lassen.«

»Du meinst, weil Aidan laut deiner Analyse eh immer alles falsch macht, während du mir höchstens einen laschen Flirt zutraust?« Mariella konnte nicht verhindern, dass man ihr anhörte, wie sehr diese Zuschreibung sie verletzte. Beim Betreten von Stoneheaven hätte sie in so einem Fall gleichgültig mit den Schultern gezuckt, doch inzwischen ging es ihr gegen den Strich, von den Mitgliedern ihrer Einheit als flatterhafter Schmetterling angesehen zu werden – besonders, wenn es um ihre Gefühle für Aidan ging. »Für dich sind wir zwei wohl von vorn bis hinten ein einziger Fehler.«

»Überrascht dich das?«, sagte Lyon. »Ich kann mir echt keine üblere Kombination von Verliebten vorstellen, selbst wenn ihr nur irgendeine Rosalike und ein No-Name Beringer wärt. Außerdem haben wir darüber hinaus ein ganz grundsätzliches Problem.«

»Und das wäre?«

»Keine Beziehungen innerhalb der Einheit«, sagte Aidan. »Als Gruppenleiter muss Lyon uns melden.«

Etwas in Aidans Blick ließ Mariella aufschrecken. Bislang hatte er in Lyon bloß jemanden gesehen, dessen Loyalität nicht seiner Einheit, sondern in erster Linie der Marschallin galt. Jetzt hatte sich etwas Neues eingeschlichen, das über seine typische Verachtung hinausging. So sah Aidan auf seine Feinde – und Mariella hatte während der Revolte auf der Gefängnisebene erlebt, wie er mit seinen Feinden umging.

Instinktiv streckte Mariella die Hand nach Lyon aus, als würde sie ihren letzten Trumpf ausspielen. »Du machst keine Meldung, nicht wahr, Lyon? Wir sind schließlich Freunde.«

»Ja, das sind wir.«

»Aber in erster Linie ist er Eleonores höriger Lakai«, hielt Aidan dagegen.

»Ich schulde meiner Tante Respekt, aber den schulde ich auch Mariella, weil ich – wie gesagt – ihr Freund bin.«

»Das Problem ist nur«, sagte Aidan, »dass du Gehorsam über Loyalität stellst – und Gehorsam macht einen blind. Das hast du ja schon ausgiebig unter Beweis gestellt.«

In Lyons Gesicht zeichnete sich der Kampf ab, der in seinem Inneren stattfand. Aidan hatte offenbar einen wunden Punkt erwischt. »Du hast recht, ich halte Gehorsam für sehr wichtig, aber es gibt auch Situationen, in denen es Wichtigeres gibt. So wie jetzt.«

Mit einer solchen Ansage hatte Aidan offensichtlich nicht gerechnet, denn die starre Maske, hinter der er sich verschanzt hatte, bekam Risse, während er in Höchstgeschwindigkeit abcheckte, ob er Lyon glauben konnte. Letztendlich war es ein fragender Blick zu Mariella, der ihn eine Entscheidung fällen ließ. »Ich folge dir«, hatte er gesagt – und genau das tat er, als sie ihm aufmunternd zunickte.

»Okay, du bekommst einen Vertrauensvorschuss, Lyon, aber

bloß einen winzigen. Falls ich merke, dass du mit Mariella was Krummes abziehst, um dich bei der Marschallin Liebkind zu machen, wird nicht viel von dir übrig bleiben, das die Wächter bei deiner Tante abliefern können.«

»Nur fair«, sagte Lyon, ehe er sich Mariella zuwandte. »Ich werde dir jetzt schonungslos die Wahrheit sagen, auch wenn sie dir nicht gefallen wird: Egal, was dich zu Aidan hinzieht und wie stark deine Gefühle sind, es ist ein Fehler, sich auf ihn einzulassen.«

Mit einer solchen Aussage hatte Mariella schon fast gerechnet. »Wegen dem, was er seiner Familie angetan hat?«

»Nein, wegen dem, was er *dir* antun wird. Das zwischen euch kann nicht funktionieren.«

Mariella schlang die Arme um ihren Oberkörper. »Das weiß ich nur allzu gut. Trotzdem kann ich nicht auf ihn verzichten, es geht einfach nicht. Ich habe es versucht, und wie es ausgegangen ist, siehst du ja. Ich stehe mitten in der Nacht in einem Zimmer, in dem ich nicht sein dürfte, und verhandle mit dir um dein Stillschweigen. Es ist stärker als ich.«

»Das sehe ich, deshalb werde ich dir helfen, von Aidan abzulassen. Damit du die Mariella bleiben kannst, die ich in den letzten Wochen kennengelernt habe: ein charmantes, eigensinniges, unbekümmertes und trotzdem couragiertes Mädchen. Ich werde nicht zulassen, dass du in deinem Innersten verletzt wirst. Denn genau darauf wird es hinauslaufen, wenn du dich auf Aidan einlässt. Im Gegensatz zu dir wird er die Zitadelle nämlich so bald nicht verlassen. Wenn überhaupt jemals.«

»Ich bin im Bilde. Aidan hat sich nämlich geweigert, aus Stoneheaven zu fliehen, als er bei dem Gefängnisaufstand die Chance dazu hatte.«

»Das ist nicht wahr!«, keuchte Lyon.

Mariella kümmerte sich nicht weiter um seine Bestürzung, sie musste ihm verständlich machen, dass sie über den Frischverliebtes-Mädchen-Status weit hinaus war. »Aidan hat vor, seine Strafe abzusitzen, komme da, was wolle. Er übernimmt die volle Verantwortung für die Versiegelung der Quelle. Ich kann das zwar nicht wirklich akzeptieren, weil mir nicht in den Kopf will, warum ein Mensch wie er so etwas Schreckliches getan haben sollte, aber ich muss mit seiner Entscheidung klarkommen.«

Lyon presste seine Hände zu Fäusten, nur leider war kein Sandsack in der Nähe, an dem er sich hätte austoben können. »Das macht es alles nur noch schwieriger, Mariella.«

»Warum?«

»Weil du nicht lockerlassen wirst«, antwortete Aidan an Lyons Stelle. »Du hast dich wegen der Kantine für mich eingesetzt, und vermutlich bin ich nach der Gefängnissache nur deshalb zurück aufs Quartier gekommen, weil du die Marschallin davon überzeugt hast, mich nicht in Einzelhaft abzuschieben. Spätestens, als du sie darum gebeten hast, dürfte Eleonore begriffen haben, dass uns mehr als nur Kameradschaft verbindet.«

»Hast du denn von deiner Mutter rein gar nichts über strategisches Denken gelernt?«, fragte Lyon. »Meine Tante wird zu hundert Prozent Profit aus diesem Wissen schlagen, zumal sie zweifelsohne mit ihrer alten Weggefährtin Mercedes noch eine Rechnung offen hat.«

»Warum denn das?«, fragte Mariella irritiert.

»Das pfeifen doch die Spatzen von den Dächern.« Aidan schmunzelte trotz der Lage, in der sie steckten. »Wenn du nicht immer deine Ohren auf Durchzug geschaltet hättest, sobald es um Tannin-Angelegenheiten ging, dann wüsstest du Bescheid.«

Lyon fand Mariellas Unbedarftheit anscheinend weniger niedlich, er kniff sich nämlich ins Nasenbein. Etwas, das er in ihrer Gegenwart öfter mal tat. »Deine Mutter ist als Mädchen zu meiner Familie, den Provencalen, gegeben worden, damit sie bei uns den letzten Schliff erhielt.«

»Na, das weiß ich selbstverständlich«, beeilte sich Mariella klarzustellen. Ganz so ahnungslos wollte sie nun auch wieder nicht rüberkommen. »Dieser Austausch von Kindern aus den höheren Familien ist eine schöne alte Tradition unter den Tannin, so hat es früher auch der Adel gehalten. Und genauso verstaubt wirkt das auch.«

Ungeduldig winkte Lyon ab. »Jedenfalls hat meine Familie es bei Mercedes mit dem Schliff wohl etwas übertrieben, denn obwohl sie schon damals als harter Brocken und Einzelkämpferin galt, hat sie sich mit einem gleichaltrigen Mädchen zusammengetan: mit Eleonore. Die beiden waren anscheinend ein ziemlich eingeschworenes Duo, selbst nachdem sie die Ausbildungsjahre beendet hatten und wichtige Positionen innerhalb ihrer Familien einnahmen. An diesem Bündnis haben sie während des Großen Kongresses festgehalten, als deine Mutter nach der Macht gegriffen und die Rosaliken allen Widerständen zum Trotz auf den Unsichtbaren Thron im Kreis gehievt hat. Was ihr übrigens nur durch Eleonores Hilfe gelungen ist, ohne ihr Dafürhalten hätten sich die Provencalen niemals auf Mercedes' Seite gestellt. Schließlich ist das Ungleichgewicht unter den Tannin-Familien durch deine Mutter erst richtig zementiert worden.«

»Da wäre ich auch ohne Geschichtsstunde draufgekommen«, sagte Mariella. »Meine Mutter gibt sich nie mit einem Stück vom Kuchen zufrieden, wenn sie sich stattdessen die Bäckerei unter den Nagel reißen kann.«

»Dann kannst du dir vermutlich auch denken, dass deine Mutter ihrer treuen Weggefährtin als Dank für ihre selbstlose Unterstützung den Job in Stoneheaven zugeschanzt hat.« Lyon machte ein Gesicht, als habe er in eine Zitrone gebissen. »Nur dass Mercedes ihr nicht verraten hat, dass Stoneheaven als Abstellgleis für die gute, aber leider unnütz gewordene Eleonore gedacht war. Zumindest lässt der Kreis die Zitadelle seit Jahren ausbluten – und wer die Entscheidungen des Kreises lenkt, wissen wir ja alle.«

Im Gegensatz zu Lyon zeigte Aidan seine Verachtung offen. »Ziemlich skrupellos. An der Spitze der Tannin gab es allem Anschein nach nicht ausreichend Platz für zwei.«

»Klingt tatsächlich ganz nach meiner Mutter«, gab Mariella zu.

»Dann begreifst du jetzt, welche Waffe du Eleonore in die Hand gibst, wenn du an mir festhältst?« Aidan sah aus, als stände er kurz davor, in tausend Stücke zu zerfallen. Offenbar hielt ihn nur sein Wille, Mariella auf den richtigen Weg – was so viel bedeutete, wie weg von ihm – zu bringen, noch zusammen. »Anfangs hat Eleonore dich vermutlich als nutzlos eingestuft, ein verwöhntes Gör, das seiner Mutter nicht im Geringsten das Wasser reichen kann. Nur hast du ihr in den letzten Wochen dann überdeutlich vorgeführt, dass du alles anderes als nutzlos bist. Du gehst die richtigen Bündnisse ein, weißt dich selbst unter schwierigsten Umständen zu behaupten und bietest ihr, der von allen gefürchteten Marschallin, die Stirn. Alles, was du in Stoneheaven getan hast, war für Eleonore der Beweis, dass du Mercedes' Tochter bist. Mit mir bekommt sie dich unter ihren Einfluss, allerdings nur, wenn die Geschichte zwischen uns ernst ist.«

»Das ist sie.« Verzweiflung stieg in Mariella auf.

»Nur wenn wir es zulassen.« Ein Schatten legte sich über Aidans blasses Gesicht, etwas, das Mariellas Atem stocken ließ. Bevor sie jedoch etwas tun konnte, wendete er sich Lyon zu. »Du solltest umgehend über unsere verbotene Beziehung Bericht erstatten, je eher sie mich aus dem Quartier wegholen, desto besser.«

»Tut mir leid, Mariella, aber das wird das Beste sein«, stimmte Lyon zu und griff nach dem Implantat an seinem Arm, um die Wache zu rufen.

Hastig schob Mariella ihre Hand dazwischen. »Warte kurz, bevor du Meldung erstattest. Zuerst möchte ich dir etwas geben, das Courant mir auf unserer Wanderung für dich anvertraut hat. Wenn mich die Wächter jetzt gleich mitnehmen, geht es sonst nicht mehr.«

Wie in Zeitlupe sank Lyons Arm runter. »Du hast Courant getroffen?«

»Ja, vermutlich hat sie darauf gehofft, dich während unserer Wanderung oben auf der Steilklippe abfangen zu können, und musste dann mit mir vorliebnehmen.«

»Courant ist an Land gekommen?«, rief Lyon alarmiert. »Das ist viel zu gefährlich für sie!«

»Ich weiß«, sagte Mariella. »Sie sah auch ganz schön angeschlagen aus, aber dir eine Nachricht zu überbringen, war ihr eben sehr wichtig. Alles, was ich brauche, um ihren Auftrag auszuführen, ist ein Aufschub, bevor du mich und Aidan meldest.«

»Einverstanden«, platzte es aus Lyon heraus.

Mariella blickte zu Aidan. »Und was ist mit dir?«

Obwohl Aidan sichtlich dagegen ankämpfte, lächelte er. »Du weißt schon, dass du mit dem Feuer spielst, oder?«

»So heiß bist du nun auch wieder nicht. Habe ich dein Ja?«

»Was sonst?«, sagte Aidan und schüttelte den Kopf, als könne er es selbst nicht glauben.

41

Das Oberlicht sprang so unvermittelt an wie immer und blendete Mariella, die mit offenen Augen im Bett lag. Seit sie vor drei Tagen Lyon das Aer von Courant überreicht hatte, konnte sie nicht schlafen. Sie konnte auch nicht essen und mittlerweile kaum noch klar denken, was spätestens beschlossene Sache war, seitdem sie letzte Nacht uneingeladen in Lyons Zimmer spaziert war, um ihm aus der Nase zu ziehen, was er nun wegen ihres Regelverstoßes zu tun gedachte. Nur waren weder Lyon noch Aidan da gewesen.

Die waren definitiv in der Grotte!, begriff Mariella, während Xiu sich stöhnend das Kissen über das Gesicht zog und etwas über eine Heidensauerei mit der Weckerei nuschelte, weil er gerade erst eingeschlafen sei. Um das Aer zu benutzen, brauchte Lyon ausreichend Wasser und einen ruhigen Ort … Offenbar vertraute Aidan ihm nach ihrer spontanen Verbrüderung zum Schutz und Wohle Mariellas inzwischen genug, um ihm die Grotte zu zeigen. War das möglich? Hatten diese zwei so grundverschiedenen Jungen, die einander eigentlich komplett ablehnten, endlich eine Gemeinsamkeit gefunden: den Wunsch, Mariella schnellstmöglich aus Stoneheaven rauszubekommen?

Diese Frage beschäftigte Mariella noch immer, als das kollektive Aufkeuchen mehrerer Mädchen sie aufhorchen ließ. Verwirrt blickte sie sich um. In ihrem Zimmer war sie nicht mehr, auch nicht im Quartier … Sie brauchte erstaunlich lange, um zu kapieren, dass sie in ein Handtuch gehüllt in der Umziehkabine saß. Offenbar hatte sie gerade das komplette Muskelaufbauprogramm durchgezogen, ohne es mitzubekommen. Gleiches galt wohl fürs Gemeinschaftsfrühstück, den Politikunterricht und den verhassten Kantinenbesuch.

»Ich bin ein Zombie«, sagte Mariella, nur um sich im nächsten Moment zu fragen, ob sie in der letzten Zeit wohl häufiger Selbstgespräche führte.

Jedenfalls kümmerte ihr Geplapper niemanden. Die anderen Mädchen waren vollauf damit beschäftigt, sich nach dem Duschen Handtücher umzuschlingen oder sonst etwas vor den Körper zu halten, während ein junger Mann in Begleitung zweier Wächter die Ankleide durchquerte. Mariellas übernächtigtes Gehirn lief einige Sekunden lang im Leerlauf, bevor es den passenden Namen der eleganten Erscheinung mit dem streng gescheitelten Haar lieferte: Es war Rishi, der Assistent der Marschallin.

Verwirrt blickte er sie an. »Maria-Aurora Mercedes Auguste Clementine aus dem Familienzweig der Rosaliken?«

»Hallo auch.« Etwas Besseres fiel Mariella nicht ein, solange der junge Mann sie anstarrte, als stimme etwas in ihrem Gesicht nicht – oder mit dem spärlich bedeckten Rest von ihr.

»Du hast dich aber verändert«, platzte es aus Rishi raus, bevor ihm seine anerzogene Höflichkeit den Mund verbieten konnte.

»Ich hab höchstens zehn Zentimeter an Haarlänge verloren, meine Haare locken sich bloß so stark, weil sie nass sind.«

»Nicht nur die Haare, du siehst auch nicht mehr so …« Rishi formte mit den Händen etwas, das als ausladende Blumenvase durchging. »Und deine Aura … sie ist …«

»Nicht mehr ganz so prinzessinnenhaft«, half Mariella aus.

Rishi überlegte einen Augenblick. »Jetzt bist du eine echte Hoheit, stark und ganz in ihrem Element, und nicht nur ein freches Mädchen, das Prinzessin spielt. Es liegen augenscheinlich aufregende Zeiten hinter dir.«

»Okay, für dieses charmante Kompliment vergesse ich die Beschreibung meiner Figur als extrem kurvenreiche Sanduhr. Hat Eleonore dich geschickt, weil sie mich gern auf ein Tässchen Tee treffen möchte?«

»Etwas in der Art.« Rishi setzte ein beruhigendes Lächeln auf, das bei Mariella für Herzrasen sorgte. »Ich bin hier, um eine Einladung auszusprechen.«

»Doch nicht etwa oben in der Ruine, um mir ihre Empfehlungen zu geben und mich dann vor die Tür zu schubsen, bevor ich mich irgendwo festhalten kann? In dem Fall kann Eleonore lange warten, ich sitze meine Strafe nämlich ab.«

»Entschuldige, aber ich verstehe nicht, wovon du redest.« Rishi lächelte immer noch, jetzt allerdings etwas schief. »Ist der Sport vielleicht etwas zu anstrengend für dich gewesen?«

Mit einem Satz war Mariella auf den Beinen und stellte erfreut fest, dass sie Eleonores Handlanger um einen halben Kopf überragte. Was nicht schlecht war angesichts der Tatsache, dass er einen hervorragend sitzenden Anzug trug, während sie bloß in ein Handtuch gewickelt war und tropfte.

»Raus mit der Sprache: Was zur Hölle will Eleonore von mir?«

Schweißperlen bildeten sich auf Rishis Stirn, während er den Wächtern bedeutete, sich zurückzuhalten. »Weißt du denn gar nicht, was heute für ein Tag ist?«

Mariella tappte ungeduldig mit dem nackten Fuß auf den Fliesenboden.

»Heute feiern wir die Mittsommernacht«, beantwortete Rishi seine Frage selbst.

»Oh, jetzt schon? Wie die Zeit vergeht, wenn man Spaß hat.«

Inzwischen gefror Rishis Lächeln zu einer Maske, die verriet, dass er sich ernsthaft um Mariellas geistiges Wohl sorgte. »Es freut mich zu hören, dass du deinen Aufenthalt in der Zitadelle genießt. Die heutigen Feierlichkeiten werden hoffentlich einen Höhepunkt deines Besuchs darstellen. Wenn du mich dann begleiten würdest?«

»Nicht so schnell, ich habe da noch ein paar Fragen. Etwa, wer aus meiner Einheit noch mit von der Partie sein wird. Oder …«

Einer der Wächter, die sich bislang wie zwei Schatten hinter Rishi gehalten hatten, trat nun vor – und Mariella erkannte hinter der Blende des Schutzhelms Offizierin Venestra. »Genug geplappert, Rosalike«, blaffte die Offizierin. »Wir haben noch etwas anderes vor, als uns in der Mädchendusche den Arsch abzuschwitzen. Setz dich gefälligst in Bewegung.«

»Klar, sobald ich mich angezogen habe«, sagte Mariella. »Also dreht euch mal alle schön um – und nicht schummeln.«

Offizierin Venestra machte einen Schritt an dem schwer verunsichert wirkenden Rishi vorbei und packte Mariellas Oberarm im Zangengriff. »Deine alten Fetzen brauchst du nicht, für die Infantin haben wir etwas Besseres vorgesehen.« Dann zerrte sie Mariella hinter sich her.

Der korallenfarbene Stoff bauschte auf, als Mariella ihn mit ausgestrecktem Arm in die Luft hielt. »Ich sollte diesen Fummel aus Protest mit der Schere in tausend Stücke zerschneiden«, erklärte sie Rishi, der gerade mit einem Kaffeeservice in den Händen das Ankleidezimmer betrat.

Der Assistent der Marschallin räusperte sich. »Ich habe einen Café Cortado zubereitet, jedenfalls wenn man dem Internet glauben darf.«

»Gibt es was Süßes dazu?«, fragte Mariella.

»Ich hätte eine Packung Oreos im Angebot, aber nur, wenn du die Schere weglegst.«

Mariella schmiss die Schere auf einen der Samtsessel – sie hatte damit eh nur ihre Haare in Form gebracht. »Das mit dem Zerschneiden war ein Bluff. Bei der Flut an Volants, die den

Saum bedecken, hätte ich vor Schnippelei Blutblasen an den Fingern bekommen.« Dass sie es kaum über sich gebracht hätte, diesen zarten Traum von einem Cocktailkleid zu zerstören, behielt sie lieber für sich. Es war ohnehin peinlich, wie schnell sie sich von einer Nagellackpalette in Blautönen und einem Paar goldfarbener Sandalen einfangen ließ.

Nachdem die halbe Oreo-Packung ein wohlig warmes Gefühl in ihren Bauch gezaubert hatte und der Kaffee, der nicht annähernd wie ein anständiger Cortado schmeckte – aber es war der gute Wille, der zählte! –, getrunken war, fühlte Mariella sich deutlich versöhnlicher. Kauend blickte sie sich in dem Salon um, in den Offizierin Venestra sie unsanft geschubst hatte, bevor sie mit den Worten »Bis später« abgerauscht war. Es hatte wie eine Drohung geklungen, weshalb Mariella ihr ein »Rechnen Sie nicht damit, auf meinem Tanzkärtchen aufzutauchen!« hinterhergerufen hatte.

Der kleine Salon war die Wucht, nicht nur wegen des Schaufensters, hinter dem eine bunt bevölkerte Straße im Pariser Quartier Latin zu sehen war – eindeutig Rishis Handschrift, der Mann war wirklich ein begnadeter Illusionist. Mariella hätte den Raum mit seinen ultravioletten Wänden aber auch ohne magisches Guckfenster geliebt, denn er beherbergte neben den Samtsesseln einen beladenen Schminktisch, einen Standspiegel und eine Kleiderpuppe, die bis eben noch das korallenfarbene Kleid getragen hatte, das nun wie eine selbst erlegte Trophäe über Mariellas Schoß lag. Allein die vielen Cremetiegel hätten ihre ganze Selbstbeherrschung gekostet, schließlich hatte sie Wochen unter der Erde eingesperrt verbracht, ohne eine Spur von Gloss auf den Lippen. Ihr ursprünglich prall gefüllter Kosmetikbeutel hatte sich nämlich wie durch Zauberhand geleert, nicht nur weil Tessa die Lidschattenpalette offenbar als willkommene Entschädigung für alles Leid ansah, das Mariellas Gegenwart ihr bereitete, und Xiu heimlich seine Pickel abpuderte. Mit Make-up und Glätteisen ließ sich eben auf Ebene 17 auch hervorragend Handel betreiben. Davon einmal abgesehen hatte Mariella fast vergessen, wie viel Freude es bereiten konnte, sich aufzustylen. Zwischen Wächterübergriffen, Liebeskummer und Kakerlaken-Ausbrüchen im Quartier hatte es dafür keinen Platz gegeben. Umso mehr genoss sie nun ihre farbenfrohe Auszeit im Mädchenparadies.

»Was ist das eigentlich für ein Zimmer? Ich kann mir nicht vorstellen, dass Eleonore unter der harten Marschallinen-Schale auf Puderquasten steht.«

Rishi riss entsetzt die Augenbrauen in die Höhe. »Wo denkst du hin? Eleonores mentale Kapazitäten sind ausschließlich auf das Wohl und Gedeihen der Zitadelle ausgerichtet. Nein, das hier ist mein kleines Hobby, ich drücke mich nach Feierabend gern kreativ aus. Als mir die Marschallin gestern mitgeteilt hat, dass du heute Abend an dem Mittsommerfest teilnehmen würdest, habe ich die halbe Nacht mit der Zusammenstellung von Garderobe und Make-up verbracht.«

Das war wohl zum selben Zeitpunkt, an dem ich mir den Kopf darüber zerbrochen habe, ob ich Aidan durch meine Unfähigkeit, die Finger von ihm zu lassen, zur Isolationshaft verdammt habe, dachte Mariella. Der Stoff in ihren Händen leuchtete plötzlich nicht mehr ganz so farbenfroh. Rishi war wirklich zu beneiden, dass ihn lediglich Fragen à la »Strass: ja oder nein?« um den Schlaf brachten.

»Du siehst nicht glücklich aus«, stellte Eleonores Assistent fest. »Sagt dir die Farbe des Kleides etwa nicht zu?«

»Doch, es sieht großartig aus, vielen Dank. Ich bin mir nur unsicher, ob ich mit meiner Knastblässe so etwas anziehen sollte. Irgendwas Mausgraues wäre wohl passender.«

»Unsinn!« Zum ersten Mal zeigte der sonst so sanftmütige Rishi Temperament. »Du bist ein Frühlingstyp, schau dir doch deine goldene Haut an. Und erst deine Bernsteinaugen! Ihr Frühlingskinder dürft einfach alles, wenn es um Farbe geht. Hauptsache, es leuchtet genauso hell wie ihr!«

»Bernsteinaugen ... Frühlingskind ... wow.« Überfordert versuchte Mariella zu begreifen, warum eine rein praktisch denkende Frau wie Eleonore auf die Idee gekommen war, einen Schöngeist wie Rishi einzustellen. Doch wohl nicht nur, um ihre Gäste mit einer fantastischen Aussicht zu beeindrucken. Wobei die noch größere Frage eigentlich war, warum jemand Begabtes wie Rishi sein Leben in der Zitadelle verbrachte. Mariella zeigte mit dem Zeigefinger auf Rishi. »Wenn ich aus Stoneheaven raus bin, werbe ich dich ab.«

»Ich nehme das als ein Ja zu dem Kleid, das ich für dich ausgewählt habe. Gut, wir haben nämlich kein anderes wegen deiner ...« Rishi machte schon wieder die Vasen-Geste, hörte aber sofort auf, als er Mariellas Blick bemerkte. Ein zufriedenes Grinsen konnte er sich allerdings nicht verkneifen. Sie ließ zu, dass er das Kleid an ihr drapierte, ihre Fußnägel in Azurblau lackierte und riesige Creolen an ihre Ohren hängte. Nur mit dem Makeup ging er ihrer Meinung nach viel zu sparsam um, als er lediglich zu Kajal und Rouge griff. Allein ihre Augenringe brauchten einen Zentner Abdeckspachtel.

»Bella«, sagte Rishi streng. »Ich sagte doch: Du bist der reinste Frühling in seiner vollen Farbenpracht. Niemand will dich zugekleistert sehen. Wir lassen dein inneres Licht durchstrahlen, das ist viel schöner. Vertrau mir.«

»Vertrauen ist gut, Schokolade ist besser.«

Rishi seufzte.

»Komm schon, wenn ich wie ein Papagei auf einer Party erscheinen soll, brauche ich Nervenfutter«, lockte Mariella mit einem Schmollmund.

»Auf keinen Fall, die Liebe für Fashion und Naschkrams gehen nicht zusammen, allein schon wegen der Flecken«, schalt Rishi sie, öffnete aber eine Schublade des Schminktisches und holte eine angebrochene Tafel Zartbitterschokolade hervor.

»Dein persönlicher Vorrat?«

»Ich esse niemals Schokolade«, behauptete Rishi.

Ein Klopfen an der Tür rettete ihn aus seiner Verlegenheit.

Rishi räusperte sich. »Ja, bitte?«

Die Tür öffnete sich einen Spalt, doch niemand trat ein. »Bevor ich hereinkomme, möchte ich mir absolut sicher sein, dass es okay ist«, sagte eine belegte Stimme. »Ich kann es jetzt absolut nicht gebrauchen, Mariella im Evakostüm zu sehen.«

»Lyon! Komm schon rein, du Sensibelchen«, rief Mariella. »Ich bin nicht nur angezogen, sondern regelrecht hergerichtet. Außerdem, teilen wir seit Wochen ein Gemeinschaftsbad miteinander, da gibt es doch eh keine Geheimnisse mehr.«

Vorsichtig spähte Lyon um die Ecke. »Das Gemeinschaftsbad ist eine Sache, da sind wir alle gleich. Aber das hier …« Er deutete auf den eleganten Salon. »Nicht mein Revier.«

»Soldat Lyon, Sie sind aber leicht an Ihre Grenzen zu bringen«, flötete Mariella. Als Lyon den Salon betrat, machte sie allerdings große Augen. »Schicker Anzug, holt den Gentleman aus dir raus.«

Lyon grinste schief. »Du siehst auch nicht schlecht aus. Führst du mit diesen ganzen Rüschen auf der Feier etwa einen Flamenco vor?«

»Du hast auch echt keine Ahnung. In dem Fummel springe ich um Punkt zwölf aus der Torte.«

»Also bitte«, mischte Rishi sich ein. »Das ist ein sehr elegantes Kleid, ich kann die Vergleiche nicht im Geringsten nachvollziehen.«

Prompt überkam Mariella ein schlechtes Gewissen. »Sorry, das war nur Flachserei, das Kleid ist ein absoluter Traum. Und ich bin dir ehrlich dankbar, dass du es für mich besorgt hast. Wobei … Woher hast du es eigentlich?«

Rishi breitete die Hände aus. »Die Marschallin bat mich, dich für das Fest auszustatten, weil du nichts Passendes dabeihättest, und das habe ich getan.«

»Mariella hat doch einen ganzen Koffer voller unnützer Fähnchen nach Stoneheaven mitgebracht«, sagte Lyon.

»Wir reden hier vom Mittsommerfest der Zitadelle und nicht von einer ordinären Strandsause.« Zum ersten Mal drang eine gewisse Schärfe in Rishis sonst so sanfte Stimme.

Mariella entschied, die Kommentare über ihre farbenfrohe und luftige Barcelona-Garderobe zu ignorieren. »Wo steckt denn der Rest von unserer Truppe?«

Es dauerte einen Moment, bis Lyon den Blick von Rishi losriss. Anscheinend bekam er den strengen Chef-Styler nicht mit der rechten Hand seiner Tante überein. »Die vergnügen sich zur Feier des Tages mit einer Runde Pizza auf dem Quartier.«

Das überraschte Mariella nun doch. »Dann gehen nur wir zwei zu dieser Party?«

»Xiu hätte auch gedurft, aber er sagt, er ziehe eine anständige Pizza Diabolo vor. Ich vermute, Anzug und Hemd sind einfach nicht seins. Die hier ist jedenfalls für dich.« Lyon holte eine goldschimmernde Münze aus seiner Hosentasche und reichte sie Mariella. »Das ist unser heutiger Schlossöffner.« Dann wendete er sich an Rishi. »Und dir soll ich von der Marschallin ausrichten, dass sie dich allmählich zurückerwartet, Zitat: ›Egal, ob die Wimperntusche schon trocken ist oder nicht.‹«

Mit einem Seufzen musterte Rishi Mariella von Kopf bis Fuß, als sei sie ein Kunstwerk, von dem er sich nicht trennen konnte. »Ich werde dich die ganze Zeit über beobachten, so weit meine Pflichten als Partyplaner des Festes es zulassen. Besonders beim Tanzen werde ich dich im Auge haben und überprüfen, was du machst.«

»Wie lieb von dir«, sagte Mariella.

»Von wegen, ich will mein Kleid auf jeden Fall in einem Stück wiederhaben, sonst ...« Mit einem überraschend glühenden Blick auf den korallenfarbenen Stofftraum riss Rishi sich los und verließ den Salon.

Lyon zog die Stirn kraus. »Der Kerl ist ein bisschen unheimlich, oder?«

»Unsinn, ich nenne das echte Leidenschaft. Aber ich sollte

dringend aufpassen, dass dieses Kleid keine Flecken oder Knitterfalten abbekommt, sonst war das meine letzte Mittsommernacht.« Mariella überprüfte den hinteren bodenlangen Kleidsaum, damit sich die Absätze ihrer Sandalen nicht darin verfingen. »Dabei dachte ich immer, die Furcht einflößendste Person in der Zitadelle sei deine Tante.«

Lyon überhörte den Kommentar geflissentlich, während er die kleine Standuhr auf dem Schminktisch checkte. »Höchste Zeit, es sei denn, wir wollen als Knastkids unangenehm auffallen, indem wir mitten in die Eröffnung reinplatzen. Bei den Aufzügen zur Ebene 4 wird heute starker Andrang herrschen, hoffentlich genug, dass du deinen üblichen Panikanfall vergisst.« Höflich bot er Mariella seinen Arm an, den sie annahm. »Auf geht's, Euer Hoheit. Rein ins Vergnügen, auch wenn wir beiden augenblicklich nicht so richtig wissen, wie das funktioniert.«

42

Mariella legte den Kopf in den Nacken. »Die Decke ist nicht wirklich so hoch, oder? Sonst würde der Saal ja gefühlt die komplette Steilklippe ausfüllen.«

»Die Decke ist genau so hoch, wie du sie wahrnimmst, allerdings nicht physikalisch betrachtet. Der Raum war nämlich schon da, bevor es die Zitadelle gab. Er war eine riesige Blase mitten im Gestein, geschaffen von der hiesigen Quelle.« Ungeduldig schob Lyon die verzaubert dastehende Mariella weiter in der Schlange, wobei er sich – ganz untypisch für ihn – bei jeder Gelegenheit vordrängelte. »Als sie mit dem Ausbau dieser Ebene beschäftigt waren, dachten sie noch, die Zitadelle wird das Zentrum der Tannin, bis die unkontrollierbare Quelle in den Tiefen ihnen einen Strich durch die Rechnung gemacht hat. Jetzt wird der Prunksaal nur einmal im Jahr genutzt.«

»Was für eine Verschwendung«, hauchte Mariella.

»Könntest du deine Schwärmerei vielleicht auf nachher verlegen, wir sind bereits viel zu spät dran, und Eleonore kocht definitiv schon vor Wut.«

Die Vorstellung, dass irgendwo eine schmallippige Marschallin auf sie wartete, kümmerte Mariella im Moment allerdings genauso wenig wie die Tatsache, dass Lyon inzwischen regelrecht an ihr zerrte, um sie voranzubekommen. Alles, was sie sah, war die vollverglaste Stirnseite des Raums und das dahinterliegende Meer. Ein ungewöhnlich gleißendes Licht tanzte über den Wellenkämmen und flutete den Himmel, sodass er aussah wie eine einzige Seidenbahn. Mariella war so benommen von Licht und Schönheit, dass sie die vielen festlich zurechtgemachten Tannin kaum bemerkte. Im Hinterkopf registrierte sie Lachen und aufgeregte Gespräche, die die allgemeine Vorfreude verrieten, aber es erreichte sie nicht. Erst als eine Frau mit einem Turban auf dem Kopf sie mit einem gekonnten Hüftschwung aus der Bahn drängte, kam sie wieder zu sich.

»Hallöchen! Geht es vielleicht auch einen Tick rücksichtsvoller?«

»Schätzchen«, sagte die Turbanträgerin mit gerümpfter Nase. »Ich weiß ja nicht, mit welchem Zaubertrank du dich auf die Party eingestimmt hast, aber du bist hier auf keinen Fall allein unterwegs. Auch wenn du figurentechnisch durchaus etwas von einem Wellenbrecher hast, der die Fluten teilt, nicht wahr?«

Bevor Mariella mit der passenden Entgegnung rausplatzen konnte, legte Lyon ihr auch schon eine Hand über den Mund. »Entschuldigung, wir sind etwas unter Zeitdruck. Wir suchen nämlich in dem Gewirr unsere Plätze, bevor die offizielle Eröffnung losgeht«, sagte er.

Die Turbanträgerin gönnte Lyon ein breites Lächeln. »Wer tut das nicht? Eventuell sehen wir uns ja später noch mal, wenn du dieses kleine verwirrte Ding losgeworden bist. Würde mich freuen, sehr sogar.« Dabei tätschelte sie ihm den Oberarm, was irgendwie etwas vom Prüfen der Ware hatte, wie Mariella fand.

Leicht steifbeinig zog Lyon Mariella weiter an den festlich eingedeckten Tischreihen entlang.

»Du hast echt einen Schlag bei reiferen Ladys, was?«

»Sei still.«

»Ich mein ja nur. Die Tante reserviert ihre Tanzkarte bestimmt komplett für dich.«

»Kein Wort mehr, sonst …«

»Muss dir nicht unangenehm sein«, sagte Mariella atemlos,

während Lyon sie im Laufschritt hinter sich herzog. »Und weiß wie eine Wand werden musst du auch nicht, nur weil du jetzt ein heißes Date mit hundert Kilo Kampfgewicht hast.«

»Könntest du bitte mit dem Unsinn aufhören? Ich habe unsere Plätze gefunden, der Tisch dort drüben trägt das goldene Zeichen, genau wie unsere Einladungsmünzen.« Lyon deutete auf einen verhältnismäßig kurzen Tisch an der Stirnseite des Saals.

»O Freude. Wir sitzen bei deiner Tante und ihren Ehrengästen. Toll, supertoll.« Mariella zerknüllte vor lauter Frust den Schoß ihres Kleides. »Wusstest du das?«

»Natürlich nicht.«

»Wir sind Kids von Ebene 17 und sitzen am Superlativen-Tisch. Was soll das, Lyon?«

Nervös fuhr Lyon sich durchs zurückgegelte Haar, bis seine Locken wieder in ihre typische Spiralform zurückschnellten. »Wahrscheinlich bedeutet es gar nichts.«

»Komisch, warum habe ich dann nur plötzlich so ein mieses Gefühl? Hast du schon irgendwen anders von Ebene 17 gesehen? Nein? Ich auch nicht. Wenn du mich fragst, sind wir heute Abend die einzigen Gäste aus der Besserungsanstalt.«

»Xiu hat auch eine Einladung bekommen«, gab Lyon zu bedenken.

Mariella schnaufte. »Eine sichere Nummer, den Kerl bekommt niemand in einen Anzug. Mensch, Lyon, hier ist doch was faul. Lass uns aufs Quartier zurückgehen, solange noch Zeit dafür ist. Bestimmt ist noch was von der Pizza da, Skye tut doch bloß so hart, aber sobald sie auf die Peperoni beißt, ist Schluss mit lustig.«

»Zu spät«, sagte Lyon. »Eleonore hat uns soeben entdeckt.«

Tatsächlich stand die Marschallin nur ein Stück weit von ihnen entfernt, umringt von einer Gästetraube, und starrte zu ihnen rüber. Kalter Ärger schwappte in Wellenform in ihre Richtung.

»Wir behaupten einfach, wir hätten sie nicht gesehen«, schlug Mariella vor.

Lyons Gesichtszüge verwandelten sich in eine Maske. »Vergiss es. Wie könnte man Eleonore übersehen?«

Tatsächlich trug die Marschallin einen schneeweißen Anzug, der das umherflirrende Licht zurückwarf. Als sie sich in Bewegung setzte, sah es aus, als käme ein Schneesturm mit unaufhaltsamer Gewalt auf sie zu. Mariellas Kopf befahl einen geordneten Rückzug, doch ihre Füße wollten nicht gehorchen. Normalerweise machte sie sich nicht viel aus Autoritätspersonen, aber Eleonore war ein Kaliber für sich. Außerdem meldete ihr Überlebensinstinkt, dass man die Marschallin auf ihrer eigenen Party besser nicht dumm stehen ließ.

»Das wurde aber auch Zeit«, zischte Eleonore zur Begrüßung.

»Entschuldige die Verspätung.« Lyon gab seiner Tante die obligatorischen Küsse auf die Wangen. »Der Andrang am Eingang ist groß, und wir haben uns schon so schnell durchgedrängelt, wie es der allgemeine Anstand zulässt.«

»Ich habe eher den Eindruck, dass Rishi vor lauter Putzsucht nicht rechtzeitig die Finger von deiner Begleitung lassen konnte«, stellte Eleonore mit einem Blick auf Mariella fest. »Nun, wenigstens hat sich der Aufwand gelohnt. Du siehst zauberhaft aus, Mädchen. Die reinste Form gewordene Meeresbrise, so frisch und jung.« Bevor Mariella auf das Kompliment reagieren konnte, beugte sich Eleonore auch schon vor und verpasste ihr zwei von ihren berüchtigt harten Wangenküssen. »Leider haben wir durch eure Verspätung die Gelegenheit verpasst, euch einigen interessanten Gästen vorzustellen. Das müssen wir nun später nachholen, schließlich seid ihr zwei nicht die Einzigen, die sich heute Abend verspäten.«

Hatte die Marschallin ernsthaft vor, sie ihren Gästen vorzustellen? Als was denn bitte schön? Ihr Prachtexemplar von einem Neffen, den sie bloß vorübergehend auf Ebene 17 einquartiert hat, in Begleitung von Mercedes' geläuterter Tochter? Außerdem gefiel Mariella die Vorstellung gar nicht, eine Mittsommernacht lang die Wangen irgendwelcher versnobter Tannin-Oberhäupter abzubusseln. Es musste eine Ausrede her, und zwar schnell.

»Ich bin kein bisschen für meine Small-Talk-Fähigkeiten bekannt, meine Mutter sagt sogar, ich wäre der reinste nukleare Sprengsatz für jede Cocktailparty. Wenn ich dir also einen Tipp geben darf, Eleonore: Setz mich in eine Ecke mit ausreichend Nachtisch und schick mich ins Bett, bevor der Zuckerschock mich auf den Tischen tanzen lässt.«

»Freut mich zu hören, dass du so gern tanzt«, sagte Eleonore. »Du wirst beim Eröffnungstanz mit Lyon nämlich meinen Platz einnehmen. So will es die Tradition, nur gehört das Tanzen zu den Dingen, zu denen mich nicht einmal meine soldatische Disziplin treiben kann.«

»Ich bin zum Tanzen hier?« Mariella konnte es kaum glauben.

»Für den Eröffnungstanz, wie ich eben schon sagte. Hörst du überhaupt zu, wenn ich spreche?«

Das tat Mariella, nur war sie bereits weiter. »Deshalb auch die Ausstaffierung! Als deine Stellvertreterin muss ich natürlich nach etwas aussehen.« Insgeheim hatte sie schon damit gerechnet, dass ihre beiden Familien ihre Verlobung mit Lyon beschlossen hatten und nun auf dem Fest bekannt geben wollten oder etwas ähnlich Irres. Anscheinend machte die Zitadelle sie allmählich paranoid. Als sie Lyon einen Seitenblick zuwarf, wirkte der allerdings auch merklich erleichtert.

Die Marschallin lächelte. »Ich fand die Idee mit dem Eröffnungstanz passend, nachdem Rishi im letzten Jahr für unnötig viel Wirbel gesorgt hat, als er mit einer Schaufensterpuppe als meiner Stellvertreterin aufgetreten ist. Angeblich, weil sich kein besserer Ersatz finden ließ. Ihr zwei werdet das doch wohl hinbekommen?« Sie starrte Mariella mit ihren Habichtaugen an. »Ich bin nämlich davon ausgegangen, dass du genauso gründlich in die Standardtänze eingeführt worden bist, wie es bei uns in der Familie üblich ist. Du beherrschst doch den Walzer, oder?«

»Wer beherrscht den Walzer nicht?« Mariella lachte eine Spur zu hysterisch. Andererseits hielt sie es nicht für den richtigen Zeitpunkt zuzugeben, dass sie sich mit dem von ihrer Mutter eigens angeheuerten Tanzlehrer lieber stundenlang über das Barceloner Nachtleben ausgetauscht hatte, anstatt öden Foxtrott und Co einzustudieren. »Davon abgesehen ist Lyon bestimmt großartig im Führen, das ist doch seine zweite Natur als 1a-Gruppenleiter.« Erwartungsvoll blinzelte sie Lyon an.

Der verkniff sich ein Grinsen, anscheinend kannte er Mariella inzwischen gut genug, um zu wissen, wann sie ins Schwimmen geriet. »Alles wird gut, versprochen«, erklärte er seiner Tante.

»Nichts anderes habe ich erwartet.« Mit sichtlicher Befriedigung hakte Eleonore einen weiteren Punkt auf ihrer mentalen To-do-Liste ab. »Wenn ihr dann schon einmal zu unserem Tisch gehen würdet? Ich muss noch unseren Ehrengast in Empfang nehmen.«

Während sie der Aufforderung nachkamen, zog Mariella Lyon zu sich herunter. »Kriegst du das mit dem Walzer wirklich hin, oder soll ich besser eine Ohnmacht vortäuschen, wenn es so weit ist? Ich habe nämlich nicht den geringsten Schimmer, wie der geht. Wie das tapp-tapp-tapp und dann Drehung?«

»Entspann dich«, flüsterte Lyon. »Bis eben warst du doch ganz happy, dass Eleonore uns bloß als Tanzvertretung eingeladen hat.«

»Weil ich da noch nicht darüber nachgedacht hatte, wie wenig ich von solchen Dingen weiß. Ich bin eine typische Clubtänzerin, ich greife mir nur einen Tanzpartner, wenn ich für Solonummern zu angeschickert bin.«

»Dann wird es höchste Zeit, dass du es lernst.«

»Oder wir stecken Rishi in mein Kleid, und du tanzt mit ihm.«

»Das können wir gern später machen, wenn dir die Füße vom Tanzen wehtun.«

»Dir ist schon klar, dass das eher eine Zirkusnummer wird und kein Eröffnungstanz, wie er deiner Tante vorschwebt? Eleonore wird uns umbringen, wenn wir das vermasseln.«

»Beruhig dich, Rishi lebt schließlich auch noch.« Trotzdem legte sich Lyons Stirn in Falten. »Ich habe gesagt, alles wird gut. Und das wird es auch.«

»Meinst du mit ›alles wird gut‹, dass auch wirklich alles gut wird? Auch so bei dir und dem Aer, das ich dir gegeben habe?« Mariella wusste selbst, dass es der schlechteste Moment war, um Lyon das zu fragen. Aber sie konnte nicht anders, sie musste wissen, ob sie Courants Bitte erfüllt hatte.

Lyon schaute sich um, ob ihnen vielleicht jemand zuhörte, doch die Gäste waren alle viel zu sehr damit beschäftigt, in dem Gewirr ihre Plätze zu finden. »Aidan hat mir geholfen, damit ich das Aer benutzen konnte. In unserem Bad hat man ja keine Sekunde Ruhe. Das war eine nette Geste von ihm, wenn man bedenkt, was er von meiner Verschwiegenheit hält.«

»Das beweist doch nur, dass Aidan dir jetzt vertraut.«

Obwohl Lyon anzumerken war, wie gut ihm dieser Gedanke gefiel, ließ er den Kopf hängen. »Das sollte er sich besser noch mal überlegen, ich bin nicht so vertrauenswürdig, wie ich wirke. Hat Courant dir verraten, was uns miteinander verbindet?«

»Nur so viel, dass du etwas für ihr Volk getan hast und sie dir dafür so dankbar ist, dass sie den weiten Weg bis nach Stoneheaven gekommen ist und ihr Leben riskiert hat, um dir eine Nachricht zukommen zu lassen.«

»Das wäre nicht nötig gewesen, denn trotz allem, was passiert ist, war ich froh darüber, dass Courants Leute dem Reservat entkommen sind. Ich kann dir nichts darüber verraten, was dort genau mit den Meerleuten passiert ist, ich bin nämlich zur Verschwiegenheit verpflichtet.«

»Schon okay«, sagte Mariella. Schließlich konnte sie sich

nach Courants Worten zusammenreimen, dass die Tannin das Reservat in einen Hochsicherheitstrakt umgewandelt hatten, in dem sie den Meerleuten ihre Magie entrissen. Das Aer war sicherlich nur eins der Kunstwerke, die diese Verwandelten hervorbrachten. »Du hast den Meerleuten geholfen zu fliehen, richtig?«

Lyon wurde so blass wie das Leinen auf den Festtafeln. »Je weniger du darüber weißt, desto besser. Nur so viel: Ich habe meine Tat nicht etwa deshalb bereut, weil ich im Nachhinein doch noch zu der Überzeugung gelangt bin, dass die Verwandelten Freiwild für uns Tannin sind, sondern weil ich die Konsequenzen meines Handelns nicht bedacht habe. Einige der jungen und hasserfüllten Meerleute haben ihre Freiheit dazu genutzt, unser Quartier zu verwüsten. Zwei meiner Kameraden sind dabei verletzt worden, Tannin, denen gegenüber ich zur Loyalität verpflichtet war. Sie sind zu Schaden gekommen, weil ich mich über die Regeln hinweggesetzt habe. Ich habe nicht an meine Leute, an meine Familie gedacht, sondern nur daran, was ich unbedingt wollte.«

»Ich kann nichts Böses daran erkennen, dass du den ausgebeuteten Meerleuten geholfen hast. Dass einige von ihnen anschließend zu drastischen Racheaktionen greifen, ändert daran nichts. Du hast die Entscheidung getroffen zu helfen – und das war richtig, es wird nicht falsch dadurch, dass andere etwas Verkehrtes tun.«

»Ich habe mich für die falsche Seite entschieden und damit gegen alles, wozu ich erzogen worden bin«, beharrte Lyon.

»Die richtige Seite ist dort, wo das Herz schlägt.« Mariella hielt inne. Hatte sie diesen Satz eben wirklich gesagt? Ausgerechnet sie? Doch Lyon lachte sie nicht aus, sondern griff nach ihrer Hand und drückte sie.

»Vielleicht hast du recht. In dem Fall solltest du die paar Wochen, die dir in Stoneheaven noch bleiben, nutzen, um die Sache zwischen Aidan und dir zu klären. Die Wahrscheinlichkeit, ihn anschließend jemals wiederzusehen, dürfte ziemlich gering sein.«

»Heißt das, du meldest uns nicht?«

Lyon zuckte mit den Schultern. »Laut meinem Herzkompass ist die Beziehungsregel der letzte Scheiß.« Dann schnellte seine Hand vor, und er packte Mariella unter, die gar nicht mitbekommen hatte, dass ihr schwummerig wurde. »Und jetzt setzen wir uns, sonst kippst du noch aus deinen Sandalen, und ich habe trotz Ball kein Riechfläschchen dabei.«

43

Die Tafel mit dem goldenen Emblem bog sich unter der Last ausladender Blumen-Arrangements und Kerzenleuchter. Eindeutig Rishis Handschrift. Auf jedem Teller stand eine sorgfältig angeordnete Platzkarte in Schnörkelschrift.

»Wir sitzen nebeneinander«, sagte Mariella. Ihre Stimme war immer noch zittrig von dem Gefühlschaos, das Lyons Entscheidung in ihr ausgelöst hatte. Wie sollte sie Stoneheaven nur jemals verlassen, jetzt, da alles, was ihr wichtig war, in der Zitadelle zurückbleiben würde? Um sich abzulenken, deutete sie auf den Ehrenplatz, der mit dunkelroten Rosen umkränzt war.

»Welches Glückskind steht denn heute in Eleonores besonderer Gunst?« Mariella schielte auf die Platzkarte. »Hier steht bloß Petite in Goldlettern. Sagt dir das was, das ist doch Französisch?«

»Keine Ahnung«, gab Lyon zu.

»Das war mal mein Spitzname, auch wenn man sich das heute kaum noch vorstellen kann«, sagte eine durchdringende Frauenstimme.

Wie in Trance drehte Mariella sich um. »Du?«

»Ja, mein Schatz. Ich bin es.« Mercedes stand in ihrer ganzen Pracht nicht mehr als eine Armlänge von Mariella entfernt. Ein schwarzes Abendkleid umfloss ihre athletische Silhouette, wodurch das Schneeweiß der Marschallin, die neben ihr stand, noch mehr zum Strahlen gebracht wurde. Im Hintergrund nickte ihr ein im Smoking steckender Sandro zu.

Als ihre Mutter die Hand nach ihr ausstreckte, wich Mariella zurück. Es kostete sie ihre gesamte Beherrschung, nicht aufzuspringen und schreiend wegzurennen.

»Keine Begrüßung?« Mercedes gab sich überrascht. »Du bist mir also immer noch böse, weil ich zugelassen habe, dass der Kreis dich nach Stoneheaven schickt?«

»Ganz und gar nicht, inzwischen bin ich dir dafür sogar ausgesprochen dankbar«, sagte Mariella wahrheitsgemäß.

»Nun dann«, sagte Mercedes und streckte erneut ihre Hand aus, um ihrer Tochter zu einer Umarmung an sich zu ziehen.

Erneut ignorierte Mariella die Geste. »Was ich nur nicht verstehe, ist, was du hier machst?«

Mercedes deutete auf ihren Ehrenplatz. »Eleonore hat mich eingeladen. Wir wollen die Gelegenheit nutzen, um über eine Neuausrichtung der Zitadelle zu sprechen. Mir war in all' den Jahren gar nicht bewusst, wie sträflich diese Einrichtung vernachlässigt wird.«

Damit hatte Mariella nicht gerechnet. »Dann bist du also aus geschäftlichen Gründen nach Stoneheaven gekommen.«

»Das auch. Aber vor allem, weil ich dich zurück nach Hause bringen will.«

»Was?« Nun schrie Mariella doch.

»Es heißt ›wie bitte‹«, korrigierte ihre Mutter sie prompt mit der für sie typischen Herablassung, um dann wieder freundlich zu lächeln, schließlich gab es Publikum. »Eleonore hat mir von deiner erstaunlichen Entwicklung erzählt, und wir waren beide der Auffassung, dass du nun reif bist, um in den Kreis deiner Familie zurückzukehren und deinen Platz darin einzunehmen.«

»Keine Chance, ich habe meine Strafe nämlich noch nicht abgesessen. Nicht wahr, Lyon?« Panisch blickte Mariella zu ihrem Freund, der nur stumm ihren Blick erwiderte. Was auch immer Lyon dachte, sein Gesicht verriet es nicht.

»So, wie ich das verstanden habe«, sagte Mercedes in einem Tonfall, der darauf hindeutete, dass sie allmählich das Interesse an der Unterhaltung verlor, »hast du dich bei verschiedenen Gelegenheiten so hervorgetan, dass du deine Strafe abgeleistet hast. Nach dem Fest kehrst du mit Sandro auf kürzestem Weg nach Barcelona zurück, während ich hier noch ein paar Dinge zu erledigen habe.«

Nun war Mariella doch aufgestanden und stemmte angriffslustig die Hände in die Hüften. »Das kannst du nicht mit mir machen.«

»Deine Mutter vielleicht nicht, ich aber schon. Deine Entlassungspapiere sind bereits unterzeichnet.« Eleonore sah Mariella kalt, fast bedrohlich an, während ihre Mutter huldvoll dreinblickend danebenstand.

Mercedes lässt ihre alte Freundin die Drecksarbeit machen, erkannte Mariella mit einer gewissen Bitterkeit. Sogar die Auseinandersetzung mit ihrer eigenen Tochter delegierte sie an andere. Vermutlich bekam Eleonore dafür eine neue Sauna für die Zitadellen-Mannschaft bewilligt. »Wenn die Dinge so stehen«, sagte Mariella, »dann wünsche ich euch eine schöne Feier. Ich gehe jetzt zurück aufs Quartier, ich muss ja packen und mich verabschieden.«

»Das ist nicht nötig«, erklärte die Marschallin. »Deine Sachen stehen bereits gepackt für die Abreise bereit. Es musste alles schnell gehen, weil dein Platz in der Einheit bereits neu vergeben wurde. Nihoin hat darum gebeten, ihn einnehmen zu dürfen, offenbar hat sie dank deiner Hilfe wohl Vertrauen in Stoneheaven gefasst. Du kannst stolz auf dich sein, Mariella.«

Verzweiflung löschte das Feuer der Wut und ließ Mariella in sich zusammensinken. Sie rang die Hände. »Ich muss mich aber doch wenigstens verabschieden.«

»Lyon wird deiner Einheit liebend gern deine Grüße ausrichten.«

Mariella beschloss, alles auf eine Karte zu setzen. »Aber ich muss noch einmal aufs Quartier, mein Siegelring liegt irgendwo dort unten rum.«

»Was redest du denn da für einen Unsinn?« Nun kam doch Leben in Mercedes' starres Gesicht, als sie Mariellas Ringhand schnappte. Der Finger war nackt, nur eine feine Einkerbung in der Haut verriet, dass dort noch vor Kurzem der Ring der Rosaliken gesteckt hatte.

»Hast du wieder damit herumgespielt?«, stöhnte Sandro, der sich bislang im Hintergrund gehalten hatte. Offensichtlich erinnerte Mercedes' Handlanger sich noch bestens daran, wie Mariella ihren Siegelring bei ihrer Ankunft in Stoneheaven angeblich verschusselt hatte.

»Das liegt nur daran, dass ich unter Stress stehe«, verteidigte sich Mariella. »Macht aber nichts, ich flitze schnell runter ins Quartier und bin ruckzuck zum Tänzchen wieder da.«

»Du gehst nirgendwohin«, entschied die Marschallin. »Lyon wird gehen und den Ring holen, während ich meine Ansprache halte.« Sie warf ihrem Neffen einen strengen Blick zu. »Ich erwarte dich pünktlich zum Eröffnungstanz zurück.«

Lyon nickte. Bevor er jedoch losgehen konnte, schlang Mariella die Arme um ihn und steckte ihm ihren Siegelring in die Hosentasche. Lyons leichtes Zusammenzucken verriet, dass er es bemerkt hatte. »Gib den Ring Aidan als Pfand«, flüsterte sie. »Und sag ihm, dass ich nach Stoneheaven zurückkehre.«

»Bist du dir sicher, dass du das willst?«

»Ja, das bin ich«, sagte Mariella. Dann gab sie Lyon frei, der sofort lossprintete, als habe er einen Auftrag, bei dem es um Leben oder Tod ging.

Mercedes schien davon nichts mitzubekommen, sie war vollauf damit beschäftigt, ihre Tochter vom Kopf bis zu den Füßen abzuscannen. Vermutlich suchte sie nach einem Beweis dafür, dass Eleonore mit ihren Lobpreisungen übertrieben hatte und der eigensinnige Wirrkopf, den sie in die Zitadelle verbannt hatte, in Wahrheit noch ganz der Alte war.

Zeit für Verhandlungen, beschloss Mariella. »Ich soll also meinen Platz in der Familie einnehmen. Gern. Wenn es dir recht ist, fange ich sofort damit an und begleite dich während deines Besuchs in Stoneheaven. Das ist doch viel sinnvoller, als mich mit Sandro wegzuschicken. Dieser Ort ist mir inzwischen vertraut, ich könnte das ein oder andere Sinnvolle beitragen.«

Mercedes trat dicht an Mariella heran und wischte über ihre Wange. Zuerst dachte Mariella, es handele sich um eine zärtliche Geste, dann bemerkte sie jedoch, dass ihre Mutter ihr eine Träne aus dem Gesicht gewischt hatte. Allem Anschein nach hatte sie sich nicht halb so gut in der Hand, wie es nötig war, wenn man dem erfahrenen Oberhaupt der Rosaliken in einem Pokerspiel um alles oder nichts gegenübertrat.

»Ich glaube unbenommen, dass du voller wunderbarer Ideen steckst, mein Schatz«, sagte Mercedes. »Entfalte sie aber dort, wo sie hingehören: zu Hause, im Kreis deiner Familie.«

So leicht wollte Mariella sich nicht geschlagen geben. »Wäre es nicht ein Zeichen deines guten Willens, mir in dieser Angelegenheit zu vertrauen? Wenn du mich einfach bloß nach Hause schickst, ohne mich anzuhören, wirkt das auf mich, als würde es so weitergehen wie zuvor. Und wie das geendet hat, wissen wir ja beide. In dem Fall kann ich auch gleich in Stoneheaven bleiben.«

Mercedes hob überrascht die Brauen. Mit einer solchen Schlagfertigkeit ihrer Tochter hatte sie zweifelsohne nicht gerechnet. Rasch tauschte sie einen Blick mit Eleonore aus, die ihr die ganze Diskussion über nicht einen Millimeter von der Seite gewichen war. Ihre ehemalige Freundin schien ohne großes Zögern in ihre alte Rolle gerutscht zu sein.

»Du hast recht, Eleonore, mein Mädchen hat sich wirklich ganz erstaunlich entwickelt.«

Mariella stellte sich direkt vor ihre Mutter, eine Geste, die Mercedes mit einem Schnaufen quittierte, aber zuließ. »Du wärst von den Socken, wie sehr ich mich entwickelt habe«, sagte

Mariella so leise, dass Eleonore es nicht verstehen konnte. »Mich wie ein kleines Kind abzuservieren, wird nicht länger funktionieren. Wenn du mich jetzt abweist, bin ich mit den Tannin fertig. Das ist deine Gelegenheit einen Schritt auf mich zuzumachen, Mamá. Deine einzige, um ehrlich zu sein. «

Zum ersten Mal seit ihrer Ankunft erschien ein echtes Lächeln auf Mercedes' magentageschminkten Lippen. Es war ihr Siegerlächeln. »Ich gehe doch schon dein ganzes Leben lang auf dich zu, mein Herz, während du unentwegt vor mir wegläufst. Als wolltest du mich dafür bestrafen, dass du als meine Tochter etwas Besonderes bist. Und damit meine ich nicht den Rang, den du als Geburtsrecht innehast, sondern wegen deiner herausragenden Persönlichkeit. Glaubst du denn, ich hätte dir deine Versponnenheit all die Jahre lang abgenommen? Mir war durchaus bewusst, dass du mich für deine Einsamkeit bestrafst. Aber die ist nun einmal der Preis, den man dafür zahlen muss, eine geborene Anführerin zu sein.«

»Dann war Stoneheaven ein Fehler. Hier habe ich nämlich gelernt, was es bedeutet, mit anderen wahrhaft zusammen und für sie da zu sein.«

Das Lächeln bekam nicht den erhofften Dämpfer. Stattdessen sagte Mercedes so laut und deutlich, als solle der gesamte Saal es hören: »Ist es denn nicht genau das, was ich als Oberhaupt für unsere Familie tue? Mein gesamtes Handeln ist auf das Gedeihen unseres Clans ausgerichtet, jede Stunde meines Lebens habe ich dafür hergegeben.«

»Dabei hast du leider eins vergessen«, sagte Mariella, die den Graben zwischen sich und ihrer Mutter so deutlich wahrnahm wie nie zuvor: »Zwischen Herrschen und echter Zusammengehörigkeit liegen Welten.«

Schlagartig legte sich ein säuerlicher Zug um Mercedes' Mund. »Zusammengehörigkeit ist etwas für schlichte Gemüter. Es tröstet sie darüber hinweg, dass sie keinerlei Einfluss haben auf die Wege, die ihr Leben nimmt. Wenn du die Richtung bestimmen willst, mein Kind, brauchst du die Oberhand. Beides zusammen – Liebe und Macht – kann man nicht haben.«

»Vertrau deiner Mutter«, mischte sich Eleonore ein. »Mercedes weiß, dass echte Macht nicht einmal mit Freundschaft zusammenpasst, sondern nur mit Zweckbündnissen.« Bitterkeit lag in Eleonores Blick, aber schon im nächsten Moment gelang es ihr, sie beiseitezuschieben und wieder ganz die große Unterstützerin ihres Ehrengastes zu sein. Ob sie so geübt darin war, ihrer Rolle gerecht zu werden, oder sie in der Tiefe ihres Herzens immer noch Mercedes' Freundin war, ließ sich nicht sagen. »Nun setzt euch bitte, ich möchte den Abend eröffnen.« Sie hob die Hand, und ein heller Glockenton übertönte das Stimmengewirr im Saal. Sofort begannen diejenigen, die bislang noch in Gruppen beisammengestanden und geplaudert hatten, zu ihren Plätzen zu gehen. Sogar ein Fest lief unter dem Kommando der Marschallin wie ein Marschappell ab.

44

Mariella erlebte die Eröffnungsrede der Marschallin wie in Trance, nur einige Satzfetzen drangen zu ihr durch, darüber, dass nun neue Zeiten für die Zitadelle anbrechen würden, damit sie endlich in dem Glanz erstrahlte, für den sie eigentlich erbaut worden war. Ob das nichts als feierliches Gerede war oder ob Eleonore tatsächlich eine Möglichkeit aufgetan hatte, die Zitadelle aus dem Abseits herauszukatapultieren, kümmerte Mariella nicht. Genauso wenig konnte sie sagen, ob die Ansprache lang oder kurz ausfiel, dafür war sie zu abgetrennt von sich, ein Rauschen hatte sich zwischen sie und die Welt geschoben. Irgendwann erschien Sandro neben ihr und führte sie fort.

»Lass mich, ich gehe nirgends mit dir hin.« Ihr Versuch, sich von seinem Griff zu befreien, während sie an den Tischen vorbeieilten, missglückte, Sandro packte sie einfach noch fester. Also blieb sie kurzerhand stehen.

Sandro stöhnte theatralisch. »Nun hör aber auf, ich will dich doch nicht verschleppen, chica. Ich begleite dich nur bis zum Eingang, von wo aus du mit deinem Begleiter zum Eröffnungstanz startest.«

»Dafür brauche ich dich nicht, ich weiß allein, wo der Eingang liegt. Also – hopp, hopp – zurück zu deinem Frauchen.«

»Damit du dich aus dem Staub machen kannst, was? Vergiss es, ich kenne deine Tricks inzwischen.«

Mit einem kräftigen Ruck zerrte Sandro Mariella hinter sich her. Niemand achtete auf sie, die Gäste hingen viel zu sehr an Eleonores Lippen. Als sie bei der großen Flügeltür ankamen, rauschte ein merklich überdrehter Rishi heran und bedeutete ihnen, nach draußen ins Foyer zu treten. Mit seinem mitternachtsblauen Anzug zum Blumenhemd ließ er Mariella wie ein Mauerblümchen aussehen.

»Hierher, zu mir, und zwar fix«, dirigierte Eleonores Assistent sie, dann zeigte er mit dem Zeigefinger auf Mariella. »Was ist denn das bitte schön für ein Gesichtsausdruck? Sieben Tage Regenwetter sehen dagegen ja höchst vergnügt aus.«

»Ich soll nach Barcelona abgeschoben werden, direkt nach dem Eröffnungstanz«, klagte Mariella ihr Leid.

Empört schmiss Rishi sich in die Brust. »Das geht nicht! Sowohl das mit dem Gesichtsausdruck als auch das mit dem Abschieben. Mir steht mindestens ein Tanz zu – und vorher gehst du nirgendwo hin.«

»Das entscheidest ja wohl kaum du«, knurrte Sandro den jungen Mann an.

Rishi ließ sich nicht aus der Ruhe bringen, sondern drängelte sich vor Mariella, um ihr Kleid zu ordnen. »Also bitte, was ist denn das für ein Zornerich, soll er etwa der Ersatz für den schmucken Provencalen sein? In dem Fall übernehme ich den Tanz persönlich, ich habe meinen Anzug extra für den Notfall farblich auf dein Kleid abgestimmt.«

»Ernsthaft?« Mariella machte große Augen, sie konnte einfach nicht anders. In Rishis Gedankenwelt gab es nur den Ball – für etwas anderes war kein Platz.

»Ich habe alles im Griff, wirklich alles«, versicherte Rishi. »Aber jetzt aufgepasst! Die Marschallin ist schon bei der persönlichen Begrüßung ihres Ehrengastes, deiner Frau Mamá, angekommen. Gleich erklingt die Fanfare, und dann beschreitest du in diesem fabelhaften Kleid den Weg zur Tanzfläche und eröffnest mit einem passenden Begleiter …«, bei dieser Gelegenheit warf er Sandro einen abschätzigen Blick zu, obwohl der Rosalike in seinem Anzug durchaus annehmbar aussah, »... das Fest mit einem Walzer. Aber schön linksherum, nicht vergessen.« Voller Tatendrang schnappte Rishi sich Mariella und drehte eine Runde durch das leere Foyer, bis ihr schwindelig war. »So macht man das«, erklärte er stolz, nachdem er endlich stehen geblieben war.

Während Mariella noch gegen das zunehmende Gefühl ankämpfte, nicht richtig geradeaus sehen zu können, klopfte jemand Rishi auf die Schulter.

»Ab hier übernehme ich.«

Überrascht ließ Rishi Mariella los und trat zur Seite.

Mariella vergaß zu atmen.

Vor ihr stand nicht wie erwartet Lyon, sondern Aidan. In Anzughose und Smokinghemd. Grinsend deutete er auf seine Hemdbrust. »In Lyons Dinnerjacket sah ich aus, als hätte ich mich bei meinem Großvater am Kleiderschrank bedient. Ich hoffe, es geht auch so.«

»Auf jeden Fall«, hauchte Mariella.

»Wer zur Hölle bist du denn?«, mischte Sandro sich ein. »Lyon sollte doch Mariellas Tanzpartner sein.«

»Sucht noch den Siegelring«, sagte Aidan, ohne Sandro zu beachten. Seinem Gesichtsausdruck nach war alles, was er sah, Mariella. Mit einer angedeuteten Verbeugung bot er ihr seinen Arm an. »Wenn ich bitten dürfte, Señorita?«

Zu überwältigt, um etwas zu sagen, ließ Mariella ihre Hand in Aidans Armbeuge gleiten. Aus den Augenwinkeln bemerkte sie Sandro, der sich bedrohlich aufbaute, während Rishi sichtlich dahinschmolz. Dann erklang auch schon die angekündigte Fanfare, und sie schritten durch die Flügeltüren.

»Ich hoffe wenigstens, du weißt, wie man Walzer tanzt. Und zwar linksherum, was auch immer das bedeuten mag«, sagte Mariella, möglichst ohne die Lippen zu bewegen.

»Walzer? Heißt so das Gedrehe, das der Bharata eben mit dir

im Foyer hingelegt hat?«, fragte Aidan. Als Mariella daraufhin in einem Anflug von Panik seinen Unterarm zu zerdrücken drohte, lachte er nur für sie hörbar. »Keine Sorge, das bekommen wir schon hin.«

»Das will ich hoffen, meine Mutter schaut uns nämlich zu.«

Aidan wandte leicht den Kopf. »Die Frau in dem schwarzen Abendkleid? Ja, die schaut uns definitiv zu. Also besser keine stürmischen Küsse zum Tanzfinale.«

»O doch, darauf bestehe ich«, sagte Mariella.

Sie hatten den Ausgangspunkt der Tanzfläche erreicht, sodass sie nur ein paar Armlängen vom Ehrentisch entfernt standen. Mariella glaubte, den aufgebracht pochenden Herzschlag ihrer Mutter und Eleonores gleißenden Zorn zu spüren, doch das kümmerte sie nicht. Lächelnd nickte sie den beiden Frauen zu, dann zog Aidan sie auch schon an sich, und die ersten Takte des Walzers erklangen. Als sie ihre Hände aufeinanderlegten, spürte Mariella einen Widerstand. An Aidans kleinem Finger steckte ihr Siegelring. Sofort zerstoben ihre Sorgen, die Musik war wie eine Wolke, über die sie glitt. Vielleicht lag es auch an Aidans Armen, die ihr Sicherheit verliehen, oder am Rhythmus seines Körpers, auf den ihrer mit solcher Leichtigkeit antwortete. Das gemeinsame Ziehen der Kreise war wie ein Rausch, alles war in Licht getaucht, ein perfekter Augenblick.

»Sie schicken mich fort«, sagte sie.

»Ich weiß, aber im Augenblick tanzen wir.«

»Dann hören wir bitte niemals damit auf.«

»Wie du meinst«, sagte Aidan. Dann beugte er sich leicht vor und gab ihr einen Kuss auf die Lippen.

Mariella schloss die Augen, während ein Brennen über ihre Haut raste und sich wie ein Glutfilm ausbreitete. Dann folgte eine zweite Welle, die sie mitriss, herumwirbelte und in Brand setzte. Ein Schmerz loderte an ihrem Handgelenk auf, wo das Zeichen eingeprägt war, nur um sofort von einem weichen Nebel überdeckt zu werden. Sie glaubte zu schweben, so leicht war sie, vollkommen schwerelos. Dann begriff ihr Verstand, dass ihr der Boden unter den Füßen weggerissen worden war. Sie schwebte wortwörtlich, gefangen in einem lichten Strudel aus freigesetztem Astrallis.

Das Brennen, Aidan hatte *Das Brennen* in ihr entfacht wie eine Supernova!

Und doch fühlte es sich ganz anders an, mehr wie die Auswirkungen einer Explosion denn wie eine Berührung. Das Energiefeld, das sie umfangen hielt, ähnelte einem hohen Ton, der sie jederzeit in kristallin feine Splitter zerspringen lassen konnte.

Das ist nicht Aidan, begriff sie, obwohl selbst ihre Gedanken zu zersplittern drohten. Das ist ein Angriff.

Schreie, Glasklirren und das Ächzen von Gestein drangen an ihr Ohr, während sie wie festgefroren im Auge des Sturms hing. Alles, was sie umgab, war gleißendes Licht. Sie versuchte, Aidan zu erspüren, doch sie wusste nicht einmal, wo sich ihre Arme gerade befanden und ob ihre Füße überhaupt noch den Boden berührten.

»Mariella!«, glaubte sie Aidan ihren Namen rufen zu hören, doch es klang von sehr weit weg, als lägen plötzlich Welten zwischen ihnen, die sie unmöglich überbrücken konnten. Sie wollte ihm antworten, da war jedoch keine Luft, nur überwältigende Energie.

»Mariella!«, rief Aidan noch einmal.

Sie spürte eine Berührung, ganz fein und trotzdem wahrnehmbar in dem Tornado, der sie zu verschlingen drohte. Das war Aidan – oder vielmehr sein Astrallis, das er zu ihr geschickt hatte, einer Rettungsleine gleich. Sie wollte danach greifen, unbedingt. Doch in der Sekunde, in der sie genug Aufmerksamkeit aufbrachte, sich damit zu verbinden, zerriss das Band, wurde regelrecht gekappt. Aidans Blocker waren angesprungen.

Mariella verfluchte jede Stunde, die sie damit verplempert hatte, sich nicht mit dem Astrallis in ihrer Aura zu beschäftigen. Ihr Bemühen, durch den tobenden energetischen Strom nach

Aidan zu langen, war nicht mehr als ein Witz. Was sie nicht davon abhielt, die Reste ihrer Kraft darauf zu verwenden.

Tatsächlich tauchte in dem strahlenden Weiß ein Schatten auf, lehnte sich vor und tippte mit dem Zeigefinger auf den Mittelpunkt ihrer Brust, dort, wo das Herz ihrer Aura saß.

»Schlaf«, sagte der Schatten.

So plötzlich, wie es aufgeleuchtet war, erlosch das gleißende Licht, und mit ihm schwand das unnatürliche Brennen.

Mariella sank in sich zusammen wie eine Marionette, der jemand die Fäden durchgeschnitten hatte. Sie fiel – und konnte nicht sagen, wie lange sie in den bodenlosen Abgrund stürzte. Denn da war kein Aidan, um sie aufzufangen und zu halten. Er war fort, das verstand sie bei ihrem Erwachen so schmerzlich wie die Tatsache, dass der Boden unter ihr von Glassplittern übersät war und Felsbrocken tiefe Löcher in den polierten Boden geschlagen hatten. Je mehr Mariellas Blick sich schärfte, desto mehr sah sie Chaos, Zerstörung und verletzte Tannin. Nur Aidan sah sie nicht. Dafür fiel ihr Blick auf ihre Mutter. Der zu ihren Ehren so festlich eingedeckte Tisch war unter der Last eines Gesteinsbrockens zusammengebrochen. Dahinter kauerte Mercedes wie ein verängstigtes Kind, gehalten von Eleonore, die aus mehreren Wunden im Gesicht blutete. Die Marschallin bedeutete Mariella, zu ihnen zu kommen. Schwankend kam diese der Aufforderung nach.

»Du!« Eleonore spuckte das Wort regelrecht aus. »Das ist alles deine Schuld. Du hast zugelassen, dass dieser Junge eine Halle voll mit den bedeutendsten Tannin betritt und seine Kraft entfesselt. Deinetwegen konnte Aidan Beringer fliehen.«

»Aidan ist nicht verantwortlich für diese Explosion, und er würde auch niemals fliehen«, sagte Mariella.

»Wer ist sonst zu einer solchen Tat imstande?« Eleonore schüttelte den Kopf über so viel Begriffsstutzigkeit. »Ich werde dich später für diese Dummheit zur Rechenschaft ziehen, jetzt habe ich anderes zu tun. Kümmere dich gefälligst um deine Mutter.«

Widerwillig hockte Mariella sich hin und übernahm ihre vor Schock noch ganz starre Mutter, während Eleonore davoneilte, so schnell ihr das mit ihrem offenbar verletzten Bein möglich war.

»Dieser Junge, mit dem du getanzt hast … Wie konnte er so etwas tun? Niemand von uns Tannin ist zu einer solchen Tat in der Lage, das ist völlig unmöglich, so viel Astrallis …«, sagte Mercedes mit tonloser Stimme. Ihre Finger gruben sich in Mariellas Haut, als wären sie kleine Anker.

»Aidan wäre zu so etwas fähig, das stimmt schon, aber …« Mariella hielt inne, als ihr etwas Wesentliches bewusst wurde. Sie hatte bereits erlebt, wie es sich anfühlte, wenn Aidan das in seiner Aura gesammelte Astrallis freisetzte. Und das mit der Explosion war auf keinen Fall er gewesen. Er hatte erst später versucht, etwas freizusetzen, aber die neuen verschärften Blocker hatten den Versuch sofort unterbunden. Jemand anderes hatte die Festhalle voller Tannin angegriffen. Es gab noch jemanden, dessen Aura bis zum Anschlag mit der Kraft einer versiegelten Quelle angefüllt war. Und dieser Jemand hatte nun Aidan entführt.

»Mamá, hast du irgendwelche Verletzungen?«, fragte Mariella.

»Nein, Eleonore hat das Schlimmste abgefangen«, sagte Mercedes, ohne eine Spur von Dankbarkeit oder Sorge um ihre alte Freundin. »Aber was viel wichtiger ist: Wo ist dieser Junge hin, der hierfür verantwortlich ist?«

»Das weiß ich nicht.« Noch nicht, aber bald, dachte Mariella. »Da drüben kommt Sandro, er wird dir helfen, dich aus diesem Chaos zurückzuziehen.«

»Du wirst mich auf keinen Fall allein zurücklassen!«

Mariella schüttelte den Griff ihrer Mutter ab. »Warum denn nicht, du bist doch eh immer allein.« Dann hastete sie durch den zerstörten Festsaal, wo blutende Tannin einander auf die Beine halfen, vorbei an benommenen Wächtern, hinüber zum Aufzug, der sie zur Ebene 17 bringen würde.

45

Dieses todschicke Ballkleid ist fast so gut wie eine Passiermarke, dachte Mariella, während sie im Laufschritt durch die Zitadelle eilte. Keine der Wachen hatte sich die Mühe gemacht, sie anzuhalten und zu befragen, wohin sie eigentlich wolle. Das wäre auch kaum möglich gewesen, denn die Besucherschar des Balls – so weit sie nach dem Astrallis-Overkill bereits wieder auf den Beinen war – verließ fluchtartig den Saal und verstopfte sämtliche Gänge und Aufzüge. Die Wachen, teilweise selbst noch benommen nach dem Angriff, waren vollauf damit beschäftigt, eine Panik zu verhindern. In diesem Tumult achtete niemand auf ein aufgedonnertes Mädchen, das in eine Richtung eilte, in die sonst niemand wollte. Die wenigen Wächter, die Mariella überhaupt eines zweiten Blicks würdigten, hielten sie vermutlich für einen verwirrten Gast, der seinen Irrtum schon bald von allein feststellen würde. Als die Aufzugstüren auf Ebene 17 aufgingen, standen dort keine Wächter, um sie zur Kontrolle in Empfang zu nehmen. Vermutlich war der Trupp bereits abgezogen worden. Vorläufig würde sich die gesamte Aufmerksamkeit auf den Ballsaal konzentrieren – bis jemand auf die Idee kam, einen Wächtertrupp zum Quartier des angeblichen Attentäters zu schicken. Bis dahin musste Mariella sich abgesetzt haben, ansonsten würde ihr auch die Passiermarke nichts mehr nützen.

Das sonst viel zu schnell aufleuchtende Rechteck, in das man sich vor Betreten des Quartiers stellen musste, blinkte dieses Mal gefühlt in Zeitlupe. Kaum zeichnete sich die Tür ab, quetschte Mariella sich bereits durch den Spalt … und fand sich von ihrer Einheit umzingelt. Lyon, jetzt in Jeans und T-Shirt, Xiu, Skye und Tessa in ihrem schönsten Blümchenkleid standen mit kreidebleichen Gesichtern als Begrüßungskomitee der besonderen Art da und starrten sie an.

Lyon fand seine Sprache als Erster wieder. »Was zur Hölle ist passiert? Erst hat es eine solche Astrallis-Entladung gegeben, dass sämtliche Wassergläser zersprungen sind und der Putz noch immer von der Decke bröckelt. Dann ist bei uns allen ein Stromschlag durch unsere Zeichen gefahren und hat sie kurzgeschlossen. Sogar mein Implantat ist im Arsch.«

Mariella erinnerte sich an einen Schmerz während des Angriffs und blickte auf ihr Zeichen. Es war verblasst, nicht mehr als eine längst verwitterte Narbe. »Das bedeutet, wir können frei über das Astrallis in unserer Aura verfügen.«

»Genau das«, sagte Skye mit einem unheilvollen Grinsen, das Mariella eine Gänsehaut verpasste. Die Vorstellung von einer ungebremsten Amur inmitten des Chaos war irgendwie beunruhigend.

»Nur die kack Blocker, die knipst so leicht nichts aus.« Xiu hielt die Manschette an seinem Handgelenk hoch, deren schwarze Kristalle immer noch glitzerten.

»Und als würde der Mist nicht reichen, kam eben die Durchsage, dass wir uns unverzüglich auf unsere Zimmer zurückziehen und bis auf Weiteres dort bleiben sollen«, fuhr Lyon fort. »Kein Wort, warum. Die ganze Ansage klang ziemlich wirr, und anschließend hat sich auch niemand bemüht, den Alarm im Gemeinschaftsraum einzuschalten, um sicherzustellen, dass wir auch wirklich auf unseren Zimmern sind.«

»Kein Wunder, die Wächter sind völlig durch den Wind«, sagte Mariella. »Im Ballsaal hat jemand eine ganze Wagenladung voll Astrallis explodieren lassen. Die riesigen Panzerscheiben des Festsaals sind in unzählige Scherben zersprungen, und die gesamte Gästeriege war für einen Augenblick von dem Overload ausgeknockt. Die Marschallin ist bereits auf Aufräumkurs, aber es wird wohl eine Weile dauern, bis sie sich einen Überblick über das Chaos verschafft hat. Vermutlich wird sie …«

»Wie konnte Aidan nur so einen verdammten Scheiß machen?«, unterbrach Lyon sie harsch, die Enttäuschung stand ihm ins Gesicht geschrieben.

»Hör endlich auf mit dem Quatschgelaber, das war nicht Aidan! Das habe ich dir schon zig Mal gesagt.« Xiu stampfte mit dem Fuß auf, was trotz seiner Flauschpantoffeln eindrucksvoll rüberkam. »Wer auch immer diese Bombe gezündet hat, schmeckt nach Aschegrau, während Aidans Aura sich wie gefrosteter blauer Kristallstaub anfühlt. Das sind zwei komplett verschiedene Signaturen. Und wehe jetzt kichert einer von euch Nasen.«

»Du sollst deine Begabung als Auren-Leser doch nicht einsetzen, sonst spielen deine Blocker verrückt«, ermahnte Lyon den Jungen.

Xiu verdrehte die Augen. »Musste ich in diesem Fall gar nicht, so heftig war das. Wie auch immer, eine so massive Freisetzung von Astrallis lässt sich sogar durch mehrere Ebenen Zitadelle hindurch einer bestimmten Aura zuordnen, die bleibt nämlich wie ein kleines Etikett am Sternenzauber hängen. Wer immer für diesen Megabums verantwortlich war, schmeckt wie Aschegeriesel und kann somit auf keinen Fall Aidan gewesen sein. Auch wenn du mir das nicht glauben willst, Lyon.«

»Okay, angenommen, unser Auren-Leser hat recht und Aidan war es nicht«, sagte Skye. »Wo steckt der Kerl dann? Hat er es nicht bis in den Ballsaal geschafft?«

»Ihm wird doch nichts passiert sein?« Tessa wurde trotz ihrer Sommersprossen noch eine Nuance blasser um die Nase. »Nun rück endlich raus mit der Sprache, Rosalike: Wurde Aidan bei der Explosion verletzt?«

»Nein, es ist schlimmer«, sagte Mariella. »Er wurde entführt – und jetzt halten ihn alle für den Übeltäter.«

Lyon stöhnte. »Das klingt tatsächlich schwer nach Aidan: Immer mitten rein in den größtmöglichen Schlamassel. Ich sage doch, der Typ ist der reinste Negativ-Magnet.«

»Freut mich, dass deine Schublade für Aidan passt«, sagte Mariella. »Aber ich würde jetzt lieber mit euch darüber reden, wie wir ihn schleunigst zurückbekommen.«

»Wollt ihr Aidan Beringer denn zurück? Der Junge hat schließlich eine Quelle auf dem Gewissen.«

Mariella konnte die leise Stimme nicht verorten. Erst als Skye und Xiu beiseitetraten, entdeckte sie Nihoin, die am Tisch mit den halb aufgegessenen Pizzen saß und selbstversunken mit einem Messer in der Hand spielte.

Mariella ging zu der Japanerin und nahm ihr das Messer sicherheitshalber ab. Die Anzeichen von Leben, die bei ihrer Wanderung entlang der Küste in Nihoins Gesicht zurückgekehrt waren, hatten erneut ihrer speziellen Geisterhaftigkeit weichen müssen. Dabei hätte Mariella gewettet, dass Nihoin bis zur Explosion für ihre Verhältnisse glücklich am Gemeinschaftstisch gesessen hatte. Vielleicht hatte sie sogar über einen von Xius Scherzen gelacht oder Tessa interessiert aus den Augenwinkeln beobachtet. Hinter Mariellas Stirn fühlte sich jede verstreichende Sekunde wie ein Schlag an und verschlimmerte ihre Angst, dass Aidan sich immer weiter von ihr entfernte, während sie ihre Einheit auf seine Rettung einzuschwören versuchte. Nihoin war in diesem Spiel eine unbekannte Größe, die alles zunichtemachen konnte.

»Kennst du Aidan?«, fragte Mariella die Japanerin.

»Wenn ›jemanden kennen‹ bedeutet, dass ich seine Geschichte gehört habe und einen flüchtigen Blick in der Kantine auf ihn erhascht habe, dann ja.«

»Das heißt also nein, du hast nicht die geringste Ahnung, wer er ist. Im Gegensatz zu uns. Oder?« Mariella blickte fragend über die Schulter.

»Bester Kumpel-Typ ever«, schoss es sofort aus Xiu raus.

Skye nickte. »Aidan ist korrekt drauf, legt einen guten Kampfstil an den Tag und redet nicht zum reinen Zeitvertreib. Ich mag ihn.«

Einen Augenblick lang herrschte atemloses Schweigen, während alle Skye anstarrten.

»War das ein Liebesgeständnis auf Amur?«, sagte Tessa schließlich.

Xiu stupste die verblüffte Clairsearch an. »Nee, das mit dem Liebesgeständnis ist dein Job. Verkünde der Welt endlich, was du für den unnahbaren Blonden aus dem Norden in unserer Einheit empfindest. Nur so nebenbei: Ich sehe es sowieso. Es brizzelt pink und klingt wie fallende Rosenblätter.«

»Womit klar wäre, dass deine Auren-Lese-Angeberei Schwachsinn ist«, hielt Tessa dagegen. »Ich häng gern mal mit Aidan ab, aber das war's auch schon. Mehr ist nicht drin, dafür ist er mir zu leicht zu haben.«

Während Lyon ein »Ja, klar« nuschelte, zog Xiu die Nase kraus. »Eifersucht sieht nicht nur aus wie Schwefeldampf, sondern riecht auch so. Das tut es bei dir übrigens, seit Aidan sichtlich verstrahlt einen gewissen Siegelring mit einer Rose drauf aufgesteckt hat, um dann mit fliegenden Fahnen zum Ball zu enteilen, während du leise in dich hineinimplodierend deine Pizza Funghi mit der Gabel umgebracht hast.«

»Bullshit. Wenn ich auf Aidan scharf gewesen wäre, hätte ich ihn auch bekommen«, behauptete Tessa mit einer wegwerfenden Geste. »Das hätte jede, die ein bisschen nett mit den Augen klimpern kann – oder in Mariellas Fall eher ihr Hinterteil bei jeder Gelegenheit in sein Blickfeld hält, so bedürftig wie der Junge ist. Nur hatte es außer der Rosalike niemand nötig, sich auf die Billig-Tour etwas zu beweisen. Die Sache mit dem Siegelring ist doch übelster Kitsch. Deshalb stand mir der Mund offen: vor lauter Fremdschämen.«

»Es tut mir leid, dass du die Sache zwischen Aidan und mir auf diese Weise erfahren musstest.« Mariella meinte es ernst. Zwischen Tessa und ihr gab es zwar keine Freundschaft, aber sie konnte nachempfinden, wie diese sich jetzt fühlte. Herauszufinden, dass der Junge, in den man so viel Aufmerksamkeit und Zuneigung investiert hatte, in ein anderes Mädchen verliebt war, musste ziemlich niederschmetternd sein. »Unter anderen Umständen würde ich mich jetzt ordentlich von dir rund machen lassen, damit du dein Gesicht wahren kannst, aber leider haben wir keine Zeit dafür. Wer auch immer für diesen Anschlag verantwortlich ist, er wollte nicht die erste Tannin-Riege vernichten. Der ganze pompöse Knall war nichts anderes als ein Ablenkungsmanöver, um Aidan zu verschleppen.« Sie legte eine Pause ein, weil ihre Stimme laut wurde. Doch sie wollte nicht vor Wut und Verzweiflung schreien und auch nicht heulen oder klagen, obwohl sie am liebsten alles gleichzeitig getan hätte. Das hier war ihre einzige Chance, Aidan zu helfen. Und sie würde sie nutzen. »Falls dir egal sein sollte, was aus Aidan wird, ist das eine Sache, Tessa. Aber allein die Vorstellung, was der Angreifer mit jemandem wie Aidan in seiner Gewalt anstellen könnte, kann dich auf keinen Fall kaltlassen.«

»Mir ist überhaupt nicht egal, was aus Aidan wird, nur weil er auf dein plumpes Angebot reingefallen ist!« Tessa ballte ihre schmalen Hände zu Fäusten, doch es war ihr entschlossener Gesichtsausdruck, der Mariella zurückweichen ließ. »Uns ist doch allen klar, dass du hier nur einen auf Freundschaft machst, um deinen Aufenthalt in der Zitadelle zu versüßen. Sobald du die Exit-Münze in der Hand hältst, verschwendest du keinen Gedanken mehr an uns. Nicht mal mehr an Lyon. Denn nachdem er Aidan seine Passiermünze für den Ball überlassen hat, dürfte er bei seiner Tante unten durch sein. Und in der Welt der Rosaliken gibt es bekanntlich keinen Platz für Verlierer.«

Tessas Worte trafen Mariella hart, egal, ob aus der Clairsearch bloß verletzte Gefühle oder die Wahrheit sprachen. »Du kannst von mir halten, was du willst. Alles, was ich jetzt wissen muss, ist, ob du Aidan zurückhaben willst.«

Tessa verschränkte die Arme. »Auf dem weißen Schimmel, auf dem du zu seiner Rettung eilen willst, ist nur Platz für eine von uns, das weißt du ganz genau.«

»Ich schaffe das aber nicht allein, ich brauche dich«, gab Mariella zu. »Was kann ich machen, damit du deine Wut auf mich vergisst?«

»Tot umkippen wäre ein unschlagbares Angebot.« Während Tessa noch sprach, begann ihr Kiefer zu zittern. »Es war alles so gut mit Aidan, bevor du aufgetaucht bist. Scheiße.« Sie schlug sich die Hände vors Gesicht, damit ihr niemand beim Weinen zusehen konnte.

Mariella stand hilflos da, obwohl es sie innerlich zerriss. Zögernd ging sie auf die Clairsearch zu und streckte die Hand aus.

»Versuch ja nicht, mich in den Arm zu nehmen, sonst kratze ich dir die Augen aus«, drohte Tessa.

Es klang jedoch nicht sonderlich überzeugend, also schnappte sich Mariella eine von ihren roten Locken und zupfte daran. »Jetzt vergiss mal deine angeborene Sturheit und akzeptier, dass wir im selben Boot sitzen.«

Tessa schniefte wenig damenhaft und wischte sich die Tränen aus dem Gesicht. »Das ist mir schon klar. Und dafür hasse ich dich noch eine Ecke mehr, wobei ich kaum glauben kann, dass das überhaupt möglich ist.« Trotzdem streckte sie die Hand aus und ergriff Mariellas, um einzuschlagen. »Was auch immer passiert, ich bin dabei. Aber ausschließlich wegen Aidan, verstanden? Nicht etwa, weil ich auf deine Süßholzraspelei reinfalle oder gar deinen Anspruch als Anführerin akzeptiere.«

»Das ist das umständlichste Ja aller Zeiten, aber danke.« Mariella drehte sich um. Der schwierigste Schritt stand ihr noch bevor. »Und was ist mit dir, Lyon?«

Lyon stand kerzengerade da, das Gesicht unlesbar. »Ich sollte sofort meine Tante aufsuchen und ihr meine Unterstützung anbieten. Dort oben muss das reinste Chaos herrschen.«

»Und warum bist du dann noch bei uns?«

Ein hartes Lächeln schlich sich auf Lyons Lippen. »Weil ich denselben Fehler, der mich nach Stoneheaven gebracht hat, schon wieder begehe: Statt mich an die Regeln zu halten, richte ich mich nach meinem Herzen. Ich hätte nie auch nur im Traum gedacht, dass ich so etwas mal sagen könnte, aber ich glaube, Aidan Beringer braucht meine Unterstützung jetzt dringender als die Marschallin und ihre Leute.« Dann deutete er mit dem Zeigefinger auf Mariella. »Es ist deine Schuld, dass ich ein weiteres Mal bei meiner Familie in Ungnade falle.«

»Die Provencalen können mich mal, wenn sie dich nicht zu schätzen wissen. Und dir sollte ihre Meinung auch am Hintern vorbeigehen.« Mariella blickte in die Runde. »Dann sind wir uns also einig? Wir suchen Aidan und bringen ihn zurück.«

»Und was ist mit mir?«, fragte Nihoin. »Möchtest du, dass ich euch begleite?«

Mariella schüttelte den Kopf. »Das kann ich von dir nicht erwarten. Wir gehen ein hohes Risiko ein – aber wir wissen, wofür. Wenn du uns allerdings einen Gefallen tun möchtest, dann könntest du die Wachen ablenken. Sie werden schon bald auftauchen, und es wäre gut, sie nicht direkt auf unseren Fersen zu haben.«

Nihoin nickte. »Soll ich einen Angriff inszenieren? Ich wurde darin geschult, mit mehreren Angreifern gleichzeitig fertigzuwerden.«

»Etwas Besseres. Du zeigst den Wächtern unseren angeblichen Fluchtweg durch einen Wassertunnel in einer bislang geheim gehaltenen Grotte. Als Beweis kannst du ihnen ein Aer zeigen und behaupten, wir hätten mehrere davon gehabt. Ich zeige dir den Weg in die Grotte, wir müssen dort eh noch etwas abholen. Diese Spur dürfte die Wächter für eine Weile ablenken, während wir uns mit meiner Passiermünze absetzen.«

»Und wohin setzen wir uns ab?«, fragte Lyon.

»Das wird Xiu uns sagen, er ist unser Fährtenleser. Stimmt's?«

Xiu nickte würdevoll. »Jede Aura hinterlässt Energierückstände, so was wie Fingerabdrücke, die wie Flecken aussehen, manchmal hell, manchmal dunkel. Ohne die Blocker könnte ich die Spur orten, aber so muss ich in ihrer direkten Nähe sein, um sie auszumachen. Sobald wir allerdings einen Rückstand gefunden haben, kann ich mich wie ein Bluthund auf die Spur stürzen.«

»Das heißt, wir müssen jede Ebene abklappern, bis du Rückstände dieser Asche-Aura ausmachst?«, vergewisserte sich Lyon.

»Das müssten wir tun, wenn der Entführer Mariella nicht netterweise betatscht hätte. Genau da«, Xiu zeigte auf die Mitte ihres Dekolletés, »ist ein richtiger Schmutzfleck.«

»Igitt, echt?« Mariella rieb angewidert über ihr Brustbein.

»Kannst du von den Rückständen darauf schließen, welcher Familie die Person angehört?«, wollte Skye wissen.

»Ohne die Blocker könnte ich dir sogar verraten, ob er oder sie Stuhlgangprobleme hat oder zu viel Games zockt und seine Aura deshalb verkleistert ist. Aber aktuell kannst du froh sein, dass ich überhaupt etwas wahrnehme.«

Lyon faltete die Hände und rieb sich mit den Fingerspitzen nachdenklich das Kinn. »Okay, was haltet ihr hiervon: Der Unbekannte hat sich schon vor dem Anschlag in der Zitadelle herumgetrieben. Das Proviantpaket, das Skye in dem verwüsteten Quartier gefunden hat, und auch der angebliche Fehlalarm … Jemand wollte bei uns eindringen und sich den vor Astrallis brennenden Aidan schnappen. Beim Ball hat er nun endlich Erfolg gehabt. Die Frage ist nur, wohin würde diese Person Aidan verschleppen? Ich bezweifle, dass sie nach dem Angriff einfach aus der Zitadelle rausspazieren kann. Die Sache war ein Überraschungs-Coup, aber davon werden sich die

Sicherheitskräfte schnell erholt haben und sämtliche Ausgänge verriegeln. Niemand wird Stoneheaven verlassen, bis diese Angelegenheit geklärt ist.«

»Die Verseuchte Ebene wäre für so jemanden das perfekte Versteck«, sagte Skye. »Dort unten treibt sich niemand rum, es gibt nicht mal ein nennenswertes Sicherheitssystem. Seit dem Erdbeben ist es eine No-go-Area, für die man kein Stoppschild braucht.«

»Ja, hallo? Warum braucht man das wohl nicht?«, unterbrach Tessa sie. »Weil dort bergeweise Ex-Stellarum herumliegt. Nicht gerade der richtige Ort für einen Tannin, egal, wie knallverrückt er oder sie ist.«

Skye ließ sich von ihrem Argument nicht abbringen. »Genau das macht es ja so perfekt. Usako hat seine Bewegungsmünze zum Rumschnüffeln auf der Verseuchten Ebene genutzt, bis ihn der Pilzkontakt außer Gefecht gesetzt hat. Er hat gesagt, das Ex-Stellarum häuft sich in der Mitte der Ebene. An den Rändern kann man sich also durchaus einnisten, wenn man hart im Nehmen ist oder sich sogar eine Schutzausrüstung organisiert.«

»Da wir ja irgendwo mit der Suche anfangen müssen, versuchen wir unser Glück eben auf der Verseuchten Ebene. Da dürfte jetzt eh am wenigsten los sein«, entschied Mariella, wobei sie immer noch heftig ihr Dekolleté rieb. »Hoffen wir, dass das Sesamum hält, was du dir von dem Teil als Generalschlüssel erwartest, Skye. Ich glaube nicht, dass meine Passiermünze für die Ebene 21 freigeschaltet ist.«

»Ein Sesa-Was?« Lyon warf die Hände in die Luft. »Wisst ihr was? Ich will es gar nicht wissen. Lasst uns lieber loslegen, bevor mir plötzlich aufgeht, auf was für einen Wahnsinn ich mich hier einlasse.«

»Ich befürchte«, sagte Mariella, während sie bereits Kurs auf Usakos ehemaliges Zimmer nahm, »damit geht es jetzt erst richtig los.«

46

Mit einer Mischung aus Faszination und Ekel starrte Lyon auf das Sesamum, mit dem Skye soeben den Zulassungsschalter für den einzigen Lastenaufzug manipuliert hatte, der noch bis Ebene 21 runterfuhr. »Ich hab ja schon von einigen geheimnisvollen Werkzeugen der Amur gehört, aber mal echt: Für die Herstellung dieses Teils müsste sich der Ältestenrat deiner Familie eigentlich vorm Kreis verantworten. Das ist nicht nur unheimlich, sondern geradezu kriminell.«

»Genau genommen sind das die meisten Aufgaben, für die der Kreis uns in Anspruch nimmt.« Skye verstaute das Sesamum in ihrer Latzhose. »Zum Glück hat es sich anscheinend nicht gelohnt, diesen alten lahmarschigen Lastenaufzug für die unteren Ebenen zu modernisieren. Vermutlich geht die Marschallin eh davon aus, dass, selbst wenn Xiu seine Fähigkeiten als Auren-Leser plötzlich voll ausleben sollte, er wohl kaum scharf darauf wäre, in Ex-Stellarum zu baden«, sagte sie, nicht recht bei der Sache. Ihre Augen wanderten unablässig umher, als suche sie nach versteckten Zeichen. »Xiu, bist du dir sicher, dass du im Aufzug keine Rückstände von unserem Zielobjekt wahrnehmen kannst?«

»Zielobjekt? Wow, ich stehe drauf, wenn du so voll profimäßig rüberkommst.« Xiu kicherte, hörte jedoch auf, als der marode Aufzug rumpelte und Mariella aufschrie. »Nein, hier ist nix. Falls deine Theorie stimmen sollte, muss unser Zielobjekt«, er giggelte bei dem Wort, »einen anderen Weg genommen haben. Einen halb verschütteten Schacht oder einen ehemaligen Notausgang oder so.«

»Ich mache mir gerade noch ganz andere Sorgen, als dass wir mit der Verseuchten Ebene aufs falsche Pferd gesetzt haben könnten«, sagte Tessa, die trotz der Enge des Aufzugs hin und her tigerte. »Mit Ex-Stellarum ist nicht zu spaßen – und Ebene 21 muss nach dem großen Erdbeben davon überquellen, egal, was Usako behauptet hat. Falls wir also nicht schleunigst die Fährte finden, könnte das für uns böse ausgehen.«

»Du kannst gern im Aufzug auf uns warten.« Seit sich die Türen des Aufzugs geschlossen hatten, waren Mariellas Nerven bis zum Anschlag gespannt, obwohl von ihrer sonstigen Beklemmung bei solchen Fahrten nichts mehr zu spüren war. Sie veranstalteten einen Wettlauf gegen die Zeit, bei dem Aidans Überleben in der Waagschale lag. Wenn sie ihn nicht schnellstmöglich fanden, würden ihn die Leute der Marschallin finden – zerstörtes Zeichen hin oder her. Es stand zu bezweifeln, dass die aufgebrachten Wachen ihn einer Befragung unterziehen würden. Nein, Fragen würden sie erst stellen, nachdem sie ihn getötet hatten, diesen Jungen, der mit seiner Strahlkraft vermutlich mehr als bloß eine Explosion bewirken konnte.

Auch Skye schien sich große Sorgen zu machen. »Und wenn du mal ganz kurz genau hinschaust, Xiu?«

Xiu zeigte ihr einen Vogel. »Raff es endlich: Ob kurz oder lang, ist den Blockern schnurz. Sobald ich meine Begabung bewusst aufrufe, springen sie an. Die Spur muss vor meiner Nase sein, oder die Aura unseres Unbekannten muss mich streifen, alles andere ist einfach zu viel. Es bringt euch doch nichts, wenn ich weiß, wo der Entführer oder Aidan sich aufhalten, ich aber von den Blockern gebannt bin und nicht mal einen Lippenfurz loslassen kann.«

Mariella spielte mit dem Gedanken zu erzählen, wie sie

Aidans aktivierte Blocker im Luftschacht abgeschaltet hatte, entschied sich jedoch, erst einmal abzuwarten, was die Ebene 21 zu bieten hatte. Weil sie den Schalter bei Aidans Blockern umlegen konnte, hieß das ja noch lange nicht, dass ihr das auch bei Xiu gelingen würde. Und falls sie versagte …

Der Aufzug kam rumpelnd zum Halten, und die Türen öffneten sich.

Vor ihnen erstreckte sich das übliche Gewirr aus Gängen, die von einer flackernden Notbeleuchtung erhellt wurden. Risse klafften in Wänden und Boden, überall lagen Gesteinsbrocken und von flüchtenden Tannin zurückgelassene Dinge herum. Alles wirkte leicht schief, als würde kein Winkel mehr stimmen. Sogar der Boden des Hauptgangs wellte sich auf eine Weise, dass einem ganz schummerig wurde. Nur eins fehlte in diesem Bild der Verwüstung: Es war weit und breit kein Ex-Stellarum zu sehen, und – was noch viel entscheidender war – es war auch keine Strahlung auszumachen.

»Eine üble Verseuchung habe ich mir anders vorgestellt«, sagte Lyon. »Oder war das mit dem Ex-Stellarum nur so ein Ammenmärchen, um neugierige Nasen von der Ebene 21 fernzuhalten?«

»Das mit der Strahlung ist kein Gerücht, Aidan und ich haben sie auf der Gefängnisebene trotz der Dämmung zu spüren gekriegt«, sagte Mariella.

Tessa spitzte die Lippen. »Und wo steckt dann bitte schön das ultraviele Ex-Stellarum? Es wird sich ja wohl kaum hinter der nächsten Ecke verstecken.«

»Jemand hat es weggestaubsaugt. Es sind nur noch ein paar klirrend scharfe Reste wahrzunehmen, feiner als Glassplitter.« Xiu umfasste seinen Blocker mit der Hand, als könne er ihn dadurch besänftigen. Was ihm offenbar nicht gelang, denn sein Gesicht war schmerzverzerrt. Lyon legte ihm eine Hand auf die Schulter, was Xiu mit einem Seufzer quittierte.

»Wenn ich die Geschichte richtig verstanden habe«, sagte

Lyon, »wurde die Zitadelle erbaut, weil man hoffte, die Quelle in der Tiefe nutzbar zu machen. Nur leider erwies sich die Energie als wertlos, weil sie sich von uns nicht in Astrallis umwandeln lässt. Der Höhepunkt war dann, als sie sich eruptiv freisetzte und ihr Umfeld mit strahlendem Ex-Stellarum verseuchte. In den Gängen vor uns müsste es eigentlich aussehen, als sei die Frostfee einmal durchgeschwirrt und habe alles mit Eiskristallen überzogen, auch wenn die richtigen Massen irgendwo tiefer in der Ebene lagern, wo das Beben stärker gewütet hat. So etwas entsorgt sich auf keinen Fall von selbst. Meint ihr, die Astrallis-Freisetzung im Ballsaal hatte damit was zu tun?«

»Keine Ahnung«, murmelte Mariella. Sie hatte das, was im Ballsaal passiert war, noch nie zuvor erlebt – oder gar jemanden von einem solchen Erlebnis erzählen gehört. Das Ganze war ihr nach wie vor ein Rätsel.

»Wer einen ganzen Sack voll Ex-Stellarum hat, braucht keine Astrallis-Entladung, um einen Haufen Tannin fertigzumachen«, sagte Tessa. »Nur dass niemand einen Sack mit Ex-Stellarum zusammenbekommt, ohne sich in einen durchgedrehten Mutanten zu verwandeln. Deshalb müssen sie das ja nicht mal wegsperren. Außer den Verwandelten ist niemand so verrückt, sich dem Zeug freiwillig zu nähern. Oh, ich vergaß: Die Amur, dieses sympathische Völkchen, sind es.«

Falls Skye sich angesprochen fühlte, ließ sie es sich nicht anmerken. Sie stand da, gespannt wie ein Flitzebogen, und schien mit allen Sinnen den vor ihnen liegenden Weg wahrzunehmen.

»Vielleicht hat sich ein Verwandelter von der Gefängnisebene während des Aufstands abgesetzt«, sagte Xiu. »Obwohl … dann hätte es nichts mit dem Angriff zu tun. Zu so was ist kein Verwandelter fähig. Oder das Gerede über die geheime Forschungsstation der Zitadelle ist doch mehr als nur ein Gerücht, und einer ihrer Insassen ist abgehauen und hat sich ordentlich mit Ex-Stellarum vollgefuttert und dann im Ballsaal ein monströses

Bäuerchen gemacht.« Der Junge sah aus, als würden die Gedanken hinter seiner Stirn gerade einen Mehrfach-Looping hinlegen, während er Knoten in die Spitzen seiner langen Haare frummelte.

»Entscheidend ist doch«, sagte Mariella, »dass niemand von uns auch nur den Hauch einer Strahlung wahrnimmt. Also verschieben wir das Rätselraten auf später und konzentrieren uns jetzt wieder auf die Fährtensuche. Deshalb sind wir schließlich hergekommen. Ich schlage vor, wir nehmen den Hauptgang und sehen, was passiert.«

Es war für Mariella nur schwer auszuhalten, einen Schritt vor den anderen zu setzen, ohne Xiu im Sekundentakt zu fragen, ob er schon etwas entdeckt habe. Um sie herum nahm die Verwüstung immer weiter zu, das Erdbeben hatte die Ebene in ein Trümmerfeld verwandelt. Für die Spuren der Zerstörung hatte Mariella allerdings keinen Blick übrig. Für sie dehnten sich die Sekunden unerträglich zäh in die Länge, während sie viel zu langsam vorankamen. Gleichzeitig schien die Zeit allerdings auch zu rasen, sobald sie an Aidan dachte. Sie wollte sich gerade eingestehen, dass die Idee mit der Ebene 21 wohl doch ein Fehlschlag war, als Xiu eine Siegerfaust machte.

»Yes! Wir haben unseren aschefarbenen Freund! Er hat unseren Weg gekreuzt – und zwar vor nicht allzu langer Zeit, so dick und fett, wie seine Rückstände in der Luft hängen. Und jetzt die Bonus-Info: Aidan ist tatsächlich bei ihm.«

Mariella schlug die Hände vor die Brust. »Geht es ihm gut?«

»Bin ich ein Orakel?«

Mariella entschied, Xiu trotzdem einen Schmatzer auf die Wange zu drücken.

»Da ist es.« Leicht benommen deutete der Junge auf den Gang, wo für die Übrigen nur staubige Luft zu sehen war. Xiu machte einen Schritt vor. »Genau hier, könnt ihr das nicht … Holla, das fühlt sich krass an.«

»Was meinst du, machen deine Blocker dir Probleme?«, hakte Lyon nach, in dem sich sofort der besorgte Gruppenleiter meldete.

»Mit den Blockern hat das nichts zu tun. Es ist die Spur des Unbekannten, sie ist irgendwie dicht, fast klebrig. Total unangenehm.«

Mariella trat neben Xiu und bemerkte, dass sich eine Gänsehaut auf ihren Unterarmen ausbreitete. Das war jedoch schon alles, was sie wahrzunehmen imstande war. »Komisches Gefühl. Vermutlich hängt es mit der besonderen Begabung des Attentäters zusammen.«

»Das wird es sein«, stimmte Xiu zu. Schweißperlen traten auf seine Oberlippe. »Lasst uns besser schnell machen, das ist voll unheimlich.«

Wie auf Kommando setzte sich die Gruppe in Bewegung.

»Alles klar?«, fragte Mariella, nachdem Xiu bloß schweigend neben ihr hergegangen war.

»Je dichter die Spur wird, desto fieser fühlt sie sich an.« Xiu lächelte verlegen, als Mariella seine Hand nahm. »Eine gute Nachricht habe ich allerdings auch im Angebot: Von hier aus kann es nicht mehr weit sein«, sagte er, die Stimme seltsam entrückt, wie ein Hall aus weiter Ferne. »Es ist so stark, dass ich mein eigenes Feld kaum aufrechterhalten kann. Es zieht irgendwie pervers an meiner Aura.«

»Dann brich die Verbindung ab, wir wissen doch jetzt, wo wir langgehen müssen.« Mariella wollte seine Hand drücken, doch seine Aura verdichtete sich plötzlich und stieß sie ab. Überrascht zog sie die Hand zurück. »Xiu, hörst du mich? Lass von der Spur ab, das ist doch nicht normal.«

Xiu antwortete nicht. Nur ein leichtes Zucken seiner Augen verriet, dass er sich auf Mariella zu konzentrieren versuchte, was ihm jedoch nicht gelang.

»Heilige Scheiße, er geht uns verloren«, fluchte Tessa. »Irgendwas überfordert seine Aura.«

»Was auch immer es ist, es überfordert seine Aura nicht, sondern tankt sie ab«, fügte Skye in ihrer unnachahmlich gelassenen Art hinzu. Als die anderen sie lediglich entgeistert anstarrten, zuckte sie mit den Schultern. »Seht ihr Xius abfließendes Astrallis denn nicht? Wie ein silbriger Fluss, der sich durch die Luft schlängelt. An meiner Aura zieht es auch schon.«

Mariella musste die Augen zu Schlitzen verengen, bevor sie erkannte, wovon Skye sprach. An den Rändern von Xius hell leuchtender Aura lösten sich feine Partikel ab, silbrige Tröpfchen, die sich miteinander verbanden und einem Ziel in der Dunkelheit zustrebten. In diesem Augenblick registrierte sie ebenfalls das sanfte, aber unwiderstehliche Ziehen, das bislang von ihrer Angst um Aidan überlagert gewesen war. Allerdings war es nicht so stark wie bei Xiu, vermutlich weil sie außerstande war, sich mit der Spur in Verbindung zu setzen. Ein Mangel an Begabung konnte eben auch von Vorteil sein.

»Xiu, jetzt ist Schluss mit den Mätzchen«, sagte Mariella mit aller Autorität, die sie aufbringen konnte. »Brich die Nummer sofort ab, oder es gibt für den Rest deines Lebens täglich Extra-Klavierstunden.«

Xiu zuckte zusammen und erwiderte ihren Blick aus den Augenwinkeln, während der Rest seines Körpers wie gebannt dastand.

»Das war gut«, sagte Skye. »Aber nicht gut genug.«

»Okay, dann eben auf die harte Tour.« Mariella ignorierte ihren Widerwillen, sich Xius immer fester werdenden Aura zu nähern, und streckte die Hände aus. Sie würde ihn bei den Schultern packen und ordentlich durchschütteln, bis die unselige Verbindung einen Kurzschluss bekam. Stattdessen erlitt sie selbst einen Kurzschluss, kaum dass ihre Finger die Außenhülle von Xius Aura berührten. Mit einem Schmerzensschrei taumelte sie zurück und stieß mit dem Rücken hart gegen die Felswand.

Sofort war Lyon bei ihr und hielt sie aufrecht. »Geht's wieder?«

»Nee, das war übel«, brachte Mariella zwischen klappernden Zähnen hervor. »Wenn man als Fünfjährige mit der Haarspange in der Steckdose rumprokelt und eine gewischt kriegt, ist das im Vergleich zu dem Schlag eben nicht mehr als ein Kitzeln.«

»Vergiss dein Gejammer«, fauchte Tessa. »Xius Gesicht sieht immer leerer aus, als wäre da nicht mehr viel von ihm übrig. Wenn nicht schnell was passiert, ist in diesem Körper gleich niemand mehr zu Hause, der auf den Zungenbrechernamen Xiuhtezcatl hört.«

»Ich probier es noch mal«, entschied Mariella und versuchte, ohne Lyons Hilfe zu stehen.

»Nein, jetzt bin ich dran«, sagte Lyon.

»Unsinn, ich bin für Xiu verantwortlich. Er ist nicht nur mein Zimmerkamerad, sondern so was wie ein kleiner Bruder.« Mariella stemmte sich gegen den großen Jungen, um ihn aus dem Weg zu schieben. Ohne Erfolg. Lyon stand wie ein Monolith vor ihr. »Hör mal zu, Herr Gruppenleiter. Es geht nicht nur darum, Xius widerspenstige Aura zu durchdringen, sondern seinen Blocker zu aktivieren. Anders werden wir die Verbindung, die er mit dieser klebrigen Spur eingegangen ist, kaum unterbrechen können.«

»Das mag sein, du wirst es trotzdem nicht noch einmal versuchen. Wir brauchen dich hier in einem Stück und nicht mit ein paar durchgebrannten Sicherungen im Oberstübchen«, erwiderte Lyon mit einem Gesichtsausdruck, der klarmachte, dass Mariella reden konnte, so viel sie wollte. An seiner Entscheidung würde das nichts ändern.

»Dann probiere ich es aus. Meine Aura ist von uns allen am stärksten entwickelt«, sagte Skye.

Tessa schüttelte den Kopf. »Das gibt doch nur einen besonders großen Bums.«

»Fällt dir was Besseres ein?«

»Durchaus«, sagte Tessa, den Blick auf Xiu gerichtet, der zur Salzsäule erstarrt dastand. »Ich mache es.«

»Schon klar, bei dir gibt es keinen Knall.«

»Nein, denn ich mache es auf die besondere Art der Clairsearch.« Tessa warf die Hände in die Luft. »Nun starrt mich nicht so entgeistert an. Es ist doch ein offenes Geheimnis, dass durch unsere Adern das Blut von Verwandelten fließt. Und falls ihr noch nie etwas darüber gehört habt, welche besondere Eigenschaft die Verwandelten der Grünen Insel besitzen, dann kann ich euch verraten, dass es mit dem künstlichen Aufblähen von Auren zu tun hat. Einige von uns können ihre Aura auf ihre drei- bis vierfache Größe anschwellen lassen, um darin fremdes Astrallis aufzunehmen, und sie anschließend wieder schrumpfen, sodass es niemand bemerkt.«

Lyon grinste trocken. »Das erklärt, wie ihr Clairsearch trotz der mickrigen Quelle auf eurem Territorium als eigenständige Tannin-Sippe überleben konntet. Ihr besucht einfach ein paar Nachbarfamilien, bedient euch heimlich an deren Astrallis-Vorräten und schmuggelt euer Diebesgut dann unbemerkt in eurer mutierten Aura nach Hause. Ganz schön gerissen.«

»Es ist nicht direkt Diebstahl«, hielt Tessa dagegen. »Ob du es glauben magst oder nicht: Unser Volk hat Unterstützer in den anderen Familien. Nicht alle Tannin halten die Kastengesellschaft für richtig.«

»Das wirklich Abgefahrene an der Geschichte ist doch, dass du fremdes Astrallis in deine Aura aufnehmen kannst. Deine Spender müssen es ja an dich weiterleiten, anders geht es nicht.« Entgegen ihrer sonstigen Art wirkte Skye beeindruckt. »Bei den Amur wärst du mit dieser Fähigkeit herzlich willkommen. Du müsstest nur trainieren, bestimmten Zielpersonen ihr Astrallis auch ohne ihre Zustimmung abzunehmen, bis nichts mehr davon übrig ist – sehr geil.«

»Wollt ihr das jetzt ernsthaft diskutieren, während Xiu dabei ist, den Abgang zu machen?«, fragte Tessa. »Ansonsten würde ich jetzt sein Astrallis umleiten, bis Mariella an seine Blocker rankommen kann, ohne dass es sie aus den Socken haut.« In ihren Augen funkelte eine Mischung aus Scham und Trotz. »Eins noch: Falls später einer von euch die spezielle Fähigkeit meiner Sippe ausplaudert, bringe ich ihn auf eine sehr fantasievolle und langsame Art um, von der selbst Skye fasziniert wäre. Das schwöre ich.«

»Rede nicht so viel, sondern mach dich an die Arbeit, sonst ist da nichts mehr von Xiu, das man noch retten könnte«, sagte Mariella.

Ganz ihrem Stil getreu zeigte Tessa ihr den Mittelfinger, ehe sie sich Xiu zuwandte. Wie Mariella zuvor streckte sie die Hände aus, doch im Gegensatz zu ihr berührte sie den Jungen nicht, sondern begann, ihre Hände in einem arabesken Muster zu bewegen. Als Mariella ihren Blick unscharf stellte, erkannte sie, dass Tessa eine Art Energiezeichen in die Luft schrieb, das sich wie ein Gitter um Xius Aura legte. Einem silbrig schimmernden Band gleich floss das in Xiu angesammelte Astrallis durch die Luft zu Tessa, deren Gesicht unnatürlich von innen zu leuchten anfing. Schweißperlen standen auf ihrer Stirn, die plötzlich deutlich höher wirkte als zuvor. Auch ihre Augen sahen eindrucksvoller und sehr viel größer aus, während Nase und Kinn geschrumpft schienen. Ihr rotblondes Haar entwickelte ein Eigenleben, seine Wellen führten sich wie wild gewordene Weinranken auf.

»Na los, Infantin, mach endlich dein Ding«, knurrte die Clairsearch. »Oder brauchst du eine Sondereinladung?«

Immer noch wacklig auf den Beinen trat Mariella an Xiu heran. Aus der Nähe betrachtet, machte der Junge einen noch erschreckenderen Eindruck. Von seiner sonstigen Lebendigkeit war nichts mehr auch nur zu erahnen. Mit herabhängenden Armen und ausdruckslosem Gesicht stand er da. Hoffentlich ist es nicht zu spät, dachte Mariella, dann griff sie nach den matt schimmernden Blockern an seinem Handgelenk. Da war es wieder, dieses scheußliche Gefühl, als würde sie gewaltsam von sich selbst abgeschnitten. Doch darauf war Mariella vorbereitet und ließ es einfach geschehen. Als das Energiefeld der Blocker sich ausreichend entfaltet hatte, tastete sie nach dem Widerstand und drückte mit einer Prise Astrallis dagegen. Sofort brach leuchtendes Weiß aus den Kristallen hervor, und die Silberschnur, die Xiu mit der fremden Spur verband, stob wie Nebel auseinander. So plötzlich, wie das diamantene Licht aus den Blockern hervorgebrochen war, erlosch es auch wieder.

Die Verbindung, die Xiu mithilfe seiner Gabe geschaffen hatte, war unterbrochen worden. Nur stand der Junge weiterhin wie eingefroren da.

»Füll seine Aura wieder auf«, wies Mariella die Clairsearch an, ohne den Blick von Xiu zu nehmen.

»Bin dabei. Wobei ich jetzt schon sagen kann, dass von seinem Astrallis nicht viel übrig geblieben ist. Unser kleiner Skater wird in den nächsten Wochen viel Zeit bei einer Quelle verbringen dürfen, um wieder anständig aufzuladen.«

Während sich Xius Aura um ihn ausbreitete, nun in einem hellen, fast reinen Weiß, fasste Mariella ihn bei den Oberarmen und drückte zu. »Xiu, Zeit aufzuwachen. Sonst gibt es kein Frühstück, du verfressene Wachstumsmaschine.«

»Da muss was Härteres her«, sagte Lyon irgendwo hinter Mariella. »Versuch's noch mal mit den Klavierstunden.«

Tessa verdrehte die Augen. »Die Taktik ist abgelutscht.« Als Mariella über ihre Schulter blickte, hatte das Gesicht der Clairsearch wieder seine alte Puppenhaftigkeit angenommen. Nur ihre übergroßen Augen verrieten noch das Erbe ihrer verwandelten Vorfahren.

Mariella dachte nach, dann brachte sie gepresst hervor: »Ratten! Hörst du, Xiu, da krabbeln Ratten in dein Hosenbein! Wenn du nicht gleich was machst, hast du ein ganzes Nest voller sich windender Leiber samt nackiger rosa Schwänzchen, wo du es auf keinen Fall haben willst.«

Ein Zucken ging durch Xius Gesicht.

»Lass mich mal«, sagte Skye und drängte sich vor Mariella.

Die Amur stemmte sich auf die Zehenspitzen, schlang die Arme um Xiu und verpasste ihm einen Kuss, der mit einem sanften Dornröschen-Schmatzer wenig zu tun hatte.

Xiu schlug die Augen auf.

»Auftrag erledigt«, sagte Skye, während sie den Jungen freigab und die Hände in die Taschen ihrer Latzhose steckte. Ihre Lippen glänzten feucht.

Xiu schlug sich die Hand vor den Mund, die Augen bis zum Anschlag aufgerissen. »Bäh«, keuchte er.

»Echt? Bäh?«, fragte Lyon interessiert.

Ein Wandel vollzog sich in Xius Gesicht von Abscheu hin zu Verwunderung und dann zu Begeisterung. Sein Blick suchte Skye, und als er die Hand sinken ließ, kam dahinter ein dickes Grinsen zum Vorschein. »Können wir das gleich noch mal ausprobieren, nur so zur Sicherheit?« Dann gaben seine Knie nach, und er plumpste auf den Hintern.

»Fieser Astrallis-Entzug«, stellte Tessa fest. »An die geschwächte Aura wird er sich erst mal eine Weile gewöhnen müssen.«

Wie zum Beweis fasste Xiu sich an die Stirn. »Scheiße, irgendwie dreht sich alles.«

Mariella hockte sich neben Xiu und strich ihm das Haar hinter die Ohren. »Was meinst du, wie lange brauchst du, um wieder auf Vordermann zu kommen?«

Anstelle einer Antwort sank Xiu endgültig zu Boden und rollte sich zu einer wimmernden Kugel zusammen.

»Mach mal Platz.« Tessa schob Mariella beiseite und schob ihr Halstuch unter Xius Kopf. »Ich bleibe bei ihm.«

»Du?« Mariella traute ihren Ohren kaum.

»Nun tu mal nicht so, irgendwer muss sich schließlich um die Nervensäge kümmern. Normalerweise würde ich ja sagen, dass das dein Job ist, weil du von uns allen am wenigsten draufhast. Aber was auch immer Aidan passiert ist, es ist offensichtlich an dir, ihn aus der Scheiße zu holen. Der Krieger und seine erwählte Kaiserin.« Die Bitterkeit in Tessas Stimme war nicht zu überhören. Dass sie sich davon nicht mitreißen ließ, rechnete Mariella ihr hoch an. »Wie auch immer, von uns Dreien werden Superman Lyon und die knallharte Amur den besten Geleitschutz abgeben, während ich hierbleibe und mich mit der Rolle der Krankenschwester begnüge.«

»Bist du dir sicher?«

»Wenn du nicht willst, dass ich meine Meinung ändere, Infantin, dann verpisst du dich besser pronto. Sonst garantiere ich für nichts.«

Mariella nickte. »Du bist echt meine Lieblings-Bitch, Tessa«, sagte sie anerkennend.

»Und du meine«, sagte die Clairsearch, ehe sie sich vorbeugte, um Xiu mit ihrer Elfenstimme ein beruhigendes Lied ins Ohr zu summen.

47

»Ist das jetzt ein besonders extravaganter Torbogen oder ein modernes Kunstwerk der weitgehend unbekannten Prä-Tannin-Ära?«, fragte Mariella, als sich das Labyrinth zu einem breiten Gang öffnete, der in einem kreisrunden Loch von gut vier Metern Durchmesser endete. Kreisrund, weil die Aushöhlung sogar vor dem Betonfußboden nicht haltgemacht hatte.

»Sieht aus, wie mit einem Laser reingeschnitten. Mit einem richtig großen Laser.« Obwohl Lyon flüsterte, war die Anspannung in seiner Stimme deutlich zu hören.

Auch Skye sprach leise, was sie allerdings meistens tat. »Ich tippe eher auf einen überdimensionalen Feuerball, obwohl ich keine Ahnung habe, welche Art Begabter so etwas erzeugen könnte. Es muss sich jedenfalls eine irre Hitze entwickelt haben, die Steinwände sind an den Rändern des Lochs geschmolzen und sehen aus wie mit Glas überzogen.«

»Dann haben wir es also mit einem Feuer spuckenden Drachen auf Astrallis zu tun.« Mariella kicherte, um sogleich wieder damit aufzuhören. »'tschuldigung, das ist der Stress.«

Lyon ignorierte sie. »Wäre nicht schlecht, wenn Xiu uns jetzt sagen könnte, was das energetische Wabern hinter dem runden Durchgang bedeutet. Ich bin zwar kein Auren-Leser, aber das gefällt mir überhaupt nicht. Habt ihr auch den Eindruck, dass es hier nach Asche riecht, so auf der Auren-Ebene?«

»Ich habe ehrlich gesagt nicht die geringste Ahnung, wonach Aura überhaupt riecht.« Mariella zuckte mit den Schultern. »Okay, hört mal. Es bringt nichts, hier noch länger rumzustehen, deshalb gehe ich jetzt einfach durch das Tor. Falls ich mich spontan in Luft auflöse oder von einem Flammenstoß niedergestreckt werde, tretet ihr den Rückmarsch an. Direkt und ohne einen Blick zurückzuwerfen.«

»Ich habe eine bessere Idee«, sagte Skye. »Mariella?«

Mariella, deren Augen sich an dem runden Durchgang festgesaugt hatten, brauchte eine Sekunde, ehe sie den Blick der Amur erwiderte. »Was denn?«

In der Sekunde warf Skye ihr bereits einen länglichen Gegenstand zu. Mariella versuchte, ihn zu fangen, und verfehlte ihn typischerweise. Während sie sich schnaufend bückte, um das schmale Etwas, das sich als das Sesamum herausstellte, aufzuheben, nahm sie aus den Augenwinkeln eine Bewegung wahr. Als sie sich aufrichtete, war Skye bereits durch den Durchgang gehuscht.

Lyon nickte anerkennend. »Das nenne ich eiskalt ausgetrickst.«

»Verfluchte Amur«, zischte Mariella. »Hinterher.«

Skye hatte den Raum betreten, ohne in Brand gesetzt oder von einer Astrallis-Druckwelle hinweggefegt zu werden. Trotzdem war sie bereits ein paar Schritt hinter dem Durchgang stehen geblieben und regte sich nicht mehr.

Mariella spähte vorsichtig um die Ecke in eine Höhle oder vielmehr in ein auf der Seite liegendes Ei, dessen Innenwände von Glas überzogen waren und rot glühten. Im hinteren Teil der Höhle herrschte offenbar akute Einsturzgefahr, wie die aufgetürmten Gesteinsbrocken und die von Rissen durchzogene und von einer Spalte verunstaltete Wand bewies. Die Luft war heiß, stickig und legte sich als metallisch schmeckender Film auf die Lippen.

Hat was von einer überhitzten Batterie, dachte Mariella. Dann erblickte sie den Grund für Skyes Erstarren. Am Fuß der sich auftürmenden Gesteinsbrocken lag Aidan in Seitenlage auf dem Boden, mit dem Rücken zu ihr. Seine Aura war in der elektrisch aufgeladenen Atmosphäre unmöglich wahrzunehmen, wobei der Einsatz der Blocker sie vermutlich eh geschwächt hatte. Auch die Entfernung war zu groß, um sagen zu können, ob er noch lebte. Mariella zwang sich, daran zu glauben, dass die Flecken auf seinem Hemd nur Schmutz- und keine Blutflecken waren, und dass die dunkle Lache, die sich unter ihm ausbreitete, bloß ein Schatten war. Darüber, dass sein Entführer, der einen ganzen Saal voller Tannin zum Beben gebracht hatte, bestimmt über andere Möglichkeiten verfügte, jemanden umzubringen, wollte sie lieber nicht nachdenken.

Vor Aidan kniete ein schmaler Junge in schlichter schwarzer Kleidung und starrte Skye an, die seinen Blick mit weit aufgerissenen Augen erwiderte. Etwas an dem Entsetzen auf den Zügen der Amur hinderte Mariella daran, sofort loszustürmen und Aidan an sich zu reißen. Das – und die Tatsache, dass Lyon sie festhielt.

»Hier stimmt etwas nicht«, wisperte er ihr ins Ohr.

»Natürlich nicht, Aidan liegt bewusstlos oder vielleicht sogar tot vor dem unheimlichsten Jungen, dem ich je begegnet bin.«

»Schau dir den Kerl genauer an. Fällt dir nichts auf?«

Obwohl alles in Mariella sofort und gegen jeden Widerstand zu Aidan wollte, folgte sie Lyons Anweisung. Sie sah ein blasses Gesicht mit viel zu großen dunklen Augen und feinen Zügen, die es einem schwer machten, das Alter zu schätzen. Gut möglich, dass der Junge schon sechzehn Jahre alt war, vielleicht aber auch erst vierzehn. Je länger Mariella ihn anblickte, desto unsicherer wurde sie, ob es sich nicht womöglich um ein Mädchen handelte.

»Ist das ein Skye-Klon?«, hauchte Mariella.

»Er stammt zumindest aus der Familie der Amur.«

»Bestimmt ist er der Attentäter, vor dem Skye fliehen wollte.« Mariella stutzte. »Aber das ist doch bloß ein Küken. Vor dem Hänfling hätte nicht mal Xiu Schiss.«

»Hast du denn während deiner Zeit mit Skye nichts gelernt? Die Amur sind Meister darin, ihre Fähigkeiten zu verbergen, die geborenen Schauspieler. Wahrscheinlich bieten sie bei der Assassinenausbildung extra Kurse im Harmlos-Aussehen an.«

In diesem Moment fand Skye ihre Sprache wieder. »Lorhian … Deine schönen Haare … Warum um alles in der Welt hast du sie abgeschoren?«

Der Junge, der offenbar Lorhian hieß, verzog verächtlich den Mund. »Weil ich jetzt du bin, der Primus-Schüler unter den Auszubildenden, nachdem du es vorgezogen hast, zu versagen und Schande über unsere Meister zu bringen«, sagte er mit tiefer, verstörend ruhiger Stimme. »So gesehen wundert es mich schon, dass du nicht überrascht bist, mich zu sehen.«

»Ich habe damit gerechnet, das früher oder später jemand aus der Familie hier auftaucht. Ich dachte an einen gesichtslosen Schatten, der mich ohne großes Aufsehen liquidiert. Aber mit dir …« Skye verstummte und schlug die Hände vor die Brust, offenbar überwältigt von Unglauben und der Freude, diesen Jungen wiederzusehen, gleichgültig, wie die Umstände waren. »Nein, mit dir habe ich nicht gerechnet, niemals«, gestand sie schließlich ein. »Ich hätte im Traum nicht daran gedacht, dass du mir noch einmal gegenübertreten würdest.«

Auch Lorhian kämpfte sichtlich gegen seine Gefühle an. Er zitterte, allerdings, wenn Mariella das richtig wahrnahm, vor Anstrengung, seine Wut im Zaum zu halten. »Du glaubst, ich bin in die Zitadelle eingedrungen, weil ich dich unbedingt wiedersehen wollte?«

»Warum sonst solltest du all das getan haben, um mich anzulocken?« Sie deutete auf Aidan. »Darum ging es dir doch. Wenn du mich nur hättest umbringen wollen, wäre Aidan schon längst tot. Seine Atmung ist flach, aber stark genug, um sie selbst auf diesen Abstand auszumachen.«

Mariella schlug sich die Hand vor den Mund, um nicht laut zu jauchzen. Aidan lebte also noch! Und es trennten sie lediglich ein paar Meter voneinander. Doch noch kauerte dieser Lorhian im Weg wie eine Raubkatze vor ihrer Beute. Nur, dass diese Raubkatze bereits ein neues Opfer ausgemacht hatte, so wie Lorhian den Kopf schief legte und Skye musterte.

»Dieser Junge ist mir vollkommen egal.« Lorhian stieß gegen Aidans Arm, der ohne jeden Widerstand zu Boden glitt. »Im Gegensatz zu dir. Ich bin deinetwegen in die Zitadelle eingedrungen, das stimmt. Nur hatte ich nicht damit gerechnet, dich so schnell zu sehen, aber nun gut.« Er stand auf und stieg über Aidan hinweg, als sei er bloß ein lästiges Hindernis. Schritt für Schritt durchquerte Lorhian die Höhle, die Schultern vor Anspannung bebend, ein Umstand, der Skye zu entgehen schien, die mit ausgebreiteten Armen auf den Jungen zulief.

»Dann hast du unsere Trennung auch nicht verwunden?«, fragte sie.

»Wie könnte ich, nachdem du mich so schäbig verraten hast?« Lorhian spuckte aus.

Abrupt blieb Skye stehen, merklich getroffen von der Zurückweisung.

Diesen Augenblick nutzte Lyon, um sich an Mariella vorbei in die Höhle zu schieben. Er machte ihr ein Zeichen, ihm zu folgen. Tatsächlich beachtete sie keiner der beiden Amur, die zu tief in ihr Gespräch versunken waren. Trotzdem setzte Mariella jeden Schritt so leise wie möglich, sie wollte, so schnell es ging, zu Aidan, ohne in das Drama der beiden sich so ähnlich sehenden Kids verstrickt zu werden.

»Ich habe dich nicht verraten, sondern dich gerettet!«, brach es gerade aus Skye hervor. »Dafür habe ich einen hohen Preis gezahlt und auf meinen Platz in der ersten Reihe unserer Familie verzichtet, aber das war es mir wert.« Als Lorhian nur angeekelt den Mund verzog, schüttelte Skye den Kopf. »Du musst dir doch denken können, was sie mir als Abschlussprüfung auferlegt hatten: Ich sollte dich töten, ausgerechnet dich, meinen besten Freund, mein Pendant während der langen schwierigen Ausbildung. Sie haben allen Ernstes von mir verlangt, dich umzubringen!«

»Und du hast es nicht getan, verdammt! Wie konntest du nur?« Nun brach die Wut doch aus Lorhian hervor. »Damit hast du alles zerstört, worauf wir jahrelang so hart hingearbeitet haben. Es ist die größte Ehre, wenn man in der Abschlussprüfung auf sein Pendant angesetzt wird. Es beweist, dass man die Lehren zutiefst verinnerlicht hat und anzuwenden weiß. Stattdessen bist du geflohen und hast dich in diesem Loch verkrochen wie eine Ratte.«

Skye schüttelte ungläubig den Kopf. »Begreifst du denn nicht? Wenn ich die Prüfung absolviert hätte, wärst du jetzt tot.«

»Das bin ich auch so, genau wie unsere Ausbilder und unsere Familien. Wir sind tot, weil niemand uns mehr vertraut. Wir sind Ausgestoßene, Versager. Nein, ich bin nicht tot, sondern ein atmender Niemand. Und alles nur wegen deiner Gefühlsduselei.«

Inzwischen standen die beiden Amur kaum noch eine Armlänge auseinander und starrten sich herausfordernd an.

Lyon beugte sich zu Mariella. »Kümmer du dich um Aidan, ich behalte die Streithähne im Auge. Der Junge steht kurz vor der Explosion, und ich werde nicht zulassen, dass Skye sich vor lauter Kummer von ihm zerfetzen lässt.«

Sofort löste Mariella sich von der Wand und huschte zu Aidan. Als sie sich vor ihm hinkniete, bemerkte sie als Erstes seine offen stehenden Augen, doch er sah sie nicht an, sondern stierte ins Leere. Seine Haut war kühl, und als sie seine Hand nahm, ging nicht das leiseste Zucken durch seine Finger. Ob die Amur ihre Opfer wohl in lebende Tote verwandeln können?, dachte Mariella, während sie gegen das Verlangen ankämpfte,

Aidan zu packen und kräftig durchzuschütteln. Stattdessen beugte sie sich vorsichtig über ihn und flüsterte ihm seinen Namen ins Ohr. Keine Reaktion.

»Dann bist du also nur gekommen, um mir ins Gesicht zu sagen, dass du mich für meine Entscheidung verachtest?«, hörte Mariella Skye fragen. Die Amur klang mindestens so verzweifelt, wie sie sich fühlte.

»Ich bin gekommen, um die Prüfung zu Ende zu bringen, damit alles so wird, wie es hätte sein sollen.«

»Ich werde dich nicht töten«, sagte Skye. »Und du wirst mir auch nichts antun, das weiß ich genau. Dafür kenne ich dich zu gut.«

»Wir werden sehen«, erwiderte Lorhian mit gefährlicher Ruhe. »Aber zuerst einmal sollten wir uns um deine Freunde kümmern.«

Erschrocken hob Mariella den Kopf und sah direkt in Lorhians tiefbraune Augen, während er ihr über die Schulter einen Blick zuwarf. Dann schob sich auch schon Lyon in die Sichtachse.

»In dem Fall würde ich vorschlagen, dass du mit mir anfängst«, sagte der Provencale.

»Wie du willst.« Einen Sekundenbruchteil später blitzte etwas in Lorhians Hand auf.

»Nicht!«, schrie Skye, doch da zischte der Gegenstand auch schon durch die Luft, während Lyon sich zur Seite warf. Das Geschoss streifte trotzdem seinen Arm, und die Haut klaffte auf. Entsetzt beobachtete Mariella, wie es neben ihr in die Wand schlug und dort stecken blieb. Ein Wurfstern. Unterdessen rollte Lyon sich ab, war im nächsten Moment schon wieder auf den Beinen und lief auf Lorhian zu, nur um von der plötzlich vorpreschenden Skye niedergerungen zu werden.

»Der Wurfstern war vergiftet, du darfst dich nicht bewegen, Lyon! Dadurch verteilt sich das Gift nur noch schneller«, schrie Skye, als Lyon sie abwarf. »Versuch, so wenig wie möglich zu atmen und deinen Herzschlag runterzufahren«, wies sie den erstarrten Lyon an. »Und du, Lorhian …«

Der junge Amur erwiderte ihren Blick ausdruckslos.

»Gib mir sofort das Gegengift. Ich weiß, du hast es dabei, für den Fall, dass du dich bei einem Missgeschick selbst verletzt.«

»Komm her und hol es dir«, sagte Lorhian. »Ich verspreche dir, du bekommst es nur über meine Leiche. Und wenn du zu lange zögerst …« Er holte einen weiteren Wurfstern hervor. »… dann sorge ich dafür, dass auch das Mädchen eine Portion Gift abbekommt.«

Skye brauchte nur einen Herzschlag, um ihre Entscheidung zu treffen. Dann griff sie an, so schnell, dass Mariella es erst mitbekam, als die Amur bereits mit voller Wucht gegen Lorhian prallte. Der Junge ließ den Aufprall zu, fast, als würde er den Zusammenstoß genießen, dann packte er Skye und schmiss sie zur Seite. Doch anstatt zu stürzen, wirbelte sie herum und versuchte, ihm die Füße wegzutreten. Er war jedoch schneller, wich tänzelnd aus und setzte dann selbst zu einem Tritt an, den Skye gekonnt abwehrte.

Das kann noch Ewigkeiten so weitergehen, begriff Mariella. Die beiden Amur waren offensichtlich von denselben Lehrern unterrichtet worden und kannten die Tricks und Strategien des anderen auswendig.

Die Kampfschreie ignorierend suchte Mariella Aidans Körper auf Schnittstellen ab, um festzustellen, ob er ebenso wie Lyon mit Gift bewegungsunfähig gemacht worden war. In dem Fall dürfte sie ihn nämlich nicht aus der Gefahrenzone schleifen. Anstelle einer Wunde fand sie allerdings eine silbrige Nadel, die, verdeckt von seinem Haar, in seinem Nacken steckte. Ein Trick der Beringer, erinnerte sie sich. Aidan hatte von dieser Technik erzählt, die eingesetzt wurde, um Schützlinge schleunigst aus dem Verkehr zu ziehen, ohne sie dabei zu verletzen. Aidan hatte ihr im eingestürzten Luftschacht genau das angedroht, als sie sich geweigert hatte, den Rückzug anzutreten.

Mit einem Ruck zog Mariella die Nadel heraus.

»Das wurde aber auch Zeit«, murrte Aidan und hustete. »Ich dachte schon, ich ende wie Schneewittchen, nur ohne gläsernen Sarg.«

»Wenn du nicht gleich ein bisschen dankbarer bist, stecke ich die Nadel wieder rein«, ätzte Mariella gewohnheitsmäßig zurück. Als Aidan sich mühsam aufsetzte, zog sie ihn allerdings sofort in die Arme, spürte, wie sein Herz schlug, sein Brustkorb sich beim Atmen weitete und die Wärme zurück in seine Glieder strömte.

»Ganz ruhig, Mariella. Ich freue mich ja auch, dich zu sehen. Sehr sogar.«

Sie klammerte sich an ihn – und konnte zum ersten Mal die Vorstellung an sich heranlassen, wie es gewesen wäre, ihn zu verlieren. Unerträglich. Als habe ihr Herz einen Ton ausgesendet, auf den nur Aidan antworten konnte. Und wenn die Antwort ausbleiben sollte, dann …

»Mariella … Weinst du?«

»Ja«, gab sie zu. Welchen Sinn machte es zu leugnen, was eh offensichtlich war? »Jetzt weiß ich, dass meine Mutter mit ihrer Einsamkeit eine feige Entscheidung getroffen hat. Es auszuhalten, an einen Menschen gebunden zu sein, ist die wahre Herausforderung. Besonders wenn es sich um dich handelt, du Unglücksmagnet.«

»Beschwerde zwecklos, ich habe dich gewarnt«, sagte Aidan. »Hilft es dir, wenn ich zugebe, dass ich unendlich glücklich darüber bin, dass du so ungemein stur darauf bestehst, dich nicht von mir loszusagen?« Nun war nichts mehr von seiner typischen Neckerei zu hören, mit der er ansonsten vermied, im Gefühlschaos zu versinken. Vielleicht spürte er die Erschütterung, die sie ergriffen hatte, oder er begriff zum ersten Mal, wie viel er ihr wirklich bedeutete. Vorsichtig löste er sich von ihr, gerade so weit, dass er ihr ins Gesicht sehen konnte. Seine noch kühlen Fingerspitzen strichen über ihre Wange. »Vielen Dank … für alles. Aber besonders dafür, dass ich erleben durfte, wie es ist, zu einem Menschen zu gehören, egal, wer man ist und was man getan hat.«

»Es gefällt mir nicht, wie du das sagst. Es klingt zu sehr nach Ende.«

Aidan lächelte. »Ein Pechvogel lässt seine letzten goldenen Worte besser ab, solange er noch Gelegenheit dazu hat.«

Ein markerschütternder Schrei ließ sie beide aufblicken. Lorhian lag zusammengekrümmt an einer Wand, als wäre er dagegen geschleudert worden und mit verrenkten Gliedern hinabgesunken. Skye stand ein ganzes Stück entfernt vornübergebeugt mit bebendem Rücken, während ihr Blut aus der Nase strömte. Zumindest hoffte Mariella, dass die Nase die Quelle für die Blutung war. Unterdessen begann Lorhian, sich wieder zu regen, und kam erschreckend schnell auf die Beine. Noch stand er wackelig da, hatte Skye jedoch schon wieder fest im Blick. Ein Umstand, der auch Lyon nicht entgangen war, der gerade Anstalten machte aufzustehen, um Skye zu Hilfe zu kommen.

»Lyon, nicht bewegen!«, rief Mariella.

Aidan löste sich geschickt aus ihrer Umarmung und nahm Mariella die Silbernadel ab. »Keine Sorge, ich setze Lyon außer Gefecht. Schau du dich inzwischen um. Der Amur hatte vordem eine Tasche dabei, da könnte was Brauchbares drin sein, um Skye zu helfen. Je schneller wir das Gegengift haben und von hier abhauen können, desto besser. Uns bleibt nicht mehr viel Zeit.«

»Wie meinst du das mit der Zeit? Weil Lyon sonst stirbt, oder was?«

Doch Aidan hielt bereits mehr stolpernd als gehend auf Lyon zu, der schweißüberströmt auf dem Boden kniete. Lyons Augen waren vor Angst geweitet, und seine Nasenflügel bebten, als Aidan sich über ihn beugte und ihn sanft niederdrückte.

»Kriegst du das ohne mich hin?«, fragte Lyon. »Weil …

Mariella wird dir höchstens im Weg stehen, wenn du in den Kampf eingreifen willst.«

»Wichtig ist jetzt erst mal, dass du dich nicht mehr rührst. Durch die Blockierung wird das Gift eine ganze Weile länger brauchen, um sich in deinem Körper zu verteilen. Und egal, welche Tricks dieser Lorhian draufhat, ich bin ruck, zuck mit dem Gegenmittel zurück.«

»Das will ich hoffen, sonst komme ich als Geist rüber und trete dir in den Arsch«, sagte Lyon, dann senkte er den Kopf, damit Aidan die Nadel platzieren konnte.

Mariella bückte sich gerade nach Lorhians enttäuschend leichten Beutel, als Lyons liegender Körper vollends erschlaffte. »Ist schon seltsam, dass Lorhian dich auf diese Weise k.o. gesetzt hat«, rief sie Aidan zu. »Ich dachte, diese Technik ist eine Spezialität der Beringer und nicht der Amur.«

»Das ist sie ja auch«, sagte eine Stimme, die verwirrend nach Aidan klang, allerdings direkt hinter ihr ertönte.

48

Mariella wirbelte herum, um dann wie angefroren stillzustehen. Höchstens eine Armlänge entfernt stand ein junger Mann in einer Uniform der Rosaliken, der zugleich eine ältere Ausgabe von Aidan war: dieselbe athletische Statur, die an einen durchtrainierten und doch schlanken Zehnkämpfer denken ließ, das gleiche Nordlichthaar, in diesem Fall kurz geschnitten, und das Gesicht mit den klaren Zügen. Nur die Augen unterschieden sich: Was bei Aidan irisierendes Blau war, wirkte bei diesem jungen Mann wie dunkles, unruhiges Wasser.

»Da sieh mal einer an, Mercedes' missratene Tochter kommt zu deiner Rettung geeilt. Ich bin beeindruckt, Aidan.« Der junge Mann musterte Mariella mit kühlem, fast abfälligem Interesse. Kein Funke von Unsicherheit war zu entdecken.

Instinktiv setzte Mariella einen Schritt zurück und deutete auf die Uniform. »Du bist einer der Beringer, die als Leibwächter für meine Mutter arbeiten. Dadurch hast du es in die Zitadelle geschafft.«

»Also wirklich, du bist ja gar nicht so schwer von Begriff, wie allgemein behauptet wird.« Es klang nicht nach einem Kompliment. »Nachdem wir Beringer in Alaska verlassen mussten, hat deine werte Mutter einige von uns zu besonderen Konditionen aufgenommen. Wobei besondere Konditionen nichts anderes als Sklaverei bedeuten. Aber ein Volk ohne eigene Quelle kann in ihren Augen froh sein, wenn es überhaupt noch für die Sklaverei dient.«

Mariella hielt sich Lorhians Tasche wie einen Schutzschild vor die Brust. »Ich will mit meiner Schlauheit ja nicht angeben, aber ich tippe drauf, du bist so was wie Aidans böser Zwillingsbruder.«

Der junge Mann lächelte, als habe er ihren Seitenhieb gar nicht mitbekommen. »Aidans großer Bruder, um genau zu sein. Wenn er dir von mir erzählt hat, muss es ihn ernsthaft erwischt haben, sonst ist er ja alles andere als redselig. Das hat er bewiesen, als er sich für die Versiegelung der Quelle nach Stoneheaven hat schicken lassen. Die Aktion mit der Versiegelung war übrigens seine dümmste Idee in einer langen Reihe.«

»Ich bin berühmt für meine dummen Ideen«, sagte Aidan. »Das weißt du doch, Otis.«

Mariella hätte zu gern gesehen, wie Aidan auf den Auftritt seines Bruders reagierte, oder einen Blick auf Skye und ihr Pendant, die der Geräuschkulisse aus Kampfschreien und Poltern nach immer noch ihre Kräfte maßen. Sie wagte es jedoch nicht, dem jungen Mann auch nur eine Sekunde den Rücken zuzudrehen. Zwar konnte sie die Aura eines Tannin nicht so wahrnehmen wie Xiu es tat, aber sie wettete drauf, dass Otis' wie Ascheflocken schmeckte. Allerdings erkannte sie auch ohne eine solche Begabung, dass mit Aidans Bruder etwas nicht stimmte. Eine elektrisierende Energie ging von ihm aus, als würde seine Aura mit hart und schnell aufeinanderfolgenden Wellen den gesamten Raum fluten – und es gefiel Mariella gar nicht, so dicht im Epizentrum dieser Entladungen zu stehen. Wenn dieser Otis anfing, Astrallis – oder was auch immer er zu kanalisieren imstande war – durch seine Aura zu jagen, würde es sie als Erste treffen.

Verstörenderweise beachtete Otis seinen jüngeren Bruder nicht weiter, dafür war er offenbar viel zu sehr von Mariella fasziniert. »Du bist wohl auch so eine von Aidans Schwachsinnsnummern. Da verliebt der Idiot sich ausgerechnet in die Infantin der Rosaliken, von der die ganze Welt weiß, dass sie eine Quelle nicht von einem Autoscheinwerfer unterscheiden kann.«

Nun warf Mariella doch einen Blick über die Schulter zu Aidan. »Jetzt weiß ich, woher du deinen speziellen Charme hast: Du bist bei deinem großen Bruder in die Schule gegangen.«

Aidan kauerte neben dem liegenden Lyon, das Gesicht weiß vor Anspannung. Etwas an ihm gefiel Mariella nicht. Sie brauchte eine Sekunde, um zu begreifen, was es war: Aidan hatte Angst, Angst um sie. Dann war es also noch viel schlimmer als angenommen. Sie wollte vor Otis zurückweichen, doch der stand bereits vor ihr und nahm ihr Lorhians Beutel ab.

»Du hast doch nichts dagegen, wenn ich das an mich nehme?« Er lächelte kühl. »Jedenfalls habe ich schon etwas in diese Richtung vermutet, als ich euch zwei beim Eröffnungstanz beobachtet habe. Aidan hat regelrecht geglüht vor Stolz, weil er mit dir über die Tanzfläche gleiten durfte. Und die Art, wie er dich angesehen hat ... als würde es nur dich geben und nicht einen Ballsaal voller Tannin, denen bei seinem Anblick der nackte Hass in den Augen stand. Und dann sein völlig unüberlegter Angriff, nachdem ich mein kleines Ablenkungsmanöver gestartet hatte und dich genauer anschauen wollte. Ich sagte es ja schon: Er mit seinen dummen Ideen. Die aktivierten Blocker wieder auszuschalten, ohne dabei versehentlich sein Hirn zu grillen, war eine Tüftelarbeit, die mich viel zu viel Zeit und Nerven gekostet hat.« Otis kräuselte die Lippen, die Aidans so ähnlich sahen. Nur dass Aidan sich niemals zu einer gekünstelten Geste herabgelassen hätte. »Bei einer Sache habe ich allerdings falschgelegen, ich dachte nämlich, du benutzt Aidan bloß, um deiner Mutter eins auszuwischen. Ich wäre nie auf die Idee gekommen, dass du für ihn in die Tiefen der Zitadelle hinabsteigen würdest, sonst hätte ich selbstverständlich einen entsprechenden Empfang vorbereitet.«

»Das war jetzt genug Small Talk«, sagte Aidan. »Warum sagst du deinem Kompagnon nicht endlich, dass er aufhören soll, meine Kameradin zu bedrängen? Das Elend ist ja nicht mit anzusehen.«

Otis winkte ab. »Nun sei nicht so ein Spielverderber, die beiden Amur haben doch gerade richtig schön Spaß.«

Tatsächlich lagen Skye und Lorhian ineinander verkeilt am Boden und pressten sich gegenseitig die Luft ab. Keiner von beiden wollte aufgeben, obwohl es ein Schauspiel in Zeitlupe war. Nach ihrem entfesselten Kampf waren sie inzwischen zu erschöpft oder verletzt, als dass einer von ihnen sich hätte aufbäumen und den anderen endgültig ausknocken können.

Mariella wollte die Ablenkung nutzen, um Abstand zwischen sich und Otis zu bringen, doch er war schneller und legte einen Arm um sie. Seine Berührung löste eine dunkle, tief schwingende Vibration in ihrem Körper aus, die sie erzittern ließ. Was ist das?, dachte Mariella entsetzt. Es war wie das Gegenteil des Brennens, das Aidan bei ihr erzeugt hatte.

»Du willst dich doch nicht etwa absetzen, Liebes?«, fragte Otis. »Schließlich habe ich gerade erst angefangen zu erforschen, was mein Bruder an einer verdammten Rosalike wie dir findet.« Er machte mit Mariella in den Armen eine Drehung, sodass sie einen Blick auf Aidan erhaschte, der auf sie zulief, aber nun mitten in der Bewegung innehielt.

Beschwichtigend hob Aidan die Hände. »Was auch immer du vorhast, Otis, es ist sicherlich nicht in deinem Sinne, Mariella etwas anzutun. Egal, was du von ihr hältst, sie ist die Tochter der großen Mercedes. Es ist bestimmt besser, wenn sie unbeschadet bleibt.«

»Netter Versuch. Es ist nur so, dass mir Mercedes völlig gleichgültig sein kann, wenn ich mit meiner Aufgabe hier fertig bin. Allerdings hast du insofern recht, als dass sich dein Mädchen ganz hervorragend als Pfand benutzen lässt, Aidan. Ich habe mir nämlich Sorgen gemacht, wie ich dich davon überzeugen kann, nach meiner Pfeife zu tanzen. Schließlich weiß ich nur allzu gut, was für ein Sturkopf du bist. Aber mit deinem Augenstern an meiner Seite …«

Etwas in Otis' Aura geriet in Bewegung, es war ein Schwall dunklen Astrallis, und Mariella schrie gepeinigt auf. Ihre Aura gerann, verfestigte sich und wurde zu einem Gefäß, durch das der dumpfe Hall, den Otis auslöste, dröhnte. Viel würde es nicht mehr brauchen, und ihre Aura würde erste Risse bekommen, das erkannte sie mit erschreckender Klarheit. Und wenn das passierte … Dann lieber tot, dachte sie.

»Schon gut«, unterbrach Aidan die Drohgeste seines Bruders. »Ich tue, was immer du verlangst.«

Otis verstärkte die Flut dunklen Astrallis noch einmal und hielt Mariella auf den Füßen, als ihre Knie nachgaben. Dann erst dämpfte er den Übergriff. »Schön, dass wir uns verstehen, kleiner Bruder. Als Beweis gehst du rüber zu dieser Amur aus deiner Einheit und sorgst dafür, dass sie uns nicht weiter ablenkt. Du brauchst auch kein schlechtes Gewissen zu haben. Niemand auf den umliegenden Ebenen wird die nächste Stunde überleben, wenn er nicht im Feld meiner Aura steht.«

Allem Anschein nach hatte Skye den Zweikampf mit ihrem Pendant insofern gewonnen, als dass Lorhian mit schmerzverzerrten Zügen nach Luft rang, was ihn wohl noch eine ganze Weile beschäftigen würde. Skye hingegen robbte halb besinnungslos über den steinigen Grund, das eine Auge zugeschwollen und das andere bestenfalls auf Halbmast. Wohin sie wollte, war unklar. Wahrscheinlich wollte sie nur noch weg von dem Jungen, dessen Gesicht blau anlief. Sie bekam nicht einmal mit, dass Aidan vor sie trat, obwohl seine Stiefel ihr den Weg versperrten.

»Aidan, nicht!«, gelang es Mariella hervorzubringen. »Ich bin Otis' einziges Druckmittel, er wird mir nichts antun.«

»Doch, das wird er«, sagte Aidan. »Und ich würde es nicht aushalten, tut mir leid.«

»Nicht, Aidan, bitte.« Mehr kam nicht über Mariellas Lippen, zu stark war das Nachbeben, mit dem Otis sie erschütterte, um sie zum Schweigen zu bringen.

Ohnehin hätte nichts Aidans Entscheidung geändert – sein Bruder traf ins Schwarze, wenn er ihn einen Sturkopf nannte. Mit der Stiefelspitze tippte Aidan Skyes Schläfe an, als wollte er Maß nehmen, dann trat er zu. Ein dumpfes Stöhnen war zu hören, und wie auf einen geheimen Befehl hin sackte Skye leblos in sich zusammen. Aidan ging auf die Knie und beugte sich über ihren leblosen Körper. »Skye wird uns nicht mehr stören«, sagte er nach einer Weile kaum hörbar.

»Gut.« Otis klang, als würde er mit Skyes Beseitigung lediglich eine lästige Aufgabe von seiner To-do-Liste streichen. »Dann geh rüber zu dem Provencalen und bring mir die Nadel. Ich brauche sie für deine Freundin, damit sie nicht auf krumme Gedanken kommt, wenn wir beide uns unserer Aufgabe widmen.«

Aidan ging zu Lyon und kniete sich neben ihn. »Soll ich dafür sorgen, dass Lyon sich nicht länger mit dem Gift in seinen Adern quälen muss? Ich müsste ihm dazu einfach nur den Mund zuhalten.«

»Mir egal, Hauptsache, du machst schnell.«

Dieses Mal war kein Geräusch zu hören. Genau genommen gab es doch eins, tief in Mariella, ein Reißen. Sie hatte ihre Freunde in diese Höhle gebracht, sie war für ihr Schicksal verantwortlich – nun auch für Aidans, der nur deshalb zum Handlanger seines Bruders geworden war, weil sie nicht von ihm hatte lassen können. Sie hatte von Anfang an gewusst, dass er ihr das Herz brechen würde. Und anstatt zu fliehen, war sie ihm, ohne zu zögern, nachgelaufen. Was hätte Otis nun gegen ihn in der Hand, wenn ich in meiner Selbstüberschätzung nicht seiner Spur gefolgt wäre?, fragte sie sich.

Als Aidan mit gesenktem Kopf zu ihnen zurückkehrte, dämmte Otis den Hall, mit dem er Mariella umfangen hielt, bis sie wieder halbwegs bei Sinnen war. »Wenn wir dann so weit wären? Wir haben noch einen strapaziösen Weg vor uns.«

»Ich gehe nirgendwo hin«, sagte Mariella. Der Schock über das eben Geschehene, die sich auftuende Trauer und Verzweiflung wurden von einer Brandwand aus Wut überrollt.

»Ach, nein?« Dieses Mal berührte Otis sie nicht einmal, um Schübe von dunklem Astrallis durch sie zu schicken.

Mariella krümmte sich, ohne das Geringste gegen den Schmerz ausrichten zu können. Er war außerhalb von ihr und zugleich in ihrem tiefsten Inneren, unberührbar. Sie hörte Aidan etwas schreien, nahm Bewegung wahr, vielleicht griff Aidan seinen Bruder an, sie konnte es nicht sagen, denn eine weitere Welle aus tiefem Klang trieb durch sie hindurch. Dann ebbte das Gefühl zu zerbersten ab. Als es ihr gelang, sich aufzurichten, presste Aidan seinen Handrücken gegen die rechte Seite seines Mundes. Ein rotes Rinnsal floss von seinem Kinn runter zum Hals. Vermutlich hatte sein Bruder ihn für diese brutale Zurechtweisung nicht einmal berühren müssen.

»Was machst du mit uns?«, keuchte Mariella gequält.

»Denk mal nach, mein schönes Kind. Dann kommst du von allein drauf.« Otis hielt sie umschlungen, damit sie nicht zusammenbrach, und zog sie unsanft nach oben. Nach der letzten Erschütterung ihrer Aura gelang es Mariella kaum, einen klaren Gedanken zu fassen, trotzdem erkannte sie die Wahrheit. »Es ist deine Begabung, irgendetwas, wovon ich noch nie gehört habe. Du bündelst Astrallis nicht einfach zu einer Waffe, du greifst die Aura deines Gegners an, indem du in sie eindringst und dunkles Astrallis zündest, sie von innen heraus aufzehrst. Aber wie kann das sein …«

Otis musterte sie eindringlich. »Weißt du denn nicht, was wir Beringer sind? Drachen. Und was tun Drachen? Sie speien Feuer, dem nichts widerstehen kann. Doch bevor ein Drache diese machtvolle Waffe einsetzen kann, braucht er etwas, das sein Feuer zum Brennen bringt.«

»Du brichst unsere Auren auf und raubst unser Astrallis als Brennstoff für deine Angriffe.«

»Euer Astrallis ist nur ein kleiner Snack nebenbei, genau wie das Ex-Stellarum, das auf dieser Ebene in großzügigen Mengen lagerte und für meinen Auftritt auf dem Mittsommerball draufgegangen ist. Beides sind Stoffe, die von Quellen hervorgebracht werden, deshalb sind sie für einen Drachen nährend. Ich kann zwar nicht behaupten, dass Ex-Stellarum lecker ist, aber seine Wirkung ist beachtlich. Es war ein großartiger Anblick, als die erste Liga unserer Familien, bis in die Haarspitzen vollgestopft mit Astrallis, wie besoffene Käfer hilflos herumkrabbelte. Da hat sich doch einiges relativiert. Ich hätte das Schauspiel gern noch eine Weile genossen, aber mein kleiner Bruder musste es unbedingt vermasseln, indem er sich mit mir angelegt hat.« Er warf Aidan, der immer noch mit gesenktem Kopf dastand, einen genervten Blick zu. »Nur weil ich deine Blocker deaktivieren musste, führen wir jetzt überhaupt dieses Gespräch. Ein paar Minuten später, und deine Freunde hätten nur Lorhian angetroffen, der nichts anderes im Kopf hatte, als endlich seinem verhassten Pendant zu begegnen.«

»Dann hättest du die Blocker einfach anlassen sollen«, sagte Aidan tonlos. »Das wäre besser gewesen, als das hier zu erleben.«

»Das hätte ich auch, aber leider brauche ich dich, Bruderherz. Und jetzt brechen wir auf, bevor die Marschallin noch auf die Idee kommt, die Verseuchte Ebene überprüfen zu lassen. Aidan, du gehst mit einem ordentlichen Abstand vorweg, damit ich dich im Auge behalten kann.« Otis zeigte auf die von Rissen durchzogene Gesteinswand, und Aidan kletterte durch den schmalen Spalt darin.

»In diesem Tunnel sieht man ja kaum die Hand vor Augen«, hallte seine Stimme aus dem Spalt.

Otis schulterte die Tasche, während er Mariella eng an sich zog. »Keine Sorge, schlag dich einfach ein paar Meter durch, dann wird es heller. Und falls du eine deiner dummen Ideen ausbrüten solltest: Drachen sehen auch im Dunkeln. Für mich leuchtet deine Aura hell wie die Reklametafel für ein All-you-can-eat-Buffet.«

49

Nachdem Aidan im Spalt verschwunden war, zwängte Otis sich mit Mariella ebenfalls hindurch. Tatsächlich tauchten sie in völlige Dunkelheit ein, die Otis anscheinend vor keine Herausforderung stellte, denn er leitete sie trotz des unebenen Bodens sicher. Ihres Sehsinns beraubt überschlugen sich Mariellas Gedanken und landeten bei der Quelle der Beringer, die Aidan versiegelt hatte.

»Hat Aidan die gleiche Begabung wie du?«

Otis lachte abfällig. »Die Begabung der Drachen-Kunst tritt äußerst selten auf, nur alle paar Jahrzehnte bringen wir Beringer einen Begabten hervor. Was vermutlich daran liegt, dass unsere Familie sämtlichen Nachwuchs, der Anzeichen für die Drachen-Kunst zeigt, sofort umbringt, nachdem eine begabte Vorfahrin unsere ursprüngliche Heimatquelle in Island leer getrunken hat. Danach mussten wir ins armselige Alaska umsiedeln und haben unseren Führungsanspruch verloren. Meiner Meinung nach hatte die Gute es mit ihrer Gier bloß etwas übertrieben, was man daran sieht, dass sie samt der Quelle verbrannt ist. Ich hätte es mit der Alaska-Quelle klüger angestellt, aber Aidan hat es ja vorgezogen, sie vorher zu versiegeln.« Er lachte bitter, dann rief er in die Dunkelheit des Tunnels: »Woher wusstest du eigentlich, wie man das anstellt, kleiner Bruder?«

Zuerst machte es den Eindruck, als würde Aidan nicht antworten, dann ertönte jedoch seine Stimme lediglich ein paar Schritte von ihnen entfernt. »In jeder Generation wird in unserer Familie in aller Heimlichkeit ein Kind ausgewählt, das die Fertigkeit der Quellenversiegelung erlernt, für den Fall, dass sich ein neuer Drache erhebt. Nachdem ich als Einziger bemerkt habe, dass die Drachen-Kunst in dir erwacht, stand ich vor der Wahl, einen Bruder zu verlieren oder die Alaska-Quelle zu verschließen. Ich habe mich für dich entschieden, aber auch dafür, dass nie wieder ein Beringer Gefahr läuft, sich in einen Drachen zu verwandeln. Denn keine der anderen Familien würde einen Heimatlosen unbeaufsichtigt an die eigenen Quelle heranlassen. Es war eine harte Entscheidung, aber das Beste – für dich und für unsere Familie.«

Ein Beben ging durch Otis, dann schob er Mariella einige Schritte weiter, bis das angekündigte Licht auftauchte. Es ähnelte den Ausläufern einer Quelle, aber es fühlte sich nicht so an. Es war fremd und seltsam vertraut zugleich, als suche die ausgesandte Energie noch nach der richtigen Tür, um in Mariellas Aura einzutreten. Sie hörte einen Klang, hell und lockend erfüllte er ihre Aura und verdrängte mit seiner Reinheit den Nachhall von Otis' dunklem Astrallis.

Nach dem Erdbeben war der Grund zwischen der Quelle und der Verseuchten Ebene aufgerissen. Offenbar war genug Gestein in die Tiefe gestürzt, um im Massiv eine Höhle zu bilden, in deren Grund ein breites Loch klaffte. Die Energie, die aus diesem Abgrund emporstieg, war mit keiner der alten Quellen vergleichbar. Niemand hatte gewusst, wie man sie sich gefügig machte. Wie flüssiges Gold tünchte die Strahlung der Quelle die Felswände, erfüllte die Luft mit einem sanften Leuchten und legte sich wie ein glänzender Schleier über Aidan, zeichnete seine Erschöpfung und auch die Spuren seiner Verzweiflung weich. Für einen Augenblick überkam Mariella der Gedanken, dass seine Seele wohl so aussehen würde, nachdem sie den Körper verlassen hatte: von Gold umhüllt, wunderschön und doch unendlich traurig, weil sie ihre Aufgabe verfehlt und ihre Begabungen missbraucht hatte. Erschrocken über sich selbst verdrängte sie dieses Bild, doch die Erinnerung blieb ihr wie ein Schemen vorm inneren Auge stehen.

»Mit der Versiegelung wolltest du also zwei Fliegen mit einer Klappe schlagen«, sagte Otis merklich beeindruckt zu Aidan. »Das ist eine interessante Rechnung, die du da aufgemacht hast. Hätte ich dir gar nicht zugetraut. Ich bin übrigens zum gleichen Schluss gekommen, nachdem ich ein paar Monate bei den Rosaliken verbracht habe und sie mich nur unter strengsten Auflagen an ihrer Quelle haben schnuppern lassen. Wenn ich meine Kunst anwenden wollte, würde mir nichts anderes übrig bleiben, als die versiegelte Quelle in Alaska wieder aufzubrechen. Zum Glück hat Mercedes mich zuvor in die Zitadelle geschickt, um die Sicherheitsvorkehrungen für ihren Besuch zu überprüfen. An diesem Ort haben sich dann ganz neue Möglichkeiten eröffnet: Ich konnte dir einen Besuch abstatten, allerdings erst, nachdem ich eine Möglichkeit gefunden hatte, dich unbemerkt aus der Zitadelle rauszubringen, damit du für mich das Siegel brechen kannst.«

»Das klingt ja nach echter Bruderliebe«, flüsterte Mariella.

»Wie weit war es mit Aidans Bruderliebe her, als er mich meines Geburtsrechts auf die Familienquelle beraubt hat?«, hielt Otis dagegen. »Er hat zwar unter größtem Druck behauptet, nicht zu wissen, wie man das Siegel wieder entfernen kann. Aber große Brüder haben ihre eigenen Tricks auf Lager, wenn es um widerspenstige Blagen geht. Ich war mir sicher, dass Aidan schon mit der Sprache rausrücken würde, wenn ich ihn erst mal in meiner Gewalt hatte. Unbemerkt auf Ebene 17 zu gelangen, war jedoch schwieriger als erwartet. Das musste auch Lorhian von den Amur feststellen, den ich auf meinen Expeditionen durch die Zitadelle traf. Dem Jungen war es gelungen, in Stoneheaven einzudringen, und er hatte es sogar bis auf eure Ebene geschafft. Weiter kam er jedoch nicht, in euer Quartier zu gelangen, war schier unmöglich. Was bedeutete, wir mussten die ganze Zitadelle ins Chaos stürzen, um das Sicherheitssystem zu erschüttern und die Wächter zu beschäftigen. Es war ein hartes Stück Arbeit, einen geheimen Weg auf die Verseuchte Ebene zu finden, damit ich mir ausreichend Brennstoff besorgen konnte. Aber die Explosion beim Ball hat den Aufwand gelohnt, nicht wahr? Dass Aidan höchstpersönlich auf der Feier aufschlug, war ein glücklicher Zufall, genau wie Lorhians Pendant, das sich von allein auf den Weg zu uns gemacht hat. Brav, dass ihr uns mit eurer Rettungsaktion so viel Arbeit erspart habt.«

Aidan hob langsam den Kopf. »Du hast nicht die geringste Ahnung, was für ein Unheil du angerichtet hast. Es wird nicht lange dauern, bis die Marschallin und ihre Leute herausfinden, was auf dem Ball geschehen ist – und dann wissen sie auch, nach wem sie suchen müssen. Damit hast das bestgehütetste Geheimnis unserer Familie verraten. Kein Beringer wird jemals wieder sicher sein, weil sämtliche Tannin Jagd auf uns machen werden. Sie werden uns ausrotten. Und wer kann es ihnen verdenken?«

Otis winkte ab. »Ich bezweifle, dass es so weit kommt. Wer greift schon einen Drachen an, in dessen Rachen die Kraft einer Quelle lodert?«

»Ich weiß aber nur, wie man das Siegel setzt«, sagte Aidan. »Wie es gebrochen wird, wurde mir aus Sicherheitsgründen nicht beigebracht – und ich bezweifle stark, dass es überhaupt möglich ist. Aber sogar wenn ich dir sagen könnte, wie man die Quelle in Alaska freisetzt, würdest du es nicht bis dorthin schaffen. Die gesamte Zitadelle würde dich jagen und erlegen. Vermutlich kommst du nicht mal lebend bis an die Grenzen von Stoneheaven.«

»Dann ist es ja gut, dass ich gar nicht vorhabe zu fliehen.« Otis lächelte. »Als Lorhian und ich bis zur Verseuchten Ebene vorgedrungen sind, witterte ich hier eine viel lohnenswertere Beute als das mickrige Ding in Alaska, das eh kaum gesprudelt hat. Unter unseren Füßen schlummert eine schier unerschöpfliche Quelle. Sie wartet nur darauf, von mir angezapft zu werden.«

»Du hast im Geschichtsunterricht wohl nicht aufgepasst«, sagte Mariella. »Die Quelle von Stoneheaven lässt sich nicht zähmen, sogar wenn es dir gelingen sollte, ihren enormen Ex-Stellarum-Ausstoß aufzufangen. Ihre Energie ist nicht für unsere Aura vorgesehen.« Sie stockte, denn eigentlich fühlte sich diese Beschreibung nicht richtig an. Die Energie wirkte keineswegs verkehrt. »Oder sagen wir: Im Moment sind wir noch außerstande, sie zu nutzen. Sie ist kräftiger und zugleich irgendwie feiner, als würde sie uns mühelos durchdringen, anstatt sich mit unserer Aura zu vereinen. Wenn du probierst, von ihr zu trinken, wirst du nicht sagen können, ob du schon einen Schluck genommen hast oder bereits kurz vorm Platzen stehst.«

Otis' spöttischer Miene nach gab Mariella bloß Bullshit von sich. »Deine Sorge um mein Wohlbefinden in Ehren, aber darüber habe ich mir selbstverständlich schon allein den Kopf zerbrochen. Deshalb werde ich auch nicht aus der Quelle in ihrem jetzigen Zustand trinken, sondern nur von einem überschaubaren Teil, während der Rest sicher weggesperrt ist. An dieser Stelle kommst du ins Spiel, kleiner Bruder. Du schuldest mir noch was.«

Aidan stand nur stumm da. Falls ihn die Forderung seines Bruders schockierte, ließ er es sich nicht anmerken.

Mariella hingegen traute ihren Ohren nicht. »Du willst, dass Aidan die Quelle für dich teilversiegelt? Das ist doch das reinste Himmelfahrtskommando! Aidan könnte der Quelle von Stoneheaven nicht nah genug kommen, sie würde ihn vorher verbrennen.«

»Das glaube ich nicht. Wir müssen nur diese Blocker deaktivieren, dann kann Aidan das Astrallis in seiner Aura als Schutzschild einsetzen. Und damit er nicht mit dem Gedanken spielt, die Quelle komplett zu verschließen, habe ich ja dich in der

Hinterhand. Ich denke, Mercedes wird vor Dankbarkeit kaum an sich halten können, wenn ich ihr später mit dir an meiner Seite gegenübertrete. Die Verhandlung um den Thron der Tannin wird das reinste Vergnügen sein.«

»Darum geht es dir?«, fragte Mariella. »Um die Herrschaft über die Tannin?«

»Herrschaft, Genugtuung für die erfahrene Missachtung und Unterdrückung als Beringer … Es klingt schlicht, aber ja, darum geht es. Wenn auch nur nebenbei. Der Drache ist die personifizierte Macht, aber vor allem hat er … Hunger.« Otis zog Mariellas Kopf in den Nacken, damit sie ihm direkt in die Augen sah. Was sie darin erkannte, war schwer auszuhalten. Allein die maßlose Gier, die wie eine blank gezogene Klinge aufblitzte, hätte sie verstört. Doch es war eine unübersehbare Spur Wahnsinn, die sie so verschreckte, dass sie sich seinem Griff entwand.

»Vielleicht war es nicht die beste Idee, sich das Ex-Stellarum der Verseuchten Ebene einzuverleiben«, murmelte Mariella.

Otis beachtete sie nicht weiter, sondern schob sie dem goldenen Licht entgegen, das aus dem Krater aufstieg. Ex-Stellarum rieselte an seinen Rändern hinab, die quälende Wirkung war trotz der Nähe zur Quelle deutlich spürbar. Als Otis tief einatmete, stob es auf wie Schnee in einer Kristallkugel, um sich in einem Funkenregen zu zerstäuben. Sichtlich zufrieden leckte er sich die Lippen. »Was hast du gerade gesagt?«, fragte er Mariella.

»Nur so was wie guten Appetit.«

Er grinste sie wissend an. »Jedenfalls wird die Obhut sämtlicher Quellen künftig mir unterstellt sein. Als Gegenleistung nehme ich den Tannin das ewige Los der Wächterexistenz ab und schenke ihnen die Freiheit. Ein Drache kümmert sich selbst um seine Schätze, niemand darf es wagen, sich ihnen auch nur zu nähern. Das werden die gewöhnlichen Menschen und solche mit Tannin-Blut schnell lernen.«

»Und wenn dann alle Quellen geleert sind und sämtliches Ex-Stellarum verbraucht ist, wirst du Jagd auf uns Tannin machen, um dich an unserem Astrallis zu bedienen«, sagte Mariella.

»Als ob ich so dumm wäre, die Quellen zu zerstören.« Otis lachte, doch es war nicht zu überhören, dass er sich damit vor allem selbst überzeugen wollte. Wahnsinn und ein unbändiger Hunger waren nicht unbedingt die besten Partner auf dem Weg zur Welteroberung. »Genug geredet, es wird Zeit, in Aktion zu treten. Dein großer Auftritt, Aidan.« Dunkles Astrallis sammelte sich an seinen Fingerspitzen. »Zuerst kümmere ich mich um deine Blocker, beiß einfach fest die Zähne zusammen.«

Wie schon zuvor zeigte Aidan keine Reaktion, sondern hielt lediglich die Hand hoch, an der er den Siegelring der Rosaliken trug. »Darf ich Mariella erst einmal ihren Ring zurückgeben, für den Fall, dass deine OP an mir schiefgeht?«

»Du rührst dich keinen Millimeter vom Platz weg, aber wenn du willst, darfst du ihr den Ring zuwerfen.«

»Ich würde ihn ihr lieber geben«, beharrte Aidan. »Der Abstand beträgt gut und gern fünf Meter, und Mariella ist eine Niete als Fängerin.«

Otis schüttelte den Kopf. »Du bleibst auf Abstand. Wirf das Ding oder lass es bleiben. Es ist doch eh nur noch wertloser Tand, sobald ich die Quelle in Besitz nehme. Danach werden die Familienverbünde überflüssig sein.«

Zuerst zögerte Aidan, dann warf er den Siegelring in einem sauberen Bogen, sodass Otis ihn problemlos auffing. »Ich denke, als echte Rosalike wird Mariella immer etwas mit ihrem Ring anzufangen wissen«, sagte Aidan. »Das hat sie schon zur Genüge bewiesen.«

Otis hielt Mariella den Ring vor die Nase. »Wir machen jetzt einen Handel: Ich gebe dir deinen Ring, wenn du dafür vor mir kniest.«

»Träum weiter.«

»Nun, ich kann dich auch in die Knie zwingen und dir dann die Silbernadel einsetzen, aber dann würdest du nicht mitbekommen, was ich mit Aidan anstelle, weil du mit dem Gesicht in die entgegengesetzte Richtung liegen wirst.«

»Einverstanden, Deal.« Mariella schnappte sich ihren Ring, dann hockte sie sich auf den Boden, sodass sie einen freien Blick auf Aidan hatte. »Alles wird gut, nicht wahr?«, fragte sie ihn.

»Wie immer«, sagte Aidan.

»Dann sprechen wir beiden uns später, ja?«

Aidan lächelte nur.

Mariella wollte schon protestieren, dass er ihr dieses Versprechen nicht geben wollte, doch da spürte sie bereits einen Stich in ihrem Nacken, und innerhalb eines Sekundenbruchteils sackte sie in sich zusammen. Ihr Kopf schlug auf den steinernen Grund auf, und sie war über ihr dichtes Lockenhaar froh, wodurch das Schlimmste abgefedert wurde. Trotzdem schoss ein gleißender Schmerz durch ihren Kopf, und sie konnte weder die Zähne fest aufeinanderbeißen, noch die Tränen aus den Augen wegblinzeln. Sie spürte ihre schmerzenden Glieder, die vom Stein aufsteigende Kälte, ihr weiterhin aufgeregt in der Brust schlagendes Herz – und zugleich fühlte es sich an, als wäre ihr Körper ein Gefängnis, in dem ihre hellwache Seele eingesperrt war. Zu ihrem Glück waren ihre Augenlider beim Einsetzen der Nadel geöffnet gewesen, deshalb konnte sie beobachten, wie Otis sich Aidan näherte, während sich jedes Körnchen Ex-Stellarum, kaum dass es aus den Tiefen des Erdreichs aufgestiegen war, bereits auflöste, um von Otis in sein dunkles Astrallis verwandelt zu werden. Aidan wich nicht zurück, obwohl ihm die Abscheu ins Gesicht geschrieben stand. Als Otis die Hände ausstreckte, glaubte Mariella, Verwerfungen in der Luft zu erkennen, Spuren der Energie, die er auf seinen jüngeren Bruder losließ. Aidan riss den Mund auf, doch es erklang kein Schrei, als die Blocker in seiner Helix sich von Schwarz in gleißendes Diamant verwandelten. Das unnatürlich grelle Licht der Blocker verwob sich mit dem sich nun schattenhaft abzeichnenden Astrallis aus Otis' Händen. Wie unzählige Schlangenleiber, die in einem Kampf auf Leben und Tod verflochten waren.

Du bringst ihn um!, wollte Mariella schreien. Doch selbst wenn sie nicht gelähmt gewesen wäre, hätte sie das nicht tun können, weil sich in diesem Moment eine schwere Hand auf ihren Mund legte.

»Ich zieh dir jetzt die Nadel raus, aber wenn du auf die Idee kommst, als Erstes deinem Liebsten zu Hilfe entgegenzueilen, nehme ich dich in den Schwitzkasten«, flüsterte Lyon. »Keine Alleingänge, verstanden?«

Dann war die Lähmung genauso schnell aufgehoben, wie sie eingesetzt hatte. Mariella nickte stürmisch und entschied sich, dass, wenn sie schon nicht Otis in die Felsspalte stoßen durfte, sie wenigstens Lyon umarmen konnte.

»Sachte, sachte«, murmelte Lyon. »Ich glaube zwar nicht, dass Otis vor lauter Konzentration was mitbekommt, aber mir tut von diesem Amur-Gift jeder Quadratmillimeter meiner Haut weh. Skye meinte zwar, ich solle mich nicht so anstellen, aber es ist echt höllisch.«

»Skye lebt?« Mariella fühlte sich wie Kind, das vor der absolut sensationellsten Traumgeburtstagstorte stand, aus der gerade ein plüschtiergroßes Einhorn schlüpfte.

»Was denkst du denn, dass Aidan sie umgebracht hat?«

»Sie wirkte vollkommen leblos«, sagte Mariella entschuldigend.

»Weil die Amur die besten Schauspieler überhaupt sind, das sollte langsam mal in deinen Kopf reingehen. Obwohl der Tritt gegen Skyes Kopf wohl übel gewesen ist. Sie meinte, entweder fühlt sich tiefe Ohnmacht an wie ein Bad in reiner Liebe oder sie war tatsächlich ein paar Sekunden lang weg vom Fenster. Jedenfalls hat sie Aidan noch zugeflüstert, dass ich das Gegengift nur einzuatmen brauche. Jetzt kümmert sie sich um diesen Lorhian, der bekommt immer noch nicht richtig Luft. Mariella?«

»Ja?«

»Könntest du jetzt bitte aufhören zu flennen? Du dachtest doch wohl nicht wirklich, dass Aidan einen von uns getötet hat.«

»Otis sagte, wir würden auf dieser Ebene eh alle sterben …«

»Sieht so aus, als wäre er gerade dabei, seinen eigenen Bruder zu seinem ersten Opfer zu machen.«

Tatsächlich waren die beiden Beringer in dem Energietornado, den Otis entfesselt hatte, um die Blocker zu brechen, kaum noch auszumachen.

»Er bringt Aidan in seinem Wahnsinn um«, hauchte Mariella.

»Oder befreit ihn von den Blockern, die Chancen stehen fifty-fifty. Jedenfalls dürfte jeder Versuch dazwischenzugehen in einer Katastrophe enden. Wir müssen abwarten, was passiert. Aber egal, wie es ausgeht, wir müssen Otis anschließend überwältigen. Das schaffen wir allerdings nur mit dem Überraschungsmoment auf unserer Seite, was bedeutet, dass du dich leblos stellen musst. Ansonsten schöpft er sofort Verdacht.«

»Du willst mich bloß nicht dabeihaben.«

»Stimmt.« Lyon grinste. »Damit stehen meine Chancen, diesen als Elite-Bodyguard ausgebildeten Beringer auszuschalten, mindestens doppelt so hoch. Und falls ich versage, bist du immer noch da, um Aidan beizustehen.«

Mariellas Blick wanderte unvermeidlich zu Aidan, während sie ihre Ausgangsposition wieder einnahm. Es war unmöglich zu sagen, was mehr lärmte: ihr wild schlagendes Herz oder der tosende Lärm der miteinander kämpfenden Energien.

Dann war es plötzlich still.

Otis ließ die Hände sinken, sein Rücken zitterte. Alles an Aidan war grau, als wären unzählige Ascheflocken auf ihn niedergegangen. Die Blocker in seiner Helix waren zwar noch vorhanden, doch es ging keinerlei Energie von ihnen aus, sie waren nicht mehr als längst ausgekühlte Kohlestücke, genauso grau und leblos wie Aidan.

»Bruder?«, flüsterte Otis merklich erschöpft.

Mariella wusste, dass sie die Schatten zwischen den Felsen nach Lyon absuchen sollte, um zu sehen, ob sie ihn bei seinem Angriff vielleicht unterstützen konnte, doch es wollte ihr nicht gelingen. Ihr Blick war an Aidan festgefroren, während sie mit geschlossenen Lippen Stoßgebete gen Himmel richtete. Dann registrierte sie eine Bewegung, viel später als Otis, der sich bereits zur Seite warf und Lyons Angriff geschickt abwehrte.

Lyon, der noch geschwächt von der Vergiftung war, gelang es nicht rasch genug, seine Abwehr aufzubauen. Er musste einen Fausthieb in den Bauch einstecken. Stöhnend krümmte er sich, wich aber trotzdem Otis' Faust aus, die ihn sonst mitten ins Gesicht getroffen hätte.

»Für einen Totgeglaubten bist du ganz schön schnell«, sagte Otis durchaus anerkennend.

»Für einen anmaßenden Beringer reicht es auf jeden Fall.«

»Wir werden sehen.« Otis setzte mit einem weiteren Schlag nach, mit einer Wucht, als wolle er einen Steinbrocken zerschlagen und nicht ein menschliches Wesen.

Dieses Mal hätte der Schlag Lyon zweifelsohne erwischt, wenn er nicht zurückgetaumelt wäre. Vor Erschöpfung, und nicht weil sein Instinkt angesprungen wäre. Trotzdem gelang es ihm, einen Tritt gegen Otis' Knie zu platzieren, als der vorstürmte, was Lyon ein paar weitere Sekunden brachte. Es ließ sich allerdings nicht leugnen, dass Lyon unterliegen würde, es war nur noch eine Frage der Zeit. Und noch immer stand Aidan bloß da, eine Statue ohne jeden Seelenfunken. Es war Aidans Entscheidung, nicht mehr hier sein zu wollen, erkannte Mariella. Er hatte den von Otis' entfachten Energiesturm genutzt, um sich davonzumachen, dorthin, wo sein Bruder ihn nicht mehr erreichen konnte. Ich allerdings auch nicht. Oder doch?

Während sie fieberhaft nach einem Weg suchte, zu Aidan durchzudringen, spielte sie mit ihrem Siegelring, der sich an ihrem Finger wie ein Fremdkörper anfühlte. Laut Otis würde sie ihn eh nicht mehr lange benötigen. Eigentlich konnte sie auch jetzt schon auf ihn verzichten. Sie legte den Siegelring auf den Felsengrund, langte nach einem faustgroßen Stein und ließ ihn mit dem ganzen Astrallis, das zu kanalisieren sie imstande war, auf den Ring niedergehen. Der Ring setzte ein Signal frei, einen letzten verzweifelten Hilferuf, den kein Tannin im Umkreis von mehreren Kilometern überhören konnte.

Aidan riss die Augen auf.

Gletscherblau, dachte Mariella benommen wie beim ersten Mal, als sie ihn getroffen hatte.

Er erwiderte ihren Blick, wach, sehr wach. Dann bewegte er sich auch schon, viel zu schnell selbst für einen von Astrallis durchfluteten Tannin. Bevor Mariella begriff, was eigentlich vor sich ging, hatte er seinen Bruder bereits von Lyon weggezerrt und hielt ihn in sicherem Griff. Lyon lehnte sichtlich mitgenommen, aber immer noch auf den Füßen gegen die Steinwand. Während Aidan den vor Zorn brüllenden Otis umklammerte, erhöhte sich seine Strahlkraft, brannte die Ascheschicht weg und legte sich um Otis wie ein Schutzmantel aus bläulich schimmerndem Äther, bis dessen Verbindung zu dem aus der Erdspalte aufsteigenden Ex-Stellarum abriss.

Mariella rieb sich verwundert die Augen. So etwas zu sehen, war doch eigentlich Xius Job. Oder Aidans nun freier Zugriff auf das Astrallis in seiner Aura war so stark, dass es selbst für ein blindes Huhn wie sie sichtbar wurde.

»Hey, Babe«, rief Aidan. »Hör auf zu träumen und schnapp dir Lorhians Beutel. Schau nach, ob da drin was zum Fesseln ist.«

»Ich finde unser Zusammenspiel in Ausnahmesituationen auch ganz supertoll, mein Schatz«, murrte Mariella, während sie widerwillig den Blick von Aidan losriss und sich nach dem Beutel umschaute.

»Ich hole die ehrerbietige Verbeugung vor der Infantin meines Herzens später nach, wenn ich nicht länger damit klarkommen muss, dass mein Bruder mich, ohne mit der Wimper zu zucken, fast umgebracht hätte.«

»Ich bin der Drache!«, stieß Otis wutentbrannt hervor. »Du hast kein Recht, mir meinen Tribut vorzuenthalten. Die Quellen gehören mir, von ihnen zu trinken ist mein Geburtsrecht!«

»Mal schauen, ob es nicht auch einen Knebel gibt«, sagte Mariella.

In Lorhians Beutel waren allerhand Dinge, mit denen Mariella nichts anzufangen wusste, und ein paar Sachen, von denen sie nicht wissen wollte, wofür sie bestimmt waren. Schließlich hielt sie triumphierend ein paar schwarze Plastikschnüre hoch. »Tata!«

Aidan nickte, dann schob er seinen Bruder voran in ihre Richtung. Zu Lyon sagte er: »Kannst du allein gehen oder soll ich dir helfen?«

»Es geht alles, bevor ich mich von dir tragen lasse.« Lyon setzte sich gebeugt in Bewegung und nahm Mariella die Schnüre ab. »Das Fesseln übernehme besser ich. Ich will sichergehen, dass der Drache sich nicht entwinden kann. Ich hoffe, das tut weh«, sagte er grimmig, nachdem er Otis' Hände hinter dessen Rücken zusammengebunden und ihm ein zusammengeknülltes Tuch in den Mund geschoben hatte.

Als Aidan seinen Bruder freigab, nutzte Mariella die Gelegenheit, Aidan in die Arme zu schließen. Seine Lippen trafen ihre für einen kurzen und doch innigen Kuss, dann gab er sie auch schon wieder frei.

»Ihr müsst Otis so schnell wie möglich wegschaffen. Ich habe seine Aura so weit gestört, dass er im Augenblick keine Energie aufnehmen und zu Astrallis kanalisieren kann, aber er wird sich vermutlich schneller erholen, als uns lieb ist. Je weiter er von der Quelle entfernt ist, desto besser.«

Mariellas Brust zog sich zusammen. »Warum sagst du ›ihr‹?«

Der Blick in Aidans Augen verriet, dass er gehofft hatte, sein Vorhaben nicht laut aussprechen zu müssen, dass sie es auch so begriff. Was sie tat – nur konnte sie es deshalb noch lange nicht akzeptieren. Er deutete auf die ersten Partikel Ex-Stellarum, die durch die Luft schwebten. »In Otis ist der Drache erwacht. Er wird sich nicht zurückziehen, sondern mit aller Macht sein Recht einfordern. Er ist imstande, Ex-Stellarum in Astrallis umzuwandeln. Es gelingt ihm sogar, die Astrallis-Speicher anderer Tannin zu plündern. Otis darf nicht in der Nähe einer Quelle sein, bevor nicht ein Weg gefunden wurde, dem Drachen in ihm Einhalt zu gebieten. Stoneheaven ist ein perfekter Kerker, aber nur, wenn die Quelle in den Tiefen für ihn unerreichbar ist.«

»Du willst die Quelle versiegeln?«

»Von Wollen kann nicht die Rede sein, ich muss es tun.«

»Aber diese Quelle ist anders. Das hat sie bereits gezeigt, als unsere Leute versucht haben, sie ihrem Willen zu unterwerfen. Die Folgen waren verheerend.«

Aidan zuckte mit den Schultern. »Dann hätten sie wohl besser auf mich warten sollen.«

»Wenn du glaubst, du kann mich mit solchen Sprüchen ablenken …«, schniefte Mariella.

»Es ist mein Ernst, ich bin schließlich der einzige Mann für diesen Job. Also könntest du dich bitte davon beeindruckt zeigen?«

»Davon, dass du bei dem Versuch, dich dieser entarteten Quelle zu nähern, in Luft auflösen wirst?«

»Ich unterbreche euch nur ungern, aber Otis muss jetzt sofort raus aus diesem Tunnel.« Lyon zeigte auf eine feine Spur von Ex-Stellarum, die durch die Luft auf den Drachen zuhielt.

»Lyon hat recht, wir zanken uns ein anderes Mal.« Aidan beugte sich vor und gab Mariella einen Kuss auf die Stirn. »Du weißt, dass ich das nicht nur aus Pflichtbewusstsein tue, oder?«

Der Widerspruch lag Mariella bereits auf der Zunge, aber ihr Herz war schneller. »Ich liebe dich auch.«

Ein Strahlen breitete sich auf Aidans Gesicht aus. »Egal, wie das hier ausgeht, allein der Versuch war es wert, dich in Sicherheit zu bringen. Wenn ich die Versiegelung nicht hinbekomme, sehen wir uns schon sehr bald auf der anderen Seite wieder. So oder so, wir sind die Gewinner.«

Mariella lachte, auch wenn es eher wie ein Schluchzen klang. »Das kannst auch wirklich nur du so sehen.«

»Ich weiß, was ich tue«, sagte Aidan. »Schon vergessen? Ich wurde dazu auserwählt, Quellen zu versiegeln. Es ist eine große Ehre, diese Aufgabe übertragen zu bekommen. Und egal, wie es ausgehen mag, ich bin froh, wenn meine Familie erfährt, dass ich dieses Können nicht aus Dummheit missbraucht habe, sondern einen guten Grund dafür hatte. Du wirst es ihnen doch erzählen, nicht wahr?«

Mariella nickte, zu mehr war sie nicht imstande. Sie drückte noch einmal Aidans Hand, versuchte, sämtliche Eindrücke seiner Erscheinung in sich aufzusaugen – die prickelnde Berührung seiner Körperwärme, sein Geruch nach verschwitzter Haut und dem klaren Duft von freigesetztem Astrallis und immer wieder das Blau seiner Augen. Dann drehte sie sich um und folgte Lyon, der mit dem widerspenstigen Otis zu kämpfen hatte. Sie war dankbar dafür, als der goldene Schein der Quelle abnahm und sie sich einen Weg durch die Dunkelheit bahnen mussten. Auch als die ersten Erschütterungen unter ihren Füßen einsetzten, löste es keinerlei Angstgefühl in ihr aus. Mariella spürte sich erst wieder, als sie den Ausgang erreichten, in den Xiu offenbar gerade hineinschlüpfen wollte. Hinter ihm stand Skye.

»Scheiße, was ist denn dahinten los?«, schrie Xiu wie gegen Lärm an.

»Freut mich auch, dich zu sehen, Xiuhtezcatl«, sagte Lyon, der merklich am Ende seiner Kräfte war. »Hilf uns mal mit dem Gefangenen, Skye.«

Die Amur kam seiner Aufforderung, ohne zu zögern, nach und übernahm den sich sträubenden Otis.

Xiu schüttelte ungläubig den Kopf. »Hört ihr das denn nicht? Da ist ein energetischer Sturm ausgebrochen, das ist ein Heidentosen.« Dann fiel sein Blick auf Otis, den Skye gerade ins Freie zerrte. »Wahnsinn, was ist denn *das*?«

»Aidans großer Bruder«, sagte Mariella tonlos. »Ihm haben wir das ganze Unglück zu verdanken.«

»Das Ding da?« Noch immer zeigte Xiu mit dem Finger auf Otis, der ihn mit erschreckendem Interesse betrachtete, als wäre er ein Raubvogel, der gerade eine kapitale Beute erspäht hatte. Vermutlich war Xiu mit seiner Begabung ein Leckerbissen, von dem er bereits gekostet hatte. »Keine Ahnung, was das ist, aber Aidans Bruder ist das ganz bestimmt nicht. Seine Aura verbrennt alles zu Asche … Moment mal, du warst derjenige, der mich abgetankt hat!« Xiu schwang seine dünnen Arme, um auf Otis einzudreschen, doch Mariella schob sich dazwischen.

»Wir müssen hier weg, sofort. Aidan versiegelt gerade die Quelle.«

»Und warum tut er das?«, fragte Skye mit der für sie so typischen Ruhe.

»Weil er befürchtet, dass Otis sie sich sonst unterwerfen könnte. Otis ist … er ist ein Drache.«

In Skyes sonst so ausdruckslosen Augen maßen Otis eingehend, dann zündete ein Funke. »Und warum lebt der Drache dann noch?«

Mariella zuckte verständnislos die Achseln. »Weil er trotz allem Aidans Bruder ist, er hätte ihn niemals töten können, egal, wozu er imstande ist.«

»Verstehe, dann ist es wohl an uns, diese Aufgabe zu erledigen.« Ohne eine Reaktion der anderen abzuwarten, rammte Skye Otis einen silbernen Wurfstern genau ins Herz. Er riss seine Augen weit auf, diese Augen, die Aidans so ähnlich sahen und doch ganz anders waren, dann sank er mit einem stummen Schrei auf den Lippen in sich zusammen.

»Das nennt man wohl kurzen Prozess machen.« Xiu wurde

unter seiner braunen Haut kreidebleich. »Mariella, jetzt nicht ausflippen. Wir müssen echt los. Was auch immer Aidan gerade anstellt, hier wird kein Stein auf dem anderen bleiben.«

Skye ließ den Leichnam zu Boden sinken, dann lief sie los. »Ich muss zu Lorhian! Er braucht meine Hilfe.«

Mariella versuchte, sie zurückzuhalten, doch die Amur riss sich los und stürmte davon. »Warte, wir können Aidan doch sagen, dass er die Versiegelung nicht mehr durchführen muss.«

»Es ist zu spät, Mariella.« Xiu nahm ihre Hand. »So, wie ich das sehe, ist Aidan schon mittendrin. Wir können nur noch fliehen, oder Stoneheaven wird unser Grab.« Als sie sich immer noch nicht rühren wollte, packte Xiu sie und zog sie mit sich. Keine Sekunde zu früh, denn die Felsspalte stürzte ein.

Epilog

Mariella saß auf dem Baumstamm, der schon vor langer Zeit von Sonne und Meer ausgeblichen worden war. Er passte ganz gut zu ihr, sie fühlte sich ebenfalls wie ein Stück Treibholz, auch wenn ihr in Fetzen hängendes Ballkleid bereits wieder getrocknet war. Leise vor sich hin summend blickte sie auf ihre nackten Füße. Irgendwann auf der Flucht hatte sie ihre Schuhe verloren oder sie vielleicht auch abgestreift, als sie mit dem Rest ihrer Einheit durch einen Notausgang ins Freie gelangt und aus mehreren Metern Höhe ins Meer gesprungen war. Auf welcher Ebene das gewesen war und wie sie überhaupt nach so weit oben gelangt waren, wusste sie nicht mehr. Durch den Nebel, der sich auf ihre Erinnerung gelegt hatte, drangen Schreie, Notsignale, sich in Staub auflösende Steinwände und wegbrechende Böden. Die Zitadelle war offenbar evakuiert worden, überall auf dem Meer trieben Rettungsboote, sprangen Menschen ins Wasser, seilten sich an der Klippe ab, während über ihnen Hubschrauber kreisten, um die Bedeutendsten unter ihnen herauszufischen, während der Rest zusehen musste, wie er sich in Sicherheit brachte. Soweit es vom Strand aus sichtbar war, gab es den schrägen Turm, mit dem die Zitadelle die Oberfläche durchstoßen hatte, nicht mehr, aber die Klippe stand weiterhin wie ein unverrückbares Monument, nun durchlöchert von sichtbar gewordenen Gängen, Fensterfronten, Notausgängen und Plattformen, die keine Illusion mehr verbarg.

In den letzten Stunden war es ruhiger geworden, nur noch selten kam jemand an dem abseits gelegenen Strand vorbei, zu dem Mariella aufgebrochen war, nachdem die anderen einen Platz auf einem Rettungsboot gefunden hatten. Lyon hatte noch versucht, sie zurückzuhalten, aber er war zu abgekämpft gewesen. Vermutlich würde sie sich später bei ihm entschuldigen müssen, genau wie sie Tessa Dank schuldete. Wenn sie sich nicht täuschte, hatte die Clairsearch sie davor bewahrt, mit einem hängen gebliebenen Aufzug in die Tiefe zu stürzen, indem sie sie in letzter Sekunde auf den Gang gezogen hatte. Später würde sie sich Gedanken darüber machen müssen, wie sie zu Skye stand, nachdem die Amur ein Urteil über Otis gefällt hatte, während sie ihren Attentäter Lorhian aus der einstürzenden Zitadelle gerettet hatte. Und Xiu? Sie würde alles daransetzen, dass seine Blocker geöffnet wurden, damit der Junge endlich seine wahre Begabung ausleben konnte, ohne die sie es niemals ins Freie geschafft hätten.

Mariella war derartig in Gedanken versunken, dass sie zusammenzuckte, als ein Schatten auf sie fiel.

»Ist hier noch ein Platz frei?«

Mariella blinzelte gegen die Sonne. »Warum nicht?«

»Du siehst aus, als würdest du gerade von der Zukunft träumen, da sollte ich wohl besser nicht stören.«

»Du kannst ja mitträumen.«

»Okay.« Der Junge, der aussah wie das helle Sonnenlicht, setzte sich neben sie. »Wo warst du gerade stehen geblieben?«

»Ich habe über meine Freunde nachgedacht, was aus ihnen wird, jetzt, da die Karten im Tannin-Spiel neu gemischt werden.«

»Werden sie das denn?«

»Sag du es mir.« Mariella streckte die Hand aus und sah zu, wie sie in das Licht eintauchte. Sie lachte so unbeschwert, wie es ihr offenbar nur an diesem Strand und in dieser Gesellschaft möglich war. Dann traf sie auf Widerstand, auf warme Haut – und seufzte.

»Für was hast du mich gehalten? Einen Geist?«, fragte Aidan.

»Genau das solltest du künftig besser sein.« Mariella ließ die Hand auf seiner Brust liegen. Unter ihrer Berührung ruhte das Brandzeichen mit dem geköpften Drachen, aber es fühlte sich nur wie eine alte, längst verheilte Wunde an. »Wenn es die Runde macht, dass du in der Lage bist, sogar die Quelle von Stoneheaven zu versiegeln, würden sie dich für eine Gefahr halten. Mal davon abgesehen, dass es sie bestimmt in schiere Panik versetzen würde, wenn sie herausfinden, wie viel Macht von den Quellen auf dich übergeht.«

»Das ganze Astrallis ist nur geliehen«, sagte Aidan. »Für den Fall, dass die Quellen irgendwann wieder geöffnet werden wollen.«

»Dann kannst du die Versiegelung also brechen!«

»So etwas würde ich niemals behaupten.« Aidan blinzelte. »Jetzt, da wir beide nicht mehr durch Siegelringe an unsere Familien gebunden und unsere Zeichen erloschen sind, könnte ich dich da für einen Spaziergang begeistern?« Er stand auf und streckte ihr eine Hand entgegen.

»Kommt auf das Ziel an.«

»Wie wäre es mit ›der Sonne entgegen‹?«

»Mein Lieblingsziel«, sagte Mariella und nahm Aidans Hand, damit er sie auf die Füße ziehen konnte. Der Sand, der zwischen ihren Zehen hervorquoll, war bereits kühl. Der Abend würde bald anbrechen. Doch das machte nichts, sie kannte jetzt ihren Weg, sie musste nur der Sonne folgen, die an ihrer Seite ging.